ELIAS PALM

Todesmal

GOLDMANN
Lesen erleben

Buch

Die Rechtsmedizinerin Ella Andersson stößt bei einer Internetauktion auf eine alte Uhr, die sie aus ihrer Kindheit zu kennen meint. Angeblich war die Uhr aber vor über dreißig Jahren bei einem schrecklichen Brand zerstört worden, ein Unglück, bei dem auch Ellas Vater ums Leben kam. Als Ella nähere Nachforschungen anstellt, erfährt sie, dass im Garten des jetzigen Besitzers der Uhr eine Leiche gefunden wurde, die bereits so lange dort gelegen hat, dass sich die Wurzeln eines Baumes um die Knochen geschlungen haben. Und neben der Leiche fand sich ein weiteres Relikt aus Ellas Kindheit: eine alte Kupferperlenkette – auch sie galt seit dem Brand als verloren und stammt ebenfalls eindeutig aus dem Besitz von Ellas großbürgerlicher Familie, von der sie sich vor Jahren losgesagt hat. Mit dem unleugbaren Beweis vor Augen, dass ihre nächsten Angehörigen sie belogen haben, begibt sich Ella auf eine gefährliche Reise in die Vergangenheit ...

Autor

Elias Palm, Jahrgang 1976, arbeitet als Gerichtsmediziner und rechtsmedizinischer Gutachter für Polizei und Staatsanwaltschaft im schwedischen Lund. Die Erfahrungen aus seinem Berufsalltag haben ihn dazu inspiriert, seinen ersten Kriminalroman »Todesmal« zu schreiben.

Elias Palm

Todesmal

Ein Fall
für Ella Andersson

Roman

Deutsch
von Antje Rieck-Blankenburg

GOLDMANN

Die Originalausgabe erschien 2010
unter dem Titel »Corpus Delicti«
bei Ordfront Förlag, Stockholm.

MIX
Papier aus verantwortungsvollen Quellen
FSC® C014496
FSC
www.fsc.org

Verlagsgruppe Random House FSC-0100
Das FSC®-zertifizierte Papier *München Super* für dieses Buch
liefert Arctic Paper, Mochenwangen GmbH.

1. Auflage
Deutsche Erstveröffentlichung Januar 2013

Published by agreement with Ordfront Förlag AB, Stockholm,
and Leonhardt & Hoier Literary Agency A/S, Copenhagen
Umschlaggestaltung: UNO Werbeagentur
Umschlagmotiv: © FinePic®, München
Redaktion: Gabriele Zigldrum
An · Herstellung: Str.
Satz: IBV Satz- u. Datentechnik GmbH, Berlin
Druck und Bindung: GGP Media GmbH, Pößneck
Printed in Germany
ISBN 978-3-442-47697-8

www.goldmann-verlag.de

Für Juni und Jocke – meine Familie

Prolog

Er legte sich freiwillig in den Kofferraum. Der Schlauch vom Auspuff war äußerst sorgfältig verdeckt worden: Einem ausgeklügelten Plan folgend hatte man ein Loch ins Blech gebohrt, um so die Abgase unentdeckt dort hinzuleiten. In seinem Blick lag Angst, aber er versuchte Ruhe zu bewahren. Vorsichtig schob er sein Gepäck hinein und kauerte sich auf der verbleibenden Fläche des Kofferraums zusammen, in dem es immer noch nach Neuwagen roch, woraufhin die Klappe mit einem dumpfen Knall zuschlug. Es wurde nachtschwarz.

Der Kofferraum war enger, als er ihn sich vorgestellt hatte, und plötzlich erschien ihm der Plan nicht mehr ganz so durchdacht. Der große Rucksack, den er bei sich hatte, zwang ihn dazu, mit den Knien zum Brustkorb hochgezogen in einer Art Embryohaltung zu verharren. Überall spürte er die Begrenzungen des Kofferraums. Als der Motor startete, nahm er unmittelbar den Geruch von Abgasen wahr. Der muffige, nahezu metallische Geschmack ließ ihn intuitiv die Luft anhalten. Ihm war sofort klar, dass er sich nicht umdrehen und noch weniger das Schloss erreichen können würde. Dennoch versuchte er ruhig zu bleiben und rational zu denken, während sich in seinem Inneren eine Panik ausbreitete, die seinen Brustkorb zu sprengen drohte, und obwohl er seine Geistesgegenwart unbedingt brauchte, fühlte er sich zunehmend benebelt. Die Gedanken, die durch sein Bewusstsein schossen, hielten sich nicht länger als für den Bruchteil einer Sekunde, und die Angst drohte ihn zu überwältigen.

Bei einer unvollständigen Verbrennung von Kohlenwasserstoff, wie in einem mit Benzin betriebenen Motor, bildet sich nicht nur Kohlendioxid, sondern auch dessen bedeutend giftigerer Cousin Kohlenmonoxid. Genau wie Sauerstoff diffundiert Kohlenmonoxid durch die dünnen Wände der Lungenbläschen ins Blut. Dort bindet die giftige Verbindung von Kohlenstoff und Sauerstoff das Sauerstoff transportierende Molekül Hämoglobin. Doch das Kohlenmonoxid nimmt nicht nur den Platz des Sauerstoffs ein, sondern bindet es auch so fest, dass kein neuer Sauerstoff aufgenommen werden kann, wenn das Blut die Lungen das nächste Mal passiert. Sobald der Körper den Sauerstoffmangel realisiert, versucht er ihn zu kompensieren, indem er die Atemfrequenz erhöht, aber die nach Luft hungernden Atemzüge sind vergeblich. Wie tief die Atemzüge, die man macht, auch sein mögen, es wird kein weiterer Sauerstoff im Blut gebunden. Das Kohlenmonoxid, das den Platz des Sauerstoffs eingenommen hat, setzt den für den Körper sinnlosen Teufelskreis der Blutzirkulation fort, während man langsam in eine immer tiefer werdende Bewusstlosigkeit driftet. Ohne Sauerstoffzufuhr setzen nach und nach alle Körperfunktionen aus, bis der Tod eintritt.

Umgeben von Abgasen und Dunkelheit wurde er plötzlich ganz ruhig. Vor seinem inneren Auge sah er Bilder wie aus einem Film vorbeiziehen. Ein lächelndes Gesicht, einen Strand. Bilder – nicht aus seiner Vergangenheit, sondern von der Zukunft. Noch dazu von einer heiteren. Mit den Bildern kehrte schließlich auch die Geistesgegenwart zurück. Er war zurück im Kofferraum und kämpfte mit dem Hunger seines Körpers nach Sauerstoff. Nach einigen weiteren Versuchen, sich umzudrehen, konnte er die Luft nicht länger anhalten.

Gierig sog er so viel Luft ein, wie seine Lungen zu fassen vermochten. Dann hämmerte er gegen die Kofferraumklappe. Das Hämmern war anfänglich intensiv, wurde jedoch mit der Zeit immer kraftloser. Der Wagen fuhr aus der Stadt hinaus und weiter aufs Land. Man hörte keinen Hilfeschrei.

Um sicherzugehen, dass die Abgase den beabsichtigten Effekt erzielten, bog der Fahrer von der Hauptstraße ab und fuhr auf kleineren und dunkleren Straßen weiter. Als die Straßenbeleuchtung schließlich aufhörte und die Straße von hohen Fichten gesäumt wurde, die sich vor dem dunkelblauen Himmel auftürmten, hielt der Wagen an. Mit dem Ohr gegen den schwarzen Lack der Kofferraumklappe gedrückt, hörte der Fahrer lediglich das dumpfe Brummen des Motors im Leerlauf. Als er die Klappe öffnete, schlug ihm eine Wolke von Abgasen entgegen, und er konnte einen Hustenanfall nicht unterdrücken, der durch den Wald hallte. Im dunklen Kofferraum zeichneten sich die Konturen eines leblosen Männerkörpers ab, der dort in Embryohaltung lag.

Wenn man die Leiche jemals fände, würde man sie zumindest nicht identifizieren können, dachte er und schlug mit voller Kraft mit dem bereits blutigen Hammer auf die untere Gesichtspartie ein. Im Nachhinein konnte er nicht mit Sicherheit sagen, wie viele Schläge er ausgeteilt hatte, aber diverse überall verstreute kleine Zahnsplitter bestätigten, dass die Schläge die Leiche dort getroffen hatten, wo er es beabsichtigte. Er setzte sich auf dem Fahrersitz zurecht. Selbst in dem spärlich beleuchteten Innenraum konnte er erkennen, dass das Blut bis unter seine Fingernägel gedrungen war. Äußerst bedacht darauf, die Einrichtung des Wagens nicht zu beschmutzen, legte er sachte den ersten Gang ein und fuhr zurück in Richtung Hauptstraße.

Kapitel 1

Das Wasser in dem weißen Spülbecken färbte sich durch das Blut leicht rötlich. Ella spülte sich die Hände und Unterarme unter dem warmen Strahl ab. Mit einem resignierten Seufzer warf sie einen Blick in den Spiegel, während sie sich sorgfältig wusch. Ihr Gesicht wirkte nicht unbedingt ausgeruhter als vor dem Urlaub, dachte sie. Ihr Blick fiel erneut auf ihre Arme. Es war eigentlich nicht ihre Art, ihre Unterarme derart mit Blut zu besudeln, wie sie es heute getan hatte. Die blauen Gummihandschuhe bedeckten zwar nur ein Drittel der Unterarme, doch nach mehr als zehn Jahren Berufserfahrung hatte sie im Prinzip gelernt, sich nicht unnötig zu beschmieren. Mit der Zeit hatte sie eine Technik entwickelt, mit der sie an der Leiche in den meisten Fällen innerhalb von wenigen Minuten ohne einen einzigen Blutspritzer eine Eviszeration vorgenommen hatte. Eviszeration. Es war eigentlich nur ein Fachausdruck für die Entnahme der inneren Organe, ein Vorgang, der demjenigen, der die Leiche untersuchen würde, die Arbeit entscheidend erleichterte. Doch heute war sie nicht recht in Form gewesen und kam sich ziemlich unbeholfen vor. Sie hatte nicht nur sich selbst mit Blut beschmiert, sondern noch dazu den Boden um den rostfreien Arbeitstisch herum. Nur ein kleines Formtief nach den Weihnachtsferien, dachte sie.

»Ella!« Die schrille Stimme der Sekretärin hallte aus der Sprechanlage des Telefons in den Obduktionssaal hinaus.

»Ich bin hier!«

Der Kommunikationsapparat an der Wand war alles andere als modern, aber er war praktisch, wenn man schmutzige Hände hatte.

»Wir bekommen gleich einen neuen Fall herein«, rief die Sekretärin mit lauter Stimme.

»Ich kümmere mich drum, wenn ich hochkomme«, antwortete Ella resigniert.

Ihr war es zumindest gelungen zu vergessen, wie intensiv die ersten Tage nach einem Urlaub sein konnten, aber zum Glück war heute bereits Donnerstag, und das Wochenende stand vor der Tür. Es kam nicht oft vor, dass sie einen zusammenhängenden Weihnachtsurlaub nehmen konnte. Normalerweise vergingen selten mehr als zwei Wochen zwischen den etwas blutigeren Aufgabenbereichen ihrer Arbeit, aber diesmal war es fast vier Wochen her, dass sie ihren Fuß in den Saal gesetzt hatte. Was Handarbeiten betraf, war sie nie besonders begabt gewesen, doch mit dem Messer war sie verblüffend flink, und die Fingerfertigkeit, die man ihr attestierte, würde sicher bald wieder zurückkehren. Für viele war der Vergleich zwischen der Durchführung der Obduktion einer menschlichen Leiche und der Fähigkeit, Fahrrad zu fahren, wahrscheinlich ein wenig makaber, doch es gab eine Gemeinsamkeit. Hatte man es einmal gelernt, so redete sie sich ein, verlernte man es nie wieder.

Trotz der personellen Unterbesetzung hatte man ihr den Wunsch erfüllt, über Weihnachten etwas länger frei zu nehmen. Die vier Rechtsmediziner und zwei Assistenzärzte in ihrer Abteilung hatten in den vergangenen fünf Jahren ein Arbeitspensum bewältigt, für das man eigentlich acht Spezialisten benötigt hätte. Der Mangel an Rechtsmedizinern war augenscheinlich, aber nur schwer zu kompensieren. Gewiss hatte das Interesse an diesem Fachgebiet unter den jungen

Ärzten zugenommen, aber es würde noch ungefähr dreizehn Jahre dauern, bevor diese Interessenten fertige Rechtsmediziner wären.

Aus irgendeinem Grund schlossen jedoch keineswegs alle Assistenzärzte ihre Fachausbildung ab. Vielleicht erschien vielen von ihnen die Umstellung allzu groß, von der tröstenden und heilenden Rolle des Arztes in die objektive und distanzierte des Rechtsmediziners zu schlüpfen. Deshalb unternahm man inzwischen große Anstrengungen, um bereits von Beginn an geeignete Personen einzustellen, doch in Erwartung derer mussten Ella und ihre Kollegen sich einstweilen so gut wie möglich gegenseitig unterstützen.

Zwei Wochen, sowohl die Weihnachts- als auch die Neujahrsfeiertage, hatten Markus und sie gemeinsam in einer Hütte im Fjäll verbracht. Die Reise sollte ihr letzter gemeinsamer Versuch sein, um ihre seit vierzehn Jahren andauernde Beziehung zu retten. Der Gedanke war gewesen, gemeinsam wegzufahren und sich so von der Umwelt abzuschirmen, die nur allzu oft dafür sorgte, dass sie nie Zeit füreinander hatten. Ella hatte das Einerlei des Alltags und ihre zeitintensiven Berufe als die Hauptursache dafür angesehen, dass es in ihrer Beziehung kriselte. Doch nach dem Urlaub im Fjäll war sie sich im Klaren darüber, dass genau dies die Gründe waren, die sie so lange zusammengehalten hatten. Ohne Schichtarbeit, Meetings oder Dienstreisen gab es keine Entschuldigungen mehr für ihr mangelndes Engagement, und sie mussten einsehen, dass es auch keine Beziehung mehr gab, die man hätte retten können. Zurück blieb lediglich Leere und Trauer. Eine Trauer nicht nur darüber, was zwischen ihnen einmal gewesen und schließlich verloren gegangen war, sondern auch über die Hoffnung, die sie beide einmal gehabt hatten.

Neununddreißig Jahre und allein. Bald vierzig. Das war

kein angenehmer Gedanke. Auch wenn Ella irgendwo in ihrem Unterbewusstsein längst begriffen hatte, dass ihre Beziehung niemals halten würde, war sie mental nicht darauf vorbereitet, wie es sein würde, auf eigenen Beinen zu stehen. Sie hatte den zwei Jahre älteren Markus im selben Sommer getroffen, in dem sie ihre Zulassung als Ärztin erhielt. Er hatte gerade seine Facharztausbildung zum Chirurgen begonnen, und sie arbeiteten zwei Monate lang in derselben Abteilung. Ein Teil der Spannung hatte darin bestanden, ihre Romanze gegenüber dem übrigen Personal geheim zu halten. Vor dem Spiegel stehend zog ein Lächeln über ihr Gesicht. Sie erinnerte sich noch an ihre nächtlichen Begegnungen in unterirdischen Gängen und Wäschekammern. Es war ein wunderbarer Sommer gewesen. Damals hatte sie zwar nicht den geringsten Gedanken daran verschwendet, den Rest ihres Lebens gemeinsam mit Markus zu verbringen, aber sie verstanden sich gut, und während sie Zukunftspläne schmiedeten, war die Zeit vergangen. Vierzehn Jahre! Es war unfassbar.

Ella schrubbte sich unter dem warmen Wasser ab, damit sich die kleinen Blutstropfen auf ihren Armen auflösten. Blut ist eiweißreich und lässt sich daher bedeutend besser mit warmem Wasser als mit den alkoholhaltigen Reinigungsmitteln abwaschen, die oftmals in medizinischen Einrichtungen bereitstehen. In der Rechtsmedizinischen Abteilung wurden diese Mittel allerdings nicht angewandt, denn es handelte sich hier ja nicht um eine medizinische Einrichtung. Sie waren schließlich Rechtsmediziner und keine Krankenpfleger. Ein Pflaster und diverse Kopfschmerztabletten würden sich vermutlich in irgendeinem der Schränke auftreiben lassen, aber weiter ging der pflegerische Aspekt nicht.

Sie betrachtete wieder ihr Gesicht im Spiegel. Wie bereits so viele Male zuvor ließ sie ihren Blick über ihr langes dunkelbraunes Haar wandern. Er blieb an einem ergrauten Haar in der Mitte des Haaransatzes hängen. Irritiert riss sie es aus. Doch mit Schrecken stellte sie fest, dass es sich nicht um ein einzelnes graues Haar handelte. Sie fühlte sich verraten – noch nicht einmal vierzig und schon graue Haare. Sie seufzte. Ihr war nur allzu bewusst, dass das Altern bereits am Tag der eigenen Geburt begann, aber sie war, wie so viele andere auch, nicht darauf gefasst, als sie damit konfrontiert wurde. Ihre Gene hatten sie glücklicherweise mit einem Aussehen gesegnet, das viele Jahre lang weder Zeit noch besondere Anstrengungen erforderte, um den einen oder anderen Blick auf sich zu ziehen. Im Grunde wusste sie natürlich auch, dass ihr Aussehen ganz passabel war, nur hatte sie es lange Zeit nicht besonders betont. Ellas Mutter und Großmutter hatten sie während ihrer gesamten Kindheit auf die Wichtigkeit hingewiesen, die eigenen körperlichen Vorzüge auszunutzen und zu betonen, wenn auch in stilvoller Weise. Doch sie hatten es übertrieben, sodass sie schließlich gegen beide revoltierte und sich dementsprechend weigerte, Schminke aufzutragen, und sich stattdessen Kleidungsstücke zulegte, von denen sie wusste, dass sie ihnen nicht gefielen. Lange Hosen und Poloshirts waren auf diese Weise zu ihrer persönlichen Uniform geworden, die sie bis in den Sommer hinein trug, bis ihr die hohen Kragen angesichts der Hitze zu warm wurden.

Ellas Entscheidung, unmittelbar nach dem Abitur Medizin zu studieren, erschien sowohl ihrer Mutter als auch ihrer Großmutter völlig unbegreiflich. Sie hatten ein ums andere Mal ihren Unmut über die wenig weiblichen Arbeitsaufgaben bekundet, die mit dem Arztberuf einhergehen würden. Ella hatte es ihrerseits genossen, genau diese Aufgaben während der immer seltener werdenden Essenseinladungen im Verwandtenkreis zu thematisieren. Hochrot im Gesicht bereute ihre Großmutter Grete jedes Mal bitter, wenn sie Ella im Beisein der übrigen Gäste fragte, was sie in der vergangenen Woche in der Schule gelernt hätte, wie Grete es immer ausdrückte. Als ginge Ella in die Grundschule und nicht zum Medizinstudium. Ella beschrieb daraufhin in schillernden Farben, wie sie gelernt hätten, die Prostata bei älteren Männern zu untersuchen, jene Drüse, die am einfachsten über die Öffnung im Enddarm zu untersuchen war. Alles, was man dafür benötigte, war ein Finger, etwas Gleitmittel und ein Handschuh. Grete sah aus, als würde sie jeden Moment explodieren, während Ellas Großvater die angespannte Situation entschärfte, indem er Ella in ihren Darlegungen mit säuerlicher Miene unterbrach und darauf hinwies, dass man doch froh sein müsse, dass man die Untersuchung wenigstens nur mit einem Finger durchführte. Alle Anwesenden lachten, auch wenn der Grad der Aufrichtigkeit des Lachens unter den Essensgästen variierte, vor allem, was die Gastgeberin Grete anbelangte.

Grete Liedenburg-Rossing. Allein der Name verriet schon eine ganze Menge über die Frau. Grete war in Deutschland aufgewachsen und nach dem Krieg gemeinsam mit ihrer Schwester nach Schweden gekommen. Sie war stolz auf ihr deutsches Erbe und hatte sich dafür entschieden, ihren Nachnamen beizubehalten und in einen Doppelnamen umzuwandeln, als sie Ernst Rossing heiratete. Offenbar war Liedenburg ein altes vornehmes Geschlecht aus Bayern, worauf es Grete jedes Mal hinzuweisen gelang, wenn jemand auf ihre Herkunft zu sprechen kam. Ella selbst hatte ihren Nachnamen abgelegt, sobald sie mündig wurde.

Ella war im Gegensatz zu Grete extrem zurückhaltend damit, ihre aristokratische Herkunft zu thematisieren, ganz zu schweigen von ihrer Arbeit. Denn viele ihrer Arbeitsaufgaben würden einem Außenstehenden vollkommen unbegreiflich, wenn nicht sogar makaber erscheinen. Die Beurteilung gewisser Verletzungen der Toten erforderte gelinde gesagt umfassende und sehr sorgfältige Untersuchungen der Leichen. Doch im Protokoll wurde lediglich das Ergebnis der Untersuchungen dargelegt und nicht die Vorgehensweise. Selbstverständlich wurden diese Untersuchungen nur durchgeführt, wenn sie erforderlich waren, aber genau da lag das Problem. Nicht bei allen Verletzungen war es möglich, das betreffende Organ kurzerhand zu entnehmen, um es zu untersuchen. Manche Verletzungen erforderten bedeutend kompliziertere Methoden, um sichtbar gemacht zu werden. Mit der entsprechenden Technik konnte man beispielsweise feststellen, welche Form von Gewalt bei spezifischen Bruchspuren an den Halswirbeln angewendet wurde, doch diese Technik beinhaltete Prozesse wie Einfrieren, Zersägen und schließlich Aufkochen der entsprechenden Substanzen. Begriffe, die für die meisten Menschen in keinerlei Zusammenhang mit einer Obduktion standen. Wenn also ein Bekannter Ella unbedacht danach fragte, womit sie sich bei der Arbeit beschäftigte, entschied sie sich oftmals, eher ausweichend zu antworten.

Ihre Arbeit wurde kurz gesagt als andersartig aufgefasst. Das hatte sie akzeptiert. Sie hatte zudem inzwischen begriffen, dass man auch sie selbst manchmal als andersartig wahrnahm. Denn Ella teilte zum Beispiel das Glücksgefühl nicht, das ihre Freundinnen zu empfinden schienen, wenn sie shoppen gingen, um Kleidung, Handtaschen und Ähnliches zu kaufen. Ellas Mutter und Großmutter hatten diese Einkaufsbummel für sie zu einem Ereignis werden lassen, das sie als alles andere als lustbetont erlebte. Schon früh hatte sie zu hören bekommen, dass sie sich mit ihrem recht weiblichen, aber nicht besonders groß gewachsenen Körper von karierten Mustern fernhalten sollte, und wenn es sich um etwas Gestreiftes handelte, dürften die Streifen auf keinen Fall horizontal verlaufen. Sie hatte immer noch ihre Stimmen von damals im Ohr, als sie hin und wieder zu einem kurzentschlossenen Kleiderkauf gezwungen wurde. Ella musste bei dem Gedanken innerlich lächeln, was ihre weiblichen Verwandten wohl zu der grünen Operationskleidung sagen würden, die sie während einer Obduktion trug. Wenn man klein und eher rundlich ist, ist es wichtig, die Taille hervorzuheben, das hatte sie seit ihrer Zeit als Teenager zu hören bekommen. Klar, dachte sie, die Obduktionskittel würden mit Leichtigkeit eine Schwangerschaft verbergen, bis die Presswehen einsetzten.

Sie hatte selbst keine Kinder, und ehrlich gesagt hatten sie und Markus das Thema in den vergangenen fünf Jahren auch kaum angesprochen. Allein das sagte schon einiges über ihre Beziehung aus, dachte sie. Aber vielleicht war es ja noch nicht zu spät. Doch in ihrem Inneren spürte sie, dass sie sich selbst belog.

Es war schon viel zu lange her, dass sie wirklich innegehalten und sich selbst im Spiegel betrachtet hatte. Sie hatte schlicht und einfach nicht gemerkt, dass sie langsam, aber sicher gealtert war. Ella streckte sich und schüttelte den Kopf. Sie hatte genug gesehen. Diese Form von Selbstmitleid war eigentlich nicht ihre Art. Sie musste sich lediglich entscheiden, ob sie es akzeptieren oder etwas gegen das Altern unternehmen wollte. Ihre Mutter hatte sich das Gesicht bereits zum ersten Mal liften lassen, als sie fünfundvierzig war, obwohl sie wirklich keinen Anlass dazu gehabt hatte. Doch Ella war noch lange nicht bereit, sich unters Messer zu legen. Sie würde also ganz einfach gezwungen sein, das zu tun, was alle anderen Frauen auch taten, um sich attraktiv zu fühlen. Schummeln.

Die Arbeit mit den Toten war eine unverkennbar physische Arbeit und nicht selten auch anstrengend. Doch um sinnvolle Obduktionen durchzuführen, war bedeutend mehr mentale als physische Präsenz erforderlich. Auch wenn einem manchmal die Todesursache bereits während der äußeren Leichenschau offensichtlich erschien, blieb oftmals noch viel zu tun, nachdem die Obduktion abgeschlossen war. Dieser Tatsache war sich Ella nur allzu bewusst, und dieser Tag hatte das mal wieder deutlich gezeigt.

Bereits als sie heute Morgen in ihrer kurzärmeligen grünen Obduktionskleidung und mit zu einem altmodischen Dutt hochgesteckten Haaren in den kühlen Obduktionssaal getreten war, war ihr klar geworden, dass der erste Fall an diesem Tag kein Routinefall werden würde. Sie hatte sich daran gewöhnt, dass es sich bei den Leichen oftmals um jüngere Menschen handelte. In ihre Abteilung wurden schließlich all diejenigen gebracht, die lange vor der von ihrem Umfeld erwarteten Zeit starben. Einige durch Selbstmord, manche durch Unfälle und wieder andere an Krankheiten, von deren Existenz weder sie selbst noch ihr Umfeld wussten. Doch nur eine geringe Anzahl der Verstorbenen, die auf Ellas rostfreiem Arbeitstisch landeten, war ermordet worden. Irgendjemand musste aber herausfinden, welcher Gruppe die Toten zuzurechnen waren. Und genau diese Problematik machte ihre Arbeit spannend und sinnvoll. Es war ihr Job, herauszufinden, ob das, was nach einem Selbstmord oder einem Unfall aussah, nicht doch ein Mord war. Sie würde die Spuren und Anzeichen finden müssen, die andere übersehen hatten. Sie war ein Teil der Rechtssicherheit. Jedenfalls hatte sie es in ihren ersten Jahren in der Abteilung so gesehen. Inzwischen musste sie sich manchmal selbst an diesen noblen Gedanken erinnern, vor allem an einem heißen Augusttag mit drei Obduktionen von Leichen, die alle schon ziemlich lange gelegen hatten und nur gefunden wurden, weil sie ihre Miete nicht bezahlt hatten oder Ähnliches. Auch die schon halb verwesten Leichen waren automatisch Fälle für die Rechtsmedizin, da ihre Identität nicht immer feststand. Oftmals hatten sie keinerlei Ähnlichkeit mehr mit dem Foto ihres Führerscheins oder irgendeinem anderen Foto. Sie erforderten ein geschultes Auge, um eventuelle Anzeichen für äußere Gewalteinwirkung ausfindig zu machen, was dazu geführt hatte, dass der Gesetzgeber alle Leichen im fortgeschrittenen Verwesungszustand an die Rechtsmedizinische Abteilung weiterleiten ließ.

Die Temperatur im Obduktionssaal wurde kühl gehalten. Alle arbeiteten in kurzärmeliger Obduktionskleidung, doch Ella war der Raum niemals kalt vorgekommen. Vielleicht lag es an der Plastikschürze und den Handschuhen oder auch lediglich an der körperlichen Arbeit, die sie warmhielt. Selbst in der dunklen Jahreszeit, in der es erst zu dämmern begann, wenn die Obduktionsarbeit bereits auf vollen Touren lief und die großflächigen blickdichten Fensterscheiben im Saal noch kaum Licht hereinließen, war es im Saal hell wie am lichten Tag. An der Decke waren Neonröhren angebracht, die speziell dafür hergestellt waren, das Sonnenlicht zu imitieren, und auf diese Lichtquellen waren die Kameras abgestimmt, damit alle Farben so korrekt wie möglich abgebildet werden konnten.

Zu jedem Obduktionstisch gehörten zwei Duschen und ein Abfluss im Fußboden. Das Wasser wurde in einem großen Tank unter dem Gebäude gesammelt, der separat entleert wurde. Nichts von dem mit Blut vermischten Wasser, das im Abfluss verschwand, kam mit der übrigen Kanalisation der Stadt in Berührung. Der Betreiber des Gebäudes hatte eine lange Liste von Auflagen zu erfüllen, damit die Beschaffenheit der Räumlichkeiten der speziellen Nutzung durch die Abteilung gerecht wurde. Man hatte nichts dem Zufall überlassen. Aus naturgemäßen Gründen kam auch der Ventilation eine beträchtliche Bedeutung zu. Ella war die ständig wiederkehrende Frage bereits seit Langem leid, ob sie sich dieselbe weiße Creme unter die Nase rieb wie Jodie Foster in der berühmten Obduktionsszene im *Schweigen der Lämmer*. Sie tippte darauf, dass es sich um eine Art Mentholcreme handelte und dass mit großer Wahrscheinlichkeit nicht mehr viel von ihrer Oberlippe übrig geblieben wäre, wenn sie sie täglich angewendet hätte, doch der Leichengeruch war schlicht und einfach etwas, an das man sich gewöhnte. All die Partikel, die in ihre Nase drangen und anfänglich eine ganze Symphonie von Signalen über die Geruchsnerven ins Geruchszentrum des Gehirns schickten, bemerkte man bereits nach ein paar Minuten nicht mehr. Das Gehirn gewöhnte sich rasch daran und erstellte daraufhin einen völlig neuen Referenzrahmen für Gerüche. Inzwischen benötigte Ella mehr als nur einen Toten, damit ihr Geruchszentrum zum Leben erwachte.

Das traf wahrscheinlich auf jeden aus vom Obduktionspersonal zu. Dennoch kamen die Assistenten manchmal auf die Idee, den Gestank von allzu übelriechenden Leichen zu übertünchen, indem sie diverse Duftsprays im Saal versprühten. Diese rochen oftmals nach Zitrusfrüchten, Lavendel oder Ähnlichem, und die einzige Folge war, dass Ella daraufhin auch Zitronen und provenzalische Landschaften mit Leichen assoziierte. Noch dazu völlig unnötig. Der Geruch der Verstorbenen machte ihr schließlich nichts aus.

Einen Großteil der vorbereitenden Arbeit mit den Leichen hatten die Assistenten der Rechtsmedizin bereits ausgeführt, bevor sie selbst im Obduktionssaal erschien. Außer der Tatsache, dass die Toten gemessen und gewogen werden mussten, gehörte es zu den Arbeitsaufgaben der Assistenten, die

Toten zu entkleiden. Diese kundigen und erfahrenen Mitarbeiter waren also diejenigen, die in der Abteilung den ersten physischen Kontakt mit dem Toten hatten. Oft fielen ihnen dabei bereits eventuelle Abweichungen von der Norm auf oder besser gesagt Abweichungen von dem, was sie im Hinblick auf ihre Arbeit als normal ansahen, was aber von Bedeutung für einen Fall sein konnte. Als die Assistenten sich den ersten Fall des heutigen Tages vornahmen, wurden sie just mit einer solchen Situation konfrontiert, in der die Erfahrungen aus ihrer morbiden Wirklichkeit entscheidend gefragt sein sollten.

Als Ella die Leiche erblickte, war ihr erster Gedanke, dass ihr Mitarbeiter in einem Anflug von Nachlässigkeit darauf verzichtet hatte, den jungen Mann auszuziehen. Doch nach einem näheren Blick auf die Leiche ahnte sie, dass dies nicht der Fall war. Irgendetwas an der Kleidung des Mannes auf dem stählernen Tisch war seltsam. Sein eng anliegender kurzärmeliger Pulli war in den Bund einer ausgebleichten Jeans gesteckt, die ziemlich weit bis zur Taille hochgezogen war. Die Hose war eher so geschnitten, dass sie normalerweise lose über den Hüften hing und die Oberkante des Slips sichtbar werden ließ, doch nun saß sie mit einem dünnen glänzenden Lackgürtel auf Höhe des Bauchnabels. Außerhalb einer Sporthalle sah man heutzutage auch nicht gerade viele junge Männer in weißen Tennissocken, stellte Ella fest. Die Kombination war nicht gerade kleidsam, doch hin und wieder konnte man so etwas noch zu sehen bekommen. Das Problem bestand in diesem Fall darin, dass es so wenig zur Erscheinung des jungen Mannes passte. Selbst nachdem jegliches Leben aus ihm entwichen war, konnte man erkennen, dass er hübsch gewesen sein musste. Die Leiche maß 175 Zentimeter und wog 63 Kilogramm. Das Haar war blond und wirkte frisch gekämmt.

Der Pulli sah teuer aus und war nach der neusten Mode am Kragen und an den Ärmeln verschlissen. Um seinen Hals lag ein grobes Seil, das zu einer Schlinge geformt war.

Ella schaute ihren fast fünfzehn Jahre älteren Assistenten Johannes fragend an. Er schielte weder, noch war sein Rücken buckelig, Attribute, von denen viele zu glauben schienen, dass sie zu diesem Beruf dazugehörten. Die Assistenten hatten bis vor nicht allzu langer Zeit noch mit Vorurteilen zu kämpfen gehabt, die besagten, dass sie ziemlich kauzig und schwierig im Umgang sein mussten, weil sie sich entschieden hatten, mit Toten zu arbeiten. Inzwischen hatte sich das gründlich geändert, nicht zuletzt durch die romantischen Inszenierungen von Mordermittlungen und Tatortuntersuchungen in Film und Fernsehen. Plötzlich stand man als Angestellter der Rechtsmedizinischen Abteilung ganz selbstverständlich im Zentrum der Aufmerksamkeit seiner Umgebung. Nur wenige Dinge schienen die Menschen so stark zu interessieren wie ein unschöner, plötzlicher Tod.

Aus diesem Grund waren Studienbesuche in der Abteilung nicht mehr ungewöhnlich. Dabei handelte es sich um Polizisten, Staatsanwälte oder Krankenhauspersonal. Oftmals war ihre Ernüchterung deutlich zu spüren, wenn die Räumlichkeiten den Erwartungen nicht entsprachen, die sie während unzähliger Stunden vor dem Fernseher aufgebaut hatten. Der Obduktionsaal war weder gekachelt, noch blinkten oder knackten die Neonröhren an der Decke. Kein Wasserhahn tropfte, und zur großen Enttäuschung der Besucher wurde der Obduktionssaal nahezu ausschließlich nachmittags gezeigt, wenn er leer und gereinigt war. Das Einzige, was den Bezug zum Anwendungsbereich der Räumlichkeiten herstellte, waren die vier Tische aus rostfreiem Stahl, die in dem gestrichenen Betonboden verankert waren. Oftmals hatten die

Assistenten auch alle Messer weggeräumt, sodass nur noch ein paar Sägen und ein stählernes Lineal auf den Tischen lagen. Das Ganze war wenig aufsehenerregend.

Für Johannes war allerdings nicht die etwas merkwürdige Bekleidung des Toten ausschlaggebend gewesen, mit dem Ausziehen zu warten, bis Ella die Leiche gesehen hatte. Das Wissen um die Modegewohnheiten der heutigen Jugend war nicht gerade sein Fachgebiet.

»Schau dir mal seine Strümpfe an«, sagte Johannes, und in seinen Augen funkelte es listig.

Während Ella das Diktafon auf Brusthöhe am Kittel befestigte und sich die Plastikschürze umband, rekapitulierte sie im Stillen den ersten Fall des Tages. Am Ende eines jeden Arbeitstages gingen sie jeweils die Verstorbenen durch, die am folgenden Tag obduziert werden sollten. In den Fällen, wo kein Verdacht auf ein Verbrechen vorlag, forderte die Polizei automatisch eine gewöhnliche rechtsmedizinische Obduktion. Diese beinhaltete neben der routinemäßigen Untersuchung der inneren Organe des Körpers auch eine sorgfältige Begutachtung des Äußeren der Leiche, um unter anderem nach Anzeichen für äußerliche Gewalt zu suchen. Im Zusammenhang mit einer solchen Untersuchung nahmen die Rechtsmediziner manchmal Kontakt zur Polizei auf, wenn nur schwer erklärbare äußerliche Befunde an der Leiche den Verdacht auf ein Verbrechen nahelegten. Dabei konnte es sich um Abwehrverletzungen an den Armen eines Alkoholikers oder blaue Flecken am Hals aufgrund eines Todes durch Erhängen handeln. Daraufhin ordnete die Polizei in solchen Fällen dieselbe Art von Untersuchung an, die bei einem offensichtlichen Mord durchgeführt werden musste, die so genannte erweiterte rechtsmedizinische Obduktion. Diese Untersuchung erforderte mehr Ressourcen und mehr Zeit als eine gewöhnliche Obduktion. Doch ehrlich gesagt geschah es äußerst selten, dass man bei Routinefällen Anzeichen von Gewalt entdeckte, die Veranlassung zu einer solchen Kontaktaufnahme mit der Polizei gaben.

Bei der gestrigen Besprechung hatte es den Anschein gehabt, es handle sich beim ersten Fall dieses Tages um einen Routinefall – ein einundzwanzigjähriger Mann, der in der Garage tot an einem Seil hängend aufgefunden worden war. Der junge Mann studierte an der Universität Industriedesign, wohnte jedoch noch zu Hause bei seinen Eltern – denn in den meisten Universitätsstädten waren Studentenzimmer Mangelware. Die Eltern waren über Silvester weggefahren und hatten ihren Sohn in der Garage gefunden, als sie wieder nach Hause kamen. Bei der Leiche hatte man das Handy des Toten gefunden, auf dessen Display eine kurze Nachricht zu lesen war: »VERZEIHT«. Angaben über vorherige Selbstmordversuche fehlten im Polizeibericht, der bei Routinefällen normalerweise recht kurz gefasst war, und junge Männer, die sich in der Garage erhängten, waren leider nichts Ungewöhnliches.

Ella streifte sich die dicken blauen Gummihandschuhe über und studierte die weißen Tennissocken. Sie waren frisch gewaschen und strahlend sauber. Auch die Unterseite der Strümpfe war absolut weiß. Erst als Ella die Beine des Toten anhob, registrierte sie die winzigen Schmutzpartikel an den Fersen.

»Ziemlich merkwürdig, nicht wahr?«, fragte Johannes und stellte sich neben sie.

»Unter der Voraussetzung, dass der Garagenboden nicht klinisch rein war, sind ihm entweder die Schuhe heruntergerutscht oder ausgezogen worden«, murmelte Ella vor sich hin.

Johannes nickte zustimmend und folgte ihrem Blick.

»Oder jemand hat ihm die Strümpfe angezogen, nachdem er gestorben war.«

Sie überlegte weiter, während sie langsam an der Leiche entlangging.

»Kannst du so nett sein und ein paar Fotos von ihm machen, solange er noch bekleidet ist?«, fragte Ella und wandte sich an Johannes. »Vor allem von den Strümpfen.«

Der junge Mann hatte eine Gänsehaut an den Armen, und die Härchen waren aufgestellt, als ob er frieren würde. Die Totenstarre dauerte also noch an, registrierte sie und ergriff mit ruhiger Hand den Arm des Toten, um sein Ellenbogengelenk zu beugen und ihre Vermutung zu bestätigen. Wenn die Sauerstoffzufuhr zu den Zellen unterbunden ist, kommt der Stoffwechsel zum Erliegen. In den Muskelzellen wird keine Energie mehr bereitgestellt, und da sowohl für das Anspannen als auch Entspannen der Muskeln Energie vonnöten ist, versteifen die Muskeln in der Position, in der sie sich ein paar Stunden nach Eintritt des Todes befunden haben. Die allerkleinsten Muskeln, diejenigen, die die winzigen Härchen in der Haut aufrichten, verkürzen sich sogar ein wenig, wodurch der Tote eine Gänsehaut bekommt.

Das Ellenbogengelenk bot zu Ellas Erstaunen keinen Widerstand. Bei den Fingergelenken hingegen benötigte sie ihre ganze Muskelkraft, um sie zu bewegen. Wenn die Totenstarre einmal gebrochen wurde, blieben die Muskeln weich und beweglich. Üblicherweise hatten die Assistenten die Totenstarre in den Armen bereits gebrochen, weil das oft nötig war, um dem Toten die Kleidung ausziehen zu können, aber in diesem Fall war der junge Mann ja noch angezogen. Sie ging weiter und testete die Totenstarre in den Beinen, die nach wie vor bestand.

»Hast du seine Arme bewegt?«

Johannes folgte jeder Bewegung Ellas mit dem Blick und schüttelte zur Antwort lediglich den Kopf. Sie stellte fest, dass die Schultergelenke ebenfalls weich und beweglich waren.

Als Johannes fertig fotografiert hatte, zog er die Leiche aus, während Ella im Polizeibericht blätterte, um zu kontrollieren, dass sie nichts über eine eventuelle Umlagerung des Toten überlesen hatte. Als sie sich wieder der Leiche zuwandte, die nun nackt auf dem Metalltisch lag, sah der Mann bedeutend jünger aus.

Auf dem Tisch lag der Sohn von jemandem, vielleicht auch der Freund eines Mädchens. Oft war es eine unglückliche Liebe, die die jungen Leute ihre Verzweiflung in dieser selbstzerstörerischen Art und Weise hinausschreien ließ. Männer erhängten sich, Frauen nahmen eine Überdosis Tabletten. Doch der Tod durch Erhängen war oft eine unwiederbringliche Handlung im Gegensatz zur Einnahme großer Mengen an Tabletten, die in vielen Fällen behandelt werden konnte, wenn die Frauen rechtzeitig gefunden wurden. Nachdem man ihnen den Magen ausgepumpt hatte, wurde ein Arzt aus der Psychiatrie gerufen, und das Ganze wurde als Hilferuf tituliert. Die Männer hingegen landeten buchstäblich auf ihrem Tisch.

Ella betätigte die Taste der Sprechanlage und wartete darauf, dass jemand im Büro sie hören würde.

»Hallo!« Wieder die schrille Stimme der Sekretärin. In dem altersschwachen Apparat klang sie metallisch und beinahe unmenschlich.

»Kannst du Jens bitten, in Erfahrung zu bringen, wann der Junge, der sich erhängt hat, zum letzten Mal lebend gesehen wurde?«

Ella blätterte zur ersten Seite zurück und kontrollierte den Namen.

»John Westmark«, fügte sie erklärend hinzu.

»Ich werde es weitergeben«, hörte sie aus dem Lautsprecher, dann wurde das Gespräch beendet.

Um sich nicht allzu sehr mit der Trauer und dem Verlust zu konfrontieren, die der jeweilige Todesfall für das Umfeld des Verstorbenen mit sich brachte, oder auch mit der Absurdität und Sinnlosigkeit, die manche Todesfälle in sich bargen, versuchte Ella die Verstorbenen lediglich als Leichen zu betrachten. Die physischen Überreste eines Lebens. Die Leiche, die auf ihrem rostfreien Tisch landete, war in ihren Augen nichts weiter als eine Hülle. In vielen Fällen half ihr diese Art zu denken, um über all die Tragik hinwegsehen zu können, die ihren Saal passierte. Nur in einzelnen Fällen drang der Schmerz der Angehörigen oder die Schmerzen, die der Verstorbene ihrer Auffassung nach hatte aushalten müssen, durch die Mauer hindurch, die sie um sich herum aufgebaut hatte. Sie versuchte sich einzureden, dass genau dieser Aspekt sie menschlich erscheinen ließ und sie daran erinnerte, dass sie noch nicht vollständig abgestumpft war. Doch die Grenze war hauchdünn. Mit den Angehörigen in allzu hohem Maß mitzufühlen zehrte so sehr an Ellas Kräften, dass es ihr auf Dauer unmöglich sein würde, ihrer Arbeit nachzugehen. Sie registrierte stattdessen die Gefühle der Angehörigen, ohne selbst etwas zu empfinden. Das war schlicht und einfach die einzige Art zu überleben.

Nachdem sie die Ausbreitung der Totenflecke untersucht hatte, stellte sie sich ans Kopfende des jungen Mannes und betrachtete sein Gesicht. Um die Augen herum, auf der Stirn, den Wangen und um die Ohren herum entdeckte sie kleine punktförmige Einblutungen in der Haut. Entsprechende Einblutungen fand sie auch an der Innenseite der Augenlider und in der Mundschleimhaut. Dann entfernte sie das Seil – eines, wie man es zum Abschleppen von Autos benutzte, es war drei Mal um seinen Hals geschlungen – und tastete den Nacken ab, um festzustellen, ob er sich das Genick gebrochen hatte. Auf der Haut blieb ein deutlicher Abdruck des Seils zurück. Ella beschrieb den Abdruck eingehend in ihrem Protokoll.

Nachdem sie die übrigen Hautpartien der gesamten Leiche untersucht hatte, ohne etwas Auffälliges festzustellen, griff sie nach dem Messer und begann mit der inneren Untersuchung. Bei Todesfällen durch Erhängen richtete Ella immer besondere Aufmerksamkeit auf den Hals und den Nacken. Eventuelle Verletzungen des Zungenbeins oder Einblutungen in die Halsmuskulatur konnten möglicherweise darauf hindeuten, dass der Tote erdrosselt und erst nach Eintreten des Todes aufgehängt worden war. Doch der junge Mann hatte keine derartigen Verletzungen.

Ihr detailliertes Protokoll über die äußere und innere Leichenschau mündete in einem Gutachten, in dem sie auflistete, welche Funde sie gemacht hatte, welche Ergebnisse die chemische Untersuchung der Körperflüssigkeiten erbracht hatte und wie die Todesursache lautete. Ebenso war es wichtig, eine Beurteilung dessen vorzunehmen, was etwas plump als Todesart bezeichnet wurde. Sie würde mit anderen Worten versuchen, die Absicht des Verstorbenen im Hinblick auf die Tat zu beurteilen, die zu seinem Tod geführt hatte. Diese Beurteilung gestaltete sich bei Personen, die infolge einer Medikamentenvergiftung gestorben waren, oft bedeutend komplizierter als bei solchen, die sich erhängt hatten. Überdosierung war eine Sache, aber jeder Mensch sprach außerdem in unterschiedlicher Art und Weise auf Medikamente an. Es gab Gruppen, die gewisse Präparate in untypischer Weise abbauten. Ella selbst gehörte zu den Personen, die aus irgendeinem Grund auf ein bestimmtes schmerzlinderndes

Präparat nicht ansprachen. Das hatte sie bereits während ihrer Studienzeit herausgefunden, als sie einmal eine enorm hohe Dosis eines starken Schmerzmittels benötigt hatte, um nach einer heftigen Zahnentzündung ihre Schmerzen loszuwerden. Bei der Dosis, die sie eingenommen hatte, hätte sie laut dem Medizinkatalog FASS bewusstlos werden müssen, was sie phasenweise auch gerne gewesen wäre. Doch das Ziel hatte darin bestanden, schmerzfrei und nicht bewusstlos zu werden und auch nicht ihr Leben aufs Spiel zu setzen. Wenn sich jemand hingegen ein Seil um den Hals schlang und sich damit an der Decke erhängte, steckte dahinter eine eindeutige Absicht.

Dennoch stand Ella nach der Obduktion vor dem Spiegel, wusch sich die Hände, betrachtete ihre ergrauten Haarsträhnen und grübelte über den ersten Fall des Tages nach.

Kapitel 2

Das Wasser tropfte Ella von den nassen Haaren über die Schultern herunter. Sie gehörte der neuen Generation von Rechtsmedizinern an, die sich nach einer Schicht im Obduktionssaal duschten. Ihre älteren Kollegen hingegen wunderten sich über den hygienischen Fanatismus der jüngeren Ärzte. Vielleicht würde sie sich ja auch irgendwann damit begnügen, lediglich die Obduktionskleidung abzustreifen, sich die Hände zu waschen und ein wenig mehr Parfüm aufzulegen. Ein nicht gerade ansprechender Gedanke.

In ihrem Büro herrschte ein ziemliches Chaos. Man konnte gerade noch erahnen, dass der große L-förmige Schreibtisch aus hellem Holz gefertigt war, da die Tischplatte zum größten Teil mit Papierstapeln bedeckt war. Darauf standen außerdem zwei große Computerbildschirme und am anderen Ende ein großes, teures Mikroskop. Auf den Besucherstühlen lagen diverse rechtsmedizinische Zeitschriften, und in den Bücherregalen standen meterweise Aktenordner, in denen sie alle erdenklichen Informationen verwahrte, die ihr wichtig erschienen. Alles, was in irgendeiner Form einen Berührungspunkt mit der Rechtsmedizin besaß, von alten wissenschaftlichen Artikeln bis hin zu Ermittlungen diverser Behörden.

Das Personal im Labor hatte zwischen den Jahren offenbar nicht auf der faulen Haut gelegen, stellte sie fest. Neben dem Mikroskop hatte jemand sechs Tabletts mit dünnen Gewebeproben von ihren Obduktionen gestapelt. Die Proben waren inzwischen präpariert und konnten untersucht werden. Doch das musste auf einen geeigneteren Zeitpunkt verschoben werden, dachte sie. Zuoberst auf den Papierstapeln lagen die Unterlagen, die sie jetzt benötigte, um sich auf ihren nachmittäglichen Termin im Amtsgericht vorzubereiten. Die Arbeit als Rechtsmedizinerin beinhaltete, dass sie bisweilen zu Gerichtsverhandlungen hinzugebeten wurde, um zu erläutern, verdeutlichen oder manchmal auch nur zu wiederholen, was sie bereits in einem Gutachten geschrieben hatte. Die nachmittägliche Verhandlung gehörte der letztgenannten Kategorie an. Aus diesem Grund saß sie jetzt frisch geduscht und ausnahmsweise im Kostüm am Schreibtisch und widmete sich ihren Unterlagen. Eigentlich hatte sie sich in dem mit Nadelstreifen versehenen Rock und der dazugehörigen Jacke noch nie wohlgefühlt, aber sie hatte festgestellt, dass genau diese Art von Kleidung dazu beitrug, dass sie als Ärztin im staatlichen Dienst ernst genommen wurde – obwohl sie bereits neununddreißig Jahre alt war.

Bei dem vorliegenden Fall handelte es sich um eine Untersuchung, die Ella an einer Frau vorgenommen hatte, die behauptete, vergewaltigt worden zu sein. Auch wenn die Umstände selten glücklich waren, gefiel es Ella, ab und an mit Lebenden zu arbeiten. Dennoch war es Ella und ihren Kollegen wichtig, den untersuchten Personen klarzumachen, dass sie keine Patienten, sondern Kläger waren, auch wenn die Person, die sie untersuchte, Arzt war. Während ihrer kurzen Besuche in der Rechtsmedizinischen Abteilung fand keinerlei medizinische Versorgung statt – es sollten lediglich die Verletzungen dokumentiert werden, um später Schlussfolgerungen daraus zu ziehen. Bei Vergewaltigungen lagen oft keine Verletzungen am Unterleib vor, und so war es auch in diesem Fall. Ungewöhnlicherweise hatte sich die betreffende

Frau an ihrem Angreifer festgekrallt und ihn gekratzt, um sich zu wehren, und somit dazu beigetragen, dass der Anklage des Staatsanwaltes höchstwahrscheinlich stattgegeben werden würde. In diesem Fall hatte der verdächtigte Täter zuvor eine Beziehung mit der Frau unterhalten, und als Ella ihn untersuchte, fand sie tiefe Kratzspuren um seine Augen herum. Sie untersuchte oft sowohl die Klägerin als auch den Verdächtigten, kam aber häufig zu dem Schluss, dass sie weder bestätigen noch ausschließen konnte, ob eine Vergewaltigung stattgefunden hatte.

Ella hatte damit längst kein Problem mehr. Logischerweise musste irgendeine Form von technischen Beweisen vorliegen, um einen Mann der Vergewaltigung zu überführen, wenn man die Rechtssicherheit aufrechterhalten wollte. Bei vielen Gewaltverbrechen gelang es ihr, mit dieser Art von Beweisen aufzuwarten, aber nur selten bei Vergewaltigungen. Stattdessen war sie dankbar dafür, dass sie die Beweislage oder im schlimmsten Fall die Glaubwürdigkeit der beteiligten Parteien nicht beurteilen und ein Strafmaß verkünden musste. Das war zum Glück Aufgabe der Richter und Schöffen und nicht ihre.

Irgendwo unter den Papierhaufen, die sich auf Ellas überladenem Schreibtisch stapelten, klingelte plötzlich ihr Handy. Irritiert schob sie ihre Unterlagen zur Seite und meldete sich.

»Yes!«

Sie hatte auf dem Display gesehen, dass es sich um eine interne Nummer handelte, und hatte keine Zeit für Höflichkeitsfloskeln.

»Gestresst?«

Es war Jens – die Rechtsmedizinische Hilfskraft der Abteilung. Um die Arbeit der Rechtsmediziner zu erleichtern, stellte die Abteilung eine solche Person an, die oft eine Ausbildung als Krankenschwester oder -pfleger hatte und die Rechtsmediziner unter anderem darin unterstützte, Patientenakten anzufordern, die in bestimmten Fällen nützlich sein konnten. Die Hilfskraft erledigte ebenfalls einen großen Teil der Kommunikation mit den Angehörigen und der Polizei.

»Alles im grünen Bereich«, antwortete Ella und lehnte sich auf ihrem Stuhl zurück.

»Du hattest angefragt, wann ein gewisser John Westmark zuletzt lebend gesehen wurde«, stellte Jens fest. »Soweit ich sehen kann, steht das bereits in den Unterlagen«, fügte er vorsichtig hinzu.

»Stimmt«, begann Ella, »aber das haben die Eltern gesagt, die für drei Tage weggefahren waren. Was können sie denn schon darüber wissen, was ihr Sohn während dieser Tage gemacht hat? Nein, die Polizei soll sich ruhig ein wenig mehr bemühen und in Erfahrung bringen, ob der Junge während der Zeit tatsächlich keinen Kontakt zu irgendwem anders gehabt hat. Vielleicht auf einer Silvesterparty?«

»Ich verstehe. Ich rufe gleich dort an und kläre das ab.«

Er legte auf.

Nachdem sie ihre Unterlagen über die Vergewaltigung ein letztes Mal durchgelesen und die Fotos, die sie von den Verletzungen des Verdächtigten gemacht hatte, studiert hatte, öffnete sie eine ihrer Lieblingswebsites im Internet. Abgesehen von den wenigen Minuten, die sie sich für diese Website nahm, verbrachte sie relativ wenig Zeit mit Surfen im Internet. Es handelte sich um eine Auktionsseite, auf der man direkt übers Internet Gebote für allerlei Gegenstände abgeben konnte. Während der vergangenen Jahre hatte sie auch diverse Stücke gekauft. Sie hatte ein Faible für vergoldete Spiegel entwickelt, die nun in unzähligen Exemplaren die Wände ihres Arbeitszimmers zu Hause schmückten. Im Hinblick auf ihr mangelndes Interesse an ihrem eigenen Aussehen hätte die Wahl ihrer Sammlerstücke etwas eigenartig anmuten können, doch ihr Interesse an Spiegeln war ganz anders motiviert. Sie war eher an der Geschichte des Spiegels und seinem einzigartigen Charakter interessiert, wenn sie sich bei einer Auktion auf ein bestimmtes Stück festlegte. Sie hatte schon Stunden darauf verwendet, um darüber zu fantasieren, wer wohl bereits alles vor den Spiegeln gestanden und sich darin betrachtet hatte, bevor sie unter ihrem Dach gelandet waren. Sie sah sie als stumme Zeugen an, die niemals preisgeben würden, was sie einmal widergespiegelt hatten.

Das Interesse an antiken Gegenständen teilte sie zu einem gewissen Teil mit ihrer Mutter Judit, zu der sie immer selteneren Kontakt pflegte. Ihre Mutter hatte sie, schon als sie noch klein war, zu Auktionen mitgenommen. Sie konnte sich immer noch an die Atmosphäre während dieser Ereignisse erinnern. An den Geruch nach alten Möbeln. An das Raunen, das auf ein unerwartet hohes Gebot folgte. Sie hatte jedes Mal verwundert zu ihrer Mutter aufgeschaut, die den dickbäuchigen älteren Männern, die üblicherweise in den Auktionshallen das Sagen hatten, mit großer Entschlossenheit eine Kostbarkeit nach der anderen vor der Nase wegschnappte. Den Grund dafür hatte sie erst später verstanden. Ihre Mutter war gerade erst Witwe geworden und trug bei jeder Auktion, die sie besuchte, schwarze Kleidung und einen Trauerflor, und kein Mann brachte es übers Herz, der jungen hübschen Witwe zu neiden, was sie benötigte, um ihre Trauer zu überwinden. Auch die Tatsache, dass ihre Mutter außerdem unglaublich vermögend war und aus einer einflussreichen Familie stammte, gereichte ihr bei den Auktionen nicht unbedingt zum Nachteil. Ella hatte keine Erinnerungen mehr daran, wie sie selbst angezogen war, als sie neben ihrer Mutter gesessen hatte, doch sie konnte nur vermuten, dass auch sie schwarz gekleidet war, um die Dramatik noch zu verstärken.

Ihre Tragödie war damals offenbar ein landesweites Thema gewesen. Denn es handelte sich immerhin um die Tochter eines der führenden Unternehmer des Landes, die sowohl ihr Haus als auch ihren Mann in der entsetzlichen Feuersbrunst verloren hatte. Ellas Großvater war einer der Haupteigner des Rossing-Konzerns gewesen, der einer der großen Akteure an der Börse war, als der Brand damals in den 70er-Jahren ausbrach.

Nach der Feuersbrunst hatten Mutter und Tochter für eine Weile bei den Großeltern zu Hause gewohnt, doch an die Zeit konnte Ella sich kaum erinnern. Eher schon an die Tatsache, dass ihr Aufenthalt dort von festen Regeln bestimmt war. Als neugierige Sechsjährige hatte sie ihre Großmutter mehr als einmal verärgert. In einer Situation durchwühlte sie auf der Suche nach einem Spielzeug Gretes schönen Mahagonisekretär, eine Kostbarkeit, bei der sie heute im Übrigen nicht zögern würde, sie sich selbst zuzulegen. Grete hatte Ella daraufhin diverse Fotos aus den Händen gerissen und sie angeschrien. Ihr war klargeworden, dass dies eines der Erlebnisse war, die man nicht so schnell wieder vergaß. Denn jedes Mal, wenn sie Grete besuchte, beschlich sie erneut das Gefühl, das sie als kleines Mädchen empfunden hatte.

Die ganze Pracht der Paradewohnung hatte Ella als Kind natürlich nicht erfassen können; sie wurde ihr erst viele Jahre später bewusst. Als ihr Großvater vor einigen Jahren starb, hatte sich ihre Großmutter dazu entschieden, weiterhin in der über zweihundert Quadratmeter großen Wohnung wohnen zu bleiben. Die Wohnung war anfänglich noch größer gewesen, doch man hatte einen Teil abtrennen lassen, nachdem

Ernst keine Abendeinladungen zu Repräsentationszwecken mehr zu Hause gab. Es kam vor, dass Ellas Großmutter immer noch ihren Unmut darüber äußerte, dass sie damit auf den, wie sie fand, schönsten Raum der Wohnung oder den Salon, wie sie ihn immer nannte, verzichten musste. In diesem Salon hatte sie einst die Ehefrauen unterhalten, während die Männer ihrem Ehemann nach dem Abendessen ins Herrenzimmer folgten. Im Herrenzimmer hatte immer ein schwacher Geruch nach Zigarren gehangen. Ella fragte sich heute noch, warum die Oberschicht, der ihre Familie angehörte, was sie übrigens nur widerwillig akzeptierte, die klassischen Geschlechterrollen beibehalten hatte.

Für sie war es offensichtlich, dass sich ihr Großvater ausgerechnet für Grete entschieden hatte, weil sie niemals versuchen würde, diese bestehenden Regeln aufzuheben. Sie verkörperte ganz bestimmt all das, was sich ein Mann in seiner Position nur hatte wünschen können. Den Willen und die Entscheidungen ihres Ehemannes stellte sie niemals in Frage, doch mit den Jahren realisierte die anfänglich schüchterne Frau ihre Einflussmöglichkeiten als Ehefrau eines Finanzmannes. Während der glanzvollen Zeit, in der eine Abendeinladung die andere ablöste, hatten sie sowohl eine Köchin als auch eine Haushälterin in der Wohnung angestellt. Alltagsverrichtungen wie Putzen, Waschen und Kochen wurden von Bediensteten ausgeführt. Phasenweise zog die übrige Familie Rossing ebenfalls ihren Nutzen aus diesen Diensten. Die Wäsche wurde auch in Ellas Elternhaus abgeholt, gewaschen und anschließend gebügelt wieder angeliefert.

Bereits nach ein paar Jahren leitete Grete den Haushalt mit eiserner Hand. Sie hatte so viele Regeln für die Angestellten aufgestellt, dass diese darüber Buch führen mussten. Zeitweise herrschte eine hohe Fluktuation beim Personal, woraufhin

Grete große Mühe darauf verwendete, neues auszuwählen. Dabei war sie besonders darauf bedacht, keine allzu attraktiven Haushälterinnen anzustellen. Nicht weil ihr Ehemann seine Blicke unnötig schweifen ließ, sondern weil sie nicht die Absicht hegte, ihre Rolle als primärer Blickfang zu verlieren.

Obwohl sie sich inzwischen bereits der neunzig näherte, war sie immer noch eine attraktive Frau. Wenn die alte Dame nicht so rüstig gewesen wäre, hätte Ella den Verdacht gehabt, Grete sei noch ein paar Jahre älter, als sie behauptete. Ohne gültige Papiere in einem anderen Land neu anzufangen hatte mitunter seine Vorteile, und wenn es jemanden gab, der sich das zunutze machen würde, dann Grete, überlegte Ella.

Die Haushälterin, die am längsten blieb, war über dreißig Jahre lang bei der Familie gewesen. Estrid. Die klein gewachsene, etwas rundliche Dame mit den Apfelbäckchen hatte immer eine schützende Hand über Ella gehalten. Estrid war siebenundzwanzig, als sie angefangen hatte, für die Familie Liedenburg-Rossing zu arbeiten. Sie hatte nie eine eigene Familie gegründet und, soweit Ella wusste, auch neben der alljährlichen Reise auf eine griechische Insel, wo sie gemeinsam mit ihrer Schwester regelmäßig eine Woche verbrachte, keinen weiteren Urlaub genommen. Bei der rundlichen, kleinen Dame hatte Ella während ihrer Kindheit Geborgenheit und Fürsorge erfahren. Jedenfalls erinnerte Ella es so.

Estrid hatte im Alter zunehmend an Gelenkbeschwerden gelitten, die ihr das Arbeiten schließlich unmöglich machten. Doch sie hatte noch lange ihre Aufgaben erfüllt, obwohl ihre Gelenke immer steifer und unbeweglicher wurden. Wie jemand freiwillig so viele Jahre lang für Grete arbeiten konnte, war Ella allerdings unbegreiflich. Wenn Ella Grete in den vergangenen Jahren pflichtschuldig auf ihre Geburtstagseinladungen hin besuchte, so tat sie es in der Hoffnung, Estrid zu treffen, die für diesen einen Tag im Jahr an ihren ehemaligen Arbeitsplatz zurückkehrte. Dort trug sie dann, so gut es mit ihren krummen und vom Rheumatismus entstellten Fingern ging, die glänzenden Silbertabletts auf. Im vergangenen Jahr hatte Estrid an Gretes Geburtstag allerdings im Krankenhaus gelegen, sodass Ellas Besuch für sie völlig umsonst gewesen war. Sie plagte immer noch ein schlechtes Gewissen, dass sie sich nicht die Zeit genommen hatte, Estrid dort zu besuchen.

Grete hatte inzwischen eine private Putzhilfe, kam aber ansonsten gut allein zurecht. Ellas Mutter Judit war natürlich oft bei ihr und half ihr bei gewissen Alltagsverrichtungen, die Grete offenbar nicht mehr selbst durchführen konnte. Auch wenn Judit studierte Kunsthistorikerin war und eine eigene Galerie betrieb, konnte man kaum behaupten, dass ihre Arbeit mehr als einen Bruchteil ihrer Zeit beanspruchte. Sie beschäftigte zwei Angestellte in der Galerie und war selbst fast nur während der Vernissagen anwesend. Es war offensichtlich, dass Ausbildung und Beruf für sie eher mit Status als mit Einkommen und Betätigung verbunden waren.

Nur ganz selten hatte Judit sich gegenüber Ella über Gretes Tendenz beschwert, diese unbedeutenden Alltagsverrichtungen als mehr oder weniger akute Krisensituationen erscheinen zu lassen. Oftmals hatte sich herausgestellt, dass sie lediglich Hilfe beim Schneiden ihrer Fußnägel oder beim Putzen ihres Silbers vor einer Einladung zum Tee benötigte. Doch meistens schluckte Judit ihren Stolz herunter und eilte ihrer Mutter zu Hilfe, was für Ella nur schwer nachvollziehbar war. Sie nahm an, dass ihre Mutter sich dazu verpflichtet fühlte, weil Grete Judit unterstützt hatte, als sie selbst dringend Hilfe benötigte. Eine Hilfe, die nach Ellas Auffassung hätte selbstverständlich sein müssen. Denn der Verlust ihres Ehemannes, den ihre Mutter in jungen Jahren erlitten hatte, hatte Judit von einer selbstständigen Ehefrau in einer für die damalige Zeit ungewöhnlich gleichberechtigten Ehe zu einer unterdrückten Frau werden lassen, die in Abhängigkeit von ihren Eltern und deren Geld lebte und sich nicht zutraute, auf eigenen Beinen stehen zu können.

Ellas Verhältnis zu ihrer Mutter und ihrer Großmutter war nicht ganz unkompliziert. Ihr war nur allzu bewusst, dass beide Frauen der Meinung waren, dass sie nicht den Lebensweg gewählt hatte, der einem gut erzogenen Mädchen aus der Oberschicht anstand. Dass Ellas Intellekt dem von ihrer Mutter und Großmutter zusammen überlegen war, hatte sie bereits in der Oberstufe erkannt. Ihr Großvater war der Einzige, der, wenn auch verhalten, immerhin seinen Stolz darüber bekundete, dass Ella ihr Abitur mit der besten Note der Schule bestanden hatte. Er hatte ebenfalls angedeutet, dass er sie im Hinblick auf die Zukunft des Konzerns für einen Posten im Auge hätte. Auch Ernsts Bruder Hugo hatte einen Sohn, Waldemar, der wiederum Vater einer Tochter und eines Sohnes war. Waldemar saß bereits seit längerer Zeit im Vorstand, doch seine Kinder waren mehr als zehn Jahre jünger als Ella und kamen damals für geschäftliche Zusammenhänge noch nicht in Frage. Judit und Grete hingegen waren im Hinblick auf Ellas Abitur mit allen Vorbereitungen, die ihnen am wichtigsten erschienen, so beschäftigt gewesen, dass ihnen Ellas Notendurchschnitt glatt entging. Sie verwendeten große Mühe auf Ellas Festtagsgarderobe und den aufwändigen Empfang, der sie in der Wohnung ihrer Großeltern erwartet hatte.

Der Gedanke an die Wohnung erinnerte Ella daran, dass sie gezwungen war, sich eine neue Bleibe zu suchen, eine Vorstellung, die ihr Angst machte und gleichzeitig gefiel. Sie schüttelte die Gedanken ab und konzentrierte sich wieder auf ihre Website.

An diesem Tag war sie eigentlich eher darauf aus, die Entwicklung der Gebote für einen fantastischen Barockspiegel mit blauem Glas zu verfolgen, der, wie sie gelesen hatte, in dieser Woche zur Auktion stehen sollte. Sie hatte sich bereits entschieden, nicht mitzubieten. Das kostbare Stück war um 1730 angefertigt worden, und der Preis würde sich mit großer Wahrscheinlichkeit auf Höhe des Jahreseinkommens eines Oberarztes belaufen. Sie fand, dass die Abbildungen des Spiegels dem Original nicht gerecht wurden. Vor ein paar Jahren hatte dieser Spiegel in einem der traditionsreichsten Auktionshäuser der Stadt den Besitzer gewechselt, und bei der Gelegenheit war Ella dort gewesen und hatte ihn bewundert. Trotz der schlechten Qualität der Fotos war das Bieten bereits in vollem Gange. Es war offensichtlich, dass sie nicht die Einzige war, die eine besondere Vorliebe für antike Spiegel hegte, und diejenigen, die wussten, um was für eine Kostbarkeit es sich handelte, würden nicht so schnell klein beigeben.

In Situationen wie dieser musste Ella sich zusammenreißen, um nicht nach dem Vermögen zu schielen, von dem sie wusste, dass es eines Tages ihr gehören würde. Doch bereits als sie achtzehn geworden war, hatte sie mittels einer Lebensversicherung, die ihr Vater für sie abgeschlossen hatte, eine größere Geldsumme erhalten. Ella war die alleinige Begünstigte. Von einem Teil des Geldes hatte sie ihr Studium finanziert, aber darüber hinaus hatte sie sich noch keine Gedanken gemacht, wofür sie das restliche Geld ausgeben würde. Es kam ihr einfach nicht wie ihr eigenes Geld vor, und davon antike Spiegel zu kaufen erschien ihr unpassend.

An ihrem achtzehnten Geburtstag hatte unerwartet ein Rechtsanwalt an der Tür geklingelt. Er erklärte, dass er gegenüber Ella als Verwalter von Fredericks Erbe fungierte. Bis dahin wusste sie nicht einmal, dass ein solches Erbe existierte. Rechtsanwalt Crona hatte mit Ella wie mit einem erwachsenen Menschen gesprochen und ihr sachlich erklärt, wie die Gelder im Verlauf der vergangenen Jahre angelegt worden waren und welchen Gewinn sie abgeworfen hatten. Sie genoss es, als eigenverantwortliches und selbstständig denkendes Individuum betrachtet zu werden. Die Gelder waren dabei von untergeordneter Bedeutung, auch wenn sie ihr den Bruch mit der Verwandtschaft erleichterten. Noch heute geschah es öfter, dass sie den bald in Rente gehenden Rechtsanwalt anrief und um Rat fragte. Sebastian Crona und Ella waren mit den Jahren gute Freunde geworden, und da Ella sich nicht für Kapitalverwaltung interessierte, hatte der Rechtsanwalt ihre Gelder weiterhin nach bestem Wissen verwaltet.

Als sie sich gerade ausloggen und wieder ihrer Arbeit zuwenden wollte, blieb ihr Blick an einer Tischuhr mit Pendel hängen, die zur Auktion bereitstand. Es war eine Bronzeuhr, die die Größe einer Katze hatte. Die ganze Uhr war sehr zierlich geformt und hatte ein Zifferblatt mit römischen Zahlen. Sie kam ihr ungemein bekannt vor. Ihr erster Gedanke war, dass Grete eine ähnliche Uhr in ihrer Wohnung stehen hatte. Doch obwohl Ella Grete seit dem vergangenen Jahr nicht mehr besucht hatte, hätten die Bilder der Erinnerung in diesem Fall klarer sein müssen. Sie sah das Stück vor ihrem inneren Auge auf einer Kommode im Rokokostil stehen, die sie allerdings nirgends einordnen konnte.

Ihr Versuch, die Bilder ihrer Erinnerungen zu sortieren, die durch die alte Uhr zu neuem Leben erweckt worden waren, wurde abrupt unterbrochen, als ihr gleichaltriger Kollege Simon Stålhammare seinen Kopf durch den Türspalt steckte.

»Die Polizeitechniker haben gerade angerufen«, rief er.

Er hatte Bereitschaftsdienst, was bedeutete, dass er in dieser Woche alle hereinkommenden Fragen der Polizei, Staatsanwaltschaft und der Ärzte beantworten musste, die im staatlichen medizinischen Dienst tätig waren.

»Ein Mann, der das Grundstück seines Sommerhauses unmittelbar außerhalb der Stadt entwässern wollte, ist auf etwas gestoßen, von dem er annimmt, dass es sich um eine Menschenleiche handelt«, fuhr er im selben Atemzug fort.

»Ist das ein Fall für uns oder für den Dienst habenden Archäologen?«, fragte Ella mit einem Lächeln.

Es kam nicht selten vor, dass sie menschliche Schädel und andere Knochenteile hereinbekamen, die sich als mehrere Jahrhunderte alt erwiesen. Oftmals stammten die Knochenstücke nicht einmal von Menschen sondern von Tieren.

»Wer entwässert außerdem sein Grundstück im Januar?«, fügte sie fragend hinzu und zog die Augenbrauen hoch.

Simon zuckte mit den Achseln.

»Ich fahre in jedem Fall hin«, erwiderte er und verschwand aus Ellas Raum.

Ella überlegte kurz, wie sie selbst an einem entsprechenden Fundort agiert hätte. Unter Berücksichtigung der Umstände erwog man oftmals, einen Archäologen hinzuzuziehen, der bei der Ausgrabung an sich behilflich war. Ob dies notwendig wäre oder nicht, wurde oft erst durch die Dauer der Liegezeit in der Erde entschieden. Nach einigen Jahre hatten sich die Haut, die Muskeln, das Fett und alle anderen Weichteile aufgelöst und das knöcherne Skelett zurückgelassen, das in vereinzelten Fällen Auskunft darüber geben konnte, wie genau die Person ums Leben gekommen war. Simon hatte höchstwahrscheinlich dieselben Überlegungen angestellt, bevor er mit dem Dienstwagen losfuhr, aber wie er es vor Ort schaffen würde, seine akkurate Kleidung nicht zu beschmutzen, war für sie ein Mysterium. Im Gegensatz zu Ella sah Simon immer aus, als müsse er demnächst zu einem Gerichtstermin. Wenn er keinen Anzug trug, dann zumindest ein Paar dunkle, sorgfältig gebügelte Hosen und ein passendes Hemd mit Krawatte. Im Dienstwagen hatte er, soweit sie wusste, nur ein Paar Stiefel und eine Taschenlampe liegen.

Nachdem Ella zwei Tabletts mit Gewebeproben von Fällen abgearbeitet hatte, die sie vor den Weihnachtsfeiertagen obduziert hatte, nahm ihre Neugier überhand, und sie wählte sich erneut ins Internet ein. Der Gedanke an die Uhr, die ihr so bekannt vorkam, ging ihr einfach nicht aus dem Kopf. Das Bieten für den Spiegel mit dem blauen Glas war in vollem Gange, obwohl der Abschluss der Auktion erst in neun Tagen angesetzt war. Auktionen waren immer zeitlich begrenzt und oft ziemlich ereignislos, bis dann gegen Ende das große Wettbieten anfing. Für die Tischuhr wurde bislang nur der Ausgangspreis geboten. Ella schloss die Augen und versuchte sich die Uhr vor ihrem inneren Auge in der Umgebung vorzustellen, mit der sie sie in Zusammenhang brachte, doch ohne Erfolg. Bevor sie die Augen wieder öffnete, schoss ihr ein Gedanke durch den Kopf. Sie saß vor dem Bildschirm, starrte auf das Foto der Uhr und versuchte die Bedeutung des Gedankensplitters zu erfassen, der ihr gekommen war. Sie konnte das Stück weder zeitlich noch räumlich einordnen, aber sie wusste sicher, dass es schwerer war, als es aussah.

Dem in der Beschreibung stehenden Text zufolge war die Uhr, die von Putten in patinierter Bronze gekrönt war, in der zweiten Hälfte des 19. Jahrhunderts hergestellt worden. Und ehe sie wusste, wie ihr geschah, hatten ihre Finger auf der Tastatur ein Gebot eingetippt, das ein wenig unter dem geschätzten Wert lag. Sie beschloss, die Auktion innerhalb der letzten Tage zu verfolgen. Wenn irgendjemand ein Gebot abgeben würde, das höher war als ihres, würde sie eine Mitteilung per Mail erhalten.

Es dauerte gut drei Stunden, bis Simon wieder zurück im Büro war. Er trug ein Paar verschlissene Jeans und einen grauen Kapuzenpulli, die beide ziemlich mit Erde beschmiert waren. Ella schämte sich ein wenig, dass sie ihn falsch eingeschätzt und nicht begriffen hatte, dass er genau wie sie eine Garnitur Kleidung zum Wechseln für derlei Fälle in der Arbeit hatte. Ohne seine elegante Kleidung und mit verstrubbelten Haaren sah er nicht mehr wie der Schwiegermuttertraum aus, den er zu verkörpern versuchte, wie Ella ihm unterstellte. Er hatte sich in die Bibliothek der Rechtsmedizin gesetzt, in die sie durch die Glasscheiben von ihrem Raum aus freie Einsicht hatte. Einer der älteren Ärzte schien in den Regalen gerade ein Buch für ihn herauszusuchen. Nach fünf Minuten hielt Ella es nicht länger aus. Sie ging ebenfalls in die Bibliothek und tat so, als suche sie auch nach einem Buch. Die Bibliothek wurde von einem großen Konferenztisch dominiert, an dem sie ihre Meetings abhielten. An einem Ende des Raums stand ein großes Mikroskop, an dem mehrere Ärzte gleichzeitig dasselbe mikroskopische Präparat begutachten konnten.

»Und, wie ist es gelaufen?«, fragte sie, während sie sich eine Zeitschrift griff.

»Der Kerl war draußen im Wald und hat nach Morcheln gesucht«, antwortete der ältere Arzt namens Kauffman.

»Ich kann noch nicht viel mehr sagen, als dass es sich um eine menschliche Leiche jüngeren Datums handelt«, meinte Simon. »Die Techniker vor Ort haben noch einiges an Ausgrabungsarbeit vor sich, aber als ich ging, hatten sie bereits fast den gesamten Oberkörper freigelegt.«

»Und, war nur noch das Skelett erhalten?«, fragte Ella neugierig.

»Es waren jedenfalls keine erkennbaren Weichteile mehr vorhanden, aber aufgrund all der Wurzeln und des verrottenden Laubs in der Erde war es nicht ganz leicht auszumachen.«

»Und wie kannst du dir da so sicher sein, dass die Leiche nicht antik ist?«

»Auf Höhe des Beckens haben die Techniker die Metallschnalle eines Gürtels gefunden, die nicht gerade so aussah, als stamme sie aus dem Bronzezeitalter«, entgegnete Simon trocken.

Es war klar, dass diese Art von Fall einen der Höhepunkte ihrer Arbeit darstellte.

»Aha«, rief Kauffman aus und zog einen alten Schinken aus dem Regal.

Er hinterfragte oftmals den Unwillen seiner jüngeren Kollegen, alte Klassiker der Rechtsmedizin zu lesen. Denn dass etwas vor mehr als hundert Jahren geschrieben wurde, bedeutete nicht automatisch, dass es überholt war, pflegte er zu betonen. Mit einem Knall legte er das schwere Buch vor Simon auf den Tisch.

»Man kann sich nicht nur die Fauna, sondern auch die Flora zunutze machen«, sagte er.

In seiner gewohnten Art murmelte er einige mehr oder weniger unbegreifliche Phrasen vor sich hin, bevor er sie allein ließ: »Fauna, Anatomie, Flora und Dendrochronologie.«

Ella setzte sich neben Simon. Gemeinsam betrachteten sie den Titel des Buches, *La Faune des Cadavres*.

Auch wenn Ellas Französischkenntnisse relativ begrenzt waren, begriff sie, dass das Buch vom Tierleben um eine Leiche herum handelte. Aus den Angaben auf der ersten Seite ging das Ausgabejahr der ersten Auflage hervor: 1894.

Ella war froh, dass Simon und nicht einer der Oberärzte den Fall bekommen hatte. So spannend ihre Fälle auch sein mochten, waren die Oberärzte doch oftmals nahezu gleichgültig und immer ungemein zurückhaltend, was Spekulationen anging. Natürlich hatte sie großen Respekt vor ihren Kollegen, aber sie war dennoch der Ansicht, dass ein wenig Enthusiasmus und Neugier ihrer Arbeit oftmals zuträglich waren. Simon, Ella und die Assistenzärzte berichteten sich gegenseitig von ihren interessanten Fällen, damit zum einen alle Beteiligten daraus lernen und man einander zum anderen im Hinblick auf Fragen weiterhelfen konnte, bei denen man nicht weiterkam. Manchmal musste man nur mit anderen Augen auf etwas schauen, um das Puzzleteil zu finden, das das Bild vervollständigte.

Im Augenblick arbeiteten außerdem noch zwei jüngere Kollegen in ihrer Abteilung, David und Stavros. Außer Ella waren alle Angestellten Männer. Die beiden Assistenzärzte hatten gerade erst ihren Dienst angetreten, der sie nach fünf Jahren zu Spezialisten in der Rechtsmedizin machen würde. Der Beruf hatte in weiten Teilen den Charakter eines Lehrberufs, bei dem der junge Adept anfänglich hauptsächlich eine Belastung für den Meister darstellte, mit der Zeit jedoch immer mehr Verantwortung bekam und nach und nach selbstständig wurde.

»Ich habe ungefähr fünfzig Fotos von dem Haus, dem Grundstück und den Teilen der Leiche gemacht, die sie bereits ausgegraben hatten«, erklärte Simon, während er planlos in dem alten Wälzer blätterte.

Die Seiten waren bereits vergilbt und spröde. Simon besaß ebenfalls keine tieferen Französischkenntnisse, sodass der Inhalt des Buchs ihnen verborgen blieb.

»Eigentlich konnte ich vor Ort nicht gerade viel ausrichten«, sagte er zerstreut, während er einen kleinen Zettel befingerte, den er in der Hand hielt.

Ella warf einen Blick auf den Zettel und stellte fest, dass es sich um eine Handynummer handelte.

»Eine süße Polizeiaspirantin, die Doktor Stålhammare unvorsichtigerweise ihre Telefonnummer gegeben hat?«, zog Ella ihn auf.

Er lächelte und schloss die Hand um den Zettel.

»Sie ist immerhin Gruppenleiterin«, entgegnete er mit gespielter Entrüstung.

Simon war ein unverbesserlicher Frauenheld. Auch wenn Ella fand, dass sein nach hinten gekämmtes Haar und seine gut sitzenden Anzüge ihn ein wenig schleimig aussehen ließen, war ihr klar, dass es vermutlich genau diese geleckte Fassade war, die ihm bei seiner ständigen Jagd nach neuen Eroberungen Erfolge einbrachte. Ella hatte längst aufgehört, sich über seine Methoden zu wundern, aber sie konnte es nicht lassen, ihn damit aufzuziehen. Doch Simon schienen Ellas Kommentare lediglich zu amüsieren.

Als Simons Handy klingelte, ließ Ella ihn in der Bibliothek zurück, konnte jedoch das Gespräch auf dem Weg zu ihrem Büro mithören. Sobald die Leiche vollständig ausgegraben wäre, müsse sie zum Zweck der Obduktion in die Rechtsmedizin gebracht werden, ordnete Simon mit deutlich gebieterischerem Ton an, als sie ihm zugetraut hatte. Dass eine Obduktion im herkömmlichen Wortsinn in Anbetracht dessen, dass nur noch das Skelett vorhanden war, kaum in Frage käme, war in diesem Zusammenhang eher zweitrangig, dachte sie. Bei gewissen Mordfällen wurde eine Computertomographie der Leiche durchgeführt, bevor jemand sie mit dem Messer öffnen durfte. Doch die Rechtsmedizin besaß kein eigenes Gerät. Stattdessen musste man die sorgfältig verhüllten und verschlossenen Leichen innerhalb der normalen Öffnungszeiten ins nächstgelegene Krankenhaus transportieren, um diese Art von Untersuchung durchführen zu lassen.

In diesem Fall bestand dazu jedoch kein Anlass. Das Skelett war vollständig freigelegt, wenn auch etwas mit Erde verschmiert, als Ella und Simon am nächsten Tag davorstanden und die sterblichen Überreste begutachteten. Simon hatte die bräunlich verfärbten Knochenstücke so angeordnet, dass sie einen menschlichen Körper abbildeten. Eine gelinde gesagt zeitraubende Arbeit, wenn man bedachte, dass die Knochen völlig durcheinander in einem Sack angeliefert worden waren. Gemeinsam starrten sie auf den zerbrochenen Schädel und die ausgeschlagenen Zähne in den Kieferknochen. Skelette, die längere Zeit im Boden gelegen hatten, waren oftmals spröde und verwittert, vor allem, wenn Teile davon oberhalb der Erde lagen. Doch dieses Skelett wies keine derartigen Zeichen auf. Deshalb herrschte auch kein Zweifel daran, wie die Verletzungen des Schädelknochens zu deuten sein würden.

»Mord«, sagte Simon leise.

Ella schluckte ihren beabsichtigten Kommentar herunter, dass es sich genauso gut um einen Unfall gehandelt haben könnte, den jemand aus Angst verschwiegen und stattdessen die Leiche vergraben hatte. Ein erneuter Blick auf die Kieferknochen ließ sie die Abwegigkeit einer solchen Behauptung einsehen. Jemand hatte vorsätzlich den unteren Teil des Schädelknochens zerschlagen.

Dementsprechend wiederholte sie stattdessen lediglich Simons Aussage.

»Mord.«

*

Es war Freitagmorgen. In der Küche breitete sich der Duft nach frisch gemahlenen Kaffeebohnen aus, der sich mit dem schweren Herrenparfüm vermischte. Die Bohnen waren aus Brasilien, und das Parfüm hieß Aramis. Er benutzte diese Marke seit 1966. Abgesehen davon hatte er sich mit den Jahren immer extravagantere Gewohnheiten zugelegt. Obwohl er inzwischen ein vermögender Mann war, handelte es sich nicht um irgendwelche Exzesse, eher um kleine Genüsse, die ihm den Alltag versüßten. Wenn er Schokolade aß, so durfte es gerne die beste sein, befand er. Nach einer erfolgreichen Karriere lebte er ein privilegiertes Leben. Exklusive Schokolade und direkt importierter Kaffee beeinträchtigten seine Finanzen nicht.

Seiner Gewohnheit gemäß breitete er die Morgenzeitung über den ausladenden Küchentisch aus. Er überflog die meinungsbildenden Seiten und blätterte dann weiter zu den Inlandsnachrichten. Die vergangene Woche schien ziemlich ereignislos gewesen zu sein. Die meisten Artikel handelten vom Schneechaos und von Verspätungen im Regionalverkehr. Als er die Zeitung schon zur Seite legen wollte, blieb sein Blick an einer kleinen Notiz im Lokalteil hängen. Es war nicht das erste Mal, dass er eine Meldung mit ähnlichem Inhalt entdeckte, doch jedes Mal verursachte es ihm aufs Neue Herzklopfen. In den Situationen zuvor hatte er nach dem Lesen des Textes einen Seufzer der Erleichterung ausstoßen können. Es war immer irgendetwas, das nicht stimmte. Aber diesmal war es nicht wie sonst. Diesmal war es ernst. Der Fundort war so genau beschrieben, dass kein Zweifel herrschte.

Mit einem Krachen fiel die Kaffeetasse zu Boden, und der Kaffee spritzte über den grauen Marmorfußboden. Er fluchte im Stillen. Sie hatten die Leiche gefunden.

*

Ella loggte sich aus und schaltete den Computer ab. Es war bereits nach fünf Uhr, und sie erinnerte sich daran, dass einer der Gründe dafür, dass sie sich ausgerechnet auf dieses Fachgebiet spezialisiert hatte, in den regulären Arbeitszeiten und weniger kraftraubenden Diensten lag. Eine Beziehung zwischen zwei Ärzten mit anstrengendem Schichtdienst würde nicht zukunftstauglich sein, so hatte sie jedenfalls überlegt. Sie bereute die Wahl ihres Fachgebiets in keiner Weise, hatte jedoch einsehen müssen, dass Beziehungen, die eine stabile Basis hatten, vermutlich auch zeitintensive Jobs überstanden.

Sie parkte ihren schwarzen Toyota und ging das letzte Stück zu Fuß. Das Haus stammte aus der Zeit der letzten Jahrhundertwende. Im Sommer war der Wind vom Wasser her angenehm frisch, aber im Januar war er oft harsch und ließ die ganze Gegend unwirtlich erscheinen. Das Haus mit seiner verputzten weißen Fassade, den modernen Linien und dem Fehlen schmückender Details machte nach Ellas Auffassung einen völlig nichtssagenden Eindruck. Sie blieb davor stehen und schaute hinauf in den vierten Stock, wo alles dunkel war. Markus mochte diesen modernen Stil, während sie eher die französische Renaissance bevorzugte. Doch Markus hatte seinen Willen durchgesetzt, als sie nach einer Wohnung gesucht hatten. Es war auch seine Idee gewesen, es das Haus aus der Jahrhundertwende zu nennen. Ella hätte es vorgezogen, wenn das Haus aus der vorherigen Jahrhundertwende anstatt der gerade vergangenen stammen würde. Es handelte sich um ein Neubaugebiet, und wenn die betörende Aussicht über das Wasser nicht gewesen wäre, hätte Ella sich nie auf einen Umzug hierher eingelassen. Sie wohnten inzwischen bald neun Jahre im Haus, waren aber erst im letzten Jahr in die oberste Etage gezogen. Sie hatten die Dachgeschosswohnung eigentlich bereits kaufen wollen, als sie einzogen, hatten sie aber zu teuer gefunden. Als der Mann, der darin wohnte, schließlich verkaufen wollte, hatten sie nicht gezögert. Doch jetzt konnte sie nicht umhin festzustellen, dass sich das Mehr an Licht und die bessere Aussicht kaum in erhöhten Glücksgefühlen ausdrückten.

Sie stieg aus dem Aufzug und schloss die schwere Sicherheitstür auf. Die Einrichtung war, wie auch das übrige Haus, modern und wurde von Stücken zeitgenössischer Designer bestimmt. Ella hatte nichts gegen die klaren Linien einzuwenden, vermisste jedoch die wärmeren Farbtöne. Markus war allerdings der Auffassung, dass sie nicht zu der modernen Einrichtung passten. Ihre Spiegelsammlung, die im Laufe der Jahre zu einer Anzahl von ungefähr dreißig mehr oder weniger einzigartigen Exemplaren aus unterschiedlichen Epochen angewachsen war, wurde ins Arbeitszimmer verfrachtet, wo sie auch einen großen Ohrensessel mit blutrotem dicken Samtbezug untergebracht hatte. Es war im Übrigen das einzige Zimmer, in dem der kalte italienische Steinfußboden mit Teppichen in kräftigen Farben bedeckt war. In den anderen Teilen der Wohnung gab es nur wenige Teppiche, und diese passten sich außerdem der diskreten grauen Einrichtung an.

Lediglich in der Küche gefiel Ella der strikte Stil. Die rostfreie Spüle und die glänzenden Oberflächen der Schränke waren leicht sauber zu halten und sorgten dafür, dass die Töpfe und Pfannen, die an diversen Haken von der Decke hingen und die Markus und sie für eine enorme Summe Geld angeschafft hatten, den eigentlichen Blickfang bildeten. Ganz zu schweigen von den Messern. Diese immer gut geschliffenen Küchenwerkzeuge spielten eine zentrale Rolle. Auf einer fast ein Meter langen magnetischen Leiste hingen zehn Messer in einer Reihe. Im Unterschied zu vielen ähnlich gearteten Küchenarrangements stammten Ellas und Markus' Messer von unterschiedlichen Marken. Sie hatten mit einem Satz Sabatiermesser angefangen und dann im Laufe der Jahre die Messer ausgetauscht, die ihren Ansprüchen nicht genügten. Jetzt besaßen sie auch Messer von Henckels, Kershaw und Porsche. Das eine oder andere Messer von Global hatte sich ebenfalls dazwischengeschlichen. Man konnte einfach nicht leugnen, dass diese Messer eine extrem ansprechende Form besaßen. Zu ihrem Erstaunen hatte Ella feststellen müssen, dass die Marke Global in ihrem Herkunftsland im Prinzip völlig unbekannt war. Einige Personen einer Delegation aus Japan hatten sie jedenfalls verständnislos angeschaut, als sie beim Smalltalk während einer Konferenz von den ausgezeichneten japanischen Messern schwärmte, die zudem noch in schwedischen Obduktionssälen benutzt wurden. Offenbar wurden sie ausschließlich für den Export hergestellt.

Ella legte ab und blieb im dunklen Flur stehen. Obwohl sowohl sie als auch Markus wussten, dass ihr Beziehung zu Ende war, hatte keiner von ihnen es geschafft, sich der praktischen Probleme anzunehmen, nachdem sie aus dem Fjäll zurückgekehrt waren. Stattdessen hatten sie sich beide in ihre Arbeit gestürzt und so wenig Zeit wie möglich in der Wohnung verbracht. Dieses Wochenende stellte keine Ausnahme dar. Markus hatte Nachtdienst und würde bestimmt die ganze Nacht lang im Krankenhaus stehen und operieren.

Ella kochte sich frische Tortellini, rührte fertiges Pesto hinein und rieb einen mittelalten Parmesan über die Pasta. Als sie den leeren Teller betrachtete, ärgerte sie sich wieder einmal über die idiotische Größe der Pastaverpackung. Sie beinhaltete zu viel für eine Person, aber kaum genügend, dass es für zwei oder für eine weitere Portion am nächsten Tag reichen würde. Natürlich hätte man deswegen nicht alles aufessen müssen, aber es schmeckte eben so verdammt gut.

Das Sättigungsgefühl war überwältigend und machte sie außerdem extrem müde. Mit einem Seufzer ließ sie das Geschirr in der Küche zurück und ging mit einem Glas Wasser in der Hand ins Wohnzimmer. Sie strich mit der einen Hand über die Buchrücken im Bücherregal. Sie und auch Markus kauften oft neue Bücher, fanden aber nur selten die Zeit, sie zu lesen. Nach Abschluss ihres Studiums hatte es mehrere Jahre gedauert, bis Ella wieder Lust auf einen Schmöker verspürte. Sie angelte sich ein Buch, das sie im vergangenen Sommer gekauft hatte. Nach ein paar Seiten legte sie es jedoch zur Seite. Das Buch war zwar nicht uninteressant, aber die Müdigkeit war stärker.

Bevor sie allein in dem breiten Bett einschlief, dachte sie darüber nach, wann wohl ein anderer Mann an ihrer Seite schlafen würde. Der Gedanke kam ihr absurd vor. Auch wenn sie ganz nüchtern festgestellt hatte, dass Markus nicht mehr der Richtige für sie war, empfand sie immer noch viel für ihn. Gefühle, die keinen Platz für einen anderen ließen.

*

Man hatte die Leiche also schließlich gefunden. Er hatte den Polizeiwagen, die Kriminaltechniker und schließlich auch den grauen Leichenwagen gesehen. Das unerträgliche Warten war vorüber.

Erstaunlicherweise kam ihm der Todesfall erst jetzt real vor. Als würde er erst dadurch bestätigt, dass jemand anderes die Leiche gefunden hatte.

Leider wusste er, was nun geschehen würde. Das Bestattungsunternehmen würde die sterblichen Überreste in die Rechtsmedizinische Abteilung bringen. Dort würden sie untersucht werden. Jemand würde jeden Millimeter der Leiche begutachten. Der Gedanke erfüllte ihn mit neuer Angst. Was würde man entdecken? Wie würde die Leiche aussehen, und wie würde man ihre absonderliche Platzierung deuten?

Die Fragen ließen ihm keine Ruhe, und seine innere Anspannung nahm zu. Seine Vergangenheit drohte ihn einzuholen, und ihm wurde klar, dass es wahrscheinlich nur eine Frage der Zeit war, bis die Polizei an seiner Tür klingeln würde. Er sah es bereits vor sich – vernommen von seinen eigenen Kollegen. Alles war so schnell gegangen, dass er keine Zeit zum Überlegen gehabt hatte. Vielleicht hatte er Spuren hinterlassen. Er war sich nicht sicher. Wirklich sicher wusste er nur, dass er die Entscheidung, die er damals getroffen hatte, für den Rest seines Lebens bereuen würde.

*

Um Markus aus dem Weg zu gehen, machte sich Ella bereits vor sieben Uhr morgens auf den Weg zur Arbeit. Er hatte das gesamte Wochenende lang Dienst gehabt, und zum ersten Mal seit Langem war Ella ziemlich dankbar darüber. Sie erschien als Erste im Büro und musste, ehe sie anfangen konnte zu arbeiten, die Alarmanlage ausschalten und die mit Brandschutz ausgestatteten Schränke öffnen, in denen die Unterlagen verwahrt wurden. Obwohl die Unterlagen zum größten Teil digitalisiert waren, wurde für jeden Fall ein Aktenordner erstellt, für dessen Verwahrung man die Verantwortung hatte. Alle eingehenden und im Haus erstellten Dokumente waren öffentlich einsehbar und wurden, nachdem sie mit einem Eingangsvermerk versehen waren, archiviert. Aus diesem Grund wurde der Platzmangel zunehmend ein Problem und führte dazu, dass lediglich die Fälle der letzten Jahre in dem Stockwerk aufbewahrt wurden, in dem sie arbeiteten. Man hatte diverse Kellerräume eingerichtet, um auch die älteren handschriftlichen Fälle unterbringen zu können, die mit einem Datum bis zurück zum Anfang des 20. Jahrhunderts versehen waren.

Eines der Regale in dem feuersicheren Schrank war für ihre Fälle vorgesehen. Die Papierstapel, die ihr darin entgegenblickten, signalisierten ihr nicht nur, dass die erst kürzlich neu angestellte Sekretärin zeigen wollte, was sie konnte, und dass sie in der vergangenen Woche fleißig gearbeitet hatte, sondern auch, dass Ella einen langen Arbeitstag vor sich hatte. Sie war zwar für keine Obduktion eingetragen, aber sie würde versuchen, so viele Fälle wie möglich abzuarbeiten, die sie vor den Weihnachtsfeiertagen untersucht hatte. Eigentlich brauchte sie nie lange für ihre Dokumentationen, doch nach einem Urlaub geriet sie naturgemäß immer etwas ins Hintertreffen, was sich unmittelbar in Form von Anrufen der Polizei zeigte, die wiederum von den Angehörigen Druck bekam, weil sie eine Antwort darauf forderten, warum ihr Ehemann, ihre Ehefrau, ihr Sohn, ihre Tochter, ihre Mutter oder ihr Vater aus ihrer Mitte gerissen wurden. Die Gespräche mit diesen Angehörigen nahm Ella mehr als gerne entgegen, allerdings erst, wenn sie sicher war, dass sie Antworten auf alle Fragen parat hatte, die man ihr stellen würde. Aus diesem Grund versuchte sie sie aufzuschieben, bis ihr zumindest die Ergebnisse der chemischen Untersuchungen vorlagen.

Oftmals waren die Angehörigen unglaublich dankbar dafür, eine Todesursache zu erfahren, und mit einigem guten Zureden konnten sie auch oftmals akzeptieren, dass sie selbst den Tod nicht hätten verhindern können. Das war der therapeutische Teil der Arbeit. Dass der Verstorbene nicht gelitten hatte, war ein anderer wichtiger Sachverhalt, den es zu vermitteln galt, auch wenn die wissenschaftliche Grundlage für diese Behauptung relativ dünn war. Was wusste sie denn schon darüber, wie es war zu sterben? Manchmal riefen die

Angehörigen auch an, um ihr Gutachten in Frage zu stellen. Es geschah nämlich bisweilen, dass die Angehörigen nicht nur die Todesursache erfahren, sondern auch das Gutachten lesen wollten, was mitunter die Zustimmung durch die Polizei sowie eine Überprüfung der Geheimhaltung erforderte. Im Gutachten wurden alle Funde aufgeführt, die gemacht wurden, auch wenn sie keinerlei Bedeutung für den Todesfall hatten. Das Vorkommen einer Leberzirrhose oder Fettleber führte beispielsweise oft zu einer Auseinandersetzung zwischen ihr und den Angehörigen. Auch wenn sie in ihren Gutachten schrieb, dass eine Leberzirrhose oder eine Fettleber nicht zwangsläufig die natürliche Folge von Alkoholmissbrauch sein musste, sondern auch im Zusammenhang mit anderen Krankheiten vorkommen konnte, empfanden viele Angehörige es, als versuche sie das Andenken an die verstorbene Person zu beschmutzen, indem sie behauptete, dass sie Alkoholiker gewesen wäre. Wenn es sich denn so verhielt, wie die Angehörigen es schilderten, konnte Ella daraus nur schließen, dass es wohl bedeutend mehr abstinente Menschen gab, die von Leberzirrhose heimgesucht wurden, als in der medizinischen Literatur behauptet wurde.

Ganz oben auf dem hohen Stapel, den sie nun auf ihren Schreibtisch verfrachtet hatte, lag der Fall des jungen Mannes, der letzte Woche erhängt in der Garage aufgefunden worden war. Sie begann das Protokoll zu lesen, das sie während der Obduktion diktiert hatte. Sie analysierte natürlich ihre Befunde bereits beim Obduzieren und war fortlaufend damit beschäftigt, Klarheit in sie zu bringen und sie in einen Zusammenhang zu stellen, doch manchmal traten die Anomalien erst hervor, wenn sie den Fall im Nachhinein noch einmal durchlas. Während des Obduzierens waren ihr lediglich Dinge aufgefallen, die als normale Befunde bei einem Tod durch Erhängen angesehen wurden, und wahrscheinlich war ihr deshalb entgangen, was ihr jetzt als merkwürdig ins Auge fiel. Die Einblutungen in und um die Augen herum waren typisch für einen Erstickungstod, konnten allerdings auch als Nebenbefunde bei anderen Todesursachen auftreten. Dennoch war sie etwas erstaunt, dass sie diese gerade bei dieser Leiche feststellte.

Wenn das Seil sowohl die Atemwege als auch die Blutzirkulation unterbrach, entstanden nämlich keine Einblutungen. Doch manchmal erhängten sich die Leute in so geringer Höhe, dass die Füße noch den Boden berührten, was zur Folge hatte, dass die Last nicht groß genug und somit ein gewisser Blutfluss in den Pulsadern noch möglich war. Bei dem Sterbenden fand dementsprechend ein geringer Blutfluss in Richtung Kopf statt, während jedoch nichts von dort wieder abfloss. In der Folge kam es bei schwacher Atmung zu erhöhtem Druck auf die kleinen Blutgefäße, und die typischen Einblutungen entstanden. Doch die Leiche dieses Mannes war frei schwebend von einem Balken an der Decke der Garage aufgefunden worden, was eigentlich dafür sprach, dass sowohl die Blutzirkulation als auch die Atmung nahezu unmittelbar ausgesetzt hatten.

Sie hegte eigentlich keinen Zweifel daran, dass der junge Mann durch Erhängen gestorben war. Die punktförmigen Einblutungen in und um die Augen herum entstanden ja nicht, wenn man eine Leiche nach dem Tod aufhängte, überlegte sie. Sie fing an zu spekulieren, ob das Ergebnis nicht dasselbe wäre, wenn man jemanden zuerst erwürgte und danach aufhängte. Theoretisch betrachtet könnten die Einblutungen genauso gut durch einen Würgegriff entstanden sein, doch wenn dieser Griff ausgereicht haben sollte, um dem Betreffenden das Leben zu nehmen, hätte sie blaue Flecken an seinem Hals oder eventuell sogar ein gebrochenes Zungenbein und Einblutungen in die Halsmuskulatur feststellen müssen. Unter der Voraussetzung, dass der Junge nicht stark betrunken oder aufgrund anderer Umstände außerstande gewesen war, sich zu verteidigen, hätte sie eigentlich Merkmale eines Kampfes an der Leiche entdecken müssen. Doch inwieweit sich im Blut des jungen Mannes Alkohol, Medikamente oder Drogen hatten nachweisen lassen, würde sie frühestens in einer Woche erfahren.

Ella klickte auf ihrem Computer die Fotos an, die Johannes während der Obduktion gemacht hatte. Insgesamt waren es acht. Die ersten sieben Fotos zeigten die angezogene Leiche inklusive der sauberen Socken. Er hatte auch die schwach beschmutzten Partien an den Fersen fotografiert. Das letzte Foto hatte er vermutlich gemacht, um keinen Zweifel daran aufkommen zu lassen, wen die Fotos darstellten. Johannes hatte ein Etikett mit dem Namen des Mannes und seiner Personennummer fotografiert, das auf einem der Plastikdöschen klebte, in denen man die Gewebeproben der inneren Organe der Leiche aufbewahrte. Im Bildhintergrund erkannte man die bloßen Beine des jungen Mannes. Seine Beine waren für die Jahreszeit bemerkenswert braun, und Ella dachte beiläufig, dass er bestimmt so einige Stunden in einem der Solarien der Stadt zugebracht hatte. Sie versteinerte, als ihr klar wurde, dass sie die Solariumbräune an den Beinen des jungen Mannes eigentlich gar nicht hätte sehen dürfen. An den Vorderseiten der Oberschenkel und Schienbeine war seine Haut goldbraun. Doch die Haut an den Rückseiten der Oberschenkel und Waden hatte sich durch die Totenflecke inzwischen bläulich rot verfärbt. Sie nahm rasch das Protokoll zur Hand, das sie gerade durchgesehen hatte, und las noch einmal die einleitenden Sätze. Ella fluchte im Stillen, als sie feststellte, dass sie völlig, ohne nachzudenken, die Ausbreitung der Totenflecke an der Leiche diktiert hatte, obwohl sie nicht in der Art und Weise verteilt waren, wie man es hätte erwarten können.

Totenflecke sind Verfärbungen der Haut, die entstehen, wenn die Blutzirkulation zum Erliegen gekommen ist und sich das Blut in den Gefäßen gemäß der Schwerkraft verteilt. Das Blut sinkt ganz einfach in die Teile des Körpers, die sich am weitesten unten befinden. Stirbt ein Mensch auf dem Bauch, werden die Totenflecke nach ein paar Stunden im Gesicht und an der Vorderseite des Rumpfes sowie an der Vorderseite der Beine sichtbar. An Körperpartien, an denen der Tote auf eine Unterlage stößt, werden die Blutgefäße zusammengepresst, sodass das Blut nicht dorthin fließen kann. Solche Aufliegeflächen waren oft völlig irrelevant für die Beurteilung eines Todesfalls. Sie waren nur von Interesse, wenn die Totenflecke und die etwas blasseren Aufliegeflächen nicht mit der Lage übereinstimmten, in der die Leiche aufgefunden worden war. Nach einer gewissen Zeit gerann nämlich das Blut des Verstorbenen dort, wo es durch die Schwerkraft hingeflossen war, sodass die Totenflecke bestehen blieben und nicht durch die weitere Lagerung der Leiche beeinflusst wurden. Wenn jemand also eine Leiche umdrehte, die nach Eintritt des Todes vierundzwanzig Stunden auf dem Bauch gelegen hatte, würden die Totenflecke auf der Vorderseite des Körpers verbleiben. Wenn eine Leiche aber stattdessen mit dem Kopf oben und den Füßen nach unten hängend aufgefunden wurde, würde man erwarten, die Totenflecke vorzugsweise an den Händen und Unterschenkeln und dies sowohl an Vorder- als auch Rückseite zu finden.

Mit steigendem Puls las sie noch einmal ihre einleitende Beschreibung durch. *Die Totenflecke sind bläulich rot und symmetrisch verteilt an den Beuge- und Streckseiten der Unterarme sowie an der Rückseite der Beine und mit blassen Aufliegeflächen an beiden Gesäßhälften angeordnet.*

Ella spürte, wie ihr im Gesicht heiß wurde. Es war ihr unbegreiflich, wie sie hatte übersehen können, dass die Ausbreitung der Totenflecke nicht mit der Position übereinstimmte, in der der Tote aufgefunden worden war. Sie hätte auf ihr Bauchgefühl und den spontanen Verdacht des Rechtsmedizinischen Assistenten hören sollen, dass irgendetwas an dem Fall nicht stimmte. Ihre männlichen Kollegen pflegten über dieses Bauchgefühl zu lächeln, und so hatte Ella sich angewöhnt, in ihrem Arbeitsumfeld mit solchen Äußerungen zurückhaltend zu sein. Sie befürchtete, dass man ihre Vermutungen nicht auf jahrelange Berufserfahrung, sondern auf weibliche Intuition zurückführen würde. Sie verabscheute diesen Ausdruck.

Als sich ihr Puls wieder beruhigt hatte, konnte sie wieder logisch denken. Sie begann umgehend nach natürlichen Erklärungen für die Tatsache zu suchen, dass die Totenflecke eher darauf hindeuteten, dass der junge Mann im Sitzen gestorben war. Es konnte zum Beispiel sein, dass er kurze Zeit nach dem Erhängen gefunden worden war und man ihn heruntergenommen und in eine sitzende Position befördert hatte, beispielweise mit dem Rücken an eine Wand der Garage gelehnt. Die Totenflecke hätten sich dann in der hängenden Position noch nicht bilden können und den Eindruck hinterlassen, dass er im Sitzen gestorben wäre. Doch sie erinnerte sich daran, dass seine Eltern über die Feiertage verreist gewesen waren und ihn erst nach ihrer Rückkehr in der Garage gefunden hatten. Außerdem war es wohl eher ungewöhnlich, eine Leiche in einer sitzenden Position zu belassen, nachdem man sie von der Decke geschnitten hatte, oder? Sie erinnerte sich auch an die etwas befremdliche Tatsache, dass die Totenstarre in den Ellenbogengelenken durchbrochen war. Die Befunde erschienen ihr nur schwer erklärbar, doch würden sie einen ihrer älteren Kollegen wohl kaum beunruhigen. Diese hatten oft eine Erklärung für die Entdeckungen parat, die ihre eigene Paranoia Amok laufen ließen. Sie beschloss deshalb abzuwarten, bis sie die Ergebnisse der Rechtschemischen Abteilung erhalten hatte. Doch das Gefühl, dass jemand die Leiche bewegt hatte, ließ sie nicht los.

Ella prallte zurück, als sie das für sie völlig fremde Milieu betrat. Sie konnte zwar den Geruch von Leichen in fortgeschrittenen Verwesungsprozessen ertragen, aber bereits der erste Luftzug aus der Klimaanlage am Eingang verursachte bei ihr einen Würgereiz. Ihre erste Assoziation lautete Mageninhalt. Im Kaufhaus befanden sich alle Kosmetika im Erdgeschoss, wo jede Parfümerie ihren eigenen Tresen zu haben schien. Das Durcheinander von Parfümnoten war überwältigend.

Als sich der erste Schock gelegt hatte, registrierte sie mit einer gewissen Verwunderung, dass die jungen Frauen hinter ihren Tresen weiße Laborkittel trugen. Ihre Kragen waren von diversen Bräunungscremes verfärbt. Als Ella endlich die Ventilatoren im Eingangsbereich passiert hatte, die die Januarkälte abhalten sollten, beruhigten sich die Geruchsnerven etwas. Sie nahm eine Verkäuferin ins Visier, die mit dem Rücken zu ihr stand. Sie hatte graue Haare und konnte Ella bestimmt durch den Dschungel an kosmetischen Produkten lotsen, durch den sie sich wohl würde durchkämpfen müssen. Auch für Ella war die Zeit gekommen, mittels Schminke die Männer zu verführen, deren Aufmerksamkeit sie auf sich ziehen wollte. Das war ihr nach ihrem Erwachen klargeworden, einem Erwachen, das der Anblick des Spiegelbildes ihres eigenen müden Gesichts und ihrer ergrauenden Haare bewirkt hatte. Sie räusperte sich, doch als die Frau sich umdrehte, wich Ella instinktiv zurück. Das Gesicht der Frau war so intensiv geschminkt, dass es bereits Falten warf und ihre Haut nicht unähnlich der eines Elefanten aussah. Ella räusperte sich noch einmal und tat so, als hätte sie sich verschluckt, während sie mit aufgerissenen Augen, und ohne anzuhalten, den Tresen der Frau passierte.

In einem Versuch, ein neues Anlaufziel zu finden, begegnete sie dem Blick eines jungen Mannes, der hinter einem anderen Tresen stand. Er schüttelte den Kopf und lächelte breit. Vermutlich hatte er den Schrecken gesehen, der ihr ins Gesicht geschrieben stand. Plötzlich erschien ihr der Plan mit dem Schminken und der Haarpflege als nicht mehr ganz so ansprechendes Konzept. Ella steuerte auf den Ausgang zu, doch als sie am Tresen des jungen Mannes vorbeikam, signalisierte er ihr, kurz stehen zu bleiben. Im Unterschied zu seinen Kolleginnen oder eher Konkurrentinnen trug er keinen Kittel, sondern war ganz in Schwarz gekleidet. Mit einem leichten Akzent, der ihre Gedanken ins Baltikum leitete, flüsterte er ihr zu:

»Wir sind nicht alle so gefährlich wie die Hexe da hinten.«

Er machte eine dezente Kopfbewegung in Richtung der Frau mit dem furchigen Gesicht.

Ella blieb stehen und sah sich skeptisch um. Das schwarze schnörkellose Design um den Tresen herum gefiel ihr. Dadurch wurden die Farben der Schminkprodukte hervorgehoben, und selbst ein Greenhorn wie Ella begriff, welche Produkte auf welchen Körperpartien angewendet werden mussten.

»Setzen Sie sich für zwei Minuten, dann kann ich Ihnen

zeigen, wie Sie anfangen können«, fuhr er fort und machte eine einladende Geste in Richtung eines Barhockers vor einem beleuchteten Spiegel.

Wider besseres Wissen ließ Ella sich zum Stuhl locken und kletterte hinauf. Mit einigen raschen Bewegungen zauberte der junge Mann alle möglichen Schminkprodukte aus kleinen verborgenen Fächern hinter dem Spiegel hervor und führte daraufhin ein kleines hautfarbenes Schaumgummischwämmchen in Richtung ihres Gesichts. Instinktiv ergriff sie sein Handgelenk. Er schaute sie mit großen Augen an.

»Keine Nuttenschminke«, erklärte sie mit scharfer Stimme, bevor sie sein Handgelenk wieder losließ.

Er lächelte breit.

»Keine Sorge. Ich glaube nicht, dass irgendwer Sie für eine Nutte halten wird.«

Er warf einen Blick auf ihr grobes Poloshirt und die Tweedhosen.

»Das ist nur meine Verkleidung«, entgegnete Ella und schnitt eine Grimasse. »Darunter trage ich lediglich eine rote Korsage.«

»Ich hab es bereits geahnt, als Sie durch die Tür kamen. Ein waschechtes Bibliotheksluder, hab ich mir gesagt.«

Ella mochte ihn sofort. Endlich einmal konnte sie ein entspanntes Gespräch führen, bei dem sie nicht die Rechtsmedizinerin war, die an Toten herumschnibbelte. Denn sie war die Fragen darüber, wie sie die Arbeit mit den Verstorbenen nur bewältigte, inzwischen so leid. Im Gespräch mit dem Stylisten nun in die Rolle der Prostituierten zu schlüpfen war deshalb unglaublich befreiend. Zwanzig Minuten später verließ sie das Kaufhaus mit einer kleinen schwarzen Tüte voller Produkte mit exotischen Namen wie *Liquid foundation*, *Concealer*, *Microshadow* und *Wonderblush*. Die Begriffe sagten Ella absolut nichts, aber sie hatte gesehen, wie man sie anwendete, und redete sich auf dem Nachhauseweg ein, dass sie eines Tages ihren Mut zusammennehmen und sie ausprobieren würde.

Kapitel 3

Es war nahezu beschämend einfach gewesen, in die Wohnung zu gelangen. Die dunkel gekleidete Gestalt im Flur sah sich rasch um und stellte erleichtert fest, dass in der Wohnung keine Alarmanlage installiert war. Wäre das der Fall gewesen, wären alle Vorbereitungen für den Einbruch umsonst gewesen. Aber Einbruch? Der Begriff erschien ihm etwas weit hergeholt. Das konnte man doch nun wirklich nicht als Einbruch bezeichnen, oder? Er hatte ja nicht vor, etwas zu stehlen. Es war eher eine Art Kontrolle. Der Mann bewegte sich schnell in der dunklen Wohnung, denn ihm war die Einsichtsmöglichkeit vom Bürgersteig vier Stockwerke tiefer durchaus bewusst. Er achtete darauf, sich weit genug von den Fenstern entfernt zu halten, um nicht gesehen zu werden. Während des Sommerhalbjahres wimmelte es auf dem mit Steinen gepflasterten Kai unterhalb des Hauses nur so von Menschen. Spaziergänger aus allen Ecken der Stadt schienen eine Art Hassliebe zu dieser Gegend entwickelt zu haben. Obwohl der neue Stadtteil ein unglaublich populäres Ausflugsziel darstellte, meinten viele spontan, dass sie sich nicht vorstellen könnten, hier zu wohnen. Zu windig. Im Winter zu weit abseits. Zu eng bebaut mit zu viel Einsicht von außen. Der ungebetene Gast blieb im Wohnzimmer stehen und schaute durch das Panoramafenster hinaus. Die Aussicht über das dunkle Meer war überwältigend. »Was soll's«, dachte er. Die Wohnung war in der Tat beeindruckend, und die Aussicht kam der aus seiner eigenen Villa gleich.

Eigentlich wusste er nicht so recht, wonach er suchte. Nach irgendeinem Hinweis darauf, ob sie tatsächlich so schlau war, wie die Leute behaupteten. Nach einer Andeutung, dass sie ihnen auf der Spur war. Er wusste, dass seinem Auftraggeber dieser integritätsverletzende Besuch missfallen hätte, aber er selbst hielt ihn durchaus für begründet. Es war nie verkehrt, vorbereitet zu sein. Wenn sich wider Erwarten herausstellen sollte, dass sie einen Zusammenhang herstellen konnte, würde er zumindest Schadensbegrenzung betreiben können.

Als er die Wohnung nach zwanzig Minuten wieder verließ, war er gelinde gesagt irritiert. Er hatte zwar nichts gefunden, was dafür sprach, dass sie sein Geheimnis enthüllen würde, aber er hatte Spuren hinterlassen. Er hatte getan, was in seiner Macht stand, um den Verdacht auf einen Einbruch zu zerstreuen, aber er wusste nicht, wie gut es funktionieren würde. Als Einbrecher war er dennoch ein Amateur.

*

Simon und die Polizeitechniker hatten in einem abgeschiedenen Raum innerhalb des Obduktionssaals, in dem die erweiterten Obduktionen stattfanden, drei Stunden mit dem Skelett zugebracht. Fälle wie diese wurden deshalb gesondert von den übrigen Routinefällen behandelt, weil die Kriminaltechniker, die während der Obduktionen anwesend waren, nicht mehr Leichen zu Gesicht bekommen wollten als unbedingt notwendig.

Als Simon aus dem Saal heraufkam, ging er geradewegs in sein Büro und schloss die Tür. Ella wäre gerne zu ihm gegangen, um ihn zu fragen, wie es gelaufen war, beschloss jedoch, sich zurückzuhalten, und nahm sich stattdessen der eingegangenen E-Mails und ihrer Post an. Zu ihrem Erstaunen hatte sie eine Mitteilung vom Auktionshaus erhalten. Sie hatte das Gebot, das sie für die Tischuhr abgegeben hatte, völlig vergessen. Es stellte sich heraus, dass die Uhr nun ihr gehörte. Es waren keine weiteren Gebote abgegeben worden, und die Uhr stand der Mitteilung zufolge nun im örtlichen Büro des Auktionshauses zur Abholung bereit. Dass außerdem eine sogenannte Provision fällig würde, ging ebenfalls mit aller nur wünschenswerten Deutlichkeit aus dem Schreiben hervor. Ella wollte sich gerade für ihren impulsgesteuerten Einkauf verdammen, den sie unmöglich noch zu Hause würde unterbringen können, als ihr einfiel, dass die Tischuhr bestimmt ausgezeichnet in ihr neues Zuhause passen würde. Mit einem Anflug von Optimismus beschloss sie, sich der ansehnlichen Stapel mikroskopischer Präparate anzunehmen. Vielleicht konnte sie noch einen Fall von plötzlichem Kindstod abschließen, bevor sie sich später am Nachmittag im Gericht einfinden musste.

Das vier Monate alte Kind war tot in seinem Kinderbett aufgefunden worden. Aus einer Tradition heraus, die noch aus der Zeit stammte, in der man annahm, dass unvorsichtige Mütter ihre Kinder falsch gebettet hatten, wurden alle verstorbenen Babys von Rechtsmedizinern untersucht. Man hatte enorme Mühen auf sich genommen, um diese offenkundig unerklärlichen Todesfälle aufzuschlüsseln, doch leider ohne größeren Erfolg. Man hatte zwar Risikofaktoren gefunden und diese versucht auszuschalten, um die Anzahl der Todesfälle zu reduzieren, aber viel weiter war man eigentlich nicht gekommen. Bei der mikroskopischen Untersuchung Erwachsener richtete sich der Fokus hauptsächlich auf Teile des Herzens, der Leber, der Lungen, der Nieren und der Bauchspeicheldrüse. Anders war es hingegen bei Fällen, die den Verdacht auf einen plötzlichen Kindstod nahelegten, wo im Prinzip alle einzelnen Organe untersucht wurden. Ella war nicht der Meinung, dass man den *plötzlichen Kindstod* als faktische Todesursache ansehen konnte, da er voraussetzte, dass sich alles normal verhielt. Sie würde dementsprechend alle Gewebeteile untersuchen und feststellen, dass sie keinen positiven Befund erbrachten, bevor sie die Diagnose stellen durfte, was genauso unbefriedigend war, wie bei einem Erwachsenen die Diagnose *Causa mortis ignota* zu stellen. Todesursache unbekannt, Code 798X. Diese Diagnose wurde zwar nicht oft gestellt, aber es kam durchaus vor. Die Rechtsmediziner waren eben darauf angewiesen, dass die Todesursache in gewisser Weise eine Spur hinterließ, damit sie sie zuordnen konnten. Wie verletzte Herzmuskelzellen nach einem Herzinfarkt, entzündete Zellen im Lungengewebe bei einer Lungenentzündung oder eine tödliche Konzentration eines Arzneimittels im Blut. Doch alle Krankheiten konnte man nicht nachweisen.

Der Herzrhythmus. Was konnte man schon über den Herzrhythmus in Erfahrung bringen, wenn das Herz nicht mehr schlug? Manchmal wies die mikroskopische Untersuchung des Herzmuskels Veränderungen auf, die auf ein erhöhtes Risiko von Herzrhythmusstörungen schließen ließen, aber eben nicht immer. Manchmal mussten sich die Rechtsmediziner in diesen höchst akademischen und für die Polizei vollkommen unbegreiflichen und oftmals uninteressanten Überlegungen zur Todesursache auch geschlagen geben. Solange nichts darauf hindeutete, dass der Todesfall durch eine andere Person verursacht wurde, verlor die Polizei oftmals das Interesse. Dann blieb es Ella und ihren Kollegen überlassen, der Frage nachzugehen, wie der Tod wieder einmal unmittelbar vor ihrer Nase ein Leben auslöschen konnte, ohne eine einzige Spur zu hinterlassen. In diesen Fällen war es unmöglich, den

Gedanken abzuschütteln, dass man höchstwahrscheinlich etwas übersehen hatte.

Ella hatte in dem kleinen Gehirn des Babys gerade eine geringe Ansammlung weißer Blutkörperchen entdeckt, als Simon an ihrer Tür klopfte. Er trug eine dunkle Krawatte, karierte Hosen, eine dazu passende Weste und ein weißes Hemd.

»Hast du Zeit für eine kurze Frage?«, begann er vorsichtig.

Ella schaltete die Lampe im Mikroskop aus, ohne den Blick von ihm abzuwenden. Sie hatte ihn immer noch nicht nach der vergrabenen Leiche gefragt, doch seine betrübte Miene ließ sie ihre Neugier zurückstellen.

»Ich muss in einer Stunde im Gericht sein«, antwortete sie stattdessen und lehnte sich in ihrem Stuhl zurück.

»Ich werde mich kurzfassen«, entgegnete er und schloss die Tür hinter sich.

Ella wusste, dass Simon über seinen ausgesuchten Geschmack für Kleidung hinaus viele Eigenschaften besaß, die ihn zu einem ausgezeichneten Rechtsmediziner machten. Trotz seiner ständigen Jagd auf junge hübsche Frauen war er der umsichtigste und aufmerksamste Mensch, dem Ella je begegnet war, und vielleicht waren es sogar diese Eigenschaften, die die Frauen vor ihm auf die Knie fallen ließen. Wenn es irgendjemandem bei der Arbeit nicht gut ging, war Simon der Erste, dem es auffiel und der sich erkundigte. Er war offenbar von zu Hause ausgezogen, als er noch sehr jung war, und hatte seinen kleinen Bruder allein großgezogen. Obwohl Ella ihn als sehr nahen Freund betrachtete, hatte sie sich nie getraut, ihn zu fragen, warum er ausgezogen war. Zu seinen Vorzügen zählte allerdings nicht die Fähigkeit, sich kurzzufassen. Als Simon nach zehn Minuten gerademal dargelegt hatte, um wen es sich bei dem Verstorbenen handelte, nahm sie ihm die Unterlagen, die er in Händen hielt, ab und überflog sie rasch.

»Mir würde es auch schwerfallen, eine Arzneimittelvergiftung mit Ethylmorphin als primäre Todesursache anzugeben«, begann sie. »Natürlich ist die Konzentration unbestreitbar hoch, aber da ich noch nie zuvor jemanden infolge dieses Arzneimittels habe sterben sehen, sollte man das Ganze vielleicht intensiver prüfen.«

Sie gab ihm die Unterlagen zurück, stand auf und setzte ihren Monolog fort.

»Wenn andererseits alle Rechtsmediziner nur Todesursachen angeben würden, die allgemein bekannt sind, würde das bedeuten, dass man an neuen Medikamenten nicht sterben kann, und das wäre ein unlogischer Umkehrschluss.«

Während sie sich den Mantel anzog, folgte er ihren Bewegungen mit erstauntem Blick und wollte gerade den Mund öffnen, um ihre Schlussfolgerungen zu kommentieren, als sie mit ruhiger Stimme fortfuhr.

»Soweit ich weiß, kommt Ethylmorphin lediglich in Hustensäften vor. Wenn du bei deiner mikroskopischen Untersuchung also keinerlei Anzeichen für eine Lungenentzündung gefunden hast, musst du wohl in bahnbrechender Weise den Hustensaft als Todesursache angeben.«

Ella lächelte und ließ ihn einfach in ihrem Büro sitzen. Er konnte hören, wie sich ihre Schritte im Korridor entfernten. Es dauerte eine Weile, bis die Bedeutung ihrer Worte bei ihm angekommen war. Auch wenn es ihn leicht irritierte, dass sie so schnell den Kernpunkt seines Problems erfasst hatte, musste er doch ihre geistige Schärfe bewundern. Er stellte fest, dass zwischen ihnen gewisse Anklänge an geschwisterliche Liebe herrschten, wobei Ella die Rolle der naseweisen großen Schwester einnahm. Er stand auf und ging zurück in sein Büro. Dass der Verstorbene aus irgendeinem Grund das entsprechende Arzneimittel eingenommen haben könnte, hatte er im Eifer des Gefechts übersehen. Er musste also dafür sorgen, dass die Gewebeproben der inneren Organe, die er während der Obduktion entnommen hatte, für eine mikroskopische Untersuchung zurechtgeschnitten und präpariert wurden. Vielleicht hatte der Mann ja tatsächlich unter einer Lungenentzündung mit beschwerlichem Husten gelitten, dachte er hoffnungsvoll.

Ellas Besuch im Gericht war nach weniger als zehn Minuten beendet, da die Verteidigung keinerlei Fragen an sie hatte. Man musste schon eine Frohnatur sein, um die Zeit im Auto und vor Gericht nicht als völlig vergeudet zu betrachten. Aber Ella war keine Frohnatur. Auf der Rückfahrt vom Gericht dachte sie über eine neue Wohnung nach, und ihr Ärger über die Gerichtsverhandlung legte sich langsam. Sie machte sich klar, dass sie sich dieses Mal eine Wohnung ganz nach ihrem Geschmack würde suchen können. In einer solchen Wohnung würden auch ihre Spiegel zu ihrem Recht kommen, dachte sie zufrieden. Sie nahm den Weg an einem der ältesten Viertel der Stadt vorbei, in dem die Wohnungen eine enorme Deckenhöhe und hübsche Stuckornamente besaßen. Die Häuser standen entlang des Kanals aufgereiht und wiesen auf einen der alten Friedhöfe der Stadt. Sie schaute zu den Fenstern hinauf und wünschte, in einer dieser Wohnungen zu wohnen. Der einzige Nachteil war allerdings, dass sowohl Grete als auch ihre Mutter in der Nähe wohnten, überlegte sie. Ella setzte ihre Fahrt nach Hause fort, und als sie die Wagentür öffnete, stellte sie zufrieden fest, dass ihre Standardkleidung – wollenes Poloshirt, lange Hosen und ein langer Wollmantel – der Jahreszeit absolut angemessen war. Es hatte um die zehn Grad minus, und der Wind war seit dem Morgen noch aufgefrischt.

Sie lief im Laufschritt auf die Haustür zu. Im Aufzug hinauf zur obersten Wohnung spürte sie, wie die Trauer sie erneut überfiel. Die Trauer über eine Liebe, die sie einmal empfunden hatte, die ihr jedoch abhandengekommen war. Bedrückt ging sie mit langsamen Schritten zur Wohnungstür und schloss sie zögerlich auf. Die großen erleuchteten Fenster hatten ihr bereits signalisiert, dass Markus zu Hause war.

Als sie die Tür aufschob, stieg ihr der Duft von Lasagne in die Nase. Durch die angelehnte Badezimmertür breitete sich ein anderer warmer Dunst aus, wie es immer der Fall war, wenn Markus sich ausgiebig geduscht hatte. Sie mutmaßte, dass er nur mit einem Handtuch um die Hüften geschlungen dastand und sich mit seinem Rasiermesser rasierte. Sie ging an der Küche vorbei und sah, dass er für zwei gedeckt hatte. Auf dem Tisch stand eine Flasche Rotwein, den er bereits verkostet hatte. Sie warf einen Blick ins Bad und stellte fest, dass sie zum Teil Recht gehabt hatte. Er stand tatsächlich da und rasierte sich, war jedoch völlig nackt. Dafür, dass er über vierzig war, sah er unverschämt gut aus, dachte sie, bevor er sie in der Türöffnung erblickte.

Obwohl sie einander während der Tage im Fjäll so gut wie nie berührt hatten, spürte sie nun unmittelbar, dass irgendetwas anders war. Erst als sie keine Gründe mehr dafür hatten, sich keine Zeit füreinander zu nehmen, hatten sie begriffen, wonach sie eigentlich strebten. Sie waren ein Paar, das größten Respekt füreinander empfand, jedoch nicht länger zusammenleben wollte. Bedauerlicherweise hatte bis jetzt noch keiner von ihnen den Mut besessen, die Beziehung zu beenden. Beide hatten auf den großen Knall gewartet oder darauf, dass sich der andere einen Seitensprung erlauben würde. Oder was auch immer, nur um nicht derjenige sein zu müssen, der den anderen verletzte. Derjenige, der den anderen verließ. Doch weder Streit noch Seitensprünge waren eingetreten. Markus hatte schließlich den ersten Schritt gemacht. Am letzten Abend im Fjäll, an dem sie sich wieder jeder auf seine Seite des Bettes legten, hatte er die erlösenden Worte ausgesprochen:

»Irgendwie funktioniert es nicht, oder?«

Er hatte aufrichtiger und ernster geklungen als je zuvor. Mehr war nicht nötig gewesen. Er hatte seine Worte so formuliert, dass man sie beliebig deuten konnte, auch wenn es überflüssig war. Ella hatte nicht einmal eine Sekunde Bedenkzeit benötigt, um zu verstehen, worauf er anspielte. Er meinte damit weder die gemeinsame Reise noch das Bett.

Nachdem der erste Schritt gemacht war, gestalteten sich die nachfolgenden leichter. Sie hatten sich zusammengesetzt und die halbe Nacht lang geredet. Währenddessen gab es auch lange Phasen, in denen sie schwiegen. Sie benötigten Zeit, um die bevorstehende Veränderung auf sich wirken zu lassen, da die gemeinsame Entscheidung weitreichende Konsequenzen für beide haben würde. Ihre Gespräche verliefen relativ entspannt und ohne böse Worte. Eigentlich trug keiner von ihnen die Schuld daran, dass es so gekommen war. Zum Erstaunen beider waren sie am nächsten Morgen dicht nebeneinanderliegend aufgewacht. Doch in gewisser Weise hatten ihre Befürchtungen, dass die Beziehung weitergehen würde, sie daran gehindert, miteinander intim zu werden.

Doch jetzt gehörte er nicht mehr ihr. Jetzt, wo der Entschluss gefasst war, brauchte Ella keine Bedenken mehr zu haben, welche Konsequenzen eine vorübergehende Nähe haben würde. Er machte sie nicht länger unglücklich, stellte sie fest, als sie ihren Blick über seinen Körper gleiten ließ.

Mit gestärktem Selbstvertrauen löste sie ihr Haar aus dem Haargummi, trat in das für ihre Kleidung viel zu warme Bad und schloss die Tür.

Unfähig, wieder einzuschlafen, war Ella aufgestanden. Trotz der Fußbodenheizung fühlte sich der Steinboden unter ihren nackten Füßen eiskalt an. Weil sie sich keinen anderen Rat wusste, wollte sie einen neuen Versuch mit dem Buch unternehmen, das sie aus dem Regal genommen hatte. Als sie die Tür zu ihrem kleinen Büro aufschob, hörte sie ein schleifendes Geräusch, gefolgt vom gedämpften Knirschen von Glassplittern auf dem Teppich. Sie fuhr zusammen und ließ das Buch fallen. Vorsichtig warf sie einen Blick in den Raum. Einer ihrer Spiegel war aus irgendeinem Grund heruntergefallen, sodass der gesamte Fußboden jetzt mit spitzen Scherben aus Spiegelglas bedeckt war.

Im Unterschied zu den speziell gehärteten Windschutzscheiben von Autos, die in stumpfe Teile zersplitterten, unter denen man manche Verkehrstoten fand, zerbarsten alte Spiegel in lebensgefährliche Scherben. Ella schaltete den Kronleuchter an der Decke an und stellte mit einer gewissen Erleichterung fest, dass es sich nur um einen ihrer frühen, weniger wertvollen Spiegel handelte, der einen Bauchklatscher auf den mit einem Teppich bedeckten Steinfußboden gemacht hatte. Sie betrachtete die Reste des Spiegels und erblickte schließlich mit gerunzelter Stirn den Gegenstand, der inmitten der Scherben lag. Es war ein Golfschläger. Ein Putter. Ein Geschenk, das Ella Markus vor einigen Jahren gemacht hatte und eigentlich als Scherz gedacht war. Sie war nie davon ausgegangen, dass Markus sich wirklich hinstellen und in Richtung des lächerlichen Lederbechers putten würde, den sie im Set mit dem Schläger gekauft hatte. Viele Male hatte sie bereits die Wahl ihres Weihnachtsgeschenks bereut, als das Geräusch von über den Boden rollenden Golfbällen ihre Abendlektüre störte.

Etwas irritiert stellte sie den Golfschläger zur Seite und begann die Glasscherben aufzusammeln. Seit über einem Jahr hatte das Golfspielen in der Wohnung aufgehört. Markus hatte Ella beschuldigt, den Schläger weggeworfen zu haben, während sie ihm amüsiert unterstellte, langsam dement zu werden, weil er einen gut einen Meter langen Metallstab verlegt hatte. Deshalb gestand sie sich jetzt mit einem gewissen Schuldbewusstsein ein, dass der Golfschläger ein ganzes Jahr lang hinter der Tür ihres Zimmers gestanden haben musste. Eine der größten Scherben glich nahezu einem klassischen Gurkhamesser. Mit dieser Scherbe in der Hand hielt sie plötzlich inne. Für einen Augenblick meinte sie den Duft eines Parfüms zu vernehmen. Ein schwacher Geruch nach Teak und Leder. Sie hielt die Scherbe unter die Nase und atmete tief ein. Der Geruch war verschwunden. Vielleicht hatte sie aus irgendeinem Grund den letzten Rest des Dufts eingeatmet, der sich in ihr Zimmer verirrt hatte. Wahrscheinlicher war es jedoch, dass sie ihn sich nur eingebildet hatte.

Sie warf die Glasscherben weg und saugte dann den Teppich minutiös ab. Der Vorteil von modernen Wohnungen war unbestreitbar ihre Geräuschisolierung. Kein Nachbar würde sich über eine nächtliche Putzaktion beschweren, wie sie sie gerade durchführte. Die Scherben, die sie aufsammelte, waren auf einer Seite mit einer dünnen Silberfolie überzogen. Die Methode wandte man erst seit dem 19. Jahrhundert an, indem man die bedeutend giftigere Legierung von Quecksilber und Zinn ersetzte. Da der Spiegel nicht als antik eingestuft wurde, würde es nicht viel ausmachen, wenn sie das alte Glas durch neueres ersetzte. Ohne sein Originalglas würde ein Spiegel bei einer Auktion allerdings nie seinen vollen Wert einbringen. Dass der Spiegeleffekt des Glases bei antiken Stücken dagegen mit den Jahren verloren ging, war dagegen von geringerer Bedeutung.

Sie schob die Gedanken an den Spiegel beiseite, setzte sich in den großen Sessel und begann zu lesen. Das Buch hatte, genau wie sie es sich erhofft hatte, einen gewissen einschläfernden Effekt, sodass sie nach nur zwanzig Minuten wieder zurück ins Bett gehen konnte. Vorsichtig kroch sie unter die dicke Daunendecke. Markus' ruhige Atmung ließ den Druck auf ihrer Brust wachsen. Sie würde ihn enorm vermissen.

Draußen war es ungewöhnlich kalt. In einer Landschaft, in der Schnee normalerweise eine Rarität darstellte, lagen jetzt hohe Schneewehen. Ella nutzte ihre Mittagspause, um hinunter zum Auktionshaus zu fahren, wo sie der Mail zufolge die Tischuhr abholen konnte. Sie parkte direkt vor dem Gebäude und überlegte, ob sie den Wagen im Leerlauf stehen lassen sollte, während sie hineinsprang. Vor ihr hatte eine junge Frau mit einem alten VW Käfer geparkt und stieg gerade aus. Sie trug einen grünen Anorak und einen roten Palästinenserschal. Ella schaltete den Motor ab und stieg ebenfalls aus. Man hatte dem Celica zwar den brennstoffeffektivsten Motor attestiert, doch sein sportliches Aussehen bewirkte, dass viele Umweltfreunde ihn mit verächtlichen Blicken bedachten. Ella hatte weder Lust, von der jüngeren Frau beschimpft zu werden, die sie vorschnell als wissenschaftlich unbeleckte Umweltschützerin einstufte, noch ihr erklären zu müssen, dass der Katalysator ihres Wagens die Abgase erst effektiv filterte, wenn der Motor warm war. Ella hatte weder viel Ahnung von Umweltfragen noch von Autos, hatte sich im Laufe der Jahre jedoch einiges über Katalysatoren angelesen. Es war notwendig gewesen, um zu verstehen, warum sie inzwischen nicht immer einen erhöhten Gehalt von Kohlenmonoxid im Blut der Verstorbenen fand, die sich vergasten. Das betraf vor allem diejenigen, die sich in neueren Automodellen das Leben nahmen, in denen der Katalysator die Abgase effektiv von Kohlenmonoxid reinigte. Sie starben stattdessen an einer Kombination von Sauerstoffmangel und Kohlendioxidvergiftung. Das Ergebnis war allerdings dasselbe.

Auf dem Weg ins Auktionshaus rannte sie beinahe einen älteren Herrn im Tweedanzug um, der ein großes unförmiges Paket trug, das Ella an ein in Sackleinen eingewickeltes Porzellantier erinnerte.

»Die Jugend von heute«, hörte sie ihn brummen, bevor er in die Kälte hinaus verschwand. Vielleicht sah sie doch gar nicht so alt aus, dachte sie und ging auf den Tresen zu.

»Ich habe offenbar das höchste Gebot für eine alte Uhr abgegeben«, erklärte Ella sachlich.

Die junge Frau hinter dem Tresen nickte freundlich.

»Haben Sie zufällig die Artikelnummer der Ware?« Ihre Stimme war dünn.

Ella nannte ihr die Nummer, die in der Mitteilung gestanden hatte, woraufhin die Frau unverzüglich zwischen den Regalen verschwand. Als sie sich umdrehte, fiel Ellas Blick auf ihr Handgelenk, das für den Bruchteil einer Sekunde unter ihrem dicken Strickpullover hervorlugte. Die Narben verliefen quer und parallel zueinander und waren inzwischen verblasst und gut verheilt. Sie tippte darauf, dass das andere Handgelenk genauso aussah, und konnte nur hoffen, dass die junge Frau ihr selbstdestruktives Verhalten inzwischen aufgegeben hatte. Trotz vieler Jahre im Beruf fiel es Ella schwer, ihren forschenden Blick abzulegen, der wie ein Bluthund nach dem kleinsten Anzeichen für eine Gewalteinwirkung suchte. Vielleicht versuchte sie mit dem weiten Pulli auch eine Essstörung zu kaschieren, dachte sie, bevor die Frau zurückkam. Diesmal begutachtete sie das Gesicht der jungen Frau aufmerksamer und stellte fest, dass sie diese leichte Gesichtsbehaarung um die Kiefergelenke aufwies, die man Lanugobehaarung nannte. Es war gewiss kein sicheres Anzeichen, aber vielleicht ein Fingerzeig, dass Ella bezüglich der Essgewohnheiten der jungen Frau nicht ganz falsch lag. Über dem Pulli trug sie eine Berlocke an einem dünnen Lederband. Sie stellte einen fünfstrahligen Stern dar, dessen silberfarbener Draht um die eigenen Strahlen geflochten war. Abergläubisch ist sie auch noch, dachte Ella. Zu Ellas Bestürzung wurde diese Eigenschaft inzwischen allgemein als völlig normal angesehen. Man nannte es nur anders, zum Beispiel Feng-Shui. Für Ella war Aberglauben nichts anderes als eine unzureichende Erklärung von Phänomenen und Gefühlen, für deren Analyse einem der Verstand oder das Wissen fehlte.

Die junge Frau räusperte sich, und Ella konzentrierte sich wieder auf ihr eigentliches Anliegen. Sie hoffte, dass sie nicht zu lange dagestanden und sie angestarrt hatte.

»Hier ist sie«, erklärte sie und stellte die Bronzeuhr auf den Tresen.

Ella beugte sich hinunter, um sie eingehender zu betrachten. Merkwürdigerweise kam es ihr gar nicht vor, als würde sie sich darüberbeugen. Um sie genauer ansehen zu können, musste sie sich eher auf Zehenspitzen stellen. Sie hatte sich ins Wohnzimmer geschlichen, das nur benutzt wurde, wenn Gäste kamen. Die Uhr war so hübsch mit ihren pausbackigen kleinen Engeln, die oberhalb des runden Zifferblatts hockten. Sie wollte sie gerne herunterholen, um sie aus der Nähe anzuschauen, obwohl sie wusste, dass sie sich nicht einmal im Zimmer aufhalten durfte.

»Stimmt etwas nicht?«

Die Erinnerungen, die auf sie einströmten, wurden von der beunruhigten Frage der jungen Frau unterbrochen. Ella richtete sich rasch wieder auf, bezahlte und ging. Sie hatte darauf bestanden, die Uhr nur in eine Lage Sackleinen eingewickelt mitzunehmen. Sie war ganz entschieden schwerer, als sie aussah.

Auf dem Weg zurück ins Büro warf sie hin und wieder einen Blick auf das Stück neben sich auf dem Beifahrersitz. Sie war sich inzwischen ganz sicher, dass in ihrem Elternhaus ein ähnliches Stück existiert hatte, da sie sich aber nicht erinnern konnte, es bei ihrer Mutter gesehen zu haben, musste es wie alles andere auch durch den Brand zerstört worden sein. Judit hatte ihr erzählt, dass sie an besagtem Abend bei Verwandten auf dem Land gewesen seien, doch an die Reise und den Aufenthalt erinnerte sie sich kaum. Sie erinnerte sich lediglich daran, dass sie in einem Zimmer wachgelegen und durch ein rundes Fenster mit buntem Glas wie in einer Kirche gestarrt hatte, als sie aufgeregte Stimmen vor ihrer Tür hörte. Daraufhin war ihre Mutter mit verweinten Augen zu ihr hereingekommen und hatte ihr erklärt, dass es in ihrem Haus gebrannt hätte und man nicht wisse, ob ihr Vater zu Hause gewesen war. Alles war vollständig zerstört worden, und von dem Haus standen nur noch die Außenwände.

Erst am nächsten Tag hatten sie erfahren, dass man ihn gefunden hatte. Er hatte im Bett gelegen. Als Ella weiterfragte, erklärte man ihr, dass er im Schlaf durch den Rauch gestorben wäre und von dem Feuer nichts mitbekommen hätte. Leider kannte Ella diese Argumentation nur zu gut. Sie hatte selbst schon Angehörige darüber informiert, dass der Verstorbene während des Brandes, des Verkehrsunfalls oder Ähnlichem nicht gelitten hätte, auch wenn es nicht immer wissenschaftliche Belege für diese Art von Behauptungen gab.

An ihren Vater erinnerte sie sich nur sehr vage. Judit sprach nur selten von ihm, aber sie hatte ihr vereinzelt Fotos gezeigt. Ella hatte es so aufgefasst, dass Grete und ihr Vater sich nicht gut verstanden hatten. Grete war es auf höchst erstaunliche Weise gelungen, allen Gesprächen, in denen er auch nur erwähnt wurde, aus dem Weg zu gehen. Ella fiel es schwer zu begreifen, warum Grete ihn nicht gemocht hatte. Den Fotos nach zu urteilen war er groß gewesen, stilvoll und genau wie Simon unglaublich gut angezogen. Vielleicht hatte er sich einfach nicht in der Form an die Familie angepasst, wie man es von ihm erwartete. Er hatte als Wirtschaftswissenschaftler gearbeitet und sich als Wirtschaftsprüfer für Konzerne spezialisiert, was zwar etwas langweilig klang, aber in Gretes Augen anspruchsvoll genug gewesen sein dürfte. Irgendwann hatte er sogar einen Auftrag innerhalb des Konzerns erhalten, in dessen Vorstand Ernst gesessen hatte. Ella hatte immer vorgehabt zu erkunden, um was für einen Auftrag es sich handelte, aber es hatte sich bis jetzt ganz einfach nicht ergeben. Als Teenager hatte sie Grete einmal gefragt, warum sie ihren Vater nicht gemocht hatte. Es war während einer ihrer unzähligen Einladungen zum Tee, zu denen sie Ella und ihre Mutter gebeten hatte. In dieser Situation war sogar ihr sonst so gesprächiger Großvater verstummt und hatte sich an Grete gewandt, als sei er neugierig auf ihre Antwort. Erst hatte sich Gretes Blick verdunkelt. Doch dann strahlte sie plötzlich übers ganze Gesicht. Ohne Ella auch nur eines Blickes zu würdigen, ging sie mit raschen Schritten auf eine Orchidee auf der Fensterbank zu und rief etwas über die Pracht der frischen Blüten aus. Unnatürlicher als damals hatte Ella ihre im Übrigen sehr gekünstelt auftretende Großmutter nie erlebt.

Während ihres Studiums hatte sie darüber nachgedacht, unter welcher Persönlichkeitsstörung Grete wohl litt. Doch das war nicht so einfach. Denn es gab diverse, die auf sie zutrafen.

Estrid hatte ihr unzählige urkomische Anekdoten über Gretes und Ernsts Umgang miteinander erzählt. Allerdings war sie sehr bedacht darauf, sie nicht in allzu schlechtem Licht darzustellen. Manchmal hatte sie aber von Situationen erzählt, in denen sich Grete gelinde gesagt merkwürdig verhalten hatte, von Phasen, in denen sie unerträglich launisch war. Die Frau war nach Estrids Aussage einmal offenbar so unzufrieden mit einem Auto gewesen, das Ernst angeschafft hatte, dass sie es resolut zum Schrotthändler gebracht hatte. Der Wagen war nicht mehr als ein paar Monate alt gewesen, sodass Ernst, der zwar sicher genügend Geld hatte, aber auch in seine Autos vernarrt war, ein wenig ungehalten reagiert hatte.

Als Ella von ihrer Mittagspause zurückkehrte, standen zwei Polizeiwagen auf den Besucherparkplätzen der Rechtsmedizinischen Abteilung. Sie stellte die Uhr in den Kofferraum und schloss den Wagen ab. Die Wahrscheinlichkeit, dass jemand ihn dort zwischen zwei Polizeiwagen stehend aufbrechen würde, war eher gering, dachte sie und beeilte sich, ins Warme zu kommen. Simon war nicht in seinem Büro, und da sie ihn immer noch nicht hatte fragen können, was er bei der Untersuchung der vergrabenen Leiche herausgefunden hatte, fiel es ihr schwer, ihre Neugier zu zügeln. Sie zog ihren Mantel in ihrem Büro aus, ging dann aber unmittelbar hinunter in den Obduktionssaal, um zu sehen, wo er steckte.

Abhängig davon, welche Art von Leichen gerade obduziert wurden, variierte die zeitliche Dauer, die man sich im Saal aufhalten konnte, ohne dass sich der Geruch in der Kleidung festsetzte. An einem Tag, an dem einer der Ärzte eine Leiche untersuchte, die eine Zeitlang im Wasser gelegen hatte, betrat man den Saal nicht gerne in seiner eigenen zivilen Kleidung. Auch wenn sich die Ärzte selbst vielleicht nicht nennenswert an dem Geruch störten, wollte man in der Schlange im Supermarkt nicht unbedingt nach Wasserleiche stinken. Oftmals konnte man schon erahnen, welche Geruchsnoten auf einen zukommen würden, bevor man den Obduktionssaal betrat. Heute roch es jedoch nach absolut gar nichts. Jedenfalls, was Ellas Referenzrahmen anbelangte.

Simon und vier männliche Polizisten hoben erstaunt die Blicke, als sie den Saal betrat, während sie über die Reste der Leiche gebeugt standen. Normalerweise holte man eine Leiche nicht ein weiteres Mal hervor, nachdem die rechtsmedizinische Obduktion abgeschlossen war, doch hier handelte es sich offenbar um eine Ausnahme. Auf einem Rollwagen neben dem Obduktionstisch lagen vier braune Papptüten, die die Polizei für ihr Beweismaterial benutzte, sowie einige Fotos. In zwei der Tüten befand sich irgendeine Art von Beweismittel. Simon nickte Ella zu und setzte seine Ausführungen vor den Polizisten fort. Sie hörte zu, während Simon ihnen erklärte, aus welchem Winkel die Schläge den Kopf mutmaßlich getroffen hatten und welche Art von Blutung mit dieser Form von Schädeltrauma oftmals einhergeht. Er fügte hinzu, dass man natürlich nicht ausschließen könne, dass das Ganze möglicherweise als Unfall begonnen hatte, den jemand dann verschleiern wollte. Ella lächelte. Sie war also nicht die Einzige, die den älteren Spezialisten zugehört hatte, wenn sie ein ums andere Mal die allzu spekulativen Theorien ihrer jüngeren Doktoren zugunsten von einleuchtenden und wahrscheinlicheren verwarfen.

Die Beckenknochen zeigten, dass es sich höchstwahrscheinlich um das Skelett eines Mannes handelte. Der Winkel der vorderen Beckenanteile lief bei Männern spitzer zu als bei Frauen. Am linken Schlüsselbein hatte Simon einen verheilten Knochenbruch diagnostiziert. Der älteste der Polizisten, ein Mann, dem Ella im Zusammenhang mit Mordermittlungen bereits begegnet war, stellte schließlich die Frage, auf die Ella gewartet hatte.

»Können Sie sagen, wie lange die Leiche in der Erde gelegen hat?«

»Daran arbeite ich noch«, antwortete Simon.

Ella fiel es schwer einzuschätzen, ob Simon lediglich versuchte, der Frage auszuweichen, oder ob er tatsächlich wusste, wie er verfahren sollte. Sie selbst hatte Doktor Kauffmans Hinweis auf das alte französische Buch erst begriffen, als sie Simons Fotos vom Fundort gesehen hatte, und sie wusste nicht genau, ob Simon den Zusammenhang ebenfalls erfasst hatte. Deshalb war es ihr wichtig herauszufinden, ob Simon Unterstützung bei der Antwort auf die Frage des Polizisten benötigte, und wenn das der Fall wäre, ihm diese zu geben, ohne dass er es ihr übelnehmen würde.

»Die Radiokarbonmethode«, sagte der jüngste der Polizisten, der aus unerklärlichen Gründen im Obduktionssaal seine schusssichere Weste trug.

Simon sah ihn nicht unbeeindruckt an und suchte dann Ellas Blick. Sie schaute weg und tat stattdessen, als inspiziere sie die Fotos der Polizei auf dem Rollwagen. Die Qualität der Ausdrucke war mies, und man konnte schlecht erkennen, was sie eigentlich darstellten. Über das Skelett hinaus gelang es Ella lediglich, Teile eines verschmutzten Gürtels sowie eine mit Erde verschmierte Thermoskanne auszumachen.

»Die Radiokarbonmethode könnte man in diesem Fall

durchaus anwenden«, bestätigte Simon, ohne seinen Blick von Ella abzuwenden. »Aber sie ist nur begrenzt praktikabel. Bei organischem Material, das nicht von archäologischem Interesse ist, beträgt der Fehlerquotient zwar nur achtzehn Monate, doch die Voraussetzung für die Anwendung der Methode ist, dass die Person nach 1943 geboren wurde.«

»Und warum ausgerechnet 1943?« Die Frage kam wieder von dem Mann mit der schusssicheren Weste.

»Weil bei Personen, die vor 1943 geboren wurden, die Weisheitszähne im Jahr 1955 bereits angelegt waren, als die Atomwaffentests dafür sorgten, dass der Anteil des Kohlenstoffisotops 14C in der Atmosphäre stark anstieg.«

Simon fuhr fort, ehe irgendjemand aus seinem verständnislos dreinblickenden Publikum eine Folgefrage stellen konnte.

»Das radioaktive Kohlenstoffmolekül setzt sich im Zahn fest, während er sich ausbildet, und nimmt gemäß dem Zerfallsgesetz ab, und da der Anteil im Jahr 1955 besonders hoch war, bildet dieses Jahr den Ausgangspunkt, um so exakte Ergebnisse wie möglich zu erhalten.«

Die Männer um die Knochenansammlung auf dem Obduktionstisch herum standen nun alle stumm da und hörten Simons Monolog aufmerksam zu, der sich langsam zu einer Art Vorlesung ausweitete.

»Also«, fuhr Simon fort, »wenn wir die Radiokarbonmethode bei einem Weisheitszahn anwenden, werden wir errechnen können, wann die Person hier auf dem Tisch ungefähr geboren wurde. Aber das gibt uns noch keinen Hinweis darauf, wann sie starb.«

Die Polizisten zeigten erneut eine leichte Resignation. Simon griff vorsichtig nach dem Stück eines Zahnes, den er für einen Weisheitszahn hielt.

»Aber mit der modernen Technik kann man auch Zahnemaille analysieren und somit eine Einschätzung erhalten, wie alt der Mann war, als er starb. Die Radiokarbonmethode kann hier in Schweden durchgeführt werden, aber die andere Analyse muss meines Wissens nach ins Ausland geschickt werden, wahrscheinlich in die USA oder nach Japan. Und das kann dauern. Die Datierungsmethode, die wir in Erwartung der Analysen durchführen wollen, ist übrigens entwickelt worden, um die Radiokarbonmethode zu verfeinern«, fügte er hinzu und zwinkerte dabei Ella zu.

Sie lächelte zurück und verließ den Raum. Sie hatte genug gehört. Sie war bereits ein paar Jahre länger Spezialistin als Simon und hatte manchmal Schwierigkeiten, ihn seine Arbeit machen zu lassen, ohne ihn zu kontrollieren, denn anfangs war sie so etwas wie seine Vorgesetzte gewesen. Optimalerweise oblag diese Art von Coaching den erfahrensten Spezialisten, doch angesichts der Unterbesetzung hatte Ella bereits als frisch examinierte Fachärztin Simon während seiner Zeit als Assistenzarzt anleiten müssen. Der Grund ihres Besuchs im Obduktionssaal war Simon offenbar klar geworden. Sie wollte seine Methoden kontrollieren – doch glücklicherweise schien ihn das nicht zu irritieren.

Ella erinnerte sich besonders an eines von Simons Fotos vom Fundort, auf dem der erdverschmierte Schädel in der ausgehobenen Grube lag. Eine Wurzel hatte sich in den gebrochenen Schädel gebohrt. Sie war durch den dünnen Knochen, der das Dach der Augenhöhle bildete, hinein- und durch die linke Augenhöhle wieder hinausgewachsen. Entsprechende Wurzeln hatten ebenfalls zwischen den Rippen der rechten Körperhälfte herausgelugt. Auch wenn man natürlich nicht exakt wissen konnte, wann die Wurzeln in die verwesende Leiche hineingewachsen waren, so konnte man doch mit einiger Präzision angeben, wie viel Zeit die Wurzeln benötigt hatten, durch sie hindurchzuwachsen. Als man die stabile Wurzel durchgesägt hatte, stellte man nämlich fest, dass sie wie ein Baumstamm ein Ringmuster trug. In derselben Art und Weise, wie der Baumstamm im Winter- beziehungsweise Sommerhalbjahr unterschiedlich schnell wuchs, wuchsen auch die Wurzeln mit einer gewissen Periodizität und erhielten dabei ein Ringmuster, das auf das Alter der jeweiligen Wurzel schließen ließ. Aus diesem Grund konnte Simon mittels einer simplen und billigen dendrochronologischen Datierung ausrechnen, wie lange die Leiche mindestens im Boden gelegen hatte. Die Jahresringe eines Baumstamms wurden für so verlässlich gehalten, dass man sie bereits hinzugezogen hatte, um die im Verlauf der Jahre veränderliche Konzentration des Isotops ^{14}C in der Atmosphäre zu berechnen und auf diese Weise die Methode zu verfeinern.

Ella nahm an, dass Simon einen Botaniker hinzuziehen würde, um die Berechnungen durchzuführen, wenn er dies nicht schon getan hatte. In vereinzelten Fällen hatte die Rechtsmedizinische Abteilung bereits die Unterstützung eines Entomologen in Anspruch genommen, um mit Hilfe des Lebensrhythmus von Insekten den Verwesungszustand einer Leiche zeitlich einzuordnen. Für diese Fälle stand ein spezieller Entomologe auf der Kontaktliste der Behörde, aber soweit Ella wusste, hatten sie noch keinen Botaniker verpflichtet.

Obwohl Ella und Markus bereits seit der Jahrtausendwende in dem Haus wohnten, vermittelte ihr die Wohnung kein heimisches Gefühl. Im eisigen Wind überquerte sie den Parkplatz und schielte hinauf zur obersten Wohnung. Sie war dunkel. Das galt auch für die meisten anderen Wohnungen. Als sie im Treppenhaus einer jungen Frau mit rabenschwarzem Haar begegnete, fiel Ella auf, dass sie eigentlich überhaupt keinen

Kontakt zu ihren Nachbarn hatte. Man grüßte einander zwar freundlich, aber über diese kurzen Begegnungen hinaus gab es keine näheren Berührungspunkte. Man konnte niemanden darum bitten, die Blumen zu gießen, wenn man wegfuhr. Man konnte bei keinem am späten Samstagabend um Kaffeepulver bitten, wenn es gerade ausgegangen war. In ihrer neuen Wohnung würde das anders werden, redete sie sich ein. Dort würde sie dafür sorgen, dass die Nachbarn wussten, dass sie jederzeit willkommen waren. Als sie den Gedanken gerade formulierte, fiel ihr ein, dass sie genau dasselbe vorgehabt hatte, als sie und Markus in den Neubau eingezogen waren.

Ella stellte die schwere Uhr auf dem Fußboden im Flur ab. Da sie nicht wollte, dass Markus es so auffassen würde, als möbliere sie bereits ihr neues Zuhause, beschloss sie, die Uhr ins Arbeitszimmer zu stellen. Obwohl das kleine Zimmer mit Bücherregalen, einem Schreibtisch und dem schönen, aber verschlissenen Ohrensessel bereits ziemlich vollgestellt war, vermittelte das Zimmer Ella eine innere Ruhe. Am liebsten saß sie eingekuschelt auf dem Sessel mit dem Samtbezug und las. Ihr fiel der vergoldete Rahmen ins Auge, der ohne das Spiegelglas an einer Wand lehnte und sie daran erinnerte, dass sie völlig vergessen hatte, Markus von dem Golfschläger zu erzählen. Kein Wunder, dass er ihn nicht gefunden hatte, dachte sie. Sie konnte sich nicht erinnern, dass Markus sich jemals in dem engen Büro aufgehalten hätte. Das Zimmer war in gewisser Weise sein Zugeständnis dafür gewesen, dass Ella sich darauf einließ, in einem modernen Haus zu wohnen. Wenigstens dieses eine Zimmer hatte sie in ihrem Stil einrichten können.

Sie stieß einen Seufzer der Erleichterung aus. Diese Wohnung war bald nicht mehr ihr Zuhause. Markus war einfach nicht der richtige Mann für sie, dachte sie. Auch wenn ihr die gemeinsamen Jahre mit ihm keineswegs als vergeudete Zeit vorkamen, konnte sie nicht verstehen, warum es ihr so schwer gefallen war, den Entschluss zu fassen, ihn zu verlassen. Ihr kam Karin Boyes Gedicht über den zögerlichen Einzug des Frühlings in den Sinn. Alles Fremde und Ungewisse ließ den Menschen zögern. Sie beschloss, bereits in der nächsten Woche Kontakt zu einem Makler aufzunehmen, um ein neues Zuhause zu finden. Ein neues Leben wartete auf sie.

Ella setzte sich abrupt im Bett auf. Im Zimmer war es nachtschwarz. Während des Winterhalbjahres ließen sie die Jalousien nicht herunter, sodass man vom Bett aus über das unruhige schwarze Meer hinausblicken konnte. Ihr Puls raste. Sie musste sich bremsen, um nicht unmittelbar ins Arbeitszimmer zu stürmen. Ihr Traum war ebenso deutlich gewesen wie die Bilder der Erinnerung, die ihr kamen, als sie die Uhr zum ersten Mal im Auktionshaus gesehen hatte.

Sie war wieder ein kleines Mädchen und studierte fasziniert die Uhr oben auf der Kommode. Sie war ein Geschenk von Grete an Judit gewesen. Ella hatte einen Schlüssel entdeckt, der vor der Tischuhr lag, sowie ein Schlüsselloch im Zifferblatt. Wenn sie es nur schaffte, die Uhr etwas näher an die Kante heranzuziehen, würde sie den Schlüssel ausprobieren können und sehen, was sich im Inneren der Uhr verbarg, hatte sie gedacht. Sie stellte sich auf zwei große schwere Bücher, die sie aus dem Regal im Wohnzimmer gezogen hatte, und erreichte schließlich mit den Fingern eine Seite der Uhr. Vorsichtig zog sie das schwere Messingteil an die Kante. In dem Moment hörte sie Schritte vor dem Wohnzimmer. Sie fuhr herum und verlor das Gleichgewicht. Die Uhr hielt sie unterdessen fest, sodass sie mit dem kostbaren Stück zu Boden fiel. Trotz der Schmerzen im Rücken lag sie ganz still, in der Hoffnung, dass die Person, die sie vor der Tür hörte, den ohrenbetäubenden Krach nicht mitbekommen hatte. Doch dann zeigte sich eine erschrockene Judit in der Türöffnung. Anfänglich schaute sie lediglich auf den Haufen, den Ella, die Bücher und die Uhr auf dem Fußboden bildeten. Dann hob sie Ella hoch und begutachtete sie vom Scheitel bis zur Sohle. Als sie sich vergewissert hatte, dass ihre Tochter unverletzt war, warf sie einen Blick auf die Uhr, die mit dem Zifferblatt nach oben zeigte. Daneben lag ein bronzener Flügel, der beim Aufprall auf den Fußboden abgebrochen war. Judit stellte daraufhin die Uhr zu Ellas Erstaunen wieder an ihren Platz und steckte den Flügel in ihre Jackentasche.

»Das muss unser kleines Geheimnis bleiben«, hatte sie Ella zugeflüstert, bevor sie sie mit entschiedener Geste aus dem verbotenen Zimmer führte.

Ella konnte noch immer das Flüstern ihrer Mutter an ihrem Ohr hören. Mit nach wie vor erhöhtem Puls tastete sie sich mit vorsichtigen Schritten in Richtung Arbeitszimmer vor. Sie schaltete den kleinen Kronleuchter an der Decke an, dessen schwaches Licht von den vergoldeten Spiegeln reflektiert wurde. Dann hob sie die Tischuhr an und sank mit ihr auf dem Schoß in den Ohrensessel. Sie strich mit dem Finger über die Flügel der Putten. An einem Flügel des linken Engels spürte sie eine kleine Erhöhung. Sie knipste die Leselampe neben dem Sessel an und konnte die winzigen geschmolzenen Bronzeperlen erkennen, mit denen jemand den abgebrochenen Flügel wieder angefügt hatte.

Über eine Stunde saß sie mit der Uhr auf dem Schoß im Schein der Leselampe im Sessel. Die Gedanken drehten sich im Kreis. Wieder und wieder stellte sie sich die Frage, warum sie gerade einen Gegenstand in Händen hielt, der eigentlich durch den Brand zerstört worden sein musste. Ein Brand, bei dem ihr Vater ums Leben gekommen war.

Nachdem Ella aufgewacht war, konnte sie nicht mehr einschlafen und fühlte sich daraufhin während des gesamten Samstags mehr oder weniger komatös. Auch am Sonntag hatte sie Schwierigkeiten, in Gang zu kommen, denn die Gedanken an ihre nächtliche Entdeckung kehrten ständig wieder. Die einzig logische Erklärung, die ihr einfiel, war, dass sich die Uhr zum Zeitpunkt des Brandes in Reparatur befand, doch das erklärte nicht, warum sie jetzt, dreißig Jahre später, im Zuge einer Internetauktion verkauft wurde. Soweit sie wusste, hatte sich ihre Mutter noch nie leicht von Dingen getrennt. Ella erinnerte sich außerdem daran, dass sie sie gefragt hatte, ob man nach dem Brand etwas hätte retten können. Sie hatte als Antwort lediglich einen resignierten Seufzer bekommen. In materieller Hinsicht konnte sie sich nur an einen nennenswerten Verlust erinnern, eine Kette mit golden schimmernden Perlen, die vermutlich aber aus Kupfer oder ähnlichem Material gefertigt waren. Estrid zufolge hatte Ella diese Kette tagsüber immer getragen, sie aber offenbar nicht mitgenommen, als sie das Haus verließen, bevor das Feuer ausbrach. Bereits im Alter von sechs Jahren hatte Ella ein Schmuckkästchen besessen, das gut gefüllt und sogar eigens versichert war. Als erstes und einziges Enkelkind von Grete und Ernst war sie mit allen möglichen Geschenken geradezu überhäuft worden, vor allem mit Schmuck. Obwohl die meisten dieser Schmuckstücke aus echtem Gold oder Silber waren, hatte ihr die Kette aus Goldimitat am besten gefallen.

Als junger Teenager hatte sie Estrid immer aufs Neue darum gebeten, ihr die Geschichte mit der Kette zu erzählen. Die Geschichte stellte im Prinzip die einzige Erinnerung an ihren

Vater dar. Ella hatte das Schmuckstück aus Perlen selbständig für ihn angefertigt. Dabei hatte sie aber offenbar nicht berücksichtigt, dass sein Halsumfang größer war als ihrer, woraufhin er es ihr zurückgab. Er hatte Estrid zufolge gemeint, dass er Ella schon immer das Schönste hatte schenken wollen, was er besaß, doch dass nichts, was er besaß, schön genug gewesen wäre. Jedenfalls nicht, bevor er ihre Kette bekommen hatte. Man merkte, dass Estrid Ellas Vater gemocht hatte. Sie war die Einzige in Ellas Umfeld, die seinen Namen hin und wieder erwähnte.

Zu ihren Großeltern väterlicherseits hatte Ella nach dem Brand keinen Kontakt mehr. Sie waren bestimmt auf der Beerdigung gewesen, doch weder daran noch an ihre eigene Trauer konnte sie sich erinnern. Es kam natürlich immer noch vor, dass sie ihren Vater vermisste, doch dann als Person, die sich wie sie selbst nicht vollständig an die Konventionen der Familie anpassen wollte. Sie war sich nicht sicher, ob es sich tatsächlich so verhielt, aber bei den Gelegenheiten, wo sein Name fiel, hatte sie genau diesen Eindruck.

Im Alter von neununddreißig Jahren besaß die Haut leider nicht mehr die Elastizität, mehrere schlaflose Nächte hintereinander zu verzeihen, ohne sichtbare Spuren unter den Augen zu hinterlassen. Mit einer reichlichen Menge an teuren Gesichtscremes, an deren Effekt Ella mit ihrer wissenschaftlichen Skepsis eigentlich nicht glaubte, aber zugleich intensiv darauf hoffte, meinte sie, die Folgen ihrer Schlaflosigkeit am Wochenende zumindest gelindert zu haben. Doch der Spiegel über dem Waschbecken im Umkleideraum in der Arbeit zeigte sich gnadenlos.

Sie hatte am Montagvormittag drei mehr oder weniger unkomplizierte Obduktionen durchgeführt und wurde ihr Spiegelbild erst gewahr, als sie sich hinterher die Hände wusch. »Er schmeichelt der Jugend, ist jedoch dem alternden Menschen gegenüber ein rücksichtsloser Verfechter der Wahrheit.« So hatte sie einmal jemanden einen Spiegel beschreiben hören, und nie erschien ihr dieser Ausdruck treffender als jetzt. Sie wusste, dass sie umgehend eine Erklärung dafür finden musste, warum die Tischuhr den Flammen entkommen war. Ansonsten würde sie ein Facelifting oder eine überdimensionale Sonnenbrille benötigen, um die dunklen Ringe unter ihren Augen zu kaschieren. Außerdem war ihr Haar strähnig, und um die Nase und den Mund herum zeichneten sich nach dem Tragen der Schutzausrüstung rote Flecken ab.

Ihr letzter Fall war ein Mann mit Hepatitis gewesen. Die spezielle Schutzausrüstung, die sie getragen hatte, beinhaltete unter anderem einen Mundschutz mit zugehörigem Visier. Eigentlich hätte sie auch spezielle Handschuhe tragen müssen, die verhinderten, dass man sich schnitt. Aber sie waren so dick, dass man das Gefühl in den Fingerspitzen verlor, das man benötigte, um eine Obduktion sicher durchführen zu können. Außerdem schützten sie lediglich vor Schnittwunden und nicht vor einem Stich mit der Messerspitze, was im Obduktionssaal bedeutend häufiger vorkam, wenn es schon einmal schieflief. Mit den Jahren hatte sie die Erfahrung gemacht, dass sie die Ansteckungsgefahr am effektivsten minimierte, wenn sie sich nicht aus der Ruhe bringen ließ. Im Stress lag wahrscheinlich die größte Gefahr, und daran konnten auch Sicherheitsvorschriften nichts ändern.

Sie schloss für einige Sekunden die Augen und versuchte sich zu sammeln. Die drei Fälle hatte sie bereits hinter sich gelassen, und gedanklich würde sie sich auch erst wieder mit ihnen auseinandersetzen, wenn die Protokolle fertiggestellt und die Gutachten formuliert werden mussten. Sie zog die

Obduktionskleidung aus und stellte sich unter die Dusche, ohne die Augen zu öffnen. Während das Wasser auf ihren Körper prasselte, schärfte sie sich ein, dass es höchste Zeit war, mehr Produkte aus ihrem kürzlich erweiterten kosmetischen Arsenal anzuwenden als nur die Feuchtigkeitscremes.

Mit vom Duschen noch feuchtem und leicht nach dem billigsten sogenannten unparfümierten Shampoo der Apotheke duftenden Haar saß sie in ihrem Büro und wählte die Nummer des Auktionshauses, wo sie die Tischuhr abgeholt hatte. Sie hegte den Verdacht, dass das Unternehmen gewisse Vorschriften zu befolgen hatte, die nicht ohne Weiteres zuließen, den Vorbesitzer der Auktionsware zu nennen. Wie auch bei vielen anderen mehr oder weniger internetbasierten Unternehmen konnte sie in den Räumen, wo sie die Uhr gekauft hatte, niemanden erreichen, und auf dem Anrufbeantworter verwies man auf die Website. Ella war durchaus ein Freund des Schriftverkehrs, aber die Erfahrung hatte sie gelehrt, dass man im persönlichen Gespräch am schnellsten Auskunft auf unbequeme Fragen erhielt. Ihr fiel die anorektische junge Frau mit den vernarbten Handgelenken ein. Es wäre unmoralisch, diese schwächliche Person auszunutzen, um an Informationen zu gelangen, die sie vielleicht gar nicht herausgeben durfte, dachte Ella.

Dennoch saß sie eine Viertelstunde später in ihrem Wagen auf dem Weg zum Auktionshaus. Es ging schließlich um ihren nächtlichen Schlaf, verteidigte sie ihr Vorhaben innerlich.

Es war Viertel vor zwölf, und der Parkplatz vor dem Auktionshaus war frei. Durchs Fenster konnte sie die junge Frau hinter dem Tresen erkennen. Sie war gerade dabei, einem älteren Herren zu helfen, einen Gegenstand in eine schützende Schicht aus Luftpolsterfolie einzuwickeln, als Ella hereinkam. Die junge Frau schaute auf und nickte ihr zu. Der ältere Herr schien nicht einmal gehört zu haben, dass die Tür geöffnet wurde. Plötzlich fiel ihr ein, dass sie keine Ahnung hatte, wie sie ihr Anliegen vorbringen sollte, um den Namen des Verkäufers zu erfahren. Der Frau die wahren Fakten zu nennen erschien ihr keine gute Idee, und so beschloss sie spontan zu improvisieren.

»Ich bin Rechtsmedizinerin und arbeite für das Justizministerium«, begann sie selbstbewusst, während sie in bester Polizeimanier ihren Rechtsmedizinerausweis auf den Tresen schnickte.

»Aha«, stammelte die magere Frau.

»Wir versuchen gerade die letzten Lebensstunden einer gewissen Person nachzuvollziehen«, fuhr Ella fort und heftete ihren Blick auf die inzwischen vollends verstummte junge Frau.

»Und wie kann ich Ihnen dabei helfen?«, brachte diese schließlich hervor.

Ella sah sich um und vergewisserte sich, dass sie beide allein im Raum waren. Der ältere Herr war inzwischen gegangen, und keine weitere Person war zu sehen.

»Wir haben gute Gründe dafür anzunehmen, dass die Person, die diese Bronzeuhr zum Verkauf angeboten hat, über Informationen verfügen könnte, die für die Ermittlungen entscheidend sind.«

Ella gab sich todernst, und ihr auffordernder Blick erzielte bei der Verkäuferin die beabsichtigte Wirkung. Ella nannte ihr die Artikelnummer der Tischuhr und schielte ein weiteres Mal in Richtung Ausgang. Immer noch kein Mensch in Sicht.

Als Ella zwei Minuten später wieder in die Kälte hinaustrat, hallte ihr der Name Mikael Erlandsson durch den Kopf. Es hatte keiner weiteren Überredungskünste bedurft, um die Frau zu überzeugen. Sie setzte bestimmt voraus, dass Rechtsmediziner in Schweden genau wie im Film die Befugnis hatten, eigene polizeiliche Ermittlungen durchzuführen. Dass Ella angegeben hatte, sie arbeite für das Justizministerium, war außerdem keine reine Lüge, sondern lediglich eine Frage der Sichtweise. Die Rechtsmedizin unterlag nämlich genau wie die Polizei und der Strafvollzug direkt dem Justizministerium.

Auf dem Weg zurück zur Arbeit wiederholte sie den Namen, als wäre er ein Mantra. Mikael Erlandsson. Er sagte ihr nichts. Es kostete sie große Selbstbeherrschung, die Geschwindigkeitsbegrenzungen einzuhalten. Ella parkte und nahm die ihr vertrauten Treppenstufen ins Obergeschoss des Büros in fünf großen Schritten, zog ihren Ausweis durchs Lesegerät und riss die schwere Tür auf. Sie steuerte geradewegs auf ihr Büro zu und schloss die Tür hinter sich. Sie verdammte die Langsamkeit ihres Computers, während er mühsam das Fenster mit der Startseite der Rechtsmedizin öffnete. Was Computer anbelangte, war Ella nicht gerade die Geduldigste. Wenn er nicht innerhalb von ein paar Sekunden tat, was sie wollte, wiederholte sie ihre Doppelklicks mit der Maus unaufhörlich, was normalerweise damit endete, dass noch mehr Fenster geöffnet wurden und das Ganze noch länger dauerte. Als es ihr schließlich gelang, eine Personensuche nach Mikael Erlandsson durchzuführen, erhielt sie hundertneun Treffer in ganz Schweden. Sie setzte voraus, dass man nicht in eine andere Stadt fuhr, um seine Ware für den Verkauf in einem Auktionshaus anzubieten. Damit gelang es ihr, die Gruppe auf neun Personen einzugrenzen. Bei näherer Betrachtung sah sie, dass zwei Personen nur mit zweitem Vornamen Mikael hießen, während sich zwei Treffer auf ein und dieselbe Person bezogen, aber einmal eine Büronummer und das andere Mal eine Privatnummer angegeben war. Somit blieben noch sechs

Mikael Erlandsson übrig. Wenn sie Zugang zu einem Bevölkerungsregister gehabt hätte, hätte sie möglicherweise noch weitere Treffer streichen können, doch dem war nicht so. Als sie das Auktionshaus aufsuchte, hatte sie nicht daran gedacht, gegebenenfalls auch nach der Adresse oder Telefonnummer von Herrn Erlandsson zu fragen.

Noch bevor Ella überlegen konnte, wie sie bei ihren persönlichen Ermittlungen weiter vorgehen könnte, klopfte es an ihrer Tür. Doktor Kauffman steckte den Kopf herein und erinnerte sie daran, dass es Zeit für das Ärztemeeting sei. Sie warf einen Blick auf ihre Armbanduhr und stellte fest, dass es bereits vierzehn Uhr war und sie beinahe den halben Vormittag auf ihre private Recherche verwendet hatte. Das verursachte ihr aber kein schlechtes Gewissen. Ihre Arbeitszeit war ungeregelt, was theoretisch bedeutete, dass sie sich ihre Zeit selbst einteilen konnte, natürlich unter der Voraussetzung, dass sie ihre Arbeit erledigte. In der Praxis bedeutete es leider, dass sie unzählige Überstunden absolvieren musste, um ihr Arbeitspensum zu schaffen.

Obwohl sie nur sechs Ärzte waren, hatten sie selten die Möglichkeit, alle zusammenzukommen. Aus diesem Grund wurden monatliche Ärztemeetings abgehalten, während deren sie unter anderem die Arbeit unter sich aufteilten. Die Routinearbeit stellte selten ein Problem dar, doch hinzu kamen außerdem noch der Unterricht von Polizei- und Medizinstudenten sowie diverse Projekte, die einem manchmal als vergeudete Zeit vorkamen, da sie oftmals nur wenig durchdacht waren. Die Projekte wurden von Personen geleitet, die nicht den blassesten Schimmer von dem zu haben schienen, womit Rechtsmediziner sich eigentlich beschäftigten. Ella war es in den vergangenen Monaten gelungen, sich vor den meisten dieser Aufgaben zu drücken, sodass sie auf dem Weg in die Bibliothek, in der das Meeting stattfand, das Gefühl überkam, dass sie mal wieder an der Reihe wäre.

Nachdem diverse Dienste getauscht worden waren und sie entschieden hatten, was an neuer Ausrüstung für den Obduktionssaal gekauft werden sollte, räusperte sich der Chef. Gerarldsson war ein klein gewachsener neunundfünfzigjähriger Mann mit einem ziemlich dicken Bauch. In seinen dunkelbraunen Augen lag eine Schärfe, die viele beim ersten Anblick zu übersehen schienen. Er saß oft in Gedanken versunken da und machte einen leicht verwirrten oder gedankenverlorenen Eindruck. Bei Gerichtsverhandlungen kam es nicht selten vor, dass sowohl der Staatsanwalt als auch die Strafverteidiger ihre Ausführungen mit einem lautstarken Räuspern einleiteten, um sich zu vergewissern, dass er nicht eingeschlafen war. Wenn es ihnen dann nach stundenlangem Kreuzverhör nicht gelang, die Aussagen in seinem Gutachten auch nur um einen Millimeter zu verrücken oder wenigstens eine Frage zu stellen, die ihn auch nur eine Sekunde lang zweifeln ließ, wurde ihnen klar, dass er hellwach und geistesgegenwärtig war. Ella hegte nach einer gewissen Zeit der Zusammenarbeit mit ihrem Chef den Verdacht, dass er in allen Situationen, die nicht seine unmittelbare Aufmerksamkeit erforderten, über andere Fragestellungen nachdachte, die seinen Intellekt in würdigerer Weise beanspruchten. Der Chefposten war ihm mehr oder weniger in den Schoß gefallen, als sein Vorgänger vor nahezu fünfzehn Jahren sein Amt unerwartet niedergelegt hatte und Gerarldsson als Spezialist am geeignetsten erschien. Ella tippte, dass ihn die Auseinandersetzung mit Personalfragen und die regelmäßigen Zusammenkünfte mit den übrigen Chefs der Rechtsmedizin und der Führungsetage wenig reizten und er diesen Posten, der ihm angeboten wurde, schlicht und einfach nicht ablehnen konnte. Sie wusste ebenfalls, dass er sich davor drückte, dem Personal schlechte Nachrichten zu überbringen, und dies bis zuletzt aufschob.

Gerarldsson räusperte sich erneut, obwohl alle bereits nach dem ersten Räuspern verstummt waren.

»Wir haben noch keinen Repräsentanten der Abteilung für die CT-Gruppe ernannt«, begann er vorsichtig.

Sämtliche Anwesenden schienen im selben Augenblick diverse wichtige Termine in ihren Kalendern zu entdecken, die sie vor sich liegen hatten. Simon, der keinen Kalender zu benötigen schien, sondern seine Termine im Kopf hatte, wich Gerarldssons Blick aus, indem er sich rasch den Falten seiner Hose widmete, die sich beim Hinsetzen gebildet hatten.

»Mir ist durchaus bewusst, dass das Interesse am technologischen Trend, der unsere Einrichtung aktuell zu erfassen scheint, innerhalb dieser Gruppe mäßig ist«, fuhr er leicht säuerlich fort.

Es war geplant, eine Gruppe von Repräsentanten aller Rechtsmedizinischen Abteilungen des Landes zu bilden, um Einigkeit darin zu erzielen, wie die CT-Technologie innerhalb der Rechtsmedizin zukünftig angewendet werden sollte. CT stand für *Computer Tomographie*. Obwohl diese Technologie, die beinhaltete, dass man sowohl Bilder vom Skelett als auch von den inneren Organen erstellen konnte, bereits seit Langem in der Medizin angewendet wurde, hatte man ihr erst in den vergangenen Jahren ernsthaft einen Platz in der Rechtsmedizin eingeräumt. Für die Ärzte im Krankenhaus war diese Untersuchungsmethode revolutionär gewesen, aber sie besaßen schließlich auch nicht die Möglichkeit, die Körper all ihrer Patienten zu öffnen, um zu untersuchen, wie sie von innen aussahen. Da diese Tatsache jedoch für die Rechtsmediziner kein Problem darstellte, hielt sich ihr Interesse an der neuen Methode generell in Grenzen. Die größten Fürsprecher dieser Röntgentechnik waren medizinische Angestellte, die noch nie einen Obduktionssaal von innen gesehen hatten. Mit großer Faszination bestaunten sie die einzigartigen dreidimensionalen Bilder vom Inneren des menschlichen Körpers, die die Röntgenärzte erstellt hatten. Ella hatte einmal ein Essen durchleiden müssen, bei dem einer dieser Angestellten mit aufgeregter Stimme berichtete, dass man bei einer Computertomographie von Rupturen in der Herzwand bis hin zu Einblutungen in die Bauchhöhle alles erkennen konnte. Um nicht als Technikfeind abgestempelt zu werden, hörte sie nur höflich zu – eine Fähigkeit, die sie sich mit den Jahren langsam angeeignet hatte. Die Todesursachen, die er genannt hatte, würde sie schätzungsweise innerhalb von zehn Sekunden ausmachen können, nachdem sie das Messer an der Leiche angesetzt hatte.

Noch bevor der Chef weiterreden konnte, stieß Ella einen Seufzer aus und hob den rechten Arm. »Es wäre mir ein Vergnügen und eine Ehre, unsere Abteilung in dieser zentralen Frage zu repräsentieren«, sagte sie mit leiser Ironie.

Gerarldssons Gesichtszüge entspannten sich, und er wirkte sichtbar erleichtert. Die übrigen Kollegen atmeten aus und lächelten Ella dankbar an. Sie hatte allen Anwesenden gerade eine Menge unnötiger Diskussionen darüber erspart, wer die höchste Arbeitsbelastung zu bewältigen hatte, und wahrscheinlich wäre ihr der Auftrag sowieso zugefallen. Sie handelten noch weitere unwesentliche Fragen ab, bevor das Meeting beendet wurde und die kleine Gruppe von Rechtsmedizinern sich auflöste. Ella blieb noch eine Weile allein in der Bibliothek sitzen, während ihr immer noch der Name Mikael Erlandsson im Kopf herumspukte.

*

Er wusste nicht genau, ob das Arrangement mit dem Golfschläger und dem Spiegel funktioniert hatte, oder ob Ella und ihr Freund nach seinem Besuch etwas geahnt hatten. Er hatte mit sich gerungen und schließlich beschlossen, die Wohnung noch einmal aufzusuchen. Er konnte ganz einfach nicht in seinem Büro sitzen bleiben und abwarten. Die Ungewissheit war ihm schließlich unerträglich geworden. Obwohl schon sein erster Besuch beinahe in einer Katastrophe geendet hatte, befand er sich nun in einer noch weit schlimmeren Situation. Mit seiner behandschuhten Hand in den Schubladen des Nachttisches wühlend, hörte er ein unheilvolles Geräusch durch die dunkle Wohnung hallen. Das Geräusch eines Schlüssels, der sich im Schloss drehte.

*

Die Arbeitsbelastung der Rechtsmediziner führte oft dazu, dass sie weitaus länger bei der Arbeit bleiben mussten als das übrige Personal, das bereits Feierabend gemacht hatte. Dennoch hatte Ella ihren Arbeitsplatz kurz nach dem Meeting in der Bibliothek verlassen. Wie sehr sie sich auch bemüht hatte, sich auf ihre Protokolle zu konzentrieren, die Gedanken an die Tischuhr schlichen sich immer wieder ein. Um den Kopf freizubekommen, beschloss sie deshalb, früher heimzugehen und ein Bad zu nehmen. Es gab nur wenige Dinge, die eine so entspannende Wirkung auf sie hatten, wie von heißem Wasser und angenehmer Ruhe umgeben zu sein. Der Gedanke daran, bald in das warme Badewasser zu gleiten, ließ sie unaufmerksam werden. Zumindest bemerkte sie die Schuhe nicht, die auf dem Teppich im Flur standen. Schuhe, die weder Markus noch ihr selbst gehörten. Schuhe, deren Besitzer ein paar Sekunden zuvor verdammt schnell auf die Beine gekommen war.

Der Besucher fluchte im Stillen. Er war davon ausgegangen, dass weder Ella noch ihr Freund jemals so früh am Nachmittag nach Hause kämen. Er stand absolut still hinter der Schlafzimmertür und versuchte seine Atmung in den Griff zu bekommen. In der sparsam möblierten Wohnung würde ihn das kleinste Geräusch verraten. Er bereute seine Neugier bitter. Er hätte doch besser zu Hause bleiben sollen. Vorsichtig tastete er mit den Händen hinter sich. Mit langsamen Bewegungen ließ er seine Hand an einem mit Gummi beschichteten Griff entlanggleiten, der in kaltes poliertes Metall überging. Ein Golfschläger. War es derselbe wie beim letzten Mal? Bei seinem ersten Besuch hatte der Schläger in einem Paar hoher Gummistiefel in der Garderobe gestanden und sich als perfekte Lösung angeboten, um sein Missgeschick mit dem Spiegel in dem gemütlichen kleinen Arbeitszimmer zu kaschieren. Sein Mantel war nämlich an einem der Spiegel hängengeblieben, der auf dem Boden stand, woraufhin nur Bruchteile einer Sekunde später das Unglück geschah.

Die Schritte näherten sich. Auch wenn er sich nicht ganz sicher sein konnte, ahnte er, dass es Ella war, die nach Hause gekommen war. Die Schritte waren bestimmt, aber leicht. Dann hielten sie plötzlich inne. Die Person, die die Wohnung betreten hatte, stand jetzt nicht mehr als einen Meter von der Tür entfernt. Durch den Spalt an den Scharnieren hindurch erahnte der ungebetene Gast ganz richtig eine Frauengestalt.

Ella betrat entspannt die Wohnung, während sie die Post öffnete. Ihrer Gewohnheit treu schlitzte sie die Briefumschläge mit einem der extrem scharfen Messer auf, das sie aus der Küche geholt hatte. Das Messer hätte auch ebenso gut im Flur liegen können, da sie es dort am häufigsten anwendete. Die Briefe waren nicht gerade interessant. Hauptsächlich Rechnungen und Kontoauszüge von der Bank. Sie konnte sich nicht daran erinnern, wann sie zuletzt einen handgeschriebenen Brief mit der Post erhalten hatte. Obwohl sie wusste, dass Markus es nicht mochte, wenn sie die Post einfach irgendwo ablegte, ließ sie den kleinen Stapel mit Umschlägen und Briefbögen auf der Stereoanlage liegen und ging in Richtung Schlafzimmer. Auf der Schwelle blieb sie stehen. Sie fühlte sich beobachtet. Ein eiskalter Schauer fuhr ihr den Rücken hinunter. Die winzigen Haare in ihrem Nacken stellten sich senkrecht auf. Es geschah nicht oft, dass Ella so reagierte. Auch wenn sie einmal etwas über eine Theorie gelesen hatte, die erklärte, aus welchen Gründen der Mensch diese Art von Gefühl erlebt, schob sie ihre Wahrnehmung beiseite. Sie weigerte sich, ihre Handlungsfähigkeit durch eine unbegründete Angst einschränken zu lassen. Das Gefühl der Bedrohung bildete sich in einem entwicklungsmäßig älteren Teil des Gehirns, dem Stammhirn aus, das auch manchmal Reptilhirn genannt wurde. Ella war überzeugt davon, dass gewisse Funktionen des Reptilhirns im Anfangsstadium der menschlichen Entwicklung zum Überleben notwendig gewesen waren, aber heutzutage eher hemmend wirkten. Aus diesem Grund ging sie mit entschlossenen Schritten ins Schlafzimmer und griff sich ihren Morgenmantel. Für einen Augenblick vernahm sie denselben Parfümgeruch, den sie schon früher wahrgenommen hatte. Der würzige, nach Leder riechende Duft hing in der Luft und verstärkte ihre Unruhe noch.

Der Mann hinter der Tür versuchte sich so unsichtbar wie möglich zu machen. Er stand jetzt vollkommen unbeweglich da. Eine Konfrontation zu diesem Zeitpunkt wäre gelinde gesagt unangenehm gewesen. Dennoch war er davon überzeugt, dass er sich irgendwie aus dieser prekären Situation hätte herauswinden können. Jedenfalls bis zu dem Zeitpunkt, als er den Gegenstand in der Hand der Frau erblickte. In der kleinen Hand, die nicht viel größer als die eines Kindes zu sein schien, blitzte ein klauenförmiges Messer auf. Sein Herz schlug so wild, dass es ihm ausgeschlossen erschien, dass die Frau es nicht hörte. Der Schweiß lief ihm über den Rücken. Die Situation, die er eben noch unter Kontrolle gehabt hatte, verwandelte sich unmittelbar in eine drohende Katastrophe. Wer zum Teufel spazierte denn mit einem Messer durch seine Wohnung? Dann beugte sich die Frau plötzlich hinunter und hob einen Morgenmantel auf, der auf dem Fußboden lag, drehte sich um und verließ mit entschlossenen Schritten das Zimmer. Langsam sank der Besucher aus seiner aufrechten Position zusammen. Seine Hände zitterten immer noch. Der Adrenalinstoß war so intensiv gewesen, dass der Mann, der sich hinter der Tür versteckte, beim kleinsten Geräusch zusammenzuckte.

Ella zog sich aus, während das heiße Wasser in die Badewanne lief. Auch wenn es wünschenswert gewesen wäre, wies keines der Fenster im Bad aufs Meer. Stattdessen ließ Ella die Tür zum Wohnzimmer immer offen stehen, damit sie aufs Meer schauen konnte, während sie in der ausladenden Badewanne lag. Sie setzte sich auf die Kante und tauchte einen Fuß ins heiße Wasser. Es brannte im ganzen Körper. Obwohl sie so oft badete, war es ihr unmöglich, eine angemessene Wassertemperatur einzustellen. Vorsichtig und methodisch schob sie einen Körperteil nach dem anderen ins Wasser, und nach ein paar Minuten lag ihr gesamter Körper in dem dampfenden Nass. Sie warf einen Blick hinaus aufs Meer. Dann holte sie tief Luft und glitt unter die Wasseroberfläche. Vom Wasser umschlossen fühlte sie sich nahezu schwerelos. Sie lag dort so lange, wie ihre Lungen es zuließen. Das war ihre Art, alle Gedanken vollständig auszublenden und Platz für neue zu schaffen. Wenn sie wieder auftauchte, fühlte sie sich jedes Mal viel wacher und klarer im Kopf.

Das Geräusch des laufenden Wassers, das durch die Wohnung drang, schluckte die vorsichtigen Schritte des Eindringlings auf dem Steinfußboden. Auf einer Stereoanlage über einem kleinen Stapel mit Post lag das Messer, das die Frau eben noch in der Hand gehalten hatte. Er konnte der Versuchung nicht widerstehen, ein Auge auf die nackte und inzwischen unbewaffnete Frau auf dem Badewannenrand zu werfen. Sie drehte den Wasserhahn zu und sank langsam, nahezu meditativ ins Wasser. Das große Badezimmer füllte sich mit warmem Wasserdampf und verwischte die Konturen der Frau. Es war so still in der Wohnung, dass er sich nicht würde bewegen können, ohne dass die Frau in der Wanne es hörte. Schon gar nicht würde er die Wohnung verlassen können. Doch plötzlich, wie auf einen Befehl hin, holte sie tief Luft und verschwand unter der Wasseroberfläche. Jetzt war seine Chance gekommen.

Als Ella ihren Kopf wieder über die Wasseroberfläche schob, fühlte sie sich erstaunlicherweise überhaupt nicht klar im Kopf. Eher konfus. Mit irritierter Miene blieb sie unbeweglich in der Badewanne sitzen und starrte auf die Badezimmertür. Sie war jetzt geschlossen.

Es war fünf Minuten nach sieben, als Ella nur einen Steinwurf von ihrem Ziel entfernt einen Parkplatz fand. In der vergangenen Woche hatte die Kälte die Stadt fest im Griff gehabt, sodass nun lange, Unheil verkündende Eiszapfen vom Dach des alten Hauses hingen. Die Maklerin stand geduldig vor der imposanten Haustür und wartete. Das Haus lag zwar an einer stark befahrenen Straße, doch seine Pracht machte diesen Nachteil allemal wett. Hier hatten einmal die Mächtigen der Stadt gewohnt, und noch heute beherbergten die Häuser entlang der Straße einige der schönsten und teuersten Wohnungen und Büros. Ella hatte die Wohnungsanzeige entdeckt, als sie am Sonntagmorgen ausnahmsweise einmal Zeit gefunden hatte, in aller Ruhe die Zeitung zu lesen. Eine einfallsreiche Maklerfirma hatte mittels eines Werbeprospekts auf sich aufmerksam gemacht, der in der Zeitung steckte. Die Firma bot zwar nur drei Wohnungen an, aber alle drei hatten ihr sofort gefallen.

Ella hatte angefangen die Wohnungsinserate in der Zeitung und im Internet zu lesen, sobald ihre Trennung von Markus feststand. Im Anzeigenteil hatte sie daraufhin unmittelbar eine fantastische Wohnung entdeckt, die perfekt für sie gewesen wäre. Perfekt, wenn sie nicht einen kleinen Haken gehabt hätte. Die Wohnung lag direkt neben Gretes. Es handelte sich um den Teil der Wohnung, den sie hatten abtrennen lassen, nachdem Ernst sich von seinem Vorsitz im Vorstand zurückgezogen hatte. Die Fotos der Wohnung sahen aus wie aus einer Einrichtungszeitschrift. Sie hatte erwogen, nur zum Spaß hinzugehen und sie sich anzuschauen, ließ es jedoch aus Angst davor sein, sich in sie zu verlieben. Tür an Tür mit Grete zu wohnen erschien ihr nicht gerade ein ansprechender Gedanke.

Ella hatte schnell die Lust an den Fotos und Beschreibungen der Wohnungen verloren, die bedeutend mehr versprachen, als sie letztlich halten konnten. Nach drei Besichtigungen stellte sie ihre Suche erst einmal ein und betrachtete daraufhin alle weiteren eventuellen Objekte mit größter Skepsis. Sie hatte inzwischen gelernt, die kryptische Sprache zu deuten, die die meisten Maklerfirmen benutzten. Ideale Grundrisse waren niemals so spannend, wie sie bezeichnet wurden, sondern eher unvorteilhaft, und Badezimmer waren nicht pittoresk oder optimiert, sondern einfach nur eng. Doch die sonntägliche Werbebeilage, in der die Wohnung in dem Haus beschrieben wurde, vor dem die Maklerin jetzt wartete, hatte ihre Neugier geweckt.

Der kurze Text hatte eigentlich nichts darüber ausgesagt, ob die Wohnung den Ansprüchen genügen würde, die sie an ihre zukünftige Wohnsituation stellte. Sie erfuhr weder, wie viele Zimmer sie hatte, noch, was sie kosten sollte, aber Ella hatte den Eindruck, dass sich die Anzeige direkt an sie richtete. »Französischer vergoldeter Spiegel mit dazugehöriger Wohnung von traditionsreicher Eigentümergemeinschaft zu veräußern.« Die anderen beiden Wohnungen, die die Maklerfirma anbot, signalisierten ihr, dass die Qualität des Objekts sie nicht enttäuschen würde. Die Wohnungen lagen an den denkbar besten Adressen, und die Firma hatte hinsichtlich der Objektbeschreibungen nicht an Superlativen gespart.

»Tut mir leid, dass ich etwas spät dran bin«, keuchte sie und streckte ihre Hand vor.

Draußen herrschten immer noch Minusgrade, sodass sich beim Ausatmen Kondenswolken bildeten. Die Maklerin war eine Frau um die fünfzig mit streng hochgestecktem feuerroten Haar und trug ein gut sitzendes dunkelgraues Kostüm und einen schwarzen Mantel.

»Lassen Sie uns ins Warme gehen«, entgegnete sie rasch und schob die schwere Tür auf.

Das Gebäude war Ende des 19. Jahrhunderts mit einer Fassade im Renaissancestil erbaut worden und strahlte Stabilität und Wohlstand aus. Zu beiden Seiten der Haustür standen Statuen von Männern mit bloßem Oberkörper und Lendenschurz.

»Kennen Sie die Gegend?«, fragte die Maklerin neugierig.

»Nur allzu gut«, antwortete Ella und betrat den kleinen, mit einem Gitter versehenen Aufzug.

Sie spürte den forschenden Blick der Maklerin auf sich, während sie in den dritten Stock hinauffuhren. Ihre Augen waren unnatürlich weit aufgerissen und ließen Ella an eine Hyperthyreose, eine Überfunktion der Schilddrüse denken. Soweit sie sich erinnern konnte, bewirkten dieselben Antikörper, die die Schilddrüse Amok laufen ließen, auch die Veränderungen an den Augen. Ella warf einen Blick auf den Hals der Maklerin, wo ganz richtig eine schmale verblasste Narbe zu erkennen war, die von einem Eingriff an der Schilddrüse zeugte. Während der Aufzug die verschiedenen Stockwerke passierte, konnte Ella wunderschöne Kronleuchter erkennen, die das geräumige Treppenhaus erleuchteten. Sie zählte vier Türen in jeder Etage.

»Ich dachte, dass das Haus vier Stockwerke hätte«, sagte Ella und betrachtete eingehend die Knöpfe im Fahrstuhl.

Die rothaarige Frau nickte.

»Es hat eine vierte Etage, aber der Aufzug führt nur bis in die dritte«, antwortete sie, als er mit einem Ruck stehen blieb. »In der obersten Etage fehlen außerdem die Verzierungen, die in allen anderen vorhanden sind«, fügte sie hinzu und schob die Gittertür auf.

In der dritten Etage gab es nur eine Tür. Sie war nahezu drei Meter hoch und bewirkte, dass Ella sich winzig klein vorkam. Sie blieben stehen und betrachteten kurz die Tür, bevor sich die Maklerin räusperte, sich zu Ella umdrehte und einen Schritt auf sie zumachte. Ella wich instinktiv zur Seite. Als sie sich ein wenig drehte, sah sie, dass es auf dieser Etage doch noch eine weitere Tür gab, die allerdings aufgrund der mit Paneelen versehenen Wände nahezu unsichtbar war. Auf dem Türschild standen lediglich die Buchstaben L v D.

»Da wären wir«, sagte die Maklerin vorsichtig, während sie pflichtschuldig klingelte und den Schlüssel im Schloss drehte.

Die Tür glitt auf und gab den Blick auf einen engen dunklen Flur frei. Ella nahm einen schwachen Geruch nach abgestandenem Zigarettenrauch wahr. Rechter Hand lag unmittelbar eine kleine Küche, die bestimmt seit den 40er Jahren nicht mehr renoviert worden war. Das Küchenfenster war klein und saß ungewöhnlich hoch in der Wand. Ella zog ihre Stiefel aus und stellte sie sorgfältig nebeneinander auf den Flurteppich. Die Deckenhöhe betrug fast vier Meter, was dem engen Flur und der kleinen Küche einen merkwürdig gedrungenen Eindruck verlieh. Am hinteren Ende des Flurs erblickte sie zwei weitere Türen. An der linken Wand hing ein schwerer blutroter Samtvorhang. Ella ging neugierig auf die Türen zu und schob die erste ein Stück auf. Sie blickte in ein kleines Schlafzimmer mit einem schmalen Fenster zum Hof. Das Bett war von der Art, wie man sie aus Krankenhäusern kannte, dachte sie, bevor ihr Blick auf eine Sauerstoffflasche fiel, die am Bettpfosten hing. Bis auf den kleinen Spiegel, der auf dem Nachttisch lag, hatte sie noch keinen weiteren erblickt und erst recht keinen, der so groß war, dass man ihn bei einem Verkauf nicht aus der Wohnung hätte tragen können.

Sie zog verständnislos die Augenbrauen hoch, als sie dem Blick der Maklerin begegnete. Sie hatte nun ebenfalls die zweite Tür geöffnet, die den Blick auf ein kleines Bad mit vergilbten Fliesen freigab. Die Maklerin erwiderte ihren Blick amüsiert und nahm sie beim Arm. Ella unterdrückte einen Impuls, sich loszumachen, und ließ sich stattdessen zum Vorhang an der Wand führen. Die Maklerin schob den Stoff zur Seite. Durch einen Spalt an der dunklen Wand sickerte warmes Licht, das einen leuchtenden Rahmen bildete. Das war bereits die zweite Tür, die Ella übersehen hatte. Mitten auf der kleinen Tür saß ein Messingknauf, den die Maklerin nun triumphierend ergriff. Die Tür ging auf, und Ella, die sich gerade erst an das Dämmerlicht in der dunklen Wohnung gewöhnt hatte, musste blinzeln, um nicht geblendet zu werden. Vor ihr offenbarte sich ein Raum, den sie nur als Saal bezeichnen konnte.

Sie setzte vorsichtig einen Schritt hinein und fühlte sich wie eines der Kinder in den Büchern über Narnia, die hinter einem Schrank eine neue Welt entdeckt hatten. Im Saal brannte im Unterschied zum Flur und den übrigen Zimmern Licht. Zwei kleinere und ein riesiger Kronleuchter ließen den Raum förmlich in Licht baden, obwohl es draußen nachtschwarz war. Große kirchenartige Fenster dominierten zwei der Wände in dem nahezu quadratischen Saal, den sie auf ungefähr achtzig Quadratmeter schätzte. In der Ecke zwischen den beiden mit Fenstern versehenen Wänden befand sich ein Erker, in dem auf einem kleinen Säulentisch ein Schachspiel aufgestellt war. Mitten im Raum stand ein Esstisch. Obwohl das Esstischarrangement mit seinen zwölf Stühlen einigen Raum einnahm, verlor es sich fast in dem riesigen Saal. In einer Ecke stand eine kleine Sitzgruppe, bestehend aus einem Sofa und zwei Sesseln mit großflächig gemustertem Bezug, während sie in einer anderen Ecke die Rückseite eines einzelnen, mit Blumenmuster versehenen Ohrensessels mit zugehöriger Fußbank vor einem Kachelofen erblickte. Mitten an einer der etwas kürzeren Wände, die keine Fenster besaßen, prangte der Spiegel. Ella konnte sich nicht erinnern, jemals einen größeren gesehen zu haben. Er streckte sich majestätisch in Richtung Decke, und sie konnte die Putte auf dem Aufsatz seines vergoldeten Rahmens lediglich erahnen. Ohne eine Expertin zu sein, schätzte sie, dass der Spiegel aus dem späten 18. Jahrhundert stammte. Die ausladenden Formen des Rokoko dominierten die Verzierung des Rahmens. Ein Spiegel dieser Größe würde niemals große Summen einbringen, falls er je bei einer Auktion verkauft würde. Er war schlicht und einfach zu groß. Die Anzahl potentieller Käufer war aus natürlichen Gründen gering und der Preis entsprechend niedrig. Sie blieb stehen und betrachtete sich darin vor dem weitläufigen Raum. Die gut gekleidete Maklerin trat neben sie und störte das Bild ein wenig.

»Na, was meinen Sie?«, hörte sie eine Stimme sagen.

Die Stimme war schwach und heiser und gehörte nicht der Maklerin. Ella fuhr erstaunt herum, während ihr Blick auf den einzeln dastehenden Sessel fiel. Sie konnte gerade noch zwei schmale sehnige Beine erkennen, die auf der Fußbank gestanden hatten, bevor sie hinter dem mächtigen Rücken verschwanden. Ella ging mit entschlossenen Schritten auf den Sessel zu und ließ die Maklerin vor dem Spiegel stehen. Im Sessel saß die zierlichste Dame, die Ella je gesehen hatte. Den Falten in ihrem gerunzelten Gesicht nach zu urteilen musste sie an die zweihundert Jahre alt sein, dachte Ella und lächelte sie an. Die Frau, die vermutlich nicht mehr als vierzig Kilo wog, atmete angestrengt, und die Hand, die sie zum Gruß vorstreckte, zitterte.

»Lovisa«, brachte sie während des Ausatmens hervor.

Neben dem Sessel stand ein Gerät, das man in der Krankenpflege einen Sauerstoffkonzentrator nannte. Der Apparat, der so groß wie ein Staubsauger war, gab ein zischendes Geräusch von sich und versorgte die alte Dame über einen dünnen Plastikschlauch mit sauerstoffreicher Luft. Ella stellte fest, dass die Frau trotz des Sauerstoffschlauchs, der in ihre Nase führte, die Halsmuskulatur bis hinunter zum Schlüsselbein zum Atmen zu Hilfe nehmen musste. Ihre Lippen waren blau, und bei jeder Ausatmung formte sie sie zu einem schmalen Strich, durch den sie die Luft hinauspresste. Als Ella ihre kalte Hand ergriff, sah sie, dass ihre Finger wie Trommelschlägel geformt waren. Sie war ein wanderndes oder besser gesagt sitzendes Lehrbuchbeispiel für das Endstadium einer respiratorischen Insuffizienz. Mit anderen Worten waren ihre Lungen dabei, ihr den Dienst zu versagen, und jegliche Energie, die die schmale Dame aufbringen konnte, verwendete sie, um ihr Blut mit Sauerstoff zu versorgen.

»Ella.«

»Eleonor«, entgegnete die Frau.

In ihren eisblauen Augen lag eine gewisse Schärfe. Ella spürte, wie der Blick der alten Frau immer tiefer in sie eindrang.

»Ella Andersson«, versuchte sie es erneut.

Die Frau schüttelte den Kopf und verzog den Mund. Ella hatte Schwierigkeiten einzuschätzen, ob es ein Lächeln darstellen sollte.

»Eleonor Liedenburg-Rossing, nicht wahr?« Die Frau musste nach den beiden Nachnamen eine Pause machen, da ihre Ausatmungsluft nicht mehr ausreichte.

Ella entzog ihre Hand dem Griff der sehnigen Frau. Sie hatte diesen Nachnamen nicht mehr benutzt, seit sie zu Hause ausgezogen war. Er gehörte ihrer Vergangenheit an und verband sie mit den Verwandten, mit denen sie keinerlei Gemeinschaft empfand. Aus Eleonor wurde Ella, und da sie gesetzlich das Recht dazu besaß, den Nachnamen ihres verstorbenen Vaters anzunehmen, hatte sie es zum großen Verdruss ihrer Verwandtschaft umgehend getan. Der Name Andersson war ihrer Mutter offenbar allzu bürgerlich gewesen, um ihn bei ihrer Heirat anzunehmen.

»Sie müssen Gretes Enkelkind sein«, sagte die Frau mit einem dezenten Lächeln.

Ihre Zähne waren unnatürlich weiß, und Ella mutmaßte, dass sie ihren Zahnarzt nur unter Drohungen dazu hatte überreden können, ihr die Prothese in dieser Farbnuance anzufertigen.

»Eine Tatsache, an die ich so wenig wie möglich zu denken versuche«, antwortete Ella und begegnete dem Blick der Frau.

»Das verstehe ich«, sagte die Frau mit einem glucksenden Laut, der als Lachen begann und in einer Hustenattacke endete. Das Geräusch von Schleim, der sich auf besorgniserregende Art und Weise in den Atemwegen der Frau bewegte, hallte durch den Raum. Ella sah sich rasch um. Auf dem kleinen Tisch neben dem Sessel standen eine Karaffe mit Wasser und ein Glas. Dort lag ebenfalls ein Röhrchen Brausetabletten. Ella fischte sich das Röhrchen, schenkte das Glas halbvoll und warf eine Tablette hinein. Sie reichte Lovisa das Glas, deren Hustenattacke langsam abklang.

»Der schleimlösende Effekt dieses Medikaments ist eher umstritten«, begann Ella. »Aber ich nehme an, dass es Ihnen hilft, da Sie es zu Hause haben.«

Lovisa leerte das Glas und schaute leicht verwundert zu ihr auf.

»Nein, ich nehme es, weil es so verdammt gut schmeckt«, entgegnete sie und lächelte schief.

Ihre Stimme klang für einen Augenblick etwas klarer.

»Grete ist ein Teufelsweib von Gottes Gnaden«, sagte sie dann mit ernster Stimme.

Ella antwortete nicht, sondern stand einfach nur da und betrachtete Lovisa. Nach einer Weile des Schweigens hörten sie die behutsamen Schritte der Maklerin auf dem Parkett, doch Lovisa bedeutete ihr, sich im Hintergrund zu halten, während sie Ella weiterhin anblickte.

»Ich habe mich für eine andere Wohnsituation entschieden«, sagte sie mit heiserer Stimme. »Ich werde noch einen Monat lang hier wohnen, und dann gehört die Wohnung Ihnen, wenn Sie sie haben möchten. Die praktischen Details müssen Sie mit der Maklerin klären.«

Ella wunderte sich, dass Lovisa es geschafft hatte, die langen Sätze ohne größere Probleme auszusprechen. Die Kraftanstrengung hatte sie allerdings so mitgenommen, dass sie danach ermattet im Sessel zusammensank. Sie nahm ihre Gewohnheit wieder auf, die blauen Lippen bei jedem Ausatmen zusammenzupressen, woraufhin ihr eben noch so scharfer Blick einen glasigen und abwesenden Ausdruck bekam.

Ella richtete sich wieder auf und ging auf die Maklerin zu. Sie bat darum, den Jahresbericht der Eigentümergemeinschaft sowie das Protokoll der letzten Jahresversammlung und die Beschreibung der Wohnung einsehen zu dürfen. Sie setzten sich an den Esstisch, der mitten im Raum unter dem größten Kronleuchter stand. Ein Grundriss der Wohnung existierte nicht, doch den würde sie bestimmt beim Bauamt anfordern können, erklärte die Maklerin. Etwas verlegen merkte Ella an, dass sie noch nicht über den Preis für die Wohnung nachgedacht hatte. Die Maklerin setzte sie darüber in Kenntnis, dass die alte Dame keine Gebote anzunehmen gedachte, aber die Interessenten selbst treffen wollte, um den mutmaßlichen Käufer gutzuheißen. Sie hatte sich eingehend über den Marktwert informiert und daraufhin den Kaufpreis weit unter diesem angesetzt.

Ella unterschrieb den Vertrag stehenden Fußes und spürte, wie ihr Herz vor Aufregung laut pochte. Mit dem Erbe ihres Vaters würde sie nicht einmal einen Kredit für die Wohnung aufnehmen müssen. Sie hatte eigentlich keine Ahnung, wie sie mit dem ersten Teil der Wohnung, also dem engen Flur und der dunklen Küche, verfahren sollte, doch das war in diesem Zusammenhang das kleinste Übel.

Als Ella wieder in ihrem kalten Auto saß und frenetisch versuchte, die Heizung in Gang zu bringen, war sie so aufgedreht, dass sie unmöglich in ihre moderne Wohnung zurückfahren konnte. Sie spielte mit dem Gedanken, Markus ein weiteres Mal zu verführen, wenn sie nach Hause käme, verwarf ihn jedoch rasch wieder. Eine sexuelle Beziehung zu dem Mann zu unterhalten, von dem man sich gerade trennte, erschien ihr alles andere als eine gute Idee. Stattdessen fuhr sie zu einem der größten Fitnessstudios der Stadt und parkte ihren Wagen. Es war schon fast halb neun, aber der Anzahl der Schuhe im Eingangsbereich nach zu urteilen war es im Studio ziemlich voll. Ella war nicht Mitglied, und erst als sie der jungen Frau an der Rezeption mit Bestimmtheit erklärte, dass sie nicht die Absicht hatte, ausgerechnet an diesem Abend eine Mitgliedschaft zu erwerben, sondern lediglich für eine Trainingseinheit bezahlen wollte, wurde sie hereingelassen. Sie musste eine Menge Unterlagen ausfüllen und durfte schließlich gratis trainieren, um zu einem späteren Zeitpunkt dann Mitglied zu werden.

Ella hatte vor, sich Trainingskleidung vor Ort zu kaufen, jedoch nicht damit gerechnet, dass sich die Trainingsmode seit ihrem letzten Besuch in einem Fitnessstudio so radikal geändert hatte. Sie fand ein Paar graue, locker sitzende Trainingshosen, doch was die Tops anbelangte, war *locker sitzend* nicht gerade der Ausdruck, der irgendeines der Stücke in der Boutique des Studios treffend beschrieb. Sie nahm schließlich ein ärmelloses schwarzes Top in einem Material, für dessen Bezeichnung man ein Chemieexamen zu benötigen schien, um sie lesen zu können. Sie hatte eigentlich vorgehabt, lediglich ein Krafttraining zu absolvieren, für das sie keinen Sport-BH benötigte, aber offenbar waren Sport-BHs sowieso nicht länger gefragt, stellte sie fest, nachdem sie den Umkleideraum der Frauen betreten hatte. Es fiel ihr ebenfalls nicht ganz leicht auszumachen, ob die vorzugsweise jüngeren Frauen ihr Training bereits beendet hatten oder ob sie auf dem Weg dorthin waren. Hier und da wurde eine Extraschicht Mascara aufgelegt oder die Einlage im Oberteil gerichtet, woraufhin sie ins Studio hinaustänzelten. Ella seufzte und zog sich um. Sie schaute hinunter auf ihre bestrumpften Füße, schloss ihren Spind ab und verließ mit behutsamen Schritten den Raum.

Kapitel 4

Als Ella am nächsten Tag zur Arbeit kam, stand wieder eine Polizeistreife vor dem Gebäude. Sie konnte sich nicht daran erinnern, dass an diesem Morgen irgendeine Obduktion durchgeführt werden sollte, die kriminaltechnische Assistenz erforderte. Als sie in den Obduktionssaal kam, standen Gerarldsson und einer der Assistenzärzte jeweils über eine Leiche gebeugt, während die Obduktionsassistenten gerade dabei waren, eine dritte auf einen der stählernen Tische zu befördern. Die Leiche auf Gerarldssons Tisch war die eines Kindes. Ella fiel ein, dass sie unter den hereingekommenen Fällen etwas über ein Mädchen gelesen hatte. Es war gerade vier Jahre alt und von seinen Eltern ins Krankenhaus gebracht geworden, weil es so müde und antriebslos wirkte. Im Krankenhaus war den Ärzten aufgefallen, dass das Kind ungewöhnlich viele blaue Flecken am Körper und außerdem kleine Einblutungen in die Gesichtshaut hatte, die sie mit Erwürgungsversuchen in Verbindung brachten. Das medizinische Personal erstattete Anzeige bei der Sozialbehörde, da man den Verdacht hatte, das Kind sei misshandelt worden. Da es sich schon im Krankenhaus befand, wurde unmittelbar die Polizei eingeschaltet. Nach drei Stunden verschlechterte sich der Zustand des Mädchens plötzlich. Man vermutete anfänglich, es hätte eine Hirnblutung erlitten. Es wurde daraufhin sofort zum Röntgen gebracht. Auf dem Röntgentisch erlitt es einen Herzstillstand, und nach einer Stunde erfolgloser lebensrettender Maßnahmen wurde es für tot erklärt.

Während die Eltern verzweifelt zusehen mussten, wie ihnen unbekannte Menschen vergebens das Leben ihrer Tochter zu retten versuchten, hatte ein Polizist, dem sie nie zuvor begegnet waren, einen vorläufigen Bericht mit der Überschrift Kindesmisshandlung erstellt. Derselbe Polizist hatte nach Erhalten der Todesnachricht die Überschrift geändert, die nun lautete: Todesfall, nähere Klassifizierung erfolgt nach durchgeführter Obduktion. Mitten in ihrer Trauer wurden die Eltern darüber informiert, dass eine Voruntersuchung eingeleitet und ihre Tochter, die sie noch immer im Arm hielten, rechtsmedizinisch obduziert werden würde, da der Verdacht auf Kindesmisshandlung vorläge. Ihre Frustration musste entsetzlich gewesen sein.

Ella wusste, dass das Prozedere in dieser Form durchgeführt wurde, litt jedoch mit den Eltern, als sie den Bericht las. Jetzt stand Gerarldsson mit konzentriertem Blick da und untersuchte die winzigen roten Flecken im Gesicht des Mädchens. Ella ging auf den Obduktionstisch zu, wo sie stumm stehen blieb und ihn beobachtete. Dann wandte sie sich dem Kind zu. Die kleinen roten Punkte beschränkten sich nicht nur aufs Gesicht. Wenn man einmal begann, nach ihnen zu suchen, waren sie letztlich überall zu finden. Die Punkte hatten allerdings nichts mit irgendwelchen Würgegriffen zu tun. Sie seufzte. Es handelte sich eher um Einblutungen, die entstanden, wenn die Gerinnungsfähigkeit des Blutes außer Kraft gesetzt worden war. Bei Kindern konnte dies bei einer Reihe von Krankheiten vorkommen. Das Mädchen auf dem kalten Stahltisch war mit hoher Wahrscheinlichkeit nicht misshandelt worden. Es war krank gewesen. Sehr krank. Ella schaute auf und warf einen Blick auf den Arzt am Nebentisch.

David stand mit dem Rücken zu ihnen gewandt und war dabei, den Hals eines älteren Mannes zu untersuchen, der sich erhängt hatte. Wenn sich ein Kind im Obduktionssaal befand, herrschte immer eine etwas gedrückte Stimmung. An anderen Tagen wurden Witze gemacht, und man unterhielt sich über die Erlebnisse des Wochenendes oder tauschte Anekdoten von früher aus. Heute hingegen waren alle still. Ella fiel ein, dass David selbst eine Tochter im Alter von drei Jahren hatte.

»Komm doch mal bitte kurz«, forderte Ella ihn auf.

David schaute auf und drehte sich um. Blass im Gesicht näherte er sich ihr mit schweren Schritten.

Ella deutete auf die roten Verfärbungen an den Beinen des Mädchens.

Langsam kehrte die Gesichtsfarbe des Assistenzarztes wieder zurück. Er war jetzt wieder mehr Arzt und weniger anteilnehmender Vater.

»Leukämie?«, fragte er.

Ella nickte.

»Höchstwahrscheinlich, oder eine andere Krankheit, die das Gerinnungsvermögen des Blutes herabgesetzt hat. Vielleicht eine Blutvergiftung oder auch eine Hirnhautentzündung. Bei Kindern geht es manchmal so schnell, dass man kaum reagieren kann, bevor sich die Infektion übers Blut verbreitet hat.«

Gerarldsson hatte das Messer noch nicht an der Leiche des Mädchens angesetzt, aber wahrscheinlich würde die Antwort auf Ellas und Davids Frage erst nach der mikroskopischen Untersuchung feststehen. Wenn sich bei der Obduktion keine inneren Verletzungen zeigen sollten, würde man immerhin den Verdacht gegen die Eltern fallenlassen können, sodass sie sich ihrer Trauerarbeit widmen konnten.

Ella blieb im Saal stehen, bis David mit sichtbar neuer Kraft zu dem älteren Mann zurückkehrte. Es war wichtig, ein Auge auf seine Kollegen zu werfen. Vor allem auf die, die Kinder hatten. Aber auch die älteren Rechtsmediziner hatten manchmal etwas unergründlich Trauriges im Blick, wenn sie eine gleichaltrige Person obduzierten, die zum Beispiel an einer Herzkrankheit gestorben war. Es tat keinem gut, in so drastischer Art und Weise, wie man es als Rechtsmediziner erlebte, an seine eigene oder die Sterblichkeit seines Kindes erinnert zu werden.

»Vergessen Sie ja nicht, zusätzliche Schutzkleidung zu tragen, wenn Sie die Leiche öffnen«, sagte Ella mit mündiger Stimme zu ihrem Chef.

Er blickte sie mit hochgezogenen Augenbrauen an.

»Wenn sie eine Hirnhautentzündung gehabt hat, kann sie immer noch ansteckend sein«, verdeutlichte sie ihre Aussage und ging in Richtung Tür.

Sie drehte sich ein letztes Mal um.

»Der Polizeiwagen?«, fragte sie.

Gerarldsson schaute erneut auf und lächelte Ella zu.

»Sie haben einen Termin mit Simon wegen des Skeletts aus dem Garten«, antwortete er, während er sich den Mundschutz überstreifte.

Ella machte auf dem Absatz kehrt und ging hinauf ins Obergeschoss.

In der verglasten Bibliothek saß Simon mit zwei Männern, die Ella als Kriminaltechniker identifizieren konnte, sowie ein weiterer Mann und eine Frau, die sie noch nie zuvor gesehen hatte. Die Frau trug Jeans, eine blau-weiß gestreifte Bluse und ein Sakko. Ella tippte, dass sie um die vierzig war. Sie erinnerte sie an die Mädels, die sie während ihres Studiums an der juristischen Fakultät hatte studieren sehen. Ihr fehlte nur noch der obligatorische Pferdeschwanz. Ella ging an der Bibliothek vorbei, hängte ihren Mantel ins Büro und klopfte zaghaft an der geschlossenen Tür der Bibliothek.

»Ist es okay, wenn ich mich dazusetze und ein wenig zuhöre?«, fragte sie, während sie den Raum betrat.

Simon stellte sie den anderen vor. Die Frau hieß Anna-Lisa Win und war Kriminalinspektorin und Voruntersuchungsleiterin. Da es keinen Verdächtigen gab, war eine Polizistin und kein Staatsanwalt Voruntersuchungsleiter. Simon hatte auf dem großen Tisch mitten im Raum Fotos des Skeletts ausgebreitet. Kriminalinspektorin Win saß am Tisch und las in einem vor ihr liegenden Dokument. Daneben lag ein Farbfoto von dem halb ausgegrabenen Schädel, durch ein Auge war eine Wurzel hindurchgewachsen.

»Wie sicher können wir bezüglich der Datierung sein?«, fragte sie und richtete ihren Blick auf Simon. Er war auch an diesem Tag wie an allen anderen wieder akkurat gekleidet. Unter seinem grauen wollenen Anzug lugte ein schwarzes dünnes Polohemd hervor.

Simon erklärte, dass der Botaniker, den er um Rat gefragt hatte, ziemlich exakte Zeitangaben gemacht habe. Die einzige Fehlerquelle, die er einkalkulieren musste, bestand möglicherweise in der Anzahl der Jahre, in denen der Temperaturunterschied zwischen den Jahreszeiten zu gering war, was dazu führte, dass die Wurzeln im Sommer wie im Winter nahezu mit derselben Geschwindigkeit wuchsen. Aus diesem Grund bildeten sich in solchen Jahren keine Jahresringe.

»Das bedeutet, dass die Leiche länger dort gelegen haben könnte, als der Botaniker ausgehend von den Jahresringen der Wurzel berechnet hat«, stellte Win fest.

Sie fügte hinzu:

»Das Problem liegt in der Verjährungsfrist. Wenn ich nicht

mit Sicherheit sagen kann, dass der Mord vor mehr als fünfundzwanzig Jahren stattgefunden hat, müssen wir den Fall als gewöhnliche Mordermittlung behandeln.«

»Ich dachte, die Verjährungsfrist für Mord soll verlängert werden«, wandte ihr männlicher Kollege fragend ein.

»Das ist richtig«, antwortete Win, »doch diese Änderung beinhaltet lediglich, dass man die Verjährungsfrist für die Morde verlängert, deren Frist bis dato noch nicht ausgelaufen ist.«

Ihre Antwort bestärkte Ellas Verdacht, dass die Kriminalinspektorin bereits ein abgeschlossenes Jurastudium im Rücken gehabt hatte, bevor sie an der Polizeischule anfing.

»Nach den Berechnungen des Botanikers hat die Leiche mindestens dreiundzwanzig Jahre in der Erde gelegen«, las Simon aus seinen Unterlagen vor. »Das dürfte bedeuten, dass der Mord spätestens 1987 stattgefunden hat. Aber wir können nicht sagen, wie lange die Wurzel gebraucht hat, bis sie ihren Weg durch den verwesenden Schädel gefunden hat, und in wie vielen Jahren sich keine deutlich erkennbaren Jahresringe gebildet haben«, fügte er hinzu und begegnete dabei Ellas Blick.

»Okay«, sagte Win, »dann verfahren wir so, als hätte der Mord innerhalb der letzten fünfundzwanzig Jahre stattgefunden. Ich denke, wir haben keine andere Wahl. Was wissen wir über den Eigentümer des Grundstücks?«, fragte sie geradewegs in die kleine Arbeitsrunde.

Der männliche Ermittler wand sich ein wenig und signalisierte deutlich seinen Unmut darüber, auf seiner Karriereleiter von einer Frau überholt worden zu sein. Doch im Hinblick auf Wins Qualifikation tat er nur gut daran, sich damit abzufinden, dachte Ella und stand auf, um zu gehen. Rechtsmediziner waren nur sehr selten in die rein polizeiliche Ermittlungsarbeit involviert, und sie wollte nicht den Eindruck erwecken, sich in ihre Recherchen einzumischen. Es war schließlich nicht ihr Fall.

Jetzt meldete sich endlich der männliche Ermittler zu Wort.

»Der Eigentümer des kleinen Hauses mit dem dazugehörigen Garten heißt Mikael Erlandsson. Er hat das Haus vor vier Monaten von seinem Vater Arne Erlandsson geerbt.«

Ella bekam eine Gänsehaut, als sie den Namen hörte. Sie blieb eine Sekunde lang mit der Hand auf dem Türgriff stehen. Dann drehte sie sich um und sank wieder auf ihren Stuhl. Simon warf ihr einen erstaunten Blick zu.

»Bin nur zu schnell aufgestanden«, sagte sie entschuldigend und bedeutete ihm fortzufahren. Sie war davon überzeugt, dass man ihr Herz durch das dicke Poloshirt hindurch würde schlagen hören. Sie musste sich anstrengen, um zu verstehen, was der Polizist sagte. Es war, als hätten sich ihre Gehörgänge verschlossen, sodass seine Stimme tief und schleppend klang.

»Der Sohn Mikael war 1987 achtundzwanzig Jahre alt und wohnte zu der Zeit in einer anderen Stadt, stattete seinem Elternhaus jedoch hin und wieder einen Besuch ab. Arne Erlandsson wohnte seit 1954 in dem Haus. Er arbeitete fast zwanzig Jahre lang als Hausmeister im Krankenhaus und wurde 1976 pensioniert. Zwischen 1945 und 1969 war er mit Sofia Erlandsson verheiratet; eine Ehe, aus der ein Kind hervorging: Mikael. Nach der Scheidung zog Sofia ins Ausland, während der zehnjährige Sohn bei seinem Vater wohnen blieb.«

Der Polizist machte eine Pause und wartete eventuelle Fragen ab. Dann fuhr er fort.

»Als Arne Erlandsson im vergangenen Herbst starb, erbte Mikael das Haus. Dieser hat bei der Vernehmung ausgesagt, dass er beabsichtigt, es zu renovieren, um es danach als Sommerhaus zu nutzen. Er hat mit den Drainagearbeiten bereits im November begonnen, musste sie jedoch unterbrechen, als es kalt wurde. Auf die Knochenteile stieß er durch einen Zufall, als er draußen beim Haus war und die Beschaffenheit des Bodens vor dem Arbeitsbeginn im Frühjahr kontrollieren wollte.«

So gern Ella auch sitzen geblieben wäre und zugehört hätte, konnte sie ihre Anwesenheit nicht länger rechtfertigen. Also stand sie widerwillig auf und verließ den Raum. Zurück an ihrem Schreibtisch stürmten die Fragen nur so auf sie ein. Handelte es sich bei der Person um den Mikael Erlandsson, der die Tischuhr verkauft hatte? Und warum befand sich die Uhr aus ihrer Kindheit in seinem Besitz? Wie konnte sie den Flammen entkommen sein? Und warum lag ein Mann auf dem Grundstück des Elternhauses von Mikael Erlandsson vergraben, und wer war dieser Mann? Sie fühlte sich rastlos und verspürte außerdem Muskelkater nach der heftigen Trainingseinheit vom Vortag.

Das Telefon klingelte und riss sie aus ihren Gedanken. Sie war gezwungen, die nächste halbe Stunde der Mutter eines Drogenabhängigen zu widmen, den sie ein paar Wochen zuvor obduziert hatte. Die Frau hatte den Eindruck, dass hinsichtlich des Todes ihres Sohnes etwas nicht stimmte, und wollte nun ihren Verdacht bestätigt wissen. Obwohl Ella versuchte, die Gedanken an das Skelett in Erlandssons Garten beiseitezuschieben, drängten sie sich während des gesamten Gesprächs immer wieder unbeirrbar auf.

Als Ella der Mutter erklärte, dass ihr Sohn sie wahrscheinlich angelogen hatte, indem er ihr versicherte, sich kein Heroin mehr zu spritzen, wies sie deutlich darauf hin, dass es sich dabei um einen Teil des Krankheitsbildes handelte und die Unehrlichkeit nicht als Charakterzug gewertet werden durfte. Ella war der Ansicht, dass die ersten Schritte in eine Abhängigkeit für gewöhnlich mehr oder weniger freiwillig gemacht wurden, aber langjähriger Missbrauch als Krankheit betrachtet werden musste. Ihr Sohn hatte sich irgendwann einmal entschieden, Drogen zu nehmen, aber nicht, seine Mutter anzulügen. Sein Verlangen nach Drogen wurde schließlich so stark, dass sich die Persönlichkeit, die er vor seiner Abhängigkeit hatte, mehr und mehr veränderte. Zurück blieb der Schatten eines Individuums, das vollends unter dem Einfluss seiner Abhängigkeit handelte und sich ihr vollkommen hingab. Als sie schließlich aufgelegt hatte, ohne den Verdacht der verzweifelten Mutter nennenswert ausräumen zu können, klopfte eine der Sekretärinnen an ihre Tür.

»Der Bruder eines Mannes, den Sie vor ein paar Wochen obduziert haben, hat gerade angerufen und nach Ihnen gefragt«, teilte sie ihr kurz und bündig mit. »Er will sich noch einmal melden«, fügte sie hinzu und drehte sich zum Gehen um.

»Welcher Fall war das?«, rief Ella ihr nach.

Die Sekretärin hielt inne und überlegte eine Weile. Doch schließlich war sie gezwungen, zu ihrem Computer zurückzugehen, um zu kontrollieren, welche Nummer der Fall hatte, und kam dann mit einem gelben Post-it-Zettel zurück. Ella gab die lange Zahlenfolge in ein Programm ein, in dem alle Obduktionen sowie zugehörige Proben und Unterlagen, die relevant für die Abteilung waren, aufgelistet wurden. Es handelte sich um den Fall John Westmark, Tod durch Erhängen. Sie erinnerte sich noch gut an ihn, obwohl bereits mehr als ein Monat vergangen war, seit sie ihn obduziert hatte. Es war der Jüngling mit der merkwürdigen Kleidung und den Totenflecken, deren Ausbreitung nicht ganz typisch für einen Tod durch Erhängen waren. Sie fragte sich wieder, warum sie nicht unmittelbar nach dem Feststellen der Anomalien zum Telefonhörer gegriffen und den mit dem Fall betrauten

Polizisten angerufen hatte. Sie hegte an und für sich keinen direkten Verdacht, dass John ermordet worden war, aber so ganz ging ihr der Fall nicht aus dem Sinn. Manchmal konnte ein kurzes Telefonat Klarheit darüber schaffen, ob die Leiche beispielsweise kurz nach dem Ableben bewegt oder vielleicht im Zusammenhang mit dem Abschneiden des Seils verletzt wurde.

Ella suchte resolut die Unterlagen heraus und stellte fest, dass die Ergebnisse der chemischen Analyse eingetroffen waren. Es befand sich eine sehr geringe Menge Alkohol im Blut des jungen Mannes, aber keine Spuren von Medikamenten oder Drogen. Bei einer so schwachen Alkoholkonzentration konnte man außerdem nicht ausschließen, dass er sich als Folge chemischer Reaktionen bei der beginnenden Verwesung erst nach dem Tod gebildet hatte.

Sie wählte die Nummer des Polizisten, der den Unterlagen zufolge die Obduktion angeordnet hatte. Der Mann am anderen Ende der Leitung klang erstaunt, als sie sich meldete. Leider betreute selten ein und dieselbe Person einen Fall von Anfang bis zum Ende, und so konnten die Beamten auch nicht viel Erfahrung sammeln. Mit wenigen Ausnahmen blieben die Polizisten, die in routinemäßigen Todesfällen ermittelten, selten länger als ein paar Monate auf ihrem jeweiligen Posten, was dazu führte, dass Ella oft mit Menschen reden musste, die noch nie zuvor in einem Todesfall ermittelt hatten. Da der betreffende Polizist auch nicht mehr über den Fall wusste als das, was Ella selbst im vorläufigen Bericht vom Fundort lesen konnte, bat sie ihn, den Kollegen vor Ort ausfindig zu machen und ihn zu bitten, sie umgehend anzurufen.

Eine Viertelstunde später wurde sie von einem gewissen Jonny Duda aus der Kriminaltechnikabteilung angerufen. Sie war ihm bereits an mehreren unterschiedlichen Fundorten begegnet und hatte ihn als recht umgänglich empfunden. Dass Rechtsmediziner darum baten, wegen eines älteren Falls zurückgerufen zu werden, war eher ungewöhnlich, und er wirkte dementsprechend neugierig. Ella gab ihm jedoch schnell zu verstehen, dass sie lediglich an gewissen Fakten interessiert war, was nach dem Tod genau mit der Leiche geschehen war. Er schien aus irgendwelchen Notizen zu zitieren, die er sich am Fundort gemacht hatte, als er ihre Fragen beantwortete. Dem Bericht zufolge wurde das Seil vom Balken an der Garagendecke erst abgeschnitten, als Jonny und seine Kollegen eintrafen. Ella fiel ein, dass durchaus nicht alle Fundorte von Kriminaltechnikern aufgesucht wurden.

»Wie kam es eigentlich, dass Sie zum Fundort gerufen wurden?«, fragte sie deshalb.

»Tja, das hing damit zusammen, dass zwei Anrufe von derselben Nummer bei der Zentrale eingingen«, antwortete Jonny.

»Zwei Anrufe?«, fragte Ella nach.

»Die Mutter war natürlich geschockt und rief erst einmal den Notruf – das war um 15:33 Uhr –, legte dann jedoch auf, ohne etwas zu sagen. Dann rief sie um 16:49 Uhr wieder an, als sie sich etwas gesammelt hatte, um zu berichten, dass sie ihren Sohn tot in der Garage aufgefunden hätte.«

»Aber irgendwem bei Ihnen kam das Ganze doch merkwürdig vor – ansonsten hätte man Sie nicht gebeten zu kommen, oder?«, folgerte Ella.

»So in der Art«, antwortete Jonny langsam. »Und was habe ich übersehen?«, fragte er dann mit ernster Stimme.

»Überhaupt nichts«, antwortete Ella aufmunternd, »ich wollte mich nur vergewissern.«

Sie wollte das Gespräch gerade beenden, als Jonny weitersprach.

»So außergewöhnlich finde ich das mit den beiden Anrufen gar nicht. Ich würde auch kein Wort rausbringen, wenn ich gerade mein einziges Kind in der Garage hängend gefunden hätte.«

»Da haben Sie recht«, sagte sie und legte auf.

Ella fühlte sich sofort besser und beschloss, den Fall ruhen zu lassen, bis sie Zeit hätte, die Gewebeproben, die sie für die mikroskopische Untersuchung genommen hatte, zu begutachten. Bei Tod durch Erhängen fand man darin zwar ungeheuer selten etwas Interessantes, aber Ella hatte sich angewöhnt, hin und wieder Proben anzufordern. Es war eine gute Möglichkeit, Referenzmaterial anzulegen, das zeigte, wie das Gewebe bei gesunden jungen Menschen aussah. Wenn man ausschließlich Gewebeproben von Organen mit Fetteinlagerungen untersuchte, wie es zum Beispiel bei der Leber von den meisten Personen mit übermäßigem Alkoholkonsum der Fall war, besaß man nämlich die Tendenz, nach einer gewissen Zeit davon auszugehen, dass ein bestimmter Grad an Fetteinlagerung normal war. Doch in diesem Fall hatte sie die Gewebeproben aus einem ganz anderen Grund angefordert. Sie wollte die weitere Bearbeitung hinauszögern, um sie nicht unmittelbar in Angriff nehmen zu müssen.

Sie verwendete den Rest des Vormittags darauf, sich in die Literatur einzulesen, die sie über das Thema Computertomographie in der Rechtsmedizin hatte finden können. Sie stellte fest, dass trotz mehrerer Jahre der Anwendung in der Praxis nicht gerade viele Forschungsberichte über den Nutzen dieser Untersuchungstechnik publiziert worden waren. Jedenfalls nicht in einer der rechtsmedizinischen Zeitschriften. Die meisten Artikel gaben diverse Betrachtungsweisen wieder, die allesamt auf den Vorteil hinausliefen, den Verstorbenen nicht aufschneiden zu müssen. Sie bereute bereits, den

Auftrag als Repräsentantin der CT-Gruppe angenommen zu haben.

Ella verbrachte den Freitagabend im Fitnessstudio. Diesmal hatte sie ein Paar Turnschuhe und einen Sport-BH dabei. Das enge Topp tauschte sie gegen ein altes T-Shirt aus ihrer Studentenzeit aus. Sie hatte darauf bestanden, noch eine Woche mit ihrer Mitgliedschaft zu warten, und sich stattdessen eine Zehnerkarte gekauft. Während sie mit schnellen Schritten auf dem Laufband vor den hohen Spiegeln unterwegs war, malte sie sich ihr Leben in der neuen Wohnung aus. Als sie die anderen Frauen auf den Laufbändern beobachtete, stellte sie fest, dass sie offenbar längst nicht die Älteste im Studio war. Sie kandidierte hingegen für den Titel der am schlechtesten Angezogenen, befürchtete sie. Abgesehen von der neu erstandenen Hose, die in angenehm dezenter Weise ihren Po betonte, merkte sie, dass sie die Einzige war, die versuchte, gewisse Körperpartien zu verbergen. Die übrigen Frauen trugen Outfits, die stattdessen die Taille und den Busen betonten. Es war offensichtlich, dass ein Fitnessstudio ein Ort der Begegnung war. Die Leute redeten miteinander und schienen jeweils mindestens die Hälfte aller Anwesenden zu kennen. Sie musste zugeben, dass sie die Frauen irgendwie bewunderte, deren eng anliegender Dress sie an weibliche Superhelden denken ließ, die im Geheimauftrag unterwegs waren, um die Welt zu retten. Sie wirkten selbstbewusst und entspannt, während sie ihre Übungen an Geräten absolvierten, die in Ellas Augen eher an moderne Varianten von Folterwerkzeugen erinnerten.

Sie beobachtete eine Frau, die an einem Gerät saß, das einem gepolsterten gynäkologischen Stuhl nicht unähnlich war, und ihre Oberschenkel gegeneinanderpresste, während das Gerät Widerstand leistete. Die Frau hielt während der gesamten Übungsdauer Augenkontakt mit einem Mann, der an einem anderen Gerät saß und seine Brustmuskulatur trainierte. Zwischen ihnen herrschte ganz offensichtlich eine große Anziehungskraft. Plötzlich fiel Ella auf, dass sie auf dem Laufband stand und die beiden anstarrte. Sie hatte offenkundig ihre einprogrammierten sieben Kilometer absolviert. Sie stieg vom Band, wischte sich mit der Unterkante ihres T-Shirts den Schweiß von der Stirn und ging auf die Hanteln zu. Beim Hanteltraining hatte sie jedenfalls nicht die Befürchtung, sich lächerlich zu machen oder irgendwo hängen zu bleiben, was sie als deutliche Gefahr bei den anderen Geräten ansah.

*

Um keinen Verdacht zu erregen, hatte er sich nicht getraut, seine Kollegen zu fragen, die am Fundort waren. Stattdessen hatte er gewartet, bis der vorläufige Bericht vorlag. Dabei handelte es sich um kurzgefasste Angaben, die die zuerst vor Ort eintreffende Polizeistreife nach Abschluss ihrer Schicht verfasst hatte. Darin stand, wer den Verstorbenen gefunden hatte, ob die Leiche bereits identifiziert war, und im günstigsten Fall lieferte er auch einige Hintergrundinformationen, die von Interesse für die Beurteilung der weiteren Verfahrensweise in dem Fall sein konnten.

Während er an seinem Schreibtisch saß und den Bericht las, meinte er anfänglich, sich im Fall geirrt zu haben. Denn nichts schien zu stimmen. Er überprüfte die Adresse. Die stimmte allerdings.

Mit einem wachsenden Gefühl der Verzweiflung las er den ersten Absatz des Berichts ein weiteres Mal. Was ihm zunächst vollkommen unerklärlich erschienen war, begann ihm langsam einzuleuchten und verständlich zu werden. Unerträglich, aber verständlich.

Vage Bilder der Erinnerungen zogen vor seinem inneren Auge vorbei. Er erinnerte sich noch daran, wie er dort gestanden und auf die Leiche gestarrt hatte. Er hatte diverse Alternativen erwogen. Vor Angst, dass der Verdacht auf ihn fallen könnte, hatte er nicht mehr logisch denken können. Gedanken an Benzin und Streichhölzer blitzen vor seinem inneren Auge auf.

Mit zitternden Händen las er weiter in dem Bericht. Als er zum Ende gelangte, spürte er, wie sich der Raum zu drehen begann. Die Wände schienen auf ihn zuzukommen, und der Schweiß stand ihm in Perlen auf der Stirn. Ihm war übel.

Mit unsicheren Beinen stand er auf und ging zur Toilette. Sein einziger Gedanke war, dass keiner ihn in diesem Zustand sehen dürfte. Als Polizist durfte man keine Schwäche zeigen. Nicht einmal gegenüber seinen Kollegen. Nervös wischte er sich den Schweiß von der Stirn und versuchte sich unberührt zu geben, während er innerlich kurz vor einem Nervenzusammenbruch stand. Seine roten Haare waren feucht geworden vom Schweiß, der ihm nun in die Augen lief. Es brannte. Irgendetwas in seinem Inneren hatte plötzlich eine Grenze erreicht, die ihn das Ganze nicht länger aushalten ließ. Er hielt sich selbst nicht länger aus. Die Lügen. Seine ganze Fassade drohte einzustürzen. Seine blutunterlaufenen Augen, die ihn in der Toilette aus dem Spiegel anstarrten, kamen ihm irgendwie fremd vor. Als gehörten sie jemand anderem.

Das kalte Wasser, das von seinem bereits nassen Gesicht hinunter auf seine Uniform rann, hatte für einen Augenblick seine aufkommende Panikattacke gedämpft, aber der Tatbestand blieb derselbe. Er würde sich nie wieder im Spiegel ansehen können, wenn er sich nicht für das verantwortlich zeigte, was er getan hatte. Er war gezwungen, Ordnung in das Chaos zu bringen, das er verursacht hatte. Er war gezwungen zu handeln.

*

Als Ella erwachte, hatte sie solchen Muskelkater in den Bauchmuskeln, dass sie sich auf die Seite rollen musste, um aufstehen zu können. Markus schlief auf seiner Seite des Bettes. Sie konnte sich nicht daran erinnern, dass er bereits dort gelegen hatte, als sie aus dem Fitnessstudio kam, also musste er Überstunden gemacht haben und irgendwann in der Nacht nach Hause gekommen sein. Es kam nicht selten vor, dass akute Operationen länger dauerten und eine Abendschicht in eine Nachtschicht überging. Sie betrachtete ihn und musste lächeln. Sie war froh darüber, dass sie weiterhin zusammenwohnen konnten, bis sie umziehen würde. Vielleicht würden sie nach der Trennung gute Freunde werden. Um nicht der Versuchung zu erliegen, die Hand nach ihm auszustrecken und seinen nackten Rücken zu streicheln, wappnete sie sich gegen ihren Muskelkater und kam auf die Füße. Nachdem sie lange geduscht und sich die Haare gebürstet hatte, fiel ihr Blick auf das zweite Regal im Badezimmerschrank. Dort bewahrte sie die Schminke auf, die sie bei ihrem baltischen Freund gekauft hatte. Seine Tipps hatte sie schon zum Teil wieder vergessen, und sie benötigte irgendeine Anleitung, um sich nicht völlig lächerlich zu machen.

Ella durchstöberte die Wohnung, bis sie fand, was sie suchte. Markus kaufte hin und wieder monatlich erscheinende Hochglanzmagazine, in denen er Berichte über Autos, Uhren und Design las. Sie blätterte diese Zeitschriften auch hin und wieder durch und musste zugeben, dass sie einen gewissen Unterhaltungswert besaßen. Doch jetzt war sie speziell auf eine Modereportage aus. Sie schlug eine Seite mit einem Portrait einer Frau auf, die Werbung für Schmuck machte. Die Frau hatte dieselbe helle Haut wie Ella, jedoch blondiertes Haar. Ihr Make-up war elegant und dezent, wie Ella es für heute ebenfalls anstrebte. Sie applizierte die Produkte vorsichtig in der Reihenfolge, die der junge Mann im Kaufhaus ihr empfohlen hatte. Sie überdeckte die dunklen Ringe unter ihren Augen mit einer hautfarbenen Creme, deren Farbton sich nicht allzu sehr von ihrer blassen Winterhaut unterschied. Das Ergebnis war gar nicht so übel, stellte sie erleichtert fest. Es war zwar nicht ganz identisch mit dem Bild in der Zeitschrift, aber schließlich stand ihr auch kein Photoshop-Programm zu Verfügung.

Obwohl sie mit dem Ergebnis zufrieden war, war sie froh, dass Markus immer noch schlief, als sie nach dem Frühstück in die Stadt aufbrach. Selbst einen ganzen Monat nach Weihnachten fand in den meisten Geschäften noch der Ausverkauf statt, sodass in der Fußgängerzone das reinste Gewimmel von Kauflustigen herrschte. An diesem Samstag zeigte das Thermometer ein paar Minusgrade an, aber als die Sonne zwischen den Wolken hervorlugte, fühlte es sich bedeutend wärmer an. Ella hatte eigentlich vor, sich ein neues Küchenmesser zu kaufen, ließ es aber sein, um sich das Gedränge in den Läden zu ersparen. Stattdessen setzte sie sich auf die Terrasse eines Cafés mit Heizstrahlern. Nahezu meditativ saß sie dort und nippte an ihrem Kaffee, während das Stadtleben langsam an ihr vorbeizog.

Die kosmetischen Experimente am Wochenende hatten ihr ein gewisses Selbstvertrauen vermittelt, aber sie traute sich noch nicht geschminkt in die Arbeit zu gehen. Es dauerte bis Donnerstag, bevor sie erneut ihren Mut zusammennahm.

Leider war die Prozedur im Bad so zeitraubend, dass sie es nicht mehr schaffte zu frühstücken.

Nach drei Obduktionen wurde Ella schwindlig, und sie spürte, wie ihr Blutzuckerwert absackte. Sie war froh, dass keiner ihr dezentes Make-up bemerkt hatte; jedenfalls hatte es keiner kommentiert. Sie streifte die Obduktionskleidung ab und stellte sich kurz unter die Dusche. Wenn sie nicht so hungrig gewesen wäre, hätte sie die morgendliche Prozedur gerne wiederholt, die ihre müden Augen jedenfalls ihrer Auffassung nach ein paar Jahre jünger erscheinen ließ. Vor dem Saal begegnete sie Simon, der gerade in die Mittagspause gehen wollte.

»Hast du Lust mitzukommen?«, fragte er sie freundlich.

Ella hatte inzwischen einen Punkt erreicht, an dem der Hunger sie nahezu apathisch werden ließ. Sie nickte, erklomm mühsam die Treppen, um ihren Mantel zu holen, und folgte Simon in die Kälte hinaus. Resigniert stellte sie fest, dass der Winter seinen eisigen Griff um den Landstrich keinesfalls zu lösen schien. Alle Autos auf dem Parkplatz waren mit Schnee bedeckt.

Simon fuhr einen alten Passat, dessen Heizung offenbar nicht funktionierte. Ella nahm an, dass er sich von seinem Geld lieber Kleidung als einen vernünftigen Wagen kaufte. Außerdem hatte sie den Verdacht, dass er ein kleines Vermögen für Restaurantbesuche ausgab, wenn er mit Frauen ausging. Simon erklärte ihr zerstreut, dass er den Wagen noch während des Studiums gekauft hatte, doch Ella war so matt, dass sie seinem Monolog nicht ganz folgen konnte. Stattdessen schaute sie aus dem Fenster. Als sie am Krankenhausareal vorbeikamen, erregte ein Paar ihre Aufmerksamkeit. Sie waren beide zu dünn angezogen, um sich draußen aufzuhalten, er mit einem weißen Arztkittel über der grünen Operationskleidung und sie mit einem knielangen weißen Schwesternkittel. Sie waren auf dem Weg in die Kantine. Die Frau hatte langes weizenblondes Haar und eine hübsche kleine Stupsnase. Sie lachten. Ella konnte zwar nur einen flüchtigen Blick auf sie werfen, während Simon vorbeifuhr, aber genau in diesem Augenblick berührten sich ihre Hände. Ella zuckte zusammen. Vor ihrem inneren Auge versuchte sie das Band zurückzuspulen, bevor dieser flüchtige Eindruck von ihrer Netzhaut verschwinden würde. Doch eigentlich war es gar nicht nötig. Sie war sich sicher. Der Mann, den sie gesehen hatte, war Markus.

Simon parkte vor einem kleinen italienischen Lokal nicht weit entfernt vom Bahnhof. Das Gebäude, in dem das Restaurant lag, erinnerte Ella an das Haus, in das sie bald einziehen würde. Sie musste sich auf die Lippen beißen, um nichts von ihrem Kauf zu erwähnen. Sie hatte ihren Kollegen noch nicht einmal von der Trennung berichtet und schämte sich plötzlich dafür. Zwar pflegte sie keinen privaten Kontakt zu ihnen, wusste jedoch selbst ziemlich viel über ihr Privatleben. Sie erzählten regelmäßig von ihren Häusern und was ihre Kinder so machten, während Ella eher bemüht war, sich zwar persönlich, aber nicht privat zu geben. Es war eine schwierige Gratwanderung.

Sie bekamen einen Tisch nahe dem Ausgang zugewiesen, und zu Ellas Freude kam das Essen in weniger als zehn Minuten, nachdem sie die Bestellung aufgegeben hatten. Sie aßen schweigend. Es schmeckte köstlich, und Ella beschloss, in Zukunft öfter essen zu gehen. Während der Jahre, in denen sie und Markus in der Wohnung wohnten, hatten sie die umliegenden Restaurants nur ein paar Mal besucht, obwohl das Essen ausgezeichnet und die Preise erschwinglich waren. Es entsprach einfach nicht ihrer Gewohnheit, an Wochentagen essen zu gehen. Oft waren sie auch erst im Nachhinein auf die Idee gekommen, ins Restaurant zu gehen, anstatt sich fetttriefende Pizza nach Hause bringen zu lassen.

»Wie geht es dir eigentlich?«

Simons Frage bewirkte, dass Ella ihre Gabel fallen ließ. Sie überlegte, ob sie ihre Gedanken über die Trennung möglicherweise nicht doch ausgesprochen hatte, hielt es jedoch für wahrscheinlicher, dass sie ihr Gefühlschaos in der letzten Zeit nicht ganz hatte verbergen können.

»Danke, dass du nachfragst, Simon.«

Er erspürte wie ein Bluthund, wenn irgendjemand psychisch nicht ganz im Gleichgewicht war, dachte Ella.

»Ich bin gerade dabei, mir ein neues Leben einzurichten, und versuche gleichzeitig, gewisse Aspekte aus meiner Vergangenheit zu verstehen.«

Sie war bemüht, sich kryptisch genug auszudrücken, um Simon keinen vollständigen Aufschluss über ihr Gefühlsleben zu geben. Er warf einen Blick auf ihre Hände.

»Kein Verlobungsring mehr«, stellte er rasch fest.

Ella schaute hinunter auf ihre kurzen Finger.

»Selbst gute Beziehungen können irgendwann zu Ende gehen«, fuhr er fort.

Trotz seiner recht begrenzten Erfahrungen im Hinblick auf längere Beziehungen schien er ernsthaft Anteil zu nehmen. Sie unterhielten sich oberflächlich übers Zusammenwohnen und Heiraten, als zehn Minuten später Simons Handy klingelte. Er warf einen Blick aufs Display, entschuldigte sich und stand auf. Um den Restaurantgeräuschen zu entgehen, aber nicht hinaus in die Kälte zu müssen, stellte er sich in den kleinen Eingangsbereich. Wenn ihre Tischnachbarn für einen kurzen Moment still waren, konnte Ella vereinzelte Gesprächsfetzen heraushören, die er sagte. Es ging um eine odontologische

Untersuchung der Rechtsmedizinischen Abteilung und um das Vermisstenregister. Dann hörte sie ihn den Namen Erlandsson nennen, woraufhin sie ihre Ohren spitzte. Wenn nur die dicke Dame am Nebentisch ihren Mund gehalten hätte, während sie kaute, hätte sie bestimmt den Rest des Gesprächs mithören können. Sie warf der Frau einen irritierten Blick zu und kam zu dem Schluss, dass diese dann nicht mehr besonders viel hätte sagen können. Simon kehrte an ihren Tisch zurück und setzte sich wieder. Sie bestellten Kaffee.

»Was Spannendes?«, versuchte es Ella.

»Eher nicht, aber die Polizei will Vergleiche mit Personen aus dem Vermisstenregister durchführen.«

»Geht es um den Unbekannten aus dem Garten?«, fragte Ella unschuldig.

Simon nickte und schien intensiv nachzudenken.

»Unsere gesamte Identifizierungsarbeit baut doch im Prinzip darauf auf, dass wir eine Identität feststellen sollen«, begann er. »›Kann es vielleicht sein, dass die verweste Leiche, die in Tante Agdas von innen abgeschlossener Wohnung gefunden wurde, tatsächlich Tante Agda ist?‹«

Simon machte zwar nur Spaß, aber Ella wusste, dass er Recht hatte. Es kam ungeheuer selten vor, dass Identifizierungsarbeit, die zum größten Teil auf dem Zahnstatus basierte, auf etwas anderes hinauslief, als die Identität einer Person zu bestätigen, die bereits zweifelsfrei feststand. Wenn keine Zähne mehr vorhanden waren oder die betreffende Person nie beim Zahnarzt gewesen war, kam es vor, dass man versuchte, alte Röntgenbilder von anderen Körperteilen zu Rate zu ziehen. In bestimmten Fällen konnten sie entscheidend sein. So konnte beispielsweise das Röntgenbild eines gebrochenen Armes, das in einem Krankenhaus erstellt wurde, verglichen werden mit einem neuerlich aufgenommenen Röntgenbild desselben Armes aus der Rechtsmedizinischen Abteilung, um nach Übereinstimmungen zu suchen. In den Fällen, wo der Verstorbene Tätowierungen trug, konnte man auch diese hinzuziehen. Oder alte Operationsnarben und Muttermale, alles, was in irgendeiner Form individuell war. Heutzutage wandte man in zunehmendem Maße DNA und Fingerabdrücke an, bei unsicheren Fällen oblag es jedoch immer der Polizei zu entscheiden, ob die Identität als eindeutig geklärt anzusehen war. Ein Rechtsmediziner oder Zahnarzt mit entsprechender Zusatzqualifikation, ein so genannter Rechtsodontologe, steuerte lediglich seine Befunde bei, damit die Polizei diesen Beschluss fassen konnte.

»Wenn wir, wie in diesem Fall, einen langen Zeitraum und eine lange Liste vermisster Personen bearbeiten müssen, dann merkt man erst, wie sehr sich das Verfahren von unserer normalen Identifizierungsmethode unterscheidet«, meinte Simon. »Mal abgesehen von der Arbeitsweise in Thailand, wo wir gezwungen waren, massenweise nicht identifizierte Leichen mit ebenso vielen vermissten Personen zu vergleichen, benutzt man doch diese Formulare nur selten.«

Simon wirkte entmutigt.

»Ich habe nach bestem Wissen versucht, die dürftigen Angaben dort einzutragen, die ich über den vergrabenen Mann besitze, lande aber immer noch über fünfzig Treffer im Vermisstenregister. Und ich dachte in meiner Naivität, dass ein verheilter Schlüsselbeinbruch uns weiterhelfen könnte, dabei ist ja nicht einmal sicher, ob er geröntgt wurde«, sagte er resigniert.

Sowohl Ella als auch er waren sich bewusst, dass ein Schlüsselbeinbruch nicht unbedingt geröntgt werden musste und, wenn die Heilung normal verlief, auch kein weiterer Arztbesuch nötig war.

»Die Polizeitechniker haben jedenfalls ihre Ausgrabungen auf Erlandssons mehr oder weniger gefrorenem Grundstück ausgeweitet und sind auf einen alten Spaten und diverse kleinere Gegenstände gestoßen, von denen sie hoffen, dass sie uns weiterhelfen können«, fügte er hinzu und wischte sich den Mund mit einer Serviette ab.

Sie standen auf und bezahlten jeder für sich. Ella hätte gern erfahren, um welche Art von Gegenständen es sich handelte. Sie erinnerte sich an die Fotos, die die Polizisten bei sich gehabt hatten. Ein Gürtel? Eine Thermoskanne? Oder war der gesamte Garten von Arne Erlandsson etwa voll mit den Antiquitäten aus dem Haus ihrer Kindheit? Ihr fiel ein, dass die Tischuhr zur Auktion angeboten worden war, bevor die Leiche im Garten gefunden wurde, aber nachdem Arne Erlandsson gestorben war. Sie musste herausfinden, wie die Uhr in dessen Besitz gelangt war, überlegte sie im Stillen, während Simon sie beide zurück ins Büro fuhr.

Ella verbrachte den restlichen Arbeitstag damit, ihre Papierstapel abzuarbeiten, die besorgniserregend schnell wuchsen. Sie verließ das Büro erst kurz nach neunzehn Uhr dreißig. Außerhalb der Rushhour schaffte sie es in der Hälfte der Zeit nach Hause, die sie im morgendlichen Verkehr benötigte. Von ihrer neuen Wohnung aus würde die Strecke sogar noch etwas kürzer sein, stellte sie zufrieden fest, während sie den Wagen parkte. Als sie gerade den Türcode eingegeben hatte, warf sie eher zufällig einen Blick zurück auf ihr Auto, das nahezu vollständig im Dunkeln stand. Der Abstand zwischen den Straßenlaternen war so groß, dass der Lichtkegel an diesem Januarabend zwar nicht bis dorthin reichte, aber sie konnte dennoch einen Schatten erkennen, der sich über ihre Windschutzscheibe beugte. Die Person trug eine schwarze Jacke mit Kapuze, das Gesicht war nicht zu erkennen. Die

Gestalt mit der Kapuze schaute auf und schien sie nun direkt anzustarren. Als das elektrische Türschloss klickte, riss sie vor lauter Angst, dass die Person ihr nachkommen könnte, schnell die Haustür auf. Doch die Gestalt flüchtete in die andere Richtung, wo sie zwischen den Häusern verschwand und von der Dunkelheit verschluckt wurde.

Ella blieb noch eine Weile im Treppenhaus stehen und suchte mit dem Blick den Parkplatz ab. Ihr Puls raste. Sie versuchte zu begreifen, was sie eigentlich gesehen hatte. Die Gestalt, die der Größe und Körperbau nach zu urteilen ein Mann war, hatte sich über ihre Windschutzscheibe gebeugt. Sie richtete ihren Blick auf die Windschutzscheibe und meinte einen hellen Gegenstand zu erkennen, der unter den Scheibenwischer geklemmt war. Sie wusste, dass es gefährlich war, wieder hinauszugehen und nachzusehen, was es war, aber ihre Neugier war größer. Mit bestimmten und nach außen hin mutig wirkenden Schritten begab sie sich erneut in die Dunkelheit hinaus und ging auf ihren Wagen zu. Innerlich war sie völlig verängstigt und verwünschte ihre Neugier. Sie spähte ins Dunkel hinaus. Vielleicht hockte der Mann dort noch irgendwo und beobachtete sie. Sie riss den Briefumschlag an sich, der an die Scheibe geklemmt war, und begann mit ruhigen Schritten zurück in Richtung Haustür zu gehen. Doch ein knarrendes Geräusch irgendwo in der Dunkelheit ließ sie die Kontrolle verlieren und nach den ersten beiden Schritten losrennen. Der Boden war gefroren, und sie geriet auf dem eisigen Asphalt ins Rutschen. Mit steifen Fingern tippte sie erneut den Türcode ein und riss die Haustür auf. Erst dann fasste sie den Mut, sich noch einmal umzudrehen, aber da draußen war jetzt alles still.

Im Aufzug hinauf zur Wohnung betrachtete sie den Brief in ihren Händen. Es war ein einfaches weißes Kuvert. Auf der Vorderseite stand »ella Anderson«. Der Text war aus einer Zeitung ausgeschnitten. Jemand hatte ein zusätzliches L zwischen das L und das A geschoben, um ihren Namen zu buchstabieren. Ihr war bislang nie aufgefallen, dass ihr Name Ähnlichkeit mit dem eines ehemaligen Baywatch-Sternchens hatte. Als sie die Wohnungstür öffnete, hörte sie, wie Markus hastig ein Telefonat beendete. Sie begegnete seinem Blick, als er in den Flur hinausschaute. Sie ließ den Umschlag schnell in ihrem Mantelärmel verschwinden. Er wirkte etwas beschämt. Ella schaute ihm tief in die Augen und musste an die Krankenschwester mit der hübschen kleinen Stupsnase denken.

»Ist schon okay. Wir können ja nicht bis in alle Ewigkeit so leben«, sagte sie mit einem schiefen Lächeln.

Sie zog ihren Mantel aus, woraufhin der Umschlag zu Boden segelte. Markus runzelte die Stirn und wirkte etwas verletzt, als sie sich rasch hinunterbeugte und ihn aufhob. Er hatte den Brief offenbar falsch gedeutet und nahm nun an, dass auch sie ihm eine neue Bekanntschaft verheimlichte. Das stimmte zwar, aber die Art der Bekanntschaft entsprach keineswegs der, die er vermutete.

»Ich werde Mitte Februar ausziehen«, sagte sie und ging in die Küche.

Sie griff sich eines der Messer von der Magnetleiste an der Wand. Sowohl sie als auch Markus liebten ihre Messer, und sie mutmaßte, dass sie ihnen bei der Aufteilung des Hausrats den größten Kummer bereiten würden. Ella hatte Markus gegenüber oft betont, dass er bei seiner Arbeit lediglich Skalpelle benutzte, während sie es sowohl mit kleinen als auch großen, steifen und geschmeidigen Messern zu tun hatte und aus diesem Grund besser wusste, was ein gutes Messer auszeichnete. Ihr Lieblingsmesser in der Küche war das kleine, extrem scharfe mit der gebogenen, schmal zulaufenden Klinge. Es war eigentlich zum Schälen von Obst vorgesehen, aber dafür hatte sie es nie benutzt. Hingegen eignete es sich äußerst gut, um Verpackungen jeglicher Art aufzuschlitzen.

Ella öffnete den Umschlag mit einem einzigen Schnitt. Ein einzelnes Blatt Papier fiel heraus. Sie hob es auf und betrachtete es lange. Es war die Kopie der Buchungsbestätigung eines Fluges. Das Ticket schien für zwei Personen zu gelten, doch ein Name war vor dem Kopieren durchgestrichen worden. Der andere Name lautete John Westmark. Diesmal wusste sie sofort, um wen es sich handelte.

Das Ticket war auf den 14. Mai mit dem Reiseziel Mykonos ausgestellt. Die Buchungsnummer und der Name der Airline waren ebenfalls durchgestrichen, aber die Flugzeiten waren klar erkennbar. Sie mutmaßte, herausfinden zu können, welches Unternehmen um diese Tageszeit flog, um auf diese Weise den zweiten Namen auf dem Ticket in Erfahrung zu bringen. Vorsichtig steckte sie den Bogen wieder in den Umschlag und ging ins Badezimmer. Fünf Minuten später lag sie im dampfend heißen Badewasser und dachte über die außergewöhnliche Wohnung nach, deren Eigentümerin sie etwas unerwartet bereits zum Monatswechsel sein würde. Das winzige Bad würde sie wohl renovieren müssen, da bestand kein Zweifel, aber gar keine Badewanne zu besitzen kam für sie nicht infrage. Ihr fiel ein, dass in dem engen Bad immerhin eine Sitzbadewanne eingebaut war. Die müsste ausreichen. Solange sie mit dem überwiegenden Teil ihres Körpers im Wasser liegen konnte, war sie zufrieden.

Sie hatte nicht den blassesten Schimmer, wie sie die Wohnung möblieren sollte, aber sie freute sich darauf, die Einrichtung selbst auszusuchen und zu gestalten. Sie musste an die alte Frau namens Lovisa denken. Es wurde höchste Zeit für sie, eine Wohnsituation zu finden, wo sie betreut werden konnte.

Nicht selten lösten die Gemeinden den Mangel an Plätzen in Seniorenheimen, indem sie mehrmals täglich eine Pflegekraft zu den alten Leuten nach Hause schickten. Ella schätzte, dass Lovisa zu der Sorte Frauen gehörte, die nicht gerne Hilfe von anderen annahm. In ihren Augen war es bestimmt unter ihrer Würde, nicht allein zurechtzukommen. Ella konnte sich noch immer nicht erklären, wie die alte Frau wissen konnte, wer sie war. Sie sah ihrer Mutter zwar ziemlich ähnlich, die wiederum die reinste Kopie von Grete war, aber dennoch. Lovisa hatte keine Sekunde lang gezögert, ihren ursprünglichen Namen zu nennen. Ihr kam der Gedanke, dass die Maklerin eine Suche im Bevölkerungsregister durchgeführt und dort auch den Namenswechsel erfahren haben könnte. Doch es erschien ihr eher unwahrscheinlich, dass die Maklerin Zugang zu diesem Register hatte, in das nicht einmal Ella Einblick hatte.

Das Klingeln an der Tür riss sie aus ihren Gedanken. Sie fuhr zusammen und setzte sich schnell im warmen Wasser auf, während Markus etwas in den Hörer des Türtelefons sprach, das Ella nicht verstehen konnte. Dann fiel ihr ein, dass Markus' Bruder kommen und die nächsten beiden Tage bei ihnen übernachten wollte. Sie hatte immer noch Schwierigkeiten, Mattias nicht als Grünschnabel anzusehen, obwohl er bereits dreißig Jahre alt war. Sie sank wieder zurück ins Wasser und versuchte ihre Gedanken zu sortieren. Als sie hörte, wie sich die beiden Brüder lachend im Flur begrüßten, verspürte sie eine intensive Sehnsucht nach einer Schwester oder einem Bruder. Oder zumindest nach irgendeinem Verwandten, dem sie sich emotional verbunden fühlte. Während ihrer Kindheit hätte sie einen Verbündeten gut gebrauchen können, um nicht völlig allein gegen ihre Sippschaft ankämpfen zu müssen. »Einzelkind«, sagte sie laut. Der Polizeitechniker, dessen Namen sie immer vergaß, hatte doch gesagt, dass John Westmark ein Einzelkind war, oder?

Sie erinnerte sich daran, dass die Sekretärin erwähnt hatte, dass Johns Bruder angerufen hätte. Ella zog den Stöpsel aus der Wanne und blieb zusammengekauert noch liegen, bis das gesamte Wasser abgelaufen war. Irgendjemand suchte hinsichtlich des Falls John Westmark nach ihr. Jemand, der an Informationen interessiert war? Sie schüttelte den Kopf. Die Person, die nach ihr suchte, war nicht auf Informationen aus. Im Gegenteil, der Mann hatte ihr welche zukommen lassen.

Dass der junge Mann eine Reise für zwei Personen auf eine griechische Insel gebucht hatte, würden wohl die meisten als ein Anzeichen für Zukunftspläne werten, mutmaßte Ella. Wenn man eine Reise bucht, ist man erwartungsvoll und trägt sich nicht mit Selbstmordabsichten, überlegte sie. Leider wusste sie aus Erfahrung, dass dies nicht immer der Realität entsprach. Statistisch gesehen kam auf zwanzig Selbstmordversuche nur ein vollzogener Selbstmord, aber viele der Selbstmorde, mit denen sie an ihrem Arbeitsplatz zu tun gehabt hatte, waren reine Impulshandlungen, die ohne jegliche Vorwarnung eintraten. Bestimmt existierte auch innerhalb der Zahl der Verkehrsunfälle eine hohe Dunkelziffer an Selbstmorden von Menschen, die bei guten Wetterbedingungen und Lichtverhältnissen unerwartet in einen entgegenkommenden Lkw rasten. In diesen Fällen entdeckte man nur selten irgendwelche Bremsspuren. Aber das Interessante war, dass jemand sie offenbar darauf aufmerksam machen wollte, dass es sich bei Johns Fall nicht um einen Selbstmord handelte. Jemand, der sich nicht traute, unter seinem richtigen Namen Kontakt zu ihr aufzunehmen. Sie seufzte, warf sich einen Morgenmantel über und stieg hinaus auf den kalten Steinfußboden.

Sie traf die beiden Brüder mit jeweils einem Bier in der Hand im Wohnzimmer an. Mattias stand auf und umarmte sie. Obwohl sie wusste, dass er schon seit Langem aufgehört hatte zu wachsen, kam Mattias ihr jedes Mal, wenn sie sich begegneten, ein wenig größer vor. Er war an die 190 cm groß und somit zehn Zentimeter größer als sein Bruder Markus. Der ehemals so schmächtige Junge hatte nun ein wenig Fleisch auf den Rippen und sah inzwischen wie ein echter Kerl aus, dachte Ella und versank in seiner Umarmung.

»Jetzt reicht's aber«, rief Markus seinem Bruder lachend zu.

»Aha, ich dachte, ich hätte jetzt freie Bahn«, konterte Mattias blitzschnell.

Ella löste sich aus seinem Griff und zog ihren Morgenmantel enger um sich. Sie verspürte eine gewisse Erleichterung. Zum einen darüber, dass Markus seinem Bruder offenbar bereits von der Trennung erzählt hatte, und zum anderen, weil Mattias genauso entspannt mit ihr umging wie immer. Sie fläzte sich in einen von Markus' modernen und unbequemen Ledersesseln und bekam ein kaltes Bier in die Hand gedrückt. Im Laufe des Abends kamen noch vier weitere hinzu, und sie verschwendete weder einen Gedanken an die Vergangenheit noch an ihre Arbeit. Ab und an spürte sie, wie Mattias sie beobachtete und dann schnell wegschaute, wenn sie sich ihm zuwandte. Seine Art, über sich selbst und seine Fehler lachen zu können, konnte Ella nur schwer mit seiner Arbeit als Rechtsanwalt zusammenbringen. Er beschäftigte sich zwar mit Immaterialgüter- und nicht mit Strafrecht, aber bei beidem handelte es sich zweifellos um eine seriöse Arbeit. Wenn Ella es richtig verstanden hatte, vertrat er Unternehmen, die der Auffassung waren, dass man ihre Ideen oder Werke, die urheberrechtlich geschützt waren, gestohlen hatte. Er redete nie besonders viel über seine Arbeit, sondern wechselte ganz selbstverständlich das Thema, sobald man darauf zu sprechen kam. In gewisser Weise war ihm gelungen, was sie selbst nicht schaffte. Er ließ seine Arbeit hinter sich, sobald er sein Büro verließ, während Ella immer das Gefühl hatte, sie müsse als Rechtsmedizinerin Andersson auftreten. Sie gelobte sich in diesem Punkt Besserung.

Kapitel 5

Mit einem gewissen Gefühl des Unwohlseins aufgrund ihres Bierkonsums am Vorabend reagierte Ella genervt auf das eindringliche Klingeln des Weckers. Normalerweise hätte sie sich unter die kalte Dusche gestellt, ein kurzes Frühstück eingenommen und sich dann rasch auf den Weg zur Arbeit gemacht. Aber heute war schließlich Freitag, und obwohl sie am Vorabend vorzeitig das Wochenende eingeläutet hatten, sah sie keinen Grund, sich wegen ihrer Sünden von gestern zu kasteien und zur Arbeit zu hetzen. Stattdessen setzte sie in aller Ruhe Kaffee auf und ließ sich ein Bad einlaufen. Im Badezimmer ließ sie sich viel Zeit und stellte mit einer gewissen Genugtuung fest, dass sie langsam ein Gespür dafür bekam, die richtige Menge an Make-up im Gesicht aufzutragen. Hin und wieder gelang es ihr sogar, die entsprechende Farbnuance an der richtigen Stelle zu setzen, dachte sie im Stillen, während sie zum vierzehnten Mal mit dem Mascara-Bürstchen über ihre Wimpern strich. Bei der Arbeit hatte sie noch weitere Fotos von geschminkten Frauen gefunden, die sie vorsichtig herausgerissen und als Inspirationsquelle benutzt hatte. Langsam begann sie zu verstehen, warum ihre weiblichen Bekannten so lange brauchten, um sich zurechtzumachen.

Ella legte die herausgerissenen Fotos weg und ging zurück ins Schlafzimmer, um sich anzuziehen. Markus war inzwischen aufgewacht und betrachtete sie vom Bett aus im Schein der Nachttischlampe. Auch wenn sie sich stärker denn je zu ihm hingezogen fühlte oder jedenfalls stärker, als sie sich erinnern konnte, empfand sie keine Reue angesichts des Entschlusses zur Trennung. Ein Entschluss, den sie gemeinsam gefasst hatten – jedenfalls hatte sie es so in Erinnerung. Die gemeinsame Zeit in den Bergen erschien ihr inzwischen so weit weg, und an die langen Gespräche, die sie miteinander geführt hatten, erinnerte sie sich nur noch bruchstückhaft. Als sie am Spiegel im Flur vorbeikam, stellte sie sachlich fest, dass ihr ein paar neue Kleidungsstücke nicht schaden würden. Ihrem Kleidungsstil, der an diesem Tag aus einer langen dunklen Hose und einem schwarzen Strick-Poloshirt bestand, würde ein wenig Veränderung ganz sicher nicht schaden. Während sie in Ruhe die Zeitung las, beschloss sie, am Wochenende ein wenig shoppen zu gehen, auch wenn sie dazu überhaupt keine Lust hatte. Die Erinnerungen an die gemeinsamen Besuche mit Judit und Grete in diversen Boutiquen verursachten ihr immer noch ein unangenehmes Gefühl. Sie schob die Gedanken beiseite und machte sich auf den Weg zur Arbeit.

Am Vorabend hatten sie beschlossen, heute Abend zu dritt zu kochen und jede Menge Wein zu trinken. Im Laufe des Tages würde sie bestimmt Lust darauf bekommen, aber solange sich ihr dumpfer Kopfschmerz nicht legte, war Wein das Letzte, worauf sie sich im Moment freute. Zur Sicherheit nahm sie den Bus zur Arbeit, was zur Folge hatte, dass sie noch etwas später dran war.

Im Büro ließ Ella ihren Computer hochfahren, öffnete die Datei mit den Unterlagen zu John Westmark und sah sie durch. Nach kurzer Abwägung entschied sie, das Schreiben, das sie am Vorabend erhalten hatte, wie einen eingegangenen Brief in der Abteilung registrieren zu lassen. Er war zwar nicht an die offizielle Adresse geschickt, aber immerhin an sie in ihrer Eigenschaft als Rechtsmedizinerin adressiert worden und sollte somit auch wie ein offizielles Schreiben zu den Akten gelegt werden. Bis auf Weiteres unterlag der Inhalt des Briefes während der Voruntersuchungen der Geheimhaltungspflicht, sodass die Angehörigen ihn nicht zu lesen bekommen würden. Als sie ihn bei einer der Sekretärinnen hinterlegte, hatte sie ihn bereits mit dem Stempel der Rechtsmedizinischen Abteilung und einem Datum versehen.

»Was ist das für eine Internetadresse?« Die Sekretärin stand fragend mit dem Bogen in der Hand da.

Ella zog die Augenbrauen hoch und nahm ihn wieder an sich. Auf der Rückseite der Buchungsbestätigung war in der Tat eine von Hand geschriebene Internetadresse angegeben. Sie notierte sich die nichtssagende Buchstabenkombination und tippte sie in den Explorer ein. Unmittelbar darauf erhielt sie die Mitteilung, dass die Homepage vom Systemadministrator gesperrt war. So etwas passierte den Rechtsmedizinern leider häufig, wenn sie gezwungen waren, Seiten zu öffnen, deren Inhalt für staatliche Angestellte als unangemessen eingestuft wurde. Für den Ärger der Rechtsmediziner hatte man allerdings an zentraler Stelle nicht gerade viel Verständnis. Ella hatte die bedrohliche Warnung bereits viele Male zuvor erhalten, wenn sie beispielsweise eine Internetseite besuchen wollte, die Berührungspunkte mit Waffen oder Drogen aufwies. Sie steckte den Zettel, auf den sie die Adresse geschrieben hatte, in ihre Handtasche, um zu Hause einen erneuten Versuch zu starten, öffnete dann die digitalen Bilddateien und begutachtete die Totenflecke.

Plötzlich ließen ihre Kopfschmerzen ein wenig nach und schafften Platz für eine Theorie. Eine Theorie, die die Befunde, die beim ersten Anblick nicht übereinzustimmen schienen, sowie den zweifachen Anruf in der Zentrale erklärte. Sie erwog, die Polizei zu kontaktieren, fand dann aber, dass sie dafür zu wenig in der Hand hatte. Außerdem hatte sie ja, rief sie sich selbst in Erinnerung, bereits zu den Polizeitechnikern Kontakt aufgenommen, denen am Fundort nichts Verdächtiges aufgefallen war. Sie lehnte sich zurück und seufzte.

»Du dummes Kind«, sagte sie resigniert.

»Ella?«

Gerarldssons rundes Gesicht erschien in der Tür. Sie sah auf und lächelte. Ihr Chef sank auf den Stuhl auf der anderen Seite ihres Schreibtisches und schien die Papierstapel zu begutachten, die sich darauf auftürmten.

»Ich bin kurzfristig ins Gericht gerufen worden und werde aus diesem Grund nächsten Montag nicht hier sein«, sagte er, ohne seinen Blick vom Schreibtisch abzuwenden.

»Aha.«

Es war keineswegs ungewöhnlich, dass er ins Gericht musste, und Ella war es gewohnt, dass ihr Chef nicht immer vor Ort war.

»Bedauerlicherweise sollte ich eigentlich eine Vorlesung an der Polizeihochschule halten«, fuhr er fort und sah sie forschend an. »Nichts Besonderes, sie erwarten lediglich eine Abhandlung des Regelwerks unserer Abteilung und eine kurze Einführung in unsere Arbeit. Ich habe gesagt, dass Sie um kurz nach neun Uhr am Montagmorgen dort sein werden. Der Rest des Vormittags steht Ihnen dann zur freien Verfügung.«

Er hatte sich so ausgedrückt, als hätte er sie lediglich um einen kleinen Gefallen gebeten. Eine Vorlesung zu halten war für sie an und für sich nichts Unangenehmes, aber normalerweise blieb ihr etwas mehr Zeit für die Vorbereitung.

Sie holte demonstrativ ihren Kalender hervor und studierte ihre Einträge für die nächste Woche. Ein Termin am Mittwoch ließ ihren Mut sinken. Gerarldsson registrierte, wie Ella die Schultern sinken ließ, woraufhin ihr betrübter Gesichtsausdruck auf ihn abfärbte.

»Es wird klappen«, sagte sie entmutigt.

Er strahlte übers ganze Gesicht und kam angesichts seines beträchtlichen Körperumfangs ziemlich rasch auf die Beine.

»Alles in Ordnung?«, fragte er.

Sie nickte und versuchte zu lächeln. Gerarldsson legte den Kopf schief und schien sie näher in Augenschein zu nehmen.

»Trennungen sind immer schmerzhaft«, sagte er dann. Er drehte sich zum Gehen um, hielt jedoch inne.

Für einen Augenblick dachte Ella, Simon hätte ihr Vertrauen missbraucht und dem Chef von ihrer Trennung erzählt, doch dann vergegenwärtigte sie sich, dass sie Gerarldsson als Person und insbesondere eine seiner Fähigkeiten, die ihn zu einem ausgezeichneten Rechtsmediziner machten, niemals unterschätzen durfte. Er beobachtete. Selbst kleine Veränderungen wie ihr Make-up oder gewisse Stimmungsschwankungen waren ihm sicher nicht entgangen.

»Warum würde denn sonst der Frühling so lange auf sich warten lassen?«, fügte er hinzu.

Ella nickte und schaute noch einmal in ihren Kalender. Die Vorlesung würde sie schon irgendwie bewältigen, aber der Eintrag am Mittwochnachmittag beunruhigte sie viel mehr. Es war Gretes Geburtstag, und sie hatte keine Chance zu entkommen. Um kurz nach fünfzehn Uhr wurden sie und ihre Mutter erwartet. Sie hatten zwar keine formelle Einladung erhalten, doch Gretes Geburtstag wurde jedes Jahr auf dieselbe Art und Weise gefeiert. Also warum sollte es ausgerechnet diesmal anders sein? Ellas Mutter würde mit Sicherheit erst am Mittwochvormittag bei ihr anrufen und fragen, ob sie Gretes Geburtstag etwa vergessen hätte, woraufhin sie vorschlagen würde, um fünfzehn Uhr gemeinsam hinzugehen.

Außer Ella und Judit würde eine Gesellschaft von Damen eingeladen sein, die bereits mehr oder weniger mit einem Fuß im Grab standen. Vielleicht würden auch Hugo und sein Sohn Waldemar vorbeikommen.

Als ihr einfiel, dass Estrid in diesem Jahr dort sein würde, wurde ihr etwas leichter ums Herz. Gretes Geburtstag war nämlich einer der wenigen Anlässe, bei denen Estrid ihre ehemalige Arbeit als Haushälterin wiederaufnahm, auch wenn ihre deformierten Hände ihren Einsatz als höchst symbolisch erscheinen ließen. Denn in Wahrheit waren Ella und Judit diejenigen, die die Tabletts trugen und das Geschirr sowie die Torten hereinbrachten. Estrid kochte Kaffee und stellte lediglich das lächerlich kleine Milchkännchen auf den Tisch. Danach hielt sie sich in der Küche auf, wo Ella ihr für gewöhnlich Gesellschaft leistete, sobald sich auch nur der geringste Anlass bot, die Damen im Salon allein zu lassen.

Als Ella um kurz nach neunzehn Uhr am Freitagabend die Wohnung betrat, waren Markus und Mattias mitten in den Vorbereitungen fürs Abendessen. Sie stellte ihre exquisiten Einkaufstüten im Flur ab und versuchte nicht an das kleine Vermögen zu denken, das sie gerade für Kleidung ausgegeben hatte. Es hatte ihr mehr Spaß gemacht als erwartet. Eine der Verkäuferinnen, die sie bedienten, hatte Ellas Selbstvertrauen weitaus mehr beflügelt als irgendjemand anderes in der letzten Zeit. Nachdem sie in der Umkleidekabine einen raschen Blick auf Ella geworfen hatte, hielt sie inne und betrachtete Ellas Körper eingehender.

»Wenn ich Ihre Beine hätte, würde ich sie unbedingt zeigen«, sagte sie, um daraufhin ihr strahlendstes Lächeln aufzusetzen und ihr ein weiteres Stück in die Kabine zu reichen.

Ella war unmittelbar rot geworden. Anfänglich hatte sie

den Kommentar der Verkäuferin als Verkaufstrick abgetan und das neue Stück skeptisch betrachtet. Doch dann warf sie in der vorteilhaften Beleuchtung einen Blick auf ihre Beine – anscheinend waren sie doch gar nicht so dick, wie sie immer dachte. Die moosgrüne Strickjacke, die die Frau ihr in die Kabine gelegt hatte, zeigte viel Dekolleté und wurde mit einer groben Schärpe in der Taille gebunden. Sie probierte sie dennoch auf gut Glück an, und ihr gefiel, was sie im Spiegel sah. Schließlich war die Jacke zusammen mit einer großen Anzahl weiterer Kleidungsstücke, die allesamt ihre Figur betonten, in den Tüten gelandet, die nun auf dem Fußboden im Flur standen.

Mattias warf einen Blick aus der Küche in den Flur und musste lachen, als er die Tüten erblickte. Während Ella ihren Mantel auszog, holte er ihr ein Glas kalten Weißwein. Aus der Küche duftete es nach frischen Kräutern und Schalentieren. Ella blieb in der Tür stehen und betrachtete die beiden Brüder in der mit Dampf angefüllten Küche. Sie führte das Weinglas zum Mund und runzelte die Stirn. Würde Markus nach der Trennung wohl ganz aus ihrem Leben verschwinden? Der Gedanke traf sie wie ein Fausthieb in den Magen. Auch wenn sie Markus nicht länger als Lebenspartner haben wollte, konnte sie sich ein Leben ohne ihn, wenn auch nur als Freund, nicht vorstellen.

»Schmeckt er dir nicht?«, fragte Markus, während er ihre ernste Miene zu studieren schien. Sie schob den Gedanken beiseite und nahm einen weiteren großen Schluck Wein.

»Pinot gris«, sagte sie mit Nachdruck und lächelte schief.

Markus' Gesichtszüge entspannten sich, und er schenkte ihr aus einer Flasche, die er aus dem Weinkühler hervorholte, nach.

»Wie schafft man es nur mit deinem Job, seinen Geruchs-

und Geschmackssinn beizubehalten? Das geht über meinen Verstand«, meinte Mattias und schüttelte den Kopf.

»Sie hat ihn ja auch nicht behalten«, antwortete Markus. »Ihre anderen Sinne scheinen zwar ziemlich ausgeprägt zu sein, aber mit Wein kennt sie sich absolut nicht aus«, fuhr er mit einem Lächeln fort.

Mattias ließ seinen Blick misstrauisch über die Küche schweifen. Er zog einen Post-it-Zettel von der Kühlschranktür und betrachtete ihn näher. Ganz unten stand »Pinot Gris Altenbourg«. Von der Türöffnung aus, in der Ella stand, waren es fast vier Meter bis zum Kühlschrank, und die Schrift war so klein, dass sie sogar noch schwer zu entziffern war, wenn man den Zettel in der Hand hielt.

»Das ist nicht möglich«, sagte Mattias und ging mit dem Zettel auf sie zu.

»Du misstraust wohl meinem Gaumen«, erwiderte sie mit einem Lächeln.

Sie wusch sich die Hände und begann dann den Salat zu waschen. Ella wusste nicht viel mehr über Wein, als dass sie sagen konnte, ob er ihr schmeckte oder nicht, aber sie besaß ein unglaublich gutes Gedächtnis. Als sie sich kennenlernten, hatte Markus vergebens versucht, ihr etwas über die verschiedenen Weinsorten beizubringen. Um ihn nicht zu enttäuschen und auch um nicht als absolute Weindilletantin dazustehen, hatte sie versucht logisch zu ermitteln, welchen er ausschenken würde. Die Farbnuancen hatten ihr zwar ein wenig weitergeholfen, aber eine Weinkennerin war aus ihr dennoch nie geworden. Pinot gris war vor gut fünf Jahren sein Lieblingswein gewesen. Damals hatte er sechs Flaschen eines Jahrgangs gekauft, die er lagern wollte. Ella fand, dass sie unverschämt teuer waren, und hatte kein Verständnis dafür, während Markus seinen Einkauf als Investition in zukünftige

Genüsse rechtfertigte und Ella versprach, dass sie den Unterschied schmecken würde, wenn sie den Wein erst öffneten.

Als sie Markus vorhin in der Küche hatte stehen sehen, hatte sie das Gefühl beschlichen, dass es ihr letztes gemeinsames Abendessen wäre. Der Name der Traube war ihr in dem Moment eingefallen, in dem sie das Glas in die Hand gedrückt bekommen hatte, also lange bevor der Wein ihre Geschmacksnerven überhaupt erreicht hatte.

Ella entschuldigte sich und nahm ihr Weinglas und eine der Tüten von ihrer Shoppingrunde mit ins Schlafzimmer. Aus der bunt schimmernden Tüte zog sie ihren gewagtesten Einkauf. Es war ein kleines schwarzes enganliegendes Teil, das man sicher als Etuikleid bezeichnen konnte. Gestärkt mit einem großen Schluck Wein warf sie ihre Kleider von sich und streifte sich das Kleid über. Mit offenem Reißverschluss im Rücken betrachtete sie sich im Spiegel. Ella hatte keine Lust, einen der Männer um Hilfe zu bitten, und schaute sich irritiert nach einem geeigneten Hilfsmittel um. Schließlich nahm sie eines von Markus' Jacketts vom Bügel und zog mit diesem vorsichtig den Reißverschluss hoch. Höchst zufrieden mit sich zupfte sie das Kleid vor dem Spiegel zurecht, woraufhin sie das Jackett wieder an seinen Platz hängen wollte.

Als sie sich streckte, um die Kleiderstange zu erreichen, nahm sie den Duft von Parfüm wahr. Ein Damenparfüm. Sie schloss die Augen und schnupperte intensiv am Stoff des Jacketts. Citrus, Geißblatt und noch etwas. Irgendetwas Bekanntes. Ein Duft, der Ella unweigerlich an Tod und Verwesung denken ließ, obwohl er angenehm war. Dann erinnerte Ella sich an die Vorliebe der Assistenten für diverse Duftsprays und seufzte resigniert. Lavendel. In Markus' Jackett hing ein schwacher Geruch nach Citrus, Geißblatt und Lavendel. Ella runzelte die Stirn. Sie musste an die Frau mit der kleinen Stupsnase denken, die sie gemeinsam mit Markus gesehen hatte. Der Gedanke an Markus mit einer anderen Frau kam ihr gelinde gesagt ungewöhnlich vor. Sie hatte sich nie als eifersüchtige Frau betrachtet und beschloss, dass dies nicht der geeignete Zeitpunkt war, um neue Persönlichkeitszüge zu entwickeln. Dennoch hatte sie das primitive Bedürfnis, irgendwie ihr Revier zu markieren. Deshalb streifte sie ihr einziges Paar Schuhe mit hohem Absatz über, zog den Bauch ein und löste ihre Haare. Die Schuhe hatten ungetragen ganz hinten im Kleiderschrank gestanden, seit sie sie vor über fünf Jahren gekauft hatte.

Als sie auf etwas unsicheren Beinen in die Küche kam, pfiffen die beiden Brüder vor Entzücken durch die Zähne. Markus hatte seine Freundin noch nie in einem solchen Aufzug gesehen. Er blieb eine Weile stehen und betrachtete sie.

»Verblüffend.«

Das war alles, was er sagte, bevor er sich wieder seinen Vorbereitungen zuwandte und die Meereskrebse in ihrer Marinade wendete. Im nächsten Augenblick stolperte Ella über die Küchenschwelle und fiel haltlos nach vorne. Im Fallen sah sie erstaunlicherweise Bilder der Computertomographie von ihrer Nasenfraktur vor ihrem inneren Auge, doch anstatt auf dem harten Steinfußboden aufzuprallen, landete sie in den starken Armen von Mattias. Gedemütigt, aber mit heiler Nase dankte sie ihrem Retter und setzte sich an den Tisch. Es war wohl das Beste, wenn sie an diesem Abend den Herren das Kochen überließ, dachte sie. Als sich vor dem Küchenfenster die Dunkelheit um das Haus legte, konnte Ella ihr Spiegelbild vom Tisch aus betrachten. Vor ein paar Minuten hatte sie noch gedacht, dass das Kleid und das Make-up vorteilhaft wären, jetzt kam sie sich nur noch albern vor. Sie war fast vierzig, aber sie lief herum und benahm sich wie ein Teenager. Vergeblich suchte sie nach etwas, das sie als Haargummi verwenden konnte, um den Eindruck ihrer Eitelkeit etwas zu dämpfen. Dann merkte sie, dass Mattias sie von hinten betrachtete, ohne zu wissen, dass die Spiegelung im Fenster ihn verriet. Sie musste innerlich lächeln und nahm einen großen Schluck Wein. Ein wenig Eitelkeit tat der Seele dennoch gut, fand sie.

Die ambitionierten Brüder hatten ihre Einkäufe fürs Abendessen in der inzwischen einzigen Markthalle der Stadt getätigt. Wohl wissend, dass Ella Schalentiere liebte, luden sie zu Hummersuppe, gefolgt von Meereskrebsen, mariniert in Cognac und Knoblauch, ein. Die Wahl der Speisen und Getränke verstärkte Ellas Gefühl eines Abschiedsessens noch, doch sie beschloss, dass es keines werden würde. Sie nahm sich vor, Markus zu sich einzuladen, sobald sie sich in ihrer neuen Wohnung eingerichtet hätte.

Sie genossen zwei Flaschen des guten Pinot gris und tranken danach zwei weitere Flaschen einer bedeutend günstigeren, aber für ihre inzwischen abgestumpften Geschmacksnerven angemesseneren Sorte. Als Ella aufstand, um sich die Nase zu pudern, wie sie sich ausdrückte, standen die beiden Brüder ebenfalls auf, um zu zeigen, dass sie echte Gentlemen waren. Doch alle drei waren gezwungen, sich umgehend wieder hinzusetzen, als sie merkten, wie betrunken sie waren. Ella kam sich vor wie ein Teenager, als sie mit stolpernden Schritten ins Badezimmer wankte und sich im Spiegel betrachtete. Sie war glücklich. Vielleicht ein wenig stärker betrunken, als sie vorgehabt hatte, aber glücklich.

Sie streifte die Pumps mit den hohen Absätzen ab und schlich zurück zur Küche, blieb jedoch im Flur davor stehen. Sie konnte die verwaschenen Stimmen der Jungs hören, obwohl sie sich bemühten, leise zu sprechen. Unter dem Einfluss von Alkohol relativierte sich offenbar die Auffassung davon, wie laut man sprach, stellte Ella fest.

»Sie vermittelt mir einfach ein gutes Gefühl.«

Das war Markus, der auf eine Frage antwortete, die sie nicht mitbekommen hatte.

»Und dass sie nur mit Mühe und Not eine Tageszeitung lesen kann, ist für dich also kein Problem«, verhöhnte Mattias seinen Bruder.

»Jetzt sei doch nicht so gemein.«

»Du hast doch selbst gesagt, dass du ihr während des Essens neulich jedes zweite Wort erklären musstest«, fuhr Mattias fort.

Ella stand wie versteinert im Flur. Sprachen sie etwa über die Frau, mit der sie Markus gesehen hatte? Eine Welle der Eifersucht erfasste sie. Sie wollte am liebsten in die Küche stürzen und ihn ausfragen, sah jedoch ein, wie unangemessen es gewesen wäre. Stattdessen blieb sie stehen. Die Versuchung, die beiden weiter zu belauschen, war einfach zu groß.

»Du weißt eben nicht, wie es ist, mit einer Frau zusammenzuleben, die alles durchschaut.«

Markus zischte die Worte nahezu hervor.

»Sie ist irgendwie nie richtig zufrieden und entdeckt in allem, was ich tue, irgendwelche Fehler. Bei einem Essen mit Kollegen lacht sie nicht über schlechte Witze, und sie verachtet deren Frauen. Manchmal hab ich fast den Verdacht, dass sie eine langweilige Pedantin wird, nur um mich zu ärgern.«

»Eine langweilige Pedantin hab ich aber noch nicht gesehen, seit ich hier bin«, zog Mattias ihn auf.

Er musste laut lachen.

»Ich weiß! Ich erkenn sie ja auch kaum wieder«, rief Markus aus.

»Du bist einfach nur verletzt«, sagte Mattias schließlich.

»Ja, vielleicht«, antwortete Markus. »Ich sag ja auch nur, dass ich mich mit Johanna wohlfühle.«

Er verstummte.

»Und man darf auch nicht unterschätzen, wie wichtig das Gefühl ist, gebraucht zu werden.«

Mit einem Mal klang er ernst. Mattias' Lachen erstarb, während Markus fortfuhr.

»Johanna bittet mich beispielsweise darum, ihr beim Zusammenschrauben eines Regals zu helfen oder den richtigen Videokanal im Fernsehen zu finden.«

Johanna, dachte Ella im Stillen. Sie sah die Frau vor sich. Nicht viel älter als fünfundzwanzig, mit Stupsnase und weizenblondem Haar. Ella sah vor sich, wie Johanna Kaugummi kauend eine Locke ihres goldenen Haars um ihren Finger zwirbelte, während sie in der Bauanleitung eines Ikea-Regals blätterte.

»Ella scheint mich ja ungefähr so sehr zu brauchen wie ein Fisch ein Fahrrad.«

Mattias lachte erneut auf. Ella hörte, wie eine Flasche Wein geöffnet und daraufhin ein Glas eingeschenkt wurde.

»Dir ist aber klar, dass es nicht gerade viele Frauen von Ellas Kaliber gibt? Und dennoch verlässt du sie wegen eines Teenies.«

Das war wieder Mattias' Stimme. Ella wurde rot und spürte ihren Puls steigen. Ihr fiel auf, dass sie völlig die Zeit vergessen und keine Ahnung hatte, wie lange sie heimlich dem Gespräch der beiden Brüder gelauscht hatte. Sie wollte gerade in Richtung Badezimmer zurückgehen, um von dort wieder in der Küche aufzutauchen, als Markus' Antwort kam. Seine Stimme klang dünn und traurig.

»Eigentlich war nicht ich derjenige, der sich getrennt hat.«

Die Worte wirbelten nur so in Ellas Hirn herum, dessen

grauweiße Substanz ihr vom Alkohol ziemlich aufgeweicht vorkam. Mit behutsamen Schritten machte sie sich auf den Weg zum Bad. Auf halber Strecke stolperte sie über die Tüten, die sie zuvor in den Flur gestellt hatte, und fiel mit einem Plumpsen hin. Sie drehte sich auf dem Fußboden schnell um, damit es aussah, als käme sie aus dem Bad. Markus und Mattias streckten ihre Köpfe zum Flur hinaus und erblickten Ella dort inmitten des Tütenhaufens, woraufhin sie einander anschauten und schließlich in Gelächter ausbrachen. Es war ein befreiendes Lachen. Ella musste ebenfalls lachen und vergaß sowohl ihren Schmerz im Knie, auf das sie gefallen war, als auch den Schmerz in Markus' Stimme. Nachdem die beiden ihr wieder auf die Beine geholfen hatten, gab es Nachtisch und Kaffee. Wider besseres Wissen nahm sie den Digestif an, den sie ihr anboten. Inzwischen war ihr klar geworden, was Markus im Sinn hatte – er wollte sie ein letztes Mal verführen. Seine Anstrengungen waren allerdings völlig unnötig. Denn er rannte offene Türen ein.

Ziemlich betrunken hatten Ella und Markus das Geschirr in der Küche stehen lassen, Mattias im Gästezimmer untergebracht und sich daraufhin lustvoll einander hingegeben. Sie hatten sich mit einer Verzweiflung geliebt, die Ella zuvor noch nicht erlebt hatte. Der Ausgang war allerdings offensichtlicher denn je, als sie am Samstagmorgen jeder auf seiner Seite des Bettes erwachten. Die Kopfschmerzen machten Ella nichts aus, doch ihr wurde das Herz schwer, als sie ins Bad hinaustappte. Sie stellte sich kurz unter die Dusche und zog ein Paar dicke wollene Hosen und einen Kapuzenpullover an. Markus schlief noch fest. Schließlich stand sie in der Küche und fingerte am Zettelblock herum, verließ dann jedoch die Wohnung, ohne eine Nachricht zu hinterlassen.

Es war fast neun Uhr und bereits hell draußen. Die Kälte bewirkte, dass sie sich wacher fühlte als sonst. Als sie Markus dort im Bett neben sich hatte liegen sehen, hatte sie einen inneren Zwiespalt gespürt, der für sie neu war. Sie fühlte sich zwischen ihren widersprüchlichen Gefühlen hin- und hergerissen. Schließlich hatte die Vernunft gesiegt, woraufhin sie an diesem Januarmorgen nun allein unterwegs war. Ihr Herz hatte ihr geraten, sich an ihn zu kuscheln und ihn ein weiteres Mal zu verführen. Doch in der klaren, kalten Luft sah sie ein, dass sie in jedem Fall letztlich alleine draußen in der Kälte gelandet wäre.

Ella spazierte am Wasser entlang in Richtung des kleinen Hafens und weiter durch den Park zum Stadtzentrum. Auch wenn sie kein besonderes Ziel vor Augen hatte, stand sie bald am Kanal und schaute hinauf zu ihrer zukünftigen Wohnung. Im großen Saal brannte Licht, und sie konnte den riesigen Kronleuchter erkennen. Jetzt waren es nur noch drei Wochen, bis die Wohnung ihr gehören würde. Sie blieb so lange vor dem Haus stehen, wie ihre Winterkleidung es zuließ, und fragte sich, wie lange sie wohl würde lüften müssen, um den Zigarettengeruch loszuwerden, der sich inzwischen in den Wänden festgesetzt haben dürfte. Sie mutmaßte, dass die alte Frau gezwungen gewesen war, mit dem Rauchen aufzuhören, nachdem sie nur noch mit Sauerstoffgerät weiterhin in der eigenen Wohnung bleiben konnte. Ein absolutes Rauchverbot war die unabdingbare Voraussetzung für das Anschließen einer Sauerstoffflasche in der Wohnung. Sie hatte bereits selbst die Folgen zu sehen bekommen, wenn ein Patient diese Regel missachtete. Sauerstoff in konzentrierter Form war ein außerordentlich guter Brennstoff. Die Brände, die er verursachte, waren oft so heftig, dass von dem heimlichen Raucher nicht mehr allzu viel übrig blieb. In den Fällen, an die sie sich erinnern konnte, mussten die Leichen mittels Knochen-DNA identifiziert werden, eine neuartige Technik, die nach der Tsunamikatastrophe entwickelt und verfeinert worden war. Bis dahin war man im Großen und Ganzen darauf angewiesen gewesen, die Leichen mittels der Röntgenbilder der Zähne zu identifizieren. Ella hoffte inständig, dass die alte Dame zumindest nicht rauchen würde, bis sie ausgezogen wäre.

Als Ella nach ihrem schnellen Spaziergang eine gute Stunde später wieder in die Wohnung zurückkehrte, war ihr warm vom schnellen Gehen. Markus schlief immer noch, während Mattias mit einer Tasse Kaffee und der aufgeschlagenen Morgenzeitung in der unaufgeräumten Küche saß. Er lächelte sie an, als sie mit leisen Schritten vom Flur hereinkam, sich ebenfalls eine Tasse Kaffee einschenkte und nach einem Teil der umfangreichen Zeitung griff. Aus alter Gewohnheit ließ sie ihren Blick über die lokalen Mitteilungen gleiten, auf der Suche nach Gewaltverbrechen, deren Opfer möglicherweise in ihrer Abteilung landen würden. Ihr Blick blieb an einer kleinen Notiz über einen Hausbrand unmittelbar außerhalb der Stadt hängen. Das Haus war offenbar bis auf die Grundmauern niedergebrannt, und das ältere Ehepaar, das darin gewohnt hatte, wurde in seinem Bett im Obergeschoss tot aufgefunden. Man vermutete, dass der Brand in der Küche ausgebrochen war und sich von dort ausgebreitet hatte, was in den Wintermonaten häufig vorkam, in denen nicht selten brennende Kerzen vergessen wurden.

Ella verspürte in ihrer paranoiden Hirnhälfte eine gewisse Irritation darüber, dass man die Identität des älteren Ehepaars überhaupt nicht infrage stellte. Nachdem sie bereits unzählige verbrannte Leichen obduziert hatte, war sie sich im Klaren darüber, dass ein Hausbrand eine hervorragende Möglichkeit darstellte, um ein Verbrechen zu kaschieren. In vielen Fällen waren die Rechtsmediziner ganz auf den vorläufigen Bericht der Polizei angewiesen, dem die Anordnung einer Rechtsmedizinischen Obduktion beigefügt wurde. Wenn allerdings in einem Bericht nicht stand, was den Verdacht auf ein Verbrechen rechtfertigte, war es oft auch nicht möglich, andere Verletzungen an den stark verbrannten Leichen festzustellen. Im Fall des älteren Ehepaares aus der Zeitung würde sich höchstwahrscheinlich eine hohe Konzentration von Kohlenmonoxid nachweisen lassen, das an das Sauerstoff transportierende Hämoglobin in den roten Blutkörperchen gebunden war. Wenn das nicht der Fall sein sollte, hatten die beiden ganz einfach nicht mehr geatmet, während es im Haus brannte. Wenn die Toten allerdings stark verbrannt waren, würde man unmöglich eine chemische Analyse durchführen können.

Sie seufzte tief, woraufhin Mattias seinen Teil der Zeitung sinken ließ und sie fragend anschaute.

»Brauchst du eine Kopfschmerztablette?«, fragte er teilnahmsvoll.

Erstaunlicherweise schien ihm der Alkoholkonsum vom Vorabend überhaupt nichts auszumachen. Andererseits vertrug er aufgrund seines viel größeren Körperumfangs natürlich auch eine ganze Menge mehr als Ella. Dann fielen ihr plötzlich Markus' Worte von gestern wieder ein. Der Schmerz in seiner Stimme. In gewisser Weise kam ihr das alles bereits wie eine Erinnerung aus einer vergangenen Zeit vor. Als gehöre es bereits der Vergangenheit an.

Mattias sah sie immer noch fragend an. Sie lächelte und schüttelte den Kopf. Eigentlich wusste sie, was sie bedrückte. Sie spürte zunehmend das Bedürfnis, Klarheit in die Ereignisse zu bringen, die auf ihren Kauf der antiken Tischuhr gefolgt waren.

Den restlichen Teil des Wochenendes verbrachte Ella damit, ihren Vortrag an der Polizeihochschule vorzubereiten, im Fitnessstudio zu trainieren und für ihren bevorstehenden Umzug zu packen. Außer den Möbeln in dem kleinen Arbeitszimmer wollte sie nur gewisse Küchenutensilien mitnehmen. Die meisten anderen Möbel aus ihrer gemeinsamen Wohnung würden nicht in ihr neues Heim passen, und sie hatten ihr sowieso nie besonders gut gefallen. Am Sonntag schaute sie sich im Internet nach geeigneten Möbeln um. Auf der Auktionsseite, auf der sie auch die Tischuhr gefunden hatte, wurden eine Menge antiker Möbelstücke angeboten. Ihr fiel eine Sofagruppe und ein Esstisch mit dazugehörigen Stühlen ins Auge, von denen sie annahm, dass sie gut in den großen Saal passen würden, doch sie gab kein Gebot ab. Sie wollte sich erst einen Überblick verschaffen, bevor sie zuschlug. Bei der Wohnung mochte es sich vielleicht um einen Impulskauf gehandelt haben, doch das bedeutete nicht notwendigerweise, dass sie auch die Einrichtung spontan anschaffen würde. Sie wollte unter keinen Umständen im Nachhinein feststellen, dass sie ihre Wohnung unbewusst mit genau demselben Prunk eingerichtet hatte, der Judits und Gretes Wohnungen dominierte. Stattdessen würde sie sich Zeit nehmen, um ihren eigenen Stil zu finden.

Während ihres Zusammenlebens mit Markus hatte sich ihr eigener Geschmack nach und nach verwischt. Sie nahm an, dass sich alle Paare, die zusammenlebten, im Hinblick auf die Einrichtung langsam dem Geschmack des anderen anpassten. Das Erstaunliche war nur, dass den meisten diese Veränderung ihres eigenen Stils nicht bewusst zu sein schien. Erst wenn Ella ihre Freunde, die sich gerade getrennt hatten, in deren neuen Wohnungen besuchte, trat ihr persönlicher Einrichtungsstil zutage. Beispielsweise spiegelten sich in der

Wahl der Tapeten und Sofakissen unterdrückte Vorlieben für blumige Muster wider. Dass sich ihr neues Zuhause von der gemeinsamen Wohnung unterscheiden würde, war klar, aber noch interessanter würde die Frage sein, ob und wie sich Markus' Wohnung verändern würde.

Als Ella am frühen Montagmorgen das Haus verließ, um in den Zug zu steigen, fühlte sie sich den Umständen entsprechend ausgeruht und gut vorbereitet auf die Vorlesung. Für den Fall, dass ihr Unterricht vom Inhalt her nicht interessant genug sein sollte, hatte sie sich zuerst für einen ihrer neuen Pullover entschieden, der zwar nicht weit ausgeschnitten, aber so enganliegend war, dass er nicht viel der Fantasie überließ. In letzter Sekunde hatte sie es sich jedoch anders überlegt und war stattdessen in einem figurbetonten Sakko zum Bahnhof gerannt.

Als sie ankam, wurde sie vom Bahnhof abgeholt und zum Hauptgebäude der Hochschule gefahren. Der große Vorlesungssaal war voll besetzt, und Ella tippte darauf, dass der Titel der Vorlesung vielversprechender erschien, als der Inhalt letztlich sein würde. Sie nahm an, dass die Polizeistudenten blutrünstige Fotos von zerstückelten Leichen und Zugunfällen erwarteten. Doch Ella hatte ihren Vortrag so geplant, dass sie den Inhalt oder zumindest die Reihenfolge jederzeit austauschen konnte, je nachdem, wie das Feedback ausfiel. Falls der Gesetzestext, der die Arbeit in der Rechtsmedizin regelte, allzu trocken war, konnte sie einfach ein paar Bilder mit Blutlachen oder Einzelheiten über Waffen dazwischenschieben. Da sie bereits mehrfach Vorlesungen vor Polizisten gehalten hatte, kannte sie ein Thema, dass jederzeit das Interesse der Polizisten weckte und dafür sorgte, dass sie sich trauten, vor ihren Kollegen den Mund zu öffnen: Waffen. Dieses Thema ließ besonders die jungen, vorzugsweise männlichen zukünftigen Polizisten auftauen, die in den Vorlesungen ganz vorne saßen und sie mit versteinertem Blick fixierten. Ihre Kollegen hatten alle dieselben Erfahrungen gemacht, und dank dieser Vorbereitung auf die Polizeivorlesungen hatten sie sich ein ansehnliches Wissen über Waffen angeeignet. Aus der Perspektive eines Rechtsmediziners waren eigentlich lediglich die Art der Verletzung durch die Waffe und natürlich die Identifizierung der Reste unterschiedlicher Munitionsarten, die man in der Leiche fand, von Interesse.

Ella eröffnete ihren Vortrag, indem sie diverse Fotos von einem Fundort zeigte, auf denen ein Mann mittleren Alters zu sehen war, der niedergeschlagen worden war und blutige Wunden davongetragen hatte. Er lag mit dem Gesicht nach unten in der Pfütze seines eigenen Blutes, während einige Möbel im Zimmer umgestoßen waren. Sie wusste, dass es keinen Sinn hatte, den zukünftigen Polizisten zu diesem frühen Zeitpunkt Fragen zu stellen, und gab stattdessen in sachlichem Ton wieder, was im Polizeibericht stand. Die Polizisten vor Ort, die die Kopfverletzungen des Mannes begutachtet hatten, beschrieben sie als Verletzungen aufgrund von Messerstichen. Der Todesfall war bereits zu einem frühen Zeitpunkt als Mord eingestuft worden, woraufhin entsprechende Ermittlungen eingeleitet worden waren. Im Zuge dessen hatte man den Sohn des Verstorbenen vernommen, der ein eher unterkühltes Verhältnis zu seinem Vater zu haben schien. Die Polizeitechniker am Fundort hatten sich in ihrem Bericht ziemlich vage ausgedrückt, gaben jedoch ihrer Irritation Ausdruck, keinerlei Blutspuren an den Wänden und der Zimmerdecke gefunden zu haben, sondern lediglich runde Tropfen auf dem Fußboden, die darauf hindeuteten, dass das Blut direkt von oben heruntergetropft war. An zwei anderen

Stellen in der Wohnung hatte man ebenfalls Blutspuren gefunden, auf dem Fußboden und auf der Kante des Couchtisches.

Nachdem sie weitere Fotos von der blutigen Kopfhaut des Mannes und den scharfkantig anmutenden Verletzungen gezeigt hatte, folgten die Bilder der anderen Blutflecken in der Wohnung. Sie wollte keineswegs den Eindruck erwecken, Expertin im Hinblick auf Blutlachen zu sein, benötigte jedoch die Fotos, um ihre Aussagen zu untermalen.

»Während der Obduktion«, fuhr sie in sachlichem Tonfall fort, »habe ich erstens Anzeichen für eine starke Verkalkung der Blutgefäße im Herzen gefunden. Zweitens erwiesen sich die Kopfverletzungen nicht als scharfkantig, sondern durch stumpfe Gewalteinwirkung verursacht wie bei einem Aufprall auf eine feste Unterlage. Und drittens erwies sich der Geruch, den ich während der Obduktion als süßlich empfand, bei der chemischen Untersuchung als Folge einer sehr hohen Alkoholkonzentration im Blut.«

Ella machte eine Kunstpause und betrachtete ihr Publikum. Etwas enttäuscht stellte sie fest, dass keiner der Anwesenden eine Uniform trug. Doch dann fiel ihr ein, dass sie ihre Ausbildung ja noch nicht abgeschlossen hatten.

»Der Mann wurde an einem Freitag gefunden und am Dienstag darauf obduziert. Es dauerte also vier Tage, bis eine Obduktion durchgeführt werden konnte. In der Zwischenzeit waren nicht weniger als sechzehn Polizisten mit den Mordermittlungen befasst. Die Rechtsmedizin wurde erst am Montagnachmittag kontaktiert. Wenn man stattdessen gleich einen Rechtsmediziner gerufen hätte, um die Leiche noch am Fundort zu untersuchen, hätte man unmittelbar klarstellen können, dass die Kopfverletzungen nicht von einem Messer verursacht wurden. Man hätte zwar nicht ausschließen können, dass der Mann mit einer Holzlatte oder einem ähnlichen Gegenstand am Kopf getroffen wurde, aber nach einem Abgleich mit den Ergebnissen der Untersuchung durch die Techniker hätte man wohl einfach nur den Fundort abgesperrt und die Mordermittlungen in Erwartung des Obduktionsergebnisses ausgesetzt.«

Sie fügte hinzu:

»Bei Mord und zweifelhaften Todesfällen würden wir gerne grundsätzlich informiert werden, um zumindest Stellung beziehen zu können, ob es angebracht ist, zum Fundort zu kommen.«

Ella benutzte bewusst das Wort Fundort anstelle von Tatort, wie die Polizisten gerne sagten. Denn vor dem Ende der Ermittlungen konnte man manchmal gar nicht sicher sagen, ob am betreffendem Ort überhaupt ein Verbrechen begangen wurde.

»So wie ich als Rechtsmedizinerin keine polizeilichen Ermittlungen betreibe, sollte die Polizei ihrerseits keine voreiligen Deutungen der Verletzungen an der Leiche vornehmen. Denn das ist mein Job«, sagte sie mit Nachdruck.

Im selben Augenblick fiel ihr ein, dass sie genau dies getan hatte. Sie hatte eigene Ermittlungen hinsichtlich der Leiche im Garten von Mikael Erlandsson und der Frage nach dem Zusammenhang mit ihrer eigenen Vergangenheit aufgenommen. Plötzlich merkte sie, dass sie dastand und in den Raum hinausstarrte.

»Und woran ist er nun gestorben?«

Eine der Frauen in der ersten Reihe hatte das Wort ergriffen, womit sie die Blicke aller auf sich zog.

Ella lächelte und stellte ihrer Zuhörerschaft die erste Frage.

»Was meinen Sie?«

Im Saal herrschte absolute Stille. Verdammt, dachte sie. Ich hätte lieber einen Fall mit einer Schussverletzung nehmen sollen.

»Man könnte sich gut vorstellen, dass er an seiner Herzkrankheit in Verbindung mit dem hohen Blutverlust aufgrund der Kopfverletzungen gestorben ist«, begann sie. »Außerdem hatte er drei Promille Alkohol im Blut. Doch die mikroskopische Untersuchung der Lungen ergab eine schwere Lungenentzündung, die ich als primäre Todesursache angegeben habe. Als sekundäre Ursachen des Todesfalls kamen seine Herzinsuffizienz und sein chronischer Alkoholismus hinzu.«

Es war offensichtlich, dass Ellas Antwort den Erwartungen der zukünftigen Polizisten nicht entsprach. Sie selbst war der Meinung, dass der Fall ein ausgezeichnetes Beispiel für die Bedeutung der Rechtsmedizin abgab.

Im restlichen Teil der Vorlesung ging sie die Maßnahmen durch, die jeder Polizist ergreifen konnte, um ihr die Arbeit zu erleichtern, sowie diejenigen, mit denen sie im Gegenzug zur Erleichterung von deren Arbeit beitragen konnte. Sie war gezwungen, zwischendurch noch einige weitere heftige Fotos zu zeigen, damit die Polizisten nicht das Interesse verloren. Ella selbst hatte inzwischen nicht mehr allzu viel Lust auf eine abschließende Diskussion mit ihnen. Einen Augenblick lang erwog sie, doch noch einen Fall mit einer Schussverletzung hinzuzuziehen, entschied sich dann jedoch für einige Fotos, die eine weit fortgeschrittene Verwesung zeigten. Die Fotos zeitigten den erwarteten Effekt. Alle saßen da und hörten ihr aufmerksam zu. Einige wurden bleich.

Nachdem Ella das letzte Foto gezeigt und die Polizisten in spe den Saal verlassen hatten, wurde sie zurück zum Bahnhof gebracht. Sie fühlte sich absolut leer im Kopf. Sie musste zugeben, dass die Vorlesung anstrengender gewesen war, als sie angenommen hatte, und schlief daraufhin auf der gesamten Rückfahrt, während der Zug durch die bewaldete Landschaft rauschte.

Am Mittwochmorgen verspürte Ella bereits beim Aufwachen Beklemmungen. So ging es ihr immer vor einer Begegnung mit Grete. Die alte Hexe wurde heute achtundachtzig Jahre alt. Mutlos stieg sie in die Duschkabine und meinte zu spüren, wie ihr Selbstvertrauen mit dem Wasser langsam von ihr herabrann. Als sie wieder aus der Dusche kam und in den Spiegel schaute, fasste sie einen für diesen Tag entscheidenden Entschluss. Sie gab sich besonders viel Mühe mit dem Make-up und wählte sorgfältig die Kleidung aus, die sie zur Einladung am Nachmittag tragen wollte. Die Spiegel in ihrem Zimmer, die sie für den bevorstehenden Umzug bereits auf den Fußboden gestellt hatte, ermöglichten es ihr, sich von allen Seiten zu betrachten.

Sie schaute auf und begegnete Markus' Blick. Er stand in der Tür und wollte sich gerade auf den Weg zur Arbeit machen. Falls er ihre Pirouetten gesehen hatte, war er nachsichtig genug, sie nicht zu kommentieren.

»Grüß die Hexe von mir«, sagte er stattdessen und verschwand durch die Wohnungstür.

Die wenigen Male, bei denen Markus Grete begegnet war, hatten ausgereicht, um eine ausgeprägte Abneigung gegen sie zu entwickeln. Bei ihrem ersten Treffen hatte sie den jungen Mann, der versucht hatte, ihr zu imponieren, vollkommen zunichtegemacht. In seinen Bemühungen, sich korrekt zu kleiden, hatte er sich der größten Verbrechen im Regelbuch der Kleideretikette schuldig gemacht. Grete hatte es Markus selbstverständlich nicht direkt gesagt. Aber sie hatte ihre Freundin in lautstarkem Theaterflüsterton auf seinen mangelnden Stil hingewiesen, woraufhin beide in gedämpftes Gelächter verfallen waren. Wäre Ella zu diesem Zeitpunkt auf dem Gebiet der Rechtsmedizin bereits erfahrener gewesen, wären ihre Phantasien, wie sie die Hexe töten könnte, etwas extravaganter ausgefallen.

Ella warf einen letzten Blick in den Spiegel im Empirestil, der mit einem Furnier aus Mahagoni und vergoldeten Beschlägen versehen war. Sie musste über sich selbst lächeln. Der dunkelgraue Rock lag eng an und endete unmittelbar unterhalb der Knie, wo der Schaft der schwarzen Lederstiefel begann. Unter der hellgrauen dünnen Strickweste trug sie eine tief ausgeschnittene weiße Rüschenbluse, die den Blick auf ihr üppiges Dekolleté freigab. Seit ihrem Sonnen- und Badeurlaub auf Kreta 2003 hatte sie nie wieder so viel Haut gezeigt. Es war das letzte Mal gewesen, dass sie einen solchen Urlaub gemacht hatte. Ihre Thailandreise zählte sie nicht mit. Denn während der Arbeit in Thailand im Januar 2005 hatte keiner so richtig Lust gehabt zu baden. Sie schob die Gedanken beiseite und machte sich auf den Weg zur Arbeit.

Zu Ellas großem Verdruss stellte sich heraus, dass Kauffman in letzter Sekunde zu einer Gerichtsverhandlung gerufen worden war und im Obduktionssaal ein Spezialist gebraucht wurde, obwohl sie an diesem Tag nicht für eine Obduktion eingetragen war. Zum ersten Mal in ihrem Leben hatte sie das Bedürfnis, all das zu vermeiden, was ihr Make-up oder ihre Frisur zerstören könnte. Sie hatte keine Schminksachen dabei und befürchtete, dass die Zeit nicht ausreichen würde, um nach Hause zu fahren und sie zu holen, denn der Nachmittag war mit Meetings und Telefonkonferenzen ausgebucht. Wenn es sich lediglich um eine oder zwei Leichen in gutem Zustand handelte, müsste sie vielleicht gar nicht unbedingt duschen, redete sie sich ein. Sie zog die grüne Operationskleidung an und steckte ihre Haare hoch. Aber bereits in der Schleuse zwischen dem Umkleideraum und dem Obduktionssaal wurde ihr klar, dass sie nicht so leicht davonkommen würde. Sie betrat den Saal und holte tief Luft.

»Wasserleiche«, sagte sie resigniert.

»Ganz genau«, entgegnete Johannes gut gelaunt wie immer.

Sie hatte nicht einmal einen Blick auf den Obduktionstisch werfen müssen. Der Geruch war äußerst speziell.

»Nach ungefähr einem Monat in der Badewanne gefunden«, warf David ein. Er hatte bereits mit der äußeren Untersuchung der aufgequollenen Leiche begonnen. Die Haut war grünlich verfärbt und hatte sich bereits großflächig abgelöst. Es war kein schöner Anblick, und der Verwesungsprozess machte es nicht gerade leichter, eventuelle Verletzungen an der Leiche auszumachen.

Bedauerlicherweise reichten oft ein paar Minuten aus, damit sich der Geruch in den Haaren, in der Kleidung und nicht zuletzt in der Haut festsetzte. Ella sah bereits vor sich, in welchem Zustand sie ihre Mutter treffen würde: ungeschminkt und die Haare zu einem Pferdeschwanz gebunden. Mit einem schweren Seufzer schritt sie zu Werke.

Ella arbeitete methodisch, sodass sie mit den beiden Obduktionen in weniger als zwei Stunden fertig war. David war zwar weit entfernt davon, im Saal selbstständig zu agieren, doch er kam immer mit durchdachten und konkreten Fragen auf sie zu, was ihr seine Betreuung erleichterte und sie weniger zeitaufwändig gestaltete. Die Regeln bezüglich einer doppelten Kennzeichnung von Probenröhrchen und -döschen bewirkten, dass das Risiko äußerst gering war, Proben zweier Leichen zu verwechseln, doch den Vorschriften Genüge zu leisten erforderte seine Zeit. Nachdem Ella sämtliche Etiketten nach allen Regeln der Kunst beschriftet und aufgeklebt hatte, riss sie sich die Schürze, die Handschuhe und die Schutzbrille vom Leib und stürzte in Richtung Dusche. Es würde noch ein paar Stunden dauern, bis sie Judit abholen sollte, aber sie würde nicht aus dem Büro wegkommen, bevor das Meeting mit dem Laborpersonal und die Telefonkonferenz beendet waren. Danach blieb ihr gerade noch eine halbe Stunde Zeit. Aber sie hatte einen Plan.

Diesmal war sie auf den Geruch vorbereitet, als sie das Kaufhaus betrat, und hielt die Luft an, bis sie den anvisierten Tresen erreicht hatte. Zu ihrer großen Freude war ihr schwarz gekleideter junger Freund da und grinste breit, als er sie erblickte.

»Nein, da ist ja das kleine Bibliotheksluder wieder«, rief er aus.

Ella hatte keine Zeit für Höflichkeitsfloskeln, sondern stieg umgehend auf den Hocker vor dem Spiegel.

»Ich gebe Ihnen fünfhundert Kronen, wenn Sie dafür sorgen, dass ich nicht aussehe, als hätte mich gerade jemand aus dem Kanal gefischt«, sagte sie missmutig.

»Aha, Probleme mit dem Zuhälter«, konterte er amüsiert mit seinem baltischen Akzent.

»Sie haben eine Viertelstunde Zeit.«

Der junge Mann arbeitete zügig und mit der Präzision eines Künstlers. Offenbar erforderte der Auftrag seine gesamte Aufmerksamkeit, um rechtzeitig fertig zu werden. Ella vertraute ihm und spürte, wie sie sich langsam entspannte, während seine flinken Finger über ihr Gesicht flogen. Nach zehn Minuten war er mit dem Gesicht fertig. Ella schaute auf und betrachtete sich im Spiegel. Im Unterschied zum ersten Versuch hatte er diesmal etwas gewagtere Farbnuancen ausgewählt. Das Ergebnis war erstaunlich.

»Eigentlich könnten Sie gerne jeden Morgen zu mir nach

Hause kommen und mich schminken, bevor ich zur Arbeit gehe«, sagte Ella, ohne den Blick vom Spiegel abzuwenden.

Er lächelte zufrieden.

»Wenn Sie mir noch weitere zehn Minuten geben, könnte ich sicher auch Ihre Frisur retten«, sagte er.

Ella nickte. Während er ihr dunkles Haar bürstete und mit Haarspray einsprühte, sodass es mehr Volumen als je zuvor bekam, registrierte sie, dass er mehrfach leicht die Nase rümpfte.

»Sie arbeiten nicht zufällig in einem Fischgeschäft?«, fragte er schließlich.

Ella wand sich. Diese verfluchte Wasserleiche, dachte sie irritiert. Verdammter Kauffman und seine Gerichtsverhandlung.

»Tja, die Freier«, antwortete sie kurz angebunden und lächelte gekünstelt.

Als Ella das Kaufhaus verließ, fühlte sie sich wie neugeboren. Ihre Frisur war zwar nicht ganz so geraten, wie sie es sich vorgestellt hatte, aber sie passte zu ihrem Make-up und ihrer Kleidung. Der junge Mann kam in der Tat aus dem Baltikum, genauer gesagt aus Litauen. Er nahm von Ella kein Geld fürs Schminken an, dafür kaufte sie erneut alle Produkte bei ihm, die er benutzt hatte.

Als sie sich gerade ins Auto setzen wollte, rief Judit an und fragte, ob sie etwa Gretes Geburtstag vergessen hätte. Ella ließ sie reden und antwortete dann in gestresstem Tonfall, dass sie noch kurz duschen müsse, um wenigstens den schlimmsten Leichengeruch loszuwerden.

»Wie charmant«, entgegnete Judit säuerlich und beendete das Gespräch.

Ella genoss den Blick ihrer Mutter, als sie sie vor ihrer Wohnung abholte. Nachdem sie ihre Tochter mit offenem Mund gemustert hatte, lächelte sie und begann den Blumenstrauß zu richten, den sie bei sich hatte. Nach einer knappen halben Stunde im Kaufhaus war Ella so einparfümiert, dass der Rest des Geruchs, den sie unter der Dusche nicht losgeworden war, übertüncht wurde.

Judit wohnte nicht mehr als hundert Meter von Grete entfernt, bestand jedoch jedes Mal darauf, abgeholt zu werden. Ella tippte darauf, dass es ihr eher darum ging, in Gesellschaft dort aufzutauchen.

Sie parkten neben einer Imbissbude, die eingeklemmt auf einer kleinen Grasfläche schräg gegenüber von dem Haus stand, in dem Grete wohnte. Zwei Männer in dunklen Mänteln kamen gerade aus der großen hölzernen Eingangstür von Gretes Haus. Der eine stützte sich mit gebeugtem Rücken auf einen Stock, während der andere ihm die Tür aufhielt. Der Gehweg war schlecht ausgeleuchtet, sodass man die Gesichter der Männer nicht genau erkennen konnte. Dennoch war unverkennbar, um wen es sich handelte. Hugo und Waldemar Rossing. Ernsts Bruder und Neffe pflegten auch nach dem Tod von Ernst immer noch engen Kontakt zu Grete. Grete hielt weiterhin einen großen Anteil an den Aktienposten des Rossingkonzerns, und auch wenn sie selbst keine aktive Rolle im Unternehmen spielte, hatten Hugo und Waldemar allen Grund, sich gut mit ihr zu stellen. Waldemar, der etwas jünger war als Judit, half seinem Vater auf den Sitz eines dunkelgrünen Sportwagens, der direkt vor der Haustür parkte. Im Gegensatz zu seiner Cousine war sein Äußeres nicht besonders gepflegt, und wenn man sie zusammen sah, hätte man eher meinen können, er wäre Judits Vater.

Waldemar warf Ella und Judit einen Blick zu, während er zur Fahrerseite ging und die Hand zum Gruß hob. Dann setzte er sich zügig in den Wagen und fuhr los. Ella und Judit blieben auf dem Gehweg stehen und schauten ihnen nach. Judit schüttelte den Kopf. Ella wusste, dass zwischen ihr und Waldemar schon immer eine gewisse Spannung geherrscht hatte. Sie konnte sich nicht erinnern, dass die beiden je miteinander gesprochen hätten, aber sie hatte nie erfahren, was zwischen ihnen vorgefallen war. Estrid hatte ihr allerdings anvertraut, dass Waldemar einmal hochkant aus der Konzernleitung geflogen war. Ella hatte daraufhin nachgefragt, was Estrid damit meinte, hatte aber nur eine ausweichende Antwort erhalten. Da Waldemar bereits in der Führungsetage saß, solange Ella sich erinnern konnte, musste das, worauf Estrid anspielte, bereits lange Zeit zurückliegen. Sie wusste über sein Privatleben nicht mehr, als dass er mehrfach verheiratet gewesen war und gemeinsam mit seiner jetzigen, bedeutend jüngeren Ehefrau zwei Kinder hatte.

Oberhalb der Eingangstür prangte ein steinernes Gesicht mit Bart. Der starre Blick der Büste hatte Ella bereits als kleines Kind Angst eingeflößt. Doch im Aufzug hinauf zu Gretes Wohnung war es der kritische Blick ihrer Mutter, den sie auf ihrem Körper spürte. »Siehst du, hat gar nicht weh getan«, sagte Judit und verzog den Mund.

Ella hatte ihre Kleidung zwar so gewählt, dass sie Judit und Grete gefallen würde, doch dort im Aufzug bewirkte sie lediglich, dass sie sich etwas steif vorkam.

»Nicht so schlimm, wie eine weitere Einladung zum Tee durchzustehen«, antwortete Ella kurz angebunden und wandte den Blick ab.

»Fang bloß nicht wieder damit an.«

Judits Tonfall war plötzlich hart und dem von Grete nicht unähnlich. Ein deutliches Anzeichen von Verärgerung.

»Mein Gott, es handelt sich schließlich nur um einen Nachmittag im Jahr.«

Ihre Stimme klang jetzt ein wenig weicher, aber ihre Enttäuschung war nicht zu überhören. Vielleicht hatte sie sich erhofft, dass Ella mit ihrem neuen Kleiderstil auch eine neue Einstellung Grete gegenüber entwickelt hätte, doch da täuschte sie sich. Es handelte sich eher um eine Art Verkleidung, dachte Ella – wie ein Wolf im Schafspelz. In der dritten Etage gab es genau wie vor Ellas neuer Wohnung nur zwei Türen. Eine größere und eine kleine. Die kleinere führte zu der Wohnung, die nun zum Verkauf stand und damals entstanden war, als Ellas Großvater in Rente ging. Judits Aussage zufolge wohnte darin zu Gretes Verdruss ein junges Paar mit beruflichen Karriereplänen. Zu allem Übel handelte es sich auch noch um Einwanderer. Letztgenanntes entsprach allerdings nur halb der Wahrheit. Die Mutter des Mannes war in Malaysia geboren, jedoch in England aufgewachsen, von wo aus sie als Neunzehnjährige nach Schweden gezogen war. Für Grete spielte es keine Rolle, dass der Mann, der in der Wohnung wohnte, niemals außerhalb Schwedens gelebt hatte. Seine Haut hatte eine dunklere Nuance, und seine Augen standen leicht schräg. Aus diesem Grund war sie äußerst bedacht darauf, langsam und deutlich mit ihm zu sprechen, wenn sie es einmal nicht schnell genug geschafft hatte, vor ihm in den Aufzug oder in ihre Wohnung zu flüchten. Ella erinnerte sich an das Wohnungsinserat, das sie in der Zeitung gesehen hatte, und dachte, dass sie mit Grete als Nachbarin auch nicht im Haus hätte wohnen bleiben wollen.

Es war Estrid, die ihnen die Tür öffnete. Sie sah älter aus als beim letzten Mal; ihre Augen wirkten eingesunkener und ihr Rücken krummer als zuvor. Als sie Ella erblickte, strahlte sie jedoch übers ganze Gesicht. Sie umarmte sie und hielt sie fest, bis Judit sich vorsichtig an der rundlichen Frau vorbeidrängte. Mit steifen und verkrümmten Fingern begann Estrid Judit aus dem Mantel zu helfen, erhielt jedoch umgehend Unterstützung von Ella.

»Wir kommen schon zurecht«, flüsterte sie ihr zu.

Estrid schien jedoch darauf zu bestehen, ihre Mäntel in Empfang zu nehmen. Ella suchte ihren Blick, wiederholte ihre Aussage und stellte fest, dass sich seit ihrer letzten Begegnung offenbar auch Estrids Hörvermögen nicht gerade verbessert hatte. Als Judit sich entfernt hatte, trat die alte Frau einen Schritt zurück und nahm Ella näher in Augenschein. Estrid trug wie immer einen langen grauen Rock, eine weiße Bluse und eine schwarze dünne Strickjacke. Wie es sich für eine richtige Hausdame gehörte. Der riesige Korridor ließ Estrid noch kleiner erscheinen, wie sie auf dem großen runden Perserteppich stand, der das Parkett im Fischgrätmuster zum großen Teil bedeckte.

»Die Weiber sitzen im Salon«, sagte sie und lächelte gequält. »Ein paar von ihnen sind inzwischen schon richtig senil.«

Estrid sprach so laut, dass Ella zusammenfuhr. Der schien das nicht bewusst zu sein, weil sie sich vermutlich selbst nicht mehr besonders gut hörte. Ella konnte sie nicht rechtzeitig zurückhalten, bevor sie fortfuhr:

»Jetzt gehe ich in die Küche und vergifte den Kaffee, dann kannst du mir in einer Weile Gesellschaft leisten.«

Ella ging in den Salon und hoffte sehr, dass die Damen dort drinnen inzwischen nicht nur senil, sondern auch taub geworden waren. Fünf Frauen im Alter um die achtzig saßen in einer Sofagruppe, bestehend aus zwei kleineren Sofas und zwei zierlichen Sesseln. Die Möbelstücke sahen aus wie aus einem französischen Schloss des 18. Jahrhunderts. Grete hatte die strengen Linien des Empirestils mit einzelnen modernen Möbelstücken und Stoffen von Josef Frank und Marimekko ergänzt. Der Tisch war mit Kaffeetassen und Tellern aus einem teuren Service gedeckt, dessen Name Ella entfallen war. In einem der zierlichen Sessel saß Grete. Sie war mager, sah aber ansonsten gesund aus. Zur Feier des Tages trug sie ein dunkelblaues Kleid und hatte einen bunten Schal um die Schultern geschlungen. Ihr dunkelgraues Haar war zu einem Knoten im Nacken hochgesteckt und ihr Gesicht in hellen Farbtönen und mit einem diskreten Lippenstift geschmackvoll geschminkt. Ihr Nagellack hingegen war blutrot. Sie verkörperte regelrecht den Begriff »standesgemäß«, stellte Ella fest. Judit stellte den Blumenstrauß auf einem Gabentisch neben der Sitzgruppe in eine Vase und ging zu Grete, um sie auf die Wange zu küssen.

»Wie schön, dass ihr euch auch die Zeit genommen habt aufzutauchen«, sagte Grete mit einem sarkastischen Unterton.

Im Unterschied zu anderen höhergestellten Damen, die ebenfalls als Erwachsene aus Deutschland eingewandert waren, konnte man keinerlei Akzent heraushören, wenn sie sprach. Sie lächelte wie immer mit geschlossenem Mund. Ella konnte sich nicht daran erinnern, jemals gesehen zu haben, ob sie überhaupt Zähne besaß.

Ella ging nicht auf Grete zu, sondern begnügte sich damit, ihr diskret zuzunicken. Für einen Augenblick schien Grete leicht aus der Fassung zu geraten. Sie ließ ihren Blick über Ellas Körper gleiten und schien ihn bis ins kleinste Detail unter die Lupe zu nehmen. Ella erahnte ihre Verwunderung. Dann richtete Grete sich in ihrem Sessel auf und holte Luft.

»Wie schade, dass die Verlobung mit Herrn Nilsson aufgelöst wurde!«

Sie sprach laut und deutlich, sodass alle anwesenden Damen es hören konnten. Dass Markus Nilmark und nicht Nilsson hieß, war Grete vollkommen bewusst. Da es Ella höchst unwahrscheinlich erschien, dass Grete ein Buch zur Hand genommen und es gelesen hatte, nahm Ella an, dass die fünf Herrschaftstechniken, über die diverse Bücher geschrieben worden waren, für Grete ganz natürliche Eigenschaften darstellten. Sie hatte sich gerade zweier dieser Techniken bedient; eine Person unsichtbar und zugleich lächerlich zu machen. Wahrscheinlich hatte sie blitzschnell registriert, dass Ella keinen Verlobungsring mehr trug.

»Du siehst blendend aus«, rief eine der Damen entzückt aus.

»Zu freundlich von Ihnen, Frau Roselin«, antwortete Ella und lächelte.

Die hochbetagte Dame war eine von Gretes engsten Freundinnen, und Ella war ihr bereits bei vielen Geburtstagseinladungen von Grete begegnet. Frau Roselin und Grete waren vermutlich die Frauen in der kleinen Gesellschaft, die sowohl körperlich als auch geistig noch am fittesten waren.

»Ich glaube, ich muss der armen Estrid ein wenig in der Küche helfen«, fuhr Ella fort und machte auf dem Absatz kehrt.

»Das Arsen verwahre ich übrigens in der Putzkammer«, merkte Grete mit bedeutend leiserer Stimme als zuvor an.

Wenn die anderen Damen sie gehört hatten, reagierten sie jedenfalls nicht.

»Und wie findest du es dann so schnell, wenn die Kinder zu Halloween vorbeikommen?«, konterte Ella blitzschnell.

Grete antwortete mit einem Lächeln, das unmöglich zu deuten war. Ellas Puls, der bereits beim bloßen Anblick ihrer Großmutter in die Höhe geschnellt war, begann sich langsam wieder zu beruhigen. Sie verspürte ihr gegenüber eine gewisse Überlegenheit. Grete wusste nicht recht, wie sie Ella einschätzen sollte. Sie war längst nicht mehr der rebellische Teenager, den man leicht in die Schranken weisen konnte. Sie war inzwischen eine erwachsene intelligente Frau, die an diesem Tag erstaunlicherweise sehr geschmackvoll gekleidet aufgetaucht war.

In der Küche stand Estrid und betrachtete die Kaffeemaschine, während der dunkle Kaffee langsam in die Kanne hinunterrann. Ella legte ihr die Hand auf die Schulter, woraufhin sie unmittelbar zusammenzuckte. Ella redete ein wenig lauter als sonst.

»Erinnere mich bitte daran, dass ich dir nachher einmal in die Ohren schaue. Du scheinst heute bedeutend schlechter zu hören als früher.«

Estrid nickte und lächelte betrübt.

»In den letzten Wochen habe ich fünf grüne Striche höherschalten müssen«, sagte sie resigniert.

Ella hatte offenbar die Stirn gerunzelt, denn die Fortsetzung folgte unmittelbar und etwas verlegen:

»Ja also, ich meine die Lautstärke meines Fernsehers.«

Ella lächelte und goss den Kaffee in eine Kanne von Georg Jensen. Bernadotte. Alles, was einen königlichen Namen trug, stand bei Grete hoch im Kurs. Wenn Estrid nicht so schlecht hören würde, hätte Ella die Gelegenheit gerne genutzt, um sie nach dem Brand zu fragen. Ella hatte nämlich das Gefühl, dass in den Tagen vor der schicksalsträchtigen Nacht innerhalb der Familie irgendetwas vorgefallen war. Oder handelte es sich sogar um eine Erinnerung? Die Erinnerung an bestimmte Ereignisse, die sie damals wahrgenommen hatte, aber nicht einordnen hatte können.

Ella riss die Ecke einer Seite von der Tageszeitung ab und schrieb eine Ziffernfolge darauf. Daraufhin nahm sie die Kaffeekanne in die eine Hand und ergriff mit der anderen Estrids Arm. Estrid trug Hauspantoffeln mit glatten Sohlen, und Ella wollte verhindern, dass sie auf dem frisch gebohnerten Fußboden ausrutschte. Bevor sie bei den Damen angelangt waren, wandte sie sich Estrid zu und sah ihr in die Augen.

»Ich komm demnächst mal bei dir vorbei.«

»Was für ein Kai?«, rief Estrid aus. Die Damen im Salon warfen dem ungleichen Paar neugierige Blicke zu. Sie waren nahezu gleich groß, aber Estrid war mehr als doppelt so breit wie Ella. Ella seufzte und reichte Estrid die Kaffeekanne, die daraufhin zu den Damen schlurfte und ihnen einschenkte.

»Wie es scheint, bist du ja über Herrn Nilsson bereits hinweggekommen«, sagte Grete mit gespieltem Erstaunen in der Stimme. Die übrigen Damen drehten nun ihre Köpfe in verschiedene Richtungen, um mit dem jeweils besseren Ohr aufzuschnappen, was gerade gesagt wurde.

»Du, Grete«, begann Ella mit einer Schärfe in der Stimme, die Judit zusammenzucken ließ. »Ich bin inzwischen wahrhaftig über Herrn Nilsson hinweggekommen.«

Auf Gretes Stirn bildete sich eine Falte der Bekümmerung. Sie war es gewohnt, dass Ella sie lediglich genervt korrigierte, wenn sie den Nachnamen ihres Freundes falsch wiedergab.

»Jetzt bin ich nämlich mit dem Kleinen Onkel zusammen. Und wenn das nicht funktionieren sollte, überlege ich, vielleicht eine ›Ménage à trois‹ mit Tommy und Annika anzufangen.«

Ella erwiderte Gretes Blick und lächelte gekünstelt. Judit versuchte Ella einen diskreten Tritt gegen das Schienbein zu verpassen, verfehlte sie jedoch und traf stattdessen Frau Roselin. Die alte Dame fuhr zusammen, verzog jedoch keine Miene. Ella fiel ein, dass keine der alten Damen aus völlig freien Stücken hergekommen war. Sie wagten es einfach nicht, Gretes Einladung fernzubleiben. Auch wenn sie inzwischen alt waren, waren sie Teil der besseren Gesellschaft, und wenn sie dieser noch für die Zeit angehören wollten, die ihnen verblieb, war es das Beste, sich mit Grete gut zu stellen. Der Schein musste gewahrt bleiben. Denn die Fassade war alles, was zählte. Ella war das eingetrichtert worden, seit sie ein kleines Mädchen war, und sie hatte bereits seit Langem genug davon. Die Stille, die nun folgte, war intensiv und unangenehm, aber nur von kurzer Dauer. Denn plötzlich klingelte Ellas Handy.

Sie stand auf, ging in den Flur und meldete sich mit resoluter Stimme.

»Rechtsmedizin, Ella Andersson.«

Am anderen Ende der Leitung war es still. Sie betrachtete die Nummer auf dem Display und versuchte sich ein Lächeln zu verkneifen. Sie führte ein kurzes Gespräch, obwohl die Gesprächspartnerin am anderen Ende längst aufgelegt hatte.

Sie ging zu den Frauen im Salon zurück, entschuldigte sich und murmelte etwas von Bereitschaftsdienst und der Untersuchung eines verdächtigten Gewalttäters.

Als Ella im Aufzug stand, konnte sie ihr Lächeln nicht länger verbergen. Sie hatte Estrid ihre Handynummer gegeben, damit sie sie jederzeit erreichen konnte, wenn sie Hilfe benötigte. Aber sie hatte nicht damit gerechnet, dass Estrid sie unmittelbar anrufen würde, um ihr aus Gretes Wohnung zu verhelfen.

Kapitel 6

Die Kartons, die nun auch Teile des Fußbodens im Schlafzimmer bedeckten, erinnerten Ella daran, dass sie nur noch wenige Tage in der alten Wohnung verbringen würde. Die ersten Februarwochen waren schnell vergangen. Sie stellte fest, dass sie keineswegs alles gekauft hatte, was sie vor dem Umzug noch hatte anschaffen wollen. Zugleich spürte sie, dass es keine Eile hatte. Es wäre besser, sich Zeit zu nehmen und nur das zu kaufen, was sie wirklich haben wollte. Dennoch verbrachte Ella die Hälfte ihrer Mittagspause damit, den Markt im Hinblick auf Esszimmermöbel zu sondieren, die bei diversen Internetauktionen angeboten wurden. Der Gedanke daran, bald schon in einem eigenen Zuhause zu wohnen, beflügelte sie. Bevor sie das Büro um kurz nach siebzehn Uhr verließ, ging sie hinunter in den Obduktionssaal und lieh sich ein Otoskop aus, das man benutzte, um die Ohren von Patienten zu untersuchen. Innerhalb der Rechtsmedizin wurde das Instrument ausschließlich für die Untersuchung lebender Personen angewendet. Bei den Toten machte es wenig Sinn. Wenn man wissen wollte, wie der Bereich zwischen Mittel- und Innenohr aussah, schlug man ihn ganz einfach auf. Wenn der Schädel erst einmal aufgesägt war, handelte es sich lediglich um einen vorsichtigen, aber zielgerichteten Schlag mit dem Meißel.

Estrid wohnte in einer kleinen Wohnung im alten Stadtkern. Die Gegend war in den letzten Jahrzehnten populär geworden, und Estrid konnte sich glücklich schätzen, dort eine Wohnung gefunden zu haben, doch für Gretes Ansprüche war der Stadtteil natürlich nicht fein genug. Estrids Wohnung war einfach aber geschmackvoll eingerichtet. Sie hatte offenbar nicht ihr halbes Leben lang bei der Familie Liedenburg-Rossing gearbeitet, ohne sich das eine oder andere über guten Geschmack anzueignen. Während ihrer berufstätigen Zeit hatte Estrid die meiste Zeit in der Mädchenkammer der Familie gewohnt. Ende der 70er Jahre hatte sie einen Matrosen kennen gelernt, mit dem sie zusammengezogen war. Ella konnte sich vage an einen muskulösen, immer sonnengebräunten Mann erinnern, der immer nur Estrids Sonntagskavalier genannt worden war. Aus welchem Grund Estrid jedoch nach nur wenigen Monaten wieder zurück in die Mädchenkammer der Familie Rossing gezogen war, hatte ihr keiner erklärt.

Ella bat Estrid, auf einem Stuhl in der Küche Platz zu nehmen, und untersuchte ihre Ohren. Ihre Küche war eng und beherbergte mit Mühe und Not einen kleinen Tisch und zwei Stühle. Mehr hatte sie wahrscheinlich auch nie benötigt. Denn Estrid war nicht die Frau, die zu pompösen Abendessen einlud, jedenfalls nicht in ihre Küche. Ella erkannte die Stühle in der Küche wieder. Sie war sich sicher, dass Grete ebensolche in ihrem Esszimmer stehen hatte.

Genau wie sie vermutet hatte, waren die äußeren Gehörgänge auf beiden Seiten mit Ohrenschmalz verstopft. Das Nachlassen des Hörvermögens hatte für eine bloße Alterserscheinung zu abrupt eingesetzt. Eigentlich hätte sie Estrid Ohrentropfen verordnen müssen, die das Schmalz auflockerten, bevor sie in ein paar Tagen versuchen könnte, die Schmalzpfropfen herauszuspülen. Stattdessen nahm Ella eine Pinzette zur Hand, die sie unten im Obduktionssaal gefunden hatte, ergriff vorsichtig den Schmalzpfropfen und begann ihn herauszuziehen. Sie hatte Glück. Das Schmalz war fest und ließ sich ohne Probleme entfernen.

»Ist es jetzt besser?«, fragte Ella.

Estrids Miene hellte sich auf, während sie Ella auf die Wange klopfte.

»Und ich hatte gehofft, niemals deine beruflichen Fähigkeiten in Anspruch nehmen zu müssen«, entgegnete sie mit einem Lächeln und drehte ihr erwartungsvoll das andere Ohr hin. Ella wiederholte die Prozedur mit demselben Erfolg.

Estrid hatte Kaffee aufgesetzt und das Waffeleisen hervorgeholt. Wenn es ums Essen ging, war immer Verlass auf sie, dachte Ella. Sie betrachtete die rundliche Frau, während sie dastand und Waffeln backte. Wenn das Wort Großmutter für sie nicht so negativ besetzt gewesen wäre, hätte sie sie gerne so genannt. Sie war während Ellas Kindheit eine Art sicherer Hafen gewesen. Während der Zeit, in der Judit von neuen Männern umworben wurde, war Estrid immer für sie da gewesen. Doch obwohl Judit Angebote von vielen ansprechenden Männern erhielt, hatte sie sich auf keinen eingelassen. Sie schien sich mit ihrer Rolle als Witwe gut zu arrangieren.

Ella wollte gerade den Kühlschrank öffnen, um mehr Butter fürs Waffeleisen zu holen, als ihr Blick auf eine Todesanzeige fiel, die an der Tür befestigt war. Der obere Teil des Nachrufs war von einem Kühlschrankmagneten in Form einer Sonnenblume verdeckt. Ella schob den Magneten behutsam zur Seite, um den gesamten Namen lesen zu können. Arne Erlandsson. 1922-2009. An oberster Stelle der Trauernden stand der Name Mikael Erlandsson. Ella stand immer noch mit der Anzeige in der Hand da, als Estrid sich an ihr vorbeischob und das Butterpaket selbst aus dem Kühlschrank holte.

»Erinnerst du dich noch an Arne?«, fragte sie, während sie

so viel Butter ins Waffeleisen gab, dass Ella mindestens eine zusätzliche Stunde auf dem Laufband benötigen würde.

»Arne?«

Ella kramte in ihrer Erinnerung, konnte sich jedoch nicht erinnern, jemals einem männlichen Bekannten von Estrid außer dem Matrosen vorgestellt worden zu sein.

»Der Matrose?«, versuchte es Ella.

Estrids Miene wurde mit einem Mal ernst. Ihre krumme, vom Rheuma entstellte Hand fuhr flüchtig über eine verblasste dünne Narbe an der rechten Augenbraue. Ella war erstaunt, die Narbe nicht schon zuvor bemerkt zu haben. Normalerweise war sie geradezu eine Meisterin im Entdecken von Narben und anderen Verletzungsspuren bei den Menschen in ihrem Umfeld.

»Nein, Arne war kein Matrose.«

Estrids Augen nahmen wieder den gewohnten lächelnden Ausdruck an, während sie sich aufs Waffeleisen konzentrierte.

»Du warst wahrscheinlich noch zu jung, um dich an ihn zu erinnern«, stellte sie fest. »Er half öfter zu Hause bei deinen Eltern aus. Vor allem im Garten.«

Ella verschlug es die Sprache.

»Nach dem Brand kümmerte er sich um die anderen Immobilien der Familie. Ich glaube nicht, dass Grete ihn besonders gut leiden konnte, aber Ernst mochte ihn.«

Estrid lächelte, während ihr Blick etwas Sentimentales annahm. Ella hatte den Eindruck, dass ihr Großvater nicht der Einzige gewesen war, der ihn gemocht hatte.

»Er arbeitete als Hausmeister, bis Ernst starb. Dann hat er gekündigt. Arne konnte den Gedanken nicht ertragen, für Grete arbeiten zu müssen.«

Ella versuchte ihre Gedanken zu ordnen. Währenddessen

wurde ihr eine dampfend heiße knusprige Waffel mit Marmelade und Schlagsahne serviert. Ganz unerwartet hatte sich eine Verbindung zwischen ihrer eigenen Familie und dem Mann offenbart, der ihr die Tischuhr verkauft hatte. Bedauerlicherweise ergab sich dadurch ebenfalls die Möglichkeit einer Verbindung zwischen ihrer Familie und der Leiche mit dem zerschlagenen Schädel, die in Arnes Garten begraben worden war.

Sie aßen schweigend. Estrid schien zu spüren, dass Ella irgendetwas bedrückte, denn sie fragte:

»Worüber denkst du gerade nach, meine Liebe?«

»Was war damals eigentlich geschehen?«, fragte Ella zurück.

Mit Erstaunen blickte sie Estrid an, der plötzlich Tränen in den Augen standen. Eine derartige Reaktion hatte sie von der alten Frau nicht erwartet. Es musste bedeuten, dass sie eine Menge zu erzählen hatte. Estrid schien Ellas Blick auszuweichen, denn dieser Blick war nun nicht mehr verwundert, sondern fordernd.

»Am 20. März 1976 um kurz nach zwanzig Uhr klingelte es bei Grete und Ernst an der Tür. Ich war diejenige, die öffnete. Obwohl ich nur ein paar Stunden zuvor zum Putzen in Judits und Fredericks Haus gewesen war, erkannte ich sie kaum wieder. Die Frau, die dort vor mir stand, hatte so wenig Ähnlichkeit mit der Judit, mit der ich tagsüber gesprochen hatte. Ihr ausdrucksloses Gesicht erschreckte mich fast zu Tode.«

Ella hörte Estrid intensiv zu. Sie versuchte ihre Gedanken in Schach zu halten, um zu verhindern, dass sie mit ihr durchgingen. Sie musste klar im Kopf und möglichst objektiv bleiben.

»Vier Tage vor dem Brand«, stellte Ella nachdenklich fest. »Bist du dir mit dem Datum sicher?«

»Es war genau acht Tage nach der königlichen Verlobung. Grete redete damals von nichts anderem. Ich erinnere mich noch, als wäre es gestern gewesen.«

»Tut mir leid. Rede weiter.«

»Ich habe die nahezu apathische Judit in die Küche geführt, wo ich ihr einen Tee gekocht habe. Fast eine halbe Stunde lang saß sie dort, ohne ein Wort zu sagen. Das war die längste halbe Stunde meines Lebens. Ich dachte die ganze Zeit daran, dass dir oder Frederick etwas zugestoßen sei. Als ich ihr Schweigen schließlich nicht mehr aushielt und sie fragte, was geschehen sei, schüttelte sie lediglich den Kopf. Dann schaute sie mich mit ihren rotgeweinten Augen an und bat mich, Grete zu holen, was ich widerwillig tat.«

Ella saß unbeweglich da. Auch wenn sie keine überschwänglichen Gefühle für ihre Mutter empfand, tat es ihr in der Seele weh, was Estrid berichtete. Ellas Schweigen bewirkte schließlich, dass Estrid fortfuhr.

»Ich wurde aus der Küche geschoben, und die Tür wurde geschlossen. Ich wusste, dass es keinen Sinn hatte nachzufragen. Als Ernst nach Hause kam, begab er sich ebenfalls in die Küche. Erstaunlicherweise schien er sich über Judits Zusammenbruch keineswegs zu wundern. Nach ungefähr einer Stunde bat Grete mich, das Gästezimmer vorzubereiten. Ich sah, wie sie eine Tablettenschachtel aus dem Badezimmer holte, wo sie ihre Schlafmittel verwahrte. Dann brachte sie Judit zu Bett, und als ich später in der Nacht noch einmal nach ihr sah, schlief sie tief und fest. Grete und Ernst saßen noch immer in der Küche.«

Während Estrid redete, bediente sie mit ihren krummen Fingern erfahren das Waffeleisen, sodass sich auf der Arbeitsplatte ein Stapel frisch gebackener Waffeln bildete.

»Zu der Zeit wohnte ich noch in Gretes und Ernsts Wohnung in der Mädchenkammer, und da mein Zimmer hinter der Küche lag, konnte ich es erst am frühen Morgen betreten. Erst dann verließen Grete und Ernst die Küche. Ich tat so, als schliefe ich im Sessel, in dem ich die Nacht verbracht hatte, aber an ihren Schritten konnte ich hören, in welcher Verfassung sie waren. Ernst bewegte sich, als hätte er nach einer anstrengenden Besprechung einen Drink nötig, während Grete den Anschein erweckte, als beabsichtige sie während eines Festes gerade eine Bedienung zurechtweisen. Etwas ratlos begann ich wie immer das Frühstück vorzubereiten, obwohl ich weder wusste, was geschehen war, noch, was kommen würde. Doch zu meinem großen Erstaunen erschienen sowohl Grete als auch Ernst am Frühstückstisch. Sie lasen die Morgenzeitung und unterhielten sich. Als Judit dann auftauchte, verstummten sie für einen kurzen Augenblick, bevor sie ihre morgendlichen Gewohnheiten wieder aufnahmen. Auch Judit gab sich, als sei nichts geschehen, aber ich weiß noch, dass ihre Hände wie Espenlaub zitterten.«

»Hast du denn nichts von dem hören können, was in der Nacht geredet wurde?«, fragte Ella begierig. Estrid hob brüsk den Zeigefinger, woraufhin Ella mit einer halb gegessenen Waffel auf ihrem Teller in sich zusammensank. Estrid schloss die Augen und schien in sich zu gehen, bevor sie mit leiser Stimme fortfuhr.

»Die folgenden Tage verliefen ohne irgendwelche Abweichungen von der alltäglichen Routine. In den Nächten habe ich jedoch manchmal ihr Flüstern gehört. Ich weiß auch noch, wie ich in einer Nacht meinte, Fredericks und Hugos Stimmen zu hören. Eines Nachts hörte ich jedenfalls, wie Ernst am Telefon Deutsch sprach. Die einzige Person, mit der er jemals Deutsch gesprochen hatte, war der Vorarbeiter in einer seiner Fabriken. Ich glaube, er hieß Klaus. Ernst benutzte das Telefon in der Küche, sodass ich jedes Wort, das er sagte, hören konnte. Leider kann ich kein Deutsch, sodass ich nichts verstanden habe.«

Eine Sekunde lang schien Estrid innezuhalten, als suche sie nach einer entfernten Erinnerung, doch dann nahm sie den Faden wieder auf.

»Drei Tage lang ging diese Scharade. Ich war schließlich die einzige Zuschauerin dieses merkwürdigen Theaterspiels, und dennoch hielten sie den Schein aufrecht.«

»Wohnte Judit denn die ganze Zeit bei Grete und Ernst?«, unterbrach Ella sie fragend.

»Nein, nein. Alles war wieder so wie immer. Judit fuhr bereits am Morgen, nachdem sie gekommen war, wieder zu dir und Frederick zurück. Aber ich erinnere mich noch daran, wie zerbrechlich sie wirkte, als sie losfuhr, so, als würde eine leichte Brise ausreichen, um sie umzuwehen.«

Es war offensichtlich, dass die Zeit um den Brand tiefe Spuren in Estrids Erinnerung hinterlassen hatte. Sie berichtete von Ereignissen, die vor über dreißig Jahren stattgefunden hatten, als wären sie gestern geschehen. Ella nahm an, dass es auch das erste Mal war, dass Estrid irgendjemandem davon berichtete. Über dreißig Jahre lang hatte sie geschwiegen, als beinhaltete ihr Dienst als Haushälterin bei der Familie Liedenburg-Rossing eine priesterliche Schweigepflicht. Doch jetzt sprudelten die Worte nur so aus ihr heraus.

»Nach drei unerträglichen Tagen geschah etwas, was mir in den Jahren im Dienst dieser Familie noch nie passiert war. Ich wurde in den Urlaub geschickt. Ernst war derjenige, der spätabends vorsichtig an meine Tür klopfte. Er machte nicht viele Worte, wollte mir nur mitteilen, dass er und auch Grete meinen Arbeitseinsatz schätzten und es an der Zeit fänden, dass ich einmal Urlaub machte. Dann überreichte er mir einen Umschlag mit einem Flugticket. Es war eine Charterreise nach Kreta. Ich weiß noch, dass ich angesichts seiner großzügigen Geste so überwältigt war, dass ich an die Eigentümlichkeiten der vergangenen Tage keinen Gedanken mehr verschwendete.« Estrid verdrehte die Augen und lächelte Ella zu.

»Du musst verstehen«, begann sie erneut. »Das war noch zu einer Zeit, in der man nicht einfach übers verlängerte Wochenende mit irgendeiner zweifelhaften Fluggesellschaft für zweihundert Kronen nach Paris fliegen konnte. Charterreisen steckten damals noch in den Kinderschuhen, und es war meine erste Auslandsreise. Das Flugzeug ging am nächsten Morgen, sodass ich mich beeilte, meinen Koffer zu packen.«

Ella hörte an Estrids Stimme, wie aufgeregt sie hinsichtlich der Reise gewesen sein musste. Für sie war es sicher die längste Unterbrechung ihres Arbeitslebens gewesen, die sie je gehabt hatte, und eine der wenigen Gelegenheiten, sich einmal Zeit für sich selbst zu nehmen.

Als Estrid weitersprach, hatte sich ihr Ton völlig verändert. Ihre Stimme klang gedämpft, und sie schien sich beinahe zu schämen.

»In meinem Eifer habe ich das Bild der zerbrechlichen Judit völlig verdrängt.«

Estrids Augen füllten sich mit Tränen.

»Ich hätte bleiben sollen. Ich hätte ahnen müssen, dass etwas Schreckliches geschehen würde.«

Ella ergriff mit Bestimmtheit Estrids zitternde Hände. Sie sagte nichts, sondern ließ Estrid weinen. Eine Träne nach der anderen rollte über ihre runzeligen Wangen. Langsam schüttelte Estrid den Kopf. Ella begriff, dass ihr schlechtes Gewissen vermutlich darauf beruhte, dass sie das Leben auf der frühlingshaften Insel Kreta genossen hatte, während Judits und Fredericks Haus lichterloh gebrannt hatte. Und während sie ausschlafen konnte, beweinte Judit ihren verstorbenen Ehemann.

Ella beugte sich zu Estrid vor und senkte die Stimme. Sie wusste, dass ihre Worte angesichts des entfernten Ohrenschmalzes zu ihr vordringen würden.

»Ich denke, dass man dich aus einem bestimmten Grund weggeschickt hat.«

Estrid riss die Augen auf, sodass sich ihre bereits runzelige Stirn in tiefe Falten legte.

»Ich glaube, man hat dich weggeschickt, weil du irgendetwas nicht mitbekommen solltest. Etwas, das Grete und Ernst in den drei Tagen geplant haben, von denen du gerade berichtet hast.«

Ellas Stimme glich nahezu einem Flüstern, doch sie sah an Estrids immer blasser werdendem Gesicht, dass sie jedes Wort mitbekommen hatte.

Sie stand auf und begann das Geschirr zu spülen, während die alte Dame sitzen blieb und darüber nachzudenken schien, was sie gerade gehört hatte. Ella warf hin und wieder einen Blick über die Schulter und beobachtete sie. Sie saß stumm da und formte mit den Lippen lautlose Worte. Ella fragte sich, was wohl in ihrem Kopf vor sich ging. Als sie fertig gespült hatte, drehte sie sich um und legte Estrid eine Hand auf die Schulter. Sie zuckte zusammen und begegnete Ellas Blick. Anfänglich konnte Ella die Veränderungen in ihrer Miene nicht deuten. Sie erkannte die Frau, die seit ihrer Geburt an ihrer Seite gestanden hatte, kaum wieder. Die lächelnden Augen waren wie ausgewechselt und durch einen intensiven brennenden Blick ersetzt. Hass. Ihr Blick strahlte puren Hass aus. Sie hielten beide inne und starrten einander an.

»Sie müssen ihn dazu getrieben haben«, sagte Estrid schließlich.

Ella runzelte die Stirn. Estrid nahm offenbar an, dass Frederick Selbstmord begangen hatte.

»Aber es lag überhaupt nicht in seiner Natur aufzugeben. Der Frederick, den ich kannte, war um einiges mutiger«, fügte Estrid hinzu.

Estrids Stimme zitterte so sehr, dass Ella sich anstrengen musste, um zu verstehen, was sie sagte. Ella beugte sich hinunter, umarmte sie und ließ sie nicht los, bevor sich Estrids Atmung wieder beruhigt hatte.

Als Ella in die Kälte hinauskam, spürte sie, wie das Adrenalin durch ihre Adern rauschte. Sie hatte neue Informationen erhalten, sie aber noch nicht verarbeiten können. Sie setzte sich ins Auto und schaltete die Sitzheizung ein. Nachdem sie fünf Minuten mit laufendem Motor im Wagen gesessen hatte, merkte sie, dass sie nicht einmal annähernd in der Lage war, Klarheit in die Gedanken zu bringen, die ihr durch den Kopf schossen. Sie fuhr auf direktem Weg ins Fitnessstudio und stellte ihren Wagen in ein nahegelegenes Parkhaus. Draußen war es bereits dunkel, und sie lief mit schnellen Schritten auf die grellbunten Werbeschilder des Studios zu. Als sie das Gebäude betrat, verflüchtigten sich die Gedanken an das Gespräch mit Estrid.

In Estrids gepflegter kleiner Wohnung herrschte scheinbar vollkommene Stille. Die alte Dame saß in der Küche, in der es noch immer nach Waffeln roch. Ella hatte in ihrem Gefühlsleben einen Sturm entfacht. Nicht nur die Ereignisse um den Brand hatten alte Erinnerungen geweckt. Estrid strich sich wieder mit der Hand über die Narbe an der Augenbraue. Es war lange her, seit sie zuletzt an damals gedacht hatte. An

Alfred. Der Mann, der sie bereits bei ihrer ersten Begegnung mit seinem Charme für sich eingenommen hatte. Alfred, der Matrose. Das Ganze erschien ihr wie ein schlechter Scherz, und er hatte an dem Tag, als sie ihm vor der Markthalle begegnet war, tatsächlich Scherze über seinen Namen gemacht. Estrid war unterwegs, um Krabben für Grete zu kaufen, und er hatte ihr seine Hilfe angeboten, um die besten auszusuchen. Er war zwar etwas angeheitert, aber der hübscheste Mann, dem Estrid je begegnet war. Noch dazu hatte er ausgerechnet auf sie ein Auge geworfen. Dass er mindestens zehn Jahre jünger war als sie, kümmerte sie nicht im Geringsten.

Sie hatten eine Liebesbeziehung miteinander angefangen und trafen sich von nun an jedes Mal, wenn Alfreds Schiff im Hafen lag. Er war oft mehrere Wochen hintereinander auf See, um danach braungebrannt und mit Geschenken aus fernen Ländern zu ihr zurückzukehren. Sie verabredeten sich oft in dem kleinen Zimmer, das er in der Nähe des Hafens im Mietshaus einer älteren Dame bewohnte. Sie hätte es nie gewagt, ihn nach Hause zu Grete und Ernst mitzunehmen, aber es kam vor, dass Estrid Ella mitnahm, wenn sie Besorgungen für Grete erledigte, und bei einer solchen Gelegenheit hatten sie Alfred zufällig getroffen. Estrid erinnerte sich noch daran, wie er sie und Ella zum Eis eingeladen hatte. Sie hatte allerdings angenommen, dass Ellas Erinnerung an Alfred schneller verblassen würde als ihre eigene. Aber so war es offenbar nicht. Estrid seufzte. Die Wunden, für deren Heilung sie dreißig Jahre benötigt hatte, waren innerhalb von Sekunden wieder aufgerissen.

Ellas Stimme hallte in ihrem Kopf wider: »Ich glaube, man hat dich weggeschickt, weil du irgendetwas nicht mitbekommen solltest.«

Estrid wusste nicht so recht, was sie glauben sollte. Ella

hatte ihre ehemaligen Arbeitgeber mehr oder weniger beschuldigt, an einer Verschwörung um den Tod des eigenen Schwiegersohns beteiligt gewesen zu sein. Wer Ernst und Grete nur oberflächlich kannte, mochte den Eindruck gewonnen haben, dass sie zu allem fähig gewesen wären, um ihre Ziele zu erreichen. Ihre Beharrlichkeit und ihr Streben nach Perfektion waren nicht zu leugnen. Aber Estrid war alles andere als eine oberflächliche Betrachterin. Sie wusste es besser. Als Ella sie gefragt hatte, was eigentlich geschehen war, begriff Estrid sofort, worauf sie anspielte. Sie hatte immer gewusst, dass irgendwann der Tag kommen würde, an dem Ella fragen würde. Sie hatte mehr als dreißig Jahre Zeit gehabt, um sich darauf vorzubereiten, wie sie auf ihre Fragen reagieren würde, und dennoch hatte sie sich von den Gefühlen überrumpeln lassen, die auf sie einstürmten. Ihre Augen hatten sich mit Tränen gefüllt.

Der Brand hatte Estrid nicht nur eines Mannes beraubt, den sie seit sechs Jahren gekannt hatte und außerordentlich gut hatte leiden können. Die Flammen schluckten ebenfalls die Freude und das Lachen, die einmal das Haus erfüllt hatten. Bei Judit und Frederick hatte sie damals die Veränderung spüren können, die die Familie ihrer Auffassung nach so dringend benötigte. Die sie selbst ebenfalls benötigt hätte. Doch in der schwelenden Asche blieben nur Bruchstücke jener Hoffnung zurück, die Estrid für die junge Familie gehegt hatte. Judit hatte sich rasch zu einer strengen und scheinbar gefühlskalten Frau entwickelt, die ihrer Mutter Grete immer ähnlicher wurde. Woraufhin Estrid all ihre Hoffnung in die sechsjährige Eleonor gesetzt hatte.

Es war früh zu erkennen, dass Ella ein besonderes Mädchen war. Sie hatte zwar gerne mit den anderen Kindern in der Schule gespielt, während des Unterrichts in der Grundschule jedoch abwesend gewirkt. Erst als einer ihrer Lehrer bemerkte, dass Ella sich die Lehrbücher älterer Schüler auslieh und den Unterricht dazu nutzte, Aufgaben zu lösen, die eigentlich für ältere Schüler bestimmt waren, hatte man begriffen, dass sie unterfordert war. Sie durfte zwei Klassen überspringen und hatte sofort mehr Interesse am Unterricht gezeigt. Gretes Einstellung zu Ellas Versetzung war natürlich negativ gewesen. Sie hatte größte Bedenken angesichts der Auswirkungen auf die soziale Entwicklung des Mädchens geäußert. Doch zu Estrids großer Freude hatte Ernst eingegriffen, bevor Grete ihren Einfluss geltend machen konnte und Ella zu ihren gleichaltrigen Klassenkameraden zurückgeschickt wurde. Ella hatte auch im weiteren Verlauf keinerlei Probleme zu lernen und bestand ihr Abitur in fast allen Fächern mit der besten Note – lediglich mit ihrem Religionslehrer kam sie offenbar nie zurecht.

Estrid hatte jeden Schritt von Ellas Kindheit mit Stolz begleitet. Zeitweise hatte ihr Ellas intellektuelle Schärfe jedoch Angst eingeflößt. Das kleine Mädchen hatte seine eigenen Schlüsse gezogen und Fragen zu Sachverhalten gestellt, von denen viele meinten, dass sie es nichts angingen, lange bevor sie deren Bedeutung begriff. Estrid hatte befürchtet, dass Ella eines Tages fragen würde, warum über bestimmte Themen nie gesprochen wurde, doch das war nie geschehen. Das Mädchen schien in den Jahren nach Fredericks Tod den Brand genau wie die restliche Familie völlig verdrängt zu haben. Gleichwohl hatte Estrid tief in ihrem Inneren gewusst, dass der Tag kommen würde, an dem das Mädchen Fragen stellen würde. Und das war heute.

Das Merkwürdige in diesem Zusammenhang war, dass nicht einmal Estrid wusste, warum die Ereignisse um den Brand immer ein Tabuthema gewesen waren, wenngleich sie ihr höchst sonderbar vorkamen.

Nachdem Ella eine halbe Stunde lang ihre Muskeln aufgewärmt hatte, widmete sie sich einem intensiven Krafttraining. Estrids Waffeln waren nicht gerade das, was man unter gesunder Ernährung verstand, und erforderten ihre Zeit auf dem Laufband. Als sie später in der Sauna saß und schwitzte, verspürte sie eine Befriedigung, die nur schwer zu übertreffen war. Sie war stolz darauf, ihr Leben in die Hand genommen zu haben. Sie hatte sich immerhin aus einer Lage befreit, in der sie durchaus noch länger hätte verharren können. Aus Tagen waren Monate und schließlich Jahre geworden. Vielleicht hätten Markus und sie geheiratet und Kinder bekommen, vielleicht auch nicht. Sie wusste nicht einmal, ob sie Kinder bekommen konnte. Das Einzige, was sie sicher wusste, war, dass sie einander nicht hatten glücklich machen können. Auch wenn die körperliche Anziehungskraft zwischen ihr und Markus neu aufgeflammt war, wusste sie, dass dies nichts verändern würde. Sie hatte es in der letzten Zeit an sich selbst und auch an ihm gespürt. Ein Fünkchen Zukunftshoffnung. Ein Gefühl, dass bessere Zeiten kommen würden. Doch erst jetzt in der Sauna wurde ihr klar, dass dieses Gefühl erst eingetreten war, nachdem sie sich beide darauf geeinigt hatten, dass ihre Beziehung beendet war. Erst da hatten sie mit einer gewissen Erwartung und Neugier auf das Leben nach vorn zu schauen begonnen.

Die Trainingseinheit und der wohlverdiente Saunabesuch zeigten die gewünschte Wirkung. Bereits auf dem Nachhauseweg im Wagen gelang es ihr, nüchtern alle neuen Informationen zu sortieren. Während sie das Auto parkte, fasste sie die Situation zusammen und begann im Stillen, erste Schlüsse zu ziehen.

Vier Tage vor dem Brand, murmelte sie hinter den zunehmend beschlagenen Scheiben vor sich hin, geschah etwas, das

Judit beinahe einen Nervenzusammenbruch erleiden ließ. Danach fanden drei Nächte lang merkwürdige Aktivitäten zu Hause bei Grete und Ernst statt, woraufhin Estrid für eine Woche in den Urlaub geschickt wurde. Sie selbst und Judit waren ebenfalls weggeschickt worden, allerdings zu Verwandten aufs Land. Im selben Augenblick, als sie die Worte laut aussprach, fiel ihr auf, dass ihre Überlegungen möglicherweise gar nicht stimmten. Sie musste an das Inserat des Maklers in der Zeitung und die Fotos von der Wohnung neben Gretes denken.

Ella startete den Wagen erneut und stellte die Lüftung auf die höchste Stufe, um wieder freie Sicht zu bekommen. Zehn Minuten später parkte sie vor einer der pompösesten Fassaden der Stadt. Mit einem gewissen Unmut stand sie wieder vor Gretes Haustür. Sie tippte den Türcode ein und schob die schwere Tür auf, doch anstatt in den engen Fahrstuhl zu steigen, ging sie weiter durch eine Hintertür in den Hof hinaus. Sie stellte sich mitten in den verlassenen Innenhof und schaute an der Fassade des Hauses hinauf. Doch das, was sie eigentlich gehofft hatte, sehen zu können, lag zu weit oben. Sie ging weiter bis zum Ende des Hofs und stellte sich auf die Zehenspitzen. Zwar konnte sie so die oberste Wohnung immer noch nicht einsehen, doch in einer der hintersten Ecken standen mehrere große grüne Mülltonnen. Sie zögerte nicht eine Sekunde und kletterte auf eine der Tonnen. Mit zitternden Knien richtete sie sich auf und versuchte das Gleichgewicht zu halten. Ganz hinten an der Fassade der Dachgeschosswohnung erblickte sie schließlich, wonach sie gesucht hatte. Ein warmes Licht strömte aus dem Fenster, auf das sie ihren Blick heftete. Es war rund, und das Licht in der Wohnung verfärbte sich durch das kirchenfensterartige Glas. Vor über dreißig Jahren hatte sie durch dieses Fenster geschaut, ein Fenster, das damals zu einem Teil von Ernsts und Gretes Wohnung gehörte. Sie war also nicht auf dem Lande gewesen, sondern gemeinsam mit Judit zu Hause bei Grete und Ernst, während ihr Elternhaus in zwei Kilometern Entfernung in Flammen aufging.

Ella hatte in dieser Nacht Schwierigkeiten einzuschlafen, war sich jedoch nicht sicher, was sie am meisten beschäftigte. Markus, der tief schlafend an ihrer Seite lag und dessen Gegenwart in ihrem ganzen Körper brannte, oder die Gedanken an den Brand, die ihr durch den Kopf wirbelten und keine Ruhe ließen.

Als ihr Wecker klingelte, war der Platz neben ihr im Bett leer. Sie wusste nicht genau, wann sie eingeschlafen war, aber ihren roten Augen nach zu urteilen, hatte sie nicht viele Stunden geschlafen. Sie erschrak, als sie sich im Spiegel erblickte. Sie erwog ernsthaft, sich ein paar Nasentropfen in die Augen zu träufeln, ließ es dann aber doch bleiben. Rein theoretisch müsste es funktionieren, die kleinen Blutgefäße würden sich zusammenziehen, aber es würde ziemlich brennen. Stattdessen fuhr sie nach einer schnellen Dusche zur Arbeit und hoffte, etwas früher Schluss machen zu können.

Auch ohne Markus' Anwesenheit fiel es ihr schwer, sich zu konzentrieren. Deshalb war sie dankbar, als David ihre Überlegungen unterbrach, als er mit bekümmerter Miene an ihrer Tür klopfte.

»Hast du einen Augenblick Zeit?«

Ella lächelte und winkte ihn herein.

»Für Fragen habe ich immer Zeit«, antwortete sie und zog einen zusätzlichen Stuhl heran.

Er hatte den Auftrag erhalten, ein Rechtsgutachten auf der Basis einer Patientenakte und diverser Fotos zu verfassen, die das Krankenhauspersonal gemacht hatte. Die Anfrage kam direkt von einem Staatsanwalt, was ungewöhnlich war. Der polizeilichen Anzeige zufolge war die betreffende Frau so schwer von ihrem Ehemann misshandelt worden, dass sie ein Krankenhaus aufsuchen musste. Der Arzt in der Notaufnahme hatte offenbar versucht, die misshandelte Frau zu überreden, ihren Ehemann anzuzeigen, jedoch kein Gehör gefunden. Dennoch hatte der engagierte Arzt gegen die Schweigepflicht verstoßen und selbst Anzeige erstattet. Aus irgendeinem Grund hatte der Staatsanwalt daraufhin entschieden, den Fall zu untersuchen, obwohl die Frau nicht willens war, bei den Ermittlungen zu helfen. Die Staatsanwaltschaft war hierzu befugt, und die Entscheidung des Arztes, gegen die Schweigepflicht zu verstoßen, war ebenfalls juristisch korrekt, allerdings wurden erfahrungsgemäß nicht gerade viele derartige Fälle erfolgreich abgeschlossen. Im vorliegenden Fall forderte der Staatsanwalt, dass ein Rechtsmediziner die Verletzungen beurteilte, die die Frau im Krankenhaus aufgewiesen hatte und die durch Fotos dokumentiert wurden. Da die Frau bei den Ermittlungen nicht mitwirken wollte, existierte keine Aussage ihrerseits, auf die man sich berufen konnte. Die einzige Hintergrundinformation, die für eine Misshandlung sprach, bestand darin, dass die Frau im Krankenhaus zuerst angegeben hatte, ihr Mann hätte sie geschlagen. Jetzt war es Sache des Rechtsmediziners, die Verletzungen zu deuten und ihr Zustandekommen zu erklären.

Gemeinsam betrachteten Ella und David die ausgedruckten Farbfotografien. Sie waren keinesfalls von optimaler Qualität, doch die blauen Flecken waren deutlich zu erkennen. Sie hatten zum größten Teil eine rundliche Form und waren übers Gesicht verteilt, auf einer Wange war ein länglich geformter, anderthalb Zentimeter langer und wenige Millimeter breiter blauer Fleck zu erkennen. Ella legte den Kopf schief und betrachtete das Foto näher. Sie hatte solche blauen Flecken schon gesehen und wusste ziemlich genau, wodurch sie verursacht wurden. Doch sie behielt ihren Verdacht für sich. Der Sinn des Coaching bestand schließlich darin, dass der junge Kollege selbstständig wurde und eigene Schlüsse ziehen konnte, und nicht darin, dass Ella ihm eine fertige Deutung vorlegte. Eine solche war ohnehin nicht möglich. In den meisten Fällen kam der Rechtsmediziner zu dem Schluss, dass sich weder das Opfer noch der verdächtigte Täter während der polizeilichen Vernehmung an die Wahrheit gehalten hatten.

David war der Auffassung, dass die Art der Verletzungen für ein Fremdverschulden sprach. Wie gewöhnlich nahm Ella die Rolle des Advocatus Diaboli ein und agierte, als wäre sie die Strafverteidigerin vor Gericht.

»Was genau spricht an diesem blauen Fleck auf der Stirn dafür, dass sie geschlagen wurde? Kann er nicht ebenso entstanden sein, als sie gestolpert und auf dem Boden aufgeschlagen ist?«

David sank in seinem Stuhl etwas zusammen.

»Nein, ich meinte nicht unbedingt genau diese Verletzung«, versuchte er es.

»Der blaue Fleck am Kinn vielleicht?« Ellas Stimme wurde etwas härter. »Könnte er nicht ebenfalls durch einen Sturz verursacht worden sein?«

»Nein, ich meinte nicht explizit diese beiden, aber wenn man …«

»Du hast gerade gesagt, dass die Verletzungen dafür sprechen, dass sie von einer anderen Person verursacht wurden«, unterbrach Ella ihn.

»Okay, der Gesamteindruck der Verletzungen. Das Gesamtbild spricht dafür, dass die Verletzungen ausschließlich oder zum überwiegenden Teil durch eine andere Person verursacht wurden«, sagte David mit Nachdruck.

Sie lächelte ihn an.

»Gut. Lass dich niemals in eine Ecke drängen. Lass es nicht zu, dass der Strafverteidiger die Verletzungen gesondert betrachtet und eine nach der anderen einzeln abhandelt.«

Ella stand auf und wies auf die Fotos.

»Ich bin ganz deiner Meinung. Wenn man die Verteilung der blauen Flecken in ihrem Gesicht in Kombination mit dem Fehlen von Schürfwunden betrachtet, sind sie eher untypisch für Verletzungen nach einem Sturz. Ich glaube auch, dass sie misshandelt worden ist.«

David nickte zufrieden. Ella nahm die Unterlagen zur Hand, die vor ihm lagen.

»Gut, du hast dem Staatsanwalt gerade stichhaltige Argumente geliefert, auf die er seine Ermittlungen stützen kann.«

Sie warf einen Blick auf die Anfrage, die der Staatsanwalt geschickt hatte. Als Klägerin wurde dort eine Josephine Simic genannt. Ella verstummte und begegnete Davids Blick. Er sah sie an wie ein Fragezeichen.

»Du weißt nicht, wer sie ist, oder?«

Er schüttelte den Kopf.

Ella blätterte weiter bis zur Anklageschrift, die sich ebenfalls in den Unterlagen des Staatsanwalts befand. Der verdächtigte Täter war genau die Person, auf die sie getippt hatte.

»Josephine Simic ist verheiratet mit Bojan Simic.«

David blickte sie immer noch fragend an.

»Erinnerst du dich noch an den Mord im Hafen vergangenes Jahr?«

Er nickte und kniff ein wenig die Augen zusammen.

»Bojan Simic war der Hauptverdächtige, aber man konnte ihm nicht nachweisen, am Tatort gewesen zu sein. Zumindest reichte die Beweislage nicht für eine Anklage des Staatsanwalts.«

Ella hatte längst aufgehört, Sachverhalte wie diese als Problem zu betrachten. Sie führte ihre Untersuchungen völlig unabhängig davon durch, wer des Verbrechens verdächtigt wurde.

»War er etwa der, der seinem Opfer beinahe den Kopf abgetrennt hätte?« Davids Augen waren jetzt weit aufgerissen.

Ella lächelte. Ihr junger Kollege hatte noch einiges über die Abläufe innerhalb des Rechtssystems zu lernen.

»Bojan Simic war in diesem Mordfall zwar der Hauptverdächtige, aber wer nun tatsächlich das Messer in der Hand hatte, wissen wir nicht.« Sie machte eine kurze Pause und erinnerte sich plötzlich daran, dass Bojan einen Bruder hatte, der mindestens genauso gewalttätig war wie er selbst.

»Der Versuch, seinem Opfer den Kopf abzutrennen, wurde übrigens erst unternommen, nachdem man ihm in die Brust geschossen hatte«, fügte sie hinzu. »Die Schussverletzungen an den Brustorganen waren umfassend, und das eine Lungenfell war mit Blut gefüllt, was nicht der Fall hätte sein dürfen, wenn man ihm zuerst die Halsschlagader durchtrennt hätte.«

Ella hatte die Obduktion gemeinsam mit Simon Anfang des vergangenen Jahres durchgeführt. Das Opfer hatte für die Brüder Simic gearbeitet, doch nach Aussage der polizeilichen Ermittler war der Mann in Ungnade gefallen. Er wurde in einer verlassenen Lagerhalle am Hafen gefunden. Mit drei Schüssen in der Brust und umfangreichen Verletzungen am Hals. Nach Ellas Beurteilung hatte der Täter beabsichtigt, sein Opfer zu enthaupten, was ihm jedoch nicht gelungen war. Sie hatte unzählige Schnittverletzungen an der Wirbelsäule gefunden. Die Person, die das Messer benutzte, hatte die Halswirbel wahrscheinlich nicht miteinkalkuliert.

»Du hast gerade ein Rechtsgutachten verfasst, das durchaus ausreichen könnte, um Bojan Simic zu verurteilen«, fasste Ella nüchtern zusammen.

Ihre Munterkeit färbte allerdings offenbar nicht auf ihren jüngeren Kollegen ab. David saß zusammengesunken auf seinem Stuhl und starrte auf die Fotos vor sich. Ella beugte sich über ihn.

»Darin liegt die Ironie unserer Arbeit«, sagte sie leise. »Man weiß nie, welcher Fall möglicherweise absolut entscheidend für das Leben eines anderen sein kann. Man verwendet oft mehrere Wochen Arbeit auf einen viel beachteten Mordfall, aber am Ende wiegt die Misshandlung einer Ehefrau schwerer. Uns bleibt nichts anderes, als die Fragen, die uns die Polizei und die Staatsanwaltschaft stellen, nach bestem Wissen zu beantworten«, fuhr sie fort. »Was mit unseren Gutachten geschieht, nachdem sie unser Gebäude verlassen, unterliegt nicht mehr unserem Einfluss.«

David trottete zurück zu seinem Zimmer. Ella wusste, dass sie vermutlich die Spezialistin war, die das Rechtsgutachten gemeinsam mit ihm unterzeichnen würde. Die Rechtsgutachten der weniger erfahrenen Assistenzärzte wurden immer auch von einem Spezialisten unterzeichnet. Im Hinblick auf das Gutachten, das sie gerade besprochen hatten, hegte sie keinerlei Bedenken. Die Verletzungen der Frau waren typisch für eine Misshandlung, und der längliche blaue Fleck auf ihrer Wange war die Folge einer Ohrfeige – ausgeführt mit einer Hand, die einen Ring trug. Wenn David beim Erstellen des Gutachtens nicht denselben Schluss ziehen würde, würde sie ihm etwas auf die Sprünge helfen müssen.

Ella unternahm einen neuen Versuch, sich auf ihre Arbeit zu konzentrieren. Nach dem Mittagessen gab sie schließlich auf und verließ das Büro. Auf dem Nachhauseweg nahm sie einen Umweg, um zu den Fenstern hinaufschauen zu können, durch die sie bald selbst hinausschauen würde. Auf den Straßen herrschte kaum Verkehr, und sobald sie an ihre neue Wohnung dachte, war ihre Müdigkeit wie weggeblasen. Vor dem Haus stand ein Wagen, der Ella nur allzu bekannt war. Die Transporteure oder sogenannten Bestatter bezeichneten ihr Fahrzeug als einen Polizeiwagen, doch für die Allgemeinheit würde es vermutlich immer ein Leichenwagen bleiben. Der große graue Volvo hatte direkt vor dem Eingang geparkt. Die hinteren Seitenscheiben waren mit den typischen fächerförmigen Jalousien versehen, und Ella parkte auf der Straße direkt hinter ihm. Als die dunkel gekleideten Herren mit der abgedeckten Bahre aus der Haustür traten, sank ihr das Herz in die Hose. Die Leiche unter der gelben Decke war so zierlich, dass kein Zweifel an ihrer Identität bestand.

Ella wartete geduldig neben dem Wagen, während sie die Bahre in den Wagen schoben. Dann wandte sie sich an den älteren der beiden Männer.

»Hoffentlich nichts für mich, oder?«, fragte sie mit einem für den Augenblick unangemessenen Lächeln.

Er erkannte sie unmittelbar wieder, und sein Gesicht hellte sich auf.

»Oh nein, das ist ein Fall für uns, ganz ohne Messer«, antwortete er mit einem breiten Lächeln. »Eine alte Dame, die sanft entschlafen ist.«

Ella nickte und schluckte schwer.

»Befindet sich noch jemand in der Wohnung?«

Auf der Stirn des Mannes bildete sich eine Sorgenfalte. »Kannten Sie die Dame?«, fragte er überrascht.

»Ich weiß, wer sie war«, antwortete Ella kurz.

»Der Arzt, der den Tod festgestellt hat, war gerade dabei, seine Sachen zusammenzupacken, als wir die Treppen hinuntergingen.«

Ella nickte, drehte sich um und betrat das Haus. Als sie das oberste Stockwerk erreicht hatte und die kleine Wohnungstür vor sich sah, verspürte sie trotz der Umstände eine innere Ruhe. Hier würde sie sich bestimmt wohlfühlen. Sie klopfte an die Tür, woraufhin ihr ein groß gewachsener Mann um die fünfundzwanzig mit erstauntem Gesichtsausdruck öffnete. Er war akkurat mit Oberhemd und Krawatte gekleidet. Sein rotes Haar war mit Gel nach hinten gekämmt, und sein rundes Gesicht verlieh ihm Züge eines erwachsenen Babys.

Ella erklärte, dass sie eine Bekannte der älteren Dame sei und den Leichenwagen unten auf der Straße gesehen habe. Er stellte sich als Doktor Lindmark vor und bekundete ihr sein Beileid. Ella musste innerlich lächeln. Normalerweise wäre sie nie auf die Idee gekommen, dass er der Arzt war. Er erklärte ihr sachlich, dass er von einem seiner älteren Kollegen im ambulanten Behandlungszentrum den Auftrag erhalten habe, sich auf den Weg zu machen, um einen Todesfall festzustellen. Er hatte die umfangreiche Krankenakte der Frau durchgesehen und war zu dem Schluss gekommen, dass keine weiteren Überlegungen notwendig sein würden, um auch die Todesursache zu bescheinigen. Er konnte also sowohl den Tod bestätigen als auch die Todesursache bestimmen. Als er eintraf, hatte der Leichenwagen bereits auf der Straße gestanden. Die Tür war unverschlossen, und er hatte die alte Dame tot in ihrem Bett vorgefunden. Nach der routinemäßigen Untersuchung der Leiche hatte er den Totenschein ausgestellt und verfasste gerade die Bescheinigung der Todesursache, als Ella an die Tür klopfte.

Während er Ella selbstsicher die Situation erklärte, schien

er völlig ohne Scheu jeden Zentimeter ihres Körpers in Augenschein zu nehmen. Plötzlich bildete sich ein hintergründiges Lächeln auf seinen Lippen.

»Und wer hat den Todesfall gemeldet?«, fragte Ella, während sie in Richtung Schlafzimmer ging. Sein Blick war ihr unangenehm. Sie erhielt keine Antwort. Also betrat sie das Schlafzimmer und schaute nach, ob sich seit ihrem letzten Besuch irgendetwas verändert hatte. Vom Kopfende des Bettes hörte sie ein leises, zischendes Geräusch. Neben dem Bett stand der Konzentrator der alten Dame, der den Sauerstoff produzierte, den sie so dringend benötigt hatte. Vom Apparat führte ein Plastikschlauch zu einer durchsichtigen Maske. Sie erinnerte sich daran, dass Lovisa beim letzten Mal lediglich eine Vorrichtung benutzt hatte, die für einen konstanten Sauerstoffzufluss durch die Nase sorgte. Doch diese Vorrichtung konnte nur bei geringem Sauerstoffbedarf angewendet werden, und sobald man eine höhere Dosis benötigte, war man gezwungen, durch eine Maske zu atmen, die nun an den Apparat angeschlossen war. Ella prüfte den Regler des Apparats und stellte ihn dann ab, woraufhin das zischende Geräusch verstummte. Sie hatte gerade die Antwort darauf erhalten, wer letztlich das Behandlungszentrum benachrichtigt hatte. Vermutlich dieselbe Person, die das Beerdigungsinstitut kontaktiert hatte.

Ella seufzte. Sie hatte plötzlich den Verdacht, dass die kränkliche Dame niemals einen Platz in einem Pflegeheim hatte reservieren lassen. Denn sie hatte wohl nie die Absicht besessen, ihre Wohnung lebend zu verlassen.

»Ich habe an der Leiche keinerlei Anzeichen für einen unnatürlichen Tod gefunden«, sagte der junge Arzt plötzlich, während er unvermittelt in der Türöffnung auftauchte.

Ella schaute ihn verständnislos an.

»Ich kenne Sie vom Kurs in der Rechtsmedizin«, sagte er mit selbstzufriedener Miene.

»Ja, das stimmt«, bestätigte sie sachlich.

Er trat in einer Art und Weise auf, die den Eindruck von Selbstgefälligkeit erweckte. Sie erwog kurz, ihm zu erklären, wie man diesen Todesfall korrekterweise hätte behandeln müssen, hielt sich jedoch zurück. Auch wenn sie es genossen hätte, ihn zurechtzuweisen, ließ sie die Gelegenheit verstreichen. Denn sonst hätte der Todesfall polizeilich gemeldet werden müssen, und Lovisa würde auf ihrem Obduktionstisch landen.

»Ich bin überzeugt davon, dass Sie es genauso gemacht haben, wie Sie es im Kurs gelernt haben«, sagte sie stattdessen und lächelte.

»Es kann schon sein, dass ich während des Kurses hin und wieder etwas abgelenkt war, aber an das Ausstellen des Totenscheins erinnere ich mich noch gut.«

Ella betrachtete den jungen Arzt mit zunehmender Irritation. Er gehörte bestimmt zu denen, die bereits während des Studiums Hemd und Krawatte trugen. Trotz seines jungen Alters hatte er außerdem schon einen ordentlichen Bierbauch. Er erinnerte sie an solche Studenten, die bereits früh von ihrer eigenen Größe überzeugt waren und sich benahmen, als wären sie längst Oberärzte.

»Wissen Sie, ob ihre Angehörigen schon informiert wurden?«, fragte Ella beherrscht.

Er stand immer noch in der Türöffnung und lächelte sie ruhig an. Er wirkte ziemlich selbstsicher, wie er dort stand und ihren einzigen Fluchtweg aus dem Zimmer blockierte.

»Den Vermerken in ihrer Akte zufolge, die uns im Behandlungszentrum vorliegt, starb ihr Mann bereits vor vielen Jahren, und sie hatten keine Kinder. Offenbar hatte sie eine

Schwester, aber in den Akten stand nicht, ob sie noch lebt. Der Arzt, der sie während der vergangenen Jahrzehnte betreut hat, hat mir versichert, der Sache nachzugehen.«

Immerhin hatte er sich informiert. Das musste Ella zugeben. Denn es kam nur allzu oft vor, dass der diensthabende Arzt die Akte überhaupt nicht gelesen hatte. »Bei diesem prunkvollen Gebäude hätte ich mir von der Wohnung aber etwas mehr versprochen«, merkte er an und sah sich um.

Erst jetzt sah Ella, dass der Vorhang vor der Tür zum großen Saal zugezogen war und die Besucher ihn gar nicht bemerkt hatten. Sie beschlich das unangenehme Gefühl, dass sowohl das Ausräumen der Wohnung als auch das Putzen vor ihrem Einzug am Wochenende bereits organisiert waren, und war sich ziemlich sicher, wer dies organisiert hatte.

»Es ist nicht alles so, wie es aussieht«, sagte sie verhalten.

Doktor Lindmark legte den Kopf schief und betrachtete sie. Die Situation war für sie ungewohnt, und sie kam sich irgendwie lächerlich vor. Sie bekam Zweifel wegen ihres Make-ups und bereute bitter, dass sie die tief ausgeschnittene Strickjacke angezogen hatte. Schließlich schob sie sich an ihm vorbei, während er keinerlei Ansätze machte, zur Seite zu treten, und um nicht seine Brust mit dem Gesicht zu streifen, drehte sie ihm den Rücken zu, als sie an ihm vorbeiging, was nicht gerade weniger unangenehm war. Ihr Puls raste, als sie sich rasch entschuldigte und die Wohnung verließ. Draußen im Treppenhaus drückte sie ungeduldig auf den Fahrstuhlknopf und betete, dass der junge Arzt sie nicht einholen würde. Doch als sie gerade das Licht des Fahrstuhls erkennen konnte, kam er ebenfalls aus der Wohnung. Er lächelte selbstzufrieden und fuhr sich mit der Hand durch das zurückgekämmte Haar.

Ella stieg in den Fahrstuhl und sah sich verzweifelt um. Ihr Blick blieb an einem kleinen Schild ganz oben in dem alten Fahrkorb hängen, woraufhin ihr ein kindischer, aber durchaus nützlicher Gedanke kam.

Mit einer bedauernden Miene sah sie zu dem Schild hoch und tat so, als verinnerliche sie dessen Bedeutung: »Maximallast 225 kg«. Und bevor der Kollege sich in den Fahrstuhl schieben konnte, schob Ella die Gittertür vor seinen Augen zu.

»Ich denke, wir sollten die Stabilität dieses alten Aufzugs lieber nicht auf die Probe stellen«, erklärte Ella besonnen und drückte auf den Knopf fürs Erdgeschoss. Mit einem Ruck setzte sich der Fahrkorb in Bewegung und begann langsam durch den engen Fahrstuhlschacht hinunterzusinken, während der verblüffte junge Mann befremdet oben stehen blieb. Als sie ausstieg, konnte sie es sich nicht verkneifen, die Gittertür ein wenig offen zu lassen, sodass der Fahrstuhl im Erdgeschoss stehen bleiben würde, bis sie jemand schloss. Bereits als sie ihren Wagen erreichte, war das Gefühl des Triumpfs über den selbstgefälligen Arzt verblasst und hatte Platz für rationalere Gedanken gemacht. Darüber, dass die Todesursache im Totenschein falsch angegeben war, konnte Ella noch hinwegsehen. Wenn man die näheren Umstände im Leben der alten Dame nicht kannte, konnte man kaum zur Verantwortung gezogen werden, nur weil man eine Kleinigkeit übersehen hatte. Sie war zwar an den Folgen ihrer Lungenkrankheit gestorben, aber nicht auf die Art und Weise, wie Doktor Lindmark glaubte. Die Frau hatte sich das Leben genommen. Sie hatte der Atemluft eine zu hohe Konzentration von Sauerstoff beigemengt. Die Folgen dessen waren weitläufig bekannt, und ihr physiologischer Hintergrund wurde allen Medizinstudenten vermittelt.

Die Abläufe, die die Atmung des Menschen regulieren, sind keineswegs unkompliziert. Jeder Atemzug beginnt damit, dass ein Signal an die Atemmuskulatur gesendet wird. Daraufhin wird sauerstoffreiche Luft eingeatmet und Kohlendioxid, das durch die Verbrennung erzeugt wurde, ausgeatmet. Dieser Mechanismus funktioniert bei Menschen mit gesunden Lungen, indem die Menge an Kohlendioxid im Blut im selben Verhältnis steigt, wie das Sauerstoffniveau sinkt, sodass man das Bedürfnis zu atmen verspürt und erneut Luft holt, wenn der Anteil an Kohlendioxid zu steigen beginnt. Nachvollziehbar wird dieser Vorgang, wenn man versucht, die Luft anzuhalten. Bei Rauchern mit kranken Lungen funktioniert dieser Mechanismus nicht mehr, sodass das Signal an die Atemmuskulatur stattdessen über die Konzentration des Sauerstoffs im Blut ausgelöst wird – ansonsten würden sie ständig das Gefühl haben, keine Luft zu bekommen. Wenn also die Konzentration des Sauerstoffs sinkt, machen sie unabhängig von der Konzentration des Kohlendioxids einen neuen Atemzug. Problematisch wird es allerdings, wenn ein Raucher mit kranken Lungen plötzlich zu viel Sauerstoff bekommt. Dadurch erhält der Körper das Signal, dass die Sauerstoffzufuhr ausreicht, und aktiviert deshalb die Atemmuskulatur nicht, weitere Atemzüge zu machen. Die Gefahr dabei besteht darin, dass das Kohlendioxid nicht ausgeatmet wird, sondern sich in lebensgefährlichen Konzentrationen im Blut ansammelt. Aus diesem Grund kann eine erhöhte Sauerstoffzufuhr für Lungenkranke tödlich enden. Sie hören ganz einfach auf zu atmen und driften in eine Bewusstlosigkeit, bis sie schließlich an einer Kohlendioxidvergiftung sterben.

Man hatte die alte Dame bestimmt ermahnt, äußerst vorsichtig mit der Regulierung der Sauerstoffzufuhr zu sein. Ella überlegte kurz, ob man ihr selbst auf irgendeine Weise vorwerfen könnte, einen Vorteil daraus gezogen zu haben, dass der Tod der Frau laut Totenschein auf ihre Lungenkrankheit zurückzuführen und nicht die Folge einer bewussten Handlung war. Sie verwarf den Gedanken und stellte nüchtern fest, wie froh sie war, dass die Dame sich nicht dafür entschieden hatte, ihre Tage zu beenden, indem sie sich eine Zigarette anzündete. Denn das hätte ihren Einzug am Samstag bedeutend komplizierter gestaltet.

Als sie nach Hause kam, setzte sie sich erschöpft auf den Fußboden im kleinen Gästezimmer und betrachtete ihre Umzugskartons. Sie fragte sich, wohin die Umzugskartons der alten Dame wohl transportiert werden würden. Es würde sie nicht weiter wundern, wenn Lovisa irgendwo einen Lagerraum angemietet und diesen für Jahre im Voraus bezahlt hätte. Doch Ella hegte keinerlei Absichten, sich näher mit der Planung ihres Ablebens zu befassen. Es war auch so schon makaber genug.

Kapitel 7

Die Gedanken an das Fenster in Gretes Haus kehrten erst wieder zurück, als Ella zu Bett ging. Markus war noch nicht nach Hause gekommen, und sie war dankbar dafür, heute Nacht nicht neben ihm einschlafen zu müssen. Sie benötigte allen Schlaf, den sie bekommen konnte, um klar denken zu können. Auch wenn Estrid ihr eine Menge aufschlussreicher Details über die Tage um Fredericks Tod herum berichtet hatte, wusste sie immer noch nicht genau, was eigentlich geschehen war. Widerstrebend wurde ihr bewusst, dass sie wohl auf ihre Mutter würde zugehen müssen, um eine endgültige Antwort zu erhalten. Während ihres gesamten erwachsenen Lebens hatte sie niemals Judits Hilfe in Anspruch genommen, sodass es ihr dementsprechend lästig war, nun in eine derartige Lage zu geraten. Während sie in ihrer großen Handtasche nach ihrem Handy suchte, fiel ein kleiner handgeschriebener Zettel heraus. Mit nachlässiger Schrift hatte sie darauf die Internetadresse notiert, die die Sekretärin auf der Rückseite des Flugtickets entdeckt hatte. Ella war so mit ihren eigenen privaten Ermittlungen beschäftigt gewesen, dass sie den Zettel ganz vergessen hatte. Sie schaltete den Laptop auf dem Küchentisch ein. Weder Markus noch sie hatten irgendwelche Internetseiten sperren lassen, sodass die Homepage unmittelbar geladen wurde. Obwohl sie sich schon so etwas gedacht hatte, zuckte sie zuerst zusammen, doch trotz des anstößigen Inhalts vermittelten ihr die Fotos auf der Seite eine gewisse Bestätigung. Sie tappte also nicht vollständig im Dunkeln. Als es ihr schließlich gelang, sich zu entspannen, und sie einschlief, hatte sie bereits eine Strategie entwickelt, wie sie eine Antwort auf ihre Fragen erhalten würde, ohne allzu viele Verdachtsmomente vor Judit offenzulegen.

Bereits am nächsten Tag rief Judit ihre Mutter an und fragte sie, ob sie sich nicht auf einen Kaffee in der Stadt treffen wollten. Eine Anfrage dieser Art hatte Judit von ihrer Tochter noch nie erhalten. Ella konnte nahezu hören, wie ihre Mutter versuchte sich herauszuwinden. Sie kannte Ella offenbar gut genug, um zu ahnen, dass sie etwas im Schilde führte. Aber andererseits hatte ihre Tochter in der letzten Zeit schließlich einiges in ihrem Leben verändert, und vielleicht wollte sie wirklich nur gemeinsam mit ihrer Mutter Kaffee trinken.

Judit saß bereits im Café, als Ella zur Tür hereinkam. Wie die meisten Cafés in der Innenstadt war auch dieses voll mit jungen Leuten, die höchstwahrscheinlich einen großen Teil ihres Einkommens für die unterschiedlichsten Kombinationen von Kaffee mit Milch ausgaben. Aus gegebenem Anlass hatte Ella viel Mühe auf ihr Äußeres verwendet. Nachdem sie nun morgens eine ganze Stunde vor dem Badezimmerspiegel verbrachte, hatte sie Platz für ihre neu erstandenen Schminkprodukte schaffen müssen. Es gefiel ihr nicht, sie in irgendeiner Schublade zwischen den Handtüchern aufzubewahren. Deswegen hatte Ella resolut eine Reihe von Vitamindöschen weggeworfen, die im Badezimmerschrank standen. Markus war derjenige, der die pharmakologischen Einkäufe in ihrem Haushalt übernommen hatte. Er war der Überzeugung, dass der moderne Mensch Nahrungsergänzungsmittel benötigte, um sich wohlzufühlen; eine Auffassung, die Ella keineswegs teilte. Sie hatte sich beständig geweigert, die Tabletten zu schlucken, da sie der Meinung war, eine vielseitige Kost zu sich zu nehmen, und sich außerdem durchaus wohlfühlte.

Nachdem sie den Badezimmerschrank geschlossen hatte, betrachtete sie ihr Outfit. Mit der richtigen Kleidung und dem passenden Make-up ging sie immer noch als junge attraktive Frau durch. Na ja, vielleicht nicht mehr wirklich jung und bedingt attraktiv, dachte sie, aber immerhin eine Frau.

Judit gestattete sich ein kurzes Lächeln, als sie Ella erblickte, stand jedoch nicht auf, als sie an ihren Tisch kam. Um sie ein wenig für sich einzunehmen, begann Ella von ihrer neuen Wohnung zu berichten. Die Lage des Hauses fiel bei Judit nicht ganz unerwartet auf fruchtbaren Boden. Eine bessere Adresse als diese gab es kaum im Zentrum, wenn man nicht gerade in Gretes Haus wohnen wollte. Nachdem sie sich eine Weile unterhalten hatten, merkte Ella, wie Judits Schultern sich entspannten und ihr Gesichtsausdruck gelöster wurde. Als sie sich über die zukünftige Einrichtung der Wohnung unterhielten, kam Ella auf ihren neuesten Auktionsfund zu sprechen. Mit unschuldiger Miene beschrieb sie die Tischuhr und erwähnte beiläufig, dass sie sie an die Uhr aus ihrer Kindheit erinnerte. Den abgebrochenen Flügel erwähnte sie natürlich nicht. Die Wahl des Gesprächsthemas bewirkte, dass sich auf Judits Stirn die Andeutung einer Sorgenfalte bildete. Ella war sich nicht sicher, wie viele Falten dieser Art sich überhaupt noch auf Judits mit Botox aufgespritzter Stirn bilden konnten. Sie erklärte, dass die alte Uhr in ihr Erinnerungen zu neuem Leben erweckt hätte und sie in den vergangenen Tagen öfter an den Brand denken musste. Judit rutschte auf ihrem Sessel immer weiter vor und schaute immer öfter auf die Uhr. Nervös kramte sie in ihrer Handtasche und schien schließlich eher zufällig ihren Lippenstift zwischen den Fingern zu halten. Ella stellte ihre Kaffeetasse ab und sah ihrer Mutter in die Augen. Ihr Blick war kalt und bewirkte, dass Judit unmittelbar aufhörte, an ihrem Lippenstift herumzufingern.

»In der Nacht, als unser Haus in Flammen stand, waren wir nicht auf dem Land«, sagte sie mit absolut neutraler Stimme.

Sie wartete auf eine Reaktion von Judit, die nun völlig unbeweglich dasaß.

»Wir waren zu Hause bei Ernst und Grete«, fuhr sie fort. »Vier Tage vor dem Brand bist du nach einem Streit mit Papa zu ihnen gekommen.«

Letztgenanntes war lediglich eine Vermutung und somit ein Risiko, andererseits jedoch das Wahrscheinlichste. Außerdem wollte sie nicht unnötigerweise Estrid als ihre Quelle nennen.

»Ich muss wissen, was während dieser Tage tatsächlich geschah.«

Judit saß noch immer unbeweglich da, schien jedoch einen inneren Kampf auszufechten. Ihr flackernder Blick wanderte von ihrer Kaffeetasse zu ihrem Lippenstift und wieder zur Tasse zurück. Schließlich senkte sie den Blick und holte tief Luft. Zu Ellas Erstaunen versuchte sie sich nicht aus der Affäre zu ziehen. Sie wirkte nahezu resigniert.

»Wir hatten keinen Streit«, begann sie zögerlich. Ihre Stimme war schwach. »Frederick hatte bereits lange vor diesem Tag angefangen, sich mir zu entziehen, aber ich wollte es nicht wahrhaben. Ich wollte nicht akzeptieren, dass er niedergeschlagen und abwesend war.«

Sie wirkte aufrichtig traurig, und Ella glaubte ihr beinahe, aber nur beinahe. Während ihrer gesamten Kindheit hatte sie erlebt, wie Judit ihre Umgebung mit Gefühlsausbrüchen manipulierte, sodass es ihr immer noch schwerfiel, ihre Gefühle ernst zu nehmen. »Er unternahm immer öfter Dienstreisen. Nach Frankreich, Italien, Brasilien. Wenn er wieder zurückkam, war er zwar braungebrannt, aber seine Augen waren ausdruckslos, und ihnen fehlte dieses Leuchten, das ich immer so unwiderstehlich gefunden hatte.«

Es war das erste Mal, dass Ella ihre Mutter in dieser Art und Weise über ihren Vater sprechen hörte. Normalerweise erwähnte sie seinen Namen nur flüchtig und dann eher, als handelte es sich dabei um eine unangenehme Erinnerung aus der Vergangenheit.

»Anfänglich dachte ich, es hätte mit seiner Arbeitsbelastung zu tun. Ich weiß, dass er immer mehr Aufträge von Papa und Hugo annahm, die einen großen Teil seiner Zeit beanspruchten. Kurz vor dem Brand war er in gewisse Vorgänge innerhalb des Konzerns involviert, aber er gab sich sehr verschwiegen.«

Ella hörte ihr gebannt zu, blieb jedoch innerlich all dem gegenüber, was über Judits Lippen kam, in gewisser Weise skeptisch.

»Er saß oft die halbe Nacht am Schreibtisch und beschäftigte sich mit Unterlagen, die er aus der Firma mit nach Hause genommen hatte. Die Sorgfalt, die er auf seine Arbeit verwendete, kannte keine Grenzen.«

Es war offensichtlich, dass Judit keinen näheren Einblick in das hatte, wovon sie sprach. Sie hatte sicher einzelne Geschehnisse registriert, die sie jetzt nach bestem Wissen zusammenzufügen und wiederzugeben versuchte, oder vielleicht erfand sie auch alles nur. Ella konnte ihr einfach nicht vertrauen.

»Ich kann nicht gerade behaupten, dass ich verstehe, wie das Ganze zusammenhing«, fuhr sie fort, als könnte sie Ellas Gedanken lesen. »Ich weiß nur, dass sich Fredericks Stimmung verschlechterte, je mehr er für den Familienkonzern arbeitete. Er trank immer mehr – wahrscheinlich suchte er Trost, wo immer er ihn finden konnte. Im Herbst 1975 und Frühling 1976 hielt er sich oft in Paris auf, und wenn er schließlich von seinen Reisen zurückkehrte, war er auch nicht richtig anwesend. Am 20. März kam er zeitig von der Arbeit. Er hatte Rosen für mich gekauft.«

Judit führte ihre zierliche Hand zum Mund und schluckte schwer, bevor sie fortfuhr.

»Sieben gelbe Rosen. Eine Rose für jedes Jahr unserer Beziehung. Er wirkte deprimiert. Als hätte er mehrere Nächte lang nicht geschlafen. Er sagte, dass er nie die Absicht besessen hätte, mir wehzutun, aber einfach nicht länger so weiterleben könne. Dass er nicht mit einer Lüge leben könne. Er sprach so schnell, dass ich Schwierigkeiten hatte, ihm zu folgen.«

Judit verstummte und starrte einige Sekunden lang vor sich hin, bevor sie fortfuhr.

»Für mich stürzte meine gesamte Welt ein. Auch wenn er weiterhin mit mir redete, musste ich mich damit abfinden, dass er nicht länger zu mir gehörte. Ich weiß noch, dass es um seine Aufträge für Ernst und Hugo ging, aber ich begriff damals nicht, was er genau meinte. Im Nachhinein habe ich überlegt, ob er in dieser Zeit möglicherweise paranoid oder sogar manisch gewesen ist.«

Judit sprach leise, aber Ella kam es vor, als verstummten alle Geräusche um sie herum. Sie richtete ihre gesamte Aufmerksamkeit auf Judit und versuchte abzuschätzen, ob sie ihrer Mutter glauben konnte oder nicht. Sie hatte sie noch nie so erlebt. Nie hatte sie so über Frederick geredet. Doch eine Kleinigkeit ließ in Ella den Verdacht aufkommen, dass Judit mit ihrer Schilderung etwas bezweckte. Ella glaubte keinen Moment lang, dass Judit dieser Nebensatz einfach so herausgerutscht war. Sie war immerhin eine Meisterin im Manipulieren.

»Und wo fand er Trost?«, fragte sie.

Sie ahnte, dass Judit nicht nur auf den Alkohol angespielt hatte.

»Das spielt keine Rolle«, antwortete Judit und ergriff selbstsicher ihre Kaffeetasse. Ella stoppte ihre Bewegung und zwang sie, die Tasse wieder abzustellen. Judit starrte sie verblüfft an.

»Wo?« Ihre Stimme hatte jetzt eine gewisse Schärfe.

»Bei einer Frau in Paris. Aber ich glaube nicht, dass sie den Zustand deines Vaters ausgelöst hatte.«

»Zustand?«

Ella konnte nicht umhin, lauter zu sprechen. Das Mitleid, das sie eben noch für ihre Mutter empfunden hatte, wurde von einem Gefühl des Ekels abgelöst.

»Willst du damit sagen, dass Papa manisch depressiv und paranoid war und sich das Leben genommen hat, indem er unser Haus anzündete?«

Judit blieb eine Weile stumm und schien ihre Tochter zu betrachten. Langsam entspannten sich Ellas Züge wieder, woraufhin Judit weitersprach.

»Ich glaube, dass wir niemals verstehen werden, was im Kopf deines Vaters vor sich ging. Ich habe jahrelang zu begreifen versucht, was vorgefallen war, und bin zu dem Schluss gekommen, dass es außerhalb meiner Kontrolle lag.«

Ihre Stimme war besonnen. Jetzt war sie diejenige, die das Gespräch dominierte.

»Ich weiß nicht, ob der Brand ein Unfall war oder nicht, aber ich weiß, dass er in der letzten Zeit immer mehr getrunken hat. Ich weiß auch, dass er im Haus geraucht hat, wie wir alle in dieser Zeit. Aber du kennst dich ja mit dieser Statistik bestimmt besser aus«, fügte sie hinzu.

»Und wer war diese Frau?«, fragte Ella beharrlich.

Judit seufzte schwer. »Damals ließen wir unsere Wäsche von einer Reinigung waschen«, begann Judit. »Eigentlich hatten Grete und Ernst den Auftrag erteilt, aber die Reinigung holte einmal in der Woche auch unsere Wäsche ab. In einer Anzugtasche deines Vaters wurde ein Brief gefunden, den eine Frau an ihn geschrieben hatte. Auch wenn es mich wütend machte, sah ich in ihr nichts anderes als einen Zeitvertreib für ihn, eine Frau, die zeitweise seine melancholische Stimmung aufheiterte. Übrigens habe ich deinem Vater gegenüber nie etwas von diesem Brief erwähnt.«

Ella holte Luft, um eine weitere Frage zu stellen, wurde jedoch von ihrer Mutter unterbrochen.

»Du kannst den Brief haben. Ich habe ihn irgendwo in einer Schublade.«

»Französisch«, sagte Ella resigniert.

»Englisch«, antwortete Judit trocken und stand auf. Der Kaffeeplausch war beendet.

Am Tag darauf obduzierte Ella den gesamten Vormittag lang. Sie hatte wie gewöhnlich drei Fälle zu untersuchen. Ein weiteres älteres Ehepaar war verbrannt in seinem Haus auf dem Land aufgefunden worden. Das Haus war hauptsächlich als Sommerhaus genutzt worden. Man wusste nicht, wodurch der Brand verursacht wurde, aber wahrscheinlich waren die beiden an einer Kohlenmonoxidvergiftung gestorben, bevor die Flammen ihre Körper überhaupt erreicht hatten. Die Polizei hatte in diesem Fall die Identifizierung der Leichen in Auftrag gegeben, obwohl ihre Identität laut Polizeibericht festzustehen schien. Auch wenn die verkohlten Leichen bei äußerer Betrachtung keinerlei Hinweise darauf gaben, wer von den beiden wer war, waren ihre inneren Organe bedeutend besser erhalten. Zwar waren Teile der Bauchwand durch die Flammen zerstört worden, aber die Organe waren nur äußerlich verkohlt. Die Gebärmutter beziehungsweise die Prostata gaben zumindest Aufschluss über das jeweilige Geschlecht. Die endgültige Identifikation würde mittels eines Zahnstatus erfolgen. Ellas dritter Fall war ein junger Drogenabhängiger, der auf einer öffentlichen Toilette mit einer Kanüle neben sich tot aufgefunden wurde. Drei Routinefälle.

Ella arbeitete schnell und methodisch. Die Untersuchungen wurden im Großen und Ganzen unabhängig von der vermuteten Todesart durchgeführt. Was das ältere Ehepaar betraf, suchte sie speziell nach Ruß in den Atemwegen, ein Indiz zur Bestätigung, dass die beiden noch am Leben waren, als der Brand im Haus ausbrach. Sowohl der Mann als auch die Frau wiesen geringe Mengen an schwarzen Rußpartikeln in Luftröhre und Lunge auf. Sie nahm Proben von den inneren Organen der Leichen für eine eventuelle mikroskopische Untersuchung und versuchte sowohl Blut- als auch Urinproben zu nehmen, um das Material zur chemischen Analyse schicken zu können. Höchstwahrscheinlich würde sie in keinem der Fälle Gewebeproben benötigen, dennoch wurden sie sechs Monate lang aufbewahrt, falls es in einem der Fälle zu einer unerwarteten Wendung kam und eine mikroskopische Untersuchung notwendig werden würde. Die Wahrscheinlichkeit, dass der ältere Mann oder die Frau an etwas anderem als einer Rauchvergiftung gestorben waren, schätzte sie jedoch als äußerst gering ein.

Als sie den Blick von dem Herz der älteren Frau hob, das sie gerade in Händen hielt, stand plötzlich Gerarldsson vor ihr. Sie senkte den Blick wieder und fuhr fort, die rechte Herzkammer zu öffnen.

»Guten Morgen, Chef«, sagte sie.

»Das ist der Vorteil, wenn man Frauen beschäftigt. Ihr scheint kein Problem damit zu haben, zwei Dinge gleichzeitig zu tun.«

»Falsch, entgegnete Ella, das ist der Vorteil, mich zu beschäftigen. Einer von vielen Vorteilen«, fügte sie hinzu.

Sie sah auf und lächelte ihn an.

»Was haben Sie auf dem Herzen?«, fragte sie, während sie zu einem Schnitt an der linken Herzkammer ansetzte.

Gerarldsson informierte sie über eine Konferenz, deren Besuch er ihr in ihrer Eigenschaft als Repräsentantin der Abteilung bezüglich des Einsatzes der Computertomographie zu rechtsmedizinischen Zwecken nahelegte. Ella hörte ihm aufmerksam zu, während ihre Finger automatisch nach der kleinsten Schere auf dem Obduktionstisch griffen und die verkalkten Herzkranzgefäße der Frau aufschnitten. Die vorherigen Konferenzen hatten in der Schweiz stattgefunden, während diese offenbar nach Frankreich verlegt worden war. Genauer gesagt nach Paris. Der Gedanke an Paris ließ sie aufhorchen, und sie musste sich anstrengen, um ihre Aufregung nicht zu zeigen. Vielleicht würde sie die Frau ausfindig machen können, von der Judit gesprochen hatte, die Geliebte ihres Vaters. Vielleicht könnte sie ihr auf manches eine Antwort geben.

»Sie übernehmen ja wie immer die Buchung des Fluges und des Hotels selbst, wie ich annehme«, sagte Gerarldsson.

Ella nickte und versuchte sich entspannt zu geben. Tatsächlich war sie aufgeregt wie ein Schulmädchen. Sie beendete ihre Obduktionen, duschte und ging hinauf in ihr Büro. Die Stapel auf ihrem Schreibtisch waren schon lange nicht mehr so hoch gewesen wie im Moment. Seit man die Leiche in Erlandssons Garten gefunden hatte, konnte sie ihr gewöhnliches Tempo nicht mehr einhalten. Sie hatte die akutesten Fälle vorgezogen, alles andere hatte warten müssen. Statt die Stapel nun in Angriff zu nehmen, schob sie sie zur Seite und nahm ein leeres Blatt Papier zur Hand. In der Mitte zeichnete sie ein Kreuz ein, das den vergrabenen Mann symbolisieren sollte. Auf dem Papier notierte sie außerdem Arne Erlandsson, Tischuhr, Brand, Estrid sowie Ernst & Hugo. Sie stellte fest, dass sie immer noch nicht wusste, wie die Begriffe und Namen zusammenhingen, konnte sich jedoch zumindest eine nicht unwesentliche Frage stellen, auf die sie zuvor nicht gekommen war. Warum ausgerechnet jetzt? Warum kam ausgerechnet jetzt alles wieder an die Oberfläche? Die Antwort fiel ihr unmittelbar ein, nachdem sie die Frage formuliert hatte. Weil Arne Erlandsson gestorben war. Daraufhin hatte sein Sohn das Haus und das Inventar geerbt. Er hatte gewisse Erbstücke verkauft und beschlossen, das Haus zu renovieren, woraufhin er mit den Drainagearbeiten begonnen hatte. Viel mehr war vielleicht gar nicht dahinter.

Ella dachte lange nach. Sie kam sich etwas dumm vor, weil sie an eine persönliche Verbindung zur Leiche in Erlandssons Garten vermutet hatte. Doch dann fiel ihr ein, dass sie immer noch keine ausreichende Erklärung dafür hatte, warum sich ihre Tischuhr in seinem Besitz befunden hatte. Das Stück hätte wie alle anderen Besitztümer der Familie auch durch die Flammen zerstört werden müssen. Sie zog auf ihrem Blatt Papier einen Kreis um den Begriff Tischuhr und beschloss, dass sie an diesem Punkt ansetzen musste, wenn sie jemals Antworten finden wollte. Dann faltete sie das Blatt zusammen, legte es in ihre Schreibtischschublade und verwandte den Rest des Arbeitstages tatsächlich darauf, einen der vier Stapel mit diversen Dokumenten abzuarbeiten, die ihren Schreibtisch bedeckten. Als sie ihren Arbeitsplatz verließ, waren alle anderen bereits gegangen, sodass sie gezwungen war, die schwere Brandschutztür zu schließen, damit die Akten bei einem möglichen Ausbruch eines Feuers nicht zerstört würden, und die Alarmanlage des Gebäudes einzuschalten.

Die kalte Abendluft, die ihr entgegenschlug, machte sie wieder munter. Die letzten Stunden am Schreibtisch waren ein Kampf gegen ihre zunehmende Müdigkeit gewesen, während ihre Augenlider immer schwerer geworden waren. Als sie nach Hause kam, beschloss sie, ihre Umzugskartons, die sie auffordernd anzuschauen schienen, einfach zu ignorieren, und ließ sich stattdessen ein heißes Bad ein.

In der folgenden Nacht schlief sie zehn Stunden. Als sie erwachte, hatte sich ihr Gehirn nicht nur erholt, sondern auch eine Strategie ersonnen, wie sie den Fall Erlandsson angehen könnte. Der Plan war in ihr Bewusstsein gedrungen, sobald sie die Augen aufgeschlagen hatte.

Ella richtete es so ein, dass sie als Erste zur Arbeit kam. Im Archiv hinter den feuerfesten Türen wurden nicht nur die Akten der vergangenen Jahre aufbewahrt, sondern auch die aktuellen Berichte der Ärzte. Jeder Arzt besaß ein eigenes Regal. Ella ging an ihrem vorbei und steuerte zielgerichtet auf Simons zu. Seine Dokumente lagen in vier säuberlich aufgeschichteten Stapeln. Sie fing mit dem kleinsten an. Da die Leiche aus Erlandssons Garten immer noch nicht identifiziert war, würde sie vermutlich der einzige seiner Fälle sein, auf dessen Vorsatzblatt kein Name stand.

Sie ging Stapel für Stapel systematisch durch. Im dritten fand sie, wonach sie suchte. Die Akte war lediglich mit einer Kennnummer und der sogenannten Kriminalnummer der Polizei gekennzeichnet. Die Informationen, nach denen sie suchte, hätte sie auch einfach erfragen können, aber sie wollte nicht unnötig ihr Interesse an dem Fall bekunden. In der

Akte befand sich der vorläufige Polizeibericht, in dem auch Erlandssons Adresse und Telefonnummer angegeben waren. Hastig schrieb sie die Daten ab.

Plötzlich hörte sie, wie die Tür zum Obergeschoss geöffnet wurde. Als sie die Akte schnell wieder zurücklegte, fiel ihr Blick auf zwei hellbraune Papiertüten, die in Simons unterstem Regalfach standen. Die eine Tüte enthielt einen größeren Gegenstand, während die andere nahezu leer zu sein schien. Sie nahm die kleinere Tüte zur Hand und öffnete sie vorsichtig. Die Schritte von der Eingangstür näherten sich. Die festen Ledersohlen auf dem Kunststoffbelag des Korridors waren nicht zu überhören. In der dunklen Tüte konnte sie lediglich erbsenartige Strukturen erkennen.

Als Simon das kleine Archiv betrat und Ella erblickte, fuhr er zusammen. Sie hockte vor ihrem eigenen Regal und räumte ihre Papierstapel auf.

»Mensch, du hast mir vielleicht einen Schrecken eingejagt«, rief er aus. »Ich dachte, dass gestern jemand vergessen hätte, die Alarmanlage einzuschalten.«

Ella entschuldigte sich, sammelte ihre Sachen zusammen und ging in ihr Büro. Erst als sie die Tür hinter sich geschlossen und sich an ihren Schreibtisch gesetzt hatte, wagte sie, ihre rechte Hand zu öffnen. In ihrer Handfläche lag keine Erbse, sondern eine kleine graugrünliche Kugel. Ella versuchte das Äußere mit ihrem Fingernagel abzuschaben, jedoch ohne Erfolg. Irgendetwas an der Farbe des Kügelchens irritierte sie. Es kam ihr irgendwie bekannt vor, sie konnte jedoch nicht sagen, warum. Vor ihrem inneren Auge zogen bruchstückartige Erinnerungen aus ihrem Chemieunterricht vorbei, die jedoch genauso schnell wieder verschwanden, wie sie aufgetaucht waren. Sie schob die Kugel vorsichtig in ihre Hosentasche und suchte das Chemielabor der Abteilung auf.

Im Labor sollten in erster Linie die Gewebeproben eingefärbt werden, die bei den Obduktionen entnommen wurden. Die verschiedenen Farbtöne ließen die unterschiedlichen Gewebestrukturen deutlicher hervortreten und erleichterten so die Diagnose gewisser krankhafter Veränderungen beispielsweise der Herzmuskulatur oder des Lebergewebes. Bestimmte Lösungen färbten das Bindegewebe orange, während wiederum andere das Fett rot leuchten ließen. Inmitten der Rollschränkchen und Behältnisse mit chemischen Flüssigkeiten arbeiteten normalerweise zwei biomedizinische Analytiker. Doch keiner der beiden war bisher erschienen, als Ella behutsam die Tür zu den dunklen Räumen aufschob. Mit vorsichtigen Schritten ging sie auf die Regale zu, in denen die konzentrierteren Substanzen aufbewahrt wurden. Die Fläschchen waren mit diversen Warnhinweisen versehen.

Ella griff sich ein Paar Gummihandschuhe, eine Schutzbrille und einen Glaszylinder, den sie mit Wasser aus dem Hahn füllte. Dann nahm sie eine alte braune Glasflasche mit Glasverschluss zur Hand, die mit der Bezeichnung H_2SO_4 versehen war. Schwefelsäure. Zur Sicherheit öffnete sie die Flasche in einem Rollschrank, der giftige und flüchtige Dämpfe aufsaugte. Sie konnte sich nicht mehr an die exakten Anteile der Ingredienzen erinnern, die sie für den Cocktail benötigte, den sie herstellen wollte, wusste aber, dass es wichtig war, die Säure ins Wasser zu geben und nicht umgekehrt. Ella goss ein wenig Schwefelsäure in den Glaszylinder und rührte das Ganze vorsichtig mit einem Glasstab um. Dann nahm sie die kleine Kugel aus ihrer Hosentasche und ließ sie in die Flüssigkeit fallen. Anfänglich geschah nichts. Sie hob den Zylinder hoch und betrachtete die Kugel auf dem Glasboden. An ihrem Äußeren bildeten sich jetzt kleine Luftblasen, die sich eine nach der anderen lösten und an die Oberfläche aufstiegen.

Ella stellte das Glas ab und die Schwefelsäure zurück an ihren Platz. Sie schaute auf die Uhr. Das Laborpersonal konnte jeden Moment auftauchen. In diesem Augenblick hörte sie ein klickendes Geräusch von der Tür her, das ihr signalisierte, dass jemand seine Karte durchs Lesegerät zog und die Tür jeden Moment geöffnet werden würde.

Als die Laborassistentin Sara die Tür zu ihrem Labor öffnete, war es dunkel und leer. Sie legte den Kopf schräg und warf einen erstaunten Blick auf den Rollschrank. Die gläserne Abzugshaube war geöffnet, und die Lüftung lief auf Hochtouren. Sara schüttelte irritiert den Kopf, schloss die Abzugshaube und schaltete die Lüftung aus. Dann sagte sie sich, dass ihr Kollege wohl nicht ordentlich hinter sich aufgeräumt hatte, als er das Labor verlassen hatte.

Ella hatte sich vorsichtig durch den zweiten Ausgang des Labors hinausgeschlichen, als Sara die Tür geöffnet hatte. Der Ausgang führte direkt in einen der Arbeitsbereiche der Sekretärinnen. Glücklicherweise war keine von ihnen so früh vor Ort, sodass sie ihr merkwürdiges Benehmen vor keinem rechtfertigen musste. Sie beeilte sich, in ihr Büro zurückzukommen, wobei sie äußerst bemüht war, unterwegs nichts von der Lösung zu verschütten. Erst als das Reagenzglas hinter einem Anatomiebuch im Regal verschwunden war, traute sie sich erleichtert auszuatmen.

»Hast du kurz Zeit für einen Kaffee?« Es war Simon, der seinen Kopf zu Ellas Tür hereinsteckte.

Sie fuhr zusammen, doch ihre erschrockene Miene verwandelte sich rasch in ein Lächeln. Sie nickte.

»Schicke Brille«, sagte er beiläufig, als er vor ihr in Richtung Personalraum ging.

Ella merkte erst jetzt, dass sie immer noch die Schutzbrille trug, und zog sie sich beschämt vom Kopf.

»Ich hatte gerade vor, etwas Lippenstift aufzutragen«, sagte sie zögerlich. »Du weißt ja, dass ich nicht gerade viel Erfahrung im Schminken habe.«

Sie betraten lachend den Aufenthaltsraum für das Personal, den man mit viel Liebe zum Detail gemütlich eingerichtet hatte. Die eine Hälfte des Raumes war mit bequemen Sesseln um einen großen runden Couchtisch herum möbliert, sodass die gesamte Abteilung dort Platz fand. So bildeten sich keine kleinen Gruppen, sondern alle saßen zusammen und hatten die Gelegenheit, sich über alles Mögliche zwischen Himmel und Erde zu unterhalten. Tatsächlich ging es an diesem Tisch oft um die Dinge zwischen Himmel und Erde.

Ella und Simon saßen nebeneinander in ihren Sesseln und tranken Kaffee. Ihre anfänglich regelmäßigen Kaffeepausen waren mit der Zeit immer seltener geworden. Sie hatte ständig ein schlechtes Gewissen, weil sie immer seltener die Initiative für diese absolut wertvollen Pausen ergriff. Als Simon in der Rechtsmedizin anfing, hatte er ein großes Bedürfnis, mit jemandem über den Tod, das Leiden und die Trauer zu reden, denen Rechtsmediziner täglich begegnen. Ella hatte ihm zugehört und gemerkt, dass dies Fragen waren, die sie ebenfalls beschäftigten, über die sie aber bisher mit keinem hatte reden können. Simon war ein guter Zuhörer und hätte bestimmt auch einen guten Therapeuten abgegeben.

Sie hatten damals lange Gespräche geführt, nachdem Ella im Untersuchungszimmer tätlich angegriffen worden war. Im Nachhinein begriff sie, dass die Gespräche mit Simon es möglich gemacht hatten, dass sie sich heute wieder in jenem Raum aufhalten konnte, ohne Angst zu verspüren. Simon war außerdem die einzige Person in der Abteilung, die wirklich wusste, was genau geschehen war. Er wusste, dass sich Ellas Angst nicht in erster Linie darauf bezog, was der Mann, den sie untersucht hatte, ihr hätte antun können, sondern was sie selbst bereit gewesen wäre zu tun, um ihn daran zu hindern. Simon hatte ihr wieder und wieder bestätigt, dass ihre Reaktion völlig normal gewesen war und dass alle Menschen unterschiedlich reagierten, wenn sie in die Enge getrieben wurden. Außerdem war keiner ernsthaft verletzt worden. Simon hatte sich außerdem immer wieder anhören müsssen, warum Ella Recht und alle anderen Unrecht hatten, nachdem sie in einen Konflikt mit anderen Rechtsmedizinern und leitenden Angestellten der Behörde geraten war.

Gewisse Züge in Ellas Persönlichkeit sorgten dafür, dass sie nicht in der Lage war, mit jemandem zu diskutieren, der unzulängliche Argumente benutzte, um seinen Standpunkt zu untermauern. Diese Argumentationsweise war leider nicht ganz ungewöhnlich innerhalb der Behörde, aber um nicht als völlig unmöglich dazustehen, hatte Ella mit der Zeit gelernt, bestimmten Personen gegenüber nicht polemisch zu werden, sondern sie stattdessen lediglich auf ihren Irrtum hinzuweisen und sich daraufhin mit einer für ihre Kollegen undeutbaren Miene zurückzulehnen und die betreffende Person weiter argumentieren zu lassen. Manche Leute deuteten ihre Miene als arrogant, andere als genervt. Doch eigentlich war ihr Gesichtsausdruck nur das Ergebnis eines inneren Kampfes zwischen dem Teil von ihr, der sich für ihre Sache einsetzen wollte, und dem, der wusste, dass es keinen Sinn machte. Ella hatte sich während ihrer gesamten Kindheit unterdrückt gefühlt und ihre Meinung nicht offen sagen dürfen. Aber anstatt daraufhin als Erwachsene konfliktscheu zu werden, hatte Ella sich zum Gegenteil hin entwickelt. Wenn sie sich im Recht fühlte, hielt sie sich mit ihren Ansichten nur selten zurück. Die junge Eleonor Liedenburg-Rossing war nämlich nur oberflächlich betrachtet eingeschüchtert gewesen, innerlich hatte sie hingegen immer mehr Stärke entwickelt. Sobald sie mündig wurde, war aus Eleonor Ella geworden, und zugleich hatte sie die geleckte wohlerzogene Fassade abgeworfen und sich gelobt, sie nie wieder anzunehmen.

Ella sah an der Art, wie Simon an seinem heißen Kaffee nippte, dass er aufgekratzt war. Sie stellte fest, wie gut sie einander kannten.

Sie hörte ihm zu, während Simon ihr von einer Frau erzählte, mit der er sich zu treffen begonnen hatte. Es war lange her, dass er so engagiert über eine Person gesprochen hatte. Für gewöhnlich schien es sich bei ihm mehr oder weniger um Eroberungen zu handeln, aber in diesem Fall war es ihm wichtig zu unterstreichen, dass sie bislang nur Freunde waren. Man merkte allerdings deutlich, dass er sich auch mehr vorstellen konnte. Allein die Tatsache, dass er die Frau Ella gegenüber erwähnte, war ein gutes Zeichen. Sie hatte ihn in der Stadt schon oft mit diversen Frauen gesehen, doch nur selten mehr als einmal mit derselben. Alle waren bildhübsch gewesen, und Ella tippte darauf, dass das auch auf diese zutraf.

Wie immer konnte Ella nicht gerade viel zum Gespräch beitragen, aber sie hörte ihm zu und nickte aufmunternd, als Simon ihr seine Strategien darlegte, wie er die Gunst dieser Frau gewinnen wollte. Als er fragte, ob Ella meinte, dass es noch zu früh war, um ihr ein kleines Geschenk zu machen, vielleicht ein Schmuckstück, fiel Ella die kleine Kugel in ihrem Bücherregal wieder ein. Sie stand augenblicklich auf.

Simon sah sie mit großen Augen an.

»Noch viel zu früh für Schmuck«, sagte sie mit Nachdruck und entschuldigte sich.

Simon blieb allein zurück und schaute seiner Kollegin nach. Das mit dem Schmuck war offenbar ein sensibles Thema, dachte er.

Ella zog vorsichtig das Anatomiebuch aus dem Regal. Dahinter stand der Glaszylinder. Auf seinem Boden lag eine goldglänzende Perle. Sie war mit einem großen Loch versehen, durch das man eine Schnur ziehen konnte; eine Kinderperle. Mit einem Teelöffel fischte sie sie aus der Lösung, die einen scharfen Geruch in ihrem Zimmer verbreitete, und wischte sie an ihrem Pulli ab. Die kleine Kupferperle sah aus wie neu – sie war glänzend rein. Sie schloss ihre Hand um sie und machte die Augen zu. Die Erinnerungen aus ihrer Kindheit holten sie erneut ein. Sie war fein angezogen, und ihre Mutter und sie wollten gerade das Haus verlassen. Sie trug eine Perlenkette mit einem kleinen Goldherz um den Hals und schwarze Lackschuhe. Sie waren spät dran und hatten es eilig. Judit musterte ihre Tochter vom Scheitel bis zur Sohle und schüttelte dann den Kopf. Um den Hals trug sie nicht nur eine Perlenkette, sondern zusätzlich noch die eigenhändig angefertigte Kette mit golden glänzenden Kupferperlen. Ella bemühte sich nicht einmal, ihre Mutter zu überreden, den Schmuck tragen zu dürfen, sondern trottete zurück in ihr Zimmer und hängte die Kette an den kleinen Spiegel auf ihrem Schreibtisch. Sie strich mit der Hand darüber. Dann hupte ein Auto, und Judit rief nach ihr. Als sie auf die Einfahrt hinaustraten, stieg ein Mann aus dem schwarzen Auto, das auf sie wartete. Judit nahm ihre Taschen und stellte sie auf den Beifahrersitz. Ella beobachtete ihre blasse Mutter. Nachdem der Fahrer wieder eingestiegen war, warf er einen Blick in den Rückspiegel und öffnete den Mund. »Mein Fräulein.«

Ella öffnete die Augen wieder und starrte vor sich hin. Was war das für eine Perle, die da in ihrer Hand lag? Sie redete sich ein, dass es sich unmöglich um eine von der Kette handeln konnte, die sie als Kind besessen hatte. Warum sollten ausgerechnet ihre Perlen neben einer Leiche im Garten eines fremden Mannes begraben liegen? Immer mehr Fragen, die sie sich nicht einmal laut zu stellen traute, drangen an die Oberfläche ihres Bewusstseins. Sie schob sie beiseite und setzte sich. Die Fragen gründeten auf haltlosen und übereilten Annahmen. Gewiss existierten noch andere Kupferperlen außer jenen, mit denen sie ihre Kette aufgefädelt hatte, dachte sie. Gleichwohl sah sie ein, dass Kupfer nicht unbedingt das gewöhnlichste Material für Kinderperlen darstellte. Die Gedanken kehrten immer wieder. Und wenn es nun doch die Perlen ihrer Kette waren, die sie gefunden hatte, fragte sie sich beharrlich weiter, wie sollten sie ausgerechnet in Mikael Erlandssons Garten gekommen sein?

Sie betrachtete die Perle, seufzte und ließ sie schließlich in die Innentasche ihres Mantels gleiten. Es war immer noch zu früh am Tag, um Mikael Erlandsson anzurufen, also unternahm sie einen tapferen Versuch, weitere Fälle von ihren Stapeln abzuarbeiten. Doch die Perle ließ sie irgendwie nicht los. Als sie feststellte, dass sie gerade dabei war, zwei Fälle durcheinanderzubringen, an denen sie parallel arbeitete, gab sie auf.

Mikael. Seine Stimme war kraftvoll, aber irgendetwas daran verriet ihr, dass er noch nicht aufgestanden war.

Ella stellte sich mit Namen und Titel vor und entschuldigte sich, dass sie so früh bei ihm anrief. Die meisten Menschen wurden nervös, wenn ein Rechtsmediziner bei ihnen anrief, um ihnen irgendwelche Fragen zu stellen, doch Mikael Erlandsson schien eher neugierig zu sein. Er bot ihr sogar an, in ihr Büro zu kommen, doch Ella lehnte ab. Sie wollte ihre Fragen ungern am Telefon stellen, aber auch nicht riskieren, dass sich einer ihrer Kollegen fragte, wer dieser Mann war.

Deshalb verabredeten sie sich noch für denselben Tag in der Stadt.

Mit der Aussicht darauf, sich bald mit einer Person zu treffen, die möglicherweise Antworten auf ihre Fragen parat hatte, konnte sie sich besser auf ihre Arbeit konzentrieren. Sie arbeitete einige Verkehrsunfälle und Selbstmorde ab. Zuoberst auf ihrem Stapel lag nun John Westmark. Sie erinnerte sich an die beiden Anrufe in der Notrufzentrale, ihren Einfall nach dem Gespräch mit dem Kriminaltechniker, die Fotos auf der Internetseite und die Totenflecke, die nicht mit der Lage der Leiche übereinstimmten. Sie beschloss, dass es höchste Zeit war, die Mutter des Toten etwas in die Zange zu nehmen. Sie griff nach dem Telefonhörer und wählte die Nummer des Kriminaltechnikers.

»Jonny Duda.« Er klang, als sei er irgendwo draußen, denn im Hintergrund hörte sie Verkehrsgeräusche.

»Ella Andersson aus der Rechtsmedizin.« Sie sprach laut, um die Hintergrundgeräusche zu übertönen.

»Womit kann ich Frau Doktor denn heute helfen?«, fragte er freundlich, bevor Ella ihr Anliegen erklärte.

Direkt nach der Mittagspause sollte Ella per Telefon an einer Gerichtsverhandlung teilnehmen. Sie war froh, dass es ihr gelungen war, den Staatsanwalt zu überreden, nicht persönlich im Gericht erscheinen zu müssen, da es mehrere Autostunden entfernt lag. Es hätte sie einen gesamten Arbeitstag gekostet, ein paar Fragen zu beantworten, die man ihr ebenso gut am Telefon stellen konnte. Doch wie so oft begann die Verhandlung mit Verspätung, und als das Telefonat endlich zustande kam, blieb ihr nur noch eine halbe Stunde bis zum Treffen mit Erlandsson. Die Fragen waren leicht zu beantworten und erforderten kein weiteres Nachdenken. Aber da sie nicht sah, mit wem sie sprach, fiel es ihr bedeutend schwerer festzustellen, ob ihre Erklärungen verstanden wurden oder ob man möglicherweise ausführlichere Antworten erwartete, wodurch lange und bisweilen merkwürdige Pausen entstanden. Ella hatte inzwischen gelernt abzuwarten, nachdem sie ihr Statement geäußert hatte, und nicht auszuschweifen, um die Stille auszufüllen. Wie gewöhnlich hatte die Verteidigung keine Fragen, sodass ihr Part in der Verhandlung in weniger als zehn Minuten abgehandelt war.

Ella warf sich den Mantel über und lief hinaus zu ihrem Wagen. Der Einfachheit halber hatten sie sich in dem Café verabredet, in dem sie sich mit ihrer Mutter getroffen hatte. Man konnte gut in der Nähe parken, und sie rechnete damit, dass dort am Nachmittag nicht so viel los sein würde. Fatalerweise hatte sie die Kinderwagenmafia nicht in ihre Rechnung miteinbezogen. Diese Mütter in Elternzeit, die ein überwältigendes Bedürfnis hatten, sich mit Erwachsenen zu treffen, und die Cafés in der Stadt als Forum dafür nutzten. Nachdem Ellas Freundinnen eine nach der anderen Kinder bekommen hatten, war ihr aufgefallen, dass nur wenige ein gewisses Verständnis dafür aufbrachten, dass andere Menschen vielleicht nicht brennend an vollen Babywindeln interessiert waren. Vielleicht hätte sie mehr Interesse an ihren Gesprächen über die Kinder zeigen sollen – möglicherweise lag es ebenso an ihr, dass sie den Kontakt zu ihnen verloren hatte. Andererseits war es offensichtlich, dass viele es vorzogen, sich mit Paaren zu treffen, die ebenfalls Kinder hatten und Markus' und ihre Kinderlosigkeit nicht nachvollziehen konnten. Ebenso war ihre Berufswahl für viele unbegreiflich. Sie glaubten, dass man als Rechtsmediziner nur bestehen konnte, wenn man ein eingeschränktes Gefühlsleben besaß.

Wenn man korrekt und kaltblütig war. Sie hatte diesbezüglich schon diverse Gerüchte gehört: kein Mutterinstinkt, keine Empathie.

Ella ließ ihren Blick über die Gäste im Café schweifen. Der überwiegende Anteil waren Frauen mit Kindern und Männer, die gerade das Alter erreicht hatten, wo man sie als Männer bezeichnen konnte. Mikael Erlandsson war noch nicht da. Ihr Blick blieb an einer gut gekleideten Mutter Mitte dreißig hängen. Eine blonde zierliche Frau mit einer vom Stillen üppigen Oberweite. Ella kannte sie von irgendwoher, konnte sie aber nicht richtig einordnen. Sie war die einzige Frau in einer kleinen Gruppe frischgebackener Mütter, die bereits zwei Kinder bei sich hatte. Während sie sich mit ihren Freundinnen unterhielt und mit ihrem Baby flirtete, riss und zog ihr Sohn, der ungefähr drei Jahre alt war, an ihrem Arm. Ella beneidete sie nicht.

Nachdem sie ihn mehrfach ermahnt hatte, wurde es ihr offenbar zu viel. Sie stand auf, griff den Dreijährigen am Arm, zog daran und ließ das Kind schließlich in der Luft hängen, während sie das Baby im anderen Arm hielt. Der Junge zappelte herum und schrie. Die Mutter wollte gerade den Mund öffnen, als sie Ellas Blick begegnete. Ella ging mit entschlossenen Schritten geradewegs auf die Frau zu, die sich schnell wieder hinsetzte und den weinenden Jungen nun ebenfalls auf den Schoß nahm, während ihre Freundinnen wie versteinert dasaßen.

Als Ella Auge in Auge vor der Frau stand, erkannte sie sie wieder. Es war die Ehefrau eines Kollegen von Markus. Ihren Namen hatte sie vermutlich im selben Augenblick vergessen, als sie ihn hörte, aber das Gesicht hatte sich ihr eingeprägt. Ella konnte sich daran erinnern, dass sie mit einem Orthopäden verheiratet war, der kürzlich zum Chef der Abteilung befördert worden war. Markus und sie hatten sie vor mehreren Jahren einmal getroffen, und sie hatte den Kontakt zu ihnen nicht im Geringsten vermisst. Ella verspürte ohnehin kein gesteigertes Interesse daran, sich mit Markus' Kollegen zu treffen. Sie hatten sich einen recht chauvinistischen Jargon zugelegt, an dem sich die übrigen Frauen nicht zu stören schienen. Merkwürdigerweise schienen es immer Ärzte zu sein, die sich auf ein Fachgebiet spezialisiert hatten, wo ihnen der Glauben an die Überlegenheit des Mannes beigebracht wurde. Orthopäden, Neurochirurgen und nicht zuletzt gewisse Rechtsmediziner. Ella hatte sich bei einem größeren Abendessen bei Markus' ehemaligem Chef mit dem Gastgeber in eine Diskussion über die Aufgabenbereiche der Frauen verwickeln lassen. Er war der Meinung, dass Frauen vorzugsweise zu Hause bei den Kindern bleiben und sich um den Haushalt kümmern sollten. Eine Meinung, von der Ella ahnte, dass viele Männer im Raum sie teilten, aber den Anstand besaßen, sie für sich zu behalten. Markus' Chef hatte gelacht, und zu Ellas Erstaunen hatten die anderen Frauen am Tisch eingestimmt. Vielleicht wäre es leichter gewesen, wie die anderen Frauen zu reagieren, doch Ella konnte die Wut, die in ihr hochkochte, nicht zurückhalten, woraufhin sie den Mann an seiner empfindlichsten Stelle attackierte: seiner Ausbildung. Sie wusste, dass er sein gesamtes Medizinstudium in Ungarn absolviert hatte, aber niemals darüber sprach.

Ella hatte sich Markus zugewandt und sich bei ihm dafür entschuldigt, dass sie ihm weder Kinder geboren hatte noch sich um den Haushalt kümmerte. Markus hatte ausgesehen, als wäre er am liebsten im Boden versunken. Und es wurde auch nicht gerade besser, als Ella kurz darauf ihre Aufmerksamkeit auf den Gastgeber richtete. Er hatte sie mit einem dümmlichen Lächeln bedacht, das sich jedoch rasch verflüchtigte, als Ella zum Punkt kam.

»Natürlich ist es ungerecht, wenn Frauen weiter an der Universität studieren und dort rücksichtslos den Männern die Studienplätze wegnehmen, die Ärzte werden wollen, aber leider nicht die entsprechenden Noten vorweisen können, um aufgenommen zu werden.«

Dann hatte Ella den Kopf geschüttelt, sich bei der Gastgeberin fürs Essen bedankt und sich entschuldigt. Sie hatte Markus nie ganz verziehen, dass er sitzen geblieben war, als sie aufstand, um zu gehen. Stattdessen war er wütend auf sie gewesen, als er später am Abend nach Hause kam. Er behauptete, dass sie mit ihrem Ausbruch beinahe seine Karriere an der Klinik zunichtegemacht und sie beide nur lächerlich gemacht hätte. Erst viel später sah Ella ein, dass sie vielleicht etwas überreagiert hatte.

Die Situationen, in denen sie die Kontrolle verlor, wurden mit der Zeit immer seltener, und inzwischen war weitaus mehr nötig, um sie zu provozieren. Aber Kindesmisshandlung zählte durchaus dazu.

»Gehen Sie zu einem Arzt und lassen Sie den Ellenbogen des Jungen untersuchen.«

Ihr Ton war eiskalt.

»Die Ellenbogengelenke von Kindern sind nicht dafür geschaffen, ihr eigenes Körpergewicht zu tragen. Sie können ja jederzeit behaupten, dass es ein Unfall war«, fügte sie hinzu.

Ihre Stimme troff regelrecht vor Sarkasmus. Die Mutter brachte kein Wort heraus und saß lediglich mit gesenktem Kopf da, während ihre Freundinnen einander fragend anschauten.

Ella drehte sich um und steuerte ungerührt auf einen freien Tisch zu. Die kleine Gruppe von Müttern sammelte ihre Sachen zusammen und verließ das Café.

»Doktor Andersson, I presume.«

Ella erkannte die kraftvolle Stimme unmittelbar wieder. Mikael Erlandsson war ein hochgewachsener Mann mit groben Gesichtszügen. Wenn seine Augen nicht so freundlich dreingeblickt hätten, wäre er eine Angst einflößende Erscheinung gewesen. Ella machte Anstalten aufzustehen, blieb dann aber sitzen. Sie würde ihm vermutlich gerade mal bis zum Brustkorb reichen, und sie wusste nicht, wofür sie ihre Autorität während des Gesprächs noch benötigen würde; eine Autorität, die besser wirkte, wenn man ihre Körpergröße nicht sah. Stattdessen streckte sie ihre Hand vor, die von einer großen, aber sehr gepflegten Männerhand ergriffen wurde. Der kräftigen Stimme nach zu urteilen hätte sie eine schmutzige, schwielige Hand erwartet.

»Sie können mich Ella nennen.«

Er bestellte Kaffee für sie beide und setzte sich ihr gegenüber. Die kleine Cappuccinotasse wirkte in seinen großen Händen geradezu lächerlich.

»Was möchte die Ärztin wissen?« Er lächelte und wirkte nahezu erwartungsvoll.

»Ich muss vorausschicken, dass mein Interesse an diesem Fall höchst privat ist. Ich bin nicht die für den Fall zuständige Rechtsmedizinerin und besitze aus diesem Grund auch nicht alle Informationen.«

Erlandsson richtete sich ein wenig auf, während sich auf seiner für sein Alter relativ glatten Stirn eine nachdenkliche Falte bildete.

»Wie kann die Leiche, die ich im Garten meines Vaters gefunden habe, von privatem Interesse für Sie sein?«

Er wirkte aufrichtig erstaunt. Ella holte einen farbigen Ausdruck des Fotos von der Tischuhr hervor, das das Auktionshaus auf seiner Homepage abgebildet hatte. Sie legte ihn auf den Tisch vor ihm.

»Erkennen Sie sie wieder?«

Die Falte auf seiner Stirn erhielt Gesellschaft von zwei weiteren.

»Meine Frage ist ganz einfach. Wissen Sie, wie diese Uhr in den Besitz Ihres Vaters kam?«

»Ich habe dieses schwere Ding doch verkauft.«

Mikael Erlandsson wirkte fast schuldbewusst. Ella lächelte.

»Ich weiß, und ich war diejenige, die es gekauft hat. Das Problem besteht darin, dass ich davon überzeugt war, die Uhr wäre bei einem Brand im Jahr 1976 zerstört worden.«

Er saß eine Weile stumm da und betrachtete das Foto. Ella deutete sein Schweigen positiv. Nach ein paar Sekunden schaute er wieder auf.

»Es war, ein paar Jahre bevor ich von zu Hause auszog …« Mikael schien seine Worte genau abzuwägen. »Mein Vater Arne war ein sehr rüstiger alter Mann. Er arbeitete Vollzeit als Hausmeister im Krankenhaus und zusätzlich bei einer vermögenden Familie in der Stadt.«

Ella verspürte den Anflug eines schlechten Gewissens, wollte ihn jedoch nicht unterbrechen.

»Irgendwann im Frühjahr, bevor ich mein Abitur machte, hörte er plötzlich im Krankenhaus auf. Ich habe nie begriffen, warum, aber ich glaube, er hat sich irgendetwas zuschulden kommen lassen. Danach arbeitete er Vollzeit bei dieser Familie. Ich weiß noch, dass mein Vater in dieser Zeit irgendwie bedrückt wirkte. Er zog sich zurück, was ungewöhnlich für ihn war, denn ansonsten war er sehr gesellig und aufgeschlossen. Ich erinnere mich noch daran, dass diese Uhr irgendwann im Frühjahr bei uns auf der Kommode stand. Ich traute mich allerdings nicht zu fragen, woher er sie hatte.«

Ella ahnte, dass Mikael nur ungern in dieser Art und Weise über seinen Vater sprach.

»Ich habe keinerlei Gründe anzunehmen, dass Ihr Vater die Uhr auf illegale Weise in seinen Besitz gebracht hat«, unterbrach sie ihn.

Mikael lächelte skeptisch, während er fortfuhr.

»Viele Jahre später habe ich meinen Vater dann gefragt, wie er an die Uhr gekommen ist, und ich kann mich noch heute an den Blick erinnern, den er mir zuwarf, als er antwortete: ›Ich habe einem Mann geholfen zu sterben‹. Das war alles, was er sagte. Damals war er schon recht alt, und ich war mir nicht ganz sicher, was er meinte. Ich weiß, dass er manchmal bei den Sterbenden im Krankenhaus saß, und habe mir Gedanken gemacht, ob es sich vielleicht um eine Art Bezahlung für aktive Sterbehilfe gehandelt hat.«

Mikael machte eine Pause.

»Doch dann taucht unerwartet eine Rechtsmedizinerin auf und deutet an, dass sie die Herkunft der Uhr kennt.«

Er lächelte und sah Ella forschend an.

»Sie haben mir noch nicht verraten, wer sie besessen hat, bevor sie bei meinem Vater landete.«

Ella überlegte kurz, ob sie ihm vertrauen konnte.

»Sie stand in meinem Elternhaus. Und soweit ich weiß, stand sie auch dort, als das Haus 1976 bis auf die Grundmauern niederbrannte.«

»Und ich nehme an, dass Ihre Eltern kein Licht in die Sache bringen konnten?«, versuchte Mikael es zögerlich.

»Mein Vater kam bei dem Brand ums Leben.«

Sie schwiegen lange, bis Mikael ihrem Blick begegnete. Die freundlichen Augen musterten sie eingehend. Dann veränderte sich plötzlich sein Gesichtsausdruck, und die nachdenklichen Falten auf seiner Stirn verschwanden.

»Sie waren das Mädchen, das im Garten gespielt hat! Ich habe meinen Vater manchmal begleitet und ihm geholfen, den Rasen zu Hause bei der Familie Rossing zu mähen und die Büsche zu beschneiden.«

Beim Nachnamen hielt er kurz inne.

»Das ältere Ehepaar lebte in einer herrschaftlichen Wohnung in der Innenstadt, während ihre Tochter und ihre Familie in einer fantastischen Villa draußen beim alten Schwimmbad wohnten. Eine Villa, die irgendwann in den 70er Jahren bis auf die Grundmauern abbrannte.«

»Liedenburg-Rossing«, ergänzte Ella. Es klang wie ein beschämtes Flüstern.

»Ich wusste gar nicht, dass bei dem Brand jemand ums Leben kam.«

Die Stimme des großgewachsenen Mannes klang plötzlich weich wie Samt. Ella hatte bisher nur selten so eine Diskrepanz zwischen dem Äußeren und dem inneren Wesen eines Menschen erlebt. Er war zwar groß und hatte ein derbes Aussehen, doch er war einfühlsam und clever. Sie fühlte sich unmittelbar zu ihm hingezogen.

»Jetzt muss ich leider los zu einer Verabredung«, sagte er entschuldigend. »Ich habe völlig die Zeit vergessen.«

Ella schaute auf die Uhr und stellte fest, dass sie ebenfalls zurück ins Büro musste. Sie gingen gemeinsam hinaus, wo der kalte Februarwind durch die Knopflöcher ihres Mantels drang. Er reichte ihr seine Visitenkarte, und Ella beeilte sich, ihre aus der Handtasche zu ziehen.

»Rufen Sie mich gerne an, wenn Ihnen noch etwas einfällt.« Sie zögerte. »Oder auch einfach nur auf einen Kaffee.«

Er lächelte breit. In dem Moment war Ella dankbar für die Kälte, die vermutlich die Farbe ihrer errötenden Wangen ein wenig dämpfte. Sie verabschiedeten sich, woraufhin Ella mit raschen Schritten zu ihrem Auto ging. Als sie sich auf den Fahrersitz gesetzt und den Motor gestartet hatte, nahm sie seine Visitenkarte zur Hand und betrachtete sie genauer. Architekt Mikael Erlandsson. Architekt.

Kapitel 8

Ella schlug die Augen auf und stellte den Wecker ab. Draußen war es noch dunkel. Sie konnte Markus' tiefe Atemzüge neben sich im Bett hören. Er war spät nach Hause gekommen, und sie erinnerte sich daran, dass sie nachts wach geworden war, ihm einen Kuss auf die Stirn gedrückt hatte und dann wieder eingeschlafen war. Es war ihre letzte Nacht in der Wohnung.

Das Umzugsunternehmen kam wie vereinbart um acht Uhr am Samstagmorgen und begann routiniert mit dem Einladen ihrer Kartons. Zuletzt wurden die Spiegel eingeladen, die sie sorgfältig in Luftpolsterfolie eingeschlagen hatte. Ella stand daneben und schaute zu, während die materiellen Besitztümer ihres Lebens im Umzugswagen verstaut und abtransportiert wurden.

Wie erwartet bot der kleine Fahrstuhl der Umzugsfirma keinerlei Hilfe, aber bereits vor dem Mittag konnte Ella die Tür in der neuen Wohnung hinter sich schließen. Sie hatte bewusst darauf verzichtet, die Tür zum großen Saal zu öffnen, sodass nun alle Kartons, ihre wenigen Möbel und die Spiegel im kleinen Schlafzimmer und in der Küche standen. Es sah ziemlich chaotisch aus, aber sie genoss das Gefühl, etwas Eigenes zu besitzen.

Ella zog den Vorhang zur Seite und betrat den großen Saal. Ohne die Esszimmermöbel und die Sofagruppe kam ihr der Raum noch größer vor. Der enorme Spiegel verstärkte dieses

Gefühl zusätzlich. Die Kronleuchter waren zum Glück hängen geblieben. Denn Ella hatte lediglich eine Lampe aus der gemeinsamen Wohnung mit Markus mitgenommen. Es war zwar ein modernes Stück aus transparentem Kunststoff, aber sein vom Rokoko inspirierter Stil passte ebenso gut in eine Altbauwohnung. Sie war sich im Klaren darüber, dass die Sonne bald untergehen und sie im Dunkeln tappen würde, wenn sie nicht bald etwas dagegen unternahm. Also zog sie ihren Mantel an und machte sich auf den Weg in die Stadt. In den Schaufenstern wurde bereits die Frühlingsmode ausgestellt. Die kurzen Röcke in hellen Farben wirkten angesichts der Kälte, die einem immer noch auf den Wangen brannte, gänzlich fehl am Platz. Ella besuchte drei Einrichtungsgeschäfte und kaufte insgesamt fünf Lampen und eine ganze Tüte voll mit diversen Kerzen. Sie hatte noch zwei weitere Lampen von der Sorte gekauft, die sie bereits besaß, und drei kleine Lampen, die eigentlich für Kinderzimmer vorgesehen waren, wo man sie in die Steckdose steckte, damit sie einem nachts den Weg leuchteten. Sie würden sie zumindest davon abhalten, im Dunkeln gegen die Wände zu laufen, dachte sie.

Als sie wieder nach Hause zurückkehrte, war es nach zwanzig Uhr, und ihre Energie versiegte langsam. In letzter Sekunde war ihr eingefallen, dass ihr Kühlschrank leer war, woraufhin sie leicht hysterisch einen Großeinkauf unternommen hatte. Sie warf einen Blick auf die Einkaufstüten, die sie von ihrem Blitzbesuch im Supermarkt mitgebracht hatte. Ihnen war anzusehen, dass sie während des Einkaufs hungrig gewesen war. Sie musste insgesamt drei Mal zum Auto laufen, um alle Tüten zu holen. Doch jetzt war der Kühlschrank gefüllt, und ihr war es gelungen, in der etwas unmodernen Küche eine leckere Pastasoße zuzubereiten. Die Matratze, die sie in

Erwartung des bestellten Betts bezogen hatte, war dünn und alles andere als bequem. Dennoch schlief sie unmittelbar ein.

Den nächsten Tag verwendete sie darauf, eine gewisse Ordnung in die Kartons zu bringen und sie auszupacken. Nachdem sie sich die Küche bei Tageslicht genauer angesehen hatte, erschien ihr eine umfassende Renovierung unumgänglich, und sie konzentrierte sich stattdessen aufs Schlafzimmer. Das Zimmer würde hoffentlich in wenigen Tagen ihr neues Bett beherbergen, sodass nicht mehr viel Platz für weitere Möbel blieb. Sie hatte bereits eine antike Kommode hineingestellt, und auch wenn es ihr leicht widerstrebte – sie fand, dass man das Arrangement als etwas schlüpfrig auffassen konnte –, hatte sie einige ihrer Spiegel aufgehängt. Der große Ohrensessel fand seinen Platz vor dem Kachelofen im großen Saal, die drei großen Kunststofflampen stellte sie jeweils in eines der Fenster, und die Bronzeuhr platzierte sie behutsam auf dem Fußboden vor dem Spiegel. Als die Dämmerung hereinbrach, verliehen sie dem spärlich möblierten Saal zusammen mit den Kerzen ein gewisses Gefühl von Wärme.

Ella erwachte und stellte fest, dass sie immer noch zusammengerollt in dem großen Ohrensessel saß. Die Kerzen waren beinahe heruntergebrannt. Sie verdammte sich selbst – sie hatte noch nicht einmal Brandmelder in der Wohnung installiert. Die kleinen Lampen in den Steckdosen wiesen ihr den Weg ins Bad, aber im Schlafzimmer gab es noch keine Beleuchtung. In vollkommener Dunkelheit versuchte sie es sich auf der Matratze auf dem Fußboden bequem zu machen. Doch sie lag noch fast eine Stunde wach und musste daran denken, was hätte passieren können, wenn die Kerzen heruntergebrannt wären und es in der Wohnung zu brennen begonnen hätte. Wie viele Personen wussten denn, dass sie gerade erst eingezogen und die alte Dame verstorben war, die mit hoher Wahrscheinlichkeit noch unter dieser Adresse gemeldet war? Wie lange würde es dauern, bevor man die Verwechslung feststellte? Eine verbrannte neununddreißigjährige Leiche würde sich nicht wesentlich von einer neunzigjährigen unterscheiden. Langsam begann sich in ihrem Bewusstsein ein Gedanke zu formen.

Kurz vor der Mittagspause nahm Ella ihren Hauptschlüssel zum Archiv der Abteilung an sich und fuhr mit dem Aufzug in den Keller hinunter. Sie war seit mehreren Jahren nicht mehr dort unten gewesen und nicht ganz sicher, wie die Akten katalogisiert waren, wusste jedoch, dass es ein kleines Register gab. Wenn man erst einmal die Kennnummer der Akte in Erfahrung gebracht hatte, konnte man sie ohne Probleme in dem großen Kellerarchiv suchen. Die ersten Obduktionsprotokolle, die archiviert wurden, stammten aus dem vorigen Jahrhundert und waren mit Füllfederhalter von Hand geschrieben. Doch die Akte, nach der sie suchte, dürfte bereits mit der Schreibmaschine erstellt worden sein.

Im Archiv fand sie eine ganze Abteilung mit Obduktionsprotokollen von Personen, die Ende der 70er Jahre einem Serienmörder zum Opfer gefallen waren. Sie strich über die gebundenen Einbände. Insgesamt siebenundzwanzig Personen. Sie erinnerte sich daran, dass sie irgendwann zu Beginn ihres Berufslebens Teile der umfangreichen Ermittlungen gelesen hatte. Man hatte damals auf mehrere Monate alte Fälle zurückgreifen müssen, um auf die Details zu stoßen, die man zuvor übersehen hatte. Alle Opfer des Mörders waren alt und krank gewesen, und somit stellte es kein Problem dar, eine Todesursache zu finden. Nur leider hatte man die eigentliche Todesursache übersehen.

Ella ging entlang der Regale weiter. Sie fragte sich, wie viele Gutachten wohl fehlerhaft waren. Wie viele Obduktionen Hinweise darauf vermissen ließen, dass die Opfer keines natürlichen Todes gestorben, sondern getötet worden waren.

Schließlich fand Ella das Regal mit den Fällen von 1976. Die Akte, nach der sie suchte, war mit allen anderen Fällen zusammengebunden, die im selben Monat obduziert worden waren, sodass sie den gesamten Band mit in ihr Büro hinaufnehmen musste. Sie legte den dicken Wälzer mit den vergilbten Seiten auf ihren Schreibtisch. Auch wenn ihre Neugier groß war, zögerte sie ein wenig, sich dem Inhalt zu widmen. Sie beschloss, mit dem Lesen noch zu warten, doch der schwache Geruch nach altem Papier, der sich im Raum ausbreitete, zog immer aufs Neue ihre Aufmerksamkeit auf sich. Nach der Mittagspause schlug sie schließlich die Akte auf und blätterte bis zu dem Fall vor, von dem sie zwar gewusst hatte, dass er sich im Archiv befand, den sie aber nie für lesenswert gehalten hatte. Bis heute. Sie las den Namen laut.

»Frederick Andersson.«

Er kam ihr fremd vor. Wie die Figur aus einem Buch, das sie vor langer Zeit einmal gelesen hatte. Sie überblätterte die ersten Seiten und las dann die einleitenden Zeilen des Protokolls:

Die Leiche weist deutliche Brandverletzungen auf. Die Haut ist am gesamten Körper außer am linken Fuß stark schwarzbraun verkohlt, und die Leiche liegt in einer sog. Fechterstellung, d. h., die Ellenbogen- und Handgelenke sind ebenso wie die beiden Kniegelenke gebeugt. Am Rücken, am Gesäß und an den Rückseiten der Oberschenkel ist die Haut etwas besser erhalten. Die gesamte Kopfhaut ist verbrannt, sodass die verkohlte spröde Hirnschale, die dabei ist zu zerfallen, zu großen Teilen freigelegt ist. Teile der Gesichtsknochen sind ebenfalls in dieser Weise freigelegt. Sowohl die obere als auch die untere Zahnreihe sind verkohlt und weisen Auflösungserscheinungen auf. Die Bauchdecke ist weitgehend zerstört, sodass sich an der Vorderseite des Rumpfes Teile des Dünndarms herauswölben, die ebenfalls verkohlt sind und zu zerfallen beginnen. Diese Veränderungen zeigen sich ebenso an der Vorderseite des linken Oberschenkels und an der Innenseite des linken Unterschenkels.

Sie schob den Text von sich und schloss die Augen. Seit über zehn Jahren verfasste sie bereits Protokolle dieser Art. Objektiv, kurzgefasst, aber mit detaillierten Beschreibungen. Während der Gespräche mit Angehörigen riet sie ihnen oftmals davon ab, die Protokolle zu lesen. Denn keiner sollte eine derartige Beschreibung der Person lesen müssen, der man nahestand. In diesem Augenblick, in dem sie das Obduktionsprotokoll ihres Vaters vor sich liegen hatte, war sie überzeugt davon, dass dieser Rat angemessen war. Der Schmerz in ihrer Brust war unerträglich. Dennoch riss sie sich zusammen und las weiter. Aus der äußeren Untersuchung der Leiche ließ sich nur ablesen, dass die Temperatur des Feuers extrem hoch gewesen sein musste. Normalerweise blieben die Zähne bei einem Hausbrand erhalten, während die poröseren Knochen spröde wurden und zerfielen. Um auch die Zähne zu zerstören, war eine Temperatur von über 1200 Grad notwendig. Sie überflog die Standardformulierungen weiter und hielt hin und wieder inne, um sie sich einzuprägen.

Im Kehlkopf sowie in der Luftröhre ist kein fremdartiger Inhalt gefunden worden. Die Schleimhäute sind blass und weisen keinen Reizzustand auf.

Die Hülle der Leber ist stellenweise schwarz verkohlt und stellenweise unverletzt. Im unverletzten Bereich weist die Oberfläche eine leicht raue Struktur auf. Das Lebergewebe ist an den Schnittflächen hell gelblich-braun, während es am Messer deutliche Spuren von Fettgewebe hinterlässt.

Der linke Oberarm weist eine geringe Fehlstellung auf, und bei der Freilegung des Knochens ist ca. 16 cm oberhalb des Ellenbogengelenks ein gut verheilter Knochenbruch zu erkennen.

Ella wand sich. Sie blätterte rasch weiter und gelangte zum Gutachten, in dem der Rechtsmediziner die Befunde zusammengefasst hatte und seine Schlüsse daraus zog. Sie musste den kurzen Text zwei Mal lesen, um seinen Inhalt zu verstehen.

Aufgrund der bisherigen Ergebnisse der Untersuchung der Leiche von Andersson, Frederick, geboren am 12. 11. 1945, darf ich hiermit folgendes Gutachten abgeben:

dass Frederick Anderssons Leiche
ausgedehnte Brandverletzungen sowie
einen verheilten Knochenbruch am linken Oberarmknochen aufwies;

dass die Brandverletzungen eine zufriedenstellende Beurteilung unmöglich machten;

dass die Art der Verletzungen möglicherweise dafürspricht, dass die Brandverletzungen die Todesursache bildeten;

dass die Befunde zusammengenommen mit den Umständen des Falls dafür sprechen, dass er durch einen Unfall gestorben ist; und

dass sich im Zuge der Untersuchung keine Hinweise darauf ergeben haben, dass die Todesursache nicht der oben genannten entspricht.

Sie saß lange da und dachte über das gelinde gesagt dürftige Gutachten nach. Es war unterschrieben von Viktor Kauffman. Normalerweise ging aus einem Gutachten hervor, ob irgendetwas darauf hindeutete, dass die betreffende Person noch am Leben gewesen war, als der Brand ausbrach. Es konnte sich beispielsweise um Rußpartikel in den Atemwegen handeln, die dafür sprachen, dass die Person noch geatmet hatte, während es brannte. Soweit Ella wusste, konnte man seit den 1940er Jahren chemische Analysen durchführen, um die Menge an Kohlenmonoxid im Blut der Toten zu messen; eine Analyse, die bei einem Verdacht auf eine Kohlenmonoxidvergiftung inzwischen zum Standard gehörte. Wenn man diese Befunde jedoch nicht erbracht hatte, konnte die Todesursache nur selten mit Sicherheit festgestellt werden. Natürlich bildete die Entnahme von Blut oder ähnlichem Gewebe der Leiche die Voraussetzung, um diese Analyse durchführen zu können, was bei Brandopfern nicht immer möglich war. Bei extrem hohen Temperaturen löste sich außerdem die Verbindung von Kohlenmonoxid und Hämoglobin, was zu fehlerhaften negativen Testergebnissen führen konnte.

Die Formulierung *möglicherweise dafürspricht* wurde benutzt, wenn der Rechtsmediziner eine gewisse Unsicherheit im Hinblick auf die Todesursache empfand, die er diagnostiziert hatte. Es herrschte natürlich kein Zweifel daran, dass die

Brandverletzungen an sich schon tödlich waren, doch da sie eventuelle zusätzliche Spuren zerstörten, konnte man nicht mit Sicherheit ausschließen, dass die Person an etwas anderem gestorben war.

Ella konnte sich vage daran erinnern, dass ihr Vater einmal einen Verkehrsunfall gehabt hatte, wusste jedoch nicht, ob er sich dabei tatsächlich verletzt hatte. Ella blätterte zurück und sah, dass man sogar mikroskopische Untersuchungen der Organe durchgeführt hatte, die nicht durch die Flammen beschädigt worden waren. Wieder blieb sie bei der Beschreibung der Leber hängen. Die mikroskopischen Befunde bestätigten die Schlussfolgerungen, die Ella bereits aus ihrer Lektüre gezogen hatte: Fettleber und beginnende Leberzirrhose. Es waren Befunde, die mit chronischem Alkoholismus einhergingen. Judits Aussage über seinen zunehmenden Alkoholkonsum in seiner letzten Zeit hallte in ihren Ohren wider.

Sie schlug die Akte zu und schob sie von sich. Sie blieb noch ein paar Minuten sitzen und dachte nach. Dann blätterte sie noch einmal zurück und sah, dass über die Anordnung einer Obduktion und den Polizeibericht hinaus vier weitere eingegangene Dokumente angefügt waren. Eines davon war ein Bericht über die polizeilichen Ermittlungen zu dem Brand, während die übrigen schriftliche Anfragen von Personen waren, die um Einsicht in die Akte baten. Es handelte sich um allgemein zugängliche Dokumente, die allerdings teilweise der Geheimhaltung unterlagen. Bei der Prüfung der Geheimhaltungspflicht wahrte man ebenso die Pietät des Verstorbenen, wie man Rücksicht darauf nahm, ob der Inhalt als kompromittierend für die Angehörigen aufgefasst werden konnte. Wenn eine Geheimhaltung beschlossen wurde, musste eine schriftliche Erklärung darüber abgegeben werden, warum das Dokument oder Teile dessen nicht herausgegeben werden durften, sowie ein gesetzlicher Nachweis beigefügt werden. Nicht ganz unerwartet lag eine Anfrage von Judit vor, die Dokumente einzusehen. Es lag ebenfalls eine Anfrage eines der größten Versicherungsunternehmen des Landes vor – was vor dem Hintergrund der finanziellen Forderungen, die sicher gestellt worden waren, ebenfalls nicht verwunderlich war. Doch der dritte Interessent auf der Liste erregte Ellas Aufmerksamkeit: ein G. Gustavsson. Es war ein Name, der ihr völlig unbekannt war.

Plötzlich wurde die Tür zu ihrem Zimmer geöffnet, und Gerarldsson trat ein. Ihr Chef schien blendender Laune zu sein. Die Fliege um seinen Hals deutete darauf hin, dass er im Gericht gewesen war.

»Buchen Sie den Flug und das Hotel am besten sofort«, sagte er mit einem Lächeln.

Ella zog gekünstelt die Augenbrauen hoch.

»Paris! Genießen Sie den Frühling in Paris«, fuhr er fort.

»Als ich das letzte Mal in den Kalender geschaut habe, hatten wir gerade mal Ende Februar«, entgegnete Ella in einer etwas gedämpfteren Tonlage.

Gerarldsson platzierte einen dicken Stapel Unterlagen auf Ellas Schreibtisch und ging wieder auf die Tür zu, hielt unterwegs jedoch inne.

»An Ihrer Stelle würde ich etwas länger bleiben. Paris ist eine fantastische Stadt!«

In seinem Blick konnte sie eine starke Sehnsucht ausmachen.

»Vielleicht bleibe ich ja auch für immer«, rief sie ihm nach.

Sie wusste nicht, ob ihr Chef es gehört hatte und ob ihm klar war, dass sie viel zu pflichtbewusst war, als dass er befürchten musste, dass so etwas passieren würde. Sie warf einen Blick auf den Stapel an Unterlagen, den er gerade auf ihrem Schreibtisch hinterlassen hatte, blätterte zerstreut darin und fand einen Zeitplan über die drei Tage der Konferenz. Sie stellte fest, dass die meisten Dozenten entweder Physiker oder Röntgenärzte waren. Nur einige wenige waren Rechtsmediziner. Diese Tatsache ließ sie der Computertomographie als Ersatz für traditionelle Obduktionen gegenüber noch skeptischer werden. Eine Vorlesung am Freitag ließ sie innehalten. *Computer Tomography and Identification.* Computertomographie und Identifizierung. Identifizierung.

Sie legte den Stapel Unterlagen zur Seite und nahm stattdessen erneut die Akte mit dem Obduktionsbericht über ihren Vater zur Hand. Die Akte musste natürlich auch irgendeine Form eines Identifizierungsberichts enthalten. Und tatsächlich fand sie ihn direkt hinter dem Gutachten. Auch dieses Dokument war kurzgefasst.

Bei der Obduktion der stark verbrannten Männerleiche, die in der Linnégata 12 am 25. 3. 1976 aufgefunden wurde, konnte ein gut verheilter Bruch mit geringer Fehlstellung am linken Oberarmknochen diagnostiziert werden. Der Mann, der unter o.g. Adresse gemeldet war, hatte nach Aussage seiner Mutter als junger Mann während eines Auslandsurlaubs einen Verkehrsunfall erlitten. Bei diesem Unfall soll er sich den linken Arm gebrochen haben. Irgendwelche ärztlichen Unterlagen oder Röntgenbilder zur vergleichenden Identifizierung konnten nicht beigebracht werden. Während der Obduktion wurde dem Mann vom linken Ringfinger ein Goldring abgenommen, den man der Polizei übergab.

Kriminalinspektor Tommy Olofsson wurde über die o.g.

Sachverhalte in Kenntnis gesetzt, woraufhin er die Identität der Leiche Frederick Andersson, geboren am 12.11.1945, zuschrieb.

Ella dachte über den Bericht nach. Es war einer der schlechtesten Identifizierungsberichte, die sie je gelesen hatte. Andererseits war es nicht ungewöhnlich, dass die Polizei keinerlei Zweifel an der Identität aufkommen ließ, obwohl die Leiche kaum noch Züge eines menschlichen Wesens aufwies. Sie konnte sich allerdings auch an keinen einzigen Fall erinnern, bei dem sich im Nachhinein herausgestellt hätte, dass die vermutete Identität falsch war. Sie konnte nur davon ausgehen, dass es tatsächlich der Ehering ihres Vaters war, den Judit in den ersten Jahren nach dem Brand an einer Kette um ihren Hals getragen hatte. Dennoch wurde sie den Gedanken nicht los, der in ihr Bewusstsein gedrungen war.

Ella verbrachte nahezu zwei Stunden des Nachmittags damit, ihren Flug und ein Hotel zu buchen. Bei Dienstreisen war es von entscheidender Bedeutung, sich an die Economy Class zu halten und ein Hotel zu wählen, das nicht als luxuriös aufgefasst werden konnte. Der Preis schien eine untergeordnete Rolle zu spielen. Ella entschied sich für ein kleines Hotel mitten in Paris, das nicht weit vom Centre Pompidou lag. Sie war zwar keine hingebungsvolle Verehrerin moderner Kunst, hatte jedoch schon einiges über das Museum gehört und dachte, dass es bestimmt einen Besuch wert sein würde. Als sie gerade Feierabend machen wollte, kam Simon zu ihr ins Zimmer.

»Ich hab gehört, dass du nach Paris fährst.«

Er sah müde aus. Nicht einmal der braune Anzug und die farbenfrohe orangefarbene Krawatte konnten verbergen, dass ihn irgendetwas bedrückte. Vielleicht war die Romanze vorbei, von der er ihr erzählt hatte, dachte sie.

»Setz dich doch!«

Jetzt war es an Ella, ihn zum Sprechen zu bewegen. Und Simon schien genau dies dringend nötig zu haben. Ella nahm ihren Mantel von ihrem Besucherstuhl und schloss die Tür.

Sie saßen über eine Stunde in ihrem Büro, während Simon von seinem Bruder berichtete, der erneut in eine psychiatrische Klinik eingewiesen worden war. Simon hatte die psychische Krankheit seines kleinen Bruders zwar schon zuvor erwähnt, aber Ella hatte nicht gewusst, dass er manisch depressiv war. Zum ersten Mal war er offenbar während seines Studiums erkrankt, als Simon Medizin studierte und sein Bruder an der Technischen Hochschule immatrikuliert war. Während des fünften Semesters hatte sich sein Verhalten deutlich verändert, und sein bereits ambitioniertes Lernverhalten wurde immer hysterischer. Als seine manische Phase ihren Höhepunkt erreichte, hatte er drei verschiedene Professoren für sich gewonnen, die alle der Auffassung waren, den perfekten Doktoranden gefunden zu haben. Parallel zu seinen Forschungen schrieb er nachts Bücher über Mathematik. Darüber hinaus hatte er Verhältnisse mit mindestens vier Frauen angefangen, von denen eine seine fünfundzwanzig Jahre ältere Professorin war.

Simon berichtete niedergeschlagen von dem Chaos, das sein Bruder hinterlassen hatte, als er schließlich in eine depressive Phase verfallen war und versucht hatte, sich das Leben zu nehmen. Zum Glück hatte man ihm helfen können, sodass er nach nur sechs Monaten sein Studium wieder aufnehmen konnte. Dank seiner täglichen Medikamenteneinnahme und der Unterstützung durch Angehörige und Ärzte hatte er seitdem keine manischen oder depressiven Phasen mehr gehabt.

Bis jetzt. Es war Simon, der sich schließlich gezwungen sah, den Psychiater seines Bruders anzurufen. Dieser hatte seinen Patienten unmittelbar zur Beurteilung einbestellt, der dann alle Kriterien erfüllt hatte, um gegen seinen Willen, aber auf der Grundlage des Gesetzes über psychiatrische Zwangsversorgung eingewiesen zu werden. Auch wenn Simon der Überzeugung war, dass sein Bruder wieder gesund werden würde, bedrückte es ihn, dass dieser jeden Besuch von ihm ablehnte.

Als Simon Ellas Büro verließ, fühlten sie sich beide etwas besser. Den Problemen eines anderen zuzuhören bewirkte oft, dass die eigenen Probleme in den Hintergrund rückten, stellte Ella fest. Zwischendurch war sie versucht gewesen, Simon ein paar Fragen zu seinem Fall mit dem vergrabenen Mann zu stellen, spürte jedoch, dass jetzt nicht der passende Zeitpunkt dafür war. Dann erinnerte sie sich an die braunen Papiertüten in Simons Regal und blieb noch ein paar Minuten im Büro, nachdem Simon das Gebäude verlassen hatte. Zu ihrer Enttäuschung konnte sie weder die Mappe mit den Unterlagen zum Fall noch die braunen Papiertüten finden. Mit leeren Händen schloss sie die feuersicheren Türen des Archivs und sorgte dafür, dass die Alarmanlage eingeschaltet war. Auf dem Nachhauseweg wählte sie Judits Nummer. Sie schenkte sich die Höflichkeitsfloskeln und kam direkt zur Sache.

»Ich komme in einer Viertelstunde vorbei und hole den Brief ab.«

Ihre Stimme ließ keinen Spielraum für eine Diskussion, woraufhin am anderen Ende der Leitung ein niedergeschlagener Seufzer zu hören war.

»Ich hinterlege ihn unten bei Adam«, entgegnete Judit resigniert.

»In Ordnung.«

Ella legte auf. Das Haus, in dem Judit wohnte, hatte zwar keinen Portier, aber der ehemalige Hausmeister wohnte noch immer im Erdgeschoss und erfüllte weiterhin in jeder Hinsicht die Funktionen eines solchen. Adam hatte mehr als vierzig Jahre in Judits Haus gearbeitet, und obwohl er fünfundsiebzig Jahre alt war, sah man ihn noch oft die Beete im Innenhof harken oder im Winter Schnee schippen. Judit war in die Wohnung gezogen, die zwischen der Stadtbibliothek und der Oper lag, als Ella ihr Studium begann. Judit hatte ihren Umzug damit begründet, dass in ihrer vorherigen Wohnung zu viele alte Erinnerungen steckten. Erinnerungen an was, hatte Ella sich gefragt. Sie waren ja erst ein halbes Jahr nach dem Brand dort hingezogen.

Ella hielt vor der Haustür. Sie hatte gerade den Motor ausgeschaltet, als jemand an die Scheibe auf der Beifahrerseite klopfte. In der Dunkelheit zeichnete sich Adams großgewachsene Silhouette ab. Sie ließ die Scheibe herunter und nahm einen großen wattierten Umschlag entgegen. Ella wünschte ihm einen schönen Abend und fuhr davon. Sie konnte sich an ihren letzten Besuch in der Wohnung ihrer Mutter nicht mehr erinnern – wahrscheinlich war es im Zusammenhang mit einem Geburtstagsfest gewesen.

Die Fahrt nach Hause dauerte länger, als sie gerechnet hatte. Als sie geparkt hatte, merkte sie, dass sie aus alter Gewohnheit zu der Wohnung gefahren war, in der Markus und sie gewohnt hatten. Sie verfluchte ihre Dummheit, aber als sie den Rückwärtsgang einlegte und sich umdrehte, blieb ihr Blick an einem der Fenster im Dachgeschoss hängen. Das Licht in der ihr wohlbekannten Wohnung war gerade gelöscht worden. Auch wenn sie nicht mehr als für den Bruchteil einer Sekunde hingeschaut hatte, wusste sie, wen sie gesehen hatte. Markus und diese Frau. Johanna. Eng umschlungen.

Ella richtete sich auf, holte tief Luft und ließ ihr früheres Leben hinter sich. Jetzt war sie offiziell ausgetauscht worden.

Als sie die kleine Tür zu ihrer Wohnung öffnete, bemerkte sie, dass der Hausmeister den Namen auf dem Türschild bereits in E. Andersson geändert hatte. Es verursachte ihr ein gutes Gefühl. Im dunklen Flur fiel ihr erneut ein, dass sie am nächsten Tag pünktlich ihren Arbeitsplatz verlassen müsste, um weitere Lampen zu kaufen. Im Kerzenschein öffnete sie vorsichtig den wattierten Umschlag. Darin befand sich ein kleiner blauer Briefumschlag. Er war adressiert an Frederick Anderson, mit einem S. Die Adresse kannte sie nicht, möglicherweise war der Brief an Fredericks Arbeitsplatz geschickt worden. Der Umschlag war fein säuberlich aufgeschlitzt, und Ella entnahm ihm vorsichtig das dünne Briefpapier. Es bestand lediglich aus einer Seite, und die Mitteilung war kurz. Das Papier war so dünn, dass der Text vermutlich geradewegs hindurchscheinen würde, wenn man es beidseitig beschrieb. Ella las sorgfältig den Text mit der ansprechenden zierlichen Handschrift.

Dezember 1975

Mein Geliebter,
die Leere, die Du hinterlässt, kann ich nicht in Worte fassen, und meine Sehnsucht wird mit jedem Mal, wenn Du fortgehst, größer. Alles, was in Deiner Nähe gerade noch magisch war, hat plötzlich seinen Charme verloren, und die Stadt hat sich in eine graue nichtssagende Masse verwandelt. Die Menschen um mich herum verschwimmen, und ich kann ohne Dich an meiner Seite weder essen noch schlafen.

Ich habe genügend Männer in meinem Leben getroffen, um zu wissen, wann ich den Richtigen gefunden habe. Um zu wissen, wann ich aufhören kann zu suchen. Mit Dir zusammen ist alles so, wie es sein soll. Und ich frage mich nun ein ums andere Mal, warum ich es wieder zugelassen habe, dass Du aus meinem Leben verschwunden bist, wo ich mich doch nur mit Dir wirklich lebendig fühle. Jetzt lebe ich in der Hoffnung, Dich bald wiederzusehen.

In Liebe C

Das Englisch war in Ellas Augen fehlerlos. Ungewöhnlich für eine Französin, dachte sie vorurteilsvoll. Sie las den Brief noch weitere zwei Male und schob ihn dann vorsichtig in das blaue Kuvert zurück. Als sie es gegen das Licht hielt, konnte sie erahnen, dass auf der Rückseite etwas stand. Mit dem Umschlag in der Hand tastete sie sich zur Küche vor und schaltete die Lampe unter der Dunstabzugshaube ein. Ganz richtig stand eine Adresse auf der Rückseite. Ein Absender: C. 1, Rue de la Verrerie, Paris, France. Die Adresse sagte Ella nichts. Sie suchte also nach einer Französin, die zumindest vor vierunddreißig Jahren in fehlerfreiem Englisch schreiben konnte und unter dieser Adresse in Paris wohnte. Der erste Buchstabe des Vor- oder Nachnamens lautete außerdem C. Ihre Voraussetzungen, die Frau tatsächlich zu finden, waren äußerst schlecht, stellte sie trocken fest. Sie betrachtete wieder das Kuvert. Plötzlich fiel ihr ein, dass nicht einmal sicher war, ob ihr Vater den Brief erhalten hatte. Andererseits, überlegte sie, hatte man ihn schließlich in seiner Kleidung gefunden. Judit war überwiegend zu Hause gewesen und hatte sich um den Haushalt gekümmert, wie man das damals noch nannte, bevor Ella in die Schule gekommen war. Ein Brief dieser Art aus Paris, wie sie ihn nun in Händen hielt, wäre sicherlich nicht an Judit vorbeigekommen, ohne sorgfältig begutachtet zu werden.

Ella saß an diesem Abend lange in ihrem Ohrensessel. Als sie schließlich auf ihrer Matratze in dem kleinen Schlafzimmer einschlief, hatte sie zwei Dinge entschieden. Sie würde während der Konferenz in Paris auf Gedeih und Verderb die Adresse aufsuchen. Das Ganze war zwar weit hergeholt, aber immerhin einen Versuch wert. Zum anderen wurde es wieder einmal höchste Zeit für Waffeln.

Kapitel 9

Direkt nach der Arbeit fuhr Ella zu Estrid und klingelte an ihrer Tür. Sie hatte drei unterschiedliche Sorten Marmelade und außerdem ihr Otoskop dabei, um zu kontrollieren, ob auch wirklich nichts verletzt worden war, als sie letztens die Schmalzpfropfen aus Estrids Gehörgängen entfernt hatte. Die Wohnungstür wurde geöffnet, woraufhin sich eine angenehme Duftwolke im Treppenhaus ausbreitete. Die rundliche kleine Dame wirkte munter. Sie nahm Ella die Marmeladengläser gleich ab und watschelte damit in Richtung Küche.

»Ich habe gerade angefangen, ein paar Waffeln zu backen«, sagte sie beiläufig, während sie die Marmeladengläser näher in Augenschein nahm.

Mit unverhohlener Ironie fügte sie hinzu:

»Selbstgemacht, nehme ich an.«

»Gerade angefangen«, wiederholte Ella und tat so, als würde sie den Dampf vom Waffeleisen wegfächern. »Ich hatte eher den Eindruck, dass du gerade dabei bist, das ganze Haus abzufackeln.«

Estrid drehte sich um und sah auf einmal ernst aus.

»Aber liebe Estrid«, rief Ella aus. »Das war doch nicht ernst gemeint.«

Estrid lächelte, aber ihre Augen wirkten traurig. Nachdem jede von ihnen eine Waffel probiert hatte, ergriff Estrid das Wort.

»Du musst wissen, dass ich lange darüber nachgedacht

habe, was du beim letzten Mal, als du hier warst, gesagt hast. Ich habe wirklich versucht, mich noch besser an die Tage von damals zu erinnern, doch gewisse Erinnerungen scheinen sich immer mehr aufzulösen, je mehr ich versuche, sie mir ins Gedächtnis zu rufen.«

»Aber deswegen bin ich auch nicht gekommen«, entgegnete Ella und bekam ein schlechtes Gewissen.

»Natürlich nicht«, murmelte Estrid mit einem großen Waffelstück im Mund vor sich hin. »Eigentlich müsstest du sowieso öfter bei mir vorbeischauen, damit du nicht vom Fleisch fällst. Du bist ja spindeldürr.«

Estrids Vorstellung von der perfekten Figur stand in befreiender Art und Weise nicht ganz im Einklang mit dem aktuellen Schönheitsideal.

»Ich würde dich allerdings gerne fragen, ob du etwas darüber weißt, dass mein Vater vor vielen Jahren einen Verkehrsunfall gehabt haben soll.«

Estrid runzelte die Stirn.

»Aber du meinst nicht den auf den Kanarischen Inseln, oder? Das war ja, lange bevor er Judit kennenlernte.«

»Weißt du zufällig, ob er sich dabei verletzt hat?«, schob Ella blitzschnell hinterher.

»Keine Ahnung. Ich kannte Frederick ja nicht, bevor er in die Familie Liedenburg-Rossing einheiratete. Ich kann mich lediglich daran erinnern, dass er irgendwann einmal von einem Verkehrsunfall gesprochen hat. Ich glaube, er war damals nach dem Abitur gemeinsam mit Freunden unterwegs.«

»Und du weißt nicht zufällig, auf welcher Insel er genau war?«, versuchte Ella es zögerlich.

Estrid schüttelte lediglich den Kopf.

»Vielleicht auf Mallorca«, antwortete sie und zuckte mit den Achseln.

Wunderbar, dachte Ella. Eine Insel, die nicht einmal zu den Kanarischen Inseln gehörte.

Sie aßen die restlichen Waffeln schweigend. Mit ein wenig Überredungskunst durfte Ella schließlich Estrids Ohren untersuchen. Kein einziges Schmalzpartikel, stellte sie zufrieden fest. Ella wusste, dass sie Estrids Wohnung nicht verlassen durfte, ehe sie Kaffee getrunken hätten, deshalb setzte sie sich folgsam wieder und beobachtete die alte Dame, während sie Kaffee aufsetzte. Dafür, dass sie unter ausgeprägten Gelenkbeschwerden litt, bewegte sie sich erstaunlich flink. Ihre Küche war mit einer Reihe von raffinierten Hilfsmitteln ausgestattet, die ihr die Arbeit erleichterten.

Als Estrid den Kaffee eingeschenkt und sich endlich zu Ella an den Tisch gesetzt hatte, fuhr sie plötzlich wieder hoch.

»Ich habe ja mein Tagebuch ganz vergessen«, rief sie aus.

Sie watschelte aus der Küche und kehrte mit zwei Büchern unter dem Arm zurück. Beide waren gebunden, aber das eine war mit einem braunen Lederriemen versehen und glich einem Tagebuch, das andere sah aus wie ein ganz normales Buch.

»Ich kann zwar nicht behaupten, dass ich jeden Tag etwas hineingeschrieben hätte, aber wenn irgendetwas passiert ist, habe ich es mir notiert.«

Auf der Innenseite des Einbands stand 1973-1979. Wenn es sieben Jahre gedauert hatte, dieses nur gut einen Zentimeter dicke Buch zu füllen, konnte ihr Leben wirklich nicht gerade ereignisreich gewesen sein, dachte Ella.

»Ich weiß, dass ich bereits nach deinem letzten Besuch in diesem Tagebuch gesucht, aber leider keine einzige Notiz zu den betreffenden Tagen gefunden habe. In jenem Frühjahr habe ich offenbar nicht viel aufgeschrieben. Dennoch hätte ich schwören können, dass ich mir irgendwo Notizen zu diesem Telefonat gemacht habe, das Ernst geführt hat. Doch dann fiel mir plötzlich ein, warum nichts in meinem Tagebuch stand.«

Estrid strahlte und streckte sich stolz.

»In jenem Frühjahr habe ich nämlich all meine freie Zeit darauf verwendet, Kerstin Ekmans Bücher zu lesen. Ich hatte gerade *Hexenringe* gelesen und wartete sehnsüchtig darauf, dass *Die Springquelle* erscheinen würde.«

Estrid legte das zweite Buch auf den Küchentisch, das sie mitgebracht hatte, es war *Die Springquelle* von Kerstin Ekman. Sie blätterte zur letzten Seite vor. In der oberen Ecke hatte sich jemand mit dünner Bleistiftschrift kurze Notizen gemacht.

»Ich habe mir auf dem Papier, was ich gerade zur Hand hatte, notiert, was ich aufgeschnappt habe«, erklärte sie triumphierend.

Ella nahm das Buch zur Hand und versuchte Estrids nachlässige Handschrift zu entziffern. Es waren keine ganzen Sätze, sondern lediglich einzelne Worte.

23. März.
Klaus. Linnégata. Mercedes.
Nestbeschmutser.

Ella betrachtete Estrid.

»Nestbeschmutser?«

»Ja, ich weiß auch nicht. Ich bin mir nicht einmal sicher, ob man es so schreibt. Ich habe es so aufgeschrieben, wie ich es gehört habe«, fügte sie rasch hinzu.

Ella griff sich einen Zettel und schrieb sich die Notizen ab. Als sie schließlich im Mantel im Flur stand, flüsterte Estrid ihr fast unhörbar zu:

»Du glaubst, dass sie ihn getötet haben, nicht wahr?«

Ella legte den Kopf schief und betrachtete sie. Estrids Augen blickten traurig drein, aber ansonsten war ihre Miene nahezu ausdruckslos.

»Ich weiß ehrlich gesagt nicht, was ich glauben soll«, entgegnete Ella ruhig. »Aber ich werde alles tun, was in meiner Macht steht, um herauszufinden, was genau geschehen ist.«

Die letzten Worte dachte sie nur.

»Es gibt da einiges über die Familie Liedenburg-Rossing, was du nicht weißt, meine Kleine.«

Estrid hatte sie nicht mehr meine Kleine genannt, seit Ella ihr mit sieben Jahren nüchtern erklärt hatte, dass diese Anrede ihr nicht mehr passend erschien. Estrid hatte diese Anrede daraufhin nur noch benutzt, wenn Ella ungehorsam oder allzu frech war. Ella betrachtete die alte Dame neugierig.

»Und das wäre?«

Estrid fingerte nervös an der Narbe an ihrer Augenbraue herum und schüttelte den Kopf.

»Ein anderes Mal«, sagte sie schließlich.

Ella hätte gern erfahren, was Estrid meinte, musste sich aber erst einmal mit den Antworten zufriedengeben, die sie bekommen hatte. Sie umarmte sie und verschwand hinaus in die Kälte.

Estrid stellte sich ans Fenster und beobachtete, wie Ella in ihren Wagen stieg. Sie war sich nicht sicher, ob sie sich je stark genug fühlen würde, ihr die Geschichte von Alfred zu erzählen – und zwar die wahre Geschichte, die sich zwischen ihnen abgespielt hatte.

Estrid wusste, dass Grete sowohl Judit als auch Ella weißgemacht hatte, dass Alfred ein wahrer Seemann war, den es nicht allzu lange in ein und demselben Hafen hielt. Dass seine Sehnsucht nach dem Meer schließlich zu groß geworden war und er sich auf neue Abenteuer begeben hatte. In Estrids Ohren hatten Gretes Worte geklungen, als handele es sich um den Vater von Pippi Langstrumpf und keineswegs um ihren Alfred. Doch in Wahrheit war Alfred keineswegs auf den Sieben Meeren unterwegs gewesen. Er saß eine sechsjährige Gefängnisstrafe wegen Mordversuchs und Vergewaltigung von Estrid ab.

Nach drei absolvierten Obduktionen nahm Ella eine wohlverdiente, ausgiebige Dusche. Alle drei Verstorbenen hatten den Polizeiberichten zufolge chronische Alkoholprobleme gehabt und waren tot in ihren Wohnungen aufgefunden worden. Es lag kein Verdacht auf ein Verbrechen vor. Mit anderen Worten, sie waren wenig aufsehenerregend. Doch Ella gehörte zu denen, die es als notwendig ansahen, gerade diese Gruppe von Menschen zu obduzieren. Denn es bedurfte eines Rechtsmediziners mit geschultem Blick, um herauszufinden, ob die betreffenden Personen sich ihre oft umfangreichen Verletzungen in Form von blauen Flecken geholt hatten, als sie in betrunkenem Zustand umhertaumelten, oder ob sie um ihr Leben gerungen hatten. Doch die heutigen Fälle wiesen noch nicht einmal eine Schramme am Körper auf.

Mit noch feuchten Haaren ging Ella hinunter in den Kühlraum. Die Leichen lagen auf langen rostfreien Stahlbahren, die man leicht herausziehen und auf speziell dafür konstruierten Rollwagen transportieren konnte. Eines der Fächer war mit einem gelben Zettel versehen, auf dem stand: Bitte liegen lassen. Eine Personennummer war darauf nicht vermerkt.

Ella zog ihre Karte durchs Lesegerät, woraufhin es im Schloss des Kühlfachs klickte. Sie zog die Bahre heraus und öffnete vorsichtig den Reißverschluss der dicken weinroten Plastikhülle. Die Knochenteile waren ihr bereits bekannt, da sie sie gemeinsam mit Simon auf dem Obduktionstisch untersucht hatte. Diesmal betrachtete sie sie jedoch mit völlig anderen Augen.

Ella streifte sich ein Paar dünne Plastikhandschuhe über und befühlte mit ihren Händen die Schlüsselbeine. Sie spürte die Unregelmäßigkeit auf einem der Knochen. Dann begutachtete sie die Kieferknochen. Darin befand sich kein einziger Zahn mehr, wie sie feststellte. Die Lichtverhältnisse waren in keiner Weise optimal, aber für eine oberflächliche Untersuchung ausreichend. Schließlich widmete sie sich den Schädelverletzungen. Ohne das umliegende Gewebe sah man, dass die Knochen, die den Schädel bildeten, zusammengefallen waren und so ein klaffendes Loch im Hinterkopf entstanden war. Einige der Knochenteile waren wie Tortenstücke geformt. Sie bildeten ein Muster, das darauf hindeutete, dass sich die Gewalteinwirkung auf eine relativ kleine Fläche konzentriert hatte. Ein Hammer oder ein Stein, das war unmöglich zu entscheiden. Ella zog die Hülle wieder zu und schloss das Kühlfach.

Als sie wieder aus dem Keller hinaufging, klingelte das Telefon in ihrem Zimmer.

»Ella.«

»Sie klingen ein wenig gehetzt.«

Die Stimme kam ihr zwar bekannt vor, aber sie konnte sie nicht sofort zuordnen.

»Was gibt es, Jonny?«, fragte sie dann erfreut.

Der Polizeitechniker berichtete ihr, was das Gespräch mit Westmarks Mutter ergeben hatte. Die Frau war offenbar völlig verstummt, als er sie gefragt hatte, ob sie etwas von pornografischem Material wüsste. Daraufhin hatte sie empört reagiert und ihn als unverschämt beschimpft, dass er ihr solche Fragen stellte, wo sie gerade ihren Sohn verloren hatte.

Ella bedankte sich für die Informationen und beendete das Gespräch. Inzwischen war sie zwar davon überzeugt, dass sie mit ihren Vermutungen richtiglag, konnte das Verhalten der Mutter jedoch immer noch nicht nachvollziehen. Sie stellte fest, dass sie weitaus mehr Zeit auf diesen Fall verwendet hatte, als es üblich war, wenn kein deutlicher Verdacht auf ein Verbrechen vorlag, und dennoch ließ er sie nicht los. Es störte sie ungemein, dass jemand versuchte, ihre Ermittlungsarbeit zu behindern. Außerdem hätte sie gerne den Grund dafür erfahren.

Ella nahm den Telefonhörer zur Hand und wählte die interne Nummer des Rechtsmedizinischen Assistenten. Der fünfunddreißigjährige Jens führte seine Aufgaben immer schnell und gewissenhaft aus, ohne sich je zu beschweren. Ella konnte ihm nicht einfach guten Gewissens die Nachforschungen übertragen, die sie für ihre privaten Ermittlungen benötigte, aber er verfügte über gute Kontakte und kannte bestimmte Informationskanäle, zu denen sie Zugang brauchte. Ohne unnötige Nachfragen erhielt sie die Telefonnummern aller größeren Krankenhäuser, in die auf den Kanarischen Inseln und auf Mallorca für gewöhnlich Touristen eingeliefert wurden. Jens bot ihr an, auch die Gespräche zu übernehmen, doch Ella erklärte ihm, dass sie gerade ein wenig Zeit übrig hätte und es selbst erledigen würde.

Zu ihrem Erstaunen stellte sich heraus, dass ein Großteil des Empfangspersonals, mit dem sie sprach, ausgezeichnet Englisch beherrschte. Das erste Krankenhaus, bei dem sie anrief, existierte 1964 – das Jahr, in dem der Unfall passiert sein musste – noch nicht einmal. Im Hospital Universitario de Gran Canaria geriet sie an eine Frau, die offenbar schon seit dreißig Jahren im selben Krankenhaus arbeitete. Ihre Hilfsbereitschaft machte ihr gebrochenes Englisch wett. Ella stellte sich als Privatperson vor, die Informationen über ihren Vater einholen wollte. Sie nannte der Frau den Namen und das Geburtsdatum, woraufhin diese versprach, sofort ins Archiv hinunterzugehen und nachzusehen. Ella wiederholte die Prozedur mit den anderen Krankenhäusern. Es stellte sich heraus, dass zu Beginn der 60er Jahre nur drei der Kliniken eine Notaufnahme besaßen, und mit etwas Glück hatte ihr Vater nach seinem Unfall eines dieser Krankenhäuser aufgesucht.

Ella lehnte sich auf ihrem Stuhl zurück, schloss die Augen und versuchte Klarheit in ihre scheinbar unsystematischen privaten Ermittlungen zu bringen, die sie betrieb. Die Arbeit in der Rechtsmedizin hatte ihre Fähigkeit, alle Fakten kritisch zu hinterfragen, deutlich verbessert. Wenn jemand eine Vermutung äußerte, war es ihre Aufgabe, sie zu hinterfragen. Doch alle Informationen, die sie zum Tod ihres Vaters bisher in Erfahrung gebracht hatte, wiesen so viele Unstimmigkeiten auf, dass sie sie gar nicht erst hinterfragen musste. Aber zu beweisen, dass sie falsch waren, war bedeutend schwieriger, als sie anzuzweifeln.

Bevor Ella ihre Arbeit beendete und Feierabend machte, steuerte sie Doktor Kauffmans Büro an. Sie reichte ihm den Zettel, auf dem sie Estrids deutsche Worte notiert hatte. Ohne Ella anzusehen, betrachtete er den Zettel, griff sich einen Stift und nahm eine Änderung vor.

»Z und nicht S«, murmelte er. »Nestbeschmutzer. Ist das alles?«

»Aber was bedeutet das?«

Der alte Rechtsmediziner schaute sie verwundert an.

»Jemand, der seine eigene Familie in Verruf bringt.«

Er sagte es, als wäre die Bedeutung des Ausdrucks eine Selbstverständlichkeit für jeden.

»Haben Sie denn während Ihres Medizinstudiums keine deutschsprachige Literatur verwendet?«

Ella dankte ihm für die Hilfe und verließ sein Büro mit einem resignierten Seufzer. Nicht gerade viel Information, dachte sie. Sie betrachtete wieder den Zettel, auf den sie Estrids Notizen geschrieben hatte.

Klaus. Der Name klang eindeutig deutsch. Sie erinnerte sich noch daran, was der Mann, der sie damals von ihrer Villa abholte, gesagt hatte. Er hatte Judit mit Fräulein angesprochen. Doch das nächtliche Telefonat, das Estrid erwähnt hatte, war möglicherweise auch ganz unschuldig gewesen. Vielleicht war es einfach nur darum gegangen, dass dieser Klaus, mit dem Ernst gesprochen hatte, Judit und Ella am nächsten Tag abholen sollte. Aber warum hatte er ihn nachts angerufen, und aus welchem Grund hatte man sie überhaupt abgeholt?

Mercedes. Ella versuchte sich an den Wagen, in dem sie abgeholt worden waren, zu erinnern. Doch es war sinnlos. Sie war ja damals gerademal sechs Jahre alt gewesen. Allerdings konnte sie mit Sicherheit sagen, dass Ernst Ende der 80er Jahre einen Mercedes besessen hatte. Er hatte sie am Tag ihres Abiturs in seinem schicken Wagen mit stolz geschwellter Brust vom Schulhof zum Empfang chauffiert. Es war übrigens derselbe Wagen, in dem sie das erste Mal selbst am Steuer gesessen hatte. Allein schon bei dem Gedanken daran erschauderte sie.

Um nicht noch einen weiteren Abend in einer nachtschwarzen Wohnung verbringen zu müssen, verließ sie ihr Büro bereits um kurz nach fünfzehn Uhr. Bald würde die Dämmerung einsetzen, aber sie spürte bereits, dass die Tage wieder heller wurden. Sie besuchte zwei Antiquitätenhändler, eine Kücheneinrichtungsfirma und ein Möbelgeschäft, das ausschließlich Kunststoffmöbel verkaufte. Es lag nur einen Steinwurf von ihrer Wohnung entfernt. Als sie nach Hause zurückkehrte, hatte sie zwei kleinere Kronleuchter für den Flur und eine moderne Deckenleuchte aus schwarzem Kunststoff mit einem innen vergoldeten Schirm fürs Schlafzimmer im Gepäck. Dummerweise besaß sie keine Leiter, die lang genug für die vier Meter hohen Decken war.

In der kommenden Woche würde eine Frau von der Küchenfirma zu ihr nach Hause kommen, um ihre Küche auszumessen und ihr Veränderungsvorschläge zu unterbreiten. Ella war sich im Klaren darüber, dass Veränderungen lediglich ein anderes Wort für Abriss und Neubau war. Sie sah sich um und stellte fest, dass nicht gerade viel erhaltenswert war. Im Maklerjargon hätte man sicher von einer gemütlichen Küche mit Charme und unendlichen Möglichkeiten gesprochen, dachte sie und musste innerlich lächeln. Es war lediglich eine Frage der Ausdrucksweise.

Sie hielt inne und blieb mitten in der Küche stehen. Plötzlich fielen ihr die Formulierungen im Gutachten des Obduktionsprotokolls ihres Vaters ein. Fettleber und beginnende Leberzirrhose. Auch wenn sie Kauffmans Kompetenz in keiner Weise infrage stellte, wusste sie, dass er eine kontinentalere, mit anderen Worten verharmlosendere Einstellung zu Erkrankungen hatte, die durch Alkoholkonsum hervorgerufen wurden. Für ihn waren schon umfassende Schäden vonnöten, bevor er sie in seinem Protokoll erwähnte.

Fünfundzwanzig Minuten später schaltete Ella die Alarmanlage der Rechtsmedizinischen Abteilung aus. Es war kurz vor zwanzig Uhr. Sie musste noch einmal das Kellergeschoss aufsuchen. Sie hatte das Obduktionsprotokoll zwar bereits gelesen, wurde aber plötzlich von dem Wunsch überwältigt, sich selbst eine Meinung zu bilden. Sie konnte ganz einfach nicht bis zum nächsten Tag warten. Da sie jetzt die Kennnummer der Akte ihres Vaters kannte, dürfte sie ohne große Anstrengung finden, wonach sie suchte.

Ella schloss die schwere Tür zum Archiv auf. Als sie die Stahltür aufschob, schlug ihr ein schwacher modriger Geruch entgegen. Das, wonach sie suchte, wurde in einem Raum verwahrt, der hinter dem mit den archivierten Akten lag.

Obwohl sie bereits mehrere Male zuvor dort gewesen war, wunderte sie sich jedes Mal wieder über das Material, das dort gelagert wurde. In den Regalen standen große Glaszylinder mit diversen makabren rechtsmedizinischen Funden, die in eine alkoholische Lösung eingelegt waren, um dem Zahn der Zeit zu trotzen. Über etliche der Funde hatte man ganz bestimmt keinerlei ethische Diskussionen geführt, bevor man das Material konservierte. Man konnte dort alles finden, angefangen von verletzten Skeletttteilen bis hin zu vollständigen inneren Organen und Körperteilen. In den Glasvitrinen standen auch die merkwürdigsten Gegenstände, die alle irgendeinen dramatischen Bezug zu einem gewaltsamen Tod aufwiesen. Dort lagen Viehschussmasken, die bei Selbstmorden benutzt worden waren, ein Spielzeugschwert, mit dem einmal ein tödlicher Schlag ausgeteilt worden war, sowie alle möglichen Sägen. Fuchsschwänze und Bügelsägen, die an Schweineknochen getestet wurden, um zu ergründen, welche Spuren die verschiedenen Sägen auf dem Skelett hinterließen – höchst nützliches Wissen für einen Rechtsmediziner, der einen Mord mit nachfolgender Zerstückelung der Leiche zu untersuchen hat.

Es war zum Glück lange her, dass die inzwischen weggeschlossene Sammlung durch neue Objekte ergänzt wurde. Inzwischen vernichtete man alles organische Material, sobald kein juristisches Interesse mehr daran bestand. Das Problem bestand allerdings darin zu beurteilen, wann genau dieser Zeitpunkt gekommen war. Ella musste zugeben, dass sie selbst gerade dabei war, nach Material zu suchen, das vor mehr als dreißig Jahren archiviert worden war.

Das Archiv war schlecht ausgeleuchtet, und es roch nach vergilbtem Papier. Sie kam an zwei Augen mit Einblutungen in die Netzhaut vorbei, die in einem Glasgefäß aufbewahrt wurden. Sie schienen sie mit leerem Blick anzustarren. Ella blieb vor einigen braunen Glasflaschen stehen, deren vergilbte Etiketten mit Totenköpfen versehen waren. Trichlormethan und Diethylether, las sie. Die chemischen Bezeichnungen für Chloroform beziehungsweise Ether. Sie ging weiter ins Archiv hinein. Ein Großputz in diesen Räumen wäre keine schlechte Idee, dachte sie, während sie vor den alten Holzkommoden ganz hinten im Raum stehen blieb. Die Schubladen waren schwer und ließen sich schlecht öffnen. Sie waren speziell für die kleinen Glasplättchen angefertigt, zwischen die die Gewebeproben der Obduktionen geklemmt worden waren. Die Schubladen waren bestimmt viele Jahre lang nicht mehr geöffnet worden. Jeder Obduktionsfall mit seinen durchschnittlich sieben Glasplättchen nahm den Platz von der Größe einer Streichholzschachtel ein. Die Glasplättchen standen dicht gedrängt, was ihr die Suche erschwerte, doch nach zehn Minuten hatte sie die richtigen gefunden. Sie nahm den kleinen Stapel dünner Gewebeproben an sich und verschloss die Türen sorgfältig hinter sich.

Oben im Büro war es still. Kein Mensch war zu sehen. Sie wollte nur ungern Licht machen und schaltete deshalb lediglich das Mikroskop ein. Das grelle Licht brannte ihr in den Augen, die sich gerade an die Dunkelheit gewöhnt hatten. Sie schaute rasch die verschiedenen Präparate durch, bis sie das in Händen hielt, nach dem sie gesucht hatte. Leider war das Präparat lediglich ein Schatten dessen, was es einmal gewesen war. Nach dreißig Jahren im Archiv konnte sie natürlich auch nicht mehr von den kleinen Gewebeproben erwarten. Das Bindegewebe schien jedoch im Vergleich zum anderen Gewebe noch gut erhalten zu sein. Mit flüchtigem Blick stellte sie fest, dass bedeutend gravierendere Veränderungen in der Herzmuskulatur zu erkennen waren, als sie es bei einem nicht einmal Vierzigjährigen erwartet hätte. Einige der Präparate waren durch die Hitze des Brandes zerstört worden, sodass keine eingehendere Beurteilung möglich war. Als sie schließlich die Probe fand, die aus der Leber stammte, hielt sie inne. Anfänglich hatte sie eine starke Vergrößerung gewählt, doch um sicherzugehen, dass sie die Veränderungen richtig deutete, musste sie das Übersichtsobjektiv benutzen. Das Lebergewebe bestand mehr oder weniger aus einem groben netzartigen Muster aus Bindegewebe, das große Teile des gesunden Gewebes vernichtet und es auf eine zusammengeschrumpelte Bindegewebsmasse reduziert hatte. Solche Strukturen kamen nur bei ernsthaften Leberschäden vor. Der Mann, der im März 1976 nach dem Brand obduziert worden war, hatte unter einer ausgeprägten Leberzirrhose gelitten, ein Leiden, das entweder mit einer Vorerkrankung der Leber wie einer Gelbsucht oder mit langjährigem Alkoholismus einherging. Also kaum eine Krankheit, die man sich im Laufe einiger Monate zuzog. Ihr erschien es mehr als weit hergeholt, dass ihr Vater Alkoholiker gewesen sein sollte und dabei dennoch seiner Arbeit nachgekommen war.

Ella fasste die Situation zusammen. Es gab nichts, was dafürsprach, dass der Mann, der nach dem Brand obduziert worden war, noch lebte, als es im Haus zu brennen begann. In seinen Atemwegen hatte man keine Rußpartikel gefunden, und der Gehalt an Kohlenmonoxid in seinem Blut war aus irgendeinem Grund nicht analysiert worden. Außerdem hatte der Brand eine Identifizierung mittels Röntgen der Zähne unmöglich gemacht. Der Mann hatte zwar einen gut verheilten Bruch am linken Oberarm, doch sie konnte nicht mit Sicherheit sagen, ob ihr Vater je eine derartige Verletzung gehabt hatte. Alleine in der Dunkelheit sitzend, zog sie etwas ratlos folgenden Schluss: Es gab nur wenig, was dafürsprach, dass die Leiche, die man nach dem Brand obduziert hatte, die ihres Vaters war.

Kapitel 10

Als Ella allein zu Hause auf ihrer Matratze lag, kamen ihr immer wieder dieselben Gedanken. Sie starrte an die Decke und versuchte einen klaren Kopf zu bekommen, doch sobald sie einen Gedanken zu formulieren begann, kam ihr ein neuer, der den ersten überlagerte. Bei Schizophrenen nannte man dieses Phänomen Gedankenstau. Jetzt begriff sie, warum. Schon als sie die Kupferperlen in Simons Beweistüte gefunden hatte, waren ihr gewisse Fragen gekommen, aber jetzt konnte sie der Frage, was es mit den Perlen auf sich hatte, nicht länger ausweichen. Wenn der Mann, der in der Linnégata gefunden wurde, nicht ihr Vater war, wer war er dann? Und wo war ihr Vater geblieben? Hatte er sein Verschwinden etwa selbst geplant? Und falls dem so war, aus welchem Grund?

Ratlos setzte sie sich im Bett auf. Sie folgte dem Schein der Nachtbeleuchtung in die Küche, kochte sich eine Tasse Tee und machte es sich im großen Ohrensessel gemütlich. Sie starrte noch eine weitere gute Stunde in die Dunkelheit, bis sie ihre Gedanken ordnen konnte. Als sie gegen vier Uhr morgens langsam zurück ins Schlafzimmer tappte, war sie immerhin zu dem Schluss gekommen, dass sie nicht genügend Informationen besaß, um weitere Schlüsse ziehen zu können. Sie musste einfach noch mehr in Erfahrung bringen, wusste jedoch nicht recht, wo sie anfangen sollte. Die nächtlichen Aktivitäten zu Hause bei Grete und Ernst in den Tagen vor dem Brand deuteten zweifellos darauf hin, dass die beiden in gewisser Weise involviert gewesen waren. Nicht zuletzt schien während dieser nächtlichen Zusammenkünfte sogar Frederick selbst anwesend gewesen zu sein. Jedenfalls hatte Estrid gemeint, seine Stimme zu hören. Bei ihren nächtlichen Grübeleien hatte sich Ella immer wieder gefragt, welche Personen von Fredericks Tod hätten profitieren können. Beschämt sah sie ein, dass sie selbst dazugehörte. Zumindest in finanzieller Hinsicht. Mit den Mitteln aus Fredericks Lebensversicherung hatte sie ihre gesamte Ausbildung finanziert, und der Rest bildete immer noch ein finanzielles Polster.

Sie rief sich in Erinnerung, dass es höchste Zeit war, ihr eigenes Testament umschreiben zu lassen. Sebastian Crona hatte als Ellas juristischer Ratgeber und guter Freund sorgfältig einen Vertrag zwischen Ella und Markus aufgesetzt, der dafür sorgte, dass ihr Anteil der gemeinsamen Eigentumswohnung Markus zufallen würde, wenn sie während ihres Zusammenlebens sterben sollte.

Sebastian war schon immer in allen Situationen auf Ellas Bestes bedacht gewesen. Dabei hatte er sich geweigert, eine Vergütung seiner juristischen Dienste anzunehmen, und außerdem immer darauf bestanden, Ella zu besonderen Anlässen in feine Restaurants einzuladen. In diesem Zusammenhang erinnerte sie sich besonders an ihr Examen nach dem Medizinstudium, ihren dreißigsten Geburtstag oder als sie ihren Doktortitel erhalten hatte. Sebastian Crona war zwar ein vielbeschäftigter Mann, doch er fand immer Zeit, um sich mit Ella zu treffen. Ihre gemeinsamen Restaurantbesuche wurden jedes Mal weit im Voraus geplant, was auch notwendig war, um einen Tisch in genau dem Sternerestaurant zu bekommen, das Sebastian im Auge hatte.

Schließlich schlief Ella erschöpft ein und wachte am nächsten Morgen erst um acht Uhr wieder auf. Mit dunklen Ringen unter den Augen nach nur wenigen Stunden Schlaf stellte sie sich unter die Dusche. Dann warf sie ihre Reisetasche ins Auto, rief Johannes im Obduktionssaal an und informierte ihn über ihr spätes Kommen, woraufhin er sie über die Fälle des Tages in Kenntnis setzte. Die beiden Leichen, die sie an diesem Morgen untersuchen sollte, würden bereits um die Mittagszeit vom Bestattungsunternehmen abgeholt werden, um am Nachmittag beerdigt zu werden, während Ella mit etwas Glück bereits im Flieger nach Paris sitzen würde. Es handelte sich um einen Verkehrsunfall, bei dem ein junges Paar in seinem Auto mit einem schwer beladenen Lkw kollidiert war. Ihr gemeinsamer Sohn, der auf dem Rücksitz gesessen hatte, und die Mutter waren bereits tot gewesen, als der Krankenwagen eine Viertelstunde nach dem Unfall eintraf. Der Vater war ins Krankenhaus gebracht worden, und sein Zustand wurde als stabil eingestuft.

Außer der Tatsache, dass das Obduktionsergebnis auf lange Sicht zu Verbesserungen im Hinblick auf die Verkehrssicherheit führen könnte, barg dieser Fall eine andere, äußerst spezielle Fragestellung in sich. Wer war zuerst gestorben? Offenbar war das junge Paar nicht verheiratet gewesen, und für die Hinterbliebenen war die Bestimmung des Todeszeitpunkts von Mutter und Sohn absolut entscheidend.

Wenn sich nämlich herausstellen sollte, dass der Sohn vor seiner Mutter gestorben war, würden die Angehörigen der Mutter die Frau beerben, wenn jedoch die Mutter zuerst gestorben war, würde der Vater die Frau beerben, da der Sohn theoretisch gesehen seine Mutter zuvor beerbt hatte.

Ella nahm sich zuerst der jungen Frau an, bei der sie einen Abriss der Aorta im Brustkorb diagnostizierte. Wahrscheinlich war sie mit dem Oberkörper gegen das Steuer geprallt, doch Ella konnte nicht mit Sicherheit sagen, ob die Frau einen Sicherheitsgurt getragen hatte. Bei ihrem vierjährigen Sohn stellte sie eine Milzruptur fest, seine Bauchhöhle war mit reichlich Blut gefüllt. Er war innerhalb von ein paar Minuten verblutet, während seine Mutter augenblicklich an den Folgen ihrer Verletzungen gestorben war. Ella bemühte sich oft, nicht darüber nachzudenken, welche Konsequenzen ihre Gutachten haben würden, aber in diesem Fall konnte sie nicht umhin, angesichts ihrer Befunde einen Seufzer der Erleichterung auszustoßen. Sie mochte sich nicht einmal die Trauer des Mannes darüber ausmalen, sowohl seine Lebensgefährtin als auch seinen Sohn verloren zu haben, aber sie wusste, dass es die Sache nicht gerade leichter gemacht hätte, wenn er außerdem noch die Angehörigen seiner Frau ausbezahlen hätte müssen. Das war ein Problem, das vielen unverheirateten Paaren nicht bewusst zu sein schien. Wenn Sebastian Crona nicht darauf bestanden hätte, einen Vertrag für Lebenspartner aufzusetzen, hätte sie das Thema mit Markus wahrscheinlich auch nicht aufgegriffen.

Mitten während der Obduktion fiel Ella ein, dass ein solcher Vertrag wahrscheinlich auch aufgesetzt worden war, als ihre Eltern geheiratet hatten. Denn Frederick kam aus einer »einfachen Familie«, wie Grete sich ausgedrückt hatte. Im Hinblick auf das Vermögen der Familie Liedenburg-Rossing wäre ein Ehevertrag nichts Außergewöhnliches gewesen, und da Frederick und nicht Judit in den Flammen umgekommen war, war dieser Ehevertrag sicher auch niemals aktualisiert worden. Ella ging davon aus, dass das Haus, das abgebrannt war, entweder Judit oder sogar Ernst und Grete gehört hatte. Auch wenn Frederick einer einträglichen Arbeit nachgegangen war, hätte er sicher nicht die Summe aufbringen können, die das Haus gekostet hätte. Doch noch interessanter war natürlich die Tatsache, dass Frederick Ella als einzige Erbin in seiner Lebensversicherung eingesetzt hatte.

Es war Nachmittag, als die vollbesetzte Maschine auf dem Charles-de-Gaulle-Flughafen landete. Der Morgennebel hatte sich verzogen und den Blick auf einen klaren, aber kalten Frühlingstag freigegeben. Ella reiste mit leichtem Gepäck. Obwohl sie bereits etwas Ordnung in ihre Wohnung gebracht und sich unter anderem einen Kleiderschrank angeschafft hatte, sodass sie inzwischen einen Überblick über ihre Kleidungsstücke besaß, hatte sie nur einige wenige eingepackt. Doch diese waren sorgfältig ausgewählt. Die Anlieferung des Bettes, das sie bestellt hatte, verzögerte sich weiterhin, sodass sie sich nach einer Woche auf der Matratze auf dem Fußboden danach sehnte, in einem bequemen Hotelbett zu schlafen.

Obwohl Ella und Markus oft davon gesprochen hatten, nach Paris zu fahren, war nie etwas daraus geworden. Sie war gespannt, was die Stadt zu bieten hatte, aber natürlich hatte sie sich für ihre Ankunft in der romantischsten Stadt der Welt andere Umstände gewünscht. Sie hatte keine Eile, denn die Konferenz begann nicht vor dem späten Nachmittag, würde dann allerdings bis in den Abend hinein andauern und mit einem Abendessen enden. Ella nahm den Zug in die Innenstadt und stieg bei Les Halles aus. Die Station lag unterhalb eines unterirdischen Einkaufszentrums, und sie musste drei Rolltreppen benutzen, um wieder an die Erdoberfläche zu gelangen. Die Bäume waren zwar noch kahl, aber es war hell, und in der Sonne war es fast frühlingshaft warm.

Ella genoss an einer Straßenecke eine Crêpe mit Erdbeermarmelade. Es war leicht nachzuvollziehen, was Gerarldsson meinte. Paris war eine wunderbare Stadt. Während sie in Richtung Hotel flanierte, überlegte sie, ob und wie schnell sich die Stadt wohl verändert hatte. Waren die Straßen bereits von denselben Restaurants gesäumt gewesen, als ihr Vater die Stadt zu Beginn der 70er Jahre besucht hatte? Hatte er genau wie Ella die Atmosphäre in sich aufgesogen, als er durch die schmalen Gassen streifte?

Das Hotel lag in einem kleineren Gebäude, das lediglich drei Stockwerke hoch war. Der Eingangsbereich und das Treppenhaus waren eng. Auch wenn sie bereits in Hotels mit bedeutend höherem Standard gewohnt hatte, gefiel es ihr unmittelbar. In ihrem Zimmer im zweiten Stock wies eine Doppeltür auf einen französischen Balkon hinaus. Der Holzfußboden war durchgetreten, und diverse Fliesen im Bad saßen lose, doch diese kleinen Mängel vergaß sie rasch, als sie das weiche Bett testete. Nach einer halben Stunde der Entspannung stand sie widerwillig auf und verließ ihr Zimmer mit einem resignierten Seufzer, um sich zu dem Hotel zu begeben, in dem die Konferenz abgehalten wurde. Anfänglich hatte sie gedacht, dass sie im Rechtsmedizinischen Institut von Paris stattfinden würde, und war ein wenig enttäuscht gewesen, als sie das Programm durchlas. Denn es war immer interessant, die Arbeitsplätze der internationalen Kollegen in Augenschein zu nehmen, doch stattdessen würde sie die kommenden Tage in einem schicken Hotel verbringen, das nur einen Steinwurf vom Louvre entfernt lag.

Ella ging zu Fuß zum Hotel in der Rue Castiglione und kam kurz nach der angegebenen Zeit dort an. Es sah aus, als wäre es im 18. Jahrhundert erbaut worden, und die Lobby war aus reinem Marmor und Kristall. Wie gewöhnlich begann die Konferenz mit der Registrierung der Teilnehmer und Referenten. Ella stellte rasch fest, dass unter den ungefähr fünfzig Teilnehmern lediglich vier Frauen waren. Keineswegs in allen Spezialgebieten der Medizin war der zunehmende Anteil an Frauen offensichtlich, dachte sie. Sie begrüßte eine elegant gekleidete Frau aus Norwegen, die sie von früher kannte. Sie war eine brillante Rednerin, aber nach Ellas Einschätzung eine weitaus geeignetere Diskussionsleiterin als eine objektive Rechtsmedizinerin. Während eines früheren Treffens waren Ella und sie in eine ziemlich heftige Diskussion über Vergewaltigung geraten. Doch jetzt lächelten sie sich vertraut zu.

Nach einer Stunde Smalltalk mit den Teilnehmern, die hauptsächlich aus Frankreich, der Schweiz und Deutschland kamen, wurden sie in einen Konferenzraum geführt. Während der nachfolgenden Stunden wurden ihnen die Möglichkeiten der Computertomographie vorgeführt. Die Referenten dunkelten den Konferenzraum ab und zeigten beeindruckende Animationen des Körperinneren. Bedauerlicherweise waren sie nicht interessant genug, um Ella wach zu halten. Bereits nach einer halben Stunde begannen ihre Augenlider schwer zu werden, und nach einigen weiteren Sekunden nickte sie ein. In den darauffolgenden drei Stunden kämpfte sie in jeder erdenklichen Art und Weise darum, sich wach zu halten – sie kitzelte sich mit der Zungenspitze am Gaumen und kniff sich in den Oberschenkel. Zum Glück saß sie in einer der hinteren Reihen, sodass sie die bedauernswerten Referenten mit ihrem Desinteresse nicht beleidigte.

In der letzten Stunde wurden Fälle vorgestellt, zu denen die Röntgenuntersuchung offenbar wichtige Informationen beigetragen hatte. Das Thema weckte Ellas Interesse, und ihre Müdigkeit war wie weggeblasen. Doch diese wichtigen Informationen gaben höchstens einen Ausblick darauf, was sich ein Rechtsmediziner von dieser technischen Innovation erwarten konnte. Als sich der erste Konferenztag dem Ende zuneigte, fand Ella ihre Skepsis gegenüber dieser Technik bestätigt und freute sich stattdessen darauf, die vielgerühmte französische Kochkunst genießen zu dürfen.

Da die Gastgeber Franzosen waren, tippte sie darauf, dass sie eine erstklassige Küche anbieten würden. Das Abendessen fand in einem abgetrennten Bereich eines nahegelegenen Restaurants statt. Obwohl die meisten Gespräche an den Tischen auf Englisch stattfanden, tat man gut daran, Rechtsmediziner von anderen Gästen abzuschirmen, vor allem, wenn Essen serviert wurde. Denn die Rechtsmediziner inklusive Ella besaßen eine Tendenz, unter Beibehaltung ihres Appetits völlig ungehemmt über ihre Arbeit zu sprechen.

Im Unterschied zu den nationalen Zusammenkünften, bei denen nie alkoholische Getränke serviert wurden, floss der Wein im französischen Restaurant in Strömen. Ella landete neben einem Kollegen aus Zürich, der höflich, korrekt und so langweilig war, dass sie mangels anderer Beschäftigung immer wieder ihr Glas an die Lippen führte. Nach drei Gläsern Rotwein stellte sie fest, dass es für sie höchste Zeit war zu gehen.

Auch wenn es zum Hotel nicht weit war, nahm sie aus alter Gewohnheit ein Taxi. Obwohl sie eigentlich kein Wort französisch sprach, machte es ihr Spaß zu versuchen, die Adresse ihres Hotels korrekt auszusprechen. In ihren Ohren klang es jedenfalls gut. Als sich das Taxi dem Hotel näherte, sah sie, dass auf der Straße jede Menge los war. Zwischen den Menschen im Gewimmel, das sich gegenüber ihres kleinen Hotels gebildet hatte, erahnte sie ein blau blinkendes Licht und eine Art Absperrung. Daraufhin warf sie einen Blick auf die Fassade des Gebäudes und suchte nach einem offenen Fenster, aus dem möglicherweise jemand heruntergesprungen war, konnte jedoch keines entdecken. Nachdem sie das Taxi bezahlt hatte und auf die Straße hinausgetreten war, zog ihre Neugier sie näher zu der Menschenansammlung hin. Erst als sie bei der Ansammlung angelangt war, stellte sie fest, dass ihre morbiden Gedanken ihr einen Streich gespielt hatten. Die Menschen standen nicht wie befürchtet herum und starrten auf einen bedauernswerten Selbstmörder, der aus dem Fenster gesprungen war. Sie standen ganz einfach Schlange. Denn direkt gegenüber ihres Hotels lag eine Art Bar, aus deren dunklen Räumen ein blau blinkendes Licht nach draußen drang. Einer der Männer in der Schlange warf ihr einen amüsierten Blick zu, als würde er ihre Gedanken erahnen. Sie richtete ihren Blick zu Boden, trottete über die schmale Straße zurück und schlich sich durch den Eingang ins Hotel.

Als Ella erwachte, war es bereits hell, und die Straße war leer. Sie duschte lange, nahm sich viel Zeit beim Anziehen und entschied sich schließlich für ein enganliegendes schwarzes Poloshirt und ein Paar beigefarbene Hosen im Reiterstil. Sie musste daran denken, wie ihr beim Kauf gewisse Zweifel gekommen waren, ob sie sie überhaupt jemals anziehen würde. Und jetzt stand sie in ihrem Hotelzimmer und wusste nicht, ob sie stolz auf ihren Mut sein oder über ihre Eitelkeit lachen sollte, doch dann fiel ihr ein, dass sie in Paris war und wahrscheinlich niemandem ihr Aufzug besonders auffallen würde. Bestärkt von diesem Gedanken zog sie ihre Stiefel an und nahm ihren Mantel über den Arm. In der Tür musste sie noch einmal umkehren, um den Umschlag aus ihrer Reisetasche zu fischen, den sie von ihrer Mutter bekommen hatte. Unten im Frühstückssaal des Hotels angelangt, warf sie einen prüfenden Blick auf das morgendliche Angebot, beschloss dann jedoch, lieber etwas Gehaltvolleres als ein Croissant und ein trockenes Baguette mit Marmelade zu essen. Draußen war es zwar noch kühl, aber der Frühling lag bereits in der Luft. Planlos wanderte sie auf der Suche nach einem ansprechenden Frühstücksrestaurant umher. Mit einer gewissen Befriedigung stellte sie fest, dass sie es bis zum ersten Vortrag der Konferenz nicht mehr schaffen würde. Es geschah äußerst selten, dass sie derart wenig pflichtbewusst war.

In einem Café mit Ausblick auf das bizarre Gebäude des Centre Pompidou mit seinen gewaltigen Rohren und Rolltreppen an der Außenseite fand sie, was sie suchte. Das Café war groß, aber die alten Räume wirkten mit ihrer postmodernen Einrichtung dennoch gemütlich. Das Café war eine gelungene Mischung aus Beton, rostfreiem Stahl und den alten Holzbalken, die davon kündeten, dass zumindest Teile des Gebäudes von der vorherigen Jahrhundertwende stammten. Ella bestellte Kaffee und frisch gepressten Orangensaft sowie Toast, ein Croissant und eine spezielle Sorte Rührei. Eine gute Stunde lang saß sie an einem der großen Fenster, genoss das Frühstück und schaute auf den Platz und all die Menschen hinaus, die auf dem Weg zur Arbeit vorbeieilten. Etwas lustlos nahm sie schließlich den Plan der heutigen Vorträge zur Hand, den sie gestern bekommen hatte. Wenn sie sich beeilte, würde sie es noch zur Podiumsdiskussion zwischen den eifrigsten Fürsprechern und Gegnern der Computertomographie schaffen.

Dennoch blieb sie weitere zehn Minuten sitzen und blätterte wahllos in einer Zeitung, die jemand hatte liegen lassen, bevor sie bezahlte und ein Taxi zum Konferenzhotel nahm. Die Podiumsdiskussion hatte noch nicht begonnen. Es stellte sich heraus, dass der Schweizer, dessen Tischnachbarin sie gestern gewesen war, den ersten Vortrag des Tages gehalten hatte. Sie war sehr zufrieden, dass sie geschwänzt hatte.

Die Debatte erwies sich als beileibe nicht so kontrovers, wie

Ella es erwartet hatte. Sämtliche Rechtsmediziner schienen sich darüber einig zu sein, dass die Technik als Hilfsmittel für Obduktionen anzusehen war, diese aber unmöglich ersetzen konnte. Natürlich gab es unter den Anwesenden auch solche, die anderer Meinung waren, aber ihnen wurde nur eine äußerst begrenzte Redezeit in der Debatte eingeräumt, da sie, wie einer der Teilnehmer mit aller nur wünschenswerten Deutlichkeit dargelegt hatte, nur allzu begrenztes Wissen im Bereich der Rechtsmedizin vorweisen konnten, um sich eine fundierte Meinung hinsichtlich dieser Frage bilden zu können. Ella erinnerte sich an ihre eigenen Äußerungen zu ähnlichen Fragen und wie unbeliebt sie sich damit gemacht hatte. Doch in Zentraleuropa schien das Klima ein anderes zu sein. Hier waren Ärzte noch Ärzte, und Bürokraten waren Bürokraten. Die beiden Gruppierungen gingen ihren Beschäftigungen innerhalb ein und derselben Organisation nach, ohne sich mehr als nötig in die Arbeit des anderen einzumischen. Sie fand diese Einstellung recht ansprechend.

Ella wurde durch einen Applaus aus ihren Gedanken gerissen, der die Debatte beendete. Nach der Mittagspause würde eine Anzahl von Doktoranden in Kurzform ihre Forschungsarbeiten präsentieren. Sämtliche Forschungsprojekte standen zwar im Zusammenhang mit der Röntgentechnik, doch die Verbindung zur Rechtsmedizin war für Ella aus den Aushängen der Doktoranden, die vor dem Vortragsaal angeschlagen waren, nicht ganz ersichtlich.

Das Restaurant, in dem das Mittagessen gereicht werden sollte, lag auf der anderen Straßenseite, und die meisten Konferenzteilnehmer ließen ihre Mäntel und Jacken im Vortragssaal hängen. Der vergleichsweise kühle Morgen hatte sich zu einem wunderbaren Frühlingstag mit knallblauem, wolkenlosem Himmel entwickelt. Ella stand auf dem Bürgersteig vor dem Hotel und sah die letzten Teilnehmer ins Restaurant gehen. Mit ihrem Mantel über dem Arm begann sie in die andere Richtung zu spazieren. Denn sie hatte für ihren Besuch in Paris schließlich einen anderen Plan.

Ella nahm den Briefumschlag aus ihrer Schultertasche. Rue de la Verrerie. Sie hatte bereits am selben Tag, an dem sie den Umschlag bekommen hatte, nachgeschaut, wo diese Adresse lag – nämlich im selben Arrondissement wie ihr Hotel, im Marais-Viertel. Dem Stadtplan zufolge gehörte es zum jüdischen Viertel, aber ihr war dort noch kein jüdischer Einfluss aufgefallen. Nachdem sie noch zwei Mal in ihrem Stadtplan nachgeschaut hatte, fand sie die Straße schließlich. Sie war eng und von kleinen Restaurants und Geschäften gesäumt. Sie ging an einer Sushi-Bar und einer kleinen Boutique vorbei, die sich offenbar auf Herrenunterwäsche spezialisiert hatte. Das Haus, das sie suchte, hatte die Nummer eins und lag dort, wo die Straße sich zu einem Platz hin öffnete. Auf dem Platz gab es noch weitere Restaurants, die bereits Tische und Stühle nach draußen gestellt hatten, und an einer Ecke lagen eine Bäckerei und eine Apotheke. Jetzt um die Mittagszeit herum war der Platz voller Leben. Sie näherte sich mit gedämpften Erwartungen der eleganten Holztür an der Rue de la Verrerie Nummer eins. Ihr war nur allzu bewusst, wie unwahrscheinlich es war, dass ihr Versuch Erfolg haben würde. An der Haustür waren um die zwanzig Namen neben kleinen Messingklingeln angebracht. Drei der Nachnamen begannen mit C: N. Cotillard, M. Cuvelier und D. Cassel. Zwei weitere trugen die Initiale C im Vornamen: C. Seigner und C. Maunier. Während sie überlegte, wie sie vorgehen sollte, kam ein Mann um die vierzig aus der Haustür. Er war elegant, aber leger gekleidet und lächelte, während er ihr die Tür aufhielt. Mit einem höflichen Lächeln schlich sie ins Haus hinein. Ihr Herz begann heftig in ihrer Brust zu schlagen. Sie hatte eigentlich keine Ahnung, was sie sich erhoffte. Antworten. Antworten, die sie noch nicht einmal für sich selbst formuliert hatte.

Im Erdgeschoss schien es nur einen Personaleingang zu einem Restaurant zu geben, das auf den Platz hinauswies. In der ersten Etage gab es vier Türen, aber kein Schild mit einem Namen, der mit C begann. Das Gebäude strahlte zwar viel Charme aus, aber es hatte keinen Aufzug, wie Ella bemerkte. Die Treppenstufen waren breit, aber stark ausgetreten. In der zweiten Etage entdeckte sie die Namen N. Cotillard und C. Seigner. Ohne weiter nachzudenken, ging sie auf Cotillards Tür zu und klingelte. Ihre Hände zitterten, als sie dort stand und auf eine Reaktion aus der Wohnung wartete, doch es war kein Laut zu hören. Auch bei Seigners war keiner zu Hause. Sie stieg noch eine Etage höher. D. Cassel und Marie Cuvelier. Ihr Blick blieb am zweiten Namen hängen. Anstelle der metallenen Schilder, auf denen die Namen der anderen Bewohner standen, war der Name an dieser Tür mit Füllfederhalter auf ein vergilbtes Stück Papier geschrieben; die Handschrift erkannte sie unmittelbar wieder. Es war dieselbe wie im Brief.

Marie Cuvelier. Ella nahm ihren Mut zusammen und klingelte. Sie hörte sofort, dass sich auf der anderen Seite der Tür jemand bewegte. Sie trat einen kleinen Schritt zurück und hielt die Luft an. Eine Frau um die fünfzig öffnete die Tür. Die Frau war klein und zierlich, hatte jedoch volles krauses rotes Haar. Sie war hübsch, doch ihre Gesichtszüge wirkten irgendwie unnatürlich. Ihre Augen waren groß und sorgfältig geschminkt, und ihre Wangenknochen stachen wie bei einem Totenkopf hervor. Die Frau lächelte neugierig und blickte Ella fragend an. Ella bemerkte, wie sich die Haut um ihre Mundwinkel herum unnatürlich spannte, wenn sie lächelte, und kam zu dem Schluss, dass sie sich bestimmt wiederholte Male plastischen Operationen unterzogen hatte. Sie korrigierte ihr Alter rasch, indem sie gut zehn Jahre hinzufügte.

Ella wollte nicht unnötig viel von ihren Absichten preisgeben, sondern erklärte ganz einfach, dass sie nach einer Person suche, die Kontakt zu ihrem Vater gehabt hatte, während er sich in den 70er Jahren wiederholt in Paris aufgehalten hatte. Ella sprach englisch, was für Frau Cuvelier kein Problem darzustellen schien. Ihr Englisch hatte einen angenehmen französischen Akzent, war jedoch grammatisch fehlerfrei. Es war schwer, sie nicht unmittelbar zu mögen. Frau Cuvelier oder Marie, worauf sie nach zweiminütigem Gespräch im Türrahmen bestand, schlug vor, gemeinsam Mittagessen zu gehen, um sich nicht in ihrer unaufgeräumten Wohnung aufhalten zu müssen. Als Ella sie fragte, ob sie einen Frederick Andersson kannte, lächelte sie nur und meinte, dass dies wohl doch noch ein ganz interessanter Tag werden würde.

Ella wartete im Flur, während Marie sich zurechtmachte. Ihr gelang es, einen Blick ins Wohnzimmer zu werfen, das keineswegs unaufgeräumt war, wo aber haufenweise Kleidung herumlag. Es sah aus, als wäre Marie dabei, ihren Kleiderschrank auszusortieren. Kurz darauf stand sie wieder im Flur. Sie hatte sich ein enganliegendes rosafarbenes Kostüm angezogen, einen braun-gold gemusterten Schal über die Schultern geworfen und sah ungemein elegant aus. Sie ging vor Ella die Treppe hinunter. Ihre Schritte waren behände, und ihr Umgang mit den schiefen Treppenstufen deutete darauf hin, dass sie bereits seit ansehnlicher Zeit im Haus wohnte. Sie setzten sich in das Restaurant, das im Erdgeschoss desselben Gebäudes lag, und das Personal begrüßte Marie vertraut, die allen zulächelte, während sie sich flüsternd an Ella wandte.

»Alle hier wissen, dass ich reichlich Trinkgeld gebe.«

Ella bestellte pro forma ein Pastagericht, während Marie einen Salat wählte. Ella war nach dem ausgiebigen Frühstück eigentlich immer noch satt, doch es wäre ihr unhöflich vorgekommen, Marie beim Essen keine Gesellschaft zu leisten. Marie hatte offenbar auch eine Flasche Rotwein bestellt, die zu Ellas Erstaunen an ihrem Tisch entkorkt wurde. Es war nicht viel später als dreizehn Uhr, als sie den Wein verkosteten.

»Jetzt lassen Sie mal hören, was Sie auf dem Herzen haben, meine Liebe«, sagte Marie in ihrem französisch eingefärbten Englisch, als sie ihr Weinglas wieder abgestellt hatte.

»Mein Vater, Frederick Andersson, wohnte während der 70er Jahre zeitweise in Paris«, begann Ella. »Nach Aussage meiner Mutter hatte er während dieser Zeit eine Geliebte hier. Eine Geliebte, die ihm im Dezember 1975 einen Liebesbrief schrieb; meine Mutter hat diesen Brief gefunden.«

Marie schlug in einer resignierten Geste mit den Armen aus.

»Tja, wenn ich mich doch nur an einen meiner Liebhaber aus den 70er Jahren erinnern könnte«, sagte sie. »Aber Liebesbriefe waren noch nie mein Ding.«

»Der Brief war mit C unterschrieben, und die Adresse auf dem Umschlag lautete Rue de la Verrerie Nummer 1, was mich hierherführte.«

Marie betrachtete Ella nachdenklich. »Sie scheinen mir eine ehrgeizige junge Dame zu sein. Sind Sie etwa auf gut Glück den ganzen Weg hierhergefahren? Warum haben Sie nicht einfach Ihren Vater gefragt?«

»Er starb, als ich sechs Jahre alt war«, antwortete Ella resigniert.

»Oh, das rechtfertigt natürlich Ihre Fragen. Aber wenn der Brief mit C unterschrieben war, warum haben Sie dann an meiner Tür geklingelt?«

»Cuvelier«, antwortete Ella zögerlich.

Maries Gesicht verzog sich zu etwas wie einem Lächeln, aber es wurde eher eine Grimasse.

»Seit wann unterschreibt denn jemand einen Liebesbrief mit seinem Nachnamen?«, fragte sie und gab ein glucksendes Geräusch von sich, das einem Lachen ähnelte.

Ella musste zugeben, dass sie recht hatte. Dann fiel ihr die Handschrift an Maries Tür ein.

»Die Schrift an Ihrer Tür«, begann sie vorsichtig.

»Bezaubernd, nicht wahr?« Marie lächelte, doch ihr Lächeln ging rasch in einen verblüfften Gesichtsausdruck über. Sie verstummte und schien über etwas nachzudenken. Vielleicht war ihr plötzlich eingefallen, dass sie diesen Brief doch geschrieben hatte, dachte Ella.

»Haben Sie den Brief bei sich, meine Liebe?«, fragte sie dann.

Ella legte den Umschlag vor sie auf den Tisch. Marie ergriff ihn, musste ihn jedoch mit ausgestrecktem Arm von sich weghalten, um lesen zu können, was darauf geschrieben stand. Sie drehte ihn um und betrachtete den Absender. Dann nickte sie. Mit ihren großen Augen betrachtete sie Ella eine Weile, bevor sie schließlich den Mund öffnete.

»Meine Liebe«, sagte sie erneut.

Weiter kam sie nicht, denn in diesem Moment brachte die Bedienung das Essen. Marie trank einige Schlucke Rotwein, während Ella auf ihr Essen schaute und feststellte, dass sie im Moment nicht einmal ans Essen denken konnte. Marie fuhr fort:

»Die Person, die den Brief geschrieben hat, wohnt tatsächlich noch immer hier im Haus. Aber es handelt sich nicht um eine alte Frau wie mich.«

Sie lächelte kurz.

»Es handelt sich um einen älteren Mann. C steht für Christopher.«

Marie machte eine Pause und wartete auf Ellas Reaktion, die allerdings ausblieb. Nicht weil Ella nicht reagierte, sondern weil sie sich nichts anmerken ließ. Sie besaß die Fähigkeit, überraschende Informationen aufzunehmen, ohne dass man es an ihrer Miene erkennen konnte, auch wenn diese Informationen alles umwarfen, was sie zu wissen glaubte. Es war eine Fähigkeit, die sich bei Gerichtsverfahren schon oft als äußerst nützlich erwiesen hatte. Zuweilen kam es vor, dass dem Rechtsmediziner während des Prozesses neue technische Beweise vorgelegt wurden, die die Angaben der Polizei zu Beginn der Ermittlungen widerlegten. Ella gelang es dann, mit neutralem Gesichtsausdruck diese neuen Informationen aufzunehmen und zu analysieren, in welcher Hinsicht sie mit ihren eigenen Befunden übereinstimmten, um daraufhin die Fragen der Staatsanwaltschaft oder der Verteidigung abgeklärt zu beantworten. Doch hier ging es nicht um irgendwelche Fragen. Ella wusste zunächst gar nicht, wie sie Maries Behauptung aufnehmen sollte, und aus diesem Grund spiegelte ihr Gesichtsausdruck ungefähr wider, was sie dachte. Nichts.

»Aus welchem Grund glauben Sie, dass dieser Christopher den Brief geschrieben hat?«, fragte Ella schließlich sachlich. Sie spürte, wie ihr Puls stieg und ihre Wangen sich röteten.

»Christopher Maunier ist einer meiner besten Freunde«, begann Marie vorsichtig. Sie schien zu spüren, dass Ella sich in einem Schockzustand befand. »Er wohnte bereits im Haus, als ich 1973 hierherzog. Das Schild an meiner Tür schrieb er am selben Tag, als ich einzog, und ich verliebte mich auf der Stelle in ihn.«

Marie versuchte breit zu lächeln. Doch in ihrem strammen Gesicht wirkte das eher schmerzvoll.

»Er sah gut aus, war gebildet und teilte mein Interesse für Kunst. In meinen Augen war er der perfekte Mann. Erst nach ein paar Monaten merkte ich, dass wir noch mehr Interessen als diese teilten«, fügte sie hinzu und verzog erneut den Mund. »Ich weiß noch, dass ich furchtbar wütend wurde, als ich ihn zum ersten Mal zusammen mit einem Mann sah. Es war an einem frühen Morgen. Ich war draußen gewesen und hatte frisches Brot gekauft und eins für ihn mit besorgt. Als ich in seine Etage hinaufkam, stand ein junger Mann in seiner Tür. Sie küssten sich. Ich war fassungslos, und mir fiel das Brot aus der Hand. Dann stürzte ich zurück in meine Wohnung.«

Marie schüttelte den Kopf und lächelte.

»Zehn Minuten später klopfte er an meine Tür. Er hatte meine Brottüten bei sich und fragte, ob ich sie vielleicht verloren hätte. Ich weiß noch, wie ich ihn anstarrte – er trug lediglich ein paar lange Unterhosen und ein Hemd und sah fantastisch aus. Ich sagte zu ihm, dass er duftete, als hätte er die ganze Nacht lang gevögelt. Daraufhin lachte er und sagte, dass er keinesfalls die ganze Nacht lang, sondern nur ein paar Stunden gevögelt hätte. Er hat das entwaffnendste Lachen, das man sich nur vorstellen kann.«

Sie machte eine kurze Pause, bevor sie fortfuhr.

»Ich wurde zwar nie seine Liebhaberin«, erklärte sie und schüttelte erneut den Kopf, »aber ich hatte nie ein engeres Verhältnis zu einem Mann.«

»Ich muss ihn treffen«, sagte Ella abrupt.

Marie wurde mit einem Mal ernst.

»Er ist leider verreist«, sagte sie kurz. »Ihm bekommt das Klima hier nicht so gut, sodass er für ein paar Monate im Jahr wegfährt, um sich zu erholen.«

Ella sank in sich zusammen. Sie hatte gewiss mehr Informationen erhalten, als sie zu träumen gewagt hatte, wollte aber noch mehr erfahren. Sie wollte Antworten bekommen, auch wenn sie in ihrem Inneren begriff, dass sie vielleicht einige der Antworten bereits erhalten hatte, nach denen sie suchte. Auch wenn sie keinen Grund hatte, an Maries Worten zu zweifeln, benötigte sie doch irgendeine Bestätigung für das, was sie gehört hatte.

Ella war keine Expertin für Handschriften, aber sie kannte solche Leute. Wenn sie nur etwas zum Vergleich bekommen könnte, was dieser Christopher geschrieben hatte, hätte sie vielleicht die Bestätigung, dass wirklich er den Brief an ihren Vater geschickt hatte. Sie fragte Marie, ob sie möglicherweise etwas dergleichen bei sich zu Hause hätte, und zog den Brief aus dem Umschlag, um ihn ihr zu zeigen, doch Marie schob ihn von sich.

»Was Christopher an seinen Freddie geschrieben hat, ist seine Sache.«

»Freddie?« Ella schaute Marie herausfordernd an.

Marie senkte den Blick auf ihren halb gegessenen Salat und biss sich auf die Lippe.

»Beißen Sie nicht zu fest zu«, sagte Ella, »denn diese Lippe war sicher teuer.«

Die Frau schaute mit einem Lächeln wieder auf.

»Wenn man es genau nimmt, dann bin ja ich diejenige, die Christophers Blumen gießt, wenn er im Ausland ist. Vielleicht können Sie mir ja ein wenig beim Gießen helfen?«

Sie teilten den restlichen Wein unter sich auf und bestellten die Rechnung. Marie wehrte Ellas Versuch zu bezahlen ärgerlich ab. Als sie die Treppen hinauf zur obersten Etage gestiegen waren, waren beide außer Atem. Während Marie in ihrer Handtasche nach den Schlüsseln kramte, wiederholte Ella den Namen, der Maries Lippen entschlüpft war.

»Freddie?«

Marie seufzte resigniert.

»Manchmal wünschte ich, Christopher hätte Freddie nie kennengelernt. Den schönen, aber ach so komplizierten Freddie. Doch dann sage ich mir immer, dass große Trauer große Liebe voraussetzt und dass ich mir niemals wünschen darf, dass Christopher sie nicht hätte erleben dürfen.«

Ella musste sich vor Augen halten, wie ihre Arbeitshypothese lautete, nämlich dass dieser Freddie ihr Vater Frederick war. Es kam ihr absolut merkwürdig vor, diese ihr unbekannte Frau von der großen Liebe eines ihr unbekannten Mannes zu ihrem eigenen Vater berichten zu hören. Ein Vater, an den sie selbst nur vage Erinnerungen besaß.

Schließlich hatte Marie die Schlüssel gefunden. Sie sah beinahe triumphierend aus. Die Wohnung ließ jegliche Ähnlichkeit mit Maries vollgestelltem Flur und dem Wohnzimmer vermissen. In Christophers Wohnung waren diese Räume eher sparsam möbliert und vermittelten den Eindruck von bohèmschem Minimalismus. Alle Möbel schienen sorgfältig ausgewählt zu sein. Ella erkannte mehrere Möbelstücke als dänische oder italienische Klassiker. Vom Wohnzimmer gingen zwei Türen ab, eine führte in eine kleine Küche, während die andere in ein Schlafzimmer wies. Vom Wohnzimmer führte ebenfalls eine schwarze Wendeltreppe zu einem Raum im Dachgeschoss. Ella schielte hinauf.

»Sein Arbeitszimmer«, erklärte Marie, um Ellas unausgesprochene Frage zu beantworten.

»Und was arbeitet er?«, wollte Ella wissen.

»Inzwischen übersetzt er hauptsächlich Belletristik, aber er muss einmal ein Teufel in Sachen Handelsrecht gewesen sein.«

Ella wanderte langsam durchs Wohnzimmer und strich mit dem Finger über Buchrücken, die in einem Regal aufgereiht standen. Viele von ihnen widmeten sich den Themen Kunst und Archäologie. Die meisten von ihnen waren in Französisch verfasst, aber es gab auch viele in Englisch und einige in einer Sprache, die sie nicht genau identifizieren konnte.

»Portugiesisch«, erklärte Marie.

»Darf ich hochgehen?«, fragte Ella und bekam ein Nicken zur Antwort.

Vom Arbeitszimmer aus hatte man freie Aussicht über die Dächer von Paris. Das Zimmer war zwar nicht größer als zehn Quadratmeter, doch darin standen ein langer Schreibtisch vor dem Fenster und ein Sessel von Arne Jacobsen aus dunkelbraunem abgewetztem Leder in einer Ecke. An den Wänden hingen Schwarz-Weiß-Fotos aus unterschiedlichen Zeiträumen. Ella betrachtete sie genauer. Ihr Blick fiel auf ein Foto von zwei Männern, die einander umarmten. Sie lächelten breit in die Kamera. Ella blieb stehen und starrte auf das Foto, und plötzlich wusste sie, dass eine Analyse der Handschrift überflüssig war. Der eine Mann auf dem Foto war ihr Vater. Ihre Mutter besaß nach dem Brand nur noch wenige Fotos von Frederick, aber Ella hatte genügend gesehen, um ihn wiederzuerkennen. Allerdings war auf dem Bild irgendetwas anders als auf den früheren Fotos – abgesehen von der Tatsache, dass er einen Mann umarmte. Im Hintergrund stand ein großes prunkvolles Gebäude, das wie ein Tempel aussah. Sie schaute sich das Foto lange an und betrachtete den Mann neben ihrem Vater. War das Christopher? Er war genauso dunkelhaarig wie Frederick, aber etwas kleiner. Irgendwie kam er Ella bekannt vor. Vielleicht sah er ihrem Vater nur so ähnlich, weil er so dicht neben ihm stand. Die beiden strahlten förmlich vor Glück. Vielleicht war es gerade das, was den Unterschied zu den Fotos ausmachte, die Ella bisher gesehen hatte. Denn sie konnte sich nicht erinnern, ihren Vater auf einem einzigen Bild lächeln gesehen zu haben. War er denn nie glücklich gewesen, als er mit ihr und Judit zusammengelebt hatte? Auf einem anderen Foto waren die junge Marie und der Mann zu sehen, den Ella für Christopher hielt.

Ihre Überlegungen wurden von dem Knarren der Eisentreppe unterbrochen, das ankündigte, dass Marie auf dem Weg zu ihr nach oben war. Sie gesellte sich mit leisen Schritten zu Ella, woraufhin sie gemeinsam stumm das Foto betrachteten. Schließlich brach Marie das Schweigen.

»Ich hätte in dem Moment, wo ich Sie gesehen habe, begreifen müssen, dass Sie seine Tochter sind.«

Ella begegnete ihrem Blick.

»So ähnlich sind wir uns doch gar nicht«, antwortete Ella skeptisch.

»Sie haben seine Augen. Dieselben mandelförmigen Augen«, antwortete Marie vage. »Aber vor allem«, fuhr sie fort, »haben Sie sich nicht verändert.«

Ella schaute sie verständnislos an.

»Sie waren auf den Fotos bestimmt nicht älter als fünf Jahre, aber Sie haben sich nicht sehr verändert.«

»Hat mein Vater Ihnen Fotos von mir gezeigt?«

»Ihr Vater war extrem stolz auf seine Eleonor und hat oft von Ihnen gesprochen.«

Ellas Augen füllten sich mit Tränen. Sie spürte, wie sie herunterliefen und auf ihren Wangen brannten, als Marie ihre Hand nahm und sie zur Treppe führte. Ella drehte sich noch einmal um und betrachtete das Foto ein letztes Mal. Dann wand sie sich aus Maries Griff, kramte ihr Handy aus der Tasche und machte ein Foto von dem Bild. Schweigend verließen sie Christophers Wohnung. Als sie die Treppe herunterkamen und Ella an Maries Wohnung vorbeiging, brach Marie erneut das Schweigen.

»Darf ich Sie auf einen Drink einladen?«

Ella nickte. Sie sehnte sich danach, sich in ein warmes Bett zu legen, in dem sie am nächsten Morgen aufwachte und alles wieder gut wäre. Aber Alkohol würde fürs Erste als Ersatz wohl auch taugen, dachte sie.

Marie führte sie in ihre vollgestellte Wohnung, wo sie sich auf eine rote Samtchaiselongue setzte. Ellas Auffassung nach erinnerte die kleine Wohnung eher an ein luxuriöses Bordell, das mit viel Samt, Federn und Lampen dekoriert war, die ein rotes Licht über die Einrichtung warfen. Marie mixte gewandt zwei Dry Martini, die stark genug waren, um einen kleineren Elefanten umzuhauen. Ella kippte ihren herunter, woraufhin Marie rasch eine Flasche Wein entkorkte und ihr ein Glas eingoss. Dann setzte sich die zierliche kleine Dame ihr direkt gegenüber in einen großen Sessel, in dem sie noch graziler wirkte. Sie nippte an ihrem Martini und begann zu erzählen. Ella saß stumm da und hörte ihr zu wie ein Kind, das zum ersten Mal einem Märchen lauscht. Vielleicht war es auch so etwas wie ein Märchen. Das Märchen, wie Christopher und Freddie sich kennengelernt hatten. Und wie sich von dem Tag an alles verändert hatte. Marie hatte Frederick anfänglich als einen weiteren Mann in der Reihe der Liebhaber betrachtet, die im Laufe der Jahre kamen und gingen. Denn Christopher besaß eine Tendenz, sie auszutauschen wie andere ihre Zahnbürste. Dennoch hatte sie gemerkt, dass diesmal etwas anders war. Als er ihr von Freddie erzählte, verriet etwas an seiner Stimme und seinem Blick, dass diese Gefühle tiefer gingen als bis in die Unterhosen. Marie lächelte. Wenn sie es nur andeutete, war ihr Lächeln schön. Doch dann schüttelte sie den Kopf, sodass ihre krause rote Mähne herumwirbelte, und wurde mit einem Mal ernst.

»Freddie war die große Liebe in Christophers Leben. Er

machte ihn glücklicher, als irgendjemand anders es vermocht hätte. Aber.«

Marie schüttelte noch immer den Kopf.

»Aber, er machte ihn zugleich auch unglücklicher, als ich ihn je erlebt hatte. Mit der Gewissheit, den Partner gefunden zu haben, der einen glücklich macht, kommt auch die Angst, ihn wieder zu verlieren. Und diese Angst war bei Christopher so stark, dass sie manchmal die Oberhand gewann. Dass Ihr Vater außerdem zwischen zwei Welten hin- und hergeworfen wurde, ohne sich entscheiden zu können, machte die Sache nicht leichter. Wenn Freddie zu Besuch kam, waren die ersten Tage immer angefüllt mit Freude und Lachen, aber wenn sich der Tag näherte, an dem er wieder zurückmusste, verwandelte sich die Freude in Verzweiflung. Ich weiß noch, dass man es ihnen ansah, sowohl Christopher als auch Ihrem Vater. Beide hatten tief in ihrem Inneren große Angst, dass das, was zwischen ihnen war, verlorengehen würde.«

Marie redete, bis es draußen zu dämmern begann. Sie gestand Ella, dass sie Freddie anfänglich als Rivalen betrachtet hatte – als eine Person, die Christopher plötzlich mehr bedeutete als sie selbst. Und ihn dann jedoch ebenso zu lieben begann, wie sie Christopher liebte.

»Ihr Vater war ein in sich gefangener Mann. Er besaß eine dunkle Seite, die mich enorm faszinierte. Ich erinnere mich noch daran, wie ich neben ihm sitzen und ihn betrachten konnte, während er einer Diskussion zuhörte, nur um herauszufinden, was in seinem Kopf vor sich ging. Und in dieser Zeit waren die Diskussionen auf den Partys, die wir feierten, alles andere als oberflächlich.« Wieder zeigte sie ihr verhaltenes Lächeln.

»Andererseits hatten wir auch unsere Hilfsmittel, um die Diskussionen auf einem philosophischen Niveau zu halten.«

Ella führte sich vor Augen, dass Marie über die 70er Jahre sprach. Noch dazu über die 70er Jahre in Paris. Sie wunderte sich keineswegs darüber, dass Marie während dieser Zeit den einen oder anderen Stoff geraucht hatte, der nicht nur aus Tabak bestand. Doch dass sie dies in Gesellschaft von ihrem Vater getan hatte, war eine merkwürdige Erkenntnis für Ella. Vielleicht hatten sie sogar in der Wohnung gesessen, in der Ella jetzt saß und sich betrank. Der Gedanke vermittelte ihr das Gefühl von Nähe zu ihrem Vater, wie sie es nur als kleines Kind gekannt hatte. Plötzlich fiel ihr ein, dass sie unbedingt herausfinden musste, ob Marie irgendetwas über den Brand wusste.

»Was ist geschehen?«

Ella formulierte ihre Frage bewusst so offen wie möglich. Marie betrachtete sie kurz, bevor sie den letzten Schluck Rotwein austrank und aufstand, um eine neue Flasche zu holen. Als sie zurückkam, reichte sie Ella die Flasche und den Korkenzieher, während sie selbst nach dem Telefon griff. Routiniert tippte sie eine Nummer ein und sagte schnell ein paar französische Sätze, als sich am anderen Ende jemand meldete. Ella konnte ihren Sätzen nur entnehmen, dass sie ihre Adresse angegeben hatte.

»Wir müssen ja auch irgendetwas essen«, sagte sie rechtfertigend, als Ella sie fragend anschaute. »Ich glaube, in meiner Küche habe ich bestimmt schon seit zehn Jahren nicht mehr gekocht.«

Sie wies entschuldigend in Richtung Küche.

Ella reckte sich ein wenig und sah, dass auch die Küche übervoll mit Kleidungsstücken war. Die meisten davon sahen aus wie exklusive Kleider, die in schützenden Plastikhüllen hingen.

»Was im März 1976 genau geschah, werde ich wahrscheinlich nie ganz begreifen«, begann Marie. »Bereits seit Monaten herrschte eine zunehmende Spannung zwischen Freddie und Christopher. Niemand bezweifelte, dass sie sich liebten, doch solange sie nicht zusammenleben konnten, kamen sie kaum jeder allein klar. Jedes Mal, wenn Freddie wegfuhr, versank Christopher in einer Art apathischem Dunkel. Er ging zwar jeden Morgen zur Arbeit und kam abends wieder, aber er war nur noch ein Schatten seiner selbst. Immer wieder versuchte er Freddie dazu zu bewegen, sein altes Leben aufzugeben und bei ihm in Paris zu wohnen. Doch Freddie tat sich wohl noch zu schwer mit der Tatsache, dass er einen Mann liebte, als dass er auch noch darüber hätte nachdenken können, wie es anderen Menschen in seiner Umgebung damit ging.«

Marie hielt Ellas Blick fest.

»Wenn es heute noch schwierig ist, so akzeptiert zu werden, wie man ist, dann ist das nichts im Vergleich zu früher.«

Ihre Stimme war heiser, und Ella erahnte die Trauer darin. Als hätte sie Ellas Gedanken lesen können, fuhr sie fort:

»Ich habe nie viel geweint. Aber ich bedauere alle unglücklichen jungen Menschen, die in ihren Gefühlen gefangen sind. Die unsicher im Hinblick auf ihre eigenen Gefühle und voller Angst davor sind, was die anderen denken werden.«

Dann schaute sie hinunter in ihr Glas. Erneut zeigte sie dieses merkwürdige Lächeln.

»Während meines gesamten erwachsenen Lebens habe ich mich mit diesen Ausgestoßenen umgeben. Ich habe mit Sicherheit mehr homosexuelle Freunde als Schuhe. Und davon besitze ich nicht gerade wenig«, fügte sie hinzu.

Plötzlich klingelte im Flur ein schrilles Türtelefon. Ella zuckte zusammen. Als sie sich auf der Chaiselongue aufsetzte, spürte sie unmittelbar die Wirkung des Gins und des vielen

Weins, den sie getrunken hatte. Während Marie aufsprang und jemanden zur Haustür hereinließ, nutzte Ella die Gelegenheit und trank in der Küche zwei große Gläser Wasser. Sie musste sich an den mit Rollen versehenen Kleiderstangen vorbeizwängen, um an die Spüle zu gelangen. Als sie zurückkam, sprach Marie mit einem jungen Mann im Flur. Er hatte zwei Pappverpackungen auf den Fußboden gestellt, auf die er gerade zeigte, während er Marie etwas zu erklären schien. Ella bereute, dass sie diesen Abendkurs in Französisch nicht belegt hatte, für den sie sich schon so oft anmelden wollte. Sie hasste es, wenn sie nicht verstand, was gesagt wurde, doch als die Leckerbissen einer nach dem anderen aus den Kartons genommen wurden, erschienen ihr alle Erklärungen hinfällig. Das Essen schmeckte ausgezeichnet, und sie aßen einige Minuten lang schweigend, bis Ella schließlich eine Frage stellte.

»Und wie hat Christopher den Tod meines Vaters aufgenommen?«

Marie fiel die Gabel aus der Hand. Ihre Reaktion bedurfte keiner Erklärung. Sie schaute Ella an, während sich ihre Augen mit Tränen füllten. Dann setzte sie sich in ihrem Sessel auf und schloss die Augen, um sich zu sammeln.

»Wann ist er denn gestorben?«, fragte sie schließlich.

»Im März 1976«, antwortete Ella kurz, ohne ihren Blick von Marie abzuwenden.

Marie hatte immer noch die Augen geschlossen und schien die Informationen zu verdauen, die sie gerade erhalten hatte, ließ dabei jedoch nicht erkennen, wie stark sie sie mitnahmen.

»Irgendwann in diesem Frühjahr kam Christopher zu mir«, sagte sie dann mit schwacher Stimme. »Es war mitten in der Nacht. Ich weiß noch, dass ich schlaftrunken die Wohnungstür öffnete, als er klopfte. Er redete unzusammenhängendes Zeug, zumindest dachte ich das. Und er sagte mir, dass er Paris verlassen müsse. Für wie lange, konnte er nicht sagen. Ich dachte, er hätte den Verstand verloren.«

Sie hielt in ihren Ausführungen inne. Über ihr strammes Gesicht huschte ein undefinierbarer Schatten. Eine Sekunde lang meinte Ella dann, die Andeutung eines Lächelns zu sehen, doch im nächsten Augenblick war es wieder verschwunden.

»Und wie lange blieb er weg?«, fragte Ella.

Marie stieß einen tiefen Seufzer aus.

»Es dauerte fünfzehn Jahre, bis er wieder zurückkehrte.«

Ella zog die Augenbrauen hoch.

»Fünfzehn Jahre?«

»Nach einem Monat rief er mich an. Er bat mich, seine Wohnung bis auf Weiteres unterzuvermieten. Er hatte seine Wohnung so überstürzt verlassen, dass die meisten seiner Kleidungsstücke und persönlichen Habseligkeiten noch dort waren.«

Die Frau mit dem farbenfrohen Äußeren im großen Sessel gegenüber von Ella wirkte plötzlich zusammengesunken und grau. Sie schaute hinunter in ihr Weinglas.

»Fünfzehn Jahre lang standen seine Sachen bei mir«, sagte sie resigniert. »Ich konnte nicht mit dem Gedanken leben, dass er nicht zurückkehren würde. Also behielt ich sie bei mir.«

Sie schwiegen und nippten an dem Wein, den Ella erst jetzt richtig zu würdigen wusste. Er schmeckte fantastisch. Die ersten Gläser hatte sie eher getrunken, um sich zu betäuben. Schade um den edlen Tropfen, dachte sie. Sie betrachtete Marie im dunklen Schein der Lampen mit den mit Fransen versehenen Schirmen. Es war unfassbar, dass sie diese Französin gerade mal ein paar Stunden kannte. Sie kam ihr bereits wie eine alte Bekannte vor. Andererseits teilten sie ja auch eine Geschichte, die sie miteinander verband. Marie schien Frederick ähnlich wie Ella nahezu abgöttisch geliebt zu haben, und genau wie für Ella war er ihr ohne Vorwarnung entrissen worden. Und zu allem Übel hatte sie zur gleichen Zeit auch ihren besten Freund verloren. Einen Mann, den Trauer und Sehnsucht beinahe in den Wahnsinn getrieben hatten.

»Und was geschah, als Christopher zurückkam?«

Ellas Stimme wirkte nach der intensiven Stille wie eine Befreiung.

»Eines Tages stand er einfach vor mir.«

Marie schlug hilflos mit den Armen aus. Als wisse sie immer noch nicht, was eigentlich geschehen war.

»Er klopfte an meiner Tür und fragte, ob ich vielleicht Brot im Treppenhaus verloren hätte.«

Sie lächelte. Diesmal jedoch so breit, dass sich ihre Gesichtshaut beunruhigend spannte.

»Ich öffnete die Tür weit und umarmte ihn. Dann sagte ich ihm, dass ich schon zu lange in diesem Stadtteil wohne, um auf irgendetwas noch mit Bestürzung zu reagieren.«

»Und wo war er gewesen? Was hatte er so lange gemacht?«

Ella wartete auf eine Antwort, hatte jedoch das Gefühl, dass Marie ihr ein paar Dinge vorenthielt. Marie wand sich und schaute erneut in ihr inzwischen leeres Weinglas.

»Ich habe ihn nur einmal gefragt«, antwortete sie schließlich. »Und ich werde seinen Gesichtsausdruck nie vergessen. Er sah aus, als würde er innerlich sterben. Er antwortete, dass er nie mehr darüber reden wollte. Dass die Dinge der Vergangenheit angehörten und er von nun an nur noch in der Gegenwart leben wollte.«

Marie begegnete Ellas Blick.

»Es war das einzige Mal, dass ich das Thema ansprach.

Denn ich wollte nicht noch einmal diesen Schmerz in seinem Gesicht sehen.«

Als Ella aufstand, spürte sie die Wirkung des Alkohols deutlich – das Zimmer drehte sich, und sie bekam klaustrophobische Gefühle. Sie bedankte sich für diesen wunderbaren Tag und Abend. Marie rief ein Taxi und half Ella in den Mantel. Im Flur umarmten sich die beiden Frauen.

»Es war mir ein Vergnügen, Sie endlich einmal kennenzulernen«, sagte Marie, als Ella sich aus ihrer Umarmung wand.

»Danke, Marie, das Vergnügen war ganz auf meiner Seite.« Bereits im nüchternen Zustand war es für Ella eine Herausforderung gewesen, die Treppe mit hohen Absätzen zu bewältigen. Jetzt schwankte sie die Stufen in Richtung Erdgeschoss hinunter. Draußen auf der Straße herrschte inzwischen noch mehr Leben als tagsüber, obwohl die Nacht kühl war. Das Taxi wartete vor der Haustür auf sie, aber sie kam zu dem Schluss, dass ein Spaziergang ihr sicher guttun würde. Sie öffnete die Beifahrertür des Taxis und bat den Fahrer um Entschuldigung dafür, dass sie nicht mitfahren würde. Er murmelte lediglich etwas auf Französisch vor sich hin und schnaubte irritiert. Daraufhin stiegen zwei Männer mittleren Alters in den Wagen, und das Taxi fuhr fort.

Ella schaute sich um. Erst jetzt merkte sie, dass an diesem späten Abend zum überwiegenden Teil Männer unterwegs waren. Aha, das jüdische Viertel, dachte sie im Stillen. Jetzt war ihr aufgegangen, dass es sich um ein ausgemachtes Schwulenviertel handelte. Wohin sie auch schaute, sah sie Männer Hand in Hand gehen. Natürlich hatte sie schon zuvor jede Menge homosexuelle Männer gesehen, doch nie zuvor hatte sie sie so betrachtet wie jetzt. Sie ließ ihren Blick über die Menschen schweifen, denen sie begegnete, und meinte in allen Fredericks und Christophers Gesichter zu sehen. Sie hatten dasselbe Lächeln wie auf dem Foto in Christophers Arbeitszimmer. Ihr wurde schwindlig, und sie musste sich an einem Fallrohr festhalten und einige Male tief durchatmen, um nicht das Gleichgewicht zu verlieren. Auf einmal verwünschte sie ihre Stiefel mit den hohen Absätzen.

Ella riss sich zusammen und ging langsam weiter in Richtung ihres Hotels. Dann blieb sie vor einem Schaufenster stehen. Sie stand dort und schwankte langsam vor und zurück, wie um ihren Schwerpunkt zu finden. Nahezu apathisch starrte sie in das Fenster eines Reisebüros, das sich auf sogenannte »gay-friendly« Reiseziele spezialisiert hatte. Ella dachte eine Weile über die Bedeutung des Begriffs nach. Sollte das etwa heißen, dass es auch Reiseziele gab, die nicht »gay-friendly« waren? Natürlich hatte sie bereits davon gehört, dass Homosexualität in vielen Ländern, vor allem in arabischen, nicht erlaubt war, aber sie hatte nicht daran gedacht, dass es auch für die Touristen gelten könnte, die diese Länder besuchten. Im Reisebüro hingen Plakate von Barcelona, Sitges, Amsterdam, New York, San Francisco, Köln, Rio de Janeiro, Mykonos und etwas überraschend auch von Marrakesch. Ella hatte in ihrer Einfalt angenommen, dass Marokko als arabisches Land nicht als »gay-friendly« klassifiziert werden würde. Sie hielt in ihren Gedanken inne.

Mykonos. Da war es wieder. Ihr fiel ein, dass John Westmark vorgehabt hatte, nach Mykonos zu fliegen. Sie seufzte resigniert, als sie feststellte, dass dieser Fall sie inzwischen auch schon privat beschäftigte. Denn ansonsten konnte sie sich nur selten an Namen von Personen erinnern, die sie obduziert hatte. Vor allem nicht an erhängte Selbstmörder. John Westmark. Die Theorie, die sie im Hinblick auf seinen Tod bereits zuvor aufgestellt hatte, festigte sich. Mit entschlossenen

Schritten ging sie weiter. Sie sah ein, dass sie zu betrunken war, um klar denken zu können. Was sie benötigte, waren ein guter Nachtschlaf und schätzungsweise mindestens zwei Liter Wasser. Die letzten Gläser musste sie in sich hineinzwingen, ehe sie das Licht ausschaltete und einschlief.

Kapitel 11

Als das Flugzeug gegen Nachmittag landete, hatte Ella immer noch einen schweren Kopf und einen trockenen Mund. Vom Flughafen bis zu ihrer Wohnung gönnte sie sich ein Taxi und war schließlich froh darüber, dass das Haus einen Fahrstuhl besaß, als sie es mit ihrer Reisetasche betrat. Die Wohnung kam ihr leer vor. Sie blieb eine Weile im Flur stehen und sah sich um. Sie überlegte, ob sie ihre Wohnung im selben Stil einrichten sollte, wie Christopher es getan hatte. Es würde sicher auch hier gut aussehen, dachte sie. Doch dann verwarf sie all diese Gedanken und beschloss, ihren Körper ein wenig in Schwung zu bringen, indem sie das Fitnessstudio aufsuchte und eine Runde trainierte.

Bereits nach zehn Minuten auf dem Laufband merkte sie, dass die Joggingrunde keine gute Idee gewesen war. Nach einer halben Stunde verspürte sie einen Blutgeschmack im Mund, genoss es jedoch, ihren Körper zu quälen und ihn für die unnötigen und überflüssigen Gläser Wein am Vortag zu bestrafen. Erst in der Sauna wurden ihre Gedanken wieder klar, als dürfte sich ihr Gehirn nun endlich auf andere Dinge konzentrieren als auf die kritische Selbstbespiegelung angesichts ihres destruktiven und gefühlsgesteuerten Verhaltens. Sie überlegte, was die Informationen, die sie in Paris erhalten hatte, für sie persönlich bedeuteten, und ob sie überhaupt irgendetwas für sie veränderten. Die Tatsachen waren und blieben jedenfalls dieselben: Ihr Haus war abgebrannt, und bei diesem Brand war ein Mann mit ausgeprägter Leberzirrhose ums Leben gekommen. Andererseits musste sie einräumen, dass keine Obduktionsbefunde vorlagen, die darauf hindeuteten, dass die betreffende Person noch lebte, als der Brand ausbrach. Darüber hinaus war ihre Identität nicht vollständig geklärt. Es war zwar eher ungewöhnlich, dass die Polizei den Beschluss fasste, eine Identität auf der Grundlage mangelhafter Beweise festzulegen, doch es geschah hin und wieder. Außerdem fielen die Ermittlungen in eine Zeit, in der die DNA-Technik noch nicht so ausgereift war wie heute.

Mit einem Mal fiel ihr ein, dass eventuell doch die Möglichkeit bestand, ihren Verdacht zu untermauern. Das dünne Gewebematerial, das im Kellerarchiv aufbewahrt wurde und das sie heraufgeholt hatte, war aus einem größeren Stück Lebergewebe herausgetrennt worden. Dieses würfelzuckerstückgroße Teil des Organs war nach der Obduktion in Formalin eingelegt und anschließend in Paraffin gebettet worden. Hieraus fertigte das Laborpersonal dünne Schnitte an, die die Ärzte unter ihrem Mikroskop begutachteten. Ella konnte sich vage daran erinnern, dass meist nicht nur die dünnwandigen Gewebeschnitte aufbewahrt wurden, sondern man sich auch nur selten die Zeit nahm, die Paraffinstücke zu entsorgen. Falls sich also ein solches Stück noch irgendwo im Archiv befinden sollte, würde man daraus DNA gewinnen können. Zugleich war ihr bewusst, dass man dadurch nicht zwangsläufig eine Antwort erhalten würde. Außerdem würde es nicht leicht werden zu erklären, warum sie eine solche Analyse durchführen lassen wollte.

Ellas Gedanken wanderten zu dem Skelett in Erlandssons Garten. Dort gab es ebenfalls die Möglichkeit, eine DNA-Analyse durchzuführen. Das Problem bestand in diesem Fall allerdings darin, dass man lediglich ein Stück des Oberschenkelknochens des Mannes an die Rechtsgenetische Abteilung geschickt hatte, um zu sehen, ob man daraus DNA-Spuren gewinnen konnte. Da man, soweit Ella informiert war, im Augenblick aber kein DNA-Material zum Abgleich vorweisen konnte, würde eine DNA-Analyse nutzlos sein. Einen Augenblick lang erwog sie, Simon zu erzählen, wie die Dinge lagen, und ihre eigene DNA zum Abgleich zur Verfügung zu stellen. Doch sie verwarf den Gedanken genauso schnell, wie er in ihrem Kopf aufgetaucht war. Sie hatte viel zu wenig in der Hand, um eine solche Anfrage zu stellen.

Während sie unter der Dusche stand und das kalte Wasser über ihren Körper laufen ließ, versuchte sie ihre Gedanken zu sortieren. Es funktionierte. Sie föhnte sich die Haare und beschloss, dass es an der Zeit war, ihre Ermittlungen von einem anderen Ausgangspunkt aus fortzusetzen.

*

Das erste Mal schlug er sie am Tag ihres Einzugs in die gemeinsame Wohnung. Es war ihre erste Wohnung, und sie erinnerte sich noch daran, wie aufgeregt sie gewesen war. Sie war zwar klein, aber immerhin größer als die kleine Kammer, in der sie bei Ernst und Grete gewohnt hatte. Die Dame, bei der Alfred sein Zimmer gemietet hatte, hatte ihnen erfreulicherweise auch eine Wohnung im selben Haus anbieten können.

Der Schlag hatte sie von links getroffen. Eine Ohrfeige. Estrid hatte keine Ahnung, womit sie ihn dazu provoziert hatte, doch er gab ihr deutlich zu verstehen, was sie falsch gemacht hatte: Sie hatte ihn gebeten, ihr in der Küche zu helfen.

»Keine Frau wird mir je Befehle in meinem eigenen Heim erteilen«, hatte er gesagt. Dann hatte er sie auf die Stirn geküsst und sie in der Küche allein gelassen. Das Ganze ging so schnell, dass sie gezwungen war, sich im Spiegel im Flur zu betrachten, um sicherzugehen, dass sie sich den Schlag nicht eingebildet hatte. Obwohl es noch in ihrem Ohr nachhallte und in ihrem Kopf hämmerte, realisierte sie den Schlag erst, als sich die Rötung und die schmalen Ränder abzeichneten, die seine Finger auf ihrer Wange hinterlassen hatten. Vielleicht war es ja keine Absicht gewesen, so fest zuzuschlagen, hatte sie überlegt. Vielleicht war es eher als Scherz gemeint. Dennoch traute sie sich nicht, das Thema anzusprechen.

Eine Woche später fuhr er zum ersten Mal wieder zur See, und ihre Erinnerung an den Schlag verblasste. Sie schrieb ihn als Folge einer Reihe unglücklicher Umstände ab. Es war eben eine große Umstellung, mit jemandem zusammenzuziehen, wenn man daran gewöhnt war, allein zu wohnen, hatte sie sich gesagt.

Die zweite Misshandlung war bedeutend schlimmer gewesen. Diesmal war er betrunken. Sie war es aus ihrer Zeit als Hausmädchen in den feinen Salons zwar gewohnt, mit mehr oder weniger angeheiterten Männern umzugehen, aber das hier war etwas anderes. Er war nicht darauf aus, sie ins Bett zu bekommen, sondern wollte einfach nur zuschlagen. Vielleicht hatte er eine Schlägerei in der Kneipe verloren, vielleicht war er auch einfach nur von einem Frauenzimmer abgewiesen worden. Wie auch immer, Estrid war diejenige, an der er seine Aggressionen ausließ. Er schlug sie mit der geballten Faust so lange ins Gesicht, bis die Bettwäsche blutig war. Dann hatte er versucht, sie zu umarmen und zu küssen. Ihr hingegen liefen schweigend die Tränen die Wangen hinunter, während er seinen Samen in sie entleerte. Danach war er erschöpft eingeschlafen. Als sie sichergehen konnte, dass er sobald nicht wieder aufwachen würde, wand sie sich aus seinem Griff und stand auf. Sie versuchte, die Schwellungen in ihrem

Gesicht mit Eis zu kühlen und nähte dann mit zwei Stichen ihre aufgeplatzte Augenbraue im Badezimmer mit Nadel und Faden.

Am Tag darauf hatte sie versucht, die Blutflecken mit lauwarmer Milch herauszuwaschen. Als sie sich bei Tageslicht im Spiegel betrachtete, traf sie eine Entscheidung. Nie wieder würde er ihr so etwas antun dürfen. Leider sollte sie nicht recht behalten.

*

Ella untersuchte die Frau ruhig und methodisch. Sie leitete ihre Untersuchungen lebender Personen immer damit ein, dass sie ihnen erklärte, wer sie war und dass sie zwar Ärztin, aber nicht die Doktorin der zu untersuchenden Patienten sei. Sie habe auch keine Schweigepflicht gegenüber der Polizei, fuhr sie fort. Die Untersuchung war in diesem Fall seitens der Frau absolut freiwillig, da sie Anklage erhoben hatte. Ella wusste, dass die Frau nach der angezeigten Vergewaltigung bereits von einem Gynäkologen untersucht worden war, aber die Polizei hatte dennoch gefordert, dass sie sich einer rechtsmedizinischen Untersuchung unterziehen sollte. Ella sah dies als vollkommen richtig an – sie war sogar der Meinung, dass alle vergewaltigten Frauen von einem Rechtsmediziner untersucht werden müssten, wenn nicht bereits zu viel Zeit zwischen dem angegebenen Zeitpunkt des Übergriffs und der Erstattung der Anzeige vergangen war. In diesem Fall war die Vergewaltigung offenbar am Vortag geschehen, an dem die Frau sich mit dem verdächtigten Mann getroffen hatte. Laut Polizeibericht hatten die beiden seit einigen Wochen Kontakt übers Internet, bevor sie sich schließlich für ein Treffen im richtigen Leben oder IRL, wie es neuerdings genannt wurde, verabredet hatten.

Ella bemühte sich, nicht allzu sehr über die Umstände nachzudenken, die zur Vergewaltigung geführt hatten, sondern konzentrierte sich eher darauf nachzuvollziehen, wie der Übergriff stattgefunden hatte. In diesem Fall hatte der Täter laut Aussage der Frau ihre Arme hinter ihrem Rücken verschränkt und war von hinten in sie eingedrungen. An den Armen der Frau fand Ella frische blaue Flecken, die mit ihren Schilderungen übereinstimmten. So weit war alles kein Problem. Was Ella allerdings bereits irritiert hatte, als sie den Polizeibericht las, war die Beschreibung der Frau, wie der Mann sie mit einem Messer bedroht hatte. Er hatte sie nach ihren Angaben mit einem Taschenmesser am Hals verletzt, während er hinter ihr stand und ihr die ganze Zeit über die Schneide an die Kehle hielt. Als sie den Hals der Frau begutachtete, bestätigten sich die Gedanken, die ihr beim Lesen des Berichts gekommen waren. Ella beschrieb sämtliche Verletzungen eingehend und methodisch und fotografierte sie. Als die Untersuchung beendet war, bedankte sie sich bei der Frau für ihre Mitarbeit und bat die Polizistin, die sie begleitete, noch kurz zu bleiben, während die Frau in einem Nebenraum wartete.

»Sind Sie mit dem Fall betraut, oder hat man Sie nur als Begleitung mitgeschickt?«, fragte Ella die Polizistin.

Die Frau stand auf und schaute auf Ella hinunter. Sie war bestimmt 180 Zentimeter groß, mutmaßte Ella.

»Es ist mein Fall«, antwortete sie mit einem Lächeln.

»Ich werde die Akte der gynäkologischen Untersuchung anfordern«, begann Ella. »Aber ich möchte Sie bereits jetzt bitten, die Frau nach ihren Verletzungen am Hals zu befragen.«

»Die Messerschnitte?«

»Ja, genau. Denn ich glaube nicht, dass sie zum eigentlichen Verletzungsbild gehören.«

Die Polizistin schaute Ella verständnislos an.

»Abgesehen von den Halsverletzungen stimmen die Verletzungen in Aussehen und Lage mit ihren Angaben überein. Aber die Verletzungen am Hals hat sie sich meiner Auffassung nach selbst beigebracht.«

»Vielleicht habe ich mich in unserem Telefonat vorhin nicht deutlich genug ausgedrückt, aber wir haben bereits einen Mann festgenommen«, entgegnete die Polizistin leicht irritiert.

»Selbst zugefügte Verletzungen bedeuten ja nicht notwendigerweise, dass sie nicht vergewaltigt worden ist«, erwiderte Ella ruhig.

Die Polizistin setzte sich wieder und seufzte.

»Ich verstehe«, sagte sie ernüchtert. »Sie sprechen davon, dass sie ihre Verletzungen möglicherweise nachgebessert hat. Ich weiß, dass so etwas vorkommt, aber ich hatte selbst noch keinen Fall, bei dem es wirklich geschehen ist.«

»Das Wichtigste ist, dass jemand bei der nächsten Vernehmung noch einmal dezidiert nach den Verletzungen am Hals fragt. Es wäre bedeutend besser, wenn sie es jetzt zugibt, als wenn es während eines möglichen Prozesses zutage kommt«, betonte Ella sachlich. »Ich werde sämtliche Verletzungen in meinem Gutachten darlegen und gegebenenfalls auch Stellung dazu beziehen, was in ihrer Akte aus der Frauenklinik steht.«

Die Polizistin nickte, gab ihr die Hand und verließ den Raum. Ella betrachtete die beiden Frauen durch das Panzerglas hindurch. Wie unterschiedlich sie waren, dachte sie. Die eine kräftig, groß gewachsen und in Uniform, die andere klein und zierlich, während sie wahrscheinlich immer noch die Kleidung trug, in der sie dem Mann begegnet war. Mit einem tiefen Seufzer verließ Ella das Untersuchungszimmer.

Draußen hatte es noch nicht zu dämmern begonnen, als Ella ihr Büro verließ. Ihre Kollegen hatten sie mehrmals gefragt, ob sie ins Gericht müsse. Denn sie trug eines der Kostüme, das sie nahezu ausschließlich trug, wenn sie einen Termin dort hatte. Doch an diesem Tag bezweckte sie mit ihrem Aufzug etwas anderes.

Sie stellte ihren Wagen auf den Besucherparkplatz. Das Gebäude war fünfzehn Stockwerke hoch und erhob sich majestätisch über die umliegenden Häuser. Sämtliche Etagen wurden vom Rossing-Konzern genutzt. Obwohl der mächtige Betonklotz nicht mehr als ein paar hundert Meter von ihrer alten Wohnung entfernt lag, hatte sie seit der Einweihungszeremonie vor fünfzehn Jahren ihren Fuß nicht mehr hineingesetzt. Man hatte damals eine umfangreiche Renovierung vorgenommen, und ihr war eigentlich nichts anderes übriggeblieben, als hinzugehen. Sie war gemeinsam mit Judit, Grete, Hugo und Waldemar dort gewesen. Feierlich hatte Hugo die Größe des Unternehmens und dessen Eintritt in eine neue Ära gepriesen. Ella erinnerte sich noch daran, wie sie sich damals schon geschworen hatte, die Räume nie wieder zu betreten. Doch jetzt war sie wieder hier. Das Gebäude stammte aus den späten 50er Jahren, doch seine Fassade war in regelmäßigen Abständen renoviert worden, sodass es immer noch einen modernen Eindruck machte. Oberhalb des Eingangs prangte immer noch das wohlbekannte Emblem des Unternehmens, ein stilisiertes R in einem Kreis.

Ella betrat den weiträumigen Eingangsbereich und ging mit entschlossenen Schritten zur Rezeption. Die ältere Dame hinter dem Tresen schaute sie durch eine kleine Brille mit knallroten Bügeln neugierig an.

»Ich möchte zu Hugo Rossing«, sagte sie nonchalant.

»Hugo Rossing?«, wiederholte die Frau fragend. »Erwartet er Sie?«

»Teilen Sie ihm doch bitte mit, dass Ella Andersson mit ihm sprechen möchte«, sagte sie entschieden.

»Ich bin nicht einmal sicher, ob er heute überhaupt im Büro ist«, entgegnete die Frau hinter dem Tresen. Sie zögerte die Worte ein wenig hinaus.

»Aber ich bin mir sicher«, sagte Ella kurz angebunden, »denn sein dunkelgrüner Jaguar steht draußen.«

Ella wusste, dass Hugo seinen Wagen inzwischen nicht mehr selbst fuhr, aber sie wusste ebenfalls, dass er ihn von keinem anderen fahren ließ, wenn er nicht selbst mitfuhr. An den Tagen, an denen Hugo im Büro war, fuhr Waldemar mit seinem Wagen nach Hause zu seinem Vater, wo beide in den Jaguar stiegen und Waldemar sie dann ins Büro fuhr, das hatte Estrid ihr erzählt. Die Empfangsdame griff nach dem Telefonhörer und tippte rasch eine Nummer ein. Ella gab sich unbeteiligt und sah sich um.

»Der zweite Aufzug rechter Hand«, sagte die Empfangsdame schließlich nahezu im Flüsterton und fügte hinzu: »Ganz oben.«

Ella betrat den Aufzug und drückte auf den fünfzehnten Stock. Der Aufzug fuhr so schnell, dass sie den Druck in den Ohren spürte. Als sich die Aufzugtüren wieder öffneten, stand Hugo vor ihr. Er lächelte zwar, wirkte aber irgendwie bekümmert. Das war einer der Züge, die er mit seinem Bruder teilte. Ella erinnerte sich daran, dass Ernst immer mehr oder weniger ernst gewirkt hatte. Vielleicht hatte man ihn aus diesem Grund Ernst genannt.

»Was verschafft mir die Ehre?«, fragte Hugo mit kraftvoller Stimme.

Auch wenn sein Rücken krumm geworden war und er

inzwischen beim Gehen einen Stock benötigte, hatte seine Stimme ihn nicht im Stich gelassen. Sie war noch genauso klar wie vor fünfzehn Jahren, als er die Einweihungsrede gehalten hatte.

»Ich brauche deine Hilfe«, antwortete Ella ausweichend, während sie auf ihn zuging und ihn umarmte.

Mit der Umarmung wollte sie ihm signalisieren, dass sie friedfertige Absichten hegte. Normalerweise begrüßte sie ihre Verwandten lediglich mit Händedruck, während sie ihre Freunde gern umarmte. Hugo gehörte zwar zur Verwandtschaft, aber sie hatten nie viel miteinander zu tun gehabt. Aber er war einer der wenigen gewesen, die sie ermuntert hatten, ihr Studium an der medizinischen Fakultät fortzusetzen. Es wäre doch ausgezeichnet, wenn die Verwandtschaft ihre Kompetenzen erweiterte, hatte er gemeint. Denn im Konzern benötigte man keineswegs nur Ökonomen und Ingenieure.

Nach Ernsts Tod hatte Ella ihn nur ein paar Mal getroffen. Sein Tod war für alle ein Schock gewesen. Auch wenn Ernst nicht Erster Vorsitzender gewesen war, als er starb, war er doch eine stets zugängliche Quelle von Erfahrung, Weisheit und Geisteskraft gewesen. Hugo war daraufhin eingesprungen und hatte sich bemüht, seine Aufgaben zu übernehmen, aber ihm schien immer bewusst zu sein, dass er nur die zweite Wahl war, so viel hatte Ella verstanden.

»Schön, dass du ein wenig Zeit für mich hast«, sagte Ella mit einem Lächeln.

Hugo zuckte mit den Achseln.

»Wir haben gerade eine Delegation von Chinesen hier, aber diese langen Sitzungen stehe ich nicht mehr durch. Das ist eben der Vorteil, wenn man alt wird.« Er lächelte, wirkte jedoch müde.

»Inzwischen kann ich tun und lassen, was ich will«, sagte er zufrieden. »Komm, wir setzen uns.«

Er ging vor ihr auf ein großes Panoramafenster zu. Weite Teile des obersten Stockwerks waren mit Glasfronten versehen, sodass man eine beeindruckende Aussicht über die Stadt und das Wasser hatte. Viele Jahre lang war das Gebäude das höchste im Umkreis gewesen, musste diesen prestigevollen Titel aber vor ein paar Jahren abgeben. Sie setzten sich in eine Sitzgruppe aus schwarzem Leder. Im Stockwerk war es so gut wie leer. Zwar war es bereits kurz nach siebzehn Uhr, aber Ella hatte dennoch mehr Leben und Bewegung erwartet. Stattdessen erblickte sie nur noch einige wenige Herren im Anzug, die mit irgendwelchen Papieren in den Händen hin und her eilten.

»Und womit kann ein alter Mann wie ich der Enkelin meines Bruders dienen?«

Seine Stimme klang nun bedeutend wärmer als zuvor am Aufzug, fand Ella.

»Es geht um meinen Vater«, antwortete sie kurz.

Er seufzte und schaute durch das große Fenster hinaus.

»Und was möchtest du wissen?«

»Ich würde gern wissen, an welchen Aufträgen er in den Monaten vor dem Brand gearbeitet hat.«

Er saß lange schweigend da, bevor er schließlich den Mund öffnete.

»Was hast du denn gehört?«

Seine Stimme war keineswegs anklagend. Er klang eher resigniert, als hätte er wie Estrid bereits erwartet, dass Ella fragen würde. »Ich würde es gerne von dir hören«, entgegnete sie, anstatt seine Frage zu beantworten.

Hugo zuckte erneut mit den Achseln und begegnete Ellas Blick.

»Du hast ja noch keine Kinder.«

Er schüttelte den Kopf.

»Du weißt also nicht, wie es ist, sein eigenes Kind leiden zu sehen. Du bist frei von diesen primitiven Instinkten, die Eltern besitzen, um ihren Kindern Schutz zu gewähren.«

Ella konnte sehen, wie Hugos Griff um seinen Stock fester wurde und sich seine Fingerknöchel weiß färbten.

»Wir konnten nicht einfach danebenstehen und mit ansehen, wie er sein Leben zerstörte. Nicht einzugreifen wäre einem Einverständnis mit seiner Untat gleichgekommen«, fuhr er fort.

Einen Moment lang wusste Ella nicht, wie sie die Worte deuten sollte, die aus Hugos Mund kamen. Von wem redete er eigentlich? Frederick? Waldemar? Und was für eine Untat meinte er? Hugo fuhr fort, bevor Ella ihre Fragen stellen konnte.

»Ich war lediglich darauf bedacht, den Konzern zu schützen«, sagte er, »und ein Skandal war das Letzte, was wir zu diesem Zeitpunkt gebrauchen konnten.«

Ella versuchte ihre Gedanken zu sammeln.

»Mein Vater«, begann sie.

»Dein Vater«, wiederholte Hugo, diesmal mit schwächerer Stimme. »Es war mein Fehler. Es war meine Idee, ihn einen Versuch unternehmen zu lassen, den Schaden zu begrenzen. Ich hatte mit keinem Gedanken angenommen, dass er sich so für das Unternehmen aufopfern würde.«

Ella legte den Kopf schief und ergriff Hugos Hände. Sie schaute ihm tief in die Augen und bat ihn, ihr alles noch einmal von Anfang an zu erklären. Hugo erwiderte flehend ihren Blick, während sich seine Augen mit Tränen füllten.

Sie saßen über eine Stunde zusammen. Draußen vor dem Fenster lösten sich die Konturen der Stadt auf, während die

Sonne über dem Wasser unterging. Schließlich hatte Ella die Informationen erhalten, die sie benötigte, und stand auf. Als sie Hugo zum Abschied gerade umarmen wollte, kam Waldemar aus einem Konferenzraum. Er wirkte beinahe erschrocken, als er Ella erblickte.

»Hier steht ihr also und unterhaltet euch«, sagte er mit einer Andeutung von Irritation in der Stimme.

»Wenn der Staat wüsste, um wie viel er dieses Unternehmen betrogen hat«, sagte Hugo mit dem Blick fest auf Ella gerichtet.

»Außer den Milliarden von Steuern«, versuchte Waldemar mit einem nervösen Lächeln beizutragen.

»Ja, außer denen«, sagte Hugo resigniert.

Er schüttelte Ella die Hand und verabschiedete sich von ihr. Waldemar stand unbeholfen daneben. Als sich die Aufzugtüren schlossen, konnte sie Waldemar wild in Richtung seines Vaters gestikulieren sehen. Ella war froh, Hugo aufgesucht zu haben, nicht nur wegen der Informationen, die sie erhalten hatte. Er war auch ein Lichtblick in ihrer Verwandtschaft. Sie bestand eben nicht nur aus arroganten Armleuchtern. Sie nahm die Visitenkarte zur Hand, die er ihr gegeben hatte. Auf die Rückseite hatte er den Namen einer Person geschrieben, die ihr weiterhelfen könnte. Gilbert Gustavsson, Wirtschaftsprüfer. Er war zwar schon lange im Ruhestand, aber offenbar konnte er Ellas Fragen am besten beantworten.

Noch bevor Waldemar sein Temperament zügeln konnte, hatte er sich in dem Augenblick, als die Aufzugtüren sich schlossen, seinem Vater zugewandt, ihn gegen die Wand gepresst und aufgefordert, ihm zu erklären, was seine naseweise Verwandte eigentlich im Gebäude des Rossing-Konzerns zu suchen hatte. Seine Aggression oder eher seine mangelnde Fähigkeit, sie zu kontrollieren, hatte sich bereits während seiner Schulzeit bemerkbar gemacht. Wiederholt war er mit Lehrern und Klassenkameraden aneinandergeraten. Sein berühmter Nachname hatte wohl dafür gesorgt, dass sich die Lehrer anfangs eher zurückhielten, die Probleme anzusprechen. Deshalb wurde seinem Vater das Problem auch erst bewusst, als Waldemar sich auf dem Gymnasium immer heftigere Übergriffe leistete. Schließlich wusste sich der Rektor der Schule keinen anderen Rat mehr, als Kontakt mit Hugo Rossing aufzunehmen.

Rektor Lennart Holmström hatte es selbst so ausgedrückt, dass er diesen Augenblick, in dem er die Nummer des Rossing-Konzerns wählte, nie vergessen würde. Während er darauf wartete, durchgestellt zu werden, sah er durch sein Fenster, wie die Sanitäter einen seiner Schüler in den Krankenwagen einluden und mit Blaulicht davonfuhren. Wenn er nicht selbst Zeuge des Vorfalls gewesen wäre, hätte er nie den Verdacht gehabt, dass es sich um etwas anderes als einen Unfall handeln könnte.

Lennart Holmström unterrichtete damals erst seit zehn Jahren, doch als ein Lehrer plötzlich krank wurde, war er gerne eingesprungen. Er hatte seine Berufslaufbahn als Sportlehrer begonnen und war eher durch einen Zufall in den administrativen Dienst gerutscht. Trotz der langen Pause war der Sportunterricht hervorragend gelaufen. Er hatte seinen Schwung noch nicht verloren, befand er, während er zufrieden einen letzten Blick in die Duschräume warf, um sich zu vergewissern, dass alle Schüler fertig waren. Durch das Türglas zum Duschraum hindurch hatte er Waldemar erblickt. Natürlich wusste der Rektor, wer der Junge war. Waldemar war nicht nur der Sohn des einflussreichen Hugo Rossing, er war auch ein Schüler, über den häufig diskutiert wurde. Der Junge bereitete vielen Lehrern Schwierigkeiten und suchte oft Streit.

Waldemar hatte sich über einen Klassenkameraden gebeugt, der auf dem gefliesten Boden lag. Das Wasser aus einer der Duschen ließ das Blut, das vom Hinterkopf des Jungen rann, wie eine Flut aussehen. Gerade als der ehemalige Sportlehrer die Tür aufreißen wollte, um Waldemar dabei zu unterstützen, dem armen Jungen zu helfen, sah er zu seinem Erstaunen, wie Waldemar den Kopf des Jungen ergriff und ihn mit voller Kraft auf die weißen Fliesen schlug. In seinem Inneren hörte er noch lange später das Geräusch brechender Knochen auf dem gefliesten Boden. Sein erster Gedanke war natürlich, den Vorfall bei der Polizei anzuzeigen, doch aus irgendeinem Grund rief er zuerst den Vater des Jungen an. Hugo Rossing war ein Mann, der es gewohnt war, seinen Willen durchzusetzen, und Lennart Holmström ließ sich überreden, auf eine Anzeige zu verzichten. Der Rektor konnte seine Entscheidung im Nachhinein damit rechtfertigen, dass die Schüler seiner Schule zu den ersten im Land gehörten, die Zugang zu Computern erhielten. Die damals noch großen, wuchtigen Geräte waren der Schule eine Woche nach dem letzten Vorfall anonym gespendet worden. Der verletzte Junge hatte leider nichts von den modernen Unterrichtsgeräten. Er sollte sich von dem Übergriff nicht wieder erholen.

In der Woche nach dem Vorfall im Duschraum wurde Waldemar auf eine Internatsschule auf dem Land geschickt. Hugo missfiel der Gedanke, dass Waldemar eine Schule besuchen sollte, auf die nur wohlbehütete Kinder gingen, doch im Hinblick auf die Ausführungen des Rektors fühlte er sich gezwungen, den Jungen irgendwo unterzubringen, wo er unter strikter Aufsicht stand. Er sorgte ebenfalls dafür, dass Waldemar jede Woche Besuch von einem Mann erhielt, der offiziell seine Deutschkenntnisse verbessern sollte, aber eigentlich Psychologe mit dem Spezialgebiet Verhaltenstherapie war. Die Verhaltenstherapie war damals noch nicht besonders populär, und die Methoden der Psychologen wurden als umstritten und sogar gefährlich eingestuft. Anstatt der Frage nachzugehen, warum Waldemar so aggressiv war, legte er den Fokus darauf, ihm Methoden beizubringen, seine Aggressionen unter Kontrolle zu bringen. In den Augen seiner Umgebung machte Waldemar während seiner Zeit in der Internatsschule einen selten beobachteten Verhaltenswandel durch. Er entwickelte sich von einem aggressiven und phasenweise äußerst bedrohlichen Jungen zu einem wohlerzogenen vernünftigen jungen Mann. Hugo bezeugte seine Freude über den Erfolg des Psychologen, indem er ihn reichlich entlohnte, doch nach einiger Zeit musste er feststellen, dass er sich zu früh gefreut hatte.

An diesem Abend blieb Ella lange auf und schaute in die Flammen im Kachelofen. Sie dachte über das nach, was Hugo ihr erzählt hatte. Je mehr sie darüber nachdachte, desto klarer wurde ihr, dass Hugo nicht an den Aktionen beteiligt gewesen war, die zum Tod ihres Vaters geführt hatten. Möglicherweise hatte er den Ball ins Rollen gebracht, aber er schien keine Ahnung von dem zu haben, was geschehen war, da er sich auf andere Dinge konzentrierte. Er hatte, wie er es selbst ausdrückte, lediglich versucht, diejenigen zu schützen, die ihm am nächsten standen, und das konnte Ella ihm nicht vorwerfen. Aber sie begann zu ahnen, wer stattdessen hinter dem Plan stand, der irgendwann im Frühling 1976 herangereift war und zu Fredericks Tod geführt hatte. Bislang handelte es sich nur um eine Vermutung, aber sie hoffte, dass der pensionierte Wirtschaftsprüfer Gilbert Gustavsson ihre Theorie bestätigen würde.

Als Ella zur Arbeit kam, stand ein Strauß Rosen in ihrem Zimmer. Sie betrachtete ihn mit großen Augen. Eine der Sekretärinnen kam herein und teilte ihr mit, dass sie gestern Abend gebracht worden waren, kurz nachdem Ella Feierabend gemacht hatte. An einem der Stiele war ein zusammengefalteter Zettel befestigt. Sie war der Überzeugung, dass man ihn nicht nur geöffnet, sondern darüber hinaus auch alles getan hatte, um herauszufinden, wer der Absender war. Sie konnte nur hoffen, dass derjenige, der sie geschickt hatte, nicht seinen Vor- und Nachnamen genannt hatte. Der Computer benötigte nicht mehr als ein paar Minuten, um alle möglichen Informationen über die betreffende Person einzuholen, sofern der vollständige Name bekannt war. Ella seufzte, als ihr einfiel, dass die Sekretärinnen dazu angehalten waren, jegliche eingehende Post zu öffnen, um zu entscheiden, ob sie zu den Akten gelegt werden musste oder nicht. Sie hoffte inständig, dass man den Eingang der Blumen nicht aktenkundig vermerkt hatte. Sie riss den Zettel ab, las ihn und lächelte.

Sie haben meine Kreise gestört. Mikael

Ella schluckte. Wenn er seinen Nachnamen genannt hätte, wäre sie ziemlich in Erklärungsnot geraten, stellte sie fest.

»Das ging aber schnell!«

Es war Simon, der den Kopf durch die Tür zu ihrem Büro gesteckt und die Rosen entdeckt hatte. Ella zuckte zusammen. Er war der Einzige, dem sie erzählt hatte, dass sie sich getrennt hatten, dachte sie. Alle anderen mussten denken, dass sie womöglich ein Verhältnis hatte.

»Schon etwas von deinem Bruder gehört?«, fragte Ella, um das Gespräch rasch von den Blumen abzulenken.

Simon schüttelte den Kopf.

»Es dauert immer ein paar Wochen, bis man nach einer manischen Phase wieder herunterkommt«, antwortete er.

Dann lächelte er und versuchte mit einer schnellen Bewegung den Zettel zu schnappen, der am Strauß gehangen hatte. Doch Ella hatte seine Absicht vorausgesehen und schlug mit gespielter Verärgerung seine Hand weg, merkte jedoch sofort, dass sie mehr Kraft angewendet hatte als beabsichtigt.

»Untersteh dich!«, rief sie.

Verlegen trat Simon einen Schritt zurück und massierte sich das Handgelenk.

»Und wie läuft's mit deinem archäologischen Fall?«, fragte Ella stattdessen, darum bemüht, nicht allzu interessiert zu klingen.

»Es ist kein archäologischer Fall«, erinnerte er sie. »Aber ich glaube, dass ich in einer Sackgasse gelandet bin.«

Er ging erneut auf die Rosen zu und roch an ihnen.

»Ich habe mir das Skelett inzwischen so viele Male angesehen, dass ich es schon gar nicht mehr zählen kann«, sagte er resigniert. »Ich bin ziemlich davon überzeugt, dass jemand bewusst seine Identifizierung erschweren wollte. Die Fragmente der Zähne, die man im Kiefer und im Grab gefunden hat, sind so zersplittert, dass sie kaum für eine Identifizierung infrage kommen.«

Ella spürte einen Kloß im Hals. Jemand hatte ihm also die Zähne zertrümmert, um die Identifizierung zu erschweren, dachte sie. Sie schob den Gedanken beiseite.

»Und hat die DNA-Untersuchung etwas ergeben?«, fragte sie, als Simon bereits auf dem Weg aus ihrem Zimmer war.

Er blieb stehen und schaute sie fragend an.

»Wir haben zwar Material für eine Analyse, aber da wir nichts zum Vergleichen haben, macht es irgendwie keinen Sinn.«

»Aber für die Zukunft«, ermunterte ihn Ella.

»Immerhin haben wir die Datierung eines Zahnstücks, das ich zur Analyse geschickt habe«, fügte er missmutig hinzu.

Ella lief ein eiskalter Schauer über den Rücken.

»Die Person, die dort vergraben lag, ist höchstwahrscheinlich vor 1943 geboren, was bedeutet, dass man die Radiokarbonmethode nicht anwenden kann.«

Frederick wurde 1945 geboren, dachte Ella. Während sie über den Fehlerquotienten nachdachte, der den Analyseergebnissen zugrunde gelegt wurde, fuhr Simon mit seinen Auslegungen fort.

»Und auf die Analyse der Zahnemaille warte ich noch.«

Die Überlegung bestand darin, die Ergebnisse der Radiokarbonmethode mit der Altersbestimmung der Zahnemaille zu kombinieren, um so sehr viel genauer sagen zu können, wie lange die Leiche in der Erde gelegen hatte, als man es allein aus dem Wachstum der Wurzel ableiten konnte.

»Wir haben zwar einen Vertrag mit einem Labor in Japan, wo sie ausgeführt wird, aber ich scheue mich ein wenig davor, dort anzurufen und Druck zu machen. Deren Englisch ist außerdem nicht gerade das verständlichste«, fügte Simon hinzu.

Er warf erneut einen Blick auf die Rosen, nickte und verließ das Zimmer.Ella schloss die Tür, setzte sich und betrachtete die Blumen. Sie waren lang und hatten kräftige Stiele. Zwölf Stück. Sie lächelte wieder und dachte an Mikael. Viel zu alt für mich, redete sie sich ein. Kriegt bestimmt keinen mehr hoch. Und außerdem ist er derjenige, der das Skelett in seinem Garten gefunden hat, rief sie sich in Erinnerung. In keiner Weise angebracht.

Sie streckte sich nach dem Sekt. Als Durstlöscher war er zwar eher nicht geeignet, aber er stand nun einmal gerade da. Etwas außer Atem trank sie ein paar Schlucke, woraufhin Mikael sie wieder zurück ins Bett zog. Sie liebten sich ein weiteres Mal, bevor sie entschied, dass es Zeit für sie war zu gehen. Als sie auf dem Weg zu ihrer Wohnung im Taxi saß, war es fast vier Uhr morgens, und sie stellte beschämt fest, wie Unrecht sie gehabt hatte. Als er anrief und fragte, ob sie Lust hätte, mit ihm essen zu gehen, hatte sie die Einladung zwar angenommen, aber beabsichtigt, seine Annäherungsversuche höflich, aber bestimmt abzuweisen. Stattdessen fand sie ihn während des Essens unglaublich attraktiv und folgte einem inneren Impuls, ihn zu verführen. Es war nicht schwer gewesen. Während des Essens sprachen sie über Architektur, und er gestand ihr, dass er lediglich ein privates Gebäude entworfen hätte – nämlich sein eigenes Haus. Nach dem Essen hatten sie ein Taxi dorthin genommen, um den Kaffee dort einzunehmen, wie er sich ausdrückte. Das Haus wirkte recht großzügig, und weitläufige Glasflächen sorgten dafür, dass eine nahezu unsichtbare Grenze zur Terrasse entstand, die sich auf der Rückseite anschloss. Allerdings wurde am Ende gar kein Kaffee gereicht. Mikael ließ sich nicht lange bitten, als Ella einen Blick ins Schlafzimmer werfen wollte. Und er war weder zu alt für sie, noch hatte er Schwierigkeiten, einen hochzukriegen.

Es war Samstagmorgen, und Ella war gerade von einer Joggingrunde zurückgekehrt. Sich vor einem Mann nackt zeigen zu müssen steigerte offenbar enorm den Anreiz, den eigenen Körper zu trainieren. Ella begann sich langsam in ihrem Körper wohlzufühlen, oder besser gesagt, ihn zu akzeptieren. Sie würde nie so lange schmale Beine bekommen, wie sie sich wünschte, aber ihre kurzen Beine waren immerhin ziemlich wohlgeformt.

Sie frühstückte in aller Ruhe. Um elf Uhr hatte sie sich mit Gilbert Gustavsson in einer der alten, renommierten Konditoreien an einer der Hauptstraßen verabredet. Aus irgendeinem Grund hatte sie ausgerechnet die Konditorei ausgewählt, die Grete immer besuchte. Ella hatte sie selbst schon dort in einer Sitzecke mit einer Tasse Kaffee ohne Gebäck sitzen und ins Leere starren sehen. Sie hatte weder etwas gelesen noch sich mit jemandem unterhalten. Sie hatte einfach nur dort gesessen. Nach Estrids Aussage hatte sie viele Jahre lang nahezu jeden Tag in dieser Konditorei gesessen. Oft nur kurz, aber manchmal auch mehrere Stunden lang. Ella erinnerte sich daran, wie sie und Judit einmal draußen vorbeigegangen waren und Grete durchs Fenster gesehen hatten. Ella hatte damals vorgeschlagen, hineinzugehen und sie zu überraschen, doch Judit hatte sie darauf hingewiesen, dass Grete unter keinen Umständen gestört werden dürfte, wenn sie dort saß. Sie brauchte die Zeit für sich selbst. So hatte Judit es ausgedrückt.

Gilbert Gustavsson hatte nicht im Mindesten erstaunt geklungen, als Ella ihn anrief. Hugo hatte ihn bestimmt vorgewarnt, dachte sie. Tatsächlich hatte Hugo ihm aber sein Einverständnis gegeben, über Dinge zu sprechen, über die Stillschweigen zu bewahren er einst geschworen hatte. Es war Ella, die vorschlug, sich auf neutralem Boden zu treffen. Am Telefon hatte er zwar wie ein freundlicher älterer Herr geklungen, aber sie zog es dennoch vor, ihn nicht zu Hause aufzusuchen.

Sie schaute durch das kleine Küchenfenster hinaus. Sie hatte noch nicht angefangen, die alte Küche zu renovieren, aber andererseits hatte sie sie auch noch nicht intensiv zum Kochen genutzt. Draußen war schönes Wetter; es war einer der ersten Tage, an denen man spüren konnte, dass der Frühling in der Luft lag. Vielleicht würde sie es noch schaffen, sich einen Frühlingsmantel zu kaufen, bevor sie sich mit Gilbert Gustavsson traf, dachte sie, als plötzlich ihr Handy klingelte. Sie hatte Bereitschaftsdienst und hatte wie immer alle Gespräche vom Diensttelefon auf ihr privates Handy umgeleitet, um nicht zwei Handys mit sich herumschleppen zu müssen. Leider hatte das zur Folge, dass sie nie sicher sein konnte, ob ein Anruf privat war oder von der Polizei kam. Sie erkannte die Nummer auf dem Display nicht, sodass sie sich sicherheitshalber mit ihrem Titel meldete.

»Rechtsmedizin, Doktor Ella Andersson.«

Eigentlich verabscheute sie Titel, hatte jedoch gelernt, dass es einen enormen Vorteil in sich barg, den Anrufer unmittelbar darüber aufzuklären, dass er mit einem Arzt sprach.

»Hier ist Jonny Duda.«

Ausnahmsweise klang der Kriminaltechniker einmal so, als befände er sich im Büro. Im Hintergrund waren keine störenden Verkehrsgeräusche zu hören.

»Was haben Sie denn an einem so schönen Frühlingstag für mich?«, fragte Ella.

Sie hoffte, dass sie ihr Treffen mit dem Buchhalter nicht absagen würde müssen. Denn er schien nicht unbedingt jemand zu sein, der ein Handy bei sich hatte, überlegte sie, bevor Jonny Duda antwortete.

»Nichts Akutes«, begann er. »Mir ist nur gerade etwas eingefallen, das möglicherweise von Interesse für Sie sein könnte.«

Damit war Ellas Neugier geweckt.

»Und welche nicht akuten Neuigkeiten wollen Sie mir an einem Samstag mitteilen?«

»Erinnern Sie sich noch an den Fall mit dem jungen Mann, der sich in der Garage seiner Eltern erhängt hat?«, fragte er.

Ellas Puls schnellte in die Höhe. Sie hatte gehofft, diesen

Fall in der vergangenen Woche abzuschließen, hatte sich jedoch nicht dazu aufraffen können. Als sie ihr Gutachten formulieren wollte, hatte sie gezögert. Sie wusste zwar bereits, was zu tun war, doch sie hatte es nicht geschafft, es anzugehen.

»John Westmark«, antwortete Ella kurz.

»Ja, so hieß er«, bestätigte Jonny.

»Und an was haben Sie gedacht?«, fragte Ella ungeduldig.

»Mir ist eingefallen, dass wir ja sein Handy beschlagnahmt haben«, als wir vor Ort waren.

Er zögerte, bevor er fortfuhr.

»Und als ich hier im Büro saß und nichts Besseres zu tun hatte, hab ich es mir mal etwas näher angeschaut. Auf dem Display hatte jemand eine Nachricht hinterlassen: *Verzeiht.*«

Jonny erklärte sachlich, was ihm daran aufgefallen war, und Ella merkte rasch, dass seine Untersuchung des Handys das entscheidende Puzzleteil bildete, das sie benötigte. Sie atmete aus. Jetzt würde sie vielleicht endlich das Gutachten schreiben können, das sie so lange vor sich hergeschoben hatte.

Sie telefonierte weitere zehn Minuten mit Jonny und informierte ihn über die Internetadresse, die man ihr hatte zukommen lassen. Jonny versprach, sich wieder bei ihr zu melden, nachdem er sich bei der Staatsanwaltschaft erkundigt hätte. Denn Ella wollte im Hinblick auf ihren nächsten Schritt das Gesetz auf ihrer Seite haben. Sie wusste, dass sie diesen Fall schon bedeutend länger als üblich hinausgezögert hatte, sah es aber als ihre Pflicht an, ihre Arbeit zu Ende zu bringen. Denn niemand anders würde sich für den jungen Mann einsetzen.

Es dauerte nicht länger als eine Viertelstunde, bis Jonny wieder anrief. Er berichtete, dass der Staatsanwalt etwas verblüfft gewesen war, als er ihm den Fall unterbreitete. Schließlich geschah es nicht alle Tage, dass ein Fall von gestörter Totenruhe aufgedeckt wurde. Dennoch hegte der Staatsanwalt angesichts der Umstände des Falles nicht die Absicht, Anklage zu erheben. Ella hatte längst nicht auf alles eine Antwort, aber die Untersuchung des Handys hatte zumindest eines ergeben. Die Nachricht auf dem Handy des jungen Mannes war erst verfasst worden, nachdem die Mutter zum ersten Mal den Notruf gewählt hatte.

Kapitel 12

Um Punkt elf Uhr betrat ein kleingewachsener schmaler Mann die Konditorei. Er trug einen Tweedanzug und sah Woody Allen nicht unähnlich, dachte Ella, bevor sie aufstand und ihm zuwinkte. Es konnte niemand anderes sein als Gilbert Gustavsson. Er lächelte und beeilte sich, an ihren Tisch zu kommen. Ella hatte einen der Tische ergattert, die zwischen zwei kurzen Bänken mit hohen Rückenlehnen standen, sodass sich kleine abgeschiedene Abteile bildeten. Ella stellte zufrieden fest, dass er eine Aktentasche bei sich trug. Er redete leise und mit schwachem Dialekt, den Ella nicht recht einordnen konnte, denn er war äußerst bemüht, ihn zu verbergen.

»Ich habe mir die Freiheit genommen, Kaffee und Gebäck für Sie mit zu bestellen, Herr Gustavsson«, begann Ella höflich.

»Während Sie sich selbst mit einer Tasse grünem Tee und einem Zwieback begnügen, vermute ich?«, konterte er rasch.

Er lächelte und fügte hinzu:

»Nennen Sie mich um Gottes willen nicht Herr Gustavsson, denn dann habe ich den Eindruck, mich umdrehen und nach meinem Vater Ausschau halten zu müssen.«

»Gilbert«, versuchte Ella es.

»Schon viel besser!«

»Ich habe neulich ein interessantes Gespräch mit dem Bruder meines Großvaters, Hugo Rossing, geführt«, sagte Ella.

Gilbert sah sich unruhig um und bedeutete Ella diskret, etwas leiser zu sprechen.

»Ich glaube, man tut gut daran, diesen Namen nicht allzu laut auszusprechen«, sagte er ein wenig verlegen.

Als er sah, wie erstaunt Ella reagierte, entschuldigte er sich.

»Ich bin an solche Situationen nicht gewöhnt. Aber man darf nicht vergessen, dass so etwas wie Industriespionage immer noch vorkommt.«

Ella nahm sich zusammen und unternahm einen neuen Versuch.

»Wenn ich den alten Herrn richtig verstanden habe, war es seine Idee, meinen Vater für eine begrenzte Zeit als Berater einzustellen.«

Gilbert nickte und lächelte kurz.

»Die Unregelmäßigkeiten waren mir und meinen Kollegen von der betriebsinternen Buchhaltung bereits im Herbst 1975 aufgefallen. Als ich begriff, in welche Richtung unsere Informationen wiesen, setzte ich Hugo und Ernst davon in Kenntnis, die mich unmittelbar baten, die Angelegenheit vertraulich zu behandeln. Ich sollte ihnen direkt Bericht erstatten und die übrigen Mitarbeiter der Abteilung außen vor halten.«

Er trank einen Schluck von seinem Kaffee und fuhr fort.

»Als Unterstützung erhielt ich den Vorarbeiter einer unserer Fabriken, einen Mann, dem Ernst vertraute, und Ihren Vater. Genau wie Sie sagten, es war Hugos Idee, Frederick mit einzubeziehen.«

Gilbert flüsterte den Namen nahezu, als würde einer der anderen Gäste in der Konditorei sie hören können. Der Altersdurchschnitt im Café lag allerdings bei mindestens fünfundsiebzig, wie Ella feststellte.

»Es war Fredericks Auftrag, die Schäden für das Unternehmen zu begrenzen. Die Betrügereien des jungen Waldemar waren nicht besonders ausgeklügelt, was dazu führte, dass wir sie rasch durchschauten. Aber die Spuren zu verwischen war umso schwieriger. Während ich alle Zahlen und Unterlagen bereitstellte, die Frederick benötigte, erledigte Klaus alle möglichen Aufgaben für uns. Er besorgte Stempel und Unterschriften, bei denen ich mich nicht einmal traute zu fragen, wie er an sie herangekommen war.«

Klaus. Da war der Name wieder, dachte Ella. Der Name, den Estrid zu Hause bei Ernst und Grete in den Tagen vor dem Brand aufgeschnappt hatte.

»Und wessen Plan war das?«, fragte Ella geradeheraus.

Gilbert wurde mit einem Mal ernst.

»Ich glaube nicht, dass jemand so richtig begriff, was Ihr Vater im Sinn hatte. Er sagte lediglich, dass er alles in Ordnung bringen würde und dass keine Spur von Waldemars Machenschaften zurückbleiben würde. Erst im Nachhinein stellten wir fest, dass er sich selbst als Eigentümer der fiktiven Tochtergesellschaften eingetragen hatte, die Waldemar gegründet und benutzt hatte, um Gelder aus dem Hauptunternehmen zu veruntreuen. Nicht einmal Waldemar war so unvorsichtig gewesen, sich selbst als Strohmann einzusetzen.«

»Als Strohmann?«

Ella schaute Gilbert in seinem englischen Tweedanzug verständnislos an.

»Ein Strohmann ist derjenige, der für das fiktive Unternehmen verantwortlich zeichnet. Normalerweise irgendein Unbeteiligter, der keine Ahnung davon hat, dass er seinen Namen für kriminelle Zwecke hergibt«, erklärte Gilbert. »Aber Ihr Vater hat keinen Strohmann angeheuert«, fügte er hinzu. »Er hatte vor, selbst in die Bresche zu springen.«

Gilbert schaute hinunter auf sein halb gegessenes Kuchenstück und schüttelte den Kopf.

»Ich habe nicht geahnt, dass er ein doppeltes Spiel spielte. Und noch dazu ein sehr gefährliches.«

»Ein doppeltes Spiel?«, fragte Ella.

»Wenn das Feuer nicht ausgebrochen wäre«, antwortete Gilbert, »hätte Ihr Vater das Land mit einer ansehnlichen Summe Geld auf der Bank verlassen können.«

»Wie bitte?«

Ella begriff plötzlich gar nichts mehr. Ihre Gedanken wirbelten herum, und sie konnte nicht klar denken. »Ihr Vater hat nicht nur in genialer Weise dafür gesorgt, dass es so aussah, als wäre er für Waldemars Manipulationen verantwortlich«, begann Gilbert, »er erhöhte die Summe der veruntreuten Gelder auch noch um fast eine Million.«

In seiner Stimme lag so etwas wie Bewunderung, als er fortfuhr.

»Ich habe nie herausgefunden, wie er an dieses Geld herangekommen ist.«

Er hielt inne, als dächte er immer noch darüber nach.

»Als das Unglück eintraf und die Strategie Ihres Vaters ans Licht kam, pfiff Ernst auf das verschwundene Geld. Für ihn war es keine besonders hohe Summe. Ich hatte immer den Eindruck, dass er der Auffassung war, die Sünde hätte sich selbst gestraft, und dass Frederick schließlich nie etwas von dem Geld hatte. In diesem Zusammenhang war es zwar eher ein kleineres Problem, aber es ließ mich nie ganz los. Ihrem Vater war es in irgendeiner Weise gelungen, direkt von Ernsts Konto Geld auf ein Schweizer Bankkonto zu transferieren.«

Ella dachte eine Weile nach.

»Haben Sie aus diesem Grund das Obduktionsprotokoll meines Vaters angefordert?«

Gilbert starrte sie verblüfft an. G. Gustavsson. Der Gedanke war ihr merkwürdigerweise gerade erst gekommen. Er wand sich auf seinem Stuhl.

»Ich habe die Unterlagen nie bekommen«, antwortete er beschämt.

Ella zuckte mit den Achseln. Dann führte sie ihre Überlegungen weiter aus.

»Mein Vater soll also erst Ernst und Hugo aus der Patsche geholfen haben, indem er die Schuld für etwas auf sich nahm, was Waldemar begangen hatte, und sich dann an dem Coup bereichert haben?«

Das Ganze kam Ella erst einmal ziemlich weit hergeholt vor. Doch langsam erschloss sich ihr die Logik darin. Die merkwürdigen nächtlichen Aktivitäten hatten sich in einer Zeit abgespielt, in der das Leben ihres Vaters, so wie er es selbst vermutlich auffasste, dabei war, seinen Sinn zu verlieren. Vielleicht hatte er darin schlicht und einfach die einmalige Chance gesehen, allem zu entfliehen. Die Frage war nur, ob er sie ergriffen hatte oder ob sie ihm verwehrt geblieben war. Ella musste an das Skelett in Erlandssons Garten denken. Sie schob den Gedanken beiseite und konzentrierte sich stattdessen auf Gilbert. Er saß inzwischen zusammengesunken da und stocherte in seinem Kuchen herum.

»Wann haben Sie das letzte Mal mit meinem Vater gesprochen?«, fragte sie, weil ihr nichts anderes einfiel.

Er schaute auf und runzelte die Stirn.

»Es muss an einem der Tage vor dem Brand bei Ernst gewesen sein.«

Er zögerte die Worte hinaus, als wüsste er nicht genau, was er preisgeben durfte. Oder er erinnerte sich ganz einfach nicht mehr genau.

»Ich weiß noch, dass Ernst entschieden hatte, unsere Zusammenkünfte nicht mehr in der Firma abzuhalten. Stattdessen trafen wir uns spätabends bei ihm. Oft dauerten unsere Besprechungen die halbe Nacht, und ein paar Mal bin ich auch direkt von Ernsts Wohnung zur Arbeit gefahren. Die letzte Nacht war die anstrengendste. Hugo hatte mich gebeten, sämtliche Rechnungen noch einmal zu prüfen, die von Waldemars Scheinunternehmen ausgestellt worden waren. Es durfte kein einziger Hinweis auftauchen, der sich auf Waldemar zurückführen ließ. Dann gingen wir in Ernsts Küche gemeinsam das Material durch. Ich weiß noch, dass diese Estrid gerade irgendwohin gefahren war und Arne viel zu starken Kaffee gekocht hatte.«

Gilbert schien wieder zu zögern. Ratlos schaute er sich um. Er wirkte ziemlich nervös, als würde das Café jeden Moment von KGB-Agenten gestürmt werden. Ella hatte den Verdacht, dass er diese Geheimnisse während all der Jahre ähnlich wie Estrid mit sich allein herumgeschleppt hatte.

»Arne«, wiederholte Ella fragend. »Arne Erlandsson? Was hatte er für eine Funktion?«

»Er kochte Kaffee«, antwortete Gilbert unschuldig.

»Und was enthalten Sie mir gerade vor?«, fragte Ella mit etwas schärferer Stimme als beabsichtigt.

Gilbert warf ihr einen unruhigen Blick zu.

»Ich habe an besagtem Abend etwas gesehen«, begann er.

»Und was haben Sie gesehen?«

Ella konnte sich nur schwer beherrschen. Gilbert wand sich und schien ihren Nachfragen ausweichen zu wollen, doch ihr bohrender Blick ließ ihn nicht los. Er würde ihr nicht so leicht davonkommen, beschloss sie.

Ohne ihrem Blick zu begegnen, begann er schließlich weiterzusprechen.

»Ich habe Klaus im Innenhof gesehen, als ich gehen wollte. Er stand hinter Ernsts großem Mercedes und lud etwas in den

Kofferraum. Sie haben mich nicht gesehen. Es war fünf Uhr morgens und immer noch dunkel.«

Er wischte sich mit einem Stofftaschentuch den Schweiß von der Stirn, bevor er fortfuhr.

»Dann sah ich, was er da einlud. Er beförderte Kanister in den Kofferraum. Benzinkanister.«

Gilbert sah aus, als würde er vor Erregung jeden Moment tot umfallen. Er zitterte am ganzen Körper.

»Er hatte auch einen Spaten und einen langen Plastikschlauch bei sich«, fügte er hinzu.

»Sie sagten ›Sie haben mich nicht gesehen‹«, unterbrach ihn Ella.

Gilbert blickte sie flehend an und schlug dann rasch den Blick nieder.

»Klaus hat mich nicht gesehen«, versuchte er es zögerlich.

Ella schüttelte den Kopf. Sie schaute ihn auffordernd an, woraufhin er einzusehen schien, dass er sich nicht würde herauswinden können.

»Mit wem haben Sie Klaus an diesem frühen Morgen im Innenhof gesehen?«

Ellas Stimme war ruhig und samtweich. Er schien endlich aufzugeben, und sie wusste, dass er ihre Fragen jetzt beantworten würde. Warum er aber versucht hatte, in seinem Bericht eine Person wegzulassen, konnte sie nicht begreifen.

»Haben Sie jemandem erzählt, was Sie gesehen haben?«, fragte Ella.

Als Gilbert die Antwort erneut hinauszögerte, war sie mit ihrer Geduld am Ende. Ihr Puls raste, und sie spürte, wie sich ihre Kiefermuskeln anspannten. Sie wusste, dass sie ruhig bleiben musste, um klar denken zu können, aber die Unfähigkeit des Buchhalters zu antworten ärgerte sie sehr.

»Wem?«

Ihre Stimme war scharf und ließ Gilbert zusammenfahren.

»Ihrem Vater.«

Die Antwort kam postwendend.

»Ich habe ihn am darauffolgenden Morgen aus dem Büro angerufen«, fügte er hinzu. »Er rang mir das Versprechen ab, niemals jemandem zu erzählen, was ich gesehen habe. Ein Versprechen, das ich gehalten habe. Bis zu diesem Tag.«

Gilbert wirkte beschämt. Ella legte ihre Hände auf seine.

»Danke, Gilbert. Danke, dass Sie Ihr Versprechen meinem Vater gegenüber gehalten haben.«

Sie begegnete seinem Blick. Er wirkte vollkommen verzweifelt.

»Sie haben richtig gehandelt«, versuchte sie ihn zu überzeugen. »Der Ball war bereits ins Rollen geraten, und Sie konnten das Geschehen unmöglich zurückdrehen.«

Sie saßen eine Weile schweigend da. Als er aufstand, um zu gehen, fiel Ella eine letzte Frage ein. Es war zwar eher unwahrscheinlich, dass er sich daran erinnern würde, dachte sie, aber dann fiel ihr ein, dass er ja Buchhalter war. Diese Menschen schienen manchmal ein schier unfassbares Gedächtnis für Zahlen zu haben. Es stellte sich heraus, dass Gilbert keine Ausnahme war. Er zögerte nicht einmal. Sie schrieb sich die Zahl auf, die er ihr nannte, woraufhin sie sich verabschiedeten und Gilbert durch die Tür nach draußen verschwand. Als Ella auf die Straße hinaustrat, war er bereits verschwunden.

Es war kurz nach neun Uhr am Montagmorgen, als Ella und Jonny Duda aus der Kriminaltechnischen Abteilung bei Familie Westmark klingelten. Das Ehepaar wohnte in einer größeren Villa im funktionalistischen Stil in einem nahegelegenen Vorort. Neben dem Haus stand eine Garage mit Platz für zwei Autos. Der Garten war minutiös gepflegt, und das

Haus wirkte frisch gestrichen. Ella hatte noch nie zuvor einen solchen Hausbesuch gemacht, fand jedoch, dass es vielleicht einmal an der Zeit war. Als Jonny am Vortag angerufen und darum gebeten hatte, gemeinsam mit der Rechtsmedizinerin vorbeikommen zu dürfen, hatte die Mutter sehr nervös geklungen. Ihr verärgerter Tonfall wurde rasch von einer dünnen zittrigen Stimme abgelöst. Sie öffnete unmittelbar nach dem ersten Klingeln.

»Lena Westmark, nehme ich an«, sagte Ella.

Die Frau nickte zur Antwort angespannt. Ella stellte sich selbst und Jonny vor.

»Zuallererst möchte ich Ihnen mein Beileid aussprechen«, fuhr sie fort. »Bitte fassen Sie meinen Besuch bei Ihnen nicht so auf, als würde ich Ihre Trauer und die Ihres Mannes nicht respektieren.«

Frau Westmark schaute die Frau, die gerade ihr Haus betreten hatte und damit ihr Leben verändern würde, mit großen Augen an. Ella räusperte sich und sah sich im Flur um, wobei sie sich durchaus darüber im Klaren war, dass Jonny jeden ihrer Schritte genau verfolgte.

Der Flur war geräumig, und der funktionelle Stil war auch hier deutlich zu erkennen. An der Decke hingen runde weiße Glaslampen, die ein kaltes weißes Licht auf den braun gesprenkelten Marmorfußboden warfen.

»Ist Ihr Mann zu Hause?« Es klang nicht gerade wie eine Frage, als die Worte aus Ellas Mund kamen.

»Er ist im Garten«, antwortete Lena Westmark.

»Es ist wohl das Beste, wenn er dabei ist«, sagte Ella bestimmt.

Lena verschwand durch eine Terrassentür in den Garten. Jonny starrte Ella an und stellte fest, dass er keine Ahnung hatte, wie Ella sich dieses Treffen vorgestellt hatte. Selbst für einen Kriminaltechniker war diese Art von Hausbesuch äußerst ungewöhnlich. Normalerweise sollte der verantwortliche Beamte dabei sein. Doch als Jonny den Polizisten informiert hatte, der die Ermittlungen in diesem Todesfall leitete, hatte der ihn lediglich mit großen Augen angeschaut und gemeint, dass er keinesfalls vorhätte, an einer Konfrontation teilzunehmen, die eine Rechtsmedizinerin initiiert hatte.

Als Lena Westmark aus dem Garten zurückkam, hatte sie einen bedeutend jüngeren Mann bei sich, als Ella erwartet hatte. Die Frau selbst war im Alter um die fünfzig, während der sonnengebräunte Mann keinen Tag älter als vierzig aussah. Die Frau stellte ihrem sichtlich erstaunten Mann die Gäste vor. Lena Westmark hatte offenbar nicht die Absicht gehabt, ihn unnötig zu involvieren.

»Es geht um Ihren Sohn«, begann Ella.

Sie sprach auch ihm ihr Beileid aus und wiederholte, was sie zuvor zu Frau Westmark gesagt hatte. Der Mann nickte, sagte jedoch nichts. Er stellte sich neben seine Frau und verschränkte die Arme vor der Brust.

Abwehrhaltung, dachte Ella, bevor sie mit ihren Ausführungen begann.

»Die Leiche Ihres Sohnes wurde bewegt, nachdem er bereits vierundzwanzig Stunden tot war«, sagte sie ruhig.

Sowohl Herr als auch Frau Westmark standen wie versteinert da. Sie brachten keinen Ton heraus.

»Er wurde angezogen und mit einem Seil um den Hals in der Garage aufgehängt.«

Ellas Stimme war sachlich, als redete sie über völlig belanglose Dinge.

»Und jemand tippte das Wort ›Verzeiht‹ in sein Handy und hinterließ es in der Garage. Danach riefen Sie den Notruf zum zweiten Mal.«

Ella richtete ihren Blick jetzt auf Lena Westmark und machte einen Schritt auf die Frau zu, deren Gesicht inzwischen ziemlich blass geworden war. Doch Ella fuhr unbarmherzig fort.

»Ich möchte von Ihnen wissen, wo Sie ihn gefunden haben, als Sie nach Hause kamen, und wie das Seil aussah, das um seinen Hals geschlungen war. War möglicherweise etwas Weiches zwischen das Seil und seinen Hals geschoben worden? Vielleicht ein Taschentuch?«

Lena Westmark sah aus, als hätte sie ein Gespenst gesehen; ihre Augen waren weit aufgerissen und ihre Haut nahezu durchsichtig. Ihr Mann hatte sich bereits auf einen Stuhl im Flur gesetzt, als Ella zu reden begann. Er hatte sein Gesicht in seinen großen erdverschmierten Händen begraben und weinte leise. Doch keiner von ihnen wusste, dass Ella mit den vergleichsweise harmlosen Details begonnen hatte. Sie hatte nicht die Absicht, die beiden davonkommen zu lassen, bevor sie nicht ihr Kernanliegen vorgebracht hatte.

»Er saß in seinem Kleiderschrank«, begann Frau Westmark.

Sie wirkte fast ein wenig abwesend. Vollkommen hilflos.

»Sein Kopf hing in einer Schlinge, sodass es aussah, als wäre er eingeschlafen.«

»Und wie sah die Schlinge aus?«

Auch wenn Ellas sachliche Fragen mit Sicherheit als gefühlskalt aufgefasst werden würden, war dies ihre einzige Möglichkeit, sich die Verzweiflung der Eltern vom Leib zu halten.

»Es war eine dünne Schnur, die an der Kleiderstange befestigt war, aber genau wie Sie sagten, war ein Taschentuch zwischen die Schnur und seinen Hals geschoben worden.«

Sie hielt in ihren Ausführungen inne und starrte Ella an, als käme sie von einem anderen Stern.

»Aber wie in aller Welt können Sie das eigentlich wissen?«

Die Verzweiflung in ihrer Stimme war unüberhörbar. Dennoch ahnte Ella, dass sie noch nicht aufgegeben hatte. Ella ignorierte ihre Frage und fuhr stattdessen fort.

»Ich nehme an, dass er nackt war, als Sie ihn fanden?«

Frau Westmark schüttelte den Kopf.

»Nicht?«, fragte Ella kritisch.

Ihr Blick war so durchdringend, dass Frau Westmark zu Boden schaute, um ihm auszuweichen.

»Und welche Art von Pornografie hatte er vor sich liegen?« Ellas Stimme war jetzt ganz weich. »Waren es gewalttätige Pornos? Bondage?«

Ella machte eine Pause.

»Handelte es sich um Pornos homosexueller Art? Oder sogar um eine Kombination?«

Jetzt stand Herr Westmark auf. Das Ganze war offenbar mehr, als er verkraften konnte.

»Der halbe Kleiderschrank war voll mit Schwulenpornos«, rief er.

Seine Augen waren rotgeweint, und der Glanz seiner sonnengebräunten Haut war verschwunden.

»Er starb, während er dasaß und wichste!« Seine Stimme brach, als er seinen Frust herausschrie. »Sind Sie jetzt zufrieden, Sie verdammtes Weibsbild?«

Ella holte tief Luft. Auch wenn sie sich durch den Ausbruch des Mannes nicht direkt bedroht fühlte, war sie froh, dass Jonny mitgekommen war. Sie fuhr mit ruhiger Stimme fort.

»In meinem Gutachten werde ich schreiben, dass er erstickt ist und dass es sich um einen Unfall handelt. Der Terminus, den wir benutzen, lautet autoerotische Asphyxie, das bedeutet Ersticken infolge der Verengung der Atemwege, um einen erhöhten Genuss beim Masturbieren zu erreichen.«

Ella wartete, bis sich ihre Worte gesetzt hatten.

»Es kommt zwar nicht besonders oft vor, aber es kommt vor. Vor allem bei Männern, die jung sind und ihre Sexualität erforschen. Unabhängig davon, ob sie Männer oder Frauen bevorzugen.«

Ella begegnete Herrn Westmarks Blick. Die Wut, die sie eben noch in seinen Augen wahrgenommen hatte, war wie weggeblasen. Zurück blieb lediglich Resignation oder möglicherweise Scham. Ella und Jonny ließen das Ehepaar Westmark im Flur zurück. Von ihrer ehemals glücklichen Familie war lediglich ein Scherbenhaufen übrig geblieben. In ihrer Verzweiflung und Trauer hatten sie den Fokus verloren und sich allein von dem Gedanken leiten lassen, was andere wohl denken würden. Sie hatten sich selbst geschützt. Es war ihnen so wichtig gewesen, die sexuellen Neigungen ihres Sohnes und die in ihren Augen erniedrigende Art seines Sterbens zu verbergen, dass sie stattdessen seinen Selbstmord inszeniert hatten.

Als sie auf dem Weg zum Büro wieder im Auto saßen, wandte sich Jonny Ella zu. »Das wäre nicht nötig gewesen«, sagte er leise.

»Ich konnte schließlich nicht mit gutem Gewissen schreiben, dass die Todesursache Selbstmord lautete, wenn alles dafürsprach, dass dem nicht so war«, versuchte sie es. »Ich brauchte eine Bestätigung.«

»Ich meinte das Letzte«, unterbrach er sie. »Das mit den Schwulenpornos. Und dann haben Sie noch nicht einmal diese Internetseite erwähnt.«

»Das war auch nicht nötig«, antwortete Ella mit einem Seufzen. »Auch wenn ich ihnen im Hinblick auf diverse sexuelle Präferenzen die Augen öffnen wollte, hatte ich nicht vor, mich auf eine Diskussion über Sadomasochismus einzulassen.«

Jonny konzentrierte sich auf die Straße, warf jedoch einen kurzen Blick in ihre Richtung und lächelte.

»Wenn ich es nicht besser wüsste, würde man denken können, Sie kandidieren für den Posten der Schutzheiligen für Schwule.«

Sie wusste, dass er recht hatte. Sie hätte ihre Befragung bereits beenden können, nachdem sie die Antworten von Frau Westmark erhalten hatte. Stattdessen hatte sie weitergemacht. Sie hatte den Frust über die Sache mit ihrem Vater am völlig unbeteiligten trauernden Ehepaar Westmark ausgelassen. Das war unprofessionell. Zugleich war es jedoch notwendig gewesen. Auch wenn sie um ihr Kind trauerten, wollte irgendetwas in Ellas Innerem sie dafür bestrafen, was sie diesem Kind angetan hatten. Das Kind, aus dem ein erwachsenes Individuum geworden war, das seine eigenen Entscheidungen traf und seine eigenen Schritte auf seinem Lebensweg machte. Und wie kurvenreich dieser Weg den Eltern auch erschienen sein mochte, war es doch der Weg, für den sich ihr Sohn entschieden hatte. Ein Weg, der ihn möglicherweise geradewegs ins Glück geführt hätte, wenn die Launenhaftigkeit des Schicksals ihm nicht einen Streich gespielt hätte. Vielleicht sogar auch zu einem Menschen, mit dem er sein Glück hätte teilen können.

Ella dachte daran, dass es vermutlich sogar dieser Mann war, der versucht hatte, Kontakt zu ihr aufzunehmen, als er auf dem Parkplatz vor ihrer Tür gewartet und ihr die Buchungsbestätigung für eine Reise zugesteckt hatte, aus der nun nichts mehr werden würde. Ella schluckte schwer. Sie spürte, wie ihr die Tränen in die Augen stiegen.

»Nur hineinfühlen, nicht mitfühlen.« Sie wiederholte die Worte wie ein Mantra.

»Wie bitte?«

Jonny schaute Ella fragend an, die neben ihm saß und etwas vor sich hinmurmelte, doch sie machte eine abwehrende Handbewegung. Jonny bog auf den kleinen Parkplatz vor den blickdichten Scheiben des Obduktionssaals ein, und Ella stieg deprimiert aus dem Wagen. Das triumphierende Gefühl, das sie während ihrer Suche nach der Wahrheit noch empfunden hatte, war wie weggeblasen.

»Wenn Sie irgendwann einmal Hilfe benötigen sollten, Doktor Andersson, wissen Sie ja, wo Sie mich finden können«, sagte Jonny und verabschiedete sich.

Ella lächelte zur Antwort und schloss die Wagentür. Eines der Autos auf dem Parkplatz war ein großer schwarzer Mercedes. Ein Wagen, den sie noch nie zuvor dort hatte stehen sehen. Sieht aus wie der Wagen von einem Mafiaboss, dachte sie, als ihr plötzlich ein anderer Gedanke kam. Sie fuhr herum und sah, wie Jonny auf dem Parkplatz gerade wendete. Sie rannte auf sein Auto zu und riss die Wagentür auf. Er starrte sie verblüfft an.

»Mein Gott, ich hätte Sie umfahren können«, rief er erschrocken aus.

Ella entschuldigte sich, setzte sich erneut auf den Beifahrersitz und schloss die Tür. Sie blieben noch ein paar Minuten auf dem Parkplatz stehen, bevor Jonny schließlich auf die Straße abbog. Er hatte ihr versprochen, alte Unterlagen ausfindig zu machen, obwohl er nicht mit Sicherheit sagen konnte, wie lange die Unterlagen aufbewahrt wurden, nach denen sie fragte. Doch er vermutete, dass wie bei vielen anderen Behörden auch die meisten Unterlagen bedeutend länger aufgehoben wurden als nötig. Der Arbeitsaufwand, die Archive auszusortieren und alte Dokumente wegzuwerfen, war einfach zu hoch. Wenn es sich um einen neueren Fall gehandelt hätte, würde er die Unterlagen innerhalb von fünf Sekunden hervorholen können, hatte er ihr versichert. Jetzt würde er stattdessen versuchen, seine guten Kontakte zum Archiv geltend zu machen.

Jonny war froh gewesen, ihr behilflich sein zu können, und Ella hatte seine Hilfe dankbar angenommen. Vielleicht würde er ja finden, was sie suchte.

Ella blieb bis nach achtzehn Uhr im Büro. Im Verlauf des Tages hatte sie das Gutachten zum Fall John Westmark fertiggestellt. Sie hatte ihren Kollegen nicht im Detail erzählt, wie sie die Eltern ausgefragt hatte, aber sie wusste, dass es dem Kollegen, der den Fall noch einmal durchging, sicher aufgefallen wäre, wenn sie den Vorgang gänzlich ausgespart hätte. Unabhängig davon, wie erfahren ein Rechtsmediziner war, wurden alle Gutachten noch einmal von einem Kollegen geprüft. Auf diese Weise versuchte man Fehlschlüssen vorzubeugen. Indem man die Gutachten der Kollegen las, erhielt man auch einen guten Einblick in die Fälle, die die Abteilung durchliefen. Im Fall John Westmark übernahm Doktor Kauffman die Rolle des Prüfers.

Am späten Nachmittag war er in Ellas Büro gekommen und hatte die Tür hinter sich geschlossen. Ella hatte das als schlechtes Zeichen aufgefasst. Doch er gab lediglich einen einzigen Kommentar zu ihrem Gutachten ab – sie hatte ein Komma vergessen. Ohne eine Anmerkung zum Inhalt war das Gutachten daraufhin abgestempelt und an die Polizei geschickt worden. Die Eltern hatten bereits zuvor beantragt, Einblick in das Gutachten zu erhalten, doch Ella wusste, dass es dazu des Einverständnisses der Polizei bedurfte. Es handelte sich schließlich um die Ermittlungen in einem Todesfall, und solange sie noch andauerten, bestand eine Geheimhaltungspflicht hinsichtlich der Voruntersuchungen. Selbstverständlich würde das Gutachten letztendlich auch den Eltern zugänglich gemacht werden, doch es war nicht in erster Linie an sie gerichtet, sondern an die Polizei. Der Fall war abgeschlossen. Sie atmete aus, nahm ihren Mantel und verließ das Gebäude.

*

Niemand hatte geöffnet, als er geklingelt hatte. Mit einem schiefen Lächeln hatte er dennoch den Türgriff heruntergedrückt. Die Tür war unverschlossen.

Schon wieder so ein Spielchen, hatte er gedacht. Mit steigendem Puls hatte er seinen Mantel in den Flur gelegt und war Richtung Treppe gegangen. Auch wenn ihm der Altersunterschied von fast zehn Jahren bereits früh bewusst geworden war, wurde er ihm noch weitaus deutlicher, als er jetzt durch die exklusiv eingerichtete Villa im funktionalistischen Stil ging, die Villa der verreisten Eltern. Obwohl er nicht älter als dreißig war, bewirkte die Tatsache, dass sein Liebster immer noch zu Hause bei seinen Eltern wohnte, dass er sich wie der böse Onkel vorkam. Doch die Liebe richtete sich eben nicht nach den Gesetzen der Logik, redete er sich ein. Nach nur anderthalb Monaten hatte er gemerkt, dass er verliebt war. Gefühle, von denen er früher angenommen hatte, sie wären anderen vorbehalten, erfüllten ihn plötzlich mit einer Euphorie, die er nie zuvor erlebt hatte.

Langsam hatte er sich dem Schlafzimmer genähert. Der Fußboden knarrte unter seinen Schritten, doch die Tür glitt lautlos auf. Er erinnerte sich daran, wie er im Türrahmen stand und in das schlecht beleuchtete Zimmer schaute. Anfänglich hatte er Schwierigkeiten, die Sinneseindrücke einzuordnen, die er wahrnahm. Als weigere sich sein Gehirn resolut, das zu akzeptieren, was seine Augen registrierten. Doch dann erfasste ihn die Einsicht mit voller Wucht. Er starrte auf eine Leiche. Johns Leiche.

Sein Kopf hatte in einer unnatürlichen Stellung gehangen, und seine Augen waren halb geöffnet. Im kalten Licht eines eingeschalteten Computers auf dem Schreibtisch konnte er die aufgeschlagenen Zeitschriften erkennen, die um die Leiche herum ausgebreitet lagen. Doch er benötigte keine weiteren Lichtquellen, um zu verstehen, um was für Zeitschriften es sich handelte. Er kannte Johns sexuelle Vorlieben. Hinter seinen blonden Locken und den unschuldsvollen Augen loderten eine Glut und eine sexuelle Neugier, die ihresgleichen suchten. Ungehemmt hatte er ihm von seinen Fantasien erzählt und in welcher Form seine Wünsche erfüllt werden sollten.

Rollenspiele mit Handschellen und Knebel hatte er selbst ja noch akzeptieren können. Er hatte sich von Johns Abenteuerlust anstecken lassen und war weit über die Grenzen gegangen, die seinen amourösen Eskapaden früher ein Ende gesetzt hatten. Aber wenn er ehrlich war, lag der Genuss für ihn darin, John zu Willen zu sein. Wenn er selbst hätte wählen dürfen, hätte er einen Kuss oder eine Umarmung vorgezogen. Denn er war ganz einfach verliebt gewesen.

Als er die Tür zum Schlafzimmer öffnete, brach seine gesamte Welt zusammen. Panik lähmte ihn und machte es ihm unmöglich, klar zu denken. Aus Angst, dass der Verdacht möglicherweise auf ihn fallen könnte, erwog er, die gesamte Villa in Brand zu setzen. Nur um nicht entdeckt zu werden.

Doch er hatte kein Benzin geholt, kein Streichholz angezündet. Er war auch nicht auf John zugegangen, um die Schnur um seinen Hals zu entfernen und ihn auf die Stirn zu küssen. Stattdessen hatte er das Zimmer panikartig verlassen. Er hatte John im Stich gelassen. Er hatte ihn in den Händen von Menschen zurückgelassen, die nicht in der Lage waren, die Wahrheit zu akzeptieren. Eltern, die wie so viele andere ihr Kind nicht in Erinnerung behalten wollten, wie es gewesen war, sondern wie sie es sich gewünscht hätten.

Auch er selbst hatte sich nicht hinter John gestellt. Mit diesem Verrat würde er leben müssen. Doch noch schlimmer war die Tatsache, dass er nicht einmal in der Lage war, sich selbst zu outen. Dass er sich nicht traute, als der zu leben, der er war.

*

Ella hatte ihr Auto wie immer, wenn die Parkplätze vor ihrem Büro belegt waren, im Parkhaus neben dem Gebäude der Rechtsmedizin abgestellt. Die Rechtsmedizinische Abteilung teilte sich das schlecht ausgeleuchtete und menschenleere Parkhaus vor allem mit Angestellten der Universität, die offenbar früh Feierabend machten. Nur wenige Angestellte aus ihrer Abteilung benutzten das Parkhaus, und diejenigen, die es taten, waren mit einer speziellen Karte der Universität ausgestattet, mit der man alle Türen des Gebäudes öffnen konnte.

Erst als sie ihren Wagen erreicht hatte, fiel ihr Blick auf den Hinterreifen. Er war platt. Sie fluchte laut. Dann fiel ihr Blick auf den Vorderreifen. Er war ebenfalls platt. Im selben Augenblick, als sie das Messer sah, das noch im Vorderreifen steckte, machte sie kehrt und rannte los.

Ihr kam der Gedanke, dass sie sich zumindest nicht so benehmen würde wie die überdrehten Frauen im Film, die nur mit Slip und hochhackigen Pumps bekleidet mitten in der Nacht in den Keller hinunterstolperten, wo sie seltsame Geräusche gehört hatten. Sie selbst hegte keinerlei Absichten, zu bleiben und nachzusehen, ob die Person, die die Tat begangen hatte, sich noch im Parkhaus befand. Während sie rannte, hielt sie die Autoschlüssel wie eine Waffe in der rechten Hand, und sie sah bereits vor ihrem inneren Auge, welche

Verletzungen sie einem menschlichen Gesicht damit würde zufügen können. Kein schöner Anblick.

Auf dem Weg zum Treppenhaus kramte sie ihr Handy aus der Tasche und tippte den Notruf ein, aber umschlossen vom Betonskelett des Parkhauses hatte sie keinen Empfang. Wieder fluchte sie laut. Irgendwo hörte sie eine Autotür zuschlagen. Sie stieß eine Reihe von Flüchen aus. Sie war also nicht allein im Parkhaus.

Während sie rannte, versuchte sie ihre Schultertasche zu durchsuchen, die sie immer mit zur Arbeit nahm. Sie war groß genug für ihren Laptop und einen Aktenordner. Aber sie war ebenfalls groß genug, um die Karte für die Garage verschwinden zu lassen, die sie eine halbe Minute zuvor noch benutzt hatte. Wenn sie doch nur eine kleine handliche Frauenhandtasche bei sich gehabt hätte, dachte sie, während sie wie verrückt alle Fächer für Papier und Stifte durchwühlte. Völlig außer Atem blieb sie vor der verschlossenen Tür zum Treppenhaus stehen. Sie horchte. Doch alles, was sie hörte, waren ihre eigenen Atemzüge. Weder Geräusche von Schritten noch Motorengeräusche. Ella schloss für eine Sekunde die Augen und sortierte ihre Gedanken. Die Manteltasche. Sie fischte rasch die Karte aus der Tasche und drückte sie gegen das Lesegerät der Tür, woraufhin das wohlbekannte Klicken ertönte, das in Ellas Ohren wie Musik erklang. Erleichtert schob sie die schwere Tür auf.

Doch als sie ins Treppenhaus kam, hörte sie Schritte, die sich von unten näherten. Schritte, die zwischen ihr und dem Ausgang des Parkhauses widerhallten. Ohne nachzudenken, war sie vorsichtig ein paar Stufen nach oben gestiegen, wo sie nun stehen blieb und den Schritten lauschte, die sich näherten. Dem Geräusch nach zu urteilen handelte es sich um einen Mann, der Schuhe mit festen Ledersohlen trug. Ihre Erinnerungen an den Angriff im Untersuchungszimmer drängten sich ihr erbarmungslos auf. Der Polizist, der während der gesamten Untersuchung anwesend war, hatte wegen eines eiligen Telefonats für einen kurzen Augenblick den Raum verlassen. Um die Integrität der zu Untersuchenden nicht unnötig zu kränken, drehte Ella sich immer um, wenn der Täter oder das Opfer sich nach der Untersuchung wieder anzog. In dem Augenblick, als Ella dem Mann den Rücken kehrte, stürzte er sich auf sie und presste sie gegen die Wand. Er ergriff ihre Kehle und drückte ihren Kopf nach vorne. Mit seiner heiseren rauen Stimme flüsterte er, dass er sie töten würde, während sie spürte, wie sein Speichel an ihr Ohr spritzte.

Ella hielt noch immer einen Kugelschreiber in der Hand, während der Mann sie angriff. Vor ihrem inneren Auge sah sie seine Hauptschlagader, die sich in die Darmbeinarterie und die Oberschenkelarterie verzweigte. In der Leiste verlief die Oberschenkelarterie oberflächlich. Er trug lediglich eine Unterhose, und ihr Stift würde ohne großen Widerstand durch die Haut dringen, hatte sie gedacht.

In der nächsten Sekunde hatte sich der Griff des Mannes jedoch gelöst, und er lag wimmernd am Boden. Der Polizist hatte die Geräusche gehört, war zurück ins Untersuchungszimmer gestürmt und hatte Ellas Angreifer von ihr losgerissen. Ella musste nachschauen, ob der Stift auch wirklich nicht blutig war, um sicherzugehen, dass sie den Mann nicht verletzt hatte. Seitdem wandte sie im Untersuchungszimmer nie mehr jemandem den Rücken zu.

Die Schritte näherten sich, während Ella mit erhobenem Arm mucksmäuschenstill dastand, diesmal allerdings mit ihren Autoschlüsseln anstelle des Stifts in der Hand. Die Schritte hielten für einen Moment inne, als wäre die Person stehen geblieben, um zu horchen. Ella versuchte die Luft anzuhalten, während sie sich nur gut einen Meter entfernt an die Wand drückte. Dann wurde die Tür geöffnet, und die Schritte verschwanden in der Dunkelheit. Im selben Augenblick, als die Tür zuschlug, verließ Ella ihr Versteck im Schatten und rannte die Treppen hinunter in die Freiheit.

Sie rannte weiter, bis sie ihr Büro erreicht hatte, ohne sich auch nur ein einziges Mal umzusehen. Als sie wieder zu Atem gekommen war, wählte sie noch einmal den Notruf. Sie wurde unmittelbar mit der Polizei verbunden, teilte dem Mann, mit dem sie sprach, ihre Adresse mit und erklärte sachlich, dass jemand die Reifen ihres Autos aufgeschlitzt und das Messer stecken gelassen hätte. Er erklärte, dass bereits eine Streife zu ihr unterwegs sei. Ungeduldig wartete sie und blickte durch das Panzerglas hinaus.

Zehn Minuten später traf die Polizei ein. Sie kamen mit Blaulicht, aber ohne Sirene. Ella ging zu ihnen hinaus, erklärte ihnen, dass sie diejenige war, die angerufen hatte, stellte sich vor und klärte sie darüber auf, wo sie arbeitete. Der ältere der beiden Polizisten nickte wiedererkennend.

»Normalerweise bringen wir die Schurken hierher«, sagte er.

Er war um die fünfzig und trug einen Schnurrbart. Der andere war groß, hatte rote Haare und Sommersprossen. Ella ging mit den beiden Polizisten zu ihrem Wagen. Erst wollten sie sie dazu bewegen, in ihrem Büro zu warten, während sie sich die Sache anschauten, doch Ella konnte sie überzeugen, dass es sicher genug wäre, wenn sie sie begleitete. Sie musste ihnen allerdings versprechen, sich hinter ihnen zu halten.

Im Parkhaus standen nur noch wenige Autos. Ellas Wagen parkte im hinteren Teil des Gebäudes. Bereits als sie näher kamen, sah sie, dass das Messer nicht mehr im Reifen steckte. Ihr Puls schnellte in die Höhe. Der miese Kerl hatte sich also noch im Parkhaus aufgehalten, als sie kam, dachte sie. Die Polizisten durchsuchten das restliche Parkhaus und gingen schließlich auf Ellas Wagen zu, um ihn genauer in Augenschein zu nehmen. Ungeduldig schaute Ella zu, während sie die Reifen unter die Lupe nahmen. Der rechte Vorder- und Hinterreifen waren platt. Das Messer war zwar entfernt worden, doch die Schnitte im Gummi sprachen eine deutliche Sprache.

»Hatten Sie nicht gesagt, dass das Messer noch im Reifen steckte?«, fragte der ältere Polizist und blickte Ella an.

Der Jüngere der beiden schaute sich wieder nervös im Parkhaus um und legte die Hand an seine Dienstwaffe. Ella erklärte, dass in den zwanzig Minuten, die vergangen waren, seit sie das Messer erblickt und weggerannt war, jemand das Messer entfernt haben musste.

»Wir werden Sie später noch ausgiebig vernehmen müssen«, erklärte der Polizist mit dem Bart.

Ella schwieg und dachte nach. Sie versuchte sich in Erinnerung zu rufen, welche Fälle sie in der letzten Zeit bearbeitet hatte, die im Zusammenhang mit einer solchen Drohung stehen könnten. Bisher war ihre Abteilung, soweit sie wusste, von derlei Übergriffen verschont geblieben. Einer der Gründe dafür lag höchstwahrscheinlich darin, dass ihre Abteilung den meisten Leuten relativ unbekannt war, und denjenigen, die sich mit ihrer Arbeit vertraut gemacht hatten, war wohl klar, dass jeder Rechtsmediziner während eines Prozesses zu seinem Gutachten Rede und Antwort stehen und jede einzelne Aussage in seinen Schlussfolgerungen begründen musste. Nein, nur ein Idiot würde ihr drohen, um den Ausgang eines Prozesses zu beeinflussen, dachte sie.

In dem Moment erblickte sie etwas. Unter ihrem Auto an der Fahrertür lag eine kleine rundlich geformte Krawattennadel. Eine Anstecknadel. Selbst aus zwei Metern Entfernung war das stilisierte R in einem Kreis nicht zu übersehen.

Ella musste einen inneren Impuls unterdrücken, um nicht auf die Nadel zuzugehen und sie aufzuheben. Obwohl die Polizisten um das Auto herum alles absuchten, schienen sie sie nicht wahrzunehmen. Der ältere Polizist griff schließlich nach seinem Handy und rief, wie Ella vermutete, seinen Vorgesetzten an. Er sprach leise und fasste sich kurz, sodass Ella nicht alles verstehen konnte, was er sagte. Sein jüngerer Kollege hingegen schien eher sie als ihren Wagen zu beäugen.

»Haben Sie noch eine andere Möglichkeit, nach Hause zu kommen?«

Er schaute sie fragend an. Ella nickte. Sie konnte sich den Dienstwagen leihen. Er stand allen Ärzten zur Verfügung, die Bereitschaft hatten.

»Die Kriminaltechniker sind auf dem Weg hierher«, sagte der bärtige Mann und steckte sein Handy wieder in die Tasche.

Ella war natürlich froh, dass man ihr Anliegen ernst nahm, aber sie war sich nicht mehr sicher, ob sie wirklich wollte, dass sich die Polizei in diese Angelegenheit einmischte. Das Eintreffen der Kriminaltechniker würde für Ella Probleme mit sich bringen. Denn die Wahrscheinlichkeit, dass sie die kleine Nadel mit dem Rossing-Emblem übersehen würden, war ziemlich gering. Nein, sie war gezwungen, sie an sich zu nehmen, bevor sie eintrafen. Sie ging näher an ihren Wagen heran. Die Nadel war nun in Reichweite. Sie musste nur einen geeigneten Moment abpassen, in dem die Polizisten abgelenkt waren.

Als die Kriminaltechniker zehn Minuten später in ihrem dunkelblauen Kastenwagen eintrafen, bot sich diese Gelegenheit. Blitzschnell beugte Ella sich hinunter und tat so, als richte sie ihre Schuhe, und griff sich die Nadel. Sie ließ sie in ihre Manteltasche gleiten und atmete aus. Als die Kriminaltechniker aus ihrem Wagen stiegen, begrüßte sie sie kurz. Es waren ein Mann und eine Frau, mit denen sie bereits mehrfach zusammengearbeitet hatte.

Der Polizist mit den Sommersprossen begleitete Ella zum Dienstwagen und fragte sie, ob es für sie in Ordnung wäre, allein nach Hause zu fahren.

»Wollten Sie etwa mitfahren?«, fragte sie abweisend.

Sie bereute ihre Frage sofort. Er wollte lediglich fürsorglich sein und machte seinen Job, und sie machte sich über ihn lustig. Sie wollte ihn um Entschuldigung bitten, doch er sah sie nur traurig an. Sie war sich nicht einmal ganz sicher, ob er ihren Kommentar gehört hatte.

»Danke, dass Sie sich für John eingesetzt haben«, begann er. Seine Stimme war schwach und trug kaum.

Ella blieb vor dem Dienstwagen stehen und betrachtete den jungen Polizisten verdutzt. Seine Augen glänzten im schwachen Schein der Straßenlaternen. Er war kurz davor, in Tränen auszubrechen. Er schaute zu Boden und räusperte sich.

»Ich war nicht stark genug«, fuhr er fort, als er sich etwas gesammelt hatte. »Ich hätte Alarm schlagen sollen, als ich ihn fand.«

Seine Stimme versagte, und er verstummte. Ella trat einen Schritt näher und begegnete seinem Blick. In seinen großen traurigen Augen tat sich ein Abgrund der Verzweiflung auf. Ella benötigte nicht mehr als einen Vornamen – John. Sie wusste sofort, von wem er sprach. Dass bereits vor den Eltern jemand die Leiche gefunden hatte, hatte sie natürlich nicht gewusst, aber das erklärte andererseits, warum irgendjemand so überzeugt davon war, dass John sich nicht das Leben genommen hatte. Er war es gewesen, der die Buchungsbestätigung und die Internetadresse der Bondageseite an ihrem Wagenfenster hinterlassen hatte.

Ella wusste, dass sie dem inneren Druck nicht würde standhalten können, hatte jedoch keine andere Wahl. Manchmal musste sie der Trauer begegnen, den Schmerz der Angehörigen annehmen und dessen Macht mitfühlen. Ella konnte seine Verzweiflung spüren. Ihre Reaktion war unausweichlich, und sie tat auch nichts, um sie zu unterdrücken. Die Trauer stieg in ihrer Brust auf, während sich ihre Augen mit Tränen füllten.

Schweigend standen sie da und schauten einander an. Während eines kurzen Augenblicks auf dem Parkplatz vor der Rechtsmedizinischen Abteilung teilte Ella die Trauer des jungen Polizisten. Er brauchte nichts weiter zu sagen.

Die Stille wurde von seinem Funkgerät unterbrochen.

»Wo bleiben Sie, Danielsson?«

Mit einem Seufzer streckte er sich nach dem Gerät und antwortete kurz.

»Hatte ein paar Probleme mit dem Wagen. Bin in zwei Minuten zurück.«

Er richtete sich auf und wischte sich die Tränen von seinen sommersprossigen Wangen. Dann drehte er sich widerstrebend um und ging in Richtung des Parkhauses davon.

»Danielsson«, rief Ella ihm nach.

Er drehte sich um und schaute sie verwundert an.

»Fliegen Sie auf jeden Fall!«

Der großgewachsene Polizist wirkte vollkommen verwirrt.

»Mykonos«, sagte Ella etwas leiser. »Im Mai soll es dort wunderschön sein.«

Sie lächelte ihm zaghaft zu. Er nickte und lächelte kurz zurück. Dann war er verschwunden, von der Dunkelheit verschluckt.

Ella blieb noch eine Weile im Auto auf dem Parkplatz sitzen. Das bedrückende Gefühl in ihrer Brust verschwand langsam. Darin bestand der Unterschied – die Trauer, die sie gerade empfunden hatte, würde sich im Laufe des Abends verflüchtigen. Doch der junge Mann würde sie immer in sich tragen.

Es war ein merkwürdiger Abend. Zuerst die Beschädigung ihres Autos und dann die seltsame Begegnung auf dem Parkplatz. Erst auf dem Nachhauseweg begann sie darüber nachzudenken, was ihr Fund unter dem Auto wohl zu bedeuten hatte. Jemand hatte wohl kaum die Krawattennadel dort verloren, sondern sie war eher bewusst dort hingelegt worden. Wahrscheinlich von jemandem, der davon ausging, dass sie nicht zur Polizei gehen würde, mutmaßte Ella. Ansonsten wäre es recht unprofessionell, ein derartiges Beweisstück zu hinterlassen. Allein der Gedanke daran, dass jemand ihre Reifen aufgeschlitzt hatte, ließ ihren Puls in die Höhe schnellen, aber sie verspürte keine Angst. Sie war eher wütend.

Es gab eigentlich nur eine Person, die hinter dem Anschlag auf ihr Auto stecken konnte, überlegte sie. Waldemar. Er war wahrscheinlich der Einzige, den ihre privaten Ermittlungen so sehr beunruhigten und der zugleich dumm genug war, um ihre Reifen aufzuschlitzen. Sie hatte keine hohe Meinung von Waldemars Intelligenz. Er war impulsiv und verlor, nach dem, was Ella gehört hatte, schnell die Beherrschung. Trotzdem hatte Ella nicht vor, ihre privaten Ermittlungen von den Ereignissen des Abends beeinflussen zu lassen. Vielleicht hätte sie anders gedacht, wenn sie von dem Vorfall gewusst hätte, dessen Zeuge Rektor Lennart Holmström vierzig Jahre zuvor geworden war.

*

Er hatte mit einem unmäßigen Gefühl der Macht die Reifen des Autos von Doktor Andersson aufgeschlitzt. Er hätte gleich alle vier auf einmal aufgeschlitzt, wenn er die Zeit gehabt hätte, doch als er Schritte hörte, konnte er sich gerade noch hinter einem Betonpfeiler verstecken. Sie war ihm so nahe gekommen, dass er eine Hand hätte ausstrecken und sie berühren können. Er konnte sogar den Duft ihres Parfüms riechen. Dass sie schließlich weggerannt war, hatte ihm den Genuss noch zusätzlich vergoldet. Er hatte sie in die Flucht geschlagen. Die naseweise und selbstständige Ella Andersson. Zu selbstständig, um den Namen ihrer Familie zu tragen. Zu selbstständig, um im Familienunternehmen zu arbeiten. Wenn sie nur wüsste, was er alles hatte durchmachen müssen, um dorthin zu gelangen, wo er jetzt war. Er musste lange und hart dafür arbeiten, um das Vertrauen der Konzernleitung zurückzugewinnen, und obwohl er schon längst den Posten des Geschäftsführers hätte bekommen müssen, war Hugo der Meinung, dass er noch nicht bereit dafür wäre. Er wusste, dass er diesen Posten nicht bekommen würde, ehe Hugo grünes Licht gab. Aber keiner würde ihn daran hindern, das zu vollenden, wozu er geboren worden war. Keiner! Am allerwenigsten Ella Andersson. Er hatte die Nase voll davon, die Faust in der Hosentasche zu ballen und seinen Ehrgeiz ständig zügeln zu müssen. Ein Ehrgeiz, der lebensgefährlich für denjenigen werden konnte, der sich ihm in den Weg stellte – und Ella stellte plötzlich ein unfreiwilliges Hindernis dar.

*

Lediglich mit den Schultern und dem Kopf über der Wasseroberfläche saß Ella gedankenversunken in ihrer Sitzbadewanne. Sie hatte Kerzen im Bad angezündet, was sie den vergilbten Farbton der Fliesen beinahe vergessen ließ.

Ihre Gedanken kreisten um eine Frage, die sie allzu lange aufgeschoben hatte. In ihrem Eifer, nach der Wahrheit über den Tod ihres Vaters zu suchen, hatte sie völlig vergessen innezuhalten und über das nachzudenken, was sie bereits erfahren hatte. Sie hatte, ohne mit der Wimper zu zucken, die Tatsache geschluckt, dass alles darauf hinzudeuten schien, dass Frederick seinen eigenen Tod arrangiert und geplant hatte, mit nahezu einer Million das Land zu verlassen, die er offenbar aus Ernsts privatem Vermögen veruntreut hatte. Vielleicht hatte das Skelett aus Erlandssons Garten in gewisser Weise bewirkt, dass sie ihn für seinen Verrat nicht verurteilt hatte. Denn sie hatte immer noch nicht ganz die Bedeutung der Kupferperlen verstanden, die beim Skelett gefunden worden waren. Anfänglich schien ihr der Fund der Kupferperlen keinen Sinn zu machen. Nicht zuletzt weil sie bis zu diesem Augenblick keinen Grund gehabt hatte zu bezweifeln, dass es die Leiche ihres Vaters war, die man in der Asche ihres abgebrannten Elternhauses gefunden hatte. Inzwischen war ihr klar, was der Fund bedeuten könnte, ohne jedoch damit umgehen zu können. Noch nicht. Doch umschlossen vom heißen Badewasser spürte sie, wie die Wut langsam in ihr hochkochte. Vielleicht hatte diese Wut durch den Vandalismus an ihrem Auto neuen Zündstoff erhalten, aber jetzt richtete sie sich gegen ihn. Ihn. Ihren eigenen Vater, der sie verlassen hatte. Es kümmerte sie dabei nicht nennenswert, dass er ihre Mutter ebenfalls verlassen hatte. So etwas kommt vor. Aber er hatte sie verlassen. Ein sechsjähriges Mädchen, das ihn vergötterte. Er hatte sie in einer Welt zurückgelassen, in die sie nicht hineinpasste. Trotz des warmen Wassers fröstelte sie. War sie lediglich ein Teil der Welt gewesen, die ihn bedrückte?, fragte sie sich. Warum in aller Welt hatte er dann überhaupt ein Kind gezeugt? Warum hatte er Judit nicht verlassen, bevor seine Tochter entstanden war?

Im selben Augenblick, als sie diese Fragen formuliert hatte, verspürte sie einen schuldbewussten Stich in der Brust. Auch wenn die Entscheidung, ein Kind in die Welt zu setzen, langjährige Verpflichtungen mit sich brachte, war sie kaum die geeignete Person, um jemanden zu verurteilen. Sie hatte keine Ahnung davon, wie es ihm ergangen war, welche Faktoren ihn beeinflusst und die Auslöser für seine Entscheidungen gewesen waren, die er traf. Dann musste sie erneut an das Gedicht von Karin Boye über den Frühling denken. Das Gedicht thematisierte nicht nur den Frühling, das war klar. Es handelte davon aufzubrechen, vielleicht auch davon, dazu zu stehen, wer man war. Ella schluckte schwer. Sie sah ein, dass sie die Flucht ihres Vaters aus einem Leben mit Frau und Kind nicht einfach als Zeichen für Feigheit und Egoismus werten konnte. Seine Flucht war ein Zeichen dafür, wie verzweifelt er gewesen sein musste. Wenn es sie selbst schon mehrere Jahre gekostet hatte, die Beziehung mit Markus zu beenden, obwohl sie kinderlos waren und auch sonst keine erschwerenden Faktoren hinzugekommen waren, dann musste Fredericks Aufbruch mit einer Angst verbunden gewesen sein, die jenseits von Ellas Vorstellungsvermögen lag.

Die Tatsache, dass sie während ihrer privaten Suche nach der Wahrheit über den Tod ihres Vaters erfahren hatte, dass er mit einem anderen Mann zusammengelebt hatte, war etwas, womit sie nicht gut umgehen konnte. Vielleicht hatte sie es der wunderbaren Marie zu verdanken, die ihr die Nachricht überbracht hatte, dass ihre Reaktion nicht krasser ausgefallen war. Ella musste lächeln. Marie Cuvelier. Was für eine einzigartige Frau. Ihre Worte hatten bewirkt, dass sie die Liebe ihres Vaters zu diesem Christopher wie eine Szene aus einem

Stück von Shakespeare betrachten konnte. Beschämt stellte sie fest, dass es sich lediglich um Liebe handelte. Liebe zwischen zwei Menschen. Komplizierter musste es doch gar nicht sein. Und dennoch hatte Homosexualität zu der Zeit, als ihr Vater sich in Christopher verliebte, als eine psychische Krankheit gegolten. Vor ihrem inneren Auge blitzte das Bild des jungen John Westmark auf. Manche sahen es offenbar immer noch als etwas Krankhaftes an, etwas, das es auszulöschen galt. Sie stellte sich vor, wie es wohl gewesen wäre, bei ihrem Vater aufzuwachsen. Wie hätte ihr Leben dann ausgesehen? Sie konnte sich selbst als Sechsjährige Hand in Hand mit Frederick und Christopher sehen.

Dann tauchte etwas anderes vor ihrem inneren Auge auf. Das Skelett. Das Skelett mit der Wurzel, die durch die Augenhöhle gewachsen war. Das Bild ihrer fiktiven Kindheit löste sich auf.

Kapitel 13

Das Telefon klingelte schrill. Sie hatte fast vergessen, dass sie schon einen Anschluss in ihrer neuen Wohnung hatte. Normalerweise riefen ihre Freunde sie auf dem Handy an, denn das war die sicherste Möglichkeit, sie zu erreichen. Auf dem Weg zum Telefon musste sie beschämt daran denken, wie sehr sie ihre Freunde vernachlässigt hatte. Nach einer Trennung müsste man eigentlich engeren Kontakt zu seinen Freunden pflegen, dachte sie. Aber sie hatte die Leere stattdessen mit fanatischen Nachforschungen über ihre Vergangenheit ausgefüllt. Tja, und mit Mikael. Allein der Gedanke an ihn ließ sie lächeln.

»Ella Andersson.«

Am anderen Ende war es still. Dann hörte sie Judits dünne Stimme.

»Es geht um Grete«, begann sie.

Endlich ist die Alte tot, dachte Ella, bevor Judit fortfuhr.

»Sie liegt im Krankenhaus. Sie hatte einen Schlaganfall.«

Ella seufzte tief.

»Wie schlimm ist es?«, fragte sie dann sachlich.

Sie konnte hören, wie ihre Mutter schluchzte, und wartete ungeduldig auf eine Fortsetzung.

»Sie kann nicht sprechen, und sie kann ihren rechten Arm und ihr rechtes Bein nicht bewegen.«

Ihre Worte waren vor lauter Schluchzen kaum zu verstehen.

Na, dann ist es ja nicht so schlimm, dachte Ella im Stillen.

Es wäre bedauerlicher gewesen, wenn es ein Organ betroffen hätte, das sie wirklich verwendete.

»Ihr Gesicht ist ganz schief«, fuhr Judit fort.

»Ich verstehe«, sagte Ella. »Und seit wann hat sie diese Symptome? Wird sie behandelt?«

»Ich gebe dir mal die Krankenschwester«, entgegnete Judit rasch, woraufhin Ella hörte, wie der Hörer weitergereicht wurde, ohne dass sich jemand um ihren Protest kümmerte.

»Veronika, die Krankenschwester.« Ihre Stimme war freundlich.

Ella stellte sich lediglich als Enkelin von Grete vor und bat die Krankenschwester, dafür zu sorgen, dass Grete auch während ihres Aufenthalts im Krankenhaus täglich ihr Abführmittel erhielt, woraufhin man ihr versprach, sich darum zu kümmern. Dann legte sie auf. Plötzlich wurden in ihr Gefühle für Grete wach, die sie noch nie zuvor empfunden hatte. Zum ersten Mal verspürte sie eine gewisse Unruhe angesichts des Gesundheitszustandes ihrer Großmutter.

Ella erwachte davon, dass jemand ihren Rücken streichelte. Mikael. Sie hatte ihn gestern Abend angerufen, um sich von den Gedanken an den Vorfall mit ihrem Auto abzulenken. Sie hatten verabredet, erst ins Kino und danach zum Essen zu gehen. Allerdings hatten sie letztlich weder einen Film angeschaut noch zu Abend gegessen. Sie hatten vereinbart, dass er sie in ihrer Wohnung abholen würde – doch weiter waren sie nicht gekommen. Stattdessen hatten sie das neue Bett eingeweiht, das endlich geliefert worden war. Merkwürdigerweise hatte es ihr nichts ausgemacht, dass er die Nacht bei ihr verbracht hatte. Sie wusste nicht genau, wie sie ihr Verhältnis benennen sollte. Sie wusste lediglich, dass er unglaublich charmant und aufmerksam und ein wunderbarer

Liebhaber war. Vielleicht war er genau das. Ihr Liebhaber. Sie ließ ihn weiter ihren Rücken streicheln.

»Komm doch mal vorbei und hör dir eine meiner Vorlesungen an«, sagte er mit seiner dunklen Stimme.

Ella drehte sich um und schaute ihn verwundert an.

»Ich wusste gar nicht, dass du auch unterrichtest.«

»Ich halte an der Hochschule ein paar Einführungsvorlesungen über Architektur«, entgegnete er nonchalant. »Sie sind nicht gerade gut besucht, also dachte ich, du könntest das Publikum etwas bereichern.«

Er lächelte sie an und stand vom Bett auf. Sie schaute auf die Uhr und stellte fest, dass sie keine Zeit mehr zum Frühstücken hatte. Wenn sie rechtzeitig zur Arbeit kommen wollte, blieb kaum Zeit, sich anzuziehen.

Auf dem Weg in die Rechtsmedizin rief sie bei den Assistenten im Obduktionssaal an. Es war Johannes, der sich meldete, fröhlich wie immer. Sie hatte keine Ahnung, wie es ihm gelang, jahrein, jahraus seine gute Laune beizubehalten, aber sie war auf ewig dankbar, dass er dort war und an den Tagen, an denen die Arbeit allzu trostlos schien, die Stimmung aufheiterte.

Ella wusste, dass der überwiegende Teil der Kühlfächer mit Leichen gefüllt war, die obduziert werden mussten, und sie wollte nicht zu viele Fälle bis zur nächsten Woche aufschieben. Gemeinsam erstellten sie einen Plan, wie sie es schaffen könnten, sieben Fälle abzuarbeiten. Eine beeindruckende Zahl, aber es würde schon gehen. Sie strotzte vor Energie.

Der Assistenzarzt obduzierte zwei Fälle und Ella fünf. Als es zwölf Uhr war, legte sie das Messer zur Seite und streifte sich die Handschuhe ab. Kein einziger Blutstropfen auf den Armen, stellte sie zufrieden fest, als sie sich die Hände wusch.

Sie kam sich unbesiegbar vor, aber ihr war klar, dass sie eher high von den Ketonkörperchen war, die ihre Leber produzierte, wenn ihr Blutzucker immer stärker sank – eine Art künstlicher Atmungsprozess für den Stoffwechsel. Nach einer schnellen Dusche erhitzte sie zwei Portionen Mikrowellenessen, die sie gerade hinunterschlingen wollte, als Simon in den Pausenraum kam und sich zu ihr gesellte.

»Versuchst du gerade einen Rekord aufzustellen?«, fragte er neugierig.

»Ich wollte nur ein paar Leichen abarbeiten, damit du nächste Woche nicht so viel zu tun hast«, entgegnete sie mit einem Lächeln.

»Ich meine eigentlich eher dein Essen. Ich verstehe nicht, wo du all die Energie verpulverst, die du in dich reinfüllst.«

Ella schaute auf den Essensberg hinunter, der vor ihr stand.

»Ganz einfach«, antwortete sie mit einem Lächeln. »Hinterher kotze ich einfach.«

Sie lachten. Im Pausenraum waren alle Witze zugelassen, auch unpassende und politisch inkorrekte. Deswegen war er auch für Außenstehende tabu. Er bildete das Ventil für all die Schrecklichkeiten, von denen die Mitarbeiter umgeben waren. In den Sesseln um den runden Tisch herum herrschte keine Etikette. Die furchtbaren Lebensschicksale, mit denen sie konfrontiert waren, wurden kanalisiert, gefiltert und in etwas umgewandelt, über das sie gemeinsam lachen konnten. Die Witze dienten nicht der Erniedrigung der Toten oder Betroffenen, sondern lediglich dazu, den Mitarbeitern die Situation erträglicher zu gestalten.

Als Ella nach dem Mittagessen wieder an ihrem Schreibtisch saß, war sie absolut leer im Kopf. Man hatte ein außerordentliches Meeting mit den Ärzten einberufen, um den Vorfall mit ihrem Auto zu diskutieren. Sie hatte zwar ihr Möglichstes getan, um die Angelegenheit herunterzuspielen, doch Gerarldsson hatte ihre Hypothesen von einer Teeniegang und allerhand andere potenzielle Täter, die keinerlei Bezug zu ihrer Arbeit hatten, von der Hand gewiesen. Darüber hinaus hatte er allen Anwesenden eingebläut, ihn über sämtliche Geschehnisse zu informieren, die ihnen auffällig erschienen. Er nahm den Vorfall sehr ernst.

Jetzt saß sie an ihrem Schreibtisch und starrte apathisch Löcher in die Luft. Vor ihr lag das Kärtchen, auf das Hugo Rossing Gilbert Gustavssons Namen geschrieben hatte. Als sie einen Blick darauf warf, fiel ihr ein, dass ihr im Zusammenhang mit der Bitte an Jonny, Nachforschungen im Archiv der Polizei anzustellen, noch ein anderer Gedanke gekommen war. Es handelte sich zwar nur um eine Idee, aber sie sah darin einen Hoffnungsschimmer und eine Motivation, ihre Nachforschungen fortzusetzen.

Ella wählte die Nummer von Gilbert Gustavsson, der sich nach dem zweiten Klingeln meldete. Sie bedankte sich noch einmal für ihr Treffen neulich und die Informationen, die er ihr übermittelt hatte. Gilbert klang etwas abwartend, als Ella schließlich ohne Umschweife auf ihr Anliegen zu sprechen kam. Sie bat ihn um diverse Informationen aus dem Angestelltenregister, von dem sie inständig hoffte, dass es noch existierte. Es ging um eine Fabrik des Konzerns. Er zögerte anfänglich, versprach dann jedoch zu sehen, was er tun könnte. Ella versicherte ihm, dass sie die Informationen nicht weitergeben würde. Das war allerdings gelogen.

Seit Gilbert ihr davon erzählt hatte, was er in der betreffenden Nacht im Innenhof beobachtet hatte, hatte sie noch über eine weitere Möglichkeit nachgedacht als die, mit der sie sich seit einiger Zeit abzufinden versuchte. Aber es gab immer noch viele Fragezeichen, die erst geklärt werden mussten, bevor sie Hoffnung schöpfen konnte. Sie schob die Gedanken beiseite und versuchte sich auf die Stapel zu konzentrieren, die sich auf ihrem Schreibtisch schon wieder auftürmten. Das war eben der Nachteil, wenn man im Obduktionssaal effektiv arbeitete: Es fielen enorme Mengen an Folgearbeiten an. Sie blieb bis zum späten Nachmittag vor dem Mikroskop sitzen, während es ihr zunehmend schwerfiel, sich wachzuhalten, und sie schließlich spürte, dass es keinen Sinn mehr machte. Außerdem musste sie ihr Auto aus der Werkstatt holen und rief deshalb ein Taxi. An diesem Abend schaffte sie es weder zum Training noch sich etwas zu essen zu kochen, sodass sie mit einer Tütensuppe vorliebnehmen musste.

Der nächste Tag verging schneller, als Ella gedacht hatte. Es war bereits vierzehn Uhr, und sie hatte längst nicht alles geschafft, was sie sich vorgenommen hatte. Dennoch war es höchste Zeit zu gehen, wenn sie pünktlich kommen wollte. Verärgert stellte sie fest, dass sie sich nach der Obduktion mit dem Duschen und Schminken zu viel Zeit gelassen hatte.

Ella lief hinunter zu ihrem Wagen und fuhr los. An einer roten Ampel, die einfach nicht grün werden wollte, landete mitten auf ihrer warmen Motorhaube plötzlich ein gelber Schmetterling. Verwundert beobachtete Ella das kleine Geschöpf, das mit seiner bloßen Anwesenheit den Frühlingsanfang signalisierte. Ella atmete aus. Es war Frühling geworden. Ein weiteres Mal hatte er den langen Winter besiegt, der ihr in diesem Jahr karger als je zuvor vorgekommen war. Dieser Augenblick hatte für Ella etwas nahezu Religiöses. Zumindest soweit man es als Atheist empfinden konnte. Im selben Augenblick, als der Schmetterling von der Motorhaube abhob, ertönte hinter ihr eine Hupe. Ella zuckte zusammen und bemerkte erst jetzt die grüne Ampel und den Lastwagen im Rückspiegel. Die Magie des Augenblicks war verschwunden.

Als sie vor der Hochschule eine Parklücke und schließlich auch den richtigen Hörsaal gefunden hatte, hatte die Vorlesung bereits begonnen. Sie versuchte sich in den Saal zu schleichen, zog aber dennoch die Aufmerksamkeit aller Anwesenden auf sich. Die Männer und Frauen im Alter um die zwanzig warfen ihr verärgerte Blicke zu, und sie kam sich plötzlich uralt vor. Angesichts der Behauptung Mikaels, dass sie die Anzahl der Zuhörer im Saal erhöhen würde, konnte sie nur lächeln. Denn der große Hörsaal war fast voll besetzt, nur in den hintersten Reihen waren noch Plätze frei. Mikael stand mit einer Art Fernbedienung auf einem Podium, mit der er das Licht im Saal sowie den Diaprojektor regulieren konnte. An der Wand zeigte er Fotos von einem imposanten Gebäude nach dem anderen, aber auch viele Bilder von Details an den Fassaden. Ella war fasziniert davon, wie es ihm gelungen war, diese eindrücklichen Details an den geschmacklosesten Bauwerken einzufangen.

Die zwei Stunden, die seine Vorlesung dauerte, vergingen schnell, aber alle Einzelheiten, die er während seines Diavortrags beschrieb, verschwanden aus Ellas Kopf, sobald sie sie gehört hatte. Sie musste einen inneren Impuls unterdrücken, einen Block zu zücken und sich Notizen zu machen. Die Gewohnheiten aus ihrer Studienzeit waren tief in ihr verwurzelt. Ihre unleserliche Handschrift hatte ihren Ursprung in der Notwendigkeit, sich während des Studiums rasch Aufzeichnungen zu machen. Dasselbe galt für viele ihrer Kollegen, zum Verdruss der Apotheker, die oftmals verzweifelt versuchten, ihr Gekrakel zu entziffern. Dann zeigte Mikael ein Bild von einem riesigen Gebäude, das sich wie eine Pyramide gen Himmel auftürmte. Ella hatte es schon einmal gesehen. Es war eine Kathedrale in Rio de Janeiro. Mikael sprach engagiert über dieses Juwel, das doch immer im Schatten des Wahrzeichens der Stadt blieb, der Jesusstatue auf dem Berg. Sie war fünfundsiebzig Meter hoch, und es hatte fünfzehn Jahre gedauert, sie zu errichten. Dann sagte er es.

Ella saß wie versteinert da. Hatte sie richtig gehört? Ihr Puls raste. War das denn möglich? Sie schloss die Augen und ließ die Bedeutung dessen, was sie gerade gehört hatte, auf sich wirken.

Auch wenn die Vorlesung nur noch zehn Minuten dauerte, konnte sie nicht länger stillsitzen. Sie stand auf und unternahm einen vergeblichen Versuch, sich unbemerkt hinauszuschleichen. Als sie die Tür öffnete, begegnete sie Mikaels fragendem Blick, woraufhin sie lächelte, ihr Handy hervorholte und entschuldigend darauf zeigte. Er nickte kurz. Das war der Vorteil eines Diensthandys, man konnte es gelegentlich als Vorwand verwenden. Als sie aus dem Hörsaal kam, sank sie an die Wand gelehnt zusammen und schloss die Augen. Die Gedanken wirbelten nur so in ihrem Kopf herum. Die Information, die sie gerade erhalten hatte, beinhaltete, dass ihre Annahme von vor einigen Wochen offenbar doch nicht stimmte, eine Annahme, die sie versucht hatte zu akzeptieren. Doch die Information hatte noch etwas weitaus Entscheidenderes verändert. Sie konnte oder wollte vielleicht auch nicht das gesamte Ausmaß dessen sehen, was es mit sich brachte. Doch im Moment hatte sie nicht die Zeit, weiter darüber nachzudenken, redete sie sich ein und konzentrierte sich stattdessen darauf, wie sie weiter verfahren sollte. Die Anstrengung war beinahe übermenschlich. Dennoch richtete sie sich auf, ging auf eine Bank zu und setzte sich, um auf das Ende der Vorlesung zu warten.

Es dauerte nicht lange. Bald drängten die Studenten aus dem Hörsaal heraus, Mikael kam als Letzter, gefolgt von einer Schar junger Frauen. Ella beobachtete amüsiert, wie sie ihn umschwärmten, und empfand nicht einmal einen Anflug von Eifersucht. Als er ihre Fragen beantwortet hatte und sie schließlich den Korridor verlassen hatten, ging er auf Ella zu.

»Du bringst mich ganz schön aus dem Konzept«, sagte er mit einem Lächeln auf den Lippen.

»Gut so«, entgegnete sie zufrieden.

Er beugte sich vor und küsste sie.

Ella betrachtete Mikael, der erschöpft neben ihr auf seinem Bett lag. Im Zimmer war es dunkel, aber sie konnte die Umrisse seines Körpers erkennen. Trotz seines Körperumfangs war er immer einfühlsam und zärtlich, als hätte er Angst, ihr wehzutun. Sie streichelte seine Brust.

»Was hat dein Vater im Krankenhaus eigentlich verbrochen, dass ihm gekündigt wurde?«, fragte sie plötzlich.

Mikael drehte sich um und blickte sie verdutzt an. Dann lächelte er.

»Du bist nur auf Informationen aus und tust offenbar alles, um an sie heranzukommen.«

»Weißt du es?«, fragte sie ernst.

Mikael umfasste sie und zog sie an sich heran. Er betrachtete sie prüfend, lächelte wieder und schüttelte dann den Kopf.

»Du gibst niemals auf, oder?«

Ella legte sich auf ihn. Ihr Gewicht auf seinem Brustkorb schien ihm nichts auszumachen.

»Weißt du es?«, wiederholte sie.

Mikael nickte kurz. Er schob Ella vorsichtig von seiner Brust und setzte sich mit dem Rücken zu ihr auf die Bettkante.

»Nachdem ich dich zum ersten Mal getroffen hatte, bin

ich selbst neugierig geworden und habe seinen ehemaligen Arbeitskollegen aufgesucht«, begann Mikael.

Ella hörte aufmerksam zu.

»Du weißt bereits, was er getan hat, oder?«, fragte Mikael und begegnete ihrem Blick.

Sie schüttelte den Kopf.

»Ich kann es mir denken, aber das reicht mir nicht.«

»Dir reicht es wohl nie, was?«, fragte er.

Sie schüttelte erneut den Kopf.

»Dann kannst du mir ja mal erzählen, wie du etwas wissen kannst, das der Arbeitskollege meines Vaters geschworen hat, niemandem jemals anvertraut zu haben«, sagte Mikael nachdenklich. »Als der Fehltritt meines Vaters ans Licht kam, tat man nämlich alles, damit kein Außenstehender etwas merken würde. Er musste noch am selben Tag seinen Hut nehmen.«

»Es ist etwas kompliziert«, antwortete Ella ausweichend. »Ich glaube jedenfalls nicht, dass dein Vater bei der Arbeit einen Fehltritt begangen hat. Er hat wohl eher getan, was er für notwendig hielt, und nahm dann schlicht und einfach die Konsequenzen auf sich.«

Mikael schwieg kurz und dachte darüber nach, was Ella gerade gesagt hatte.

»Eine Leiche stehlen?«, fragte er dann.

Ella nickte.

»Er hat es getan, um meinem Vater zu helfen. Um ihm beim Sterben zu helfen.«

Auch wenn die Wohnung noch keineswegs fertiggestellt war, war es Ella wichtig, sie Estrid zu zeigen. Ella wollte, dass sie die Erste sein würde, die sie sah. Jedenfalls, wenn man von dem nächtlichen Besuch in ihrem Schlafzimmer einmal absah. Damit die alte Dame sich nicht die Mühe machen musste, zu ihr zu kommen, hatte Ella sie mit dem Auto abgeholt. Es war ein wunderschöner Frühlingstag, aber wie gewöhnlich entsprach die Temperatur an den frühen Frühlingstagen nicht ganz den Erwartungen, die Ella gehegt hatte, als sie sich anzog – sie hatte ihren Frühlingsmantel eingeweiht, der sich als viel zu dünn erwies.

Estrid war in dieser Hinsicht eine Frau mit bedeutend mehr Erfahrung. Sie trug bereits ihren Pelzmantel, als Ella an ihrer Tür klopfte. Wer weiß, wie lange sie schon so angezogen im Flur gestanden hatte, dachte Ella. Das Auto mit dem niedrigen Einstieg war nicht besonders gut geeignet für eine ältere Dame mit Gelenkbeschwerden, doch mit einer Bewegung, die eher einem Fall glich als einer bewussten Handlung, landete Estrid schließlich auf dem Beifahrersitz. Sie legten die lächerlich kurze Strecke schweigend zurück. Ella spürte, dass Estrid sie während der Fahrt beobachtete, beschloss jedoch, nach vorne zu schauen, um ihren neugierigen Blicken auszuweichen. Sie wollte ihr nichts verraten. Noch nicht. Es gab immer noch viel zu viele lose Fäden, die erst verknüpft werden mussten, ehe sie sich ein vernünftiges Bild von dem machen konnte, was geschehen war. Erst im Fahrstuhl nach oben zur Wohnung brach Estrid die Stille.

»Ich glaube, mit diesem Fahrstuhl bin ich schon einmal gefahren.«

Sie zögerte erst ein wenig, war sich dann aber sicher.

»Ja, in diesem Fahrstuhl und in diesem Haus war ich schon einmal. Aber das ist viele Jahre her«, fügte sie hinzu.

Als der Fahrstuhl anhielt und Ella die Gittertür geöffnet hatte, machte Estrid ein paar zögerliche Schritte auf die große Wohnungstür zu.

»Nein, die ist es nicht«, sagte Ella. »So gut zahlt der Staat nun auch wieder nicht. Die kleine Tür ist meine«, erklärte sie und wies auf die etwas versteckte Öffnung in der Wandverkleidung.

Estrid sah etwas beschämt aus, als sie sich umdrehte und die zweite Tür entdeckte.

»Ich habe die Leute noch nicht kennengelernt, die dort wohnen. Aber vielleicht kennst du sie ja«, versuchte Ella es, um die Stimmung etwas aufzuheitern.

Estrid schüttelte den Kopf.

»Vermutlich war ich irgendwann in den 60er Jahren einmal hier und habe bedient«, sagte sie mit einem Seufzer. »Ansonsten pflege ich eher keinen Umgang mit den Frauen aus der besseren Gesellschaft. Jedenfalls bis jetzt nicht«, fügte sie hinzu und zwinkerte Ella zu.

Ella führte sie erst in dem engen, etwas dunkleren Teil der Wohnung herum und schob dann den Vorhang zur Seite, woraufhin sie den großen Saal betraten. Erstaunt ließ Estrid ihren Blick durch den Raum schweifen. Sie hielt kurz bei der Tischuhr inne, die Ella immer noch auf dem Parkettboden stehen hatte, schien sie jedoch nicht wiederzuerkennen. Vor dem Kachelofen hatte Ella einen provisorischen Wohnzimmertisch für den Vormittagskaffee gedeckt, indem sie ein großes Tablett auf ein paar Stapel schwerer Bücher gestellt hatte. Das Arrangement wirkte zwar nicht gerade elegant, aber für diesen Zweck reichte es aus. Den Kuchen hatte Ella in der besten Konditorei der Stadt gekauft. Sie wusste, wie wenig Estrid die maschinell hergestellten Kuchen schätzte, wie sie sie nannte. Den Kaffee mahlte und kochte sie hingegen selbst. Fasziniert beobachtete Estrid, wie Ella die Espressomaschine bediente. Da Estrid weder Café au Lait noch Cappuccino schätzte, streckte Ella ihren Espresso mit heißem Wasser, damit sie einen schwarzen Kaffee erhielt. Oder zumindest etwas, was so aussah.

Estrid nippte vorsichtig an ihrem heißen Getränk und nickte anerkennend. Ella bekam den Eindruck, dass es nicht nur der Kaffee war, der ihr gefiel. Neugierig schien sie alle Ecken und Winkel des Raumes in Augenschein zu nehmen. Es war nicht das erste Mal, dass Ella diesen Stolz in Estrids hellwachen Augen wahrnahm: Sie hatte gehört, wie Estrid damals von einem Zeitungsartikel über die Rechtsmedizinerin Andersson schwärmte, als hätte man über ihr eigenes Enkelkind geschrieben. Aber vermutlich betrachtete Estrid sie als genau das – ihren eigenen Sprössling. Doch als Ella auf den großen Spiegel zu sprechen kam, veränderte sich Estrids stolze Miene plötzlich. Die bereits runzelige Stirn legte sich in noch tiefere Falten, und ihr Blick verdunkelte sich.

»Was ist denn? Gefällt dir der Spiegel etwa nicht?«, fragte Ella.

Estrid stand auf und trat auf den vergoldeten Rahmen zu. Sie legte den Kopf schief und schien ihr eigenes Spiegelbild zu betrachten. Auch wenn Estrid mit dem Rücken zu Ella stand, signalisierte das Spiegelbild in dem riesigen Möbelstück aus dem 18. Jahrhundert, dass irgendetwas nicht stimmte. Estrids Augen waren schmal geworden, und ihr Gesicht hatte einen düsteren Ausdruck. Sie drehte sich zu Ella um.

»Irgendwann einmal habe ich in genau diesem Saal ein Abendessen serviert«, begann sie leise. »Es war zu Beginn der 50er Jahre, glaube ich, aber ich erinnere mich nicht mehr genau. Jedenfalls war es weit vor der Zeit, als ich bei der Familie Rossing anfing.«

Sie machte eine Pause und sah sich um.

»Damals sah es hier allerdings völlig anders aus«, fuhr sie fort. »Ich glaube sogar, dass dort, wo jetzt der Spiegel hängt, eine prächtige Doppeltür war.«

Estrid ging darauf zu und versuchte einen Blick auf die Wand hinter dem Spiegel zu werfen, doch der Zwischenraum war zu dunkel und unmöglich einzusehen.

»Weißt du, wer damals in der Wohnung wohnte?«

Ellas Neugier war geweckt.

»Nein, das kann ich nicht mehr sagen.«

Estrid setzte ihre wankende Rundwanderung durch den großen Saal fort.

»Aber«, sagte sie mit Nachdruck, »es war ein großes Fest. Fasan. Ich glaube, es wurde Fasan serviert.«

»Gab es denn damals den Spiegel schon?«, fragte Ella schnell.

Estrid nickte gedankenverloren und sah sich weiter im Raum um. Da zwei der Wände mit großen Fenstern versehen waren, blieb lediglich eine Wand übrig. Die, in der sich die kleine Tür in der Wandverkleidung befand, die nun den einzigen Zugang zum Raum bildete.

Estrid deutete geradewegs auf die unauffällige Tür.

»Dort hing er.« Sie klang, als sei sie sich hundertprozentig sicher.

Ella zog die Augenbrauen hoch und ging auf die Tür zu. Sie betrachtete ihre Verankerung im Rahmen näher, konnte jedoch nichts entdecken, was darauf hindeutete, dass sie erst später eingebaut worden war. Die Scharniere waren alt, und der Türrahmen war im Laufe der Jahre mal mehr und mal weniger sorgfältig mit mehreren Farbschichten versehen worden.

Sie gingen wieder zu Kaffee und Kuchen vor dem Kachelofen über. Estrid wirkte während der restlichen Zeit ihres Besuchs ein wenig zurückhaltend und recht nachdenklich, doch ihre Miene hellte sich auf, als Ella ihr von Mikael erzählte. Ella behielt jedoch gewisse Einzelheiten für sich wie seinen

Nachnamen und die Antwort auf die Frage, wie sie ihn eigentlich kennengelernt hatte. Denn sie war sich nicht sicher, wie es ankommen würde, wenn sie Estrid erzählte, dass Mikael im Garten seines Vaters ein Skelett gefunden hatte und dass dieser Vater kein Geringerer war als Arne Erlandsson, dessen Todesanzeige an Estrids Kühlschranktür hing. Doch es war zweifellos eine originelle Art, sich kennenzulernen, musste sie zugeben.

Ella war sich selbst nicht ganz im Klaren darüber, was sie eigentlich für Mikael empfand. Dass er zehn Jahre älter war als sie, hatte sie in gewisser Weise bereits verdrängt, obwohl sie oft verächtlich reagierte, wenn Frauen ältere Männer heirateten, nur um ein paar Jahre später mit den Konsequenzen leben zu müssen, wenn das Alter seinen Tribut forderte. Aber wenn sie näher darüber nachdachte, so hatte keine dieser Frauen, die sie lediglich oberflächlich kannte, jemals gesagt, dass sie ihre Entscheidung bereute. Es war eher Ella selbst, die nicht unbedingt vorhatte, die Krankenschwester zu spielen, wenn ihr Ehemann alt werden würde. Mikael war ausgeglichen und wirkte insgesamt zufrieden mit sich, Eigenschaften, die Ella sehr schätzte. Er schien sich außerdem weder durch ihre berufliche Karriere noch durch ihre Persönlichkeit bedroht zu fühlen, ein Problem, das entstehen konnte, wenn gut ausgebildete Frauen einen Partner suchten. Im Moment begnügte sie sich damit, dass sie sich in Mikaels Nähe wohlfühlte und ihn sehr mochte. Das reichte ihr absolut.

»Und du hast nach Alfred nie wieder jemanden kennengelernt?«, fragte Ella unvermittelt. Sie fand, dass sie genügend Fragen zu ihrem eigenen Liebesleben beantwortet hatte, und wollte Estrid nicht anlügen müssen.

Für einen kurzen Moment meinte Ella zu sehen, wie sich das Gesicht der alten Dame verzerrte. Als hätte sie für den

Bruchteil einer Sekunde unerträgliche Schmerzen gelitten. Doch dann war ihr Gesichtsausdruck wieder wie immer, und Ella war sich nicht mehr ganz sicher, was sie eigentlich gesehen hatte. Estrid senkte den Blick ein wenig und schüttelte den Kopf.

Nachdem Ella Estrid wieder nach Hause gefahren hatte und die alte Dame allein im Flur saß, kamen ihr die Tränen. Sie hatte es nicht über sich gebracht, Ellas Blick zu erwidern, als sie nach Alfred gefragt hatte. Für sie war Ella immer noch ein Kind, das man vor den Widrigkeiten des Lebens schützen musste, auch wenn sie wusste, dass Ella bereits weitaus mehr gesehen hatte als andere. Sie wollte jedoch auf jeden Fall, dass Alfred in Ellas Welt der nette, sonnengebräunte Mann bleiben würde, der über die Sieben Weltmeere segelte und mit Geschenken aus fernen Ländern zurückkehrte. Es war auch für sie selbst leichter, mit einer Vergangenheit zu leben, in der der Mann, den sie geliebt hatte, wenn schon nicht in ihren eigenen Augen, dann doch zumindest in den Augen anderer ein guter Mann blieb.

Auf ihrem Schoß lag der Pelzmantel, den sie auf der Fahrt von Ellas Wohnung getragen hatte. Sie strich mit ihren knochigen Fingern über den weichen Pelz. Er war ein Geschenk gewesen. Eines von vielen schönen und teuren Geschenken, die sie im Laufe der Jahre zum Geburtstag bekommen hatte. Über diese Geschenke wurde jedoch nie gesprochen, und sie waren auch nie mit einem Absender versehen. Dass sie von Grete kamen, war Estrid allerdings inzwischen längst klar.

Die Verbindung zwischen den beiden alten Damen war viel zu kompliziert, um sich analysieren zu lassen. Für einen Außenstehenden war Estrid die kurz gehaltene Haushälterin und Grete die tyrannische Dame aus der Oberschicht. Grete hatte

Estrid ständig kritisiert und ihr erklärt, wie man die Dinge in Deutschland handhabte, und Estrid hatte ihr zugehört und sich für die Erklärungen bedankt. Doch sobald die beiden allein waren, waren sie einander ebenbürtige Damen. Mit den Jahren hatten sie einen besonderen Tonfall untereinander entwickelt. Er war brutal ehrlich und rau, aber immer herzlich. Sie hatten darüber gewitzelt, wer von beiden die andere wohl über die Klippe stoßen, wer zuerst die Zähne verlieren und welche Kost sich am besten zum Pürieren eignen würde.

Das war allerdings nicht immer so gewesen. Anfänglich war Estrids unterwürfige Haltung keine Tarnung, sondern notwendig gewesen, um sich in den Haushalt einzufügen. Obwohl Grete nicht viel älter als zwanzig war, als sie nach dem Krieg nach Schweden kam, besaß sie bereits die Tendenz, andere zu dominieren, und leitete den Haushalt mit eiserner Hand. Erst nach den Vorfällen mit Alfred hatte sich alles verändert. Der Pelzmantel war das erste Geschenk, das Estrid nach dem Gerichtsprozess erhielt, der zwei Tage nach ihrem Geburtstag abgeschlossen worden war. Das Urteil wurde am zweiten Tag in Estrids neunundvierzigstem Lebensjahr gefällt.

*

Gilbert Gustavsson hatte schon immer eine ziemlich nervöse Veranlagung. Es gab vieles, was ihn beunruhigte, und er verabscheute alles, was neu und unerprobt war. Die Abweichungen der vergangenen Tage von seinem ansonsten genau eingeteilten Alltag hatten ihm nicht gutgetan. Trotz der Medikamente war sein Blutdruck beunruhigend hoch, seit Ella Andersson ihn zum ersten Mal angerufen hatte. Er maß ihn dreimal täglich, obwohl sein Hausarzt ihm davon abgeraten hatte. Aber auf diese Weise konnte er ein Diagramm erstellen und sehen, wie sich sein Blutdruck über den Tag verteilt entwickelte, und er war mit den Werten in den letzten Tagen nicht zufrieden. Gegen seinen Willen hatte er sich überreden lassen, Ella ein weiteres Mal zu helfen. Sie war zwar zweifelsohne eine faszinierende Frau, aber das war nicht der Grund, der ihn dazu bewegt hatte, das Archiv des Rossing-Konzerns aufzusuchen. Denn eigentlich war er in keiner Weise dafür geeignet, in seiner Freizeit den Spion zu spielen. Gilbert hielt sich während seiner Berufstätigkeit lieber an die Regeln und Gesetze, die ihm bekannt waren, und er hatte nie eine Veranlassung gehabt, sie zu übertreten. Aber gewisse Umstände um Fredericks Tod hatten ihn in all den Jahren immer wieder beschäftigt, auch wenn er längst die Hoffnung aufgegeben hatte, noch eine Antwort auf seine Fragen zu erhalten. In unzähligen schlaflosen Nächten hatte er darüber nachgedacht, welche Rolle Frederick eigentlich gespielt und wie sein ursprünglicher Plan ausgesehen hatte. Bereits nach dem ersten Treffen mit Ella war seine Hoffnung wieder geweckt worden, doch noch eine Antwort zu erhalten. Denn sie strahlte eine Überzeugung und eine Zuversicht aus, die selbst einer unruhigen Seele wie Gilbert wieder neuen Mut einflößte.

Obwohl Gilbert inzwischen seit fast zehn Jahren in Rente war, begrüßte ihn die Empfangsdame wiedererkennend, als er das Gebäude des Rossing-Konzerns betrat. Er nickte zur Antwort kurz und ging zu den Aufzügen. Das Archiv befand sich im Keller. Davor saß eine Sekretärin, die gerade dabei war, Aktenordner zu sortieren. Ihrem jungen Alter nach arbeitete sie noch nicht besonders lange für den Rossing-Konzern. Während ihm der Schweiß von der Stirn rann, ging er mit entschlossenen Schritten auf sie zu. Sie sah fragend auf, woraufhin er ihr sein Anliegen mitteilte. Oder zumindest irgendein Anliegen.

Bevor ihm Zugang zum Archiv gewährt wurde, musste er seinen Namen in eine Liste eintragen. Wenn er seine blutdrucksenkenden Medikamente nicht eingenommen hätte, hätte sein Herz jetzt mit Sicherheit wild geklopft. Doch das etwas unmoderne, aber langerprobte Medikament, das er jeden Morgen einnahm, blockierte die Rezeptoren, die eigentlich dafür zuständig waren, die körpereigenen Stresshormone Adrenalin und Noradrenalin aufzunehmen, die das Herz schneller schlagen ließen. Hormone, die zwar in sein Blut gepumpt wurden, aber keine Reaktion auslösten, während Gilbert vor der Frau am Eingang zum Archiv stand. Im Unterschied zu beispielsweise nervös veranlagten Referenten, die diese Pillen einnahmen, um ihre Nervosität vor einem Vortrag zu verbergen, war dies für Gilbert lediglich ein im Augenblick dienlicher Nebeneffekt.

Abgesehen von einigen neuen Regalen im Archiv sah es dort aus wie früher. Der private Tresor der Familie Rossing stand immer noch in der hinteren Ecke. Es war ein uralter Panzerschrank aus Stahl, der noch aus den alten Firmenräumen stammte. Er war mit einem mechanischen Kombinationsschloss versehen und damals bestimmt sehr modern gewesen. Gilbert hatte während seiner Jahre im Rossing-Konzern viele Stunden in genau diesem Archiv zugebracht und kannte seinen Inhalt in- und auswendig. Die Überwachungskamera, die auf die Tür des Archivs gerichtet war, war hingegen eine neue Errungenschaft. Sie war gerade eine Woche zuvor installiert worden und entging Gilbert völlig.

Bevor man dazu übergegangen war, alles im Computer abzuspeichern, waren alle Rechnungen und Buchhaltungsunterlagen in Papierform in preußischer Ordnung archiviert worden. Gilbert war auf der Suche nach einem Auszug aus dem Personalregister von 1976. Die nämliche Fabrik war bereits seit Langem stillgelegt; ein Teil davon war nach China verlegt worden, und dort, wo die alten Fabrikgebäude gelegen hatten, standen nun moderne Eigentumswohnungen. Gilbert fand sich im Archiv rasch zurecht und zog eine braune Mappe hervor, die sämtliche Namen der Angestellten der Fabrik im Rechnungsjahr 1976 enthielt. Hinter der Mappe steckte ein großes Schwarz-Weiß-Foto, auf dem sich die Angestellten der Fabrik vor dem Hauptgebäude zu einem Gruppenfoto versammelt hatten. Das Foto war mit der Jahreszahl 1974 versehen. Gilbert steckte es in die Mappe und schob sie unter sein Jackett. Mühsam stand er auf und ging schnellen Schritts auf die Tür zu. Halbwegs angekommen hielt er inne, ging noch einmal zurück zum Regal und zog die Mappe mit dem Rechnungsjahr 1977 heraus. Zum Vergleich, dachte er.

Die junge Frau am Eingang zum Archiv telefonierte, als er wieder herauskam. Er begegnete ihrem Blick. Sie wirkte etwas erschrocken und unruhig und senkte deutlich die Stimme, als sie ihn erblickte. Ohne ein Wort zu sagen, ging er geradewegs an ihr vorbei zu den Aufzügen. Er drehte sich nicht um.

Als Ella gerade mit ihren zwei Obduktionsfällen für diesen Tag fertig war, meldete sich ein hörbar zufriedener Jonny Duda am Telefon. Als Kriminaltechniker gehörte es zwar nicht zu seinen alltäglichen Aufgaben, Nachforschungen im Polizeiarchiv anzustellen, aber er hatte offenbar einen Kontakt im Archiv, der ihm half zu finden, wonach er oder besser gesagt Ella suchte. Er hatte den Auftrag erhalten, herauszufinden, ob noch irgendwelche Unterlagen zu dem Auto aufbewahrt wurden, das Ernst im Jahr 1976 besessen hatte. Das Kennzeichen hatte sie von Gilbert Gustavsson erhalten.

»Ernst Rossing war bis zum 27. März 1976 als Halter des Fahrzeugs eingetragen. Da wurde es abgemeldet. Danach tauchen keine Angaben mehr zum Auto auf.«

Ella hörte interessiert zu.

»Und wie alt war der Wagen zu diesem Zeitpunkt?«, fragte sie neugierig.

»Er wurde im Oktober 1975 zugelassen, er war also noch nicht einmal ein Jahr alt.«

»Wäre es möglich, Informationen darüber einzuholen, ob der Wagen einen Unfall hatte oder Ähnliches?«, fuhr Ella fort.

»Das würde normalerweise in den Unterlagen stehen, die ich vor mir liegen habe«, antwortete er, klang dabei jedoch zögerlich. »Aber ich habe eine Art Polizeibericht gefunden, der allerdings nie zu einer Anzeige führte. Der Wagen wurde am Morgen des 25. März verlassen im Hafen aufgefunden. Nicht weit entfernt vom Fährterminal.«

Ella dachte schweigend über das nach, was Jonny gerade gesagt hatte.

»Steht dort noch mehr?«

»Tut mir leid«, antwortete Jonny. »Der Fahrzeughalter ist offenbar über den Fund unterrichtet worden und hat den Wagen abgeholt, ohne Anzeige zu erstatten.«

»Anzeige weswegen?« Ellas Gehirn stand für einen Moment still.

»Na ja, der Wagen wurde ja nie als gestohlen gemeldet«, verdeutlichte Jonny. »Er wurde lediglich an seinen Besitzer zurückgegeben, und dann war die Sache aus der Welt«, fügte er zerstreut hinzu.

Mit einem Mal konnte Ella wieder klar denken. Sie verabredeten, dass sie am späten Nachmittag im Polizeigebäude vorbeikommen und eine Kopie dieses Berichts abholen würde. Jonny konnte ihren Gedankengängen zwar nicht ganz folgen, war jedoch froh, ihr weiterhelfen zu können. Er versprach, die Unterlagen bereitzulegen.

Ella griff nach ihrem Handy und rief ihre Mutter an. Judit meldete sich sofort und klang etwas erstaunt, als sie die Stimme ihrer Tochter hörte. Ella fragte, wie es Grete ging, und erhielt einen detaillierten Bericht über den Verlauf der Ereignisse der vergangenen vierundzwanzig Stunden sowie einen deutlichen Hinweis darauf, dass sie doch zu Grete ins Krankenhaus kommen und sie besuchen sollte. Sie versprach vorbeizukommen, sobald sie Zeit hätte. Das war allerdings nur die halbe Wahrheit, denn sie hatte noch einiges zu erledigen, bevor sie ihre Großmutter besuchen wollte. Für Ella war es im Augenblick nur wichtig, dass sich Gretes Zustand nicht verschlechtert hatte. Noch bevor Ella das Gespräch beenden konnte, fragte Judit, ob sie nicht Gretes Bademantel aus ihrer Wohnung holen und mitbringen könnte. Denn die Bademäntel im Krankenhaus wären so entsetzlich unbequem. Der Portier würde sie hereinlassen, meinte Judit. Warum Judit den Bademantel nicht selber holen konnte, war für Ella ein Rätsel, aber sie versprach widerwillig, sich die Zeit zu nehmen. Immerhin lagen nicht mehr als zwei Häuserblocks zwischen ihrer und Gretes Wohnung. Ein erschreckender Gedanke.

Ella hatte sich gerade auf ihrem Schreibtischstuhl zurückgelehnt, als ihr Handy klingelte. Obwohl er ziemlich außer Atem zu sein schien, war Gilberts latenter Dialekt unverkennbar.

»Ich habe gefunden, wonach ich suchen sollte.«

Er klang, als hätte er gerade einen Achthundertmeterlauf absolviert.

Noch bevor Ella ihre Fragen stellen konnte, fuhr er fort.

»Aber ich glaube, dass mich jemand verfolgt.«

Ella erinnerte sich an seine innere Unruhe und daran, dass

er während ihres Treffens im Café wie auf Kohlen gesessen hatte.

»Ich glaube, dass es Waldemar ist«, sagte er nahezu im Flüsterton.

Ella fuhr von ihrem Stuhl hoch. Plötzlich war sie keineswegs mehr geneigt, seine Unruhe als Teil seiner nervösen Art abzutun. Sie hatte immerhin gesehen, wozu Waldemar in der Lage war.

»Von wo aus rufen Sie an?«

»Ich stehe am Empfang im Rossing-Gebäude.«

Er keuchte leicht und fügte hinzu:

»Ich muss sehen, dass ich von hier wegkomme.«

»Wir könnten uns sofort treffen«, schlug Ella vor. Ihr Puls war in die Höhe geschnellt.

»Ich werde mir umgehend ein Taxi nach Hause nehmen.«

Im selben Augenblick, als die Leitung unterbrochen wurde, griff Ella nach ihrem Mantel und den Autoschlüsseln. Vor ihrem Zimmer begegnete sie einer der Sekretärinnen, die sie mit großen Augen anstarrte, als sie quer durch die Bibliothek stürmte und durch die Tür hinaus verschwand. Aus erklärlichen Gründen geschah es nur selten, dass rechtsmedizinische Belange einen besonders schnellen Einsatz erforderten. Ella zog ihr Handy hervor und rannte zu ihrem Wagen.

*

Was damals nach Hugos erstem Herzinfarkt als vorläufige Lösung begonnen hatte, war inzwischen seit vielen Jahren zu einem dauerhaften Arrangement geworden. Jeden Morgen fuhr Waldemar mit seinem Auto zu Hugos Villa. Das kostete ihn lediglich fünf Minuten, doch mit den Jahren begann es ihn zu ärgern. Wenn er bei Hugo ankam, parkte er seinen

Wagen und ging ins Haus, um seinen Vater zum Jaguar hinauszubegleiten. Das sportliche Modell war top gepflegt oder »in mint condition«, wie Hugo es ausdrückte. Hugo auf dem Beifahrersitz, fuhren Vater und Sohn dann zu ihrem gemeinsamen Arbeitsplatz. Während der zehnminütigen Fahrt musste Waldemar Hugo darüber Bericht erstatten, was auf der Tagesordnung stand. Viele der Vorschläge, die Waldemar während der Meetings in der Führungsetage präsentierte, basierten daher auf den Ideen, die ihm Hugo während dieser Autofahrten unterbreitet hatte. Da Hugo inzwischen nicht mehr in der Lage war, an allen Meetings teilzunehmen, war er der Meinung, dass es besser sei, wenn der Konzern von der jüngeren Generation geleitet wurde.

Doch auch wenn sein Vertrauen in seinen Sohn groß war, hatte es seine Grenzen. Dementsprechend hatte er gefordert, dass alle Beschlüsse von entscheidendem Ausmaß zuerst mit ihm besprochen werden müssten, und als er schließlich selbst von seinem Posten als Geschäftsführer zurückgetreten war, hatte er einen anderen Mann für diesen Posten empfohlen. Als einer der mächtigsten Teilhaber des Konzerns wogen Hugos Empfehlungen ziemlich schwer, und der Vorstand hatte nicht protestiert. Waldemar hatte wie schon so viele Male zuvor die Faust in der Tasche geballt und sich eingeredet, dass seine Zeit schon noch kommen würde. Eines Tages würde der alte Mann schon einsehen, dass die Zukunft des Unternehmens in den Händen seines Sohnes liegen müsse. Und dann würde Waldemar hervortreten und das Ruder übernehmen.

Von wesentlich geringerer Bedeutung, aber dennoch ungemein irritierend war die Tatsache, dass Hugo ihm nicht erlaubte, den Jaguar zu fahren, wenn er nicht selbst mitfuhr. Dennoch saß Waldemar nun allein in dem dunkelgrünen Wagen.

Seit er Ella vor dem Konferenzraum mit seinem Vater hatte sprechen sehen, wurde er immer unruhiger. Der Gedanke, dass Ella ihre Nase in Dinge steckte, die sie nichts angingen, ließ ihn nicht los. Seine Unruhe hatte sich auch nicht gelegt, als er seine Sekretärin danach fragte. Da Hugo nicht mehr an jedem Wochentag arbeitete, hatte er keine eigene Sekretärin mehr, sondern teilte sich eine mit Waldemar. Wie sich herausgestellt hatte, hatte Hugo während seines Treffens mit Ella seine Sekretärin gebeten, eine Telefonnummer herauszusuchen. Es handelte sich um die Nummer von Gilbert Gustavsson. Als Waldemar klar wurde, wer dieser Gilbert Gustavsson war, beschloss er, dass Ellas Befragungen aufhören mussten. Daraufhin hatte er die Sekretärinnen im Archiv gebeten, ihm mitzuteilen, wenn der pensionierte Herr Gustavsson Zutritt zu den Räumen verlangte. Und heute hatte man ihn kurz nach der Mittagspause angerufen. Er hatte alles stehen- und liegenlassen. Die beiden Chinesen, mit denen er gerade in einem Meeting saß, blieben etwas befremdet in einem Konferenzraum zurück.

Als er zum Empfang hinunterkam, wusste er sofort, wer Gilbert Gustavsson war. Sein Tweedanzug und seine nervöse Art hoben sich deutlich von den dunklen Anzügen und Kostümen ab. Gilbert stand an einem der Telefone, brach das Gespräch jedoch ab, als er Waldemar erblickte, und eilte nach draußen, wo er in einem Taxi verschwand. Waldemar hatte keine Zeit verloren. Mit schnellen Schritten ging er auf den Parkplatz hinaus und setzte sich in den Jaguar. Der überdimensional große, Benzin schluckende Motor heulte auf, als Waldemar ihn ungeduldig startete. Auch wenn er das Taxi nicht mehr sehen konnte, in das Gilbert gestiegen war, konnte er sich vorstellen, wohin es gefahren war. Gilberts Adresse war eine der ersten Informationen, die er eingeholt hatte.

Waldemar fuhr schnell, versuchte jedoch die Geschwindigkeitsbegrenzungen nicht zu überschreiten. Wenn er in seinen Therapiesitzungen eines gelernt hatte, dann war es Impulskontrolle. Obwohl alles in ihm danach schrie, das Gaspedal bis zum Anschlag durchzutreten, fuhr er beherrscht mit einer Geschwindigkeit von knapp unter fünfzig Stundenkilometern.

*

Von Ella konnte man das allerdings nicht behaupten. Konzentriert fuhr sie, so schnell sie konnte. Gilberts Adresse in einem Wohnviertel unmittelbar außerhalb der Innenstadt hatte sie von der Auskunft erfahren, die sie auf dem Weg zu ihrem Wagen angerufen hatte. Ohne den Blick von der Straße abzuwenden, wählte sie ein ums andere Mal seine Telefonnummer. Doch er meldete sich nicht. Ihr kam in den Sinn, wie Ernst neben ihr gesessen hatte, als er mit ihr im Teenageralter das Autofahren geübt hatte. Judit besaß zwar einen Führerschein, war jedoch, soweit Ella sich erinnern konnte, nie selbst gefahren. Stattdessen hatte Ernst auf dem Beifahrersitz gesessen und sie ausprobieren lassen, wie schnell seine Autos fuhren. Außer für den Mercedes hatte er wie sein Bruder eine Vorliebe für englische Automobile gehabt. Ernst hatte sie sogar seinen geliebten Aston Martin fahren lassen.

Als Waldemar in die Straße vor Gilberts Haus einbog, beobachtete er zufrieden, wie ein Taxi wegfuhr. Gilbert selbst konnte er nirgends sehen. Er parkte vor dem Mietshaus, streifte sich ein Paar schwarze Lederhandschuhe über und betrachtete das weiß verputzte zweigeschossige Wohnhaus aus den 40er Jahren. Die großen Türen aus dunklem Holz mit schmalen, blickdichten Glasfenstern ließen Waldemars Mut zunächst sinken, doch mit einem Seufzer der Erleichterung stellte er fest, dass die Tür unverschlossen war. Der gesamte Eingangsbereich war mit Marmor gefliest, und die Namen der Mieter standen auf einem Schild unmittelbar neben der Haustür. G. Gustavsson wohnte im Erdgeschoss. Waldemar sah sich um. Im Hausflur war kein Mensch zu sehen, und es herrschte Grabesstille. Im Erdgeschoss befanden sich drei moderne Wohnungstüren aus Stahl. Zufrieden dachte er, dass die Türen bestimmt hervorragende schallisolierende Eigenschaften besaßen. Er klingelte.

Gilbert war zusammengefahren, als es an seiner Wohnungstür klingelte. Vorsichtig hatte er sich zur Tür geschlichen, innegehalten und gehorcht. Wonach, wusste er selbst nicht. Die kompakte Wohnungstür hatte bislang noch keinen Laut von außen hereindringen lassen, seit sie installiert worden war. Er hatte es bitter bereut, dass er damals keinen Türspion hatte einbauen lassen, als es ihm im Zusammenhang mit dem Einbau der Sicherheitstüren angeboten worden war. Er war wie immer geizig gewesen oder sparsam, wie er es zu nennen vorzog. Zögerlich schloss er die Wohnungstür auf und drückte den Türgriff herunter. Im selben Augenblick wurde die Tür mit Schwung aufgestoßen, sodass er mit voller Wucht in die Wohnung zurückgeworfen wurde. Die Hand über seinem Mund hinderte ihn daran zu schreien.

Waldemar sah sich in der kleinen Wohnung um. Es war dunkel, und lediglich der Schein der grünen Schreibtischlampe erhellte das Wohnzimmer. Vom sparsam möblierten Zimmer führte eine Tür zur Terrasse hinaus. Die Wohnung war klinisch sauber und frei von jeder Form unnötigen Zierrats. Er ließ seinen Blick über den leeren Schreibtisch, das Sofa mit dem Couchtisch und die Bücherregale wandern. Nirgends auch nur die geringste Spur; weder vom Dokument, das die Frau vor dem Archiv meinte, unter Gustavssons Jackett entdeckt zu haben, noch von Gustavsson selbst. Waldemar ging in das kleine Schlafzimmer und schaute unters Bett und in den Kleiderschrank. Das Ganze war in keinster Weise so gelaufen, wie er es sich vorgestellt hatte. Er war sich zwar nicht ganz sicher, was er eigentlich erwartet hatte, aber er hatte angenommen, dass ein kurzer Hausbesuch ausreichen würde, um die kleine Eidechse zurück unter ihren Stein kriechen zu lassen. Doch Gilbert Gustavsson schien im Moment wie vom Erdboden verschluckt zu sein.

Gilbert hockte unterdessen dicht neben Ella zusammengekauert auf der Terrasse. Sie hatte ihm die Hand über den Mund halten müssen, bis es ihr gelungen war, ihn hinauszuzerren und die Tür hinter ihnen anzulehnen. Sie hatte keine Zeit gehabt, ihm etwas zu erklären, und auch die Wohnungstür hatte unverschlossen bleiben müssen. Als sie aus ihrem Auto gestiegen war, hatte sie Hugos Jaguar in die Straße zum Haus einbiegen sehen. Sie hatte sich nicht getraut, irgendwelche Risiken einzugehen, sondern sah sich gezwungen, erst zu handeln und Gilbert später alles zu erklären. Jetzt saßen Ella und Gilbert mucksmäuschenstill unmittelbar unter dem Fenster auf der Terrasse. Der Lichtschein aus dem Wohnzimmer wurde hin und wieder schwächer, was darauf hindeutete, dass sich im Raum jemand bewegte. Ella musste einen inneren Impuls unterdrücken, um nicht aufzustehen und hineinzuspähen. Sie warf stattdessen einen Blick auf Gilbert, der dasaß und monoton den Kopf schüttelte, während er mit seinen Händen krampfhaft die Mappen festhielt, die er aus dem Archiv hatte mitgehen lassen. Er machte nicht gerade den Eindruck, als wäre er der Situation auch nur annähernd gewachsen. Die

Terrassentür ließ sich von außen nicht ganz schließen. Aus diesem Grund stemmte Ella einen Fuß dagegen, sodass sie zumindest von innen geschlossen aussah. Mit dem Blick auf Gilbert Gustavsson geheftet, rechnete sie damit, dass dieser vor lauter Angst jeden Moment die Fassung verlieren könnte. Sie fluchte im Stillen.

Waldemar durchsuchte die Wohnung rasch und systematisch. Die Ordnung in den Zimmern erleichterte ihm die Arbeit erheblich. Die ganze Zeit über behielt er die Handschuhe an. Nachdem er das gesamte Wohnzimmer durchkämmt hatte, nahm er sich den Schreibtisch vor. Als er die Schubladen durchsucht hatte, richtete er seine Aufmerksamkeit auf die Bücherregale. Ein leichter Windhauch ließ ihn innehalten. Die Terrassentür stand ein paar Millimeter offen. Verflucht noch mal, dachte er. Er schob die Tür ganz auf und schaute hinaus. Der mit Steinplatten versehene und minutiös gepflegte Außenbereich war leer. Die Wohnungstür war unverschlossen gewesen, als er kam, aber er konnte sich nicht erinnern, dass die Terrassentür offen gestanden hatte. Der aalglatte kleine Buchhalter war ihm also direkt vor der Nase entwischt, dachte er irritiert. Waldemar war inzwischen hochrot im Gesicht und kochte vor Wut. Jegliche Therapie, die er in den späten Jahren seines Teenageralters hatte durchleiden müssen, war vergessen. Er rammte seine Faust in eine gerahmte Lithografie an der Wand, verließ die Wohnung und fuhr davon. Bereits die erste Ampel überfuhr er bei Rot.

Kapitel 14

Ella und Gilbert folgten dem Jaguar mit ihren Blicken, bis er hinter einem Haus verschwand. Sie saßen geduckt in Ellas Auto, um nicht entdeckt zu werden. Langsam kehrte wieder etwas Farbe in das Gesicht des alten Buchhalters zurück.

»Darf man den Herrn auf einen Whisky einladen?«, fragte Ella freundlich.

Er nickte nur kurz und bemühte sich zu lächeln. Es ging ihm überhaupt nicht gut.

Ella fuhr einen weiten Umweg zu ihrer Wohnung. Ihre Adresse war im Unterschied zu Gilberts nicht im Telefonbuch verzeichnet. Erst als sie Gilbert in den Sessel vor dem Kachelofen gesetzt und ihm ein großes Glas Whisky in die Hand gedrückt hatte, hörte er auf zu zittern. Er nahm einen gierigen Schluck aus dem Kristallglas, schloss die Augen und atmete tief durch. Ella setzte sich ihm gegenüber. Als er endlich wieder sprechen konnte, zitterte seine Stimme immer noch.

»Was glauben Sie, worauf Waldemar aus war?«

Ella zuckte mit den Achseln.

»Er hat bestimmt Angst, dass wir Beweise für seine Betrügereien von damals ans Licht bringen könnten«, antwortete sie kurz. Man musste kein Genie sein, um sich auszurechnen, dass Waldemars Befürchtungen primär darauf abzielten.

»Ich glaube nicht einmal, dass ich dazu in der Lage gewesen wäre, auch wenn ich es gerne gewollt hätte«, sagte Gilbert resigniert.

Er fügte hinzu:

»Das hat Ihr Vater übernommen. Was ich allerdings nicht verstehen kann, ist die Frage, warum Ihr Vater die Schuld für etwas auf sich genommen hat, woran er gar keine Schuld hatte.«

Gilbert sah Ella an, als wüsste sie die Antwort. Sie schwieg jedoch und dachte eine Weile nach.

»Konnten Sie eigentlich im Nachhinein sagen, wann mein Vater seinen eigenen Coup gegen Ernsts Finanzen durchgeführt hat?«

»Ja.«

Die Antwort kam postwendend.

»Frederick ließ am 22. März offenbar in aller Eile 980 000 Kronen verschwinden.«

»Am Tag, bevor Sie ihm von Ihren nächtlichen Beobachtungen in Ernsts und Gretes Innenhof berichtet haben«, folgerte Ella nachdenklich.

Gilbert Gustavsson nickte. Er schien bereits auf denselben Gedanken gekommen zu sein wie Ella. Sie saßen da und nippten im Schein des Feuers im Kachelofen an ihrem Whisky. Es gab nichts mehr zu sagen. Schließlich holte Gilbert seine Mappen hervor, die er aus dem Archiv geholt hatte. Er reichte sie Ella, die sie in ihren Händen zu wiegen schien, bevor sie sie ihm zurückgab.

»Ich möchte gerne alles über den Vorarbeiter in der Fabrik, diesen Klaus erfahren. Den Deutschen. Ich frage mich, ob er im Jahr 1977 immer noch dort gearbeitet hat.«

Als Gilbert die Mappen entgegennahm, fiel das Schwarz-Weiß-Gruppenfoto von 1974 heraus. Ella hob es auf und betrachtete es. Neugierig beugte sich Gilbert über ihre Schulter und studierte es ebenfalls. Der Kleidung der Menschen auf dem Foto nach zu schließen, war es im Sommer aufgenommen worden. Die Männer standen allesamt entweder mit bloßem Oberkörper oder im Unterhemd da. Sie trugen verschlissene Hosen aus grobem Stoff und hatten schmutzige Hände. Ellas Blick fiel auf einen hochgewachsenen Mann in weißem Netzhemd auf der rechten Bildseite. Er wirkte ernst und starrte direkt in die Kamera. Sie zeigte mit dem Finger auf ihn.

»Ist das Klaus?«

Gilbert drehte das Foto ein wenig und hielt es mit ausgestrecktem Arm von sich weg, um die Person näher in Augenschein zu nehmen, auf die Ella gezeigt hatte. Er nickte.

»Klaus Hoffman.«

Dann erblickte er etwas, das er beim ersten Betrachten des Fotos übersehen hatte. Unter dem Netzhemd des Deutschen verliefen über beide Schultern Riemen, die hinunter zu den Achselhöhlen führten.

»Trug er auf dem Gruppenfoto etwa ein Pistolenhalfter?«, fragte Gilbert skeptisch.

Ella nahm das Bild wieder an sich und inspizierte die Riemen um die Schultern des Deutschen näher. Sie lächelte kurz.

»Nein, das ist kein Pistolenhalfter«, sagte sie mit Nachdruck.

Ein paar Stunden später rief Ella Gilbert ein Taxi. Sie begleitete ihn hinunter bis zur Haustür, wo das Taxi bereits wartete. Er ließ sich auf direktem Weg zum Bahnhof bringen. Ella hatte ihm einen Zug gebucht, der zehn Minuten nach seiner Ankunft am Bahnhof abfuhr. Gilbert wäre angesichts seiner neurotischen Persönlichkeit zwar lieber schon eine Stunde vor Abfahrt des Zuges dort gewesen, doch Ella hatte ihn an Waldemars Besuch in seiner Wohnung erinnert, was ihn umstimmte. Hingegen hatte er ihr sofort zugestimmt, dass es das

Beste für ihn wäre, die Stadt für eine Zeit zu verlassen. Er hatte ihr auch gleich einen Vorschlag unterbreitet: Seine Schwester war seit kurzem Witwe. Er hatte sie seit der Beerdigung nicht mehr besucht und sah jetzt die Gelegenheit gekommen, seine Flucht damit zu verbinden, sich um seine Schwester zu kümmern. Um Gilbert zu beruhigen, hatte Ella ihm neue Rezepte für seine blutdrucksenkenden Medikamente ausgestellt. Sie wusste zwar nicht mehr, welche Dosen empfohlen wurden, doch das erwies sich als das geringste Problem, da Gilbert sowohl den Namen des Arzneimittels als auch die Stärke und die Dosierung auswendig wusste. Er war merklich irritiert darüber, seinen Blutdruck nicht wie gewohnt kontrollieren zu können.

Erst als Gilberts Taxi aus Ellas Blickfeld verschwunden war, konnte sie erleichtert ausatmen. Seine Nachforschungen hatten zwar einige Fragen, über die sie lange nachgegrübelt hatte, beantworten können, aber es war anstrengend gewesen, ihn bei sich in der Wohnung zu haben. Beim geringsten Geräusch war er aufgesprungen, und sein intensiver, unruhiger Blick hatte selbst Ella nervös gemacht. Jetzt ließ sie sich ein heißes Bad ein und zündete ein paar Kerzen im Badezimmer an. Bis zum Kinn im warmen Wasser versunken, überkamen sie die Gedanken. Sie hatte widerwillig zu akzeptieren begonnen, was das Foto aus dem Archiv andeutete. Bis zu dem Zeitpunkt, als sie Klaus auf dem Foto sah, hatte sie daran gezweifelt, wer er eigentlich war. Doch diese Zweifel waren nun so gut wie ausgeräumt. Eigentlich hatte sie die Absicht gehabt abzuwarten, bis sie auf alles eine Antwort hatte, doch jetzt spürte sie, dass ihr die Zeit davonlief und die Gefahr bestand, dass ihr die Gelegenheit entglitt. Ella hegte den Verdacht, dass nicht nur ihr Vater in diesem Frühjahr vor über dreißig Jahren ein doppeltes Spiel gespielt hatte. Eigenartigerweise schienen jedoch alle Doppelspiele den gemeinsamen Nenner gehabt zu haben, Frederick auf die eine oder andere Weise unter die Erde zu bringen. Ella war inzwischen davon überzeugt, dass Ernst und Grete von dem inszenierten Tod ihres Vaters gewusste hatten. Die Frage war nur, wer darüber hinaus noch eingeweiht war. Arne Erlandsson? Klaus Hoffman? Waldemar? Offenbar war es ihnen gelungen, Hugo außen vor zu halten, aber Ella war sich nicht ganz sicher, was Judit wusste.

Sie zog den Stöpsel aus der Wanne und blieb sitzen, bis alles Wasser abgelaufen war. Obwohl sie keine tieferen Gefühle für ihre Mutter hegte, verspürte sie gewisse Skrupel, sie den Dingen auszusetzen, die auf sie zukamen.

*

Viele ältere Menschen klagten über Schlafstörungen. Von diesem Übel war Estrid jedoch viele Jahre verschont geblieben. Sie pflegte im Scherz zu sagen, dass sie nun all die Jahre nachholte, in denen sie in ihrer Zeit als Haushälterin früh aufgestanden und spät zu Bett gegangen war. Sie würde über hundert Jahre alt werden müssen, um all den Schlaf aufzuholen, den sie versäumt hatte. Dennoch hatte sie in den vergangenen Nächten zunehmend schlecht geschlafen. Sie ging extra spät schlafen, wachte jedoch, bereits einige Stunden nachdem sie zu Bett gegangen war, allein mit ihren Gedanken an die Vergangenheit wieder auf. Sie ließen ihr einfach keine Ruhe. Sie war hin- und hergerissen zwischen der Loyalität zu ihrer ehemaligen Arbeitgeberin und Ella, in deren Stimme sie so viel Überzeugung wahrgenommen hatte. Ella hatte ihr zwar nicht besonders viel erzählt, aber das war auch nicht nötig gewesen. Estrid hatte bereits früh begriffen, in welche Richtung ihr Verdacht wies, auch wenn sie sich nicht einmal in ihrer wildesten Fantasie ausmalen konnte, wie das Ganze zusammenhängen sollte. Wenn sie ehrlich war, war es auch nicht die Loyalität zu ihrer ehemaligen Hausherrin, die sie gespalten reagieren ließ. Es war die Loyalität zu ihrer Freundin. Eine Freundin, die sich in einer Art und Weise für sie eingesetzt hatte, wie sie es nie zuvor erlebt hatte. Eine Freundin, die gerade im Krankenhaus lag und, wenn Estrid es richtig verstanden hatte, ihre Sprache verloren hatte. Später an diesem Abend würde sie Besuch bekommen, weit nach der täglichen Besuchszeit.

Estrid wusste, dass es Grete nicht gefallen würde, von ihrer ehemaligen Haushälterin im Krankenhaus besucht zu werden. Es würde keinen guten Eindruck hinterlassen. Aber von einer Freundin – das war etwas ganz anderes. Auch wenn diese Freundin nie zuvor in den Salons gesehen worden war.

Als der Taxifahrer klingelte und ihr mitteilte, dass er draußen wartete, warf Estrid einen raschen Blick in den Spiegel im Flur und lächelte. In einem Karton im Kleiderschrank hatte sie ein schönes, wenn auch altes Kleid gefunden, das erfreulicherweise weit genug war, um ihren inzwischen etwas korpulent gewordenen Körper zu umschmeicheln. Das Kleid war lilafarben und mit einem verzierten Ausschnitt versehen; dazu trug sie einen passenden lilafarbenen Bolero mit braunem Pelzkragen. Ihre grauen Locken hatte sie unter einem Tuch verborgen, das sie unter dem Kinn knotete. Sie sah aus wie eine vornehme Dame, redete sie sich ein, während sie zum Taxi hinauswankte.

Kurz vor Mitternacht hielt das schwarze Taxi vor dem Haupteingang des Krankenhauses. Sie selbst war aus persönlichen Gründen öfter dort gewesen, als sie zählen konnte. Ihr Rheuma war nicht leicht zu behandeln gewesen, und sie hatte bereits mit den meisten Ärzten Bekanntschaft gemacht, die mit Gelenkerkrankungen zu tun hatten. Doch eigentlich hatten die Behandlungen ihren Namen erst verdient, als die

Medikamente der neuen Generation auf den Markt gekommen waren.

Estrid ging geradewegs am Empfang vorbei und auf die Aufzüge zu. Nach Auskunft von Judit lag Grete auf der neurologischen Station. Es gab nur zwei solche Stationen, und Estrid hatte einmal auf einer der beiden gelegen. Damals war Grete diejenige gewesen, die sie besucht hatte. Auch wenn ihr die Erinnerungen an diese Zeit glasklar vor Augen standen, konnte sie sich nicht mehr daran erinnern, auf welcher Station man sie damals behandelt hatte. Sie lagen direkt nebeneinander, und Estrid blieb zögernd vor den verschlossenen Türen stehen. Plötzlich wurde eine geöffnet, und eine gestresste Krankenschwester stürmte in Richtung der Aufzüge. Estrid wollte sich die Gelegenheit nicht entgehen lassen und beeilte sich, die Tür zu erreichen, bevor sie zufiel. Falls jemand sie dabei ertappen sollte, wie sie sich Zugang zur Station verschaffte, könnte sie sich jederzeit ein wenig verwirrt geben, überlegte sie. Wie eine alte Frau auszusehen hatte trotz allem seine Vorteile. Es war die perfekte Verkleidung, abgesehen davon, dass es gar keine Verkleidung war. Estrid seufzte. Sie war schließlich eine alte Frau. Eine alte Frau, die gerade dabei war, sich mitten in der Nacht Zutritt zu einer Pflegestation zu verschaffen.

Ein Stück entfernt, dort wo der Korridor nach links abbog, konnte sie das Licht aus dem Schwesternzimmer sehen. Estrid hörte, wie jemand am anderen Ende des Korridors etwas sagte. Sie schlich sich zum erleuchteten Zimmer mit den großen Glasfenstern, die auf den Korridor wiesen. Kein Personal war zu sehen. Alle waren vermutlich mit Patienten beschäftigt, die Hilfe benötigten. Das Schwesternzimmer war abgeschlossen, doch was Estrid suchte, hing zur allgemeinen Einsicht im Fenster. Es war ein Belegplan mit den Zimmern der Station und den Namen der Patienten, die darin untergebracht waren. Lediglich unter einer Zimmernummer stand kein Name. Zimmer 14. In der Zeile stand nur »geschützte Identität«. Estrid erinnerte sich daran, dass sie damals als Patientin von den Krankenschwestern gefragt worden war, ob sie ihre Anwesenheit bekannt geben durften, falls jemand danach fragte. Offenbar handelte es sich dabei um eine Routinefrage, die allen eingelieferten Patienten gestellt wurde. Die meisten hatten bestimmt keine Einwände dagegen, dachte Estrid. Doch zu dieser Gruppe würde sich Frau Liedenburg-Rossing nicht gesellen. Niemand durfte erfahren, dass sie auf der Station lag. Estrid drehte sich um und ging in Richtung Zimmer 14.

Sie öffnete die Tür einen Spaltbreit. Trotz des unspezifischen Krankenhausgeruchs konnte Estrid unmittelbar ausmachen, dass sie die Tür zum richtigen Zimmer geöffnet hatte. Sie erkannte Gretes Parfüm wieder. Elegant, diskret und teuer. Genau wie die alte Frau auch. Lange stand sie am Fußende des Bettes und betrachtete Grete. Der fragile Brustkorb der alten Dame hob und senkte sich ruhig. Sie schlief friedlich. Estrid wusste, dass es jetzt an ihr war, sich für ihre Freundin einzusetzen. Wenn auch nicht in der Art und Weise, wie Grete es für Estrid getan hatte, dann doch zumindest so, wie sie es abgesprochen hatten. Sie holte tief Luft.

Die Misshandlung mit der aufgeplatzten Augenbraue war noch nicht länger als eine Woche her, als Alfred sie erneut angegriffen hatte. Auf ihrer Stirn klebte noch immer ein Pflaster, und sie humpelte beim Gehen. Pflichtbewusst war Estrid bereits am Tag nach der ersten Misshandlung wie immer zur Arbeit gegangen. Grete hatte Estrid sofort zur Seite genommen und das Pflaster abgezogen, das die eigenhändig genähte Wunde bedeckte. Sie erinnerte sich noch an jedes Wort, was gesagt wurde. Grete war ungeheuer wütend gewesen.

Zwischen zusammengebissenen Zähnen hatte sie fauchend gefragt:

»Ist er jetzt zu Hause?«

Estrid hatte nicht gewagt, den Mund zu öffnen, sondern zur Antwort lediglich genickt.

»Übernachten Sie hier in Ihrem alten Zimmer, bis er die Stadt wieder verlässt. Dann fahren Sie zurück und packen Ihre Sachen.«

Estrid hatte versucht, Grete zu unterbrechen, doch ihr Protest war verstummt, als sie den Zorn in Gretes Blick erkannte.

»Wenn Sie Ihre Sachen gepackt haben«, erklärte Grete und erhob ihre Stimme, »werden Sie nie wieder dorthin zurückkehren. Haben Sie das gehört?«

Erneut hatte Estrid erschrocken genickt. Es blieb überhaupt kein Raum für eine Diskussion. Eine Woche war ohne Zwischenfälle vergangen. Alfred hatte nichts von sich hören lassen, während Estrid jeden Abend neue Strümpfe und Unterwäsche in ihrem alten Zimmer vorfand. Grete hatte ihr verboten, die Wohnung zu verlassen, und die Einkäufe für den Haushalt selbst übernommen. Als der Tag kam, an dem Alfred wieder in See stechen würde, durfte Estrid sich schließlich auf den Weg machen. Sie nahm den Bus zum Hafen. Die Frau, die ihr die Wohnung vermietet hatte, musterte sie abschätzig. Sie stand oberhalb von Estrids und Alfreds Wohnung im Treppenhaus.

»Aha, jetzt behagt es Madame also, wieder zurückzukommen«, sagte sie.

Im selben Augenblick, als Estrid den Schlüssel im Schloss drehte, kam der erste Schlag. Er traf sie am Hinterkopf. Sie fiel haltlos zu Boden. Als sie sich umdrehte und aufschaute, sah sie Alfred über sich stehen und mit einem Holzscheit ausholen. Seine Augen waren blutunterlaufen und sein Blick leer. Sein Atem roch nach Alkohol, während seine Kleidung nach Urin stank.

Er trat sie ins Gesicht und in den Bauch. Dann vergewaltigte er sie im Treppenhaus, während das Blut aus der Wunde an ihrem Hinterkopf rann. Während der gesamten Misshandlung stand die Vermieterin da und beobachtete alles. Sie verzog keine Miene.

Als der Krankenwagen kam, fanden die Sanitäter Estrid unterhalb der steilen Holztreppe liegend. Die Vermieterin hatte angegeben, ein lautes Krachen gehört und daraufhin ihre Mieterin dort unten entdeckt zu haben. Sie hatte sich selbst verwünscht, kein stabileres Treppengeländer eingebaut zu haben.

Grete war wie ausgewechselt, als sie Estrid im Krankenhaus besucht hatte. Sie hatte Estrids Hand gedrückt und sie um Verzeihung gebeten, dass sie sie vor einem Abschaum wie Alfred nicht hatte schützen können. Estrids Hilflosigkeit hatte offenbar Gefühle in Grete geweckt, die sie früher nie zugelassen hatte. Gefühle, die sie längst verdrängt hatte, um überleben zu können.

Im Krankenhaus stellte sich heraus, dass man den Aussagen der Vermieterin Glauben geschenkt hatte, und alle auf der Station glaubten, Estrid wäre tatsächlich die Treppe heruntergefallen. Außerdem gab es ein halbes Dutzend Hafenarbeiter, die beschwören konnten, dass sie Alfred an Bord seines Schiffes hätten gehen sehen.

Als Estrid Grete diese Umstände erklärt hatte, hatte sie freundlich nach der Adresse des Mietshauses im Hafen gefragt. Dann hatte sie Estrid in ihrem Krankenhausbett zurückgelassen.

Über einen Tag und eine Nacht lang hatte Estrid einsam dagelegen und an die Decke gestarrt. Am zweiten Tag bekam sie unerwartet Besuch von der Polizei. Aufmerksam saßen die Polizisten an ihrer Seite, während sie ihnen berichtete, was passiert war. Sie erklärte ihnen, dass sie davon ausging, dass Alfreds Kameraden am Hafen ihm ein Alibi geben würden, doch zu ihrem Erstaunen schien die Polizisten das nicht weiter zu bekümmern. Offenbar gab es eine Zeugin des Geschehens. Die Vermieterin hatte sich bei der Polizei gemeldet und eine detaillierte Beschreibung des Verlaufs der Ereignisse abgegeben. Eine Beschreibung, die sich als ausreichend erweisen würde, um zusammen mit Estrids Verletzungen und Schilderungen vier Monate später eine Verurteilung Alfreds zu sechs Jahren Gefängnis wegen Mordversuchs und Vergewaltigung zu erwirken. Während der gesamten Gerichtsverhandlung hatte die Vermieterin es nicht ein Mal gewagt, einen Blick auf die Zuschauerbank zu werfen. Aus den Augenwinkeln hatte sie gesehen, wie sich die gut gekleidete Dame in die letzte Reihe setzte. Sie hatte noch immer eine Todesangst, dem Blick dieser Dame zu begegnen. Ein Blick, den sie bedeutend mehr zu fürchten schien als den, mit dem Alfred sie bedacht hatte, als sie ihre Zeugenaussage ablegte.

Estrid hatte nie gefragt, und Grete hatte es ihr auch nie erzählt, was die Vermieterin dazu veranlasst hatte, zur Polizei zu gehen und die Wahrheit zu sagen. Hingegen hatte sie sich viele Male selbst gefragt, was eine derart abgehärtete Frau, die täglichen Umgang mit ungehobelten Seemännern pflegte, nachgeben ließ. Vielleicht lief auch jetzt wieder alles nur auf die eine Frage hinaus: wozu ihre ehemalige Arbeitgeberin eigentlich in der Lage war.

Estrid betrachtete Grete in ihrem Krankenhausbett. Sie war so mager und zerbrechlich und zugleich die stärkste Frau, der sie je begegnet war. Sie war ihr alles schuldig. Estrids nächtlicher Besuch mochte einem Außenstehenden womöglich alles andere als rational erscheinen. Und dennoch hatte sie nur einem Impuls nachgegeben, der sich auf eine lange zurückliegende Absprache der beiden Damen gründete. Ein Gespräch über die Klippe. Grete war in einem Punkt sehr deutlich gewesen. Sie würde niemals in einem Altersheim landen und dort gepflegt werden wie eine Zimmerpflanze. So hatte sie sich ausgedrückt.

»Lassen Sie mich bloß nicht da liegen, während mir der Speichel aus dem Mund rinnt.«

Estrid griff nach einem Kissen und sah sich im Zimmer um. Keiner hatte sie kommen und keiner würde sie gehen sehen.

Auf Gretes kleinem Nachttisch lag ein Notizblock. Mit großen krakeligen Buchstaben hatte jemand darauf geschrieben: *Bed&Bath-Bademantel, Kenzoschal, weißer Hermèsschal, Ekelundplaid* und *Råmansvase*. Estrid musste lächeln. Noch steckt also ein Fünkchen Leben in dem alten Weib, dachte sie und legte vorsichtig das Kissen zurück. Die Klippe musste eben noch warten.

*

Als das Handy klingelte, war Ella gerade eingeschlafen. Schlaftrunken setzte sie sich auf und warf einen Blick auf ihren Wecker auf dem Nachttisch. Es war halb eins. Erschöpft nach allen Ereignissen des Tages war sie bereits gegen zweiundzwanzig Uhr zu Bett gegangen. Es gab nicht gerade viele, die auf die Idee kommen würden, sie nach Mitternacht anzurufen. Das Krankenhaus! Der Gedanke schoss ihr im selben Moment durch den Kopf, als sie sich meldete. Es durfte noch nicht zu spät sein. Es durfte noch nicht zu spät sein!

»C'est Marie qui téléphone.«

Ellas schlaftrunkenes Hirn brauchte ein paar Sekunden, um

zu begreifen. Sie atmete aus und bemühte sich vergebens so zu klingen, als wäre sie nicht gerade erst aufgewacht, doch ihr blieb die Stimme weg, und sie musste sich räuspern. Marie Cuvelier entschuldigte sich für den späten Anruf. Sie klang leicht angetrunken, aber vielleicht war es auch einfach nur der gewöhnliche Grad ihres Rausches um diese Uhrzeit, dachte Ella. Während ihres Besuchs in Paris war sie selbst keinen Deut besser gewesen, musste sie zugeben.

»Hier ist jemand, der gerne mit Ihnen sprechen würde«, sagte Marie schließlich und kicherte.

Ella war mit einem Mal hellwach.

»Er ist erst vor ein paar Stunden nach Hause gekommen, und als ich ihm erzählte, dass Sie hier waren, konnte er einfach nicht bis morgen warten«, fuhr sie fort.

Es wurde still. Ella konnte hören, dass Marie jemandem auf Französisch etwas zuflüsterte. Dann erfüllte plötzlich eine Männerstimme die Stille.

»I do apologize about the hour«, begann er zögerlich. »Is this Ella?«

Sein Englisch war fehlerfrei. Sie konnte nicht einmal den Ansatz eines französischen Akzents heraushören, mit dem Maries Englisch behaftet war.

»Speaking«, antwortete sie abwartend.

Sie hatte keine Ahnung, was sie sagen sollte. Doch anfänglich wirkte er ebenso hilflos wie sie.

»Es tut mir unwahrscheinlich leid, dass ich nicht in der Stadt war, als Sie hier waren, um mich zu besuchen«, sagte er dann.

Er klang jetzt etwas selbstsicherer. Ella musste lächeln.

»Ich habe ja noch nicht mal gewusst, dass ich nach Ihnen suchte«, entgegnete sie. »Ich war mir sicher, dass es sich um eine Frau handelte.«

In der Leitung war es für eine Weile still. Ella wusste nicht recht, was sie sagen sollte. Hatte sie ihn irgendwie gekränkt?

»Aber Marie«, sagte er zögernd, »sie sagte mir, dass Sie den Brief gelesen haben und dass Sie ihn bei sich hatten.«

Er klang, als verstünde er nicht recht. Ella beschloss, ehrlich zu sein und direkt zur Sache zu kommen. Es war nicht ihre Art, die Dinge unnötig zu verkomplizieren.

»Ja, ich habe den Brief gelesen«, begann sie. »Doch Ihr männlicher Schreibstil war offenbar kein eindeutiger Hinweis für mich.«

Zu ihrer Erleichterung lachte Christopher am anderen Ende. Marie hatte recht, er hatte wirklich ein entwaffnendes Lachen. Ella entspannte sich langsam. Schließlich kam es ihr vor, als würde sie mit einem alten Freund sprechen.

»Ich hatte allerdings angenommen, dass das Foto eine deutliche Sprache spricht«, sagte er, als er sich etwas gesammelt hatte.

Ella richtete sich an der Bettkante auf.

»Welches Foto? Im Umschlag steckte kein Foto.«

Sie hörte, wie sich ihre Stimme veränderte. Plötzlich war sie schroff und kalt.

»Ich habe ein Foto von mir mitgeschickt, das Freddie gemacht hat«, sagte er ein wenig verlegen.

Freddie. Wieder dieser Spitzname, dachte Ella. Ein Gefühl der Unwirklichkeit überkam sie. Irgendwie kam es ihr vor, als lernte sie ihren Vater erst dreißig Jahre nach dem Brand kennen. Jetzt, wo sie mit jemandem sprach, der ihren Vater offenbar als die große Liebe seines Lebens angesehen hatte. Mit einer solchen Überzeugung hatte sie selbst noch nie jemanden geliebt. Sie wusste nicht einmal, ob sie dazu in der Lage war.

»Sind Sie sich sicher, dass kein Foto im Umschlag steckte?«, fragte Christopher erneut. »Es war ein Polaroidbild, das natürlich mit der Zeit verblasst und inzwischen vergilbt sein kann.«

»Verblasst oder nicht, ich hätte schon gemerkt, wenn es dabei gewesen wäre«, antwortete Ella trocken.

»Und wie sind Sie an den Brief gekommen?«, fragte er nach einer kurzen Stille.

»Ich habe ihn von meiner Mutter.«

»Oh.«

Christopher klang eigentlich nur pflichtschuldig betroffen.

»Und dabei habe ich den Brief doch extra an Freddies Arbeitsplatz geschickt.«

Ella erzählte ihm von der Reinigung, die sich um die Wäsche des Haushalts gekümmert hatte, und wie der Brief schließlich in Judits Hände gelangt war.

»Meine Mutter hat daraus die Schlussfolgerung gezogen, dass er eine Geliebte in Paris hatte«, verdeutlichte Ella.

Plötzlich kam ihr ein Gedanke. Sie hielt inne und schwieg eine Weile.

»Freddie wollte nie jemandem wehtun«, sagte Christopher etwas abwartend.

Ella wurde aus ihren Gedanken gerissen. Es war, als hätte Christopher sie gelesen. Er fuhr fort, ohne eine Reaktion von Ella abzuwarten.

»Zu mir sagte er, dass er sich nie ein anderes Leben gewünscht hätte als das, das er mit Ihnen und Ihrer Mutter lebte. Er war der Meinung, all das erreicht zu haben, was er jemals wollte.«

Christopher klang ernst und aufrichtig.

»Aber obwohl er alles hatte«, fuhr Christopher fort, »war Freddie unglücklich. Am Anfang schien ihm eine innere Stimme zuzuflüstern, dass er nicht in die Welt gehörte, in der er lebte. Mit der Zeit wurde dieses Flüstern zu einer lauten Stimme. Eine Stimme, die er viele Jahre lang ignoriert hat.«

Ella hörte zu. Sie wünschte sich plötzlich, ebenfalls eine Person gehabt zu haben, mit der sie so sprechen konnte, wie ihr Vater offenbar mit Christopher hatte sprechen können.

»Als ich Freddie traf, nahm ich die Neugier in seinem Blick wahr. Ich arbeitete damals als Dolmetscher bei einer Verhandlung hier in Paris, während Freddie eine Art Berater einer der Parteien war. Ich sah, wie er beschämt wegschaute, sobald ich seinem Blick begegnete. Er verbarg es zwar, so gut er konnte, aber da war etwas zwischen uns, was ich nicht beschreiben kann. Freddie hat später einmal gesagt, dass er es empfand, als sei er nach Hause gekommen. Wenn wir zusammen waren, gab es schlicht und einfach zu viel Richtiges und zu wenig Falsches, wie er es oft ausdrückte.«

Ella rannen die Tränen die Wangen hinunter. Christophers Worte bohrten sich ihr geradewegs ins Herz. Es war, als würde ihr Vater aus dem Grab zu ihr sprechen.

»Wenn die Seele etwas nicht länger aushält«, fuhr er fort, »begehrt sie auf. Die Stimme wird zu einem Schrei und fordert Konsequenzen.«

Er verstummte kurz, bevor er hinzufügte:

»In diesem Stadium entscheiden sich nicht alle für das Leben.«

Seine Stimme war sachlich, hörte sich jedoch brüchig an.

»Ich glaube, dass mein Vater sich trotz allem für das Leben entschieden hat«, entgegnete Ella.

Sie tat ihr Äußerstes, damit er nicht merkte, dass ihr die Tränen in den Augen standen.

»Es gibt so vieles, was ich Ihnen gerne erzählen möchte«, sagte Christopher nachdenklich, »aber ich kann nicht. Jedenfalls nicht jetzt.«

»Ich weiß«, antwortete Ella.

Als sie auflegte, war ihre Müdigkeit wie weggeblasen, sodass ihr der Versuch, wieder einzuschlafen, keine angemessene Alternative zu sein schien. Stattdessen stand sie auf und kochte sich ein Tasse Tee. Sie saß da und blätterte planlos in den Vorschlägen, die die Innenarchitektin für die Renovierung der Küche erstellt hatte. Dabei handelte es sich nicht um Skizzen, sondern eher um fotoähnliche Farbausdrucke, die eine spektakuläre Küche nach der anderen zeigten. Auf Ellas Wunsch hin hatte die Architektin auch einen eher klassischen Entwurf gemacht. Dieser Vorschlag schien ihr am besten in die Wohnung zu passen. Sie schob die Unterlagen von sich und versuchte ihre Gedanken zu sortieren. Das Telefonat mit Christopher hatte stärkere Gefühle in ihr geweckt, als sie erwartet hätte. Er hatte genau die Fragen angesprochen, über die sie am meisten nachdachte. Das Gespräch hatte nicht länger als ein paar Minuten gedauert, und doch hatte sie einen Eindruck davon bekommen, was ihrem Vater in der Zeit vor dem Brand durch den Kopf gegangen war. Ella hätte Christopher gerne eine Menge weiterer Fragen gestellt, hatte sich jedoch zurückgehalten und akzeptiert, dass er im Augenblick entweder nicht mehr erzählen konnte oder wollte. Im Hinblick auf all das, was sie beschäftigte, war es nicht leicht gewesen. Der Gedanke, der ihr während des Telefonats gekommen war, hatte sich mit der Frage beschäftigt, was Menschen bereit waren zu tun, um sich nicht der Lächerlichkeit preiszugeben und sich keine Sorgen darüber machen zu müssen, was andere über sie denken würden. Sie hatte an John Westmarks Eltern denken müssen. Vor ihrem inneren Auge hatte sie sie mit dem steifen leblosen Körper kämpfen sehen. Mit ihrem eigenen Sohn. Ella konnte oder wollte sich kaum vorstellen, was sie empfunden haben mussten, als sie seine Leiche in der Garage aufhängten. Auch ohne eigene Kinder zu haben, wurde ihr das Unmenschliche daran klar, sich zu so etwas zu zwingen. Während ihres Besuchs in Paris hatte sie begonnen zu ahnen, was die Eheleute zu ihrem Handeln getrieben hatte, doch erst jetzt wurde ihr die Intensität und das Ausmaß dieser Gefühle bewusst. Was war für sie schlimmer gewesen? Die Scham darüber, dass er gestorben war, während er onanierte, oder die Tatsache, dass lauter Schwulenpornos um ihn herum ausgebreitet lagen? Ellas Erfahrung zeigte, dass die Menschen sich früher oder später von schmerzhaften Trennungen oder unerwarteten Todesfällen wieder erholten. Ob das auch auf das zutraf, was das Ehepaar Westmark gemeinsam mit der Leiche ihres Sohnes gemacht hatte, konnte sie nicht sicher sagen. Vielleicht würden die Bilder ihrer Erinnerung mit den Jahren wie ein Polaroidfoto verblassen. Vielleicht hatten sie sich aber auch für alle Zukunft auf ihrer Netzhaut festgeätzt.

Mit ihrer Tasse Tee in der Hand zog sie den Vorhang zur Seite und betrat den dunklen Saal. Der alte Parkettfußboden knarrte unter ihren Füßen. Vom Erker aus hatte sie freie Aussicht auf den großen Park, die Bibliothek und die Straßenkreuzung, die um diese Zeit verlassen dalag. Schließlich erregte ein einsamer Spaziergänger ihre Aufmerksamkeit. Ein Mann in hellbraunem Mantel ging mit raschen Schritten geradewegs auf den Parkplatz zu, der direkt gegenüber von ihrem Haus lag. Genauer gesagt, er ging sogar geradewegs auf ihr Auto zu.

Ein einsames Auto fuhr auf den kleinen Parkplatz und hielt vor dem Kiosk an. Er war geschlossen. Um nicht entdeckt zu werden, hatte Waldemar sich an einen der Bäume gedrückt, die die asphaltierte Fläche säumten. Der Wagen blieb ein paar Minuten vor dem geschlossenen Kiosk stehen, bevor der Fahrer Gas gab, auf die Hauptstraße einbog und verschwand. Langsam traute Waldemar sich aus dem Dunkel und näherte sich dem niedrigen Sportwagen. Er fingerte an dem Messer in seiner Tasche herum. Es war zwar nicht besonders scharf, doch er wusste, dass es seine Funktion erfüllen würde.

»Wenn du noch einmal mit deinem Messer in meine Reifen stichst, verspreche ich dir, dass du niemals wieder richtig gehen kannst.«

Die Frauenstimme, die die Stille durchbrach, ließ Waldemar zusammenfahren. Das Messer rutschte ihm aus der Hand, und er wandte sich verdutzt der Geräuschquelle zu.

»Keinen Schritt weiter!«

Die klein gewachsene Frau, die aus der Dunkelheit trat, trug Trainingshosen und ein Unterhemd, doch in ihren Händen hielt sie so etwas wie einen Feuerhaken. Sie hielt ihn so, als würde sie jeden Moment damit zuschlagen.

»Ich wollte ja nur«, begann Waldemar, wurde jedoch sofort unterbrochen.

»Stell dir einfach vor, was für Verletzungen ein Schlag gegen die Außenseite deines Knies verursachen würde«, sagte die Frau ruhig. »Zersplittert und so zermalmt, dass nur noch eine Vollprothese infrage käme«, fuhr sie abgeklärt fort.

Waldemar konnte jetzt das Gesicht der Frau erkennen, die nur zwei Meter von ihm entfernt stand. Ellas mandelförmige Augen glühten in der Dunkelheit. Er warf einen Blick auf sein Messer, das zu seinen Füßen lag, doch im selben Augenblick huschte ein Schatten durch sein Blickfeld, woraufhin er einen schneidenden Schmerz verspürte. Der schwere Feuerhaken hatte seinen linken Fuß getroffen, und der Schmerz warf ihn zu Boden. Seine dünnen Mokassins hatten seinen Fuß nicht nennenswert schützen können. Ella kickte das Messer mit dem Fuß zur Seite, zog sich dann aber wieder in die Dunkelheit zurück. Sie wollte sich nicht unnötig in seiner Reichweite aufhalten. Sie hatte ihm gerade einen oder mehrere Knochen seines Fußes gebrochen und vermutete, dass diese Tatsache seine Laune nicht gerade aufheitern würde.

»Liebster Cousin«, flüsterte Ella. »Ich habe nicht das geringste Interesse an deinen verdammten Betrügereien. Ist das klar?«

Waldemar schaute auf. Trotz der Dunkelheit konnte sie erkennen, dass er hochrot im Gesicht war, doch der Glanz in seinen wild dreinblickenden Augen signalisierte ihr, dass ihr Schlag den gewünschten Effekt erzielt hatte.

»Ich will dich nie wieder sehen und auch nichts von dir hören«, fuhr sie im selben ruhigen Tonfall fort. »Und beim nächsten Mal geht wirklich dein Knie dabei drauf, das verspreche ich dir.«

Mit zusammengebissenen Kieferknochen nickte er kurz, während er einen Versuch unternahm aufzustehen, doch er stöhnte unfreiwillig und sackte wieder in sich zusammen.

»Du kannst es ja in den ersten Wochen mal mit Holzpantinen versuchen«, sagte Ella zerstreut und wandte sich ab. »Das hilft, vorausgesetzt, die Verletzungen sind nicht allzu schwer.«

Ohne einen Blick zurückzuwerfen, aber mit ihrer gesamten Aufmerksamkeit auf eventuelle Geräusche von dort gerichtet, überquerte Ella die Straße und ging auf ihre Haustür zu. Das Adrenalin schoss ihr immer noch durch die Adern, und ihre Hände zitterten, als sie die schwere Haustür hinter sich zufallen ließ. Erst dann drehte sie sich um und warf einen Blick durch das Fenster in der Tür. Im Schein der Straßenlaternen konnte sie sehen, wie sich die dunkle Gestalt auf dem Parkplatz vorankämpfte, woraufhin sich ihr Griff um den Feuerhaken ein wenig lockerte. Er war der erste Gegenstand, den sie sich gegriffen hatte, als sie in Richtung Wohnungstür gelaufen war.

Oben in ihrer Wohnung trat sie erneut in den Erker und spähte auf die Straße hinunter. Jetzt erblickte sie den hinkenden Mann auf der anderen Seite der Kreuzung nahe der Bibliothek. Sie seufzte tief und verließ ihren Ausguck am Fenster. Langsam begann sich ihr Puls wieder zu normalisieren, und trotz der tumultartigen Nacht beschloss sie, einen Versuch zu unternehmen einzuschlafen. Sie benötigte den Schlaf vor ihrem morgigen Besuch, den sie bereits zu lange aufgeschoben hatte. Ein Besuch bei dem Mörder ihres Vaters.

Kapitel 15

Es war kurz nach acht Uhr, als Ella zur Arbeit kam. Auf dem Weg dorthin hatte sie im Krankenhaus auf Gretes Station angerufen, um sich nach ihrem Zustand zu erkundigen. Man informierte sie darüber, dass Grete immer noch nicht wieder richtig sprechen könne und ihr linkes Bein noch sehr schwach sei, sie jedoch wieder etwas Kraft im Arm habe. Ella schob die Tür des Obduktionssaals etwas auf, in dem Simon und Stavros mit ihren jeweiligen Obduktionen in vollem Gange waren. Sie schauten beide auf und begrüßten sie munter, doch der Assistenzarzt wirkte extrem konzentriert, während er damit kämpfte, die Herzkranzgefäße aufzuschneiden. Auf dem Tisch hinter Simon lag eine weitere Leiche, die nach ihrem Aussehen zu urteilen einen fatalen Zusammenstoß mit einem Zug oder etwas Ähnlichem gehabt haben musste. Verschiedene Obduktionsfälle nahmen unterschiedlich viel Zeit in Anspruch, und generell galt das simple Prinzip, je mehr Verletzungen, desto zeitraubender die Untersuchung. Doch das traf auf tödliche Zugunfälle nicht zu. Dabei waren die Verletzungen oft so umfassend, dass die äußere Leichenschau mit der Beschreibung des Inneren der Leiche einherging. Das Obduktionsprotokoll fiel in solchen Fällen daher meist kurz aus. Dennoch konnte sie davon ausgehen, dass Simon noch mindestens eine Dreiviertelstunde beschäftigt sein würde. Das war mehr Zeit, als sie benötigte.

Im ersten Stock angekommen, ging Ella geradewegs ins

Archiv und auf Simons Regal zu. Sie blätterte rasch die Plastikmappen mit seinen aktuellen Fällen durch, ohne zu finden, wonach sie suchte. Sie fluchte im Stillen.

Die Sekretärinnen waren alle mit unterschiedlichen Anliegen unterwegs, während sich die übrigen Ärzte in ihre Zimmer verschanzt hatten, die bedauerlicherweise alle mit einem Fenster zum Korridor versehen waren. Ella wollte nur ungern dabei ertappt werden, während sie Simons Büro durchsuchte. Dann fiel ihr Blick auf eine Gießkanne. Sie galt zwar nicht gerade als der häusliche Typ, doch als Alibi würde es ausreichen. Mit der Kanne in der Hand betrat sie entschlossen Simons Zimmer. Wie immer herrschte dort eine perfekte Ordnung, und seine mikroskopischen Präparate lagen in säuberlichen Stapeln auf dem Schreibtisch. Sie sah die Stapel mit Fällen auf dem Tisch durch und fand die Mappe, die sie suchte. Ganz hinten in der Mappe lag das Antwortschreiben des japanischen Labors. Es war mit dem gestrigen Eingangsstempel der Abteilung versehen. Sie las es zweimal. Im Hinblick auf das ungefähre Alter der Person in Erlandssons Garten war ein Fehlerquotient von 2,7 Jahren angegeben. Sie schob den Brief in die Mappe zurück und legte sie wieder auf den Tisch.

Als sie gerade dabei war, sich aus dem Zimmer zu schleichen, erblickte sie etwas, das ihre Aufmerksamkeit erregte. Im Bücherregal standen zwei braune Papiertüten. Sie horchte nach eventuellen Schritten draußen im Korridor, doch im Büro war alles still. Sie nahm die kleinere der beiden Papiertüten in die Hand und schüttelte sie leicht. Es raschelte. Die mit Grünspan überzogenen Kupferperlen, dachte sie. Die größere der beiden Tüten war bedeutend schwerer. Sie öffnete sie und versuchte zu begreifen, was sie da eigentlich vor sich hatte. Das eine Ende des Gegenstands war aus Gummi und ähnelte irgendwie einer Zahnschiene, während das andere einen fast zehn Zentimeter langen Metallzylinder darstellte. Wachsam spähte sie in den Korridor hinaus, bevor sie den Gegenstand vorsichtig aus der Tüte nahm und ihn eingehender betrachtete. Als ihr aufging, was sie in Händen hielt, strich unfreiwillig ein Lächeln über ihre Lippen. Mit einem Mal begriff sie, was sie zuvor auf den Fotos der Polizei vom Fundort gesehen hatte. Das war keine Thermoskanne. Sie legte den Gegenstand behutsam wieder zurück in die Tüte und stellte sie wieder ins Bücherregal. Als sie die Tür öffnete, stand Simon vor ihr. Er trug noch immer seine Obduktionskleidung und schaute sie verwundert an, während sie mit der Gießkanne in der einen Hand dastand.

»Ich wollte nur nach deinen Pflanzen schauen«, sagte sie entschuldigend und schob sich an ihm vorbei.

»Ich habe überhaupt keine«, entgegnete er befremdet.

»Das habe ich gemerkt«, sagte Ella mit einem Lächeln und ging weiter in Richtung eines größeren Blumentopfs in der Bibliothek.

Ihr Puls war immer noch hoch, als sie mit einer gewissen Irritation feststellte, dass die Pflanzen in der Bibliothek aus Kunststoff waren.

»Ich glaube, du musst akzeptieren, dass dein grüner Daumen nicht deine größte Begabung ist«, sagte Simon mit einem Lächeln.

Ella stellte die Gießkanne ab und richtete sich auf. Er hatte recht; sie hatte kein Talent für Pflanzen und sah zugleich ein, dass ihre Fertigkeiten als Bürospionin ebenfalls verbesserungswürdig waren. Sie konnte nur hoffen, dass Simon nicht gesehen hatte, wie sie in seinem Zimmer herumschnüffelte. Er musste irgendetwas in seinem Büro vergessen haben, das er unten im Obduktionssaal benötigte, dachte Ella, denn er war gleich wieder aus seinem Zimmer herausgekommen und zurück nach unten gegangen.

Sie kehrte in ihr eigenes Zimmer zurück und setzte sich, stellte jedoch nach nur wenigen Minuten Arbeit mit diversen Obduktionsprotokollen fest, dass sie viel zu aufgewühlt war, um stillsitzen zu können. Sie ließ die Schultern sinken und versuchte sich zu entspannen. Um zu Ende bringen zu können, was sie angefangen hatte, musste sie konzentriert sein. Ein Wochenende in einem Spa wäre genau das, was sie jetzt benötigte, redete sie sich ein. Seit den Weihnachtsferien gemeinsam mit Markus in den Bergen hatte sie nicht mehr freigehabt. Doch auch während dieser Tage war ihre Angst greifbar gewesen, und eine innere Ruhe hatte ihr der Aufenthalt kaum vermittelt. Sie beide waren so unsicher gewesen und hatten sich nach ein paar Tagen einvernehmlich damit abgefunden, dass ihre Beziehung zu Ende war.

Ella versuchte sich stattdessen ein luxuriöses Spa mit Massage und Entspannung auszumalen, das sie allein besuchte. Merkwürdigerweise tauchte dabei auch immer wieder Mikael Erlandsson auf. Vielleicht könnte er ja abends dort hinkommen, dachte sie und musste lächeln. Sie unterbrach ihre Gedankengänge und musste an Judits Worte denken. Die Ähnlichkeit zwischen Gretes Station in der neurologischen Klinik und einem Spa lag zwar nicht gerade auf der Hand, aber die alte Dame verlangte dennoch nach dem Morgenmantel, den sie gewohnt war zu tragen. Vielleicht nicht ganz abwegig im Hinblick auf das Kleidungsangebot auf der Station. Das Pflegepersonal hätte wohl kaum akzeptiert, einem alten Weibsbild in enganliegende Chanelkostüme hineinzuhelfen, wo es doch praktische Nachthemden mit durchgehender rückwärtiger Knopfleiste gab. Ella musste zugeben, dass ihr der Gedanke an Grete in Krankenhauskleidung gefiel.

Bevor Ella für ihren Besuch bereit war, hatte sie noch ein paar Dinge zu erledigen. Bereits gegen Mittag verließ sie das Büro und steuerte die mit Abstand teuerste Villengegend der Stadt an. Hohe Mauern und dichte Hecken schützten die privilegierten und oftmals scheuen Bewohner vor Einsicht. In dieser Gegend hatte Ella in der Zeit vor dem Brand ihre ersten Lebensjahre verbracht. Inzwischen lebten hier hauptsächlich die Reichen und Berühmten, die ihre Villen problemlos für Beträge renovieren ließen, für die man einen kleinen Stadtteil erwerben könnte.

Sie rief ihn vom Auto aus an.

»Sebastian Crona.« Er klang formell, genau wie immer.

»Hallo, Sebastian, hier ist Ella.«

»Ella!«, rief er aus. Er klang nahezu erleichtert.

»Ich würde Ihnen gerne ein paar Fragen stellen«, begann sie zögerlich. »Es geht um die Lebensversicherung meines Vaters«, fuhr sie fort.

»Hm.« Er klang abwartend.

»Sind Sie im Büro?«, fragte Ella, ohne eigentlich eine Antwort abzuwarten. Denn sie wusste, dass er inzwischen in seiner unnötig großen Villa von zu Hause aus arbeitete und sie nur in Ausnahmefällen verließ. Mit den Jahren war er zunehmend exzentrisch geworden, und er schien erst nach einem langen und erfolgreichen Berufsleben als Rechtsanwalt die Vorzüge des Lebens zu genießen.

»Darf ich Sie zu einem kleinen Mittagessen einladen?«, fragte er ruhig.

»Ich bin in zehn Minuten da«, antwortete Ella kurz.

»Ich deute Ihre Antwort als ein Ja«, entgegnete er amüsiert und legte auf.

*

Auch wenn sein Auftraggeber davon überzeugt gewesen war, dass eines Tages alles ans Licht kommen würde, hatte er ihm nicht geglaubt. Viel zu weit hergeholt, zu unwahrscheinlich. Doch jetzt war der Tag also gekommen. Sie war ihnen auf der Spur.

Die vergangenen Wochen hatten an ihm gezehrt. Seit er die Zeitungsnotiz zu der aufgefundenen Leiche gesehen hatte, fühlte er sich rastlos. Nach dem ersten Zeitungsartikel ließ das mediale Interesse an der Leiche jedoch leider nach.

Er war von Natur aus ein neugieriger und ungeduldiger Mann, doch nach seinem zweiten Besuch in Ella Anderssons Wohnung hatte er sich lieber aus der Sache herausgehalten. Das Risiko, ertappt zu werden, war schlicht und einfach zu groß. Als die Ungewissheit beinahe unerträglich geworden war, kam der erlösende Anruf. Ella meldete sich bei ihm. Sie klang etwas angespannt, und dem Rauschen im Hintergrund zufolge, rief sie ihn vom Auto aus an. Sie war bereits auf dem Weg und würde in weniger als zehn Minuten in seiner Einfahrt parken. Er hatte keine Zeit zu verlieren. Schnell und methodisch bereitete er sich vor.

Er stieg mit schnellen Schritten die Kellertreppe hinunter und tippte den Code zu dem Raum ein, den er vor weniger als einem halben Jahr hatte einbauen lassen. Dann trat er in die Dunkelheit und Kühle und holte tief Luft. Obwohl er gerade mal fünfundsechzig Jahre alt und relativ gut in Form war, verspürte er manchmal einen Druck auf der Brust, wenn er sich anstrengte. Er atmete noch ein paar Mal tief ein und versuchte sich zu entspannen. Der Druck legte sich langsam, und er kehrte in die Küche zurück.

Der Rechtsanwalt Sebastian Crona stand bereits in der Tür, als Ella in die Einfahrt bog. Das große Eisentor hatte er mit einer Fernbedienung geöffnet. Sie sah irgendwie anders aus, als sie auf ihn zukam. Weiblicher. Wie ihre Mutter, dachte er. Sie lächelte.

Sichtlich zufrieden wies er ihr den Weg in die Küche. Er hatte den Küchentisch für zwei Personen gedeckt und servierte nun jedem ein noch dampfendes heißes Pilzomelett aus der Pfanne. Neben den Tellern stand eine gut gekühlte Flasche Chablis, die er aus seinem neuen Weinkeller geholt hatte.

Ella lehnte den Wein höflich ab, ließ sich jedoch von dem frisch zubereiteten Omelett verführen. Dafür, dass er bis zu seinem fünfzigsten Lebensjahr nie selbst gekocht hatte, war Sebastian ein hervorragender Koch. Sein Interesse an Essen hatte er offenbar erst im fortgeschrittenen Alter entwickelt, und Ella freute sich auf die kulinarischen Entdeckungsreisen mit ihm in neu eröffnete Restaurants. Außerdem lud er sie immer ein, was während ihres Studiums eine Art Voraussetzung dafür gewesen war, dass Ella überhaupt hatte mitkommen können.

Als Ella nur eine halbe Stunde später wieder auf die Straße einbog, stand der alte Rechtsanwalt in der Einfahrt und winkte ihr nach. Er war gelinde gesagt verblüfft.

Sie hatte ihm ein paar kurze Fragen zu Frederick Anderssons Lebensversicherung und dem Auftrag als Verwalter gestellt, der Sebastian erteilt worden war, als die Lebensversicherung fällig wurde. Der damals noch relativ frischgebackene Rechtsanwalt Crona hatte zu der Zeit in einem kleineren Rechtsanwaltsbüro gearbeitet, wo es zu seinen Pflichten gehörte, hin und wieder als Vertreter oder Verwalter einzuspringen, wenn es nötig war. Auch wenn er ihre Fragen auf Anhieb hätte beantworten können, war er in sein Büro gegangen und hatte kontrolliert, wann der Lebensversicherungsvertrag unterzeichnet worden war. Vier Tage vor dem Brand.

»Ja, das war schon etwas merkwürdig«, hatte er festgestellt. Ella schien darüber nicht weiter erstaunt zu sein. Sie bedankte sich bei ihm, küsste ihn auf die Stirn und ging zur Haustür. Trotz Ellas offenkundig unschuldigen Fragen hatte Sebastian begriffen, dass sie mehr wusste, als sie zu erkennen gab – das war offensichtlich. Somit blieb ihm lediglich, seinen Auftraggeber zu warnen.

Gegen vierzehn Uhr parkte Ella ihren Wagen vor Gretes Haus. Sie hätte zu Fuß nicht länger als drei Minuten von zu Hause aus gebraucht, doch sie benötigte ihr Auto für ihre anderen Erledigungen. Der Portier kam ihr bereits auf dem Bürgersteig entgegen. Er war um die sechzig Jahre alt, aber sein Haar war immer noch schwarz wie Schuhcreme. Soweit Ella sich erinnern konnte, hatte er schon immer so ausgesehen. Gepflegt und immer korrekt. Zur Sicherheit hatte sie ihn angerufen, als sie Cronas Haus verlassen hatte, um sich zu vergewissern, dass Judit ihn wegen ihres Besuchs vorgewarnt hatte. Ihre Mutter hatte ihr versichert, dass man sie hineinlassen würde. Zunächst war es nur der Morgenmantel gewesen, doch inzwischen hatte Grete auf kleinen handgeschriebenen Zetteln eine ganze Liste von Habseligkeiten aus ihrer Wohnung angefordert. Es war natürlich nicht so, dass Ella selbst die Schals oder einen Morgenmantel auswählen sollte. Nein, die Dame hatte genau aufgeschrieben, welcher Bademantel und welche Schals ihr Zimmer im Krankenhaus schmücken sollten. Bestimmt hatte sie sie ausgewählt, um auf bestmögliche Art und Weise das Krankenhausgefühl zu überdecken und zugleich ihren Wohlstand hervorzuheben. Außer der Kleidung verlangte sie noch nach einem Plaid und einer Vase. Natürlich war sie mit den rostfreien Vasen im Krankenhaus nicht zufrieden.

Ella war davon ausgegangen, dass der Portier ihr die Schlüssel zur Wohnung geben würde, doch die Regeln im Wohnhaus schienen andere zu sein. Der Portier begleitete Ella stattdessen im Aufzug nach oben und öffnete die Tür zu Gretes Wohnung. Ella blickte ihn erstaunt an, als er sie in die Wohnung führte, als wäre es seine eigene. Er stellte sich in den Flur, warf einen Blick auf die Uhr und schaute sie ungeduldig an. Sichtlich irritiert ging Ella mit entschlossenen Schritten an Gretes Speisezimmer vorbei in Richtung Schlafzimmer und Kleiderkammer.

»Die Schuhe!«

Die barsche Stimme des Portiers ließ Ella zusammenzucken. Sie drehte sich um und schielte auf ihre schwarzen hochhackigen Stiefel hinunter. Das war der Tropfen, der das Fass zum Überlaufen brachte. Während ihrer gesamten Kindheit hatte sie sich in genau dieser Wohnung am meisten ausgesetzt gefühlt. Unterdrückt und lächerlich gemacht. Und selbst jetzt, wo Grete gar nicht anwesend war, befiel sie dieses Gefühl. Das Gefühl, etwas falsch zu machen, nicht in die Gesellschaft zu passen, den Ansprüchen nicht zu genügen. Beim letzten Mal, als sie in der Wohnung gewesen war, hatte es sich zum ersten Mal anders angefühlt. Da war sie diejenige gewesen, die die Kontrolle übernommen hatte, und nicht Grete.

Ella holte tief Luft und begegnete dem Blick des Portiers. Er war hochrot im Gesicht. Für den Bruchteil einer Sekunde erwog sie ihre Alternativen, stellte jedoch rasch fest, dass sie es sich nicht gefallen lassen konnte, in Gretes Wohnung von ihm zurechtgewiesen zu werden.

»Platz!«, rief sie und hob warnend den Zeigefinger in seine Richtung.

Das war das einzige Wort, das ihr im Augenblick einfiel. Ihr Kommando erzielte den gewünschten Effekt, denn er stand wie versteinert da, während sie auf dem Absatz kehrtmachte und resolut weiter in die Wohnung hineinging. Sie hielt es für das Beste, sich nicht umzudrehen und eine eventuell verzögerte Reaktion abzuwarten.

Die Wohnung war hell, und die Frühlingssonne schien weit in die Fenster hinein, wo sie Lichtsäulen bildete, die sich im Parkett spiegelten. Ella konnte sich nicht daran erinnern, jemals allein dort gewesen zu sein. Gretes Badezimmer war geschmackvoll renoviert und mit allen Hilfsmitteln ausgestattet, die eine ältere Dame benötigte. Natürlich gab es in der Wohnung noch ein weiteres Bad, sodass die Gäste Gretes zusätzliche Handgriffe an Toilette und Badewanne nicht zu Gesicht bekamen. Der Morgenmantel hing an einem Haken, genau wie Judit es gesagt hatte. Ella ging weiter und holte die anderen Sachen von Gretes Wunschliste. Die Kristallvase, der letzte Punkt auf Gretes Liste, sollte nach Judits Aussage im früheren Arbeitszimmer stehen. Ella schaltete das Licht ein und sah sich in dem kleinen, aber sehr gepflegten Zimmer um. Es wies auf den Garten und war lediglich mit einem kleineren Fenster versehen. Ella hatte den Verdacht, dass Grete nicht gerade viel Zeit in Ernsts ehemaligem Arbeitszimmer verbrachte und es eher als Lagerraum für die antiken Gegenstände benutzte, die sich auch in Gretes Wohnung ansammelten. Auf dem Fensterbrett stand die Kristallvase. Sie war beinahe einen halben Meter hoch und bestimmt so schwer, dass Ella ihr Auto benötigen würde, um sie zum Krankenhaus zu transportieren. Dort würde sie allerdings nur eine einzige Funktion erfüllen, die jedoch nichts mit Blumen zu tun hatte, schloss Ella. Sie sollte dem Pflegepersonal auf der Station signalisieren, dass Grete eine feine Dame war. Als hätte man das dort noch nicht bemerkt.

Dann fiel Ellas Blick auf Gretes antiken Mahagonisekretär. Er war zweifellos unbeschreiblich schön. Ohne weiter nachzudenken, ging sie auf ihn zu und öffnete die oberste Schublade. Rasch sah sie die Papierstapel und alten Briefe durch, die Grete darin verwahrte. Vom Korridor her hörte sie vorsichtige Schritte. Sie verfluchte diesen Portier und die Freiheiten, die er sich herausnahm. Aus dem Augenwinkel sah sie, wie der Türknauf langsam gedreht wurde.

Im selben Augenblick, als der Portier hereinkam und mit weit aufgerissenen Augen in den Raum hineinstarrte, drückte Ella ihm die große Kristallvase in die Arme. Dann ließ sie sie los. Wie Ella vorausgesehen hatte, warf sich der Mann haltlos zu Boden, um die Vase zu retten, was ihm zu Ellas Erstaunen auch gelang.

»Das hätte aber übel ausgehen können«, bemerkte Ella und schüttelte den Kopf.

Der Mann kam langsam wieder auf dic Beine, wobei er krampfhaft die schwere Vase festhielt.

»Ich bin hier gleich fertig«, fuhr sie mit heiterer Stimme fort und hielt ihre kleine Liste hoch. »Aber seien Sie vorsichtig mit der Vase«, fügte sie hinzu und lächelte.

Zum Glück war der Mann immer noch so überrascht von Ellas Verhalten, dass er nicht einmal auf die Idee kam zu protestieren. Er meinte sich an eine junge Frau zu erinnern, die dieser Ella, die nun bei ihm aufgetaucht war, ähnlich sah und die offenbar Gretes Enkelkind war. An die Persönlichkeitszüge, die diese Frau jetzt aufwies, konnte er sich allerdings nicht erinnern. Die einzige Person, der er zuvor begegnet war und die ihn in ähnlicher Weise zurechtgewiesen hatte, war hingegen eng mit ihr verwandt. Grete.

Als Ella hörte, wie der Mann mit leicht schlurfenden Schritten zurück in Richtung Flur ging, wandte sie sich wieder dem Sekretär zu. Sie betrachtete ihn. Ein Möbelstück, das dafür gebaut war, die liebsten Stücke einer Frau zu beherbergen, dachte sie. Briefe und Tagebücher. Schmuck. Geheimnisse. Sie setzte sich vor das Möbelstück und strich mit der Hand über die kleinen Schubladen, die sich über der schmalen Schreibfläche befanden. Plötzlich fiel ihr eine Szene aus ihrer Kindheit wieder ein, als Grete ihre Hand ergriffen und ihr etwas entrissen hatte, was sie darin hielt. Ihr Griff war hart wie Stahl gewesen. Mit einem Ruck richtete Ella sich auf. In der obersten Schublade auf der rechten Seite hatte sie als Sechsjährige etwas gefunden. Etwas, was sie nicht hätte sehen dürfen. Die Erinnerung daran war jetzt glasklar. Entschlossen zog sie die Schublade heraus. Unter einer alten Brieftasche, die wohl Ernst gehört hatte, lag das Foto. Das Polaroidbild war verblasst und vergilbt, doch Christophers Lächeln war unverkennbar. Ella ließ die Schublade offen stehen und nahm das Foto an sich. Sie ging am Portier vorbei, der mit der Kristallvase im Arm bereits ungeduldig im Flur wartete, und lief die Treppen hinunter. Seine Stimme hallte im Treppenhaus, als er ihr etwas hinterherrief.

»Behalten Sie sie«, rief sie zurück.

Sie hatte sich im selben Augenblick entschieden, als sie die Vase erblickt hatte. Dieses Stück würde Gretes Zimmer im Krankenhaus niemals schmücken.

Mit einem deutlichen Ziel vor Augen setzte sie sich ins Auto. Auf dem Weg zum Krankenhaus hielt sie zweimal an. Zuerst vor einem Fotogeschäft und danach vor einem Einrichtungsladen der billigeren Sorte. Vor dem Krankenhaus blühte der Huflattich. Jetzt ließ sich der Frühling nicht mehr aufhalten, dachte Ella, während sie zum Haupteingang ging. Inzwischen plagten sie keine Zweifel mehr. Keine Angst. Im Eingangsbereich kaufte sie einen Strauß Rosen aus Seidenstoff, die vermutlich angeboten wurden, um allergische Reaktionen bei Mitpatienten zu vermeiden. Echte Blumen waren auf den meisten Stationen bereits seit Langem verboten. Der Strauß war hässlich, doch Ella steckte ihn zufrieden zu ihren anderen Einkäufen. Um kurz vor fünfzehn Uhr hob Ella die Hand und klopfte an der Tür zu Gretes Zimmer. Judit öffnete, und ihr Gesicht hellte sich auf, als sie Ella erblickte, aber sie erstarrte, als Ella ihr die Blumen hinhielt, die sie gekauft hatte. Etwas unbeholfen versuchte Judit sie vor Grete zu verbergen, die halb sitzend im Bett thronte und sie aufmerksam beobachtete. Grete trug eine turbanähnliche Kopfbedeckung und war geschminkt und wirkte trotz ihrer halbseitigen Gesichtslähmung munter. Die alte Dame folgte Ella mit wachsamem Blick, als die sich an Judit vorbeischob, den Strauß wieder an sich nahm und ihn in eine billige Keramikvase stellte, die sie aus einer Tüte nahm. Gretes Blick verdunkelte sich, aber sie sagte immer noch nichts. Judit warf erst Ella und dann ihrer Mutter einen fragenden Blick zu und rief dann plötzlich aus:

»Nein, wie schön, dass du vorbeikommen konntest.« Seit Gretes Schlaganfall hatte sie an ihrem Bett gesessen und schien die Stille sattzuhaben. Trotz der Aufforderungen der Ärzte und Logopäden, zumindest einen Versuch zu unternehmen zu sprechen, hatte Grete bislang kein Wort geäußert. Die Verletzungen ihres Gehirns durch den Sauerstoffmangel lagen in der linken Hirnhälfte und hatten auch ihr Sprachzentrum in Mitleidenschaft gezogen. Der medizinische Terminus dafür lautete Aphasie. Eine Aphasie konnte entweder impressiv oder expressiv oder auch beides sein. Gretes Aphasie war expressiv. Das bedeutete, dass sie verstand, was gesagt wurde, selbst aber keine Worte äußern konnte. Dieser Zustand war oft vorübergehend, und mithilfe der Logopäden und durch intensives Training erlangten viele Patienten ihr Sprachvermögen wieder, wusste Ella. Doch als Grete einen Versuch unternommen hatte zu sprechen, waren ihr nur unverständliche Laute über die Lippen gekommen. Danach blieb sie stumm, eine Eigenschaft, die normalerweise nicht zu ihren Charakterzügen gehörte.

Dieses Stummsein ging Judit offenbar auf die Nerven, sodass sie sich jetzt verzweifelt danach sehnte, eine andere Stimme zu hören als ihre eigene. Im Nachhinein hätte sie allerdings bestimmt anders reagiert. Vielleicht hätte sie die Stille doch vorgezogen.

Gretes Gesichtsausdruck war nicht schwer zu deuten, auch wenn sie nur mit einer Gesichtshälfte eine Grimasse zog. Sie betrachtete die Blumen mit Abscheu. Ella positionierte sich neben Gretes Bett und stellte ihre Tüten entlang der Wand des kleinen Zimmers ab.

»Hast du alles gefunden, was auf der Liste stand?«, fragte Judit.

»Oh ja«, antwortete Ella, »und sogar noch mehr.«

Sie zog das verblichene Polaroidfoto hervor und legte es auf den Nachttisch vor dem Krankenbett. Grete warf einen raschen Blick auf das Bild und schaute Ella dann mit finsterer Miene an. Judit hingegen betrachtete das Bild neugierig, während sie die Seidenblumen zurechtzupfte. Ella legte den Kopf schief und beobachtete ihre Mutter, die neben dem Bett stand. Sie wirkte völlig ahnungslos. Ella fragte sich für einen kurzen Moment, ob sich hinter Judits Stirn im Moment überhaupt etwas tat. Irgendwer hatte ihr mal erzählt, dass eine Kuh, die gerade wiederkäute, ein vollständig leeres EEG aufwies, was darauf hindeutete, dass dabei keine größeren Hirnaktivitäten stattfanden. Sie konnte nicht umhin sich vorzustellen, wie Judits EEG in diesem Moment wohl aussehen würde.

»Am 24. März 1976«, begann Ella, »sollte mein Vater sterben.«

Sie machte eine kurze Pause, bevor sie fortfuhr. Grete verzog keine Miene, während Judit sich aufrichtete und mit einem Mal erschrocken wirkte.

»Es war kein Unfall. Das Ganze war bis ins kleinste Detail geplant.«

»Aber mein liebes Mädchen«, rief Judit aus und stemmte die Hände in die Hüften.

Ella schüttelte den Kopf und bedeutete ihr, sich zu setzen.

»Wenn sich die Alte schon ausnahmsweise mal weder verbal noch physisch herauswinden kann, dann sei du bitte so nett und unterbrich mich nicht«, sagte sie ruhig. Judit setzte sich auf den Besucherstuhl und begann nervös ihren Rock glatt zu streichen, hielt dann jedoch inne und streckte sich nach dem Polaroidfoto.

»Und wer soll das sein?«, fragte sie irritiert und begegnete Ellas Blick.

»Dazu komme ich noch«, antwortete Ella ruhig.

Judit mochte zwar eine gute Schauspielerin sein, aber Ella war zunehmend überzeugt davon, dass ihre Mutter die wahren Umstände des Todes von Frederick nicht kannte.

»Ich glaube, dass ihm die Idee kam, als er den Auftrag erhielt, den Schaden wegen Waldemars Betrügereien zu begrenzen«, erklärte Ella und zögerte die Worte etwas hinaus, als wäre ihr der Gedanke gerade erst gekommen.

Sie wandte sich Judit zu.

»Eure Beziehung stand kurz vor dem Ende, und er fühlte sich in seiner Situation nicht wohl«, fuhr sie fort. »Er sah eine Chance, all seinen Verpflichtungen bezüglich Arbeit und Familie zu entkommen und zugleich an ein ansehnliches Startkapital zu kommen.«

Ella konnte hören, wie Grete, die immer noch ihre halb sitzende Position innehatte, immer heftiger zu atmen begann, woraufhin Judit sie beunruhigt anschaute. Gretes Oberlippe zuckte, und einen Moment lang schien es, als versuche sie etwas zu sagen, doch sie blieb stumm.

»Über die Tatsache hinaus, dass er sich selbst zum Sündenbock für etwas machte, was er nicht getan hatte, gelang es ihm außerdem, die Personen hereinzulegen, die ihn bei seiner Arbeit unterstützten. Frederick ließ sie in dem Glauben, dass er noch weitere Gelder von Ernsts persönlichen Konten veruntreut hatte. Nahezu eine Million Kronen, die er auf ein Konto in der Schweiz transferiert haben sollte.«

Grete streckte sich nach dem roten Alarmknopf, der von einem Gestell über ihrem Bett an einem Kabel herunterhing. Ella versuchte ihre Hand zu erreichen, konnte sie jedoch nicht aufhalten. Zum Erstaunen beider begann der Alarmknopf auf ihrem Nachttisch jedoch nicht zu leuchten. Derweil hielt Judit selbst etwas überrascht das Kabel in Händen, das sie aus der Steckdose am Nachttisch gezogen hatte.

»Das hier möchte ich hören«, sagte Judit kurz.

Ella lächelte Grete an und fuhr im selben sachlichen Tonfall fort.

»Aber ich glaube nicht, dass das Geld ein Teil des Betrugs war. Es war eher sein Honorar. Eine Kompensation dafür, dass er die Schuld auf sich nahm und sein altes Leben hinter sich ließ. Ich habe den Verdacht, dass weder Ernst noch Grete etwas dagegen hatten, eine Scheidung innerhalb der Familie zu umgehen.«

Mit weit aufgerissenen Augen starrte Judit ihre Tochter an. Ihr Blick war zweifelnd.

»Die Gelder wurden schlicht und einfach von Ernst selbst überwiesen.«

»Sein Leben hinter sich ließ?«, wiederholte Judit fragend.

»Ja, so loyal war Frederick nun auch wieder nicht, dass er

ernsthaft dazu bereit war, für den Konzern ins Grab zu gehen. Der Brand wurde gelegt und sein Verschwinden wie gesagt minutiös geplant.«

»Aber seine Leiche wurde doch in unserem Bett gefunden«, versuchte Judit es mit zunehmender Verzweiflung in der Stimme.

»In eurem Bett wurde eine Leiche gefunden«, korrigierte Ella. »Euer Hausmeister Arne Erlandsson hat eine Leiche aus der Pathologie des Krankenhauses gestohlen, in dem er arbeitete. Er fuhr die Leiche in die Villa und half Frederick, das Haus in Brand zu setzen.«

An diesem Punkt war für Judit eine Grenze erreicht. Sie stand auf und protestierte.

»Und woher weißt du, dass die Leiche nicht seine war?«, rief sie aus.

Ohne ihren Tonfall zu verändern, fuhr Ella fort: »Weil ich das Obduktionsprotokoll und den Bericht über die Identifizierung der Leiche gelesen habe. Außerdem habe ich Gewebematerial untersucht, das man von der Leiche genommen hatte, und ich bin überzeugt davon, dass die verkohlte Leiche nicht die von Papa war.«

Judit blieb stehen und warf Grete nun einen verzweifelten Blick zu. Die Alte verzog keine Miene.

»Weißt du, wovon sie spricht?«, brachte Judit schließlich hervor.

Inzwischen schien nicht nur ihre eine Gesichtshälfte gelähmt zu sein. Das ganze Gesicht der alten Dame wirkte wie versteinert. Wenn ihr Blick nicht so intensiv gewesen wäre, hätte man denken können, dass ihr letztes Stündchen geschlagen hätte. Ella räusperte sich und holte tief Luft.

»Kurz bevor sie das gesamte Haus in Brand steckten, fand Arne Gefallen an der alten Tischuhr auf dem Sekretär im

Wohnzimmer. Entweder hat Frederick sie ihm geschenkt, oder er hat sie sich selbst genommen. Wie auch immer, er nahm sie an sich und rettete sie somit vor den Flammen. Die Uhr befand sich dann bis zu seinem Tod im Oktober vergangenen Jahres in Arnes Besitz.«

Sie schaute ihre Mutter an, um sicherzugehen, dass sie ihr folgen konnte. Judit begegnete aufmerksam ihrem Blick, woraufhin Ella ihren Monolog fortsetzte.

»Die Tischuhr wurde bei einer Internetauktion angeboten, wo ich sie gesehen und gekauft habe.«

»Es gibt doch unzählige solcher Tischuhren«, warf Judit mit dünner Stimme ein, klang jedoch nicht gerade überzeugt.

»Aber nicht mit einem reparierten Engelsflügel«, entgegnete Ella und begegnete erneut dem Blick ihrer Mutter. »Erinnerst du dich noch daran? Es war unser Geheimnis.«

Judits Augen füllten sich plötzlich mit Tränen, woraufhin sie schluckte und schließlich nickte. Jetzt erinnerte sie sich daran. Sie hatte die Uhr schließlich selbst zu einem Goldschmied gebracht, der den Flügel des kleinen Engels reparierte.

»Zu seinem Sohn hat Arne einmal gesagt, dass er die Uhr von einem Mann bekommen hatte, dem er geholfen hat zu sterben.«

Ella richtete ihren Blick auf Grete.

»So weit verlief alles nach Plan. Ich tippe darauf, dass Ernsts rechte Hand Klaus Hoffman Frederick aus der Stadt hinaus und möglicherweise zu einer Fähre fahren sollte, von wo aus er sich allein durchschlagen musste. Damit konnte man auf einen Schlag einen finanziellen Skandal innerhalb des Konzerns und eine schmutzige Scheidung in der Familie umgehen. Frederick verkaufte seinen Namen und sein Leben. Wo er danach sein neues Leben beginnen würde, kann man nur erahnen«, schloss sie.

»Aber was zum Teufel ...«, rief Judit aus.

Ihre Verzweiflung schien sich gegen Grete zu richten. Die Tränen rannen ihr die Wangen hinunter.

»Wusstest du davon?«, fuhr sie mit derselben schrillen Stimme fort.

Judit ergriff Gretes Kragen und zog daran, doch die Alte wandte lediglich ihr Gesicht ab und starrte an die Wand. Ella hatte ihre Mutter noch nie so aufgewühlt gesehen, und nie zuvor hatte sie sie fluchen hören.

»Aber Klaus hat Frederick nirgendwohin gefahren«, sagte Ella vorsichtig.

Judit löste ihren Griff um Gretes Bluse, woraufhin Grete ihren Blick wieder auf Ella richtete.

»Um nicht entdeckt zu werden, musste Frederick sich in den Kofferraum des Autos legen. Vielleicht sollte er später auf die Rückbank wechseln, wenn sie aus der Stadt hinaus wären«, mutmaßte Ella.

Sie machte eine Pause und erwartete eventuelle Proteste, doch ihr schien die volle Aufmerksamkeit beider Frauen sicher zu sein.

»Im Januar dieses Jahres wurde in einem Garten unmittelbar südlich der Stadt eine Leiche gefunden, die dort vergraben lag. Von ihr war nur noch das Skelett übrig, das aussah, als hätte es dort bereits viele Jahre gelegen.«

Ella fuhr fort, Fakten herunterzuleiern, als säße sie in der Hauptverhandlung bei einem Gerichtsprozess.

»Der Schädel des Mannes war eingeschlagen und seine Zähne vollständig zerstört, was die Identifizierung erschwerte, aber neben der Leiche hat man diverse Gegenstände gefunden. Unter anderem diesen.«

Ella hielt die kleine Kupferperle hoch, die sie aus Simons brauner Beweistüte genommen hatte. Grete betrachtete sie nonchalant, während sich Judits Augen erneut mit Tränen füllten.

»Ist das nicht ...?«, begann sie mit einem Kloß im Hals.

Ella nickte.

»Eine Perle von der Kette, die ich an dem Tag tragen wollte, als wir losfuhren. Auch diese Kette hätte normalerweise in den Flammen verschwinden müssen«, fügte sie hinzu.

Judit schüttelte lediglich den Kopf. Sie sah aus, als sei sie nun definitiv an eine Grenze gestoßen und nicht mehr in der Lage, weitere Informationen aufzunehmen.

»Stattdessen tauchen die Perlen also neben einem Skelett mit eingeschlagenem Schädel unmittelbar außerhalb der Stadt auf«, wiederholte Ella.

Sie sah Grete scharf an und wandte sich dann wieder an ihre Mutter.

»Ich glaube, es wäre das Beste, wenn du dich wieder setzen würdest.«

Der Zorn, den Ella auf ihre Mutter gehabt hatte, war im Augenblick wie weggeblasen. Zurück blieb nur noch Mitleid. Nach Ellas Auffassung hatte man Judit nie in die makabre Übereinkunft, die zwischen Ernst und Frederick getroffen wurde, eingeweiht. Ella kam es wie eine Unmündigkeitserklärung vor, die ihresgleichen suchte.

»Der Brief, den du mir gegeben hast und der in Fredericks Kleidung gefunden wurde«, begann sie behutsam. »Er stammte nicht von seiner Geliebten.«

Sie machte erneut eine Pause. Es gab wahrscheinlich keine Möglichkeit, ihr das Ganze schonend beizubringen, dachte sie dann, bevor sie fortfuhr.

»Er war von seinem Liebhaber. Ein Mann namens Christopher Maunier. Das C stand für Christopher, verdeutlichte sie. Dieser Mann hier.«

Ella hielt Judit das Foto hin. Mit offen stehendem Mund betrachtete ihre Mutter den Mann darauf. Den Mann, für den ihr Ehemann imstande gewesen war, sie zu verlassen. Ella konnte nur erahnen, was ihrer Mutter in diesem Augenblick durch den Kopf ging. Sie stand schweigend neben ihr und wartete, bis sich die Informationen gesetzt hatten, während Judit krampfhaft das Polaroidfoto festhielt.

»Er sieht nett aus«, sagte sie schließlich nach langem Schweigen.

Sie klang ruhig. Vielleicht war seit den Ereignissen von damals schon zu viel Zeit vergangen, dachte Ella. Vielleicht war schon zu viel Wasser den Bach hinuntergeflossen, um ihre Bitterkeit erneut zu entfachen. Judit saß besonnen da und schien den Mann auf dem Foto zu mustern. Ihn einzuschätzen.

»Du und dieser Christopher, ihr habt denselben Mann geliebt, Mama.«

Judit schaute verwundert zu Ella auf. Seit über fünfundzwanzig Jahren war sie nicht mehr Mama genannt worden.

»Feige und egoistisch oder nicht, Papa war bereit, uns für ein neues Leben mit ihm zu verlassen.«

Judit nickte stumm. Sie nahm das Ganze unendlich viel besser auf, als Ella erwartet hatte. Doch plötzlich veränderte sich ihr Gesichtsausdruck. Sie legte den Kopf schief und drehte das Foto in ihrer Hand um.

»Woher hast du das?«

Ella machte eine Kopfbewegung in Gretes Richtung.

»Ich habe es vor einer halben Stunde in Gretes Sekretär gefunden. Zum zweiten Mal«, fügte sie hinzu. »Das erste Mal habe ich es direkt nach dem Brand gesehen, als wir bei Ernst und Grete zu Hause wohnten. Damals hat Grete mir das Bild aus der Hand gerissen.«

Judits Blick verdunkelte sich, als sie sich ihrer Mutter zuwandte.

»Vielleicht kam mir Christophers Gesicht deshalb so bekannt vor, als ich ihn in Paris gesehen habe«, warf Ella ein.

»Du hast ihn getroffen?« Judits Stimme überschlug sich vor Erregung.

Ella schüttelte den Kopf.

»Er war im Ausland, als ich in Paris war, aber ich habe in seiner Wohnung ein Foto von ihm gesehen.«

Sie beugte sich hinunter und zog einen großen Bilderrahmen aus einer der mitgebrachten Tüten. Sie hatte das Handyfoto von Fredericks und Christophers Bild vergrößern lassen. Die Qualität war zwar nicht gerade optimal, aber es erfüllte seinen Zweck, hatte Ella überlegt. An der Wand hinter Gretes Fußende hing eine kleine Lithografie, die Ella vorsichtig abnahm. Dann hängte sie das gerahmte Foto an ihren Platz. Das Bild war groß genug, dass Grete von ihrem Bett aus deutlich das lächelnde junge Paar erkennen konnte. Sie schien nicht besonders amüsiert zu sein.

»Obwohl Ernst sich mit Frederick darüber geeinigt hatte, wie man das Ansehen des Unternehmens retten konnte und Frederick verschwinden würde, überlegte er es sich aus irgendeinem Grund anders.«

Ella wandte sich jetzt Grete zu, die immer noch mit Widerwillen auf das Foto an ihrem Fußende blickte.

»Aus irgendeinem Grund wurde Klaus damit beauftragt, Frederick nicht zur Fähre zu fahren, sondern dafür zu sorgen, dass er unter der Erde landete. Und ich glaube, den Grund haben wir hier vor uns.«

Sie deutete auf das Polaroidfoto, das Judit noch immer in Händen hielt. Ella hatte erst kürzlich aus nächster Nähe miterlebt, wie vorurteilsbeladen der Begriff Homosexualität immer noch war. Wenn das Ehepaar Westmark selbst im 21. Jahrhundert noch in der Lage war, die Leiche seines Sohnes zu schänden, um sein Geheimnis zu hüten, konnte Ella sich unschwer ausmalen, welche Bedeutung ein Geheimnis dieser Art in den 70er Jahren für eine Frau aus der Oberklasse wie Grete gehabt haben mochte.

»Grete hat den Brief zuerst bekommen, nicht wahr?«

Sie schaute ihre Mutter an.

»Du hast den Brief also von Grete bekommen«, stellte Ella fest. »Geöffnet.«

Judit konnte nur nicken. Alles, was ihre Tochter gesagt hatte, stimmte. Wie sie das alles herausgefunden hatte, war für Judit jedoch ein Rätsel. Gleichwohl empfand sie großen Stolz auf Ella und ihre offenbar grenzenlosen analytischen Fähigkeiten. Ella fuhr fort.

»Grete hat das Foto aus dem Umschlag genommen, um dich von der in ihren Augen erniedrigenden und verabscheuenswerten Einsicht zu verschonen, dass Frederick vorhatte, dich wegen eines Mannes zu verlassen.«

Ella machte eine Pause.

»Sie hätte die Sache auch auf sich beruhen lassen können.«

Sie setzte sich auf die Bettkante und begegnete Gretes Blick. Wieder zuckte ihre Lippe, als versuche sie etwas zu sagen.

»Aber das konntest du nicht. Du konntest nicht mit dem Wissen leben, dass Frederick irgendwo gemeinsam mit einem Mann glücklich war, nicht wahr? Nestbeschmutzer. So habt ihr ihn genannt, oder? Nestbeschmutzer«, wiederholte Ella. »Einer, der seine eigene Familie in Verruf bringt.«

Mit derselben sachlichen Stimme wie zuvor schilderte Ella Judit und Grete, wie Fredericks letzte Reise abgelaufen war. Wie er sich in den Kofferraum legte und dass Klaus einen Schlauch vom Auspuff aus dorthin geleitet hatte. Sie erklärte, dass man den Wagen am Fährterminal im Hafen aufgefunden hatte und dass Grete ihn von der Polizei abgeholt hatte. Sie zeigte ihnen das Dokument mit Gretes Unterschrift, das sie von Jonny bekommen hatte.

»Ich glaube, wir erinnern uns alle noch daran, was danach mit dem Wagen geschah. War es etwa zu beschwerlich, den mit Abgasen durchdrungenen Kofferraum zu reinigen, sodass du ihn stattdessen gleich zum Schrottplatz gefahren hast?«

Ella hatte Proteste seitens ihrer Mutter erwartet, als sie auf diesen Punkt zu sprechen kam. Denn sie wusste, dass sich ihre Äußerungen von nun an hauptsächlich auf Vermutungen gründeten, die ihr allerdings logisch erschienen. Ella hasste diese Art von Gratwanderung auf einem zweifellos überaus schmalen Grat. Sie war der Meinung, dass man Schlussfolgerungen eigentlich nur aus gut begründeten Tatsachen ziehen durfte.

»Unser Gepäck wurde auf den Beifahrersitz gestellt«, sagte Judit leise, nahezu im Flüsterton. »Ich wollte es in den Kofferraum stellen, aber Klaus hat mich daran gehindert und es auf den Beifahrersitz gestellt.«

Ella nickte ihrer Mutter zu. Sie erinnerte sich ebenfalls daran. Vielleicht war der Kofferraum bereits für die nächtliche Aktion präpariert, als Klaus sie abgeholt hatte. Sie schwiegen eine Weile, und Ella verspürte eine Nähe zu ihrer Mutter, wie sie sie seit ihrer frühen Kindheit nicht mehr erlebt hatte. Währenddessen veränderte sich Judits Atmung. Ihr Blick verfinsterte sich. Sie starrte ihre Mutter an, die immer noch halb sitzend im Bett thronte und deren Gesichtsausdruck leer war, als ginge Ellas Bericht sie nichts an.

»Stimmt das?«

Judit presste die Worte zwischen zusammengebissenen Zähnen hervor.

»Habt ihr meinen Mann getötet? Meinen Frederick?«

Ihre Zähne waren noch immer zusammengebissen, doch jetzt rannen ihr die Tränen die Wangen hinunter. Als Ella ihre Mutter in diesem Augenblick ansah, begriff sie, wie stark Judits Liebe zu Frederick gewesen war. Sie hätte ihn lieber zusammen mit einer anderen Person glücklich gesehen als mit sich selbst unglücklich, stellte sie fest.

Plötzlich bewegte Grete sich. Sie streckte sich in Richtung Nachttisch. Mit sicheren Bewegungen griff sie mit ihrer linken Hand nach einem Stift, woraufhin Judit ihr reflexartig einen Zettel hinschob, der auf dem Tisch lag. Sie schrieb mit krakeligen Buchstaben: *unnatürliche Unzucht*.

Die Alte machte eine Pause, woraufhin sie ein verschnörkeltes Schriftzeichen malte, das am ehesten einem Paragrafenzeichen oder einem Violinschlüssel ähnelte. Dann hielt sie inne und legte resolut den Stift aus der Hand. Judit starrte auf das, was Grete gerade geschrieben hatte, und schüttelte den Kopf. Sie zitterte am ganzen Körper. Grete betrachtete ihre Tochter resigniert und verdrehte die Augen. Dann sah sie Ella an. Hass. Es gab nichts, was den Ausdruck, der in ihrem Blick brannte, besser beschreiben konnte.

Ella blieb ruhig. Sie legte ihrer Mutter eine Hand auf die Schulter und fuhr mit sanfter Stimme fort.

»Siehst du das Gebäude im Hintergrund?«

Sie deutete auf das Bild, das sie aufgehängt hatte.

»Hinter Frederick und Christopher«, verdeutlichte sie.

Judit nickte, während ihr noch immer die Tränen über die Wangen liefen.

»Das ist die Kathedrale von Rio de Janeiro.«

Befremdet wanderte Judits Blick zwischen dem Foto und Ella hin und her.

»Das Gebäude wurde 1979 fertiggestellt.«

Sie machte eine Kunstpause.

»Drei Jahre nach dem Brand.«

Ella konnte nicht umhin zu lächeln, als sie Grete beobachtete, während sie die Worte aussprach. Der Gesichtsausdruck der Alten ging von Hass in absolutes Erstaunen über. Ihr Mund stand offen. Unverständliche Laute verließen scheinbar unbeabsichtigt ihren Mund. Sie starrte das Foto an.

»Frederick hatte Hilfe«, erklärte Ella ruhig und sachlich. »Ein aufmerksamer Buchhalter hat Klaus und Grete nämlich am Tag vor dem Brand im Innenhof beobachtet, als sie den Wagen vorbereiteten. Frederick hatte gerade noch so viel Zeit, um mitzunehmen, was er benötigte.«

Judit schaute Ella fragend an. Inzwischen waren die Tränen auf ihren Wangen getrocknet.

»Die einzige Möglichkeit, sich vor Kohlenmonoxid zu schützen, ist eigentlich, es nicht einzuatmen. Doch dann benötigt man wiederum eine zusätzliche Sauerstoffzufuhr.«

Die beiden Damen im Zimmer starrten Ella erstaunt an, die ihre Ausführungen scheinbar ungerührt fortsetzte.

»Neben der Leiche im Garten fand man nicht nur die Kupferperlen, sondern auch eine kleine Sauerstoffflasche mit dazugehörigem Mundstück.«

Obwohl sie bereits mehrere Todesfälle von Freizeittauchern untersucht hatte und mit deren Ausrüstung ziemlich vertraut war, hatte sie die kleine Reserveflasche ohne das Wissen um den Zusammenhang der Dinge nicht identifizieren können. Denn sie war immerhin im falschen Element aufgefunden worden – in der Erde statt im Wasser.

»Und das Skelett?«

Judit wirkte jetzt völlig aufgelöst.

»Klaus«, antwortete Ella kurz. »Als er die Kofferraumklappe öffnete, dürfte er erwartet haben, einen leblosen Körper vorzufinden, doch Frederick hat sich gewehrt. Frederick fuhr daraufhin die Leiche zu Arne nach Hause, der ihm höchstwahrscheinlich dabei half, sie zu vergraben. Ich nehme an, dass Grete und Ernst davon ausgingen, dass Klaus sich Fredericks Startkapital genommen und schlicht und einfach irgendwo neu angefangen hatte oder nach Deutschland zurückgekehrt war. Offiziell ist die vergrabene Leiche noch nicht identifiziert«, fuhr sie fort, »aber sie weist einen verheilten Schlüsselbeinbruch auf. Ein Knochenbruch, der mit einer speziellen Bandage, einem sogenannten Rucksackverband, behandelt wird, die auf dem Rücken anliegt und mit Schlaufen um die Schultern versehen ist, die sie nach hinten drücken.«

Ella nahm das Foto zur Hand, das Gilbert aus dem Archiv geholt hatte. Sie legte es auf Gretes Nachttisch und deutete auf Klaus.

»So einer.«

Die beiden Frauen beugten sich über das Foto. Ihre Blicke begegneten sich. Grete hatte gerade bewiesen, dass sie nicht sprechen konnte. Das war auch nicht notwendig. Es gab nichts weiter zu sagen. Grete hatte alles getan, was sie konnte, damit Frederick niemals seine Freiheit haben würde, und jetzt hatte sie erfahren, dass sie gescheitert war. Judit stand auf. Sie blieb ein paar Sekunden vor dem Foto an der Wand stehen, bevor sie das Zimmer verließ. Ella folgte ihr. Keine von beiden drehte sich noch einmal um. Sie ließen Grete allein in ihrem Krankenhausbett zurück.

Kapitel 16

Sebastian Crona war kein großer Verfechter der modernen Technik. Er besaß zwar sowohl einen Computer als auch ein Handy, aber er zog es vor, Botschaften vertraulicher Natur auf herkömmliche Art und Weise zu verschicken. Seiner Gewohnheit folgend war er deshalb zum Briefkasten im Industriegebiet hinuntergefahren und hatte den dicken Umschlag kurz vor der Leerungszeit eingeworfen. In ein paar Tagen würde er von einer Frau in Singapur geöffnet werden, die er noch nie zuvor gesehen hatte. Sie würde das darin liegende Kuvert mit einer Briefmarke versehen und es weiterschicken. Erst nach einem weiteren Zwischenstopp in Toronto würde die Postkarte, die sich darin befand, in die Hände des eigentlichen Empfängers gelangen – Cronas Auftraggeber. Diesem würde die kurze und scheinbar sinnlose Textzeile vollkommen ausreichen: *The cat is out of the bag.*

Sein Geheimnis war ans Licht gekommen.

Epilog

An Ellas Arbeitsplatz wurden in der darauffolgenden Woche zwei Sendungen abgegeben, die im Zusammenhang mit ihren privaten Ermittlungen standen, die sie als abgeschlossen betrachtete. Die erste bestand aus einem großen Briefumschlag vom Hospital Universitario de Gran Canaria, der die Röntgenbilder von Frederick Andersson aus dem Jahr 1964 enthielt. Sie waren von schlechter Qualität und während des Transports beschädigt worden, doch Knochenbrüche waren darauf nicht zu erkennen.

Die zweite bestand aus einem üppigen Strauß Rosen. Diesmal waren sie gelb. Ella zählte sie: vierunddreißig gelbe Rosen. Sie wurden zusammen mit einer Karte abgegeben.

Eine Rose für jedes verlorene Jahr. F.

Dank an

Pelle, Lina und alle anderen bei Ordfront für eure fachkundigen Hinweise,
Niklas dafür, dass du mir im Sturm zur Seite gestanden hast,
Sophia – mein Schildknappe,
Caroline für alle strategische Hilfe,
Mama und Papa dafür, dass ihr mich dazu erzogen habt, nie den Kopf hängen zu lassen,
und
an alle anderen, die den Mut haben, ihrer Bestimmung im Leben zu folgen.